KB111870

QAANAAQ

일러두기

- 이 책의 영어 병기는 인물에게만 한정되어 있으나 그린란드 지명일 경우 병기했습니다.
- 이 책의 그란란드어 표기는 외국어 표기법에 따랐으나 몇몇 용어들은 규정과 상관없이 많이 사용하는 표기를 따랐습니다.

모 말로

GREENLAND

Qaanaaq

Camp Century

Pituffik (Base de Thulé)

Upernavik

Distance
en avion :
1 600 Km

Uummannaq

Ilulissat / Disko

Sisimiut

Kangerlussuaq

Nuuk

PART 1

북극의 낮

흰색이 내는 소리는 태초의
무無의 침묵처럼 고요하다.

– 바실리 칸딘스키|Wassily Kandinsky, 1866~1944

1975년 1월

북극의 어느 밤, 아이는 눈을 떴다.

바다표범 가죽으로 만든 이불 아래 작은 아이를 떨게 만드는 것은 추위가 아니었다. 추위라면 이미 익숙했다. 아이는 끝이 나지 않을 것만 같은 세 번째 겨울을 나는 중이었다. 겨울을 보내기 위해 필요한 팁과 규칙은 익히 알고 있었다. 우선 이불 세 장을 깐다. 면 이불 한 장, 양털 이불 한 장 그리고 유피 한 장. 열량 보존을 위해 매일 다량의 동물성 지방을 섭취한다. 조금 역하긴 하지만 하루도 걸러선 안 된다.

그러니 단잠으로부터 아이를 깨운 것은 추위가 아니었다. 아이의 꿈속으로 침입한 것은 푸르스름한 달빛을 받아 빛나는, 거대한 설원에서 빠져나온 것이 확실한 무언가였다. 꿈으로부터는 어떤 좋은 것도 생겨나지 않는다. 이누이트Inuit라면 누구나 아는 사실이었다.

바깥에서는 세찬 눈보라가 가차없이 가죽 벽을 때리고 있었다. 그 소리가 마치 북소리처럼 울렸다. 빙산의 영혼들의 멈추지 않는 분노를 담은 광풍 – 저 먼 대륙빙하의 오지로부터 온 피타락pitaraq – 이었다. 그것이 예고하는 것은 오직 불행이다. 그것이 전하는 것은 두려움, 눈물, 비통함이었다. 샤먼은 계속해서 마을에 닥칠 불길한 전조를 알려왔다. 하지만 누가 아직도 그의 경고에 귀를 기울인단 말인가?

아이의 고요한 심장소리는 바람이 내는 소리에 맞춰 뛰었다. 투펙tupeq* 안은 평화로웠다. 한쪽 구석에 놓인 조그마한 기름 난로가 미약한 빛을 비추고 있었다. 가족의 영혼, 실라Sila가 그들의 천혜의 땅, 누나Nuna와 완벽한 조화를 이뤘기 때문이다. 그렇지 않았다면 그들은 매일 밤 허기를 달래지 못했을 것이다. 그리고 네명의 가족은 지금까지 버텨오지 못했을 것이다. 아이의 아버지는 가장 뛰어난 사냥꾼은 못 될지라도, 최소한 일각돌고래와 곰 사냥에서만은 자랑스러운 추적자였다. 그는 날카로운 감각과 명철한 직관을 가졌다. 만약 그의 가족에게 어떠한 위험이 닥쳤더라면 그는 이미 잠에서 깨어나 있었을 것이다. 어깨에 총을 단단히 고정하고 목표를 겨냥한 채. 어머니와 아카Aka는 아무 일 없는 듯 따뜻하게 서로 엉겨 붙은 채로 깊은 잠에 빠져 있었다.

미나Mina는 순록 가죽 더미 너머로 서성이는 죽음의 냄새를 맡았다. 가족을 보호하기에는 턱없이 허술한 방어막이었다. 전날 내린 눈이 얼음 위를 두껍게 덮고 있었다. 지금이라면 발소리가 양탄자 위에서보다 조용할 것이다.

---

* 투피그(Tupiq)라고도 하며, 물개 또는 순록 피부로 만든 전통 이누이트 족 텐트로 수염을 기른 물개가 죽으면 그 지방을 긁어내고 껍질을 말린 뒤 꿰매서 사용했다. 과거 이누이트 족은 겨울에 이글루에서 살고, 그것이 녹는 봄부터 가을까지 투펙에서 생활한다. 이누이트 족에게 투펙은 전통적으로 중요하지만 현재는 캔버스 텐트를 사용한다.

미나는 들었다.

그 어떤 불길한 비명보다도 때로는 더 끔찍한, 깊은 고요함을.

"아나나Anaana, 엄마! 아나나!"

미나는 엄마의 귀에 속삭였다. 소용없는 시도였다. 아이의 어머니는 수면을 꼭 붙들고 있는 사악한 영혼, 키비톡quivitoq에 여전히 사로잡혀 있었다.

침입은 순식간이었다.

아늑한 투펙 안으로 밤이 불쑥 쳐들어왔다. 그것은 기이한 그림자를 가지고 있었다. 아이는 가장 먼저 우리 가족의 투펙에는 저런 거인의 몸이 다 들어올 수 없을 텐데라는 생각을 했다. 아버지가 더 이상 밀어넣을 수 없는 냉동고 속에 바다표범 고기를 넣으려고 무진 애를 쓰던 때처럼.

그것은 잠이 든 가족들의 몸에 두꺼운 도끼 같은 발바닥을 아무렇게나 휘둘렀다. 둔탁하게 살점이 찢어지는 소리에 이어, 귀가 찢어질 듯한 비명 소리가 울려 퍼졌다. 견딜 수 없는 소리였다. 달아나는 대신 미나는 귀를 꼭 막고 눈을 감았다. 그리고 부모가 사냥하는 모습을 지켜봐주기를 바라는 새끼 북극여우처럼 흐느꼈다.

무기를 향해 손을 뻗으려던 아버지의 몸은 안면을 향한 그것의 발톱이 짧게 휘둘러짐과 함께 멎었다. 대가는 잔인하고 가혹했다. 거대한 흰 형체의 입이 아버지의 목을 향해 달려들었고, 그가 걸친 두꺼운 모피를 파헤친 뒤 복부를 삼켰다. 파괴적인 분노 앞에 자기방어의 시도는 아무런 소용이 없었다.

핏방울은 불꽃처럼 퍼져 나갔다. 미나는 자신을 덮친 죽음의 불꽃으로 사지가 붉게 물드는 것을 느꼈다. 투펙 안은 역한 고기 냄새로 가득찼다. 이는 시작에 불과했다. 짐승은 아직 성이 차지 않았다. 밤의 추위에 파헤쳐진 내장 그리고 고통으로 신음하는 아버지를 뒤로하고 짐승은 다음 목표를 어머니로 정했다. 어머니는 그저 등을 돌리고 고개를 숙인 채 품 안의 자식을 보호하기 위해 등으로 작게 저항할 뿐이었다. 하지만 곧이어 닥친, 목덜미부터 허리를 잇는 열상이 너무도 깊고 고통스러운 나머지, 순식간에 아카를 부여잡은 손에서 힘이 빠져나갔다. 바닥으로 떨어져 모로 누운 그녀는 움직임을 멈춘 하나의 덩어리이자 자신의 차례를 기다리는 신선한 살코기에 불과했다. 이제 분노와 욕망으로 붉게 물들어 빛나고 있는 이빨이 향할 곳은 두 아이였다. 미나는 알았다. 야만적인 짐승의 허기는 타협의 대상이 아니다. 오직 굴복하거나 도망치는 것뿐이다.

거스를 수 없는 충동이 일었다. 미나는 가족과 부모에 대한 생각을 떨쳐냈다. 북극의 오로라도, 격렬한 썰매 추격전도, 적을 따돌리기 위한 줄 놀이도 영원히 떨쳐냈다. 종종 뜻밖의 먹잇감을 꾀어내는 바다표범이 뚫어놓은 얼음 구멍인 아글루 주변 탐험도 영원히 떨쳐냈다. 전통도, 카투악katuaq 음악에 맞춰 선조들이 부른 노래도 영원히 떨쳐냈다. 이제 미나는 공포심으로 가득차 자신의 나이도, 기억도 모두 잊은 이누이트일 뿐이다.

몸집이 작은 미나는 단단한 땅에 꿰맨 투펙의 아래쪽 가장자리 틈으로 미끄러지듯 통과했다. 순식간에 밖으로 빠져나왔다. 거대한 발바닥이 다시 한 번 내리꽂혔을 때, 아이는 이미 반대쪽의 희미한 빛 속으로 사라진 뒤였다. 맞았다면 정면충돌이었을 것이다. 잠깐 동안 미나의 두 눈은 아무것도 구별해내지 못했다. 희미한 윤곽의 불투명한 빙산, 별빛도 달빛도 없는 캄

캄한 밤, 헐벗은 두 발은 칼날처럼 거친 눈 위를 달리며 여기저기 생채기가 났다. 날카로운 바람에 폐는 찢기는 듯했고, 두 눈에 넘쳐흐르는 눈물은 곧바로 얼어붙었다. 이제 미나는 아무것도 느끼지 못한다.

저 멀리서 희미한 신음이 서로 얽혀들고, 곧 잦아들었다. 한 아이의 생명이 끝나는 소리였다. 얼마나 오랫동안 목표도 기준점도 없이 무작정 달렸을까. 미나는 자신이 아직도 어머니가 바다표범 가죽으로 만들어준, 하얀 올빼미 인형을 쥐고 있다는 사실을 알아차렸다. 아이가 세 번째 생일 선물로 받은 것이었다.

자신을 모조리 집어삼킨 밤, 미나를 인도하는 단 하나였다. 올빼미 인형이 아이의 나침반이자 두 눈 그리고 그 이상인, 유일한 가족이자 새로운 세상이 되어줄 것이다.

1

IMG_1777 - IMG_1797 / 10월 24일
그린란드 남서쪽, 누크 주변 대륙빙하를 하늘에서 내려다본 사진

붉은색 소형 쌍발기가 얼음 표면을 할퀴고 이륙한 지 한 시간쯤 된 시각, 기내에는 몇 안 되는 승객들이 동체가 내는 일정한 엔진 소리를 자장가 삼아 졸고 있었다. 북극의 적의가 그들을 기다리고 있는지도 모른 채, 기내는 고요하기만 했다.

안경을 이마에 밀어 올린 채, 카낙Qaanaaq은 일정한 간격을 두고 카메라의 셔터를 누르고 있었다. 몇 년이나 적금을 부어서 겨우 마련한 값비싼 신형 블레이드 카메라였다. 왜 덴마크 기업은 스웨덴만큼 괜찮은 카메라를 만들지 못하는 거지? 미스터리였다.

셔터를 세 번쯤 눌렀을 때, 카낙은 인상을 찌푸렸다. 실수로 연사 모드를 켜놓은 것이었다. 셔터 한 번에 대여섯 장의 사진이 찍힌 셈이었다. 카낙은 언제 끝날지 모르는, 그저 똑같아 보이는 새하얗고 단조로운 대륙빙하 사진 한 무더기를 정리하는 상상을 하고 있었다.

"덴마크 인이세요?"

그때 불쑥 옆자리의 여자가 그의 생각을 방해했다.

까끌까끌한 돌처럼 거친 노르윌란 지역*의 두드러진 억양과 금발로 보아 여자도 덴마크 인인 듯했다. 하지만 밖으로 뒤집어 접은 바다표범 가죽 부츠와 같은 행색은 그녀가 그린란드의 생활에 퍽 익숙하다는 걸 보여주고 있었다. 혹은 그렇게 보이려 노력한 것이었거나.

"네."

"일 때문에 오셨나 봐요?"

"네."

귀찮은 사람을 떼어내기 위해선 세 음절 이하로 대답하면 된다.

"저도요." 여자는 자랑스럽게 대답했다. 오지 않는 대답을 기다리던 여자는 홀로 말을 이어 나갔다.

"미팅이 꽤 많이 잡혀 있어요. 전 기념품가게에서 상품을 도매로 공급하고 있어요."

여자는 제멋대로 명함을 불쑥 내밀었다.

리즈 시몬슨 Liese Simonsen, **여행 및 판촉용 제품, 도매 및 준도매 판매.**

카낙은 입을 비죽이며 명함에 쓰인 글씨를 읽었다.

"그것 참 다행이네요" 또는 "직업에 귀천이 어디 있겠어요" 등 평소의 그였다면 나중은 생각하지 않고 그렇게 응수했을 테지만 오늘은 아니었다. 사십이 년 만의 공백 이후라면 더욱더 그렇게 해서는 안 된다. 딱히 여자가

* 덴마크를 구성하는 5개 행정구역 중 가장 북쪽에 해당하는 지역

잘못을 한 건 아니겠지만 그녀는 카낙이 우수에 잠길 기회를 망쳐버렸다.

"무슨 일로 오셨어요?" 여자가 물었다.

"저 말입니까……?"

카낙은 머뭇거렸다. 평소였다면 내뱉었을 부적절하고 미성숙한 말들이 입안에 맴돌았다.

"연쇄살인범을 잡으려고요."

카낙은 사과할 때나 지을 수 있는 불편한 웃음을 지으며 대답했다.

"누크에서 살인이요?" 여자가 외쳤다.

"네. 누크에서요. 하지만 아시다시피 모든 것에는 끝이 있는 법이죠……."

여자는 믿지 못하겠다는 듯 입을 비죽였다. 그리고 입을 꾹 다물고 눈을 끔뻑거리며 인조 가죽으로 만든 미니어처 카약과 인공 바다코끼리 상아로 만든 목걸이 따위가 가득한 책자 속으로 빠져들었다.

카낙이 알기로 그의 부모님은 태어나서 한 번도 그린란드에 와본 적이 없었다. 그를 입양할 때조차도 말이다. 카낙은 아드리엔슨 가문에서 거대한 얼음 섬에 발을 내딛은 첫 번째 사람이었다. 더 나은 표현으로는 한 번도 가본 적 없는 곳에 처음으로 '되돌아온' 사람이었다.

카낙은 작가인 아버지라면 지구전도와 평면 구형도 상의 최북단에 찍힌 거대한 젖빛의 점과 같은 이 설국에 도착하는 순간을 어떻게 그릴지 생각해보았다.

'기내의 푹푹 찌는 열기와 외부의 추위를 대조할까? 아니면 하늘에서 본 매끈한 불모지인 광활한 순백의 땅이, 실은 그 속에 무한히도 풍부한 지질

학적 자원을 품고 있다는 역설을 지적할까?'

그게 뭐든 본질을 벗어난 여담이라면 크누트 아드리엔슨Knut Adriensen에게 맡겨두는 쪽이 나을 것 같았다. O.A. 드레이어O.A. Dreyer라는 필명으로 그가 성공할 수 있었던 것도 그런 능력 덕분이었다. 어쨌든 그의 아버지는 얼간이였다. 그는 단어 하나, 페이지 한 장에 매달리며 그럴듯한 현실을 재창조하는 데 인생을 바쳤지만 사실 잘 차려진 밥상을 받아먹기만 하면 됐다. 모든 건 주어져 있었고, 그걸 잡기만 하면 됐는데…… 진실이란 주인을 기다리는 야생동물과 같았다. 길들일 필요가 있을지는 몰라도, 왜곡할 것까진 없었다.

그때 잡음과 함께 스피커에서 방송이 흘러나왔다. 아마 곧 누크에 도착한다는 것 같았다. 카낙은 그린란드어를 하지 못했다. 열댓 명밖에 안 되는 승객 중 몇 안 되는 외국인 승객을 위해 덴마크어나 영어로 안내방송을 해줄 필요는 없을 것이다. 빨간 유니폼을 입은 승무원은 지루한 기색으로 고개를 끄덕이고 있었다.

드 하빌랜드 DHC-8기는 속도를 줄여 목적지를 향해 하강 중이었다. 이제 그에겐 q.a@politi.dk로 받은 서류를 훑어볼 시간이 얼마 남지 않았다. Q와 A는 카낙 아드리엔슨의 앞글자를 딴 그의 이니셜이었지만 신기하게도 질문과 대답은 그의 직업과도 딱 맞아떨어졌다.

그의 동료들은 이를 일종의 표식으로 여겼다. 취조를 할 때면 어김없이 드러나는 카낙의 특출한 재능이자 태어날 때부터 미리 정해진 운명 같은 표식 말이다. 일을 시작한 지, 20년이 훌쩍 넘은 지금도 이런 우연성은 종종 그의 주변인들을 즐겁게 해주었다.

베이지색 봉투에 한 손을 올려놓은 카낙은 다른 한 손으로 자신의 머리를 매만졌다. 털 없이 매끈한 두상을 쓰다듬으며 위안을 얻는 그만의 의식이었다. 이로 인해 얻는 소소한 만족감 덕에 카낙은 좀처럼 분노하는 일이 드물었다. 그러나 여전히 카낙은 집으로부터 1천 킬로미터나 떨어진 이곳까지 와서, 너덜너덜하게 찢긴 세 구의 시체를 수사해야 하는 이유를 알 수 없었다. 코펜하겐 경찰청장, 아르네 야콥센Arne Jacobsen은 분명 카낙에게 그의 출장은 징계가 아니라고 단언했다. 그냥 바람이나 쐬러 갔다 오라는 거였다. 모름지기 경찰은 – 특히 좋은 경찰 – 실패를 너무 쉽게 털고 일어나서는 안 되는 법이라며 말이다.

일련의 현장 사진들은 그가 이미 몇 번이나 살펴본 것들이었다. 사진의 구도는 정말이지 엉망이었다! 플래시를 터트리는 바람에 색과 표면이 뭉개져 있었다. 사진이 담고 있는 건 끔찍한 살육 장면이었다. 카낙은 그 속에서 아무런 의미도 발견하지 못했다. 마치 그의 쌍둥이 남매, 옌스와 엘스의 퍼즐 블록과 비슷해 보였다. 제자리를 찾아야 할 것들이 암탉, 세발자전거, 알록달록한 공이 아니라 내장이 다 드러난 복부, '천사의 미소'*처럼 양쪽으로 길게 찢어진 입가, 원래 위치를 한참 벗어난 두 눈이라는 것만 달랐다. 몇 가지 세부적인 특징 – 깨진 턱의 넓이, 거뭇거뭇한 수염 자국 – 들로 보아, 피해자가 두 명의 코카서스 인과 한 명의 아시아 인이며 모두 남성이라는 점은 알아낼 수 있었다.

그는 전문적인 분석가라기보다는 사진작가의 시선으로 사진을 살펴보았다. 세련되지 못한 촬영기술에 예술성이라곤 찾아볼 수 없었지만 사진은

---

* 프랑스 괴담에서 유래한 것으로, 귀까지 찢어진 입가의 상처가 웃는 모습으로 보여 붙여졌다.

존경할 만한 정확성과 명백한 연민의 시선을 담고 있었다. 카낙이 확신할 수 있는 건, 사진을 찍은 이가 사방으로 찢겨 나간 가련한 피해자와 아는 사이라는 것이었다. 이 사진들은 범죄사진학의 규범을 벗어나지 않는 선에서 사진작가의 인간미를 드러내고 있었다.

카낙은 정신을 바짝 차렸다.

어떤 도구나 무기를 사용해야 이렇게 넓고 깊은 상처를 남길 수 있을까? 단검이나 장검의 날은 이보다 깔끔하게 베었을 것이고, 얼음송곳이나 총검이라면 더 좁은 상처를 남겼을 것이다. 낫이나 낫도끼로는 이 정도로 잔인하게 살점을 파헤치지 못했을 것이다. 사체에 남은 밭고랑 무늬의 상흔을 보면 커다란 농업기계를 사용한 것 같았다. 이를테면 탈곡기와 같은. 하지만 그건 불가능했다. 이들은 어쩌다 다친 게 아니라 잔인하게 난도질당한 것이었다. 범인의 의도는 명확했다. 이들을 잘게 찢어 죽이는 것, 그것도 엄청난 분노와 함께.

기내에는 또 한 번 알아들을 수 없는 말로 잡음과 함께 안내방송이 흘러나왔다. 세계 어디를 가던 어떤 언어를 사용하던, 기내 방송이 전하는 메시지는 늘 똑같은 톤에, 늘 똑같이 간결했다. 언어를 몰라도 내용을 짐작하는 데는 무리가 없었다.

사진들을 정리하며 – 여행 및 판촉용 제품 도매상 리즈 시몬슨은 그의 쪽으로는 고개도 돌리려 하지 않았다 – 카낙은 에어 그린란드의 기내 잡지인 「술룩Suluk」을 재빠르게 넘겨보았다. 누크의 전통춤 공연, 일루리삿 Ilulissat의 개썰매 산책과 같이, 온통 실제 생활상과 거리가 먼 관광상품을 다룬 내용뿐이었다. 카낙은 여행업자에 의해 기획된 민속 문화 상품이 지루하고 역겨웠다. 자신의 뿌리를 찾으러 온 기분이 조금도 들지 않았던 것이다.

책과 수첩을 덮는 다른 승객들 – 그들은 캉걸루수악국제공항*과 수도를 잇는 여정에 꽤 익숙해 보였다 – 을 본 카낙은 '아르틱 프루프'라고 새겨진, 그린란드 여행을 위해 구입한 점퍼를 입기 위해 윗옷의 매무새를 다듬었다. 한 손은 여전히 카메라를 든 채, 카낙의 짙은 초록색 눈동자는 점점 흰색이 사라져가는 풍경 위를 배회하고 있었다. 그린란드, '녹색의 땅'이란 이름은 과거 처음 이곳을 발견했던 바이킹족 붉은 에리크**가 순진한 사람들을 더 많이 이주시키기 위해 꾸며냈던 거짓말만은 아니었다.

지금의 고도에서는 눈앞의 초록이 산성토에 자라난 소관목 지대인지, 돌이 많은 지대의 풀이 무성한 경사지인지 알아보기 힘들었다. 하지만 한 가지 분명한 것은, 이 땅에도 식물이 자란다는 사실이었다. 그것도 꽤나 많이 자란다. 그린란드 당국의 곳간을 채워줄 몇몇 곡물 재배농장이 깔끔한 직사각형 모양으로 존재하고 있었다. 캐나다의 거대한 숲이나 미국의 중서부 조방농업지에 비할 순 없겠지만 그린란드의 중심에서 해변으로 갈수록 패치워크가 점점 진한 녹색을 띠는 것을 확인할 수 있었다.

카낙은 지난 여름, 수일간 계속된 거대한 규모의 불길이 그린란드의 남동부 일대를 황폐화시켰다는 소식을 듣고 아연실색했던 기억을 떠올렸다.

* 캉걸루수악은 그린란드의 유일한 국제공항으로, 유럽 대륙(그중에서도 특히 덴마크)과 그린란드를 잇는다. 매일 코펜하겐과 캉걸루수악을 오가는 항공편이 있다.
** 에이리크 힌 라우디 토르발드손(Eiríkr hinn rauði Þorvaldsson)을 말하며, 최초로 그린란드에 노르드인 식민지를 개척했다.

그 규모는 캘리포니아, 프랑스, 포르투갈에서 일어난 산불과 맞먹을 정도였다. 영원한 얼음의 나라에서 인간이 통제하지 못할 정도의 산불이라니. 비극적인 모순이 아닐 수 없었다. 극지방에서 진행 중인 이상기후 현상을 여실히 보여주는 사건이었다.

사람들은 그린란드를 어떠한 반전도, 이야기도 없는 꽁꽁 언 거대한 비석과도 같은 곳이라고 생각한다. 그리고 이런 이미지를 만든 장본인이 바로 지리멸렬한 투어 관광과 편견을 타고 퍼지는 헛소리들이었다.

사람이 죽었다. 그러니 적어도 하나의 이야기는 있을 것이다.
범죄가 있었다. 그러니 카낙은 하나 이상의 이야기를 찾아낼 것이다.

2

IMG_1814 / 10월 24일
누크경찰서 건물 정면의 모습

'달처럼 둥근 얼굴보다는 인간의 얼굴을 한 달덩이라는 표현이 더 맞겠군.'

이것이 구릿빛 피부와 둥근 얼굴을 하고 미소를 짓고 있는 남자에 대한 카낙의 첫인상이었다. 그는 보딩브리지 아래에서 카낙을 기다리고 있었다.

코펜하겐경찰청 비서실로부터 받은 정보라곤, 카낙이 비행기에서 내리면 한 남자가 마중 나와 있을 거란 사실과 그의 이름이 다였다. 키가 작고 배가 불룩하니 나온 남자가 뒷짐을 진 채 서서 그를 기다리고 있었다. 열어젖힌 짙은 푸른 조끼 사이로 얼룩덜룩한 티셔츠가 보였다. 패럴리 형제*의 코미디 영화 속에 등장하는, 하와이 해변에서 얼큰히 취한 전형적인 에스키모의 모습이었다.

익숙해져야 했다, 저 사람이 카낙을 기다린다는 그 사람이라면 여기서

---

* 「메리에겐 뭔가 특별한 것이 있다」와 「덤앤더머」 등의 코미디물을 감독한 피터 패럴리와 바비 패럴리 형제를 말한다.

머무는 내내 자신의 조수이자 가이드로 늘 그와 함께 움직여야 한다는 의미다. 카낙은 그 시간이 될 수 있는 한 짧기를 바랐다.

금속으로 된 플랫폼에 발을 내딛자 카낙에게 한기가 몰아닥쳤다. 적설량은 많지 않았으나 – 몇 겹의 얇은 눈이 드문드문 깔려 있었다 – 짙은 안개가 공기 중에 부유하는 모든 입자를 삼키고 있었다. 카낙은 북유럽의 겨울에 이미 익숙했지만 전에는 느껴보지 못했던 중압감이 맨숭맨숭한 머리 위로 느껴졌다. 마치 초국지적 대기압이 눈에는 보이지 않는, 알 수 없는 힘을 행사하듯, 그의 머리 위로 얇은 서리막이 씌워지는 것 같았다. 텁수룩하고 짙은 머리칼을 가진 남자가, 카낙의 머리를 보고는 모자를 쓰라는 표시를 내보였다.

"됐어, 괜찮아. 알았다고……." 카낙이 혼자 중얼거렸다.

"아푸티쿠 칼라켁Apputiku Kalakek 씨?"

연이은 격음으로 카낙이 더듬거리며 말했다. 범상치 않은 인상의 남자는 숱이 많은 눈썹을 치켜 올리며, 손에 힘을 실어 악수하는 것으로 대답을 대신했다.

"카낙 아드리엔슨입니다."

영하의 추위로 인상을 찌푸리며 카낙이 자신을 소개했다.

"어? 아닌데."

'아니라니?' 카낙은 표정이 풍부한 편은 아니었으나 처음으로 당황해 자신의 눈이 일그러지는 것을 느꼈다.

"네?"

"카낙이 아니라……."

그는 온 치아를 다 동원하며 말했다.

"흐아낙."

그의 입안에서 발음된 자신의 이름의 첫 글자 q는 묵음이었고, 날숨과 가래 끓는 소리 사이의 쉭 소리로 들렸다. 마치 후두음처럼, 숨소리와 목구멍을 긁는 소리의 중간쯤이라고 해야 할까. 입안에서 나는 소리가 아니라 몸 깊숙한 곳에서부터 나오는 소리였다.

카낙은 말꼬리를 잘라먹은 상대방의 화법에 화가 나지 않는 자신에 놀랐다.

"흐아낙." 카낙은 얼떨결에 그를 따라 했다.

"이번엔 괜찮네요."

남자는 인정한다는 듯, 어깨를 일정한 박자에 맞추어 흔들며 웃었다.

카낙은 어안이 벙벙했다. 지금껏 그의 부모님, 친구, 동료, 선생님 그리고 빵집 주인이나 그가 신문했던 놈들 모두가 그의 이름을 잘못 발음해왔단 말인가? 그 자신도 포함해서? 짧게 그린란드식 폭소를 내뱉고 나니, 어느 정도 불편한 기분을 떨칠 수 있었다. 카낙이든 흐아낙이든 뭐가 중요한가. 그의 이름은 언제나 미친개가 짖는 소리처럼 귀에 거슬렸고, 어릴 적엔 놀리는 데 도가 튼 친구들의 타깃이 되지 않았던가.

'카카, 아낙, 마칵*……. 욕을 먹으면 오래 산다던데, 마음껏 놀려라 이것들아.'

"따라오고 있죠?"

아푸티쿠는 다른 이들처럼 여행 가방을 찾아주러 달려가는 대신, 반 바

---

* 각각 프랑스어로 똥, 사기꾼, 추남이란 뜻이다

퀴 정도 몸을 돌려 가벼운 턱짓으로 여객터미널을 가리켰다. 그는 다리가 짧은 편이었고, 걸음걸이가 매우 느렸다. 카낙의 보폭에 맞추려면 최소한 세 배는 빨리 발을 놀려야 할 텐데도 느긋하기만 했다. 얼어붙은 비행장을 건널 때도 느릿느릿 발을 움직였다.

누크공항의 시설은 덴마크 소도시의 형편과 비슷했다. 활주로는 단 하나였으며, 도착 및 환승 터미널은 1980년대쯤에 지어진 것처럼 보였다. 프로펠러 쌍발기의 보유 대수는 적었고, 그마저도 눈송이 무늬가 박힌 붉은색의 에어 그린란드기가 다였다. 비행장 너머로 키가 낮은 색색의 집들이 성긴 그물망처럼 흩어져 교외를 이루고 있었다. 높은 탑도, 커다란 경기장도, 다리도, 고가다리도, 교차로도 보이지 않았다. 눈에 띄는 건축물도, 유럽의 도시에서 흔히 보이는 도시화의 흔적도 없었다. 엄연히 한 나라의 수도인데 말이다.

그래도 어쨌든 사십이 년 만이었다. 선조의 땅을 다시 밟기까지 카낙에게 사십이 년이란 시간이 걸렸다. 그는 미약한 감정이라도 들기를 기대했다. 그의 어머니 플로라는 카낙이 임무 수행을 위해 가야 할 곳이 어딘지 알게 된 후, 오랫동안 아들을 주의 깊게 살폈다. 카낙이 큰 충격을 받을지도 모르는 일이었다. 어쩌면 따뜻했던 기억과 힘들고 고통스러웠던 기억이 한꺼번에 뒤죽박죽 떠오를 수도 있었다. 자신의 뿌리로 되돌아가는 건 절대로 기쁜 일이 아니었다.

하지만 정작 그가 놀란 건 외딴 시골 마을 같은 도시가 그에게 아무런 감흥도 주지 않는다는 사실이었다. 여느 수사의 시작 단계, 여느 시골 마을과 다르지 않았다. 흥분되면서도 동시에 지루했고, 가능한 한 빨리 쓰레기 같은 놈들을 잡아넣고만 싶었다. 세계에서 가장 세금을 많이 떼는 국가 중 하나인 덴마크에서는 국민 혈세를 낭비하지 않으려 늘 노력했지만 부족했다. 그는 다른 때보다 더 감정적이지도, 약해지지도, 투지가 넘쳐흐르지도 않았다. 그는 그저 이십 년 경력으로 다져진 성실한 형사였다. 이것이 바로 그의 고향이자 낯선 나라가 그에게 준 첫인상이었다.

여객터미널 내부는 상상했던 것만큼 평범했고, 달리 특징이랄 게 없었다. 카낙의 시선을 잡아끈 것은 한 서점의 유리창 너머 베스트셀러 진열대에 비치된 O.A. 드레이어의 『록슨 반장의 새로운 모험』 시리즈의 최신작이었다. 아버지가 돌아가시고 오 년이나 지났지만 변한 건 아무것도 없었다. 그의 작품은 여전히 덴마크 서점에서 불티나게 팔렸다. 출판사는 아버지가 남긴 종이 뭉치 중에서 미출간 작품을 계속해서 찾아내고 있었다. 그들은 황금알을 낳는 거위인 아버지를 아직 놓아줄 생각이 없었다. 어딜 가든 그를 따라다니는 아버지의 망령은 놀랄 만큼 씁쓸한 감정을 남겼다. 죽은 후에도 이렇게 작품 활동에 열심이니, 그런 아버지를 떨쳐버리는 게 어디 쉬운 일이냔 말이다.

도요타 지프에 올라탄 아푸티쿠는 먼저 누크를 한 바퀴 돌아보자고 했다. 뽑은 지 얼마 안 돼 보이는 그의 차는 그의 조끼와 무척이나 잘 어울리는, 무슨 색인지 정의하기 어려운 어두운 색이었다. 그리고 도시에 대한 그의 설명은 불친절했다.

"여긴 골프장이에요."

"여긴 누크의 대학교 일리시마투삭픽Ilisimatusarfik이에요."

카낙은 알아듣기 힘든 아푸티쿠의 어설픈 덴마크어를 머릿속으로 대강

번역해야 했다. 도심에 가까워질수록 카낙은 도로 위의 교통량이 매우 적다는 사실을 알아차렸다. 중심 도로는 부분적으로 눈이 덮인 1차선 돌길과 교차하고 있었다. 아스팔트로 포장된 중심 도로는 짧게 깎인 풀들이 갈색으로 변한 공터와 얼어붙은 작은 호수들 사이로 크게 곡선을 그리고 있었다. 도시는 구체적인 도시계획 없이, 주변과의 조화를 고려하지 않고 땅에서 우뚝 솟아난 것처럼 보였다. 사실 대부분 유럽의 지방 소도시가 그랬다. 하지만 누크는 건물과 인프라까지도 무질서하고 매우 급하게 지어졌다는 인상을 주었다. 모든 것이 허술해 보였다. 대다수의 개인 주택, 창고, 사무실은 뚝딱 끼워 맞춘 단층의 조립식 건물 수준에 머물러 있었다.

무엇보다 카낙은 형사로서 새로운 지역을 알아가야 한다는 사실이 가장 불안했다. 형사에게 가장 중요한 것은 자신의 영역이었다. 형사라면 영역을 매일 조금씩 길들이고, 세분화하고, 그곳의 냄새를 맡으며 직접 느껴야 했다. 그뿐만 아니라 자신의 흔적, 지표 그리고 표시를 남겨야 했다. 그가 담당한 지 이제 곧 십 년이 되는 코펜하겐의 중심부 인드레 바이의 외스테르브로와 뇌레브로에서는 클럽, 술집, 골목, 벽의 소변 자국까지 그가 모르는 것이 단 하나도 없었다.

하지만 이곳은 모든 것이 새롭고, 낯설고, 절망적일 만큼 익명적이었다. 마치 냉동실 속 선반이나 다 똑같이 생긴 저장 용기처럼 막막하게 느껴질 뿐이었다.

그 순간 마치 섬광처럼, 도로 이곳저곳에 흩어진 건물 위로 조각조각 찢긴 사체의 모습이 겹쳐졌다.

"여기서 일한 지는 얼마나 됐나요, 아푸티쿠?"

떠오른 이미지를 떨쳐내려 애쓰며 카낙이 물었다.

"오 년밖에 안 됐어요. 그냥 아푸라고 부르세요."

"아…… 오 년이면 이제 좀 눈이 트일 시기군요."

아푸티쿠의 대답은 2퍼센트 정도 부족했다. 질문의 테두리를 넘지 않는 대답이었다. 그 이상으로 카낙과 신뢰를 쌓을 생각이 없는 모양이었다. 경찰에서 일한 기간은? 경찰이 되기 전에 하던 일은? 그동안 맡은 주요한 사건은? 이와 같은 정보들이 반쯤 이가 빠진 그의 미소 띤 입속에 갇혀 나오지 않고 있었다. 그리고 카낙이 캐묻지 않는 이상 그럴 생각인 것 같았다. 피로 얼룩진 사체의 모습이 다시 떠오르며 눈앞의 풍경을 핏빛으로 물들였다.

그리고 바로 그 순간, 첫 번째 직감이 떠올랐다.

세 명의 희생자는 그들보다 훨씬 거대한 무언가에 의해 살해된 것이다. 장엄하다고 표현할 만큼 잔혹한 그것의 야만성은 누크와 같은 소박하고 어설픈 촌구석과는 어울리지 않았다. 이런 곳에서는 살인사건이 드문 건 둘째 치고, 통계적으로 봤을 때 살인사건이 일어난다고 해도, 서로 배에 칼침을 한 방 놓거나 얼굴에다 총을 한 방 쏜다거나 하는 정도의 규모여야 했다. 사진에서 그가 본 것과 같은 기이한 살육과는 거리가 먼, 그런.

도시가 클수록 범죄도 강하고, 도시가 작을수록 범죄도 약한 법이었다. 물론 모든 법칙이 그렇듯, 이곳도 예외일 순 있었다. 그리고 카낙은 그런 경우를 수도 없이 보아왔다. 그래도 이런 촌구석에서 그런 엄청난 사건이 벌어질 리가 없다. 약간의 죄책감을 느낀 카낙은 뒤이어 떠오른 생각을 서둘러 지웠다.

코펜하겐에 있는 그의 동료들은 대부분 체계적이지만 많은 노동을 필요로 하는 수사 방식을 고집했다. 그들은 물질적 증거를 하나둘씩 수집하다 보면, 새로운 사실을 깨달을 수 있다고 생각했다. 그럭저럭 유용한 정보를 모으면 모을수록, 그 속에서 작게나마 진실의 싹이 튼다고 믿는 쪽이었다.

반면, 그들보다 나이가 더 많은 편인 소수의 동료들은 오로지 자신의 직감만을 믿었다. 카낙보다 열두 살이나 많은 친구인 칼 브레너Karl Brenner는 그중에서도 꽤 실력이 좋은 편이었다.

카낙은 자신이 두 성향의 중간쯤에 속한다고 생각했다. 그는 수사 초반에 직감이 샘솟으면, 그것이 자유롭게 머릿속을 떠돌게 내버려두었다. 그리고 적당한 때가 되면, 냉혹한 취조를 통해 사실과 자료, 숫자의 칼날로 첫인상을 과감히 베어냈다. 그의 안에는 두 성향의 형사가 공존했고, 카낙은 둘 중 어느 하나도 놓치고 싶지 않았다. 범죄수사학이나 상부가 뭐라고 떠들든 상관없다.

도시를 모두 둘러보는 데에는 십 분이 채 걸리지 않았다.

"작은 도시로군."

카낙이 중얼거렸다. 아푸티쿠는 기다란 단층 건물 앞 막다른 골목에 차를 댔다. 건물은 짙은 색 나무로 마감된 길쭉한 막대기 모양으로 1970년대의 분위기를 풍겼다. 입구 위 지붕에는 터키블루로 '폴리티가든'이라 쓰여 있었다. 누크의 경찰에 대해 뭐라 할 생각은 없었다.

하지만 이곳 경찰본부의 외양을 한참 응시하던 바로 그때, 두 번째 직감이 떠올랐다. 코펜하겐경찰청 모두가 '개미'라고 칭했던 아르네 야콥센은 그에게 그린란드의 경찰들을 도와 사건 해결의 노하우를 전수하고 오라고 지시했다. 그런데 허름한 건물과 그 속에서 흘러나오는 태평한 음악과 웃음소리는, 이 사건을 수사할 유일한 사람이 오직 그뿐일지도 모른다는 인상을 갖게 했다. 어쨌든 '진정으로' 수사에 임할 사람은 말이다.

"아드리엔슨 경감 님?"

그때 금발의 호리호리한 인물이 건물 밖으로 나왔다. 시뇽* 스타일의 머리에 연회색 정장을 입고 어깨에는 경찰복 점퍼를 걸친 여자였다. 막 불이 붙은 담배 한 개비가 손가락 끝에 매달려 있었다. 여자는 눈에 띄지 않을 정도로 엉덩이를 가볍게 좌우로 흔들며 카닥의 방향으로 걸어왔다. 그 모습엔 어떤 우아함과 사람의 넋을 잃게 하는 힘이 있었다.

"아드리엔슨 경감 님, 그린란드에 오신 걸 환영해요!"

여자는 계단을 어색하게 오르고 있는 아푸티쿠보다 족히 15센티미터는 커 보였다. 게다가 어림잡아 그보다 십오 년은 더 젊어 보였다. 평균 이상의 수려한 외모였다. 여행 및 판촉용 제품의 도매 및 준도매상 리즈 시몬슨이 전형적인 덴마크 스타일의 개방적이고 친절한 스타일이라면 이쪽은 뚜렷한 바이킹의 긍지로 무장한, 굳이 따지자면 도도한 스타일이었다. 아무리 미소를 짓고 있어도 그런 인상은 숨겨지지 않았다.

"그린란드 경찰서장 리케 에넬Rikke Engell이에요. 그린란드 경찰서장이라지만 그저 소박한 경찰서에 불과하지만요."

그에게 내밀어진 젊은 여성의 손을 마주 잡기 주저하던 카닥에게, 바로 그 순간, 세 번째 직감이 떠올랐다. 그녀는 반갑게 맞이하려는 인상을 주었지만 정작 손님의 방문에 조금도 기쁘거나 안도하지 않는 듯했다. 다시 말해, 카닥 아드리엔슨은 선조의 땅에서 환영받지 못하는 존재였다.

---

* 머리를 틀어 올려 동그랗게 묶는 단정하고 우아한 스타일을 말한다.

그녀의 동공 수축과 입가의 주름과 같이, 순간적으로 지나간 신호에서 카낙은 이를 분명히 느낄 수 있었다. 만난 지 일 분도 되지 않았지만 벌써 이 여자는 그를 싫어하고 있었다.

3

"여러분, 덴마크어로 부탁해요. 우리 손님한테 예의를 갖추자고요."

그린란드 경찰서장은 단호한 목소리로 어수선한 분위기의 팀원들을 꾸짖었다. 카낙과 서장을 제외하고 곰팡내가 나는 회의실에 모인 사람은 모두 네 명이었다. 참기 힘든 열기가 가득했다. 모서리마다 각기 다른 난방기구가 놓여 있었다. 구석에는 오일 라디에이터와 세라믹 라디에이터, 입구 쪽에는 전기 콘벡터, 옆의 벽면에는 기름 난로가 모두 켜져 있었다. 방 안의 모든 사람은 예의에 어긋나지 않는 선에서 옷을 벗어야 했다. 아푸티쿠를 비롯한 네 명의 남자 중 세 명은 영국 프리미어 리그의 유니폼 티셔츠를 입고 있었다.

아스널 FC 티셔츠를 입은 창백한 안색의 남자가 카낙이 알아들을 수 없는 농담을 불쑥 던졌고, 리케 에넬을 제외한 모두가 폭소하기 시작했다.

"소렌Søren!"

어디서 들었는지 기억할 순 없지만 2009년 그린란드 자치법이 확대되면서 덴마크에 의존하고 있는 사법기관과 경찰의 행정 언어는 덴마크어가 여전히 통용됐지만 정식으론 칼라히수트* 즉 그린란드어가 국가 공용어가 되었다. 그러니 그들이 나누는 농담까지 덴마크어로 나누라고 할 수 없지 않는가. 그는 맨몸으로 왔고, 사적인 농담까지 터치하지 않는 게 예의일 것이다.

"카낙 아드리엔슨 씨를 따로 소개할 필요는 없을 것 같지만……."

서장은 목소리를 가다듬으며 자신이 했던 이전 말과는 달리 소개를 시작했다.

"코펜하겐경찰청의 경감이고, 몇 번 얘기한 적 있죠? 1990년대 형사계의 전설이신 플로라 아드리엔슨Flora Adriensen 국장 님의 아드님이에요."

'오 제발, 그만둬.'

카낙은 마음속으로 빌었다. 장황한 소개로 인해 분위기는 마치 금띠를 어깨에 두르고 가슴에 손을 얹은 채로 덴마크 국가인 '아름다운 나라'를 불러야 할 것만 같았다. 그는 지금처럼 상황을 모면하고 싶을 때면 버릇처럼 손으로 머리를 매만지곤 했다. 카낙이 머리를 쓰다듬으며 키 작은 그의 조수, 아푸티쿠에게 고개를 돌렸을 때, 그의 머리로 향한 장난기 어린 그의 시선에 살짝 놀랐다. 나쁜 의도보다는, 호기심에 찬 눈이었다. 카낙은 그런 시선에 익숙했다. 사람은 누구나 다른 사람에 대해 배타적인 짐승이다. 남들과 다른 이국적 외모를 가지고 살아온 카낙은 그런 일을 자주 겪어야 했다.

경찰서 내부가 준 인상은 밖에서 느낀 것과 크게 다르지 않았다. 중앙의 공용 공간인 오픈 스페이스는 경찰서라기보단 차라리 문화센터나 사교클

---

*　kalaallisut. 이누이트가 쓰는 언어로 포합어 계열 중 하나다. 알래스카와 캐나다 북부, 그린란드 등지에서 사용하고 있다.

럽에 가까웠다. 일에 대한 가슴 뛰는 열정이나 웃음기를 뺀 고성, 조서를 작성하는 열띤 키보드 소리 같은 건 전혀 들리지 않았다. 다만 덩치가 큰 '민간인'들이 한 손에 커피와 간식을 들고 어슬렁거리고 있었다. 몇몇은 컴퓨터 앞에서 벗어나 팝송에 맞춰 선반 사이에서 몸을 이리저리 흔들고 있었고, 나머지는 바퀴 달린 의자에 몸을 기대고 저들끼리 이런저런 소문에 대해 쑥덕거리고 있었다.

놀랄 만큼 평화로운 분위기였다. 카낙은 누크에서 그에게 첫 번째로 주어진 임무가 '듣고 소문내기' 정도의 것에 지나지 않으리란 걸 짐작할 수 있었다. 한쪽 벽에는 장난을 좋아하는 누군가가 짓궂게 마르그레테 2세 여왕*의 공식 초상화 위아래를 뒤집어 걸어놓았다. 이곳은 거꾸로 매달린 여왕의 감시가 닿지 않는 작은 사교계였다.

"어디까지 했더라……."

짧은 연설을 마친 에넬은 탁자와 두 라디에이터 사이에 걸린 게시판 쪽으로 걸어갔다. 그녀는 유니폼 셔츠 속에서 A5 크기의 사진 세 장을 꺼내 하나씩 벽에 고정시켰다. 그리고 늘어선 '쓸모없는' 인간들 ─ 카낙이 보기에 서장은 그들을 분명 그렇게 생각하는 것 같았다 ─ 에게 피로한 눈길을 보냈다.

"다들 알다시피, 지난 8일 동안 칸게크^{Kangeq} 섬 근방의 그린오일 석유개

＊　현재 덴마크의 여왕으로, 본명은 마르그레테 알렉산드리네 토릴두르 잉리드 (Margrethe Alexandrine Þórhildur Ingrid)다. 프레데리크 9세(Frederick IX, 1947~1972)와 스웨덴의 구스타프 아돌프 6세(Gustaf Adolf VI, 1882~1973)의 딸인 잉리드(Ingrid, 1910~2000) 왕비 사이에서의 장녀로, 1953년까지 덴마크는 여성이 왕위를 상속할 수 없었지만 이후 남동생이 태어나지 않았기 때문에 헌법 개정을 통해 추정 왕위상속자가 되었다. 1972년 프레데리크 9세가 사망하자 즉위했다.

발회사에서 일하는 세 명의 외국인, 그러니까 중국인, 캐나다 인, 아이슬란드 인들이죠…….”

서장은 벽에 게시된 지도에서 누크에서 남서쪽으로 약 20킬로미터 떨어진 한 지점을 가리켰다.

“이들이 누크 교외의 그린오일 노동자 거주지에서 죽은 채로 발견되었어요. 조립식 건물로 된 임시숙소가 모여 있는 곳인데, 지역 주민들을 여길 프리무스Primus라고 불러요. ‘버너’라는 뜻이죠.”

서장은 카낙을 고려해 지역명을 덴마크어로 바꿔 말해주는 것도 잊지 않았다. 아푸티쿠는 맨체스터 유나이티드 로고가 새겨진 푹신한 배 위에 두 손을 포개고, 서장의 말이 맞는다는 듯 눈썹을 치켜 올렸다.

“칸게크 섬에는 사람이 살지 않아요. 노동자들은 매일 배나 헬리콥터로 프리무스와 원유시추선, 즉 플랫폼 사이를 오가죠.”

서장이 설명했다. 중국인 한 명, 캐나다 인 한 명, 아이슬란드 인 한 명이라, 인구 구성이 참으로 다양했다. 얼마나 더 많은 국적의 사람들이 그곳에서 일하고 있는 걸까? 주위를 둘러보던 카낙은 팀원들의 외모가 크게 두 부류로 나뉜다는 사실을 알아차렸다. 하나는 리케 에넬을 필두로 한 덴마크인의 전형적인 길쭉한 타원형 얼굴을 가진 사람들이었고, 다른 하나는 아푸티쿠로 대표되는 둥그런 몸매의 이누이트 출신의 사람들이었다.

방금 전 농담을 던졌던 소렌은 유일하게 양쪽의 특징을 모두 가지고 있어 혼혈임을 짐작케 했다. 그는 양쪽의 영향을 균등하게 받은 건지 길쭉한 얼굴, 곧게 뻗은 코, 아몬드 모양의 밝은 색의 눈, 앞으로 볼록하니 솟은 광대뼈를 동시에 가지고 있었다. 여기에 세면대처럼 하얗고 매끈한 카낙의 머리까지, 기막힌 인류학적 다양성을 자랑하고 있었다.

"칸게크에서 일하는 그린오일 직원의 95퍼센트는 평균 여섯 달 동안 계약직으로 일하는 파견노동자예요. 6개월의 계약이 끝나면 한 달 동안 고향으로 돌아가고, 이후에 다시 돌아와 또 여섯 달 동안 일을 하죠. 그런 식으로 계속 반복해요. 일에 싫증이 나서 관두거나 무슨 사고가 나지 않는 한은 쭉……."

세 명의 피해자 사진 위로 카낙이 이미 알고 있는 살육의 이미지가 겹쳐졌다.

'사진을 찍은 사람은 누구일까? 농담을 좋아하는 소렌? 왼쪽의 잘생긴 남자? 아니면 회의 마지막에 합류한 비밀스러운 이누이트 젊은이? 아무래도 아푸티쿠는 아니겠지?'

"10월 17일 새벽 3시 무렵 후안 리앙Huan Liang이 사망했어요. 중국인, 28세에 미혼이고 칸게크에서는 작년부터 용접공으로 일했어요."

'6개월 근무를 두 번 정도 했단 말이군.' 카낙은 생각했다.

몇 주, 어쩌면 단 며칠만 더 살아 있었다면 그는 베이징이나 상하이, 혹은 그게 어디든 자신의 고향으로 안전하게 돌아갔을 수도 있었다. 그린오일에서 일한 대가로 받은 돈으로 그는 가족들의 선물로 최신 스마트폰을 사거나 어릴 적 친구들에게 크게 한턱을 내거나 돈 많은 남편감을 찾으면서도 때때로 매춘을 일삼는 여성들과 어울릴 수도 있었다. 그는 고향에서 다시는 이곳으로 돌아오지 않을 생각으로 전기부품공장에서 괜찮은 일자리를 구할 수도 있었다. 대체 무엇을 위해? 호화 빈민촌에서 젊음을 낭비하기 위해? 범인은 왜 이런 불쌍한 사람을 표적으로 고른 걸까?

"매튜 호포드Matthew Hawford도 같은 날 사망했어요. 캐나다 인, 33세 기혼에 아이가 하나 있어요. 2012년부터 그린오일에서 정규직 작업반장으로 일

해왔죠. 그리고 이틀 뒤 19일 새벽 4시 무렵, 세 번째 피해자가 발생했어요. 닐스 율리안슨Niels Ullianson, 구내식당에서 요리사로 일하던 아이슬란드 인으로, 26세 미혼이죠."

'중국인 용접공, 캐나다 인 작업반장, 아이슬란드 인 요리사……'

재미있는 조합이었다. 겉으로 봐서는 공통점을 찾을 수 없었다. 아마도 바다 한가운데 떠 있는 개미소굴 같은 곳에서 서로 마주친 적도 없었을 사람들이다.

"아이슬란드 인을 요리사로 고용했다는 사실이 놀랍네요."

리케 에넬이 가볍게 웃으며 말했다.

"리프라르필사* 외에 할 줄 아는 음식이 있었나 보네요. 설마 그것만 만든다고 죽였을 리는 없을 테니까요."

안타깝게도 양의 간으로 만든 소시지에 대한 그녀의 외국인 혐오성 농담에 반응하는 사람은 아무도 없었다. 살짝 신경질이 난 서장은 일부러 기침을 하더니 말을 이었다.

"세 경우 모두 검시관 크리스 칼슨Kris Karlsen이 부검한 결과……."

서장은 카낙의 왼쪽에 서 있는 젊고 활력 넘치는 남자를 향해 미소를 지어 보였다. 카낙은 본능적으로 그를 앞서 말한 두 가지 부류 중 순수 '덴마크 인'으로 분류했다. 그가 뭔가를 숨기고 있는 게 아니라면 말이다.

"피해자들은 모두 후두 윗부분이 잘렸어요. 그 다음으로는 복부가 파헤쳐졌죠. 대장과 소장이 만나는 지점이라 그 아래쪽으로 다량의 출혈이 발

---

* lifrarpylsa. 양 내장과 피, 지방으로 만든 슬라우투르(Slátur)에 속하는 음식으로, 피로 만든 푸딩인 블로드뫼로(blóðmör)와 간으로 만든 소시지인 리프라르필사가 있다. 아이슬란드 인들이 좋아하는 음식이다.

생했어요."

"세 명 모두 같은 순서예요."

칼슨이 조심스럽게 말했다.

"목 그리고 배."

카낙은 이 같은 보고를 가만히 경청하고만 있는 팀원 모두에게 놀랐다. 코펜하겐경찰청이 소재한 닐스 브록스 게이드에서 누군가 이렇게 간략한 보고를 했다면 회의실은 시끄러운 시장터로 변했을 것이다. 너도나도 반대 의견을 내기 위해 상대방 논리의 빈틈을 지적하느라 난리였을 텐데, 이곳은 달랐다. 아무도 서장의 의견에 반대할 배짱도, 생각도 없어 보였다.

"그런데 여기서 모르시는 분은 없을 테지만 범인의 살해 방식이 북극곰의 공격 패턴과 매우 비슷해요."

서장의 말에 아푸티쿠는 자신이 잠시 자리를 비웠다는 사실을 알리려는 듯 천진한 표정으로 입을 뻐끔거렸다.

"이마카Imaqa."

에넬의 매서운 눈초리가 땅딸막한 아푸티쿠에게로 향했고, 그는 자신만의 생각에서 파드득 빠져나왔다.

"아마도라니 그게 무슨 말이죠?"

"그…… 현장에서 범죄에 쓰인 무기가 나오지 않았으니까요."

"그건 나도 알아요."

아푸티쿠의 대답에 에넬은 마치 수업을 따라오지 못하는 아이를 가르치 듯 한 글자 한 글자에 힘을 주어 답했다.

"그래서 그 가설이 그럴듯하단 말인가요?"

"아뇨……. 제 말은, 그러니까 현장에서 나오지 않았다고 해서 다른 곳에서도 나오지 않으리란 보장이 없다는 거예요."

아푸티쿠가 중요한 사실을 지적했다. 하지만 서장은 거기에 조금도 동의하지 않는 듯했다.

"그렇죠. 아직 곰의 발바닥이나 입속을 뒤져보지 않았으니까요!"

아무리 농담이라고 해도, 부하직원에게 무안을 주는 게 결코 좋은 선택이 아니란 걸 카낙은 경험을 통해 알고 있었다. 아푸티쿠는 새빨간 축구 유니폼에 코를 푹 박았다. 그는 이런 취급을 묵묵히 받아들이는 것 같았다. 위계질서가 엄격한 회의실의 분위기가 점점 견디기 힘들어지고 있었다.

방에 좁게 난 두 개의 창문을 통해 카낙은 경찰서의 정확히 맞은편에 세워진 문화센터인 카투악의 매우 현대적인 건축물을 바라보았다. 길쭉한 나무판자가 이루는 물결 곡선이 수려한, 그린란드 수도의 너저분한 도시 경관과 어울리지 않는 화려한 건축물이었다.

"그러니까……."

에넬은 아무 일도 없었다는 듯 다시 말을 이었다.

"세 건의 살인에서 사용된 살해 방법이 여전히 의문이에요. 여기서 의문은 여러 개죠. 먼저 호포드와 율리안슨의 숙소에 있었던 잠금장치예요. 분명 누군가 이 잠금장치를 풀었어요. 한 번 더 강조하지만 자물쇠를 부순 게 아니라 풀었다고요. 혹시 여기 문을 딸 줄 아는 북극곰을 아는 사람이 있으면 내 번호를 넘겨줘요. 우리 집 근처 카바레에서 아주 떼돈을 벌게 해줄 테니까요!"

그 카바레는 덴마크에 있는 게 분명했다.

"리앙 숙소의 잠금장치는 더 미스터리해요. 리앙이 사망하기 바로 전에 잠금장치를 원래 것보다 더 튼튼한 걸로 교체했거든요. 그러니까 북극곰이 범인이라면, 문으로 다가가기 위해 뒷발로 설 줄 알아야 할 뿐만 아니라 새로 바뀐 리앙의 문 열쇠까지 가지고 있었어야 한단 말이 되네요."

부하직원 중 두 명이 참지 못하고 웃음을 터뜨렸다. 아푸티쿠도 그의 시끄러운 웃음소리를 살짝 흘리고 말았다. 그는 이 상황이 화도 나지 않는 건가? 범인이 북극곰이라고 주장하고 싶었던 게 아니라면 리케는 아까는 왜 아푸티쿠에게 무안을 줬던 걸까?

카낙은 코펜하겐에서 이곳으로 와야 했던 이유를 조금은 알 것 같았다. 빙하가 녹으면서 생긴 빙산을 따라 인가로 내려온 굶주린 곰이 피해자들을 공격한 것일지도 모른다는 리케의 가설이 무너지는 순간이었다. 실제로 그런 일들은 더러 있었다. 캐나다의 북극권을 다룬 텔레비전 프로그램에서 본 적이 있었다. 거기서 나온 굶주린 동물들은 북극곰보다는 훨씬 더 온순한 종이었다. 물론 그런 가설이 진지하게 고려됐다면 누크의 교외로 달아난 북극곰을 쫓아 수색만 하면 됐을 것이고, 아푸티쿠, 소렌과 다른 이들이 대대적으로 수사를 벌였을 것이다. 이해할 수 없는 건, 이들이 덴마크 경찰청에 사건 보고를 하고 지원을 요청하기까지, 장장 일주일이란 시간을 허비했단 사실이다.

'형사의 오만함? 범인이 북극곰이란 가설이 터무니없어서?'

더는 가만히 두고 볼 수 없었다.

"오……." 조심스러운 목소리로 카낙은 입을 열었다.

"피해자가 그날 저녁에 문을 잠그는 것을 깜빡했을 수도 있지 않나요?"

그를 향해 날아온 눈초리로 보아, 에넬은 반박에 익숙하지 않은 게 분명했다.

"그렇다고 치죠. 그랬다면 곰이 이미 열려 있는 문을 밀고 들어왔겠죠.

그럼 문짝이나 잠금장치 주변에서 무슨 흔적이 나오지 않았을까요. 발자국, 털 혹은 침전물 같은 거 말이에요. 흙이라도……. 안 그래요, 소렌?"

과학수사를 담당하고 있는 게 분명한, 아스널 FC 유니폼을 입은 남자가 시인했다.

"맞아요. 그런데 그런 흔적은 없었어요. 짐승이 남긴 것으로 보이는 건……."

"사람의 흔적도요?" 그의 말을 끊고 카낙이 물었다.

"네. 피해자의 것을 빼고는 아무것도 없었어요."

리케 에넬은 다급하게 말을 돌렸다.

"게다가 공격이 한밤중, 그것도 가장 어둡고 고요한 시간대에 발생했다는 점을 지적하고 싶네요. 제가 곰 전문가는 아니지만 이 계절에는 먹잇감을 구할 확률이 더 높은 낮에 활동하려 하지 않았을까요? 곰이 몸을 사렸을 리 없으니까요."

"북극곰은 시력이 좋지 않으니 그렇게 생각할 수도 있어요."

아푸티쿠가 다시 끼어들었다.

"하지만 북극곰은 후각에 의존해서 사냥해요. 수 킬로미터 떨어진 곳에서도 목표물의 냄새를 맡을 수 있죠. 그러니 밤낮은 크게 상관이 없어요."

대화는 계속해서 빙빙 돌고 있었다. 카낙은 이 지지부진한 언쟁을 끝내기로 결심했다.

"그렇다면 수색은 하셨겠지요? 헬리콥터로라도 말입니다."

"아드리엔슨 경감 님, 코펜하겐에는 장비가 충분하니 전화 한 번에 바로 수색기를 띄울 수 있는지는 모르겠지만 여긴 아니에요. 여긴 물자가 턱없이 부족하죠. 전용 헬리콥터도 없을뿐더러 덴마크와 여기를 오가는 에어 그린란드 비행기를 동원하는 데는 한 시간에 2천 5백 크로네Krone*나 든다고요!"

갑자기 높아진 서장의 언성에는 노기가 서려 있었다. 서장을 진정시키기 위해, 소렌은 간단한 동물학적 지식을 꺼냈다.

"곰은 한 시간에 50킬로미터 이상을 달릴 수 있어요. 자동차나 스노모빌이 따라갈 수 없는 지형도 가능하지요. 만약 **공격자**가 곰이었다면, 우리가 현장에 도착해서 뒤를 쫓았다고 해도 이미 한참 멀어진 뒤였을 겁니다……."

다른 먹잇감을 찾아, 저지러놓은 일을 광고하듯 내팽개치고 또 다른 희생자를 만들기 위해서?

하지만 뭔가 어긋나 있었다. 리앙과 호포드가 죽임을 당한 비극적인 17일 밤 이후, 도망자 신분인 '곰'이 고작 하루 만인 18일 밤에 다시 돌아왔단 말인가? 양의 간이나 먹는 아이슬란드 인 율리안슨을 처단하기 위해, 첫 번째 살해 현장에서 고작 몇 걸음 떨어진 곳으로? 쫓기는 상황에 가장 원초적인 본능인 생존 욕구에 따라 움직이는 짐승의 행동이라기엔 이상했다. 그런 생존 본능을 억누를 수 있을 만큼 인간의 고기에 맛을 들였다고? 미식 식인귀라니, 선뜻 이해가 되지 않는 이야기였다.

"아까부터 계속 한 마리의 곰만을 염두에 두는 것 같은데……."

카낙은 말을 꺼냈다.

"여러 마리 곰의 소행일 수도 있지 않습니까?"

---

* 덴마크, 노르웨이 등에서 사용되는 화폐 단위다.

캐나다에 서식하는 그리즐리 곰은 무리 생활을 하지 않지만 네다섯 마리가 한 구역에 자리를 잡고 쓰레기통을 뒤지며 생활해 사람들에게 두려움을 준 사건이 있었다.

"거의 불가능하다고 봐야죠."

소렌이 말했다.

"성체 북극곰은 본래 혼자 움직여요. 생식 활동을 할 때만 다른 곰과 교류하죠. 물론 그것도 자주 있는 일은 아니에요."

그건 어디서 들어본 말 같았다. 누크의 미혼 남성에게도 '생식 활동을 위한 교류'의 기회가 자주 있는 일이 아닐 테니 말이다.

"……그걸 제외하면 거의 혼자서 사냥하죠."

"그게 아니면 혹시…….." 카낙은 포기하지 않았다.

"서로 관련없는 두 마리의 곰이 하루 차이로 공격했을 확률은 없습니까? 순전히 우연적으로 공격이 겹쳤을 확률은…….."

"최소 15일의 간격을 둔다면 몰라도, 하루 차이는 불가능해요."

카낙은 인상을 찌푸렸다. 주름진 얼굴이 그를 마치 샤페이 견종처럼 보이게 했다.

"그건 영역 때문이에요." 소렌이 답했다.

"만약 두 마리의 곰이 같은 영역에서 먹이를 사냥했다면 분명 한 놈은 발견되었을 거예요."

"어째서입니까?"

"한 놈이 다른 놈을 죽였을 테니까요."

"정말입니까? 동족끼리 공격한단 말입니까?"

"네. 곰들은 절대 사냥 구역을 공유하지 않아요. 둘 중 하나는 무조건 쫓겨나요. 외교적으로 원만하게 해결하는 일은 절대 없죠."

테이블 반대편에서 일정한 박자로 테이블을 손으로 두드리며 짜증을 삭이던 리케 에넬은 벌써 몇 개피째인지 모를 담배에 불을 붙이고 있었다. 떡하니 걸려 있는 금연 표지판에도 아랑곳하지 않고 한 모금씩 연기를 내뿜던 에넬은 다시 토론에 끼어들었다.

"땅 위에서의 수색은 이미 했지만 아무것도 발견하지 못했어요. 소렌이 설명했다시피, 곰의 이동 속도는 아주 빠르죠. 그리고 조금만 지형이 복잡해도 기가 막히게 잘 숨어요. 직접 발로 뛰어서 곰을 쫓는다는 건 아무리 많은 사람들을 동원한들, 백상아리 하나를 잡자고 정어리 한 무더기를 보내는 것과 같아요. 아시겠어요?"

하지만 카낙은 좀 전의 아푸티쿠의 말을 곱씹고 있었다. 곰은 먹잇감의 냄새를 맡는다. 눈으로 볼 필요가 없다. 후각에 의존해 이동한다. 하물며, '어디를' 맡아야 하는지 일러준다 해도 말이다.

"그럼 이건 어떻습니까?" 카낙이 말했다.

"북극곰이 사람을 공격하도록 훈련됐을 경우는?"

"투견처럼요? 이를테면 핏불테리어처럼요?"

카낙의 질문에 대답한 것은 잘생긴 검시관 크리스였다. 그는 이들 중, 유일하게 영국 축구팀의 유니폼을 입고 있지 않은 사람이었다. 그의 비유는 다소 불쾌하게 들렸다.

"네. 뭐…… 그런 겁니다."

목표물을 알려주고, 문을 대신 열어주는 훈련사. 그리고 주인의 명령에 따라 제 욕구를 채우는 곰. 얼추 비슷했다.

"불가능해요." 아푸티쿠가 딱 잘라 대답했다.

"그래요? 그건 왜입니까?"

그 질문에 무리의 뒤편에 서 있던 형사라기보단 첼시 FC 선수에 더 어울릴 것 같은 로열블루 색 티셔츠를 입은 앳된 목소리의 젊은 혼혈인이 입을 열었다. 모두가 당황스러운 기색으로 눈빛을 교환했다.

"북극곰은 지상에서 가장 거대한 포식자예요. 600킬로그램 몸무게에 두 발로 서면 키가 3미터에 달하죠. 마주치는 모든 생물을 죽일 수 있는 살인 기계나 다름없어요."

거의 찬양이나 다름없는 말투로 누군가가 계속 말을 이어갔다.

"보통은 바다표범이나 바다코끼리를 먹고 살지만 뭐……."

"피탁Pitak이에요. 아버지와 여러 번 곰 사냥을 나간 적이 있어요."

아푸티쿠가 카낙의 귀에 속삭였다.

"빙하 위에서 북극곰은 몇 주나 끼니를 거른 채 버틸 수 있어요. 하지만 움직이는 먹잇감과 마주친다면 그게 뭐든 간에 단 일 초도 망설이지 않을 겁니다. 인간도 포함해서요. 특히나 인간은 다른 짐승과 비교해 크게 저항하지도, 빠르지도 않으니까요……. 확실합니다. 인간이 북극곰에 가까이 다가가서 무사할 수 있는 가능성은 없어요. 그러니 북극곰을 훈련할 가능성은 더더욱 없죠. 살인을 **명령**하는 건 공상과학 소설에서나 가능한 일이에요. 그런 걸 할 수 있는 사람은 없어요."

"아니에요." 크리스 칼슨이 끼어들었다.

카낙은 웃음을 참았다. 꽁꽁 얼어 있는 줄만 알았던 좀비 형사들이 살아나 움직이기 시작했다. 앞으로 일이 어떻게 전개될지 아주 흥미진진했다.

"왜 그렇게 보세요? 훈련받은 곰, 다들 알잖아요? 다들 한번은 그의 공연을 봤을걸요."

4

IMG_1837 / 10월 24일
검시관의 부검테이블 위의 찢겨진 사체

"모글리Mowgli 말이에요. 기억 안 나세요?"

예상대로 리케 에넬은 크리스의 의견을 바로 묵살했다. 짜증 난 기색으로 크리스는 어깨를 한 번 올렸다 내리고 말았다. 회의는 짧게 끝났다. 후끈한 회의실을 벗어나서도 크리스는 동료들을 설득하기 위해 열심이었다. 그런 그의 모습에서 카낙은 할리우드 블록버스터 영화 속 반신, 토르를 연기한 호주계 배우 크리스 햄스워스의 모습을 얼핏 발견했다. 관심을 바라는 어린아이의 모습을 본 것이다.

에넬은 남성들에게서 거세 공포증을 유발하려는 게 틀림없었다. 그게 아니라면 뭐란 말인가? 카낙, 아푸티쿠와 크리스는 에테르와 죽음의 공기로 가득찬, 조금 전의 회의실보다 조금 더 큰 방으로 들어왔다. 서장은 부검실로의 동행을 사양하고, 자리를 떴다.

"이제 시신을 보여주시죠"

카낙이 말했다. 크리스는 아직도 포기하지 않았다.

"덴마크 인이나 그린란드 인 중에 텔레비전에서 모글리를 한 번도 보지 못한 사람은 없다니까요!"

그 모습이 딱해 보였던 카낙은 적선하는 셈치고 그의 말에 대꾸해주었다.

"텔레비전이라면 영화를 말하는 겁니까?"

"정확히 말하자면 텔레비전용 영화와 광고예요. 덴마크 영화제작사에서 섭외한 북극곰이에요. 제가 얼마 전에 그 곰에 대한 르포르타주를 봤거든요. 서커스 공연을 위해서든 촬영을 위해서든, 사람이 훈련시키는 데 성공한 유일한 곰이래요."

단서라기엔 빈약한데 조금은 기괴해 보였다. 하지만 단 하나의 단서도 놓칠 순 없었다, 그게 그들에게 주어진 최초의 단서라면 더욱더. 카낙의 눈빛에서 약간의 흥미를 포착한 크리스가 서둘러 덧붙였다.

"아쉽게도 훈련사의 이름이나 그가 곰을 어떻게 훈련했는지는 기억이 안 나네요."

"그러니까 아는 게 아무것도 없다는 거잖아."

비죽거리며 아푸티쿠가 중얼거렸다. 크리스는 자신이 가진 단서를 부풀렸다. 그 이유는 뻔했다. 다른 사람들, 그중에서도 특히 서장의 관심을 받고 싶었던 것이다.

'아폴론처럼 아름다운 외모를 가졌어도, 권위적인 하르피이아*의 눈에는 투명인간과 다를 게 없다니, 조금은 위안이 되는군.'

"더 자세한 건 동물학자나 북극곰 전문가에게 물어봐야 할 것 같아요."

---

*　고대 그리스어인 하르피이아(Ἅρπυια)는 약탈하는 여자라는 의미를 가진 단어다. 하피(harpy)라고도 불리는데 그리스 신화에 나오는 날개가 달린 정령으로 여자 머리와 날카로운 발톱을 달고 있는 새의 모습을 하고 있다. 에게 해의 섬에서 인간의 영혼을 잡아먹는다.

크리스는 그렇게 말하면서 신속하고 정확한 동작으로 기계처럼 움직였다. 그는 진료대 위에 보호필름을 펼치고, 중앙제어장치를 이용해 시체보관실 서랍의 잠금을 해제했다. 시체보관실에서 가장 넓은 면적의 벽을 가득 메우고 있는 서랍은 마치 죽음의 체스판처럼 보였다. 심약해 보이는 그의 외모와는 달리 놀라운 프로 의식이 돋보였다. 그는 여러 장에 걸쳐 자신이 휘갈겨 쓴 부검 보고서를 뒤적였다.

"법의학은 여기서 공부했습니까?"

카낙이 물었다. 카낙은 이제껏 상대가 자신의 능력에 호기심을 보일 때 우쭐해하지 않는 사람을 본 적이 없었다. 남녀를 불문하고 언제나 먹히는 방법이었다.

"아뇨."

크리스는 첫 번째 안치실을 열며 말했다. 금속이 마찰하는 소리가 귀를 아프게 했다.

"그랬다면 좋았을 텐데요. 전 누크에서 태어났고, 이곳에는 법의학과가 없어요. 그래서 코펜하겐으로 가야 했죠."

"코펜하겐에는 몇 년이나 있었습니까?"

"고등학교 마지막 학년과 입시 준비 기간을 합하면, 한 십 년쯤 되죠."

적어도 그곳에서는 바이킹 신과 같은 그의 외모가 튀지는 않았을 거다. 최근 크리스가 다닌 코펜하겐대학교 법의학과를 떠들썩하게 만든 스캔들이 하나 있었다. 코펜하겐대학교 법의학과가 덴마크 이민국과 협업을 하면서 일어난 일이었다. 연간 발행되는 「세계행복보고서」에서 '세상에서 가장 행복한 국가'로 이름을 알린 덴마크는 그 문을 두드리는 난민 신청자들로 문전성시를 이루고 있었는데, 그중 가짜 미성년자들을 색출하는 시스템을 적용했던 것이다. 청소년에게 주어지는 난민 혜택을 받기 위해 많은 이들이 나이를 속였고, 바로 이 지점에서 법의학이 개입한 것이었다. 학과 측은 방사선검사를 통해 뼈의 발달 상태를 통해 나이를 짐작할 수 있다고 주장했고, 그 결과 미성년자 신청자들 중 75퍼센트가 실제로는 성인이었다는 사실이 드러났다.

하지만 아무리 효과가 좋다고 하더라도 모두가 그 방법에 동의했던 것은 아니었다. 사람들은 인종차별이나 인간 선택, 나치즘과 다를 게 없는 차별이라며 거센 비난을 쏟아냈다. 어떤 언론에서는 이를 풍자해 코펜하겐대학교의 법의학과장을 과거 아우슈비츠의 야만적인 의무관이었던 요제프 맹겔레*와 칼 클라우버그**에 비교하기도 했다. 논란을 잠재우기 위해 잉에르 스토이베르 덴마크 난민이민통합부 장관은 해당 검사가 출생국에서의 정확한 호적 등록 시스템의 부재로 출생일을 모르는 대다수의 난민을 상대로만 이루어졌다고 항변했다. 이러한 시도는 별 소득이 없었고 논란은 시간이 지나면서 점차 수그러들었지만 난민들은 그라스테드나 샌드홀름의 수용소에서 방사선검사를 받아야 하는 신세가 되었다.

"돌아온 지는 오래됐습니까?"

"이 년 조금 안 됐어요."

그렇다면 크리스는 스캔들과는 관련이 없었다. 그는 드문드문 초록색으로 변해가는 타일로 된 초라한 시체보관소를 자신의 거처로 삼았다, 온통

---

* 죽음의 천사로 불린 요제프 맹겔레(Josef Mengele, 1911~1979)는 나치 친위대 장교이자 아우슈비츠-비르케나우(Auschwitz-Birkenau) 나치 강제수용소의 내과의사로, 수용소 내 수감자들을 대상으로 생체 실험을 했다.

** 아우슈비츠에서 생체 실험을 한 의사 칼 클라우버그(Karl Klauberg)를 말한다.

녹이 슨 도구와 함께. 장소도, 기기도 너무도 낡아 있었지만 그는 아주 편안해 보였다. 음울한 왕국일지라도 그곳에서만큼은 그는 왕이 될 수 있었다.

크리스는 아푸티쿠에게 시체보관실 서랍에서 첫 번째 시신을 꺼내 부검 테이블로 옮기는 걸 도와달라는 손짓을 해보였다. 보관 온도는 낮았지만 시취를 막지는 못했다. 방 안의 공기가 곧바로 쾌쾌한 냄새로 뒤덮였다. 마치 공기마저 썩어 들어가는 것 같았다. 사망한 지 8일이나 지났으니 당연한 일이었다.

"운이 좋으시네요." 크리스의 말에는 빈정거리는 투가 없었다.

"피해자 출신국에서 납으로 된 관에 사체를 넣어 송환해달라고 요청했지만 그린란드엔 그런 관이 없어요. 그래서 그쪽에서 보내준다고 했는데 3일이 지났네요."

인생이 번거로운 행정적 절차의 연속이라면 죽음도 마찬가지다. 카낙은 손으로 코를 감싸쥐며 생각했다.

"받으세요, 훨씬 나을 거예요."

크리스는 민트 향이 밴 거즈 손수건을 내밀었다.

"납으로 된 관이 오길 기다리는 동안 이곳이 꽉 찼지 뭐예요."

크리스는 계속해서 말했다.

"이렇게 오래 보관하고 있을 거라곤 예상하지 못했죠."

손수건을 어디다 써야 할지 모르는 듯, 아푸티쿠는 그것으로 부채질을 하고 있었다. 방 안의 악취에 둔감해 보였다. 아푸티쿠가 말했다.

"혹시 필요하면 말하세요. 저희 집 정원에 커다란 냉동고가 하나 있어요. 요즘은 사냥을 많이 하지 않아서 저분들이 들어갈 공간은 충분하죠."

농담이 아니었다. 그는 손끝으로 크리스가 연 두 개의 서랍 문을 가리켰다. 각각의 문에는 '매튜 호포드'와 '닐스 율리안슨'이라고 쓰여 있었다.

"자……." 크리스는 아푸티쿠의 말에 대응하지 않았다.

"이쪽은 28세 중국인 남성 후안 리앙이고요……."

그는 리케 에넬이 앞서 브리핑했던 것을 간략히 읊었다.

"우르수스 마리티무스*의 사냥 기술을 제가 아는 선에서 설명하자면 먹잇감의 목을 베고 다음으로 내장을 들어내죠. 북극곰이 사냥감을 가장 빠른 시간 내 무력화하기 위해 사용하는 기술인 것이죠. 피해자들의 몸에 난 상처가 이와 비슷하고 합니다. 곰이 잠금장치를 어떻게 푼 것인지는 몰라도 지금으로선 의심의 여지가 없어요."

'의심의 여지가 없다니?'

방금 전 회의에서 사실상 북극곰은 범인이 될 수 없다고 결론 내린 것과 정반대의 소견이었다. 이들은 부는 바람의 방향에 따라 자신들의 입맛대로 이리저리 증거를 끼워 맞추고 있었다.

크리스는 부드러운 손길로 기술적인 행위를 이어나갔다. 상처 주변의 피부를 자극하기 위해 양 가장자리에 압력을 가하고, 새로운 시각으로 관찰하기 위해 팔다리를 이리저리 밀치는 등, 부풀어오른 살갗 위를 누비는 그의 현란한 손놀림이 지켜보는 이의 눈길을 사로잡았다. 모르는 사람이 보면 그가 죽은 이를 마음대로 주무른다고 생각할 정도였다. 마치 이름도, 전통도 없는 샤먼이 저승길을 떠나는 이에게 마지막 사랑의 표식을 남기는 것처럼.

"현장 사진을 찍은 게 당신입니까?" 카낙이 불쑥 물었다.

★　Ursus maritimus, 북극곰의 공식적인 학명으로, 바다의 곰이라는 뜻을 가지고 있다.

"네. 저예요."

카낙의 짐작이 맞았다.

"원래는 소렌의 일인데, 당시 이틀간 휴무여서 제가 대신했죠."

"오, 그렇군요."

카낙은 때때로 마음속으로만 기쁨의 감탄사를 외치곤 했다. "오", "음", "아"와 같은 감탄사는 꼭 필요한 생각을 하도록 시간을 벌어주었다. 말하기 전 확보되는 이런 짧은 시간이 종종 커다란 차이를 가져다주기에 시간이 흐르면서 맨머리를 쓰다듬는 것만큼이나 그의 고질적인 버릇이 되었다.

"세 명 모두." 크리스가 말을 이었다.

"사인은 여러 번에 걸쳐 찢기고 물린 상처에서 비롯된 다량의 출혈이에요. 상처의 길이, 깊이 그리고 톱니바퀴 같은 자국으로 볼 때, 뾰족하지만 날 자체는 그다지 가늘지 않은 것 같아요. 마치 어떤 물체에 의해 큰 압력을 받아 피부가 파열한 것 같다고 할까요? 예를 들면 송곳니나 발톱과 같은 거죠. 아무리 무딘 것이라도 해도 칼날과는 달라요. 만약 톱니 모양이나 홈이 파진 총검을 썼다면 이보다 더 상처 부위가 깔끔했을 거예요."

카낙이 내린 결론과 같았다. 정말이지 흥미로운 청년이었다. 크리스는 피겨스케이팅 선수와 같은 우아함으로 타일 바닥 위를 미끄러지듯 이동해 캐나다 인의 시신이 들어 있는 서랍 문을 열었다.

"단풍잎의 나라에서 온 우리의 친구에게서도 비슷한 점을 확인했어요."

'그가 방금 친구라고 한 건가?'

"다만 이번에는 곰이 공격을 도중에 중단하지 않은 것 같단 생각이 들어요."

크리스는 물음표를 붙일 때처럼 목소리에 미미한 뉘앙스를 주어 핵심 단어에 보이지 않는 따옴표를 붙였다.

"왜 그렇게 생각하죠?"

점점 악취가 심해지는 걸 느끼며 카낙이 물었다. 그는 가까스로 구토를 참아냈다.

"상처 자국의 수가 앞의 두 시체보다 더 적고, 복부의 경우 상처의 깊이가 더 얕아요. 원래는 복부에서…… 제 일을 끝냈죠. 그런데……."

그는 빠르게 두 번째 시체보관실 서랍으로 이동해 이번에는 커다란 손짓으로 문을 열었다. 카낙은 자신의 형사 인생에서 그런 처참한 시신과 악취는 처음이었다. 그간 그가 다뤘던 시신들은 비록 최악의 경우라도 머리는 이쪽, 다리는 저쪽으로 다다이즘처럼 콜라주로 된 형태일지언정, 적어도 깔끔한 형태를 유지하고 있었다. 일정 크기를 벗어나지 않는 비교적 깔끔한 상처는 부검 뒤 여닫기에도 쉬웠다. 하지만 이런 상태는 본 적이 없었다.

'이건 마치…… 죽 같다고 해야 하나?'

앞의 두 피해자의 몸에서 발견된 것과 동일한 상처 외에도, 율리안손의 하복부는 많은 부분이 상실되어 있었다. 시체보관실의 높이는 바닥에서 약 1미터 50센티미터에 위치하고 있어 시신의 옆구리 쪽에 서 있던 카낙은 상처의 깊은 내부를 훤히 들여다볼 수 있었다. 시신은 마치 살점을 담은 죽처럼 보였다. 게다가 몸통의 단면이 적나라하게 드러나, 내부에서 뭐가 쏟아져 나왔는지 짐작할 수 있었다. 절단면이 너무 깊어 상체와 하체가 서로 떨어지지 않게 시신을 옮기는 게 불가능할 정도였다.

"저…… 잠시……."

카낙은 옆에 놓인 휴지통으로 달려가 속을 게워냈다. 고통스러운 경련 후에 그가 뱉어낸 것은 투명한 액체뿐이었다. 식사를 하지 않은 지 얼마나 되었지? 아마 두 시쯤 캉걸루수악에서 경유했을 때, 눅눅하고 오래된 커피 맛 빵 쪼가리를 입속으로 밀어넣은 이후로 그는 쭉 공복이었다. 아푸티쿠가 회의실에 가져왔던 오래된 슈나이더스 비스킷을 먹지 않은 걸 후회하게 되는 순간이었다. 그러나 그의 속을 뒤집어놓은 게 다만 시신의 훼손 정도 때문만은 아니었다. 그 무엇보다도, 다시는 돌아오지 않을 상실당한 삶의 순간들 그리고 잘려나간 미래 때문이었다.

"좀 쉬었다 할까요? 뭐라도 좀 드시겠어요?"

크리스가 물었다.

"아뇨, 아뇨. 괜찮습니다. 감사합니다."

왼손으로 머리를 부여잡으며 카낙이 신음했다.

"제가 처음으로 바다표범을 잡았을 때 일인데요. 칼로 배를 가르자마자 그날 먹은 키비악*을 그 속에 죄다 쏟아낸 거예요."

아푸티쿠는 카낙의 기분을 나아지게 해주려는 듯 이야기를 꺼냈다.

"세 번이나 빡빡 문질러 씻은 뒤에야 녀석을 냉동실에 집어넣을 수 있었다니까요."

카낙은 찡그린 미소로 아푸티쿠에게 고마움을 전했다. 몸을 똑바로 세우고, 민트 향이 나는 손수건을 코에 가져간 카낙은 다시 이야기의 본 주제로 돌아왔다.

* 캐나다 북부나 그린란드 이누이트가 즐겨 먹는 발효 식품이지만 대표적인 혐오식품으로 뽑힌다. 바다표범의 내장과 살을 모두 제거한 뒤 서늘한 곳에 하루 정도 말린 뇌조나 바다쇠오리 등의 새를 넣어 바다표범의 배를 봉합한 뒤 햇볕에 말린 바다표범 기름을 바른다. 땅속 깊이 바다표범을 묻은 뒤 2개월에서 수년 간 숙성시킨 뒤 바다표범을 꺼내 그 안에 있는 아팔리아스를 꺼내먹는다. 비타민과 무기질 섭취가 부족한 이누이트에게 필수적인 음식이라고 한다.

"곰의 행동이 첫 번째 살인 이후에 더 대담해졌다고 봐야 합니까?"

"그런 것 같아요. 양의 간을 먹는 사람의 간을 먹었으니까 아무래도 그렇지 않을까요?"

리케 에넬과 그가 모종의 연관성을 의심하게 하는 대답이었다.

"곰이 간을 먹어 치웠다고 보십니까?"

"율리안슨의 숙소나 그 주변에서 장기의 흔적을 찾을 수 없었으니, 그게 가장 그럴싸해 보이네요."

이제 크리스는 곰 가설을 적극적으로 지지하는 것 같았다. 난장판이 따로 없었다.

"피해자들이 범인과 맞서 싸우지는 않았습니까? 도망치려는 시도는요?"

"아뇨. 그렇게 보이는 사람은 없었어요. 저보다는 소렌이 더 잘 설명할 수 있을 테지만 몸싸움이나 이동, 혹은 탈출 시도가 있었다고 볼 만한 흔적은 없었어요. 분명한 것은 다들 잠자던 중에 곰이 휘두른 발에 그 자리에서 즉사한 것 같아요. 게다가 간을 제외한 다른 장기들은 모두 제자리에 있었어요. 이런 표현을 써도 될지 모르겠지만 한 가지 좋은 소식이 있다면 피해자들은 오랫동안 고통과 싸우지 않았다는 거예요. 모든 일이 순식간에 지나갔을 테니까요."

'좋은 소식이라······.'

한밤중에 그들을 향해 벌려진 커다란 입에 놀라 깨고, 오육 백 킬로그램에 달하는 끔찍한 무게에 짓눌렸을 그들은 적어도 15센티미터는 될, 긴 발톱에 찢겨나갔을 것이다. 그건 마치 칼날 열 개가 동시에 꽂히는 것과 같지 않았을까.

그들은 잠시잠깐이라도 거대한 두려움에 휩싸였을 것이다.

"상처에서 뭐라도 나온 건 없었습니까? 사체 주변에서라도요."

"일반적인 유기물을 제외하면, 먼지 조금과 눈 그리고 동물의 흔적이 발견됐어요. 털이죠. 아! 검은 피부 각질도 나왔어요."

"검은색이요?" 카낙이 놀라 말했다. 그는 불편한 기색을 드러냈다.

"그게 정말입니까?"

"놀라셨겠지만 북극곰 털 속의 피부색은 석탄만큼이나 검어요. 거기다 털의 색도 희지 않죠. 실제로는 불투명하거든요. 햇빛이 털에 반사되면서 누리끼리한 색과 크림색 중간쯤 되는 색으로 보이는 거예요."

오해가 금방 풀렸다.

"타액은 나왔나요?" 아푸티쿠가 눈을 빛내며 물었다.

"좋은 질문이네요. 사실 그 부분이 이해가 안 가요."

"뭐가 말입니까?" 카낙이 물었다.

"북극곰은 사냥할 때 타액을 굉장히 많이 분비해요. 간단히 설명하면 먹음직스러운 식사를 떠올리며 침을 흘리는 것과 같다고 할까요. 이 부분도 저보다는 동물학자가 더 설명을 잘해줄 테지만, 그게 소화를 돕는 거겠죠."

"그런데요?" 컨디션을 회복한 카낙이 그를 추궁했다.

"세 구의 사체에서 타액이 나오지 않았단 말입니까?"

"단 한 방울도요, 경감 님."

그린란드의 토르, 크리스 칼슨의 예의 차리는 태도는 뭔지 모르게 불편한 구석이 있었다. 그래도 그는 아주 중요한 부분을 막 지적한 참이었다. 가장 중요한 증거가 빠져 있었다. 엉망이 된 피해자의 사체에서 반드시 나왔어야 할 것.

아푸티쿠에게로 몸을 돌려 짓궂게 질문했다.

"아푸, 곰이 당신을 핥은 적도 있습니까?"

"오 맙소사, 아뇨! 그랬다면 여기 이렇게 살아 있지 않겠죠! 물 밖으로 튀어나온 일각돌고래의 오줌은 머리에 맞아봤지만 말입니다."

"무슨 맛이던가요?"

"그렇게 끔찍하진 않던데요?" 아푸티쿠가 킬킬거리며 말했다.

"너무 많이 마시면 정신에 해롭고, 너무 많이 먹으면 건강에 해로운 법이지요."

둘의 짧은 만담을 탐탁지 않게 지켜보던 크리스는 꿋꿋이 말을 이었다.

"참고로 그린란드에는 유전자 분석연구소가 없어요. 모든 샘플은 코펜하겐으로 보내졌고, 지금은 결과를 기다리는 중이죠."

"오래 걸립니까?"

"빠르면 사나흘 정도요."

사건 발생 후 벌써 일주일이 넘었는데도, 아직 덴마크에서는 답변이 오지 않았다.

"어쨌든 피해자를 제외한 사람의 흔적은 없었어요. 발자국, 땀, 각질조차도 말이죠. 모두 짐승의 것이었어요."

"그러니까 나온 거라곤 털과 검은색 각질이 전부란 말입니까?"

"뭐……."

반듯하고 잘생긴 그의 얼굴이 당황으로 일그러졌다. 그는 다시 궁지에 몰린 아이의 모습을 하고 있었다.

"다른 것도 발견했죠? 아닙니까?"

카낙은 아이들을 키우면서 터득한 나긋나긋하면서도 놀리는 듯한 어투로 물었다. 아이들과 함께 지내다 보면 하루하루가 협상의 연속이었다.

"걱정 마세요." 카낙이 그를 달랬다.

"서장에게 먼젓번 보고에서는 나 때문에 빠트린 거라고 보고할게요. 당신의 보고서를 읽다가 내가 이 부분을 확인하라고 지시했다고 하면 되잖아요."

카낙은 팀에 막 합류한 터라 그 말은 설득력이 없었다. 하지만 크리스는 알겠다는 듯, 순순히 입을 열었다.

"율리안슨이 담석증을 앓고 있었던 것 같아요."

"그렇게 생각하는 이유는요?"

"이유는 두 가지예요. 첫째 쓸개가 너무 딱딱하고 부풀어 있어요. 그래서 간이 뜯겨 나갈 때 함께 뜯기지 않았죠."

카낙의 약한 비위를 생각해 크리스는 해당 장기를 그에게 보여주려다 말았다.

"아! 예, 예, 알겠어요. 그런데 그게 사건과 무슨 상관……."

"쓸개 속에서 이빨이 하나 나왔어요."

"네?"

"곰의 송곳니예요. 왼쪽 위의 송곳니가 확실해요. 쓸개 속에서 박힌 채로 발견됐죠."

"잠깐만요! 그게 가능합니까?"

"제가 수의사는 아니지만 곰도 다른 포유류들과 비슷한 치아 구조를 가지고 있지 않을까요? 우리 인간처럼 말이죠."

"그래서 결론이 뭡니까?"

"저도 모르겠어요. 그다지 일관성 있는 이야기는 아니에요."

'지금까지 일관성 있는 게 있긴 했나?' 카낙이 생각했다.

"이빨이 심하게 썩어서 치근이 드러날 정도였다면 아주 질긴 무언가를 씹을 때 뽑힐 수도 있겠죠. 하지만……."

뚜껑에 '아스클레피오스의 지팡이'*표식이 새겨진 작은 의료용 상자 속에서 크리스는 커다란 건전지 크기의, 누렇게 변한 초승달 모양의 송곳니를 꺼냈다.

"이건 완전히 건강한 상태의 송곳니예요. 충치도 없고, 법랑질 부분이 약해지지도 않았고, 깨진 곳도 없어요."

카낙은 이빨을 손 위에 올려놓고 이리저리 돌려보았다. 놀라웠다. 성체 북극곰이 이런 무기를 입속에 십여 개나 가지고 있다니. 온몸에 소름이 돋았다.

"정말 그렇군요." 카낙이 말했다.

"그런데 너무 깨끗한데 혹시 세척한 겁니까?"

"아뇨. 그것도 이상한 부분이에요. 뾰족한 부분에 붙어 있던 피해자의 피부조직을 빼면 살아 있는 건 아무것도 없어요."

"살아 있는 건 아무것도 없다니요? 건강한 송곳니라면서요?"

"이 이빨이 살아 있는 동물의 것이라고 판단할 수 있는 표식이 없다는 것이죠. 바닥의 치근도, 내부의 살점도 없어요."

"그 말은, 당신이 율리안슨의 쓸개에서 이걸 뽑아낼 당시에, 이빨 주인은 죽은 상태였다, 이 말입니까?"

---

 * 아폴론의 아들인 아스클레피오스(Asklepios)는 의학의 신으로, 히포크라테스 선서문에서도 두 번째로 등장하는데 그가 가지고 다니는 한 마리의 뱀이 감긴 지팡이는 지금까지도 의학의 상징으로 쓰이고 있다.

"이걸 뱃속에 가지고 있었던 사람만큼이나요. 아니, 정정할게요. 이 이빨이 쓸개를 관통하기 **전부터** 이빨 주인은 죽어 있었던 것 같아요."

크리스의 입을 열게 만드는 덴 끈질긴 인내심이 필요했다. 그래도 카낙의 문답법*이 성과를 보이고 있었다. 조금씩 열리고 있는 틈 속을 파고들어야 했다. 카낙은 몇 분 전부터 그를 계속해서 괴롭히고 있을, 가장 불편한 질문을 던지기로 했다.

"확답은 어렵겠지만, 개인적인 생각을 말해줬으면 합니다."

크리스의 정서적인 면을 공략하는 것이 그가 아는 모든 것을 털어놓게 만드는 가장 좋은 방법일 것이다.

"그것이 율리안슨의 간을 먹어 치울 때, 그는 이미 죽은 뒤였나요?"

혹시 그게 아니면 산 채로?

---

* 소크라테스의 대화법 또는 산파술이라고 하는데 질문을 계속해서 무지를 깨닫게 만든 다음 진리를 체득하게 만드는 방법을 말한다.

5

IMG_1854 / 10월 24일
그린란드국립기록보관소-역사박물관

카낙은 얼른 밖으로 나가고 싶었다. 신선한 공기가 필요했다. 그는 밖으로 나가 돌아다니는 것이 더 잘 맞았다. 다른 이들이 사무실에서 진술서를 작성할 때 그는 아스팔트나 포장도로를 무작정 달렸다.

아르네 야콥센이 처음 그에게 그린란드 이야기를 꺼냈을 때, 카낙은 그를 기다리고 있는 것이 이런 음울한 장소에서 이어지는 회의의 연속일 거라곤 상상도 하지 못했다. 만약 알았더라면 닐스 브룩스 게이드의 복도를 하염없이 어슬렁거릴지언정 코펜하겐을 떠나지 않았을 것이다.

카낙은 누크 길거리의 온도를 느끼고, 아직 남아 있는 오후의 햇살을 즐기고 싶었다. 숨이 턱턱 막히는 난방기구의 열기에서 벗어나 그린란드의 현실을 직접 마주하고 싶었다.

"머리 안 시리세요?" 밖으로 나오자마자 아푸티쿠가 물었다.

"시립니다."

카낙과 아푸티쿠는 누크 시내의 중심거리인 아쿠시넝수악Aqqusinersuaq을 따라 걸었다. 오후의 거리는 초등학생과 중학생 몇 무리를 빼고 한산했다. 얼룩덜룩한 색의 점퍼, 눈썹까지 내려오는 모자와 제각기 다른 책가방까지, 서구 국가의 어디에서든 흔히 볼 수 있는 아이들의 모습이었다. 어떤 아이들은 즐겁게 떠들고 있었고, 나머지는 서로 팔짱을 낀 채 높고 개성 없는 공공 가로등을 따라 거닐고 있었다.

"원래 모자를 안 쓰세요?"

"네."

아푸티쿠는 알겠다는 듯 고개를 끄덕였다. 그는 모든 것에 대한 설명을 구하지 않을 정도의 지적 수준을 갖추고 있었다. 아푸티쿠 칼라켁은 '왜'라는 질문과 친하지 않았다. 그는 '어떻게'를 이해하는 것만으로도 벅찼다. 앞으로 카낙은 그걸 느낄 수 있을 것이다.

아푸티쿠와 닮은 몇몇 얼굴들과 지금 계절에 딱 어울리는 거리 곳곳을 차지하고 있는 스노모빌을 제외하면 누크의 길거리는 덴마크의 외딴 시골 거리와 별반 다르지 않았다. 아스팔트 도로, 보행자 통행로, 가로수도 비슷했다. 하지만 이상할 정도로 간격이 넓은 건물들 사이에 인도나 담장이 없다는 점은 특이했다. 제멋대로 확장되는 신도시의 분위기라고나 할까.

당장이라도 사진을 찍을 것처럼 검지를 세워 뷰파인더에 시선을 고정하고 있었던 카낙은 셔터를 거의 누르지 않았다. 생각과 달리, 전혀 낯설게 느껴지지 않는 풍경에 실망한 탓이었다. 그의 어머니는 카낙이 충격을 받을까 봐 걱정했지만 그 걱정이 무색하게도 그는 전혀 충격을 받지 않았다. 획일화된 도시의 전경과 사람들의 모습에 애석함을 느낄 뿐이었다. 그가 여행을 많이 다니는 편은 아니었지만 여행은 그에게 늘 비슷한 인상을 주었다. 카낙은 스웨덴 예테보리 근방, 굴마르스피오르덴 근처의 작은 오두막을 떠올렸다. 아버지가 그에게 남긴 유산 중 그가 유일하게 상속받은 것이다. 그런란드는 그가 태어나 가본 장소 중 집에서 가장 멀리 떨어진 곳이었다.

그때 하늘에서 굵은 눈이 내리기 시작했다. 아푸티쿠는 누크에서 시시각각 변하는 유일한 것이 있다면 그것은 날씨라고 했다. 살인사건 이후로 계속해서 내린 눈들이 땅 위로 여러 겹 쌓였다. 그동안 어떤 눈들은 녹아 없어졌고 또 어떤 눈들은 단단한 얼음으로 변했다. 8일 전의 풍경을 진흙과 가랑눈이 쌓여 만들어낸 흐릿하고 지저분한 층이 뒤덮어버렸다. 이런 변덕스러운 날씨 때문에 현장 주위에서 아무 흔적도 발견하지 못했던 것인지도 모른다. 카낙은 그렇게 결론지었다.

"시위는 자주 일어나는 편입니까?" 카낙은 화제를 돌렸다.

"전혀요."

그의 말과는 달리, 정부청사가 위치한 나락컹수이숫^{Naalakkersuisut} 부근 대형마트 체인인 브룩센의 주차장에서 깃발과 표지판을 든 청년 무리가 행진을 준비하는 걸 볼 수 있었다.

"당신은요?" 카낙이 물었다.

"제가 뭐요?"

"시위에 참가해본 적 있습니까?"

"이마카."

또 이마카다. 그놈의 이마카. '네'도 아니고, '아니오'도 아닌, 그건 아무 대답도 하기 싫을 때나 하는 대답이었다. 시위를 어떻게 '아마도'로 할 수 있단 말인가. 했으면 했고, 아니면 아닌 거지. 카낙은 사회운동에 동참해본 적이 없었다. 하지만 그의 가장 가까운 친구들 중 몇몇은, 특히 카낙보다 나이가 많은 칼은 1990년대 반체제 시위에 열심히 참가하곤 했다. 지금도 그때의 일을 떠올릴 때면, 칼은 마치 과거의 애인들과 보냈던 최고의 추억을 꺼낼 때처럼 수줍어하면서도 두 눈을 빛내곤 했다. 그래도 경찰이 되기 전의 아푸티쿠 칼라쿡이 미래의 동료들에 의해 '아마도' 진압되는 상상을 하는 건 유쾌했다.

"저들이 원하는 게 뭡니까?"

카낙은 손가락으로 표지판을 가리키며 물었다.

"흠, 좀 복잡한데요." 아푸티쿠는 난감한 눈빛을 보냈다.

"며칠 뒤 정부가 총선 후에 독립투표 실시 여부에 대해 발표할 예정이에요."

"그게 언제쯤이죠?"

"내년 5월이요."

"그럼 저 사람들은 독립투표에 **찬성**하는 쪽입니까, **반대**하는 쪽입니까?"

"저들은 완전히 찬성하는 쪽이에요. 빨리 독립하게 해달라고 야단이죠. 저들은 킴 킬센 *****총리와 정부가 독립 절차 진행을 막고 있다고 생각해요."

"그들의 생각이 사실입니까?"

아푸티쿠는 "이마카"라고 답하고 싶었겠지만 애써 참으며 애매한 표정을 지으며 침묵했다. 사람들의 손에 들려 있는 플래카드마다 '당케 실라미 Danske Silami'라는 문구가 빠지지 않았다. 당케는 의심의 여지없이 덴마크어로 '덴마크'란 뜻이었다. 반면 실라미는…… 아리송했다. 하지만 아푸티쿠가 그의 고민을 덜어주었다.

"그린란드어로 **밖**이란 뜻이에요. 둘이 합치면 '덴마크인 나가라'란 말이

---

* 그린란드는 덴마크의 자치구역이기 때문에 의회와 총리가 있다. 킴 킬센(Kim Kielsen, 1966년~)은 진보당인 시우무트(Siumut) 당지도자로 2014년 총리에 취임했다.

되겠네요.”

“네, 네. 나도 이해했습니다.”

마르그레테 여왕으로부터 멀리 떨어진 북극의 소도시에서 벌어지는 일들은 생각보다 녹록치 않아 보였다. 그들은 계속해서 걸었다. 사무엘 클레인슈미팁 아쿠타 거리의 인터스포츠 매장의 모퉁이를 돌았을 때 카낙은 시위자들이 그들을 따라오는 것 같다는 인상을 받았고, 그건 사실이었다. 하지만 시위자들은 곧바로 오른쪽으로 방향을 틀어 사라졌다. 정부청사 방향이었다. 구불구불한 길 양쪽으로 주택들이 듬성듬성 있었다. 길 끝에는 흰색의 커다란 목조 건물이 나타났다.

“그린란드국립기록보관소예요. 역사박물관이기도 하지요.”

아푸티쿠는 자랑스럽게 말했다.

“멋지네요. 그런데 여긴 왜 온 거죠?”

소소한 지역 문화 탐방에 불만이 있는 건 아니었다. 다만 사건을 조사하는 데 이미 너무 많은 시간을 낭비하지 않았나?

“제 정보원을 만나러 왔어요. 동물학자인데 그중에서도 곰 전문가죠.”

유리로 된 양문이 열리자 중규모 도시에서 흔히 볼 수 있는 신식 미디어 자료실이 그들을 반겼다. 아푸티쿠보다 조금 덩치가 더 큰 남자가 로비 소파에 몸을 기댄 채 잡지를 읽으며 그들을 기다리고 있었다. 수염을 기른 반백의 남자는 그들을 보고 몸을 벌떡 일으켰다. 그가 카낙에게 손을 내밀며 말했다.

“에바트 올슨Evart Olsen입니다. 제 보잘것없는 지식으로 수사에 도움이 될 수 있어 영광입니다.”

카낙은 옆에서 쾌활함을 되찾은 아푸티쿠를 노려보았다.

'왜 이렇게 과하게 예의를 차리지? 아푸티쿠가 내 어머니가 누군지 그에게 말한 건가?'

"이쪽으로 오세요. 카페테리아로 가서 이야기합시다. 커피 맛은 영 별로지만 내려다보이는 풍경은 최고지요."

그의 말은 거짓이 아니었다. 누크 해안가의 전경이 눈앞에 펼쳐졌다. 해안선까지 낮게 내려온 하늘이 얼어붙은 광활한 바다와 경계를 이루고 있었다. 상대의 유난스러운 인사를 참아줄 만한 풍경이었다.

"제가 확실히 말씀드릴게요." 카낙의 첫 번째 질문에 에바트 올슨이 단호히 답했다.

"매우 아픈 상태가 아니고서야 단순히 씹거나 무는 행위로 인해 북극곰의 이빨이 이렇게 뽑힌다는 건 불가능해요. 그리고 만약 그 정도로 아팠다면 익숙하지 않은 구역을 탐험할 만한 상황이 안 됐을 거예요."

"뭔가 더 단단한 것에 부딪혔다면요? 이를테면 뼈와 같은?"

카낙은 경찰학교에서의 해부학 수업 내용을 떠올렸다. 나비의 날개 모양을 한 커다란 장골을 말이다. 까마득한 일이었다.

"아드리엔슨 경감 님, 북극곰의 주둥이가 얼마나 큰 압력을 가할 수 있는지 아세요?"

"아뇨."

카낙은 동물학자의 설교하는 투에 짜증이 났지만 마지못해 답했다.

"1제곱센티미터당 800킬로그램이에요. 북극곰은 크로커다일 다음으로 지상에서 가장 강력한 턱을 가졌지요. 무려 핏불테리어보다 다섯 배나 강해요. 인간의 사지 중 어느 곳이든 단숨에 뽑아버릴 수도 있어요."

카낙은 의연하게 그를 마주보았다. 질문하는 것은 상대방이 아니라 자신이어야 했다.

"그렇다면 아무리 썩은 이라도 북극곰의 송곳니가 먹잇감의 몸에 뽑힌 채 남아 있을 확률은 전혀 없단 말입니까?"

"네! 전혀요." 에바트 올슨이 단호하게 말했다.

"근육이나 장기 등 인간의 조직은 바다표범이나 바다코끼리에 비하면 새끼 양고기처럼 부드러워요. 그런 점이 우리 인간을 군침 도는 먹잇감으로 만들지 않나 싶어요."

카낙은 그에게 차가운 시선을 던졌다.

'그린란드식 블랙 유머인가?'

하지만 농담이라기엔 남자의 얼굴은 냉정했다.

카낙은 크리스 칼슨이 조금 전 했던 말을 다시 떠올렸다. 크리스는 율리 안슨이 살아 있는 상태에서 '곰'이 그의 간을 먹어 치웠을 수 있다고 답했다. 그건 잔혹함의 문제가 아니었다. 그저 미네랄이 풍부한 피를 가득 머금은 상태일 때가 더 좋은 맛을 주기 때문이었다.

"네, 좋습니다." 카낙은 약간의 생각할 시간을 벌며 말했다.

"하지만 곰이 인간의 거주 지역에서 공격하는 건 드문 일이 아닙니까?"

"맞아요. 일반적으로 곰은 자신의 영역을 보호해야 할 때만 사람을 공격하지요. 그리고 누크 주변은 곰의 자연적 서식지라고 볼 수 없고요."

"그건 왜죠?"

"지금 계절과 위도를 고려했을 때……."

동물학자는 커다란 손짓으로 해변 전체를 가리켰다. 해변은 전체적으로 섬세한 무채색의 단조로운 풍경이었지만, 드문드문 밝은 색의 배로 반짝였고, 군청색 바다 속을 투과하는 햇빛으로 빛나고 있었다.

"보시다시피 여긴 빙산이 없으니까요."

"전혀요?"

"그린란드 남서쪽엔 전혀요. 북극곰은 빙산 위에서 사냥하는데 그 덕에 사냥 기술이 빛을 발하지요. 사바나에 북극곰을 데려다 놓으면 모든 감을 잃고 말 겁니다. 도마뱀이나 잡을 수 있을지 의문이지요!"

아푸티쿠는 카낙에게 창밖을 보라고 고갯짓을 했다. 아니, 어쩌면 창문 너머에서 무슨 일이 일어나고 있는지를 보라는 것일 수도 있었다. 창밖에 방치된 박물관 정원은 황량한 모습으로 해변까지 펼쳐져 있었다. 그리고 그곳엔 얼굴을 스카프로 반쯤 가리거나 코까지 끌어올린 폴라 티를 입은 세 명의 사람이 나무 막대기와 쇠몽둥이를 들고 그들을 바라보고 있었다. 유리창으로부터 30미터쯤 떨어진 곳에 가만히 선 채로.

아무것도 눈치 채지 못한 에바트 올슨은 말을 계속했다.

"가능할 수도 있긴 해요. 젖을 막 뗀 어린 수컷이라면……."

"그게 무슨 말입니까?"

"어미와 떨어졌다면."

그는 자신도 도무지 믿을 수 없다는 기색으로 말했다.

"빙산에서 떨어진 얼음 조각 위에 표류한 채로 떠내려왔을 수도 있겠죠. 실제로 그런 경우를 본 적도 있고요."

"그런데요?" 카낙이 기대하며 물었다.

"그런데 이 경우는 아닐 거예요. 그린란드 서쪽 해변을 따라 떠다니는 빙산 조각이라면 분명 북쪽으로 이동했을 테니까요."

"왜죠?"

"그 이유는 바로 이 세 글자에 있지요. 서부 그린란드 해류, 서쪽 해변을 따라 툴레와 그 너머까지 이동하지요."

바깥에서는 새롭게 도착한 이들이 무리에 합류하고 있었다. 멀리서 보니 그들은 모두 손에 돌이나 석고 덩어리로 추정되는 것들을 든 채였다.

'시위 행렬에서 벗어난 과격분자들인가?'

그가 아는 바에 따르면 그린란드 거리 범죄율은 매우 낮았다. 아직 덴마크에 속해 있는 그린란드는 유럽연합에서 최고로 모범적인 통계 수치를 자랑했다. 바티칸을 제외하고, 유럽에서 누크 거리보다 안전한 곳은 없을 것이다.

아푸티쿠는 의자의 팔걸이를 잡고 상체를 일으켜 금방이라도 일어날 태세를 취했다. 하지만 카낙에겐 아직 해야 할 질문이 남아 있었다. 그 어느 때보다도 주름진 두상과 구겨진 얼굴로 카낙은 바깥을 경계하면서 꿋꿋이 말을 이어갔다.

"북극곰을 길들이는 건 무모한 것이라고 생각하던데요."

"맞아요."

"그런데 예외도 있지 않습니까. 텔레비전 방송에 나온 훈련된 북극곰이라든가……."

"아! 네, 모글리요. 그게 유일하지요."

"알고 계십니까?"

"모글리를 개인적으로 아는 건 아니지만 훈련사는 잘 알아요. 티무타 옌슨Timuta Jensen이라고, 대학에서 생물학 강의를 같이 들었지요. 그 친구와 전……."

카낙은 늙은이의 주절거림을 끊고 그의 팔뚝을 잡으며 급하게 말했다.

"최근에 그를 본 적이 있습니까?"

"못 본 지는 한 달 반쯤 되었는데요."

바로 그 순간, 여기저기 흩어져 있던 사실들이 한데 뒤섞이며 하나의 논리가 될 만한 단서의 문을 열었다. 형사 남편을 둔 많은 여성들이 자신의 남편이 일과 바람이 났다며 불평하는 것도 이해 못할 일도 아니었다. 그에게 이런 순간은 마약과도 같았다. 이것 말고 무엇이 그를 즐겁게 하겠는가?

하지만 그때 바깥의 선동자들이 그들을 향해 뭔가를 던졌다. 날아온 돌이 카낙 일행의 얼굴 높이 지점의 유리창을 정확히 맞췄다. 돌이 창문에 부딪히는 순간, 놀라지 않은 것은 오직 카낙뿐이었다. 에바트 올슨은 이제야 상황을 파악한 것 같았다.

"어디에 가면 그를 만날 수 있습니까?"

"주소를 알려드릴 순 없지만."

그는 앉은 자리에서 안절부절못하며 말했다.

"제가 아는 건 모글리가 할리우드에 고용되었단 사실이에요. 제가 알기로 아주 큰 계약이었지요. 짐 캐리와 함께 찍은 코미디 영화였는데, 펭귄이 나온 영화 속편이었을 겁니다. 제목이 뭐더라……. 뭐 씨……."

'파퍼씨네 펭귄들.'

카낙이 속으로 읊조렸다. 옌스와 엘스가 가장 좋아하는 영화 중 하나였다. DVD를 두 장이나 사서 한 장을 할머니 댁에 뒀을 정도였다.

"실라미! 실라미!"

선동자들이 외치기 시작했다. 그들의 수는 급격하게 늘어나 손으로 세기도 힘들 지경이었다.

"아무래도 우리……." 아푸티쿠가 어렵게 말을 꺼냈다.

"잠깐만요!"

카낙은 자신이 덴마크 인이라는 사실을 실감했다.

"그린란드에 또 다른 **모글리**가 존재하지 않습니까?"

이번에는 유리창 전체에 말 그대로 돌멩이 폭격이 쏟아졌다. 뒤이어 쇠 막대기 하나가 날아오면서 창 전체가 크게 진동했다. 거대한 유리 북이 울리는 듯했다.

짧은 다리로 벌떡 일어선 에바트 올슨은 마치 귀찮은 사람을 떼어내듯 대답했다. 그의 발은 이미 복도 쪽을 향하고 있었다.

"아뇨, 그럴 리가 없어요! 모글리는 인간이 길들이는 데 성공한 유일한 북극곰이에요!"

"흠, 그렇다면 이 옌슨이라는 자는 대체 어떻게 그를 훈련한 겁니까?"

"태어났을 때부터 거의 키우다시피 했어요. 2살 때까지 스스로 젖병도 물렸다지요. 그리고는 십오 년 동안이나 같이 잠을 자고, 같이 먹고, 같이 똥도 싸고⋯⋯. 이제 됐나요?"

바깥에서는 시위자들이 당장이라도 유리창을 뚫고 들어올 정도로 가까워져 있었다. 둔탁한 소리에 놀란 두 명의 자그마한 체구의 여성들이 빠르게 나타났다가, 또 그만큼 잽싸게 사라졌다. 아마도 다른 이들에게 경고를 하려고 온 것 같았다.

"어쨌든."

카페테리아를 완전히 벗어나며 동물학자는 결론을 내렸다.

"그린란드에서 태어나 자란 사람이라면 누군가를 공격하기 위해 곰을 훈련하겠다는 생각을 할 리가 없어요."

"아, 그렇습니까?"

"이누이트 사냥꾼들은 나누크Nanook의 힘을 숭배하지요."

"나누크요?" 카낙이 물었다.

"곰의 영혼이란 뜻이에요. 모든 생물체 안에는 곰의 영혼이 깃들어 있어요. 그런 곰을 장난감이나 무기로 삼는 건 불경스러운 일이니까요."

카낙은 떠나려는 에바트의 소맷자락을 붙잡았다.

"신성 모독 같은 거군요?"

"그보다는 그들을 보호하는 영혼을 노하게 만드는 거지요. 이누이트는 하나의 신을 믿지 않아요, 경감 님. 인간과 인간을 둘러싼 자연 전체가 이루는 공생을 믿는 거지요."

바로 그때, 총소리가 울렸다. 개썰매를 몰 때의 채찍 소리만큼이나 거친 소리였다. 유리로 된 창문 전체가 연기처럼 사라져 있었다. 유리 성벽을 함락시킨 승리의 함성 "실라미!"가 터져 나왔다. 이젠 함락은 상징적인 의미로만 존재하지 않았다. 두 진영 사이의 거리는 단 몇 미터로 좁혀졌다.

에바트 올슨은 더 지체하지 않고 반대 방향으로 뛰어갔다. 화장실 쪽으로 가면 몸을 숨길 수 있다고 생각한 모양이었다. 깨진 유리 조각으로 반짝거리는 카페테리아 바닥 위에는 이제 아푸티쿠와 카낙만이 남아 있었다. 시위대 무리가 깨진 파편이 뾰족하게 선 창틀을 넘어 들어왔다.

벨트와 권총 가죽 보호대를 찼던 자리를 만지작거리며 대머리 형사는 장발의 형사에게 눈빛으로 물었다. 그의 9mm 헤클러&코흐 반자동권총은 코펜하겐의 '집'에 있었다. 여행 가방에 총기를 넣고 비행기를 타는 건 꿈도 못 꿀 일이었다. 하지만 아푸티쿠는 무기 없이 외출하진 않았을 것이다. 그건 상상도 할 수 없는 일이었다.

그러나 당황하며 커진 그의 두 눈을 보니, 이 나라의 아마추어리즘의 끝은 어딘지 문득 궁금해졌다. 그들은 공격자들 앞에 무방비한 상태였다. 동네의 아무개라도 총을 들고 활보할 수 있는데 정작 경찰들은 깃털이 뽑히기 직전의 두 암탉처럼 속수무책이라니, 정말이지 우스운 상황이 아닐 수 없었다.

카낙은 가까이에 있는 의자를 붙잡아 우두머리로 보이는 남자를 향해 던졌다. 건장한 남자는 갑작스러운 공격에 놀란 듯 잠시 멈추어 섰고, 그 뒤를 따르는 사람들도 당황하기 시작했다. 혼란을 틈타 카낙은 당황한 남자 앞으로 가서 온 힘을 다해 소리쳤다.

"그래, 나 덴마크 인 맞다! 덴-마-크-인이다! 덴마크어도 할 줄 알지! 당신네들이 죽은 사건을 수사하려고 이 얼어붙은 오지까지 왔더니, 이따위 대접을 받을 줄이야!"

반은 거짓말이었다. 세 명의 사망자는 모두 외국인이었으니까. 그렇다고 그의 연설을 막을 사람은 아무도 없었다.

"난 내 일만 끝나면 바로 꺼질 테니까 걱정 붙들어 매셔! 하지만 내 일은 꼭 끝낼 거야. 당신네 도시를 도살장으로 만든 새끼들을 반드시 잡아넣을 거라고. 거기에 당신들이 **찬성**하든 **반대**하든, 그건 내 알 바 아냐. 머리끄덩이를 잡으려면 잡아보든가. 보시다시피 잡으려야 잡을 것도 없어!"

시위대 중 두세 명은 이미 밖으로 도망치고 있었다. 눈발이 굵어지고 있었다.

멀리서 전속력으로 달려오는 경찰차의 사이렌 소리 때문이었겠지만 그의 연설도 어느 정도 효과가 있었다. 귀를 울리는 사이렌 소리가 가까워질수록, 과격분자 무리는 사방으로 흩어지고 있었다. 카낙은 총을 쏜 걸로 추정되는 사람의 뒷모습을 발견했다. 손에 엽총을 들고 붉은색 모자를 쓴 남자였다. 매끄러운 바닥을 타고 굴러 내려가는 공처럼, 그는 잽싸게 언덕 비탈

너머로 사라졌다.

"당신들이 독립하든 말든, 난 아무 상관도 안 해!"

카낙이 허공에 대고 외쳤다.

"독립을 원해? 그럼 되겠지! 될 거라고, 젠장! 엿같은 바다표범이랑 당신들끼리 이 미친 짓거리하면서 잘 먹고 잘 살아! 당장 내일이 아니어도 언젠가는 독립이 되겠지! 당신들이 이 쓸데없는 빙산 따윌 잃든지 말든지, 정작 덴마크 인은 관심도 없다고!"

6

IMG_1868 / 10월 24일
나누크 그룹의 공연 직전, 카투악 공연장 홀

'당신을 약하다고 여기는 이들에겐 강하게, 강하다고 믿는 이들에겐 약하게 대하라.'

이 속담이 너무 길지만 않았다면 카낙은 몸 어딘가 잘 보이는 곳에 이 문장을 새겼을 것이다. 이번 일도 그랬다. 세상의 모든 속담에는 한계와 예외가 있기 마련이라지만 지금까지 늘 잘 맞았다. 조금 전의 난리를 포함해서 말이다.

"아뇨, 아뇨, 아뇨, 아뇨! 유감스럽지만 이번 일은 그냥 넘겨선 안 돼요! 반드시 고소하셔야죠!"

요새로 변한 경찰서 로비에서 리케 에넬이 외쳤다. 그녀는 건물 주변으로 경찰 저지선을 설치하고, 계급에 상관없이 경찰들을 모조리 동원해 방탄조끼를 입혀 보초를 세워놓았다. 그중에는 곰 사냥꾼 피탁과 검시관 크리스도 있었다. 카낙은 이렇게까지 야단법석을 떨면서 그들과 같은 고급인력을 단순 보초나 서게 만들었다는 사실에 미안한 마음이 들었다.

"원칙대로라면 그래야겠죠." 침착함을 되찾은 카낙이 말했다.

"하지만 폭동을 논하게 되면 비이성적이고 통제가 불가능한 상황이 벌어질 겁니다. 그렇게 되면 원칙은 더 아무런 의미가 없게 되겠죠."

지금껏 살아오면서 카낙이 조금 전처럼 이성을 잃고 폭발했던 일은 손에 꼽을 정도로 적었다. 하지만 그는 몇 년이 지나서도 그 일들을 후회하지 않았다. 그리고 카낙은 동료들과 달리 빠르게 화를 가라앉힐 수 있는 능력이 있었다. 분노의 정점에 계속해서 머무르지 않을 수 있는 능력. 그는 쉽게 타오른 만큼 쉽게 꺼질 줄도 알았다.

"제가 상황을 종합해봤을 때 책임 소재를 묻는다고 당신에게 해가 될 건 없어요. 원하신다면 저희가 지역 언론에 공동성명서라도 써드릴게요."

카낙은 서장이 가장 염려하는 게 무엇인지 알 수 없었다. 대낮에 그것도 누크 한복판에서 그의 부하 두 명이 공격당했다는 사실? 아니면 덴마크에서 온 손님에게 수사 관련해 도움을 받았다는 사실?

"아무튼 저는 고소하지 않을 겁니다."

카낙이 단호하게 말했다. 에넬은 입술을 깨물었다. 그리곤 검지와 중지 사이에서 불이 붙길 기다리는 담배에 화풀이했다.

"마음대로 하세요. 어쨌든 전 아르네 야콥센 청장 님께 보고해야 해요. 그리고 당신이 고소를 거부했다는 사실도 알리겠어요."

야콥센에게 붙은 '개미'*라는 별명은 그와 이름이 같은 유명 가구디자이너가 만든 의자의 이름에서 따왔을 뿐만 아니라 그의 인색한 이미지에서 비롯되었다. 실제로 그는 엄중한 성격으로 악명이 높았다. 하지만 리케 에넬이 그에게 어떤 식으로 말을 전할지는 모르는 일이었다. 이번 일로 개미가

---

* 동명의 아르네 야콥센은 덴마크의 건축가이자 가구디자이너로 '개미 의자'라는 유명한 작품이 있다.

그에게 최악의 징계를 내린들, 이 임무보다 더 나쁠 수 있을까? 카낙은 머리를 끄덕여 동의를 표했다. 그리고는 별안간 어조를 바꿔 가벼운 투로 말했다.

"이제 중간보고를 드려도 됩니까? 아푸와 제가 몇 가지 유의미한 점을 발견했는데……."

그의 조수는 예의 그 명랑함이 아닌 당황한 미소를 지으며 끄덕였다. 예기치 못한 습격 속에서 한 마리 바다표범과 같은 처지에 처했던 아푸티쿠는 그 충격에서 아직 회복하지 못한 것 같았다.

"꼭 그래야 한다면요." 리케 에넬이 한숨을 내쉬었다.

"네, 좋아요. 가시죠."

서장이 네 개의 난로가 동시에 돌아가는 한증막 같은 회의실로 향하려 하자, 카낙이 그녀를 붙잡아 반대 방향의 터키색 문을 가리켰다. 출입구였다.

"밖이 좋을 것 같은데……."

"밖이요?"

"물론 실내에서요. 다만 여기는 말고요. 맞은편 어떠십니까?"

카낙은 촘촘히 박힌 나무판자가 길쭉한 실루엣을 이루는 카투악 건물을 가리켰다.

"농담인가요?"

"저 안에 바나 술집이 있지 않습니까?"

그 말에 평정심을 잃은 리케의 반듯한 얼굴이 분노로 일그러졌다.

"우린 지금 당신을 공공장소에서 간신히 빼냈어요. 당신을 보호하려고 모든 경찰 병력을 동원했고요. 그런데 지금 당신이 생각하는 거라곤 한잔하러 나가자는 건가요!"

"아니, 제 말은…… **프랑스식으로** 극복하자는 겁니다."

카낙이 프랑스어로 말했다.

"뭐라고요?"

"프랑스 인들이 파리 테러 이후에 그랬던 것처럼요." 그가 설명했다.

"우리도 두 배로 축제를 즐기자는 거죠!"

아푸티쿠는 터지려는 웃음을 간신히 참았다. 그들은 눈을 부릅뜬 서장과 그들을 따라오고 있는 무장한 동료들의 경계 하에 카투악으로 향했다.

카낙이 바라던 대로 카투악에는 중앙홀과 연결된 비교적 안락한 투악이라는 카페가 있었다. 끝없이 펼쳐진 전면 창을 투과한 햇빛이 돌출된 대리석 위로 반사하며 뜨거운 황금빛으로 빛나고 있었다. 박물관의 카페테리아만큼이나 활짝 노출된 공간이지만 답답한 경찰서보다는 훨씬 나았다.

불안한 기색의 리케 에넬은 우아한 카페 내부로 모여드는 젊은이 무리에서 눈을 떼지 못했다. 그러나 그들의 모습은 평화로웠다. 머리에 헤드폰을 쓴 이들은 짝을 지어 서로 부둥켜안으며 즐거워하고 있었다. 조금의 적의도 느껴지지 않았다.

'저 아이들은 여기에 뭘 하러 온 걸까? 그것도 저렇게 많이?'

카낙의 마음을 읽기라도 한 건지 아푸티쿠가 말했다.

"오늘 저녁에 아키수아네릿Akisuanerit이 시작되거든요."

"아, 그게 뭡니까?" 카낙이 물었다.

"그린란드에서 가장 큰 뮤직페스티벌이에요."

"그렇군요. 누가 참가하죠? 리한나? 에드 시런? 라디오헤드?"

아푸티쿠의 표정을 보아하니, 그는 카낙의 입에서 나온 이름들을 하나도 알지 못하는 것 같았다.

"나누크의 음악을 들으러 온 거예요."

"나누크요? 곰의 영혼?"

"네……. 아니, 아뇨. 나누크는 그룹 이름이에요. 여기선 비틀스 급으로 유명하죠."

비유가 구식이긴 했지만 카낙은 그들의 인기가 어느 정도인지 이해할 수 있었다.

"자유로운 곰들이 아주 많네요."

카낙이 리케의 차가운 시선을 받으며 농담했다.

"죄송하지만!" 불쑥 끼어든 리케가 손목을 두드리며 말했다.

"제가 다른 일로 바빠서……."

카낙은 코펜하겐경찰청에서 갈고닦은 솜씨를 발휘해, 최근에 알게 된 사실들을 간결하게 보고했다. 모글리와 몇 주 전부터 이어진 훈련사 옌슨의 부재, 계절과 위도상 북극곰이 누크에서 배회할 가능성이 없다는 동물학자의 소견, 뽑히지 않았어야 했던 송곳니까지.

리케 에넬은 규칙적인 박자로 눈을 깜빡이며 그의 보고를 주의 깊게 들었다. 눈꺼풀이 한번 닫힐 때마다 머릿속으로 새로운 정보가 입력되는 것 같았다. 마치 컴퓨터 같은 모습이었다.

"좋아요."

카낙이 말을 끝내자, 리케는 침착하게 속삭였다. 이제 분노는 모두 가라앉은 듯했다.

"아푸, 할리우드 영화 촬영에 대한 이야기가 사실인지 확인해줘요. 계약서, 고용주, 날짜, 비행 기록, 현장 증언 등등. 찾을 수 있는 건 모조리 찾아요. 그리고 올슨의 알리바이도 알아내고요."

아푸티쿠는 리케가 그의 정보원을 의심한다는 사실에 충격을 받은 듯했지만 이번에도 늘 그랬듯 반발하지 않았다.

"그가 이번 일과 아무 관련이 없을 수도 있지만 그 정도로 곰의 살인 기법을 잘 아는 자라면…… 바오밥 나무를 눈앞에 두고도 못 보고 지나갈 순 없는 노릇이잖아요?"

"그래서 말입니다만 순찰은 어떻게 할 예정인지 물어봐도 되겠습니까?"

카낙이 슬쩍 끼어들었다.

"경호를 거절할 땐 언제고, 순찰 얘길 꺼내시는 거예요?"

리케의 언성이 다시 높아졌다.

"저 말고 그린오일 노동자들 말입니다. 프리무스 내의 순찰이요."

"그거라면 다 계획되어 있으니 걱정하지 마세요."

리케가 이를 갈며 대답했다.

"사건 다음 날 밤부터 순찰대가 노동자 거주지를 돌고 있어요. 그리고 오늘 사건 이후로 병력을 두 배로 늘렸고요. 닐스 브록스만큼 인력이 넘쳐나진 않아도 저희도 다 규정대로 합니다."

그들의 언쟁은 키가 큰 남자의 등장으로 멈췄다. 역광으로 인해 큰 그림자를 드리운 남자가 유리를 가볍게 세 번 두드렸다. 방탄조끼를 입고 자동소총을 든 남자였다.

"저도 거기 껴도 될까요?"

크리스 칼슨이 미소와 함께 애원하듯 말하고 있었다. 카낙은 그에게 들어오라는 신호를 주었고, 조금 뒤 키 큰 금발의 그가 의자를 끌고 와 옆에 앉았다.

"근무 시간에 자리를 벗어난 데는 그만한 이유가 있겠죠?"

리케가 차갑게 말했다.

"네. 그게…… 아까 제 연구실에서 경감 님과 나눈 마지막 대화 이후에 알아낸 사실들을 처음부터 하나하나 다시 짚어보고 싶더라고요."

'다들 제 멋대로군.' 리케 에넬의 푸른 눈이 빈정거리는 듯했다.

"아무래도 그러길 잘한 것 같아요." 크리스가 용기를 내어 말했다.

"놓치고 있던 걸 하나 발견했어요."

"그게 뭡니까?" 카낙이 그를 격려하며 물었다.

"그게…… 피해자들의 혀가……."

"혀가 왜요?"

"제가 보기에 혀가 사후에 닦인 것 같아요."

"닦였다고요?!"

"네……. 경동맥이 절단되면서 피가 목과 입안까지 역류했어요. 보통은 추위로 피가 빠르게 응고하면서 구강 내에 층을 형성해야 하거든요. 특히 혀 위에 말이죠. 그런데 혀에 미세한 흔적만 남아 있더라고요. 마치 누가 한 번 닦아낸 것처럼 말이죠. 입안의 다른 부분도 아니고 오직 혀에만요."

"그게 무슨 헛소리예요?"

리케가 소리쳤다. 크리스는 죄송하다는 듯 눈을 내리깔았다. 아푸티쿠는 그런 미개한 행위를 도저히 이해하지 못하겠다는 듯, 고개를 좌우로 흔들었다.

"그렇다면 우리가 추정하고 있는 곰이 마지막으로 한 번 더 그들의 입을 핥은 거라고 봐야 합니까?" 카낙이 말했다.

"마지막으로 한 입을 더 먹은 것처럼 말이죠."

그렇게 말하는 그 자신도 믿을 수 없었다. 미식가 곰에 이어, 그릇에 남은 소스 한 방울까지도 핥아먹는 곰이라니.

'시가와 식후주만 있으면 완벽하겠군.'

서장이 자리에서 벌떡 일어났다.

"죄송하지만 먼저 일어나야 할 것 같네요. 사무실에서 절 기다리고 있는 분이 계셔서요. 그럼……."

부아가 치미는 표정으로 리케가 카낙의 앞에 서서 말했다.

"경감 님도 만나야 할 분이 있어요."

"네? 누구 말입니까?"

"쿠픽 에녹슨Kuupik Enoksen, 에너지부 차관이에요. 이번 사건은 에너지 분야의 거대 외국 투자자와 긴밀하게 연관되어 있으니까요."

"그런데 그게 저와 무슨……."

"그리고 미카엘레 에넬Mikaela Engell 고등판무관도 만나보셔야 해요."

마르그레테 여왕의 대리인이자 그린란드에서 가장 높은 권력을 행사하는 사람이었다.

"분명히 짚고 넘어가지만 이 만남은 제 개인적인 친분과는 관련이 없어요. 지금 정부청사로 가시면 될 거예요. 멀지 않아요. 부탁드려요."

정보를 전달한 리케는 몸을 돌려 잔잔한 꽃향기를 남기며 걸어 나갔다. 남은 세 명의 경찰이 십대들로 가득찬 카페를 벗어났을 때, 희끗희끗하게 변한 머리의 남자가 카낙의 앞으로 불쑥 끼어들었다. 그는 열어젖힌 검은색 점퍼 속에 요란한 넥타이를 매고 있었다.

"그 덴마크 인 맞으시죠?"

"예……."

"저는 헨릭 뮐러Henrik Møller라고 합니다."

"그런데요?"

"그린오일의 그린란드지사장이에요. 칸게크 시추 시설도 운영하고 있죠."

일이 재미있게 돌아가고 있었다.

'궁지에 몰린 사장의 등장이라…….'

"수사를 위해 제가 할 수 있는 일이 있습니까?"

"예, 저희야 감사하죠."

카낙이 조심스럽게 답했다. 사건의 주요 당사자가 수사에 끼어들면 그들이 원하는 대로 수사가 흘러가게 되는 법이다. 범죄학의 기본이었다. 이런 식으로 친절을 베푸는 사람의 절반은 직접적으로 범인과 연관된 이들이었다. 본인이 범인인 경우를 제외하면 말이다. 고전이라고 할 수 있는 애거사 크리스티의 작품에서처럼.

"저희는 정말 억울합니다." 남자는 앓는 소리를 냈다.

"그저 이 국가를 위해 좋은 일을 하려는 것뿐입니다."

"아, 물론 그러시겠죠."

"그런데 그…… 그 끔찍한 것 때문에 시설이 일주일째나 멈춰 있습니다. 자그마치 6일 동안 단 1배럴도 뽑아내지 못했지요."

북해상의 시추 시설에서 뽑아낸 원유인 브렌트유*는 1970년대부터 해

---

* 브렌트유(Brent Crude)는 북해의 브렌트 유전에서 생산되는 저유황 경질 원유로 유가의 지표로 사용된다.

상 석유 생산의 기준이 되어왔다. 선의로 가장했지만 그는 결국 나무 뒤에 숨어 먹잇감을 덮칠 순간만 노리는 늑대와 같았다. 하루가 지날수록 그의 회사가 잃게 될 수십만 달러. 그것이 그가 카낙을 찾아온 진짜 목적이었다.

"흠, 그렇군요."

그가 말하는 '끔찍한 것'이란 다름 아닌 후안 리앙, 매튜 호포드, 닐스 율리안슨일 터였다. 헨릭 뮐러에게 그들은 회계장부에 적힌 숫자에 불과했다. 이 뮐러란 자는 그의 아름다운 환경 파괴 기계를 멈추게 만든 세 모래 알갱이의 이름을 알까?

"어떤 자식들이 이런 일을 저질렀는지 꼭 찾아주셨으면 합니다, 수사관님."

"경감입니다." 카낙이 차갑게 정정했다.

"제 노동자들이 두려워하고 있습니다, 경감 님. 벌써 스무 명이나 작업복을 벗어 던지고 집으로 가는 비행기에 올라탔습니다. 두 노동조합의 대표들은 자신들의 안전이 보장되지 않는 한 무기한 파업하겠다고 선언했습니다."

제 입으로 운영 문제를 입에 올리는 것으로 보아, 그린오일의 주가가 큰 폭으로 떨어진 것이 분명했다. 오타와나 토론토 본사의 50층이 넘는 고층 건물 최상층 사무실에서 그가 얼마나 시달렸을지 짐작할 수 있는 대목이었다. 노동자들도 두려워하고 있겠지만 그들보다 더 두려움에 떠는 건 뮐러 본인일 것이다.

카낙은 그를 그대로 보낼 생각이 없었다.

"뮐러 씨, 살해 현장은 가보셨습니까?"

"네…… 네, 물론입니다. 최소한 그 정도는 해야죠."

그것은 그가 직원들을 위해 할 수 있는 최대한의 성의였을 것이다.

"아, 그러시다면 안내를 좀 부탁합니다."

"네에……." 잠시 놀란 듯 보였던 그는 웅얼거리며 대답했다.

"원하신다면요."

"지금 바로 가시죠."

잘게 흩날리는 눈 사이로 뮐러가 터덜터덜 걸었고, 카낙은 그 뒤를 따랐다. 크리스, 피탁과 나머지 두 명의 경관들도 그를 따라오려 했지만 카낙은 단호한 고갯짓으로 그들을 모두 돌려보내고 오직 아푸티쿠만 따라오도록 했다.

시야를 가리는 눈발과 먼 거리임에도 카낙은 경찰서 유리창 너머로 리케가 경찰서로 되돌아가는 네 명을 맞이하는 모습을 볼 수 있었다. 그녀는 담배를 든 손을 이리저리 흔들며 비난을 쏟고 있었다.

"경감을 보호하라고 했잖아요! 차관 님에게로 보내라니까!"

'하는 일마다 낙제점이군, 친구들.'

바람이 세차게 두 번 몰아치는 사이 카낙은 크리스가 리케를 향해 서서 그녀를 진정시키려는 듯 팔에 손을 얹는 걸 보았다. 리케는 벌레가 붙은 것처럼 매섭게 그를 뿌리쳤다.

'그럴 사이도 아닌 것 같은데 크리스는 왜 함부로 저런 행동을 한 거지?'

카낙은 그 순간을 놓치지 않고 카메라를 꺼내 셔터를 눌렀다. 앙리 카르티에 브레송*이 말한 '결정적 순간'이 바로 이런 것 아닐까.

    ★   Henri Cartier-Bresson(1908~2004). 프랑스 사진작가로 20세기 현대 사진에 큰 영향을 준 인물이다. 일상적인 리얼리티를 잘 반영하고 절묘하게 순간을 잡아내는 '결정적 순간'으로 알려진 작품들로 유명하다.

7

프리무스는 마치 하나의 커다란 루빅스 큐브 같은 곳이었다. 얼룩덜룩한 노동자들의 임시 거주지를 본 카낙은 독립주의자들을 향해 그가 내뱉었던 폭언에 대한 죄책감을 조금 덜 수 있었다. 프리무스는 외국인들이 그린란드에서 얼마나 열악한 상황에 처해 있는지 단적으로 보여주는 예였다.

그린란드는 탐욕스럽고 비양심적인 부자들에게는 엘도라도 같은 곳이었다. 하지만 석유 기업에서 일하는 중국인, 파키스탄 인, 러시아 인 노동자들은 원주민들보다 훨씬 더 고된 삶을 살고 있었다. 그들의 고용주가 자원으로 가득한 이 섬을 헐값에 빼앗은 자들인지는 몰라도, 이곳의 노동자들은 그린란드 인들과 다름없는 피해자였다. 정작 문제의 장본인들은 조립식 숙소에서 수천 킬로미터 떨어진 호화빌라나 펜트하우스에서 살고 있었다. 색색의 작은 방갈로들은 일반적인 정원에 딸린 오두막보다 겨우 한 뼘 정도 더 큰 정도였다.

"이래 보여도 안은 아늑합니다."

아무도 묻지 않는데도 뮐러는 저 혼자 변명하기 시작했다.

"텔레비전, 변기, 샤워부스도 있지요……."

노동자 거주지는 누크의 북서쪽에 위치한 주택가인 쿠아수수프 퉁가 Quassussup Tungaa까지 이어져 있었다. 오는 길에 아푸티쿠가 자신의 동네라고 말했던 곳이었다. 한쪽에는 해변이, 다른 한쪽에는 산악 지형이 펼쳐져 있었지만 색색의 거대한 네모 블록들이 주는 침울한 인상을 지워주지 못했다. 한센병에 걸린 레고 같다고 할까. 멀리서 스노모빌이 내는 폭음과 그 소리를 따라 제각기 짖어대는 개들의 소리가 들려왔다. 마음속에 불안감이 자라기 딱 좋은 환경이었다.

"책임자를 얼른 색출해내지 못하면"이라며 뮐러가 다시 말했다.

"천연자원부에서 제 석유 개발권에 문제를 제기할지도 모릅니다."

화를 내지 않고 그의 파렴치를 지적할 순 없을까? 파업이나 원유 따위의 문제를 그의 몸속 어딘가에 쑤셔 넣어버리고 싶다는 분노가 치밀었다.

세 남자는 창구 하나가 나 있는 나무 막사 앞을 지났다. 추위로 위축된 인도인 혹은 파키스탄 인 같은 남자가 작게 눈짓을 해보였다. 외부에서 본 프리무스는 그렇게 커 보이지 않았지만 금속으로 된 사각형 건물 사이로 빽빽하게 들어선 방갈로 틈에 들어와 보니, 마치 미로에 갇힌 것만 같았다. 갓 내린 눈으로 인해 지형이 흐트러진 미로 속에서도 뮐러는 어렵지 않게 길을 찾았다.

"그린오일 개발권의 기한은 언제까지죠?"

대화를 이어나가기 위해 카낙이 물었다.

"2025년입니다."

"그런데 왜 벌써부터 걱정하는 겁니까?"

"에녹슨과 그 친구들은 시설이 다시 가동되길 원합니다."

카낙이 방금 전 바람맞힌 쿠픽 에녹슨 에너지부 차관을 말하는 것이었다.

"경쟁사인 아르틱 페트롤리움의 패더슨은 그것만 목이 빠져라 기다리고 있지요."

"뭘 기다린다는 겁니까?"

"제 개발권에 문제가 제기되는 순간이지요!"

사장이 화를 내며 말했다.

"패더슨이 누구죠?"

"해리 패더슨Harry Pedersen이라고, 아르틱 페트롤리움 대표입니다. 50퍼센트 덴마크 인에, 50퍼센트 캐나다 인 그리고 100퍼센트 애새끼지요."

"천연자원부가 왜 급하게 금고를 불리려 한다고 생각하시죠?"

총선 날짜가 다가온다는 소식을 들은 후부터 카낙은 이를 염두에 두고 있었다. 그래도 당사자의 입으로 듣는 것이 더 정확할 것이다.

"그게 진실이니까요!" 뮐러가 우는 소리를 냈다.

"척하면 척이지요. 현 정부가 저희 석유에 대한 로열티로 금고를 채우면 채울수록……."

"그린란드의 석유겠지요."

"네, 그렇게 말할 수도 있겠죠."

"네, 그렇게 말씀해주세요."

"그러니까 킴 킬센 총리와 그 친구들은 그들의 지갑이 두둑해질수록 이 나라가 독립에 가까워질 수 있다고 믿고 있습니다. 국회에서 예고한 투표와 다가오는 총선을 위해서는 그 어느 때보다도 더 자금이 필요합니다."

'아푸티쿠는 킴 킬센과 그의 측근 의원들이 독립 절차를 지연시킨다는 의심을 사고 있다고 하지 않았던가?'

"그리고 패더슨은 이 사건과 무슨 관계죠?" 카낙이 그를 도발했다.

"그 자식은 칸게크 부지를 빼앗으려고 호시탐탐 기회를 노리고 있어요. 그 대가로 에녹슨 에너지부 차관에게 엄청난 로열티를 지불하는 것도 불사할 태세예요. 거의 밑지고 장사하는 셈인데도 말이죠."

"정말입니까? 아르틱 페트롤리움이 그렇게 어려운 상황입니까?"

"전 세계적으로는 문제가 없지만 그린란드에서는 그렇다고 다들 짐작하고 있습니다."

"왜죠?"

"아르틱 페트롤리움은 가장 큰 유전들을 상대로 개발권을 따냈어요. 더 북쪽에 있는 유전들입니다. 디스코* 지역의 유전도 포함해서요. 하지만 그 지역은 그린란드에서 빙산이 생성되는 지점이에요. 서쪽 해안 전체가 그렇습니다. 관광객들에겐 천국이지만 석유 시추 회사에겐 그다지 좋은 곳이 못 되죠. 11월부터 3월까지는 시추 시설이 빙산에 단단히 박혀 있지만 4월부터 10월까지는 '유빙 조각' 사이로 떠다니게 됩니다. 상상이 되시나요?"

이제 그들은 후안 리앙의 숙소 앞에 도착했다. 붉은색의 방갈로였다. 녹슨 문 한 짝이 밀리며 문틈과 노란색의 접근금지 테이프 사이가 벌어졌다. 안에서 무슨 일이 일어났는지 짐작할 수 있는 건 아무것도 없었다. 혹시 몰라 카낙은 늘 그렇듯 직감에 따라 카메라 셔터를 눌렀다.

"유빙 조각이라고 하셨습니까?"

---

* Diskø. 그린란드 지역으로, 모 말로의 형사 카낙 시리즈 2편의 제목이다.

"빙산을 따라 떠다니는 작은 얼음 조각들을 말해요."

아푸티쿠가 끼어들어 설명했다.

"보통 봄가을에 생기곤 합니다. 하지만 그린란드에서 가장 큰 빙하인 세르메크 쿠얄레크Sermeq Kujalleq 주변에 있는 디스코의 유빙 조각들은 크기가 작지 않고 거의 일반 빙산 정도입니다."

"그래서 석유 개발에 난항을 겪는 거군요."

"거의 불가능하다고 봐야 합니다!" 뮐러가 고소하다는 듯 말했다.

"크기가 큰 것들을 치우는 것만 해도 비용이 굉장히 많이 듭니다. 매일 기둥에 와서 부딪히는 것들만 해도 50개가 넘지요. 거기다 뽑아낸 원유를 수송하는 비용도 만만치 않습니다. 헬리콥터로만 수송이 가능하니까요. 유조선은 거기까지 가지도 못합니다. 쇄빙선을 써도요. 애물단지가 따로 없지요! 그러니 우리 걸 노릴 수밖에 없을 겁니다."

카낙은 이해한다는 듯 머리를 끄덕였다. 사실 카낙의 시선과 관심은 온통 죽은 중국인 노동자의 마지막 거처에만 가 있었다. 그곳은 모두가 외면하는 자의 하찮은 묘였다.

뮐러를 무시하고 카낙은 아푸티쿠에게로 몸을 돌렸다. 그는 크리스가 꺼내 놓은 시체 앞에서 무심했던 것처럼 살인 현장에 가까워지자 쾌활함이 사라져 있었다.

"19일 이후로 눈이 여러 번 내렸다고 했죠?" 카낙이 물었다.

"예, 적어도 세 번은 내렸습니다. 이제 우키악ukiaq에 막 접어들었으니까요."

"우키악이 뭡니까?"

"어린 겨울이라는 뜻입니다. 이누이트의 열 계절 중 가장 추운 첫 번째 계절을 말하지요.”

“겨울이 오고 있다*, 이거군요.”

카낙이 웃으며 농담을 던졌다. 아푸티쿠와 밀러는 그의 말에 반응하지 않았다. 그들은 텔레비전 드라마도 보지 않는 모양이었다.

“그럼 방갈로 주변에 발자국 같은 건 하나도 남아 있지 않겠군요?”

“그렇죠……. 그래도 크리스가 사진을 찍어두긴 했어요.”

‘왜 첫 번째 브리핑 때 그걸 말하지 않은 거지? 어째서 리케 에넬의 팀원들은 모두 하나같이 퍼즐 조각을 꽁꽁 숨겨두고 있는 걸까?’

카낙은 열이 오르기 시작했다. 그의 불편한 기색을 알아챈 그린오일 사장은 몇 발자국 뒤로 슬금슬금 물러났다.

“그건 어떤 흔적 같았습니까?”

“뭐라고 정의하긴 힘들어요. 발자국이 그렇게 깊지도, 선명하지도 않았거든요.”

‘그렇다는 것은…….’

“그 흔적들이 우리가 아는 공격 시나리오대로 움직이지 않았다는 건 확실해요.”

“아?”

“발자국들이 문 쪽으로 똑바로 이어지고 있었어요. 곰이라면 먹잇감 주변을 춤추듯 돌아야 하거든요. 곰은 눈 위를 서성이면서 접근하지 곧바로 사냥감에 돌진하지 않아요.”

“다른 두 희생자의 숙소에서도 나누크가 춤을 춘 흔적이 없었습니까?”

* ‘winter is coming’은 「왕좌의 게임」에 나오는 대사다.

"네."

프리무스는 범죄 현장으로서는 꽤 비전형적인 곳이었다. 범죄가 일어난 곳 주위로 그와 똑같은 장소가 수십 개 넘게 존재하는 곳은 드물었다. 이 얼룩덜룩한 상자들처럼 서로 똑같이 생긴 장소들도 없었을 뿐만 아니라 이만큼이나 서로 다닥다닥 붙어 있는 경우도 흔하지 않았다. 방갈로들은 두 사람이 겨우 지나갈 만큼의 간격을 두고 늘어서 있었다.

"그런데 살해 당시 주변에서 아무 소리도 듣지 못했다고 했습니까?"

카낙은 압박감을 주려는 듯 큰 소리로 말했다. 아푸티쿠는 이 믿기 힘든 일이 그의 책임이라도 되는 양, 머쓱한 표정을 지었다.

"제가 미리 받았던 보고서에서 본 기억이 맞다면 세 명 모두 이웃이 신고했던 것 같은데요?"

"네." 아푸티쿠가 대답했다.

"하지만 그 세 명 모두 알리바이가 있었어요. 모두 저녁에 술이 거나하게 취한 채로 현장을 발견했죠."

방갈로의 문은 활짝 열려 있었다, 희생자의 복부만큼이나.

"목격자들에게선 피해자의 혈흔이 발견되지 않았어요."

아푸티쿠가 말을 이었다.

"세 경우 모두 최초 목격자들은 사건을 파악할 정도로만 가까이 다가갔다고 합니다. 발견 즉시 구조 요청을 했습니다. 그들이 다른 사람들에 의해 마지막으로 목격된 시간으로부터 구조 요청을 했던 시간까지는 모두 십 분을 넘지 않았다고 합니다."

카낙은 늘 쾌활하기만 했던 그의 조수가 이렇게 상세한 보고를 한다는 사실에 놀랐다. 시간상으로 볼 때, 목격자들이 살육을 저지르고 그들에게 남겨진 흔적까지 지우는 건 불가능했다.

문만 열어준 뒤에 자신의 몸에 아무것도 튀지 않도록 몸을 피하고, 그가 길들인 곰이 방갈로 안으로 들어와 그에게 '주어진 일'을 마칠 수 있게 했다면 또 모를까. 지금으로선, 훈련된 곰이라는 가정은 세계 전역에 괴물 네시*가 존재한다는 가능성만큼이나 신빙성이 없었다.

동물학자 올슨은 "그린란드에서 나고 자란 사람이라면 누군가를 공격하기 위해 곰을 훈련할 생각을 할 리가 없다"고 호언장담했다.

카낙은 한 손으로 노란색 테이프를 잡아 뜯고, 문을 당겼다. 문은 귀 아픈 마찰음을 내며 열렸다. 외국인 노동자를 위한 숙소가 되기 전, 이 상자는 그리스 피레아스나 러시아 블라디보스토크의 항구에서 컨테이너로 쓰였을 것이다. 카낙은 그렇게 생각했다.

숙소 내부는 살인이 일어난 날의 상태를 그대로 유지하고 있었다. 온통 피로 가득했다. 바닥부터 천장까지가 모두 피였다. 반점 무늬, 분출된 모양, 튄 자국과 붓으로 그어놓은 형태까지. 그야말로 피로 그린 불꽃놀이가 따로 없었다. 뮐러가 자랑했던 것과는 달리 내부의 시설은 보잘것없었다. 더블 침대 하나 크기의 '안방' 바닥에는 이불이 한 장 깔려 있었고, 작은 난로가 놓여 있는 구석의 허술한 칸막이 뒤에는 좁은 샤워부스와 더러운 변기가 있을 것으로 짐작됐다. 어림잡아도 덴마크 건축법상 최소 기준인 9제곱미터의 절반에도 못미쳐 보였다.

'이런 토끼장 같은 곳을 얼마에 팔아먹는 거지?'

크리스가 찍었던 사진 속에서 본, 장식이 거의 없는 벽이 보였다. 사진 속,

---

 * Nessie. 스코틀랜드 네스 호에 산다는 정체불명의 동물이다.

후안 리앙의 가족은 대가족이었다. 그러나 어디에도 약혼녀로 보이는 사진은 없었다. 어쩌면 후안 리앙은 고향과 정서적 고리가 없는 가엾은 미혼남성인지도 모른다. 그가 고향을 떠나온 이유를 알 것 같았다. 누렇게 변색된 사진 속 천안문 앞에서 당당하게 포즈를 취하고 있는 소년이 바로 그일 것이다. 마지막 거처에서 삶을 마감하기 한참 전의 모습이었다.

현관이자 거실로 보이는 2제곱미터 크기의 장소는 약간 끈적거리는 새빨간 얇은 막으로 뒤덮여 있었다. 그 위로 여러 개의 발자국이 나 있었는데, 이곳저곳에 찍힌 발자국이 눈에 확연히 띄었다. 게다가 길게 끌린 자국이 흐릿하게 남아 있어, 범인이 피해자가 흘린 피에 미끄러진 것처럼 보였다.

"이건요?" 카낙이 자국을 가리키며 아푸티쿠에게 물었다.

"이것도 사진으로 찍어뒀습니까?"

"네, 네⋯⋯."

"올슨 씨 알리바이가 확인되면 그 사진들 보내서 감정 부탁해줘요."

잠깐의 침묵 후 카낙이 말했다.

"가죽 부츠 자국이라고 하지 않을까요." 아푸티쿠가 말했다.

"그런가요⋯⋯. 그래도 곰 전문가의 의견을 들어보고 싶군요."

숙소의 나머지 부분은 수도원이라고 해도 믿을 만큼 누추했다. 측면 벽에 고정된 납작한 화면만이 지금이 현대임을 알려주고 있었다. 그렇게 초라한 모니터가 아직도 생산된다는 사실이 놀라웠다. 프리무스에서 혼자 보내는 저녁은 끔찍이도 길었을 것이다.

텔레비전 드라마 「프로파일러」*에서처럼, 카낙은 그가 쫓는 살인범의

＊ NBC에서 1996부터 2000년까지 방영한 범죄 드라마다.

입장을 이해해보려 노력한 적은 단 한 번도 없었다. 짐승의 입장은 더더욱. 직감이라면 몰라도 망상은 믿지 않았다. 카낙은 오직 기억만을 믿었다. 사람의 기억뿐 아니라 물건이나 장소에 깃든 기억도 말이다.

"뮐러 씨?" 카낙이 멀찍이 물러나 있던 뮐러에게 말을 걸었다.

"네?"

"제 착각인지는 모르겠지만 현장에 감시 카메라가 한 대도 없습니까?"

"여기에 말입니까?" 검은 점퍼를 입은 뮐러는 당혹감을 감추지 못했다.

"그럼요, 여기 말입니다. 현관에도 없는 것 같던데요."

"없습니다."

그의 대답은 "그걸 뭐하러 설치하겠어요?"라는 말로 들렸다.

"마을 안의 다른 곳에도 없습니까?"

'마을'이란 단어는 줄지어 자리한 누추한 집들에겐 과분한 표현이었다.

"네. 그래도 시추 시설에는 있어요. 거긴 안 달린 곳이 없죠. 사고의 위험과 보험 문제가 걸려 있기 때문에 설치한 겁니다. 그러니 거주 구역에는 별 소용이 없지요. 그리고 아무도 설치해달라고 하지 않았습니다."

이 운터멘쉬*들을 위해 쓰기엔 아까운 비용이었을 테지, 카낙은 그렇게 해석했다. 분노를 삼키며 카낙은 문턱을 넘어 혈흔이 튀지 않은 깨끗한 바닥으로 첫발을 내딛었다.

"발견된 소지품에서 특이한 것은 없었습니까?" 카낙이 아푸티쿠에게 물었다.

"아뇨, 없었어요. 더러운 옷가지 몇 벌과 특별할 것 없는 서류, 만다린어

* Untermensch, 나치의 인종이론이 만들어낸 용어로 열등인간 정도로 해석한다.

로 된 작은 책, 빈 병 몇 개, 스마트폰과 태블릿 PC가 전부였습니다."

"좋습니다. 제가 서에 가서 따로 살펴보죠. 그…… 당신의 조수 이름이 뭐였죠?"

"피탁이요."

"맞아요, 피탁. 그 친구에게 전화해서 후안의 태블릿과 스마트폰을 좀 뒤져보라고 전해주세요. 뭐 특별한 것 없는지 말입니다. 호포드와 율리안 슨 것도 마찬가지고요."

"뭘 찾아야 하나요?"

"오, 그건 저도 모릅니다. 무엇이든지요. 수상한 메일, 동료와 찍은 사진…… 아, 깔려 있는 은행 애플리케이션이 있다면 계좌 내역도 살펴보라고 해주세요. 평소와 다른 구매나 거래 내역이 있는지 말입니다."

전화를 걸기 위해 아푸티쿠가 자리를 옮기자, 카낙은 다시 상자 같은 숙소에 대한 깊은 생각에 빠졌다.

'이런 곳에서 어떤 꿈을 꿀 수 있을까? 어떤 희망을 품을 수 있을까?'

침대 머리맡 조그마한 테이블 위에는 후안 리앙의 내장 조직이 아직도 남아 있었다. 그중 일부는 두 발을 앞으로 내밀고 서 있는 동물 모양의 조각품 목에 화환처럼 매달려 있었다.

북극곰 조각이었다. 운명과 장식의 아이러니한 일치였다.

"저건 투필락tupilak이에요." 통화를 마치고 돌아온 아푸티쿠가 말했다.

"그게 뭡니까? 종교적인 물건인가요?"

"네. 그런데 이건 관광객들을 위해 만든 모조품이에요. 합성수지로 만든 메이드 인 차이나 제품이네요. 진짜 투필락은 바다코끼리 상아를 깎아서 만들어요. 영혼이 날아가도록 해준다고 믿어요."

조잡한 전통 기념품을 판매한다는 리즈 시몬슨의 얼굴이 잠시 떠올랐다 사라졌다.

"당신도…… 그걸 믿습니까?"

"예전엔…… 투필락의 힘이 대단했어요. 모두가 그걸 두려워했죠."

"부두교 인형과 비슷한 겁니까?"

"네. 하지만 투필락은 그저 도구일 뿐이에요. 나쁜 걸 바라면 나쁜 게 되고, 좋은 걸 바라면……."

카낙은 아푸티쿠의 말을 끝까지 듣지 않고 헨릭 뮐러를 다시 불렀다.

"혹시 직원들 사이에 갈등이 있었다거나 비슷한 소문을 들은 적은 없습니까?"

"딱히요. 그냥 뭐, 늘 있는 사소한 싸움밖에 없습니다. 누가 내 술을 훔쳐 갔네, 누가 내 병따개를 안 돌려주네, 그런 것 정도입니다. 딱히 증거가 되지 않는 일들입니다."

"리앙, 호포드와 율리안슨은 서로 아는 사이였습니까?"

"그럴지도 모르지요. 하지만 꼭 그렇단 보장은 없습니다. 셋 다 하던 일이 워낙에 달라서요."

투덜이 사장은 거의 쓸모가 없었다. 목동도 자기가 관리하는 짐승들을 속속들이 아는데 말이다.

"리앙은 여기에 친구가 있었습니까?"

"프리무스에요?"

"네. 방갈로 이웃끼리 카드놀이나 그런 비슷한 일들을 할 수 있지 않나요?"

"전 그들의 고용주이지 엄마가 아닙니다. 그런 질문은 비카Vikaj에게 하

95

셔야 할 것 같네요."

프리무스의 관리인은 말동무가 생겨 기쁜 듯 카낙 일행을 반겼다. 비카
는 자프나에서 온 스리랑카 인이었다. 호리호리하고 아푸티쿠만큼이나 활
짝 웃는 인상을 가진 남자였다. 나이를 가늠하는 건 힘들었다. 오십 살이라
해도, 열다섯 살이라 해도 믿을 만한 외모였다.

"네, 있죠. 제 말은, 있었죠. 롱이요." 그는 서툰 영어로 단숨에 답했다.

"롱이요?"

"롱 덩Rong Deng이요. 후안의 베스트 프렌드예요. 항상 함께 있었어요. 아
주 친했죠."

"바로 그가 후안의 사체를 발견한 사람이에요."

아푸티쿠가 카낙의 귀에 속삭였다.

"그럼 그 사람은 지금 어디에 있습니까?"

"플랫폼에 있을 거예요." 뮐러가 말했다.

"칸게크에 말입니까? 가동이 중단된 거로 알고 있는데요."

"시추 시설은 버튼 하나 누른다고 켜고 꺼지는 스노모빌이 아니에요,
경감 님. 석유를 퍼내지 않는 동안에도 유지 작업은 밤이고 낮이고 계속되
어야 합니다. 롱 덩은 주간 팀에서 일하고 있어요. 이제 곧 돌아올 시간이
네요."

"지금은 거기에 있다는 겁니까?"

"네." 뮐러가 말했다.

"한 시간 정도는 더 있을 거예요."

"딱이네요. 갑시다."

"어디를요?"

"플랫폼으로요."

"지금요?!"

"정부청사에 가보셔야 하는 거 아니에요?"

아푸티쿠가 그를 말렸다. 지긋지긋한 위계질서. 피라미드의 꼭대기에 있는 리케 에넬의 매서운 눈초리가 그들을 노려보는 듯했다.

"정부라……."

카낙이 중얼거렸다.

"잊으셨어요?"

"아뇨. 괜찮습니다. 기다려주겠죠."

8

IMG_1889 / 10월 24일
칸게크 그린오일 해상 시추 시설을 하늘에서 내려다본 풍경

북유럽 출신인 카낙은 오로라를 보는 게 이번이 처음은 아니었다. 하지만 이렇게 가까이서, 이렇게 아름다운 오로라를 보는 건 태어나 처음이었다. 그린오일의 녹색 헬리콥터는 조종사와 세 사람이 모두 탈 수 있을 만큼 컸다.

그들을 태운 시코르스키 S-52-2기가 프리무스의 비행장을 떠날 때 해는 지고 있었다. 지평선을 서서히 붉게 물들이는 노을빛 속 비행은 장관이었다. 하지만 이는 잠시 후, 누크 해변 위를 지나며 그들의 눈앞에 펼쳐질 빛의 축제와 비교하면 아무것도 아니었다. 바다 위로 물결치는 형형색색의 빛깔, 하늘을 집어삼킬 듯한 북극의 오로라가 그들 앞에 떠올랐다. 구름 떼를 가르는 가늘고 긴 녹색, 푸른색, 분홍색의 선들이 눈앞에서 일렁였다. 매분 매초 새로운 풍경이 눈부시면서 더 화려하게 변화했다. 냉혈한 뮐러조차 그 모습에 넋을 빼앗긴 것 같았다. 내밀한 마법의 순간이자 각자 자신만의 울림을 발견하게 만드는 놀라운 현상의 힘이었다.

"우리 민족이 이걸 보고 뭐라고 하는지 아세요?"

아푸티쿠가 마이크에 대고 큰 소리로 외쳤다.

양쪽 귀에 쓴 커다란 안전모 바깥으로 그의 머리털이 삐죽 튀어나와 있는 아푸티쿠의 모습은 북극의 바람에 가무잡잡하게 탄 텔레토비처럼 보였다.

"당신 민족이요?"

"이누이트 말이에요."

"아뇨. 뭐라고 합니까?"

"아직 평화를 찾지 못한 영혼들의 모습이라고 해요. 우리는 영혼들이 영원한 안식의 장소를 찾아 떠나며 저렇게 요동친다고 생각해요."

"영혼들이 결국 안식을 찾을 거라 생각합니까?"

카낙은 솔직하게 물었다.

"이마카."

그가 처음으로 적절한 대답을 한 순간이었다. 카낙은 공감한다는 듯 웃어 보였다. 카낙은 허름한 집에서 난도질당한 가엾은 세 사람의 영혼이 지금쯤 어디를 헤매고 있을지 생각해보았다. 사람들은 그들의 땅 위에서의 삶에도 관심이 없었지만 사후의 안녕에도 관심이 없었다.

그가 생각에 잠기는 동안, 지평선을 붉게 태우는 노을빛은 더욱 아름답게 변해 있었다. 이제 노을은 창공과 그 속을 날고 있는 헬리콥터까지 포함해 모든 것을 감싸는 듯했다. 손을 뻗어 헤집으면 손끝에 닿을 것만 같은 색깔들이 바로 코앞에서 춤을 추고 있었다. 그의 쌍둥이 남매, 옌스와 엘스가 여기서 이걸 본다면 무척 좋아했을 것이다. 아직 세 살이지만 경탄할 만한 아름다움을 배우기엔 모자람이 없는 나이이다.

"젠장, 젠장, 젠장……."

카낙이 헬리콥터의 소음 속에서 낮게 지껄였다.

18시 47분. 어머니와 쌍둥이에게 전화하기로 약속했던 시간에서 두 시간이 훌쩍 지나 있었다. 코펜하겐의 두 딸이 아직 자지 않고 있을 시간이었다. 플로라 할머니가 깨끗하게 다려준 잠옷을 입고 오지 않는 전화를 얌전히 기다리고 있을 모습이 눈에 선했다.

카낙의 어머니, 플로라를 제외한 지인들은 사십 대로 접어든 미혼인 그가 두 아이를 '혼자서' 입양한다는 사실에 너도나도 우려를 표했다. 카낙 자신도 그런 그들을 설득할 만한 논리를 가지고 있지 않았다. 그저 어느 날 문득 '반드시 해야 할 일'이라는 생각이 들었다. 그저 때가 되었기에 한 것이었다.

카낙은 추위로 언 손으로 스마트폰을 꺼내 다음 한 주 내내 현지 시각 16시에 맞춰 알람이 울리도록 설정해두었다. 플랫폼은 어두운 바다 위에서 반짝이고 있는 작은 점들의 무리로만 보였으나 가까워질수록 그 모습은 매우 인상적이었다. 보이지 않는 파도를 향해 하강하는 헬리콥터의 속도는 이미 줄어들고 있었다.

"폴라리스원은 극지방에서 가동 중인 가장 큰 플랫폼이에요."

뮐러가 자랑스럽게 말했다.

"그 자체로 기술적 진보지요. 기존의 자켓-데크 방식의 고정식 플랫폼은 수식이 얕은 곳에만 설치될 수 있었거든요."

"그럼 왜 부유식 플랫폼을 짓지 않았습니까? 그런 것도 있지 않나요?"

"있지요. 하지만 WGC 때문에 여기처럼 그린란드 해변과 가까운 곳에선 부유식 플랫폼 설치가 불가능합니다. 위험이 너무 크지요. 설치한 지 얼마 되지 않은 FPU*나 FPSO** 플랫폼이 눈 깜짝할 새에 북쪽으로 수 마일이

---

* floating point unit. 가스전 부유식 원유 생산 설비를 말한다.

** Floating Production Storage and Off-loading. 시추, 저장 하역 등이 가능한 부유식 복합 생산 시스템으로, 투자 비용이 적게 들고 투자 회수 기간이 짧다는 이점이 있다.

나 떠내려가버리니까요."

"그럼 이 플랫폼은 가동한 지 오래됐습니까?"

"설치된 건 오 년 전이고, 석유 생산이 시작된 건 이 년이 채 안 됐습니다."

착륙하는 마지막 수십 미터는 무시무시한 만큼 장엄했다. 카낙의 검지가 카메라 셔터에서 떨어지지 않았다. 건물 측면에 고정되어 허공을 향해 늘어뜨려진 작은 회전 경보등들이 헬리콥터 발착장을 둘러싸고 있었고, 횃불들과 함께 밤하늘을 밝히고 있었다.

"멋지지 않습니까?"

뮐러가 말했다. 카낙은 눈을 깜박이며 수긍했다. 헬기의 스키드가 바닥을 스쳤다. 칠흑 같은 어둠 속에서도 흠잡을 데 없는 착륙이었다.

"이 짐승이 참 대단해요."

헬기 날개가 돌아가는 요란한 소음 속에서 뮐러가 말했다.

"하지만 사람을 문 적 있는 개를 대할 때처럼 늘 조심해야 합니다. 언제 야생의 상태로 돌아갈지 모르는 일이니까요."

그가 말하는 짐승은 플랫폼이었다.

"사고가 자주 일어납니까?" 카낙이 물었다.

"자주는 아니지만 한 번 발생하면 피해가 막심하지요."

지금까지 일어났던 사고 중 큰 환경 파괴를 불러왔던 사건을 에둘러 말한 것이었다. 2010년 4월에 있었던 딥워터 호라이즌 석유 시추 시설 폭발 사고는 '단' 11명의 사망자를 냈지만 멕시코만으로 유출된 500만 배럴의 기름은 생태계 전체를 지속해서 파괴하고 있었다. 역사상 최악의 기름유출 사고였다. 400여 종에 달하는 생물 종이 뮐러가 애정을 담아 부른 바로 이 '짐승'들 중 하나에 의해 사라진 것이었다.

헬리콥터에서 내리자마자 뮐러는 자신을 따라오라는 표시를 했다. 그는 헬기 프로펠러가 만들어내는 얼음장 같은 바람에서 최대한 멀리 떨어진 작은 계단으로 향했다. 계단을 내려가자 주황색의 조끼와 안전모를 착용한 두 명의 남자가 그들을 기다리고 있었다. 두 남자는 말없이 그들에게 보호 장비를 내밀었다. 카낙은 빨간 안전모, 아푸티쿠는 노란 안전모를 받아들었다. 반면 뮐러는 넥타이를 맨 옷차림 그대로 아무것도 쓰지 않은 채 직원들에게 손님을 소개하지도 않고 대뜸 명령했다.

"롱을 찾아와!"

"어떤 롱 말입니까, 사장님?"

폴라리스원에는 한 명 이상의 중국인이 있는 게 분명했다. 그리고 한 명 이상의 롱도.

"롱 덩 말이야, 유지보수 팀에서 일하는 조그만 놈 있잖아."

"알겠습니다."

"우린 식당으로 간다. 거기로 데려와."

군대를 방불케 하는 그의 명령조로 가득한 대화는 놀랍지도 않았다. 주위의 자연으로부터 보호하기 위해 지어진 요새와도 같은 이곳이 제대로 굴러가려면 상명하복식의 시스템이 아니면 불가능했을 것이다.

이 분 정도 좁고 구불구불한 통로와 가교를 통과하자 '짐승'의 전경을 굽어볼 수 있는 유리 방에 도착했다. '짐승'의 모습은 한눈에 들어왔지만 그들이 위치한 곳에서는 정확하게 확인하는 것이 불가능했다. 어둠 속에서 불규칙하게 넘실거리는 불빛 외에 기둥, 들보, 크레인, 파이프와 같은 시설물이 얽히고설킨 플랫폼은 짐승의 배에서부터 나오는 그르렁대는 소리와 함께 진동하는 것 같았다. 카낙은 그들을 흔들고 있는 거의 지각하기 힘든 떨림을, 그렇게 느꼈다.

뮐러가 내민 덴마크 맥주를 사양한 카낙은 플랫폼과 직원들에 대해 질문했다.

"이곳에 있는 사람들은 총 몇 명이나 됩니까?"

"218명입니다. 저까지 하면 219명이네요."

"여자들도 있습니까?"

"간호사 한 명과 식당에서 일하는 직원 한 명이 있지요."

"복잡한 일이나 싸움은 없었습니까?"

"프리무스에서는 그런 일이 있을지 몰라도 경감 님, 여긴…… 그런 미친 짓을 할 여유가 없습니다. 여긴 항공모함이나 잠수함과 마찬가지예요. 모두가 제 위치에서 맡은 일을 해내지 않으면 다 같이 골로 가는 겁니다. 이런 표현을 써서 죄송하지만 뚜껑이 열리는 일이 있더라도 당장은 참고 나중으로 넘겨야 합니다."

'그리고 다른 곳에서 터졌겠지……. 이를테면 꽁꽁 언 무인지대에 차곡차곡 쌓인 5제곱미터의 방갈로 안에서.'

"그런데도 파업은 하고 있네요."

그에 대한 의심을 가득 담아 카낙이 말했다.

"그렇지만 여기서 파업 같은 건 오래 지속할 수 없습니다."

한 시간 전만 해도 친한 친구를 잃은 어린아이처럼 자신의 손해에 대해 징징대던 그가 지금은 확신에 차 말하고 있었다. 아무리 그래도 세 건의 살인사건으로 인해 발생한 사회운동인데 너무도 긍정적인 태도가 아닌가.

"아, 이유가 뭡니까?"

"여기서 기술직 노동자가 얼마나 버는지 아세요?"

"아뇨." 카낙이 말했다.

"미국 돈으로 매달 5천 달러를 벌어요. 숙련된 용접공들은 8천 달러 이상도 받지요. 관리직의 경우는 1만 달러, 거기다 위험수당까지 치면 1만 2천 달러나 됩니다. 대부분의 노동자가 그들의 출신국에서 일 년을 일해도 못 받는 액수예요. 직원들은 월급의 4분의 3을 고향에 보냅니다. 그린오일이 주는 연봉으로 아마 가족 두세 명은 먹여 살릴 겁니다. 그러니까 월급이 끊긴단 말은, 저기 파키스탄이나 방글라데시에 있는 가족들 밥상에 밥이 올라가지 않는다는 말과 같아요. 그러니 파업이 오래갈 수가 없단 거지요."

그때 뮐러가 롱을 찾으라고 보냈던 직원 한 명이 벅찬 숨을 몰아쉬며 돌아왔다.

"사장님, 롱 덩이 유지보수 B팀에서 사라졌답니다."

"뭐라고?" 뮐러가 소리 질렀다.

"사라졌다니, 그게 무슨 말이야?"

"모르겠습니다……. 막쉭이 그를 못 본 지 삼십 분쯤 됐답니다."

"그런데 그걸 이제야 말해!"

"모든 곳을 뒤져봤답니다. 그런데 사장님께서 코끼리에 안 계셔서……. 별일 아닌데 귀찮게 해드리기도 그렇고……."

"코끼리요?" 카낙이 물었다.

"원유를 뽑아내는 플랫폼을 그렇게 불러요."

뮐러가 화난 기색으로 내뱉었다.

"따라오세요."

그를 따라 이동한 옆방에는 스무여 개의 컬러모니터를 비롯한 최첨단 감시 카메라 장비가 갖추어져 있었다. 그가 '짐승'에 카메라가 안 달린 곳이 없다고 말한 것이 거짓말은 아니었다. 모니터로 빼곡한 벽 앞에는 계급장을 단 직원이 잔뜩 언 자세로 앉아 있었다. 뮐러는 긴장 풀라는 듯 그의 어깨를 힘주어 잡았다.

"B팀 담당은 어디지?"

"1번 유정입니다."

"1번 유정 주변 상단부를 비춰 봐."

직원은 키보드를 몇 번 두드리더니, 빨간 시추탑 주변을 비추는 모든 앵글을 화면에 띄웠다. 금속 기둥 아래 빈둥거리는 몇 명의 기술자들을 제외하고는 거대한 권양기만이 유정 내에서 살아 움직이는 유일한 것이었다.

"사각지대는 없습니까?" 카낙이 물었다.

"사람이 접근할 수 있는 장소를 제외하면 없습니다."

하지만 화면 어디에도 중국인 노동자로 보이는 실루엣은 없었다.

"좋습니다. 그럼 사람이 접근할 수 없는 장소는 어딥니까?"

"이 사무실을 제외하면…… 지지대뿐이죠. 그러니까 철탑이요. 하지만 말했듯이, 이 카메라는 보험 때문에 설치한 겁니다. 노동자들이 없는 곳은 굳이 비출 필요가 없으니까요."

사장의 매서운 눈길에도 비디오 담당 직원이 슬쩍 입을 열었다.

"천공기 청소용 창문에 카메라가 하나 있긴 합니다……."

"그게 뭡니까?"

"구멍을 뚫는 천공기 헤드 부분을 가끔 청소해줘야 하거든요."

뮐러가 마지못해 말했다.

"유정 입구까지 천공기를 꺼내 올리는 게 너무 복잡해서……."

'너무 복잡하다는 말은 너무 비싸단 말이겠지.'

카낙이 말의 의미를 풀었다.

"그래서 지지대에 문을 하나 달았습니다. 그곳에 작은 카메라를 별도로 설치했고요."

'별도로'란 말은 비공식적이란 말일 터였다.

"설치한 이유는요?"

"천공기에 이물질이 얼마나 꼈는지 확인하려는 의도예요. 청소가 필요하다고 판단되면 직원 두 명을 보내 청소시키는 거죠."

"제가 이해한 게 맞는다면 그 문이라는 게 기둥에 나 있단 말인가요?"

"네."

카낙은 밀러가 철저히 원칙대로 시추 시설을 운영하는 건 아닌 것 같다고 이해했다. 그는 그 사실이 밝혀지지 않기를 바랄 것이다. 원래 사장들은 뒤로 딴짓을 하는 법이다.

"그럼 그곳을 비추는 카메라가 적어도 하나는 있다는 거죠?"

"네, 그렇습니다." 밀러가 한숨을 내쉬었다.

"루이, 띄워봐."

빙고! 어둑한 화면 속 복잡하게 얽힌 금속관 사이로 실루엣 하나를 발견할 수 있었다. 실루엣이라기보다 하나의 그림자, 움직이고 있는 사람의 그림자라는 표현이 더 적절해 보였다. 바깥의 맹추위에도 그는 여전히 살아 있었다.

밀러는 곧바로 손을 들어 빨간 버튼을 누르며 마이크에 대고 소리쳤다.

"샘, 샘! 기둥 쪽으로 얼른 구조대를……."

그 순간 카낙이 황급히 스피커 전원을 껐다.

"뭐 하는 겁니까?!" 뮐러가 소리 질렀다.

"그야…… 저게 롱이라면 그리고 그가 저런 곳에 몸을 숨기러 간 것이라면 재미삼아 간 건 아니지 않겠습니까?"

"그래서요? 그가 잘 익은 과일처럼 바닥으로 떨어질 때까지 기다리자 이겁니까?"

"아뇨. 그가 뛰어내리려는 마음을 먹었을지도 모르니까요. 제가 제일 먼저 대화해보고 싶은데요."

"경감 님……."

"무슨 말씀 하실지 압니다." 카낙이 말할 틈도 주지 않고 말했다.

"여기는 배와 같고, 배에는 단 한 명의 선장만이 있단 말씀이겠죠. 하지만 이 배를 벗어나는 순간, 선장 대접은 끝입니다. 정해진 원칙을 무시하고, 시설물에 마음대로 구멍을 낸 사장이 될 테죠."

이번에도 그는 최대한 조심스럽게 허풍을 떨었다. 그러면서도 그게 통할 거라고 확신할 수 있었다.

"어떻습니까?" 약간의 침묵 후에 카낙이 다시 말을 이었다.

"거기다 파업에 대한 징계 조사까지 추가하고 싶으시면 마음대로 하시고요."

저 구석에서 아푸티쿠가 폭소하기 시작했다. 이런 일로 소송까지 진행할 의도는 그도, 카낙도 전혀 없었으나, 뮐러는 겁을 먹은 건지 마이크에서 슬그머니 물러났다. 잔뜩 화가 난 것 같았지만 고분고분한 태도였다.

"좋아요. 알겠습니다……." 뮐러가 신음했다.

"서쪽 기둥으로 모셔다드리죠. 햇볕이 잘 드는 테라스 같은 곳이 아니란 것을 명심하세요."

그의 비유보다 상황은 더 심각했다.

먼 바다 쪽을 향하고 있는 플랫폼의 서쪽 측면은 바람에 가장 많이 노출된 곳이었다. 사람이 접근할 수 있는 가장 아래층의 하부 다리 위에서는 똑바로 서 있는 것 자체가 자연에 대한 정면 도전이었다. 북극의 오로라는 이누이트 영혼들의 천국으로 이미 떠나고 없었다. 여기저기 비상등이 매달린 구조물 위로 칠흑 같은 밤이 내려앉아 있었다.

주황색 안전모를 쓰고 끈, 안전 고리, 추락 방지용 벨트를 맨 세 명의 남자가 금속 난간에 아슬아슬하게 매달려 있었다. 세 발자국 앞에 보이는 사각형의 뚜껑 문, 바로 그곳이 카낙이 뛰어들어야 하는 곳이었다. 한 직원이 브이자 무늬가 난 무거운 강철 뚜껑을 열자, 폴라리스원의 내부 깊숙한 곳으로부터 나온 바람이 무서운 기세로 그들을 덮쳤다. 이제껏 아무도 겪어보지 못했던 심해의 얼어붙은 숨결이었다.

"마음 바뀌신 거 아니죠?"

밀러가 비웃듯 말했다. 카낙은 대답하지 않았다. 그는 자신을 격려하듯 머리 위에 한 손을 올려놓고, 직원이 내민 안전 장비를 착용했다. 가장 가까운 갑판에 고정된 밧줄에 안전 고리를 단단히 고정한 뒤, 그는 구멍 속으로 미끄러지듯 내려가기 시작했다.

철과 불의 성당의 중심부로 휩쓸리듯 들어가는 것만은 피하고 싶었다. 고소공포증이 있는 건 아니었지만…… 아무튼 그랬다.

처음 몇 미터를 하강하는 동안은 무리가 없었다. 카낙은 철근 장선과 그 사이 공간을 메꾸는 가로대에 ― 그의 눈에는 ― 단단히 고정된 것으로 보이는 지지대에 매달려, 사선으로 흔들리며 내려갔다.

밀러가 일러준 대로라면, 하부 다리로부터 넉넉히 십여 미터 아래 지점이 도착점이어야 했다. 10미터는 그리 길지 않은 거리였다. 하지만 완전한 어둠과 차가운 금속과 북극의 매서운 바람 속에서 건물 3층 높이를 내려간다는 건…… 그때, 무언가 뾰족한 곳에 예상치 못하게 정수리를 부딪친 카낙이 비명을 질렀다.

"괜찮으세요, 경감 님?"

걱정보다는 조롱이 담긴 목소리였다. 그 순간 매서운 돌풍이 불었고, 뒤이어 사나운 바람이 이어졌다. 바람은 지지대로부터 그를 뽑아내 엄청난 공포 속으로 그를 던져버릴 듯 거세게 불었다. 잠시 동안 움직임을 멈춘 카낙은 다시 조심스럽게 내려갔다. 금속으로 된 장선에 매달린 채로 얼어죽는 것보단, 위험할지라도 움직이는 것이 더 나았다.

마침내 그는 사오 미터 아래쪽에서 희미한 사람의 그림자를 발견했다. 그는 가로대 위에 웅크려 누워 있었다. 그의 몸은 조금도 움직이지 않았다.

"룽? 룽 덩 씨?!" 카낙이 목이 쉴 정도로 외쳤다.

대답이 없었다.

"룽! 거기 있으면 안 돼요! 위로 올려줄게요!"

'말이 들리기는 하는 건가?'

카낙은 점퍼주머니를 뒤져, 떨어뜨리지 않도록 만전을 기하며 스마트폰을 꺼내는 데 성공했다. 떨리는 손가락 하나로 중요한 기능의 잠금을 해제한 카낙은 – 이걸 고안해낸 기술자는 천재다 – 플래시를 켜는 데 성공했다.

희끄무레한 빛 속에서 카낙은 새파랗게 변한 얼굴을 발견했다. 의식은 있어 보였지만 그는 눈을 뜨지 않았다.

"젠장! 룽! 이제 안심하……"

그때 새롭게 몰아닥친 바람이 두 사람을 휩쓸었다. 앞서 불었던 것보다 더 매서운 바람이었다. 카낙의 눈이 저절로 감겼다. 그가 다시 눈을 떴을 때, 아슬아슬하게 걸쳐져 있던 롱 덩의 몸은 천천히 빙하에서 빙산이 떨어져 나올 때의 육중한 무게감으로 추락하고 있었다. 땅에 부딪히는 소리도, 아무런 소음도 없이, 살아 있는 자의 그림자가 조용히 낙하해 밤 속으로 사라졌다.

한 사람이 추락해 사라졌다.

9

IMG_1904 / 10월 24일
밤을 비추는 폴라리스원 시추 플랫폼의 횃불

황금색 구명용 이불 두 장에 싸인 채, 꽁꽁 언 턱으로 눈을 찌푸리고 있는 롱 덩은 미라처럼 보였다.

"롱…… 롱! 여길 보세요. 후안의 시체를 발견한 게 당신이 맞죠?"

폴라리스원의 덴마크인 간호사가 아직은 이르다며 카낙을 만류했다. 성가신 사람을 단숨에 떼놓을 수 있을 정도의 건장한 체격이었다. 아푸티쿠의 말에 따르면 '십오 분'이었다. 얼음장 같은 물속으로 떨어진 사람의 남은 기대수명은 평균 십오 분. 롱 덩은 떨어진 지 십삼 분쯤 지났을 때 건져졌으니, 지금 당장 눈을 감는다고 해도 놀랄 일이 아니었다.

서쪽 기둥의 바로 아래쪽 물 위로 구명보트를 띄우는 데만 오 분이 걸렸다. 그 다음으로 유지보수 B팀의 관리자, 마렉 막쉭Marek Makschik이 구명보트로 롱 덩이 사라진 지점까지 두 명의 직원을 이동시키는 데만 또 오 분이 걸렸다. 천만다행으로 지금 계절에는 유빙 조각이 없었다. 해수 온도는 딱 2도, 헤엄을 아무리 잘 치는 사람이라도 순식간에 삼켜버릴 수 있는 온도였다. 네 개의 다리 기둥 사이로 몰아치는 파도는 작은 보트를 핑퐁 게임 하듯 사방으로 튕겨냈다. 한 지점에 가만히 머무르는 건 불가능했다.

하지만 폴란드 인 관리자는 결국 해결책을 찾아냈다. 철근 로프를 양쪽 기둥에 고정한 뒤 보트의 양쪽에 밧줄을 연결해 고정시킨 것이다. 십이 분이 지나는 순간 작은 배의 움직임이 안정됐다. 굽이치는 파도 속을 수색하는 심장 떨리는 몇 초가 더 지나고 십삼 분째, 그들은 꽁꽁 얼어붙은 중국인을 건져낼 수 있었다.

뮐러를 그의 왕국에 홀로 남겨둔 채, 그들은 헬기에 탑승해 좁은 공간 속으로 몸을 욱여넣었다. 롱의 체온을 높여줄 수 있는 모든 것을 실었다. 마른 옷, 뜨거운 커피가 담긴 텀블러, 덴마크산 보드카……. 간호사는 롱덩을 그린란드에 존재하는 유일한 21세기식 병원인 드론닝 잉리드로 보내야 한다고 주장했다. 그곳은 잉리드 왕비*의 병원이었다. 하룻밤 정도의 입원은 사치가 아닐 터였다.

"네. 저 맞아요……."

겨우 들릴락 말락 가느다란 목소리였다. 롱이 정신을 차린 것이었다. 아푸티쿠는 대화를 위해 얼른 롱에게 통신용 헬멧을 씌웠다. 그는 더듬거리며 간신히 알아들을 수 있는 영어로 다시 말했다.

"제가 방갈로 안에서 후안을 발견했어요……."

카낙은 조종사에게 아푸티쿠와 롱 그리고 자신 세 명만 따로 대화할 수 있는 주파수로 연결해달라고 부탁했다. 기밀 유지를 위해서였다. 어두운 밤과 프로펠러의 소음 속에서 그들만이 공유하는 작은 방. 하늘을 나는 고해실이나 다름없었다.

---

* 잉리드 아브 스베리예(Ingrid av Sverige, 1910~2000). 덴마크의 프레데리크 9세(Frederik IX, 1899~1972)와 결혼했으며 딸이 마르그레테 2세다.

롱 덩은 이를 덜덜 떨며 숨을 가쁘게 내쉬었다. 후안 리앙과 그는 10월 16일 바에서 카드 게임을 하며 함께 밤을 보냈다고 한다. 후안이 꽤 많은 돈을 땄고, 롱보다 일찍 잠자리에 들기 위해 자리를 떠났다. 17일 새벽 3시 40분 무렵 롱은 거나하게 취한 채 후안의 옆집인 자신의 작은 방갈로로 돌아왔다.

"카드 게임을 한 곳이 어디죠?"

"누크 동물원이요."

"시내에 그 시간까지 문을 여는 바는 그곳이 유일해요."

아푸티쿠가 설명했다. 롱은 당시의 상황을 이렇게 묘사했다. 후안의 집 문짝이 바람에 여닫히고 있었다. 만취했지만 마음속으로 뭔가 잘못됐다는 생각이 들었다. 끔찍한 내부의 모습이 보였다. 그는 비명도 채 지르지 못한 채 미친 듯이 도망쳤다.

그 순간, 이불로 돌돌 감싸인 중국인에게로 카낙이 무례하지 않을 정도로만 가까이 다가갔다. 그리고 빛나는 구멍 이불 속으로 그의 얼어붙은 손을 잡았다. 롱 덩은 살짝 몸을 뒤로 물렀지만 손을 내치지는 않았다. 급격하게 낮아진 카낙의 목소리는 중얼거림에 가까울 정도였지만 동시에 다정함을 담고 있었다.

"롱, 당신은 왜 지는 걸 좋아하는 겁니까?"

카낙만의 수사 기법이었다. 신체 접촉으로 당황하게 만든다. 목소리로 사고를 마비시킨다. 불시에 질문을 던진다. 이 방법이 매번 통하진 않았으나 때로는 거친 사람의 갑옷을 벗기고 속내를 드러내도록 만들었다. 게다가 롱에겐 전혀 거친 면모가 없었다.

"저는…… 저는 지는 걸 좋아하는 게 아니라 도박을 좋아하는 것뿐이에요." 롱이 변명했다.

"그런데 그날 저녁 당신은 후안과 도박을 해서 졌지 않습니까? 그에게 진 게 그날이 처음은 아니었는데도 도박을 멈추지 않았죠?"

"그럴지도 모르죠." 롱은 목소리를 바꾸어 중얼거렸다.

"하지만 전 이 일과 아무 상관이……."

"누구로부터 도망치려고 한 겁니까?"

"네……?"

"조금 전 폴라리스원의 기둥에서 말입니다. 아무 이유 없이 그런 곳에 숨어 있었을 리 없잖아요. 뭘 피하려던 겁니까?"

간호사 카렌은 이제 롱이 안정을 취해야 한다는 표시를 해보였다. 그녀는 감초와 유칼립투스 맛이 나는 보드카, 피스크를 플라스틱 고블렛에 가득 따랐다. 롱 덩은 사양하지 않고 30도의 술을 단숨에 삼켰다.

"프리무스에서 헬기가 돌아올 때가 되면……."

아까보다 분명해진 목소리로 롱 덩이 말을 이었다.

"조종사가 그 사실을 폴라리스원에 알려요. 그러면 헬기가 도착한다는 사실이 곧 코끼리 전체에 알려지죠. 어, 그러니까 플랫폼요. 기둥은 사람들의 시선에서 벗어날 수 있는 유일한 장소예요. Only place for me hide."

그가 어설픈 영어를 섞으며 말했다.

"좋습니다. 하지만 우리가 방문하는 걸 왜 두려워했던 겁니까? 그런 끔찍한 곳에 숨을 정도로 말이죠."

롱 덩의 눈이 헬기 뒤쪽의 붉은 유도등의 깜박거림을 멍하니 바라보았다가 다시 카낙에게로 향했다. 그의 머리에 시선을 빼앗긴 것 같았다.

'이런 추위에 머리에 아무것도 쓰지 않고 어떻게 버티는 거지?'

롱은 그렇게 생각하는 듯했다.

"세르게이……."

"세르게이……."

카낙이 그의 말을 따라 하며 재차 물었다.

"세르게이 체르노브Sergueï Czernov요. 그린란드의 그린오일에서 가장 오래 일한 관리자예요. 폴라리스원이 문을 열기도 전부터 그린오일에서 일한 사람이에요."

카낙은 조종사에게 간호사의 주파수 채널을 열어달라는 신호를 보냈고, 다짜고짜 질문을 던졌다.

"세르게이 체르노브란 자를 아십니까?"

"네, 그럼요. 코끼리의 기둥 중 하나인걸요."

"기둥이요?"

"폴라리스원의 운영을 맡고 있는 관리자 네 명 중 하나거든요. 체르노브와 그 패거리가 없으면 뮐러의 공장이 아예 돌아가지 않을 거예요."

그 순간 카낙은 그녀처럼, 그다지 젊지 않은 여성이 이런 외진 곳에 온 이유가 뭘까 생각해보았다. 하지만 그녀가 이런 야만적이고 전례 없는 살인 사건에 연루됐을 리는 없다. 간호사라면 서약을 했을 테니 다른 사정이 있을 것이다. 당장 필요한 정보가 아니라면 그녀의 작은 비밀 정도는 지켜주고 싶다.

"파업 때문에"라며 카렌이 계속해서 말했다.

"체르노브는 며칠 전부터 실업 상태였어요. 플랫폼엔 없을 거예요."

카낙은 고마움의 표시로 고개를 까딱하고는 조종사에게 교신에서 그녀를 빼달라고 요청했다.

"자……." 카낙은 롱을 향해 다시 말을 이었다.

"이 체르노브란 자가 왜 그렇게 두려웠던 겁니까?"

"후안과 저는 그에게 빚을 많이 졌거든요……."

"16일 밤에 말입니까?"

"그전에도요."

카낙은 뮐러가 말했던 노동자의 월급을 떠올렸다. 그린오일에서 가장 적게 받는 노동자의 월급이 경찰인 자신의 월급의 1.5배에 달했다. 그런 그들이 벌어들인 돈이 출신국으로 보내지기 위해 웨스턴유니온은행은 바쁜 일상을 보낼 것이다. 카낙은 분명 그렇게 믿고 싶었다. 하지만 카드 도박에서 진 빚을 갚지 못한 것이라면?

"그게 얼마 정도입니까?"

"1만 2천이요."

"1만 2천 크로네 말입니까?"

"아뇨…… 달러요."

그건 거의 6만 5천 크로네에 달하는 엄청난 액수였다.

"후안은요?"

"저보다 조금 더 많아요. 1만 5천 정도일 거예요."

2만 7천 달러 때문에 사람을 죽일 수도 있을까? 죽일 수 있다. 그는 고작 1센트 때문에 사람이 죽어가는 것을 수없이 봐왔다. 때론 아무 이유 없이 살인이 일어난다. 단, 채무자를 죽이면 채권자는 단 한 푼도 돌려받을 수 없다. 어쨌든 롱은 자신도 그의 친구와 같은 운명을 맞이할까 봐 두려웠던 것이다. 그리고 그 범인으로 러시아 관리자를 의심하고 있는 것이 분명했다.

"몇 달에 걸쳐 빚을 갚겠다고 설득해볼 생각은 안 했습니까? 잘 모르겠지만 이자를 주면서 좀 기다려달라고 한다든지요."

"몇 달 전부터……." 롱은 얼굴을 찌푸리며 말했다.

"코끼리가 조금도 돌아가지 않았잖아요. 그런데 이자는 계속해서……."

"그렇군요. 그밖에 제가 체르노브에 대해 더 알아야 할 건 없습니까?"

롱 덩은 눈을 감고 깊은 잠 속으로 빠져든 상태였다. 지금은 답을 재촉한들 소용이 없었다. 카낙은 점퍼주머니 속에서 뮐러의 명함을 꺼내들었다. 그린오일의 사장은 통화 연결음이 들리자마자 전화를 받았다.

"네, 경감 님. 롱은요? 정신을 차렸나요?"

"노코멘트입니다. 대신 질문 하나만 하죠. 세르게이 체르노브 그 자는 지금 어디서 찾을 수 있습니까?"

"어제저녁에 휴가를 냈어요. 8일 동안이요. 아마 고향에 돌아갔을 텐데요."

"아, 고향이 어디죠?"

"무슨 모스크바의 어디 교외겠지요. 저는 그 사람의 아이 세례식에 초대를 받지 못해서요."

"벌써 떠난 겁니까?"

"네, 오늘 아침에요."

카낙은 영화 속에서처럼 다음에 보자거나 고맙다는 인사도 덧붙이지 않고 전화를 끊었다. 경찰이 누릴 수 있는 작은 특권이었다.

"혹시 에어 그린란드에 믿을 만한 지인이 있습니까?"

아푸티쿠는 마침내 도움을 줄 수 있다는 게 기쁘다는 듯 명랑한 웃음으로 대답을 대신했다.

"아주 좋습니다. 그럼 그 사람에게 연락해서 오늘 누크에서 출발한 비행기 탑승객 중에 세르게이 체르노브가 있는지 확인해주세요."

"어떤 항공편을요?"

"캉걸루수악을 지나는 국제 항공편은 모조리 다요."

아푸티쿠는 열의에 가득차 그의 재킷에서 최신 스마트폰을 꺼냈다.

"아, 아푸!" 카낙이 그를 멈추었다.

"혹시 모르니 어제 낮도 확인해주세요."

카렌의 간호에 기운을 조금 차린 롱이 구석에서 몸을 일으켰다. 혈색이 돌아와 드디어 사람의 형상을 되찾은 모습이었다. 타이밍이 딱 좋았다. 머지않아 누크에 도착할 것이다.

"당신에게 후안은 어떤 사람이었습니까?"

카낙이 다시 부드러운 어조로 질문을 시작했다.

"동료? 단순한 도박 파트너? 아니면 친구?"

"그는 제 친구였어요." 롱이 망설임 없이 대답했다.

'아무리 친한 친구라도 모욕을 당하면 가장 커다란 적이 되기도 하지.'

카낙은 속으로 되뇄다.

"프리무스에 다른 친구들도 많습니까?"

"아뇨, 후안과 저는 같은 지역 출신이에요. 간쑤성이요. 우린 서로 말이 통했죠. 여기서는 같은 중국인끼리라도 친해지는 게 쉽지 않아요. 서로 시기도 하고 인종차별도 있으니까요."

"그럼 누크의 주민들은요? 그들과는 교류가 있었습니까?"

"아뇨." 롱은 아푸티쿠를 곁눈질하며 말했다.

"여기 사람들은 우리를 그렇게 환영하지 않아요. Not happy happy."

그는 또다시 어설픈 영어를 덧붙였다.

"그래도 누군가와 어울릴 수도 있는 거잖아요. 자주 간다던 그 술집인 동물원에서라든지……."

"우린 우리끼리만 어울려요. 그리고……."

"그리고요?"

"뮐러 씨가 이 지역 사람들과는 친해지지 말라고 충고했어요. 성가신 일들만 생길 거라고요."

고약한 뮐러. 그는 그린란드 인들의 편에 서서 같은 민족끼리만 어울리라고 설교했던 것이다.

"그럼 후안과는 종종 서로의 방갈로에 방문하곤 했습니까?"

롱은 카낙이 그를 놀리기라도 한다는 듯 쳐다보았다.

"그러기엔 너무 좁은걸요. **누크 동물원**이나 **토니네**에서 만났죠."

"토니가 누구죠?"

"프리무스 반대편에서 핫도그를 파는 상인이에요. 거기 가는 건 그린오일 노동자뿐이죠."

헬기 날개가 내는 소음 속에서 아푸티쿠의 스마트폰의 벨소리가 희미하게 들렸다. 전화를 받은 아푸티쿠는 쉭쉭거리는 그린란드어로 통화하고 있었다.

"제가 피탁에게 아르틱 페트롤리움 사장인 패더슨의 알리바이를 확인해달라고 했거든요."

전화를 끊은 아푸티쿠가 카낙에게 보고하는 듯 말했다. 카낙은 조금씩 아푸티쿠와 함께 있으면서 그의 경찰로서의 유능함과 적극성을 인정하기 시작했다.

"대단한데요? 그래서요?"

"패더슨이 토론토 본사에서 꼼짝도 하지 않은 지 벌써 이 주나 됐다고 하네요. 그동안 있었던 여러 차례의 회의로 알리바이가 확인됐어요."

"그럼 우리 곰의 흔적은요? 그때 만났던 동물학자 올슨으로부터 답신을 받았나요?"

"아뇨. 사진을 보냈는데 아직까진 깜깜무소식이네요."

그런 올슨을 이해할 수 있었다. 그 또한 국립기록보관소에서 있었던 테러의 대상이었으니 협력하고 싶은 마음이 싹 사라졌어도 놀랄 일은 아니었다.

"그렇다면 살인이 발생한 밤 그의 일정은요? 뭐라도 나왔습니까?"

"그 당시 아키수아네릿에서 자원봉사를 했답니다."

"축제 말입니까?"

"네. 무대장식 설치를 도왔다고 해요. 뭐라더라……, 북극곰 장식이라던 가."

"그게 확실한 알리바이가 됩니까?"

"네. 피탁이 확인해줬어요. 에바트 올슨은 지난주부터 매일 밤 카투악에서 잤답니다. 자원봉사 단체 회원 여러 명이 증언해줬어요. 그곳에서 한 발짝도 벗어나지 않았다고 해요."

헬기가 프리무스로 착륙하는 과정은 폴라리스원에 도착했을 때보다 훨씬 덜 매력적이었다. 여기저기 켜진 불빛에도 얼룩덜룩한 방갈로의 패치워크가 만들어내는 광경은 음울하기만 했다. 헬기에서 내리자마자 아푸티쿠가 카낙의 팔을 친근하게 잡고 그를 한쪽으로 슬쩍 빼냈다.

"묵을 숙소는 따로 있으세요?"

"아뇨." 카낙은 짧게 답했다.

"시내에서 호텔을 찾아보죠, 뭐."

"호텔에는 못 갈 거예요. 누크에 있는 호텔은 너무 비싸거든요."

"그렇군요. 그래도……"

"저희 집으로 가시죠."

"아푸, 정말 친절하네요……"

"가요!" 아푸티쿠가 밀어붙였다.

"바로 이 근처예요."

그 순간, 벨 소리가 그들을 방해했다. 아푸티쿠가 전화를 받기 위해 몇 걸음 떨어지자, 롱이 그에게 다가왔다. 뭔가 말하고 싶은 게 있는 듯했다.

"체르노브……"

"네?"

"체르노브는 너무 강해요."

"강하다니요……? 카드 게임에서 말입니까?"

여전히 금빛 천 아래에서 떨고 있는 홀쭉한 중국인은 가슴팍을 부풀리며 다른 종류의 강함을 묘사했다. 신체적인 강함을 뜻하는 것이었다.

"여섯 달 전에 그가 체격이 훨씬 작은 방글라데시 인과 한판 붙은 적이 있어요."

그의 눈은 "나처럼 약했죠. 그는 거의 죽을 뻔했어요"라고 말하는 것 같았다.

"그 사람도 프리무스 노동자 중 한 명입니까?"

"네."

"그 가엾은 사람은 어떻게 됐죠?"

"정신을 차리자마자 고향으로 돌아갔죠. 플랫폼에서 괴롭힘을 당하는

데 이골이 난 거죠."

자신과 마찬가지로 이 일 저 일을 전전하는 외지인 덩치들의 샌드백 역할에 이골이 난 것이었다.

"사실인지는 모르겠지만 그 일로 네스티가 경찰서에 갔다고 하더라고요."

"네스티요?" 카낙이 물었다.

"다른 러시아인들이 체르노브를 그렇게 불러요."

"음료수 브랜드 말입니까?"

"아뇨." 롱이 정정했다.

"발음은 같지만 철자가 달라요. N.E.S.T.I예요."

"그게 무슨 뜻입니까?"

"곰이요. 러시아어로 곰이란 뜻으로 알고 있어요."

세차게 부는 바람 속에서 간호사 카렌이 발을 구르고 있었다. 롱을 병원까지 데려다주는 데에는 동의했지만 시간이 꽤 흘러 근무 시간을 한참 넘겼기 때문이다.

"그가 아직 여기 있대요!"

아푸티쿠가 스마트폰을 들고 외쳤다. 입가에 승리의 기쁨을 매달고 아푸티쿠가 두 사람에게로 종종걸음으로 걸어왔다. 열심히 걷는데도 제자리걸음하는 것처럼 보이는, 배가 불룩한 나이 든 농부 같은 모습이었다.

카낙은 러시아 곰에 대한 생각에서 빠져나왔다.

"누가 말입니까?"

"체르노브 말이에요! 에어 그린란드에 다니는 제 지인이 확인해줬어요. 그가 어제도 오늘도 비행기를 타지 않았대요."

10

헬기 발착장에서 아푸티쿠의 자택까지, 수백 미터를 지나며 카낙은 그가 하루 종일 외면하고 있던 사실 하나를 깨달았다. 그는 지치고 굶주려 있었다. 이제는 휴식을 취해야 할 때였다. 비행, 수사, 테러, 해상 구조, 이 모든 게 그가 도착한 첫날, 하루 동안에 일어난 일이었다.

쿠아수수프 퉁가는 도시의 다른 동네들과 마찬가지로 개성 없는 근교의 작은 동네였다. 이삼 층 높이의 낮고 조촐한 회색 주택들과 그보다 더 눈에 띄는 커다란 건물들이 번갈아 가며 나타났다. 아푸티쿠의 집은 골목 모퉁이를 차지한 꽤 커다란 녹색 조립식 건물이었다. 바로 옆에는 놀이터, 정면에는 슈퍼 체인점인 나탈리 렉톱이 있었다. 아푸티쿠는 슈퍼를 가리키며 눈썹을 한 번 치켜 올렸다. 카낙은 그 의미를 알 수 있었다.

'상점 가까이 사는 건 아주 편리한 일이지.'

그의 집은 울타리 없는 정원을 가지고 있었다. 거대한 가로등 불빛이 정원을 비추고 있었다. 하지만 정원이라기보다는, 야외 쓰레기장에 더 가까웠다. 여기저기 널빤지, 양철통, 기계의 잔해가 널브러져 있었다. 그 위로 눈이 흩뿌려져 있었고, 곳곳에는 얼음이 얼어 있었다. 멀리 보이는 한쪽 구석에는 엉성한 회반죽으로 돌을 쌓아 만든 커다란 함이 놓여 있었는데, 위쪽에 손잡이가 달린 나무문이 있는 걸로 봐서, 크리스의 부검실에서 아푸티쿠가 언급했던 그 냉동고인 것 같았다. 지금과 같은 영하의 날씨에 거리가 꽤 떨어져 있음에도 역한 냄새가 풍겨 나오는 게 느껴졌다.

"이야, 저건 직접 만드는 겁니까?"

카낙은 손가락으로 제작 중인 것으로 보이는 거대한 카약을 가리키며 감탄 어린 휘파람을 불었다. 최소 사오 미터는 될 법한 나무로 만든 그의 작품은 쓰레기들 가운데 위용을 떨치고 있었다. 표면에 생긴 얇은 얼음 층 아래로 그 정교함과 섬세함을 알아볼 수 있었다. 뼈대는 이미 완성되었고, 겉면의 바니시 처리만을 남겨놓은 상태였다. 길쭉하고 얇으면서 매우 우아한, 전형적인 그린란드식 카약이었다.

"그럼요."

아푸티쿠는 기쁜 기색으로 말했다. 카낙은 카약 주변을 한 바퀴 돌았다.

"어릴 때 조정한 적이 있어요. 코펜하겐에서 아이슬란드 브뤼헤 클럽에서 활동할 땐 국가대표 선수도 될 뻔했죠. 이건 만든 지 얼마나 된 겁니까?"

아푸티쿠가 입을 열기 전 가로등 불빛 아래로 약간의 눈발이 휘날렸다.

"삼 년이요."

"와! 삼 년이나요?" 그 말을 듣자마자 카낙이 소리쳤다.

"도와주는 사람이 아무도 없었나 보죠?"

그 순간, 카낙은 그날 처음으로 아푸티쿠의 입가에서 웃음기가 사라지는 것을 보았다. 그의 조수는 아무 말도 없이, 대화 자체가 없었던 것처럼 집 안으로 쌩하니 들어가버렸다.

'혹시 화가 났나?'

집 내부는 상상했던 그대로였다. 명확한 스타일 없이 – 밝은 색의 나무 가구들은 서로 짝이 맞지 않았다 – 난잡했지만 안락한 분위기를 조성하고 있었다. 카낙의 취향과는 전혀 맞지 않았으나 아푸티쿠의 집으로 들어온 순간부터 그는 마치 제집에 온 것 같은 편안한 기분이 들었다. 거기엔 아푸티쿠의 아내, 베비안Bébiane의 따뜻한 환대도 한몫했다. 그녀는 얼굴과 엉덩이만큼이나 커다랗고 호탕한 미소를 짓고 있었다. 행동에도 거침이 없었는데 카낙과 인사를 나누자마자, 그의 점퍼를 뺏어 소파에 쌓인 옷 무더기 위로 던진 후 몸을 돌려 주방으로 들어갔다. 거실과 이어진 주방은 현관이자 옷장이자 창고의 역할을 동시에 하는 듯했다. 거실은 일 층 전체를 차지하고 있었다. 집안 가득 풍기는 냄새는 카낙의 후각으로는 정체를 알 수 없었지만 향신료를 넣은 식사라는 건 짐작할 수 있었다. 아마도 스튜의 일종인 것 같았다.

타탄 체크무늬 담요로 덮인 소파에는 스파이더맨 잠옷을 입은 두 명의 남자아이가 손에 게임기를 든 채 화면에 시선을 고정하고 있었다. 아이들은 화면 속, 그들이 조종 중인 고카트가 충돌할 때마다 함성을 질러댔다. 아무런 걱정 없이 명랑한 두 명의 미니사이즈 아푸티쿠였다.

아푸티쿠는 아이들 사이로 끼어들어 양손으로 두 아이의 머리칼을 흩뜨렸을 뿐, 손님에게 인사를 시키지는 않았다. 충격까진 아니었지만 카낙은 그 모습에 놀랐다. 옌스와 엘스의 모습이 떠올랐다. 나라마다 예의범절의 기준은 달랐다. 아푸티쿠가 아이들과 아내를 사랑하는 건 분명해 보였다. 하지만 집에 온 이후 그들은 아무 말도 주고받지 않았다.

베비안이 식탁으로 그들을 부를 때까지 카낙은 비어 있는 유일한 의자에 앉아 있기로 했다. 바로 앞의 어두운 색의 작은 책상에는 최신 노트북이 놓여 있었다.

"그린란드어로 이건 뭐라고 부릅니까?"

"이거요? 캉리토약Qaritaujaq이요."

"문자 그대로 하면 그건 무슨 뜻이죠?"

"뇌처럼이란 뜻이에요."

"굉장히 비유적이군요."

"새로운 물건이 나타나면 그린란드어는 기존에 존재하는 단어들을 조합해서 새로운 단어를 만들어요. 통상적으로 자연물을 사용하죠."

"그렇군요. 다른 예도 있습니까?"

"네, 종이는 시쿠사약sikusajaq이라고 하지요."

"번역하면요?"

"사냥꾼의 무게를 버티지 못하는 얇은 얼음 층이에요."

'저렇게 긴 뜻이 한 단어에 담겨 있다니!'

마침내 그릇과 냄비가 내는 요란한 소리로 베비안이 저녁 식사 시간을 알렸다. 아푸티쿠는 자리에서 일어나 외치기 시작했다.

"보딜Bodil! 보딜! 넝리부망폭Nerrivumaarpoq, 카아 카아qaa qaaa!"

'밥 먹을 시간이다, 얼른!'이란 뜻이 아닐까, 카낙은 그렇게 추측했다.

계단을 타고 내려오는 요란한 발소리와 함께, 거실로 스무 살쯤 되어 보이는 갈색 머리의 젊은 여자가 요란한 화장과 복장을 하고 등장했다. 아노락 점퍼 속에 엉덩이를 겨우 덮는 물결무늬 원피스를 입고 있었다.

그 모습에 아푸티쿠는 잠시간 입을 벌리고 있다가 알아들을 수 없는 거친 욕설을 내뱉기 시작했다. 그녀는 무심한 표정으로 가만히 아푸티쿠의 말을 듣고 있었다. 그녀가 카낙에게로 몸을 돌렸을 때, 카낙은 그녀의 왼쪽 눈가에서 푸르스름한 멍 자국을 발견했다. 화장품으로는 미처 다 가리지 못한 자국이었다. 몇 분간의 언쟁 끝에 '보딜'은 망사 스타킹을 신은 다리에 털 부츠를 꿰어 신고, 문을 쾅 닫고 집을 나가버렸다. 가족극의 막이 내렸다.

그들은 둥근 식탁에 둘러앉았다. 아푸티쿠는 카낙에게 반은 후회하고, 반은 난처해하는 눈빛을 보냈다. 그에게 이런 구경거리를 보여주지 않는 편이 좋았겠다고 생각하는 모양이었다. 카낙은 잠시 주저했다. 정면으로 돌파할 것인가, 화제를 돌릴 것인가?

"딸입니까?" 카낙은 결국 궁금함을 참지 못했다.

베비안이 소스를 크게 세 국자 뜨는 동안 아푸티쿠는 대답하지 않았다. 그릇에 담기고 나니, 음식 냄새가 더 강하게 느껴졌다.

"아뇨. 보딜은 제 여동생이에요."

"무슨 일이라도 있습니까?"

"보딜이 좋지 못한 사람들과 어울려서요. 좋지 못한 남자들과 말이죠."

카낙은 더는 물어보지 않고 베비안의 요리에 찬사를 보내는 걸 택했다.

'세상에!'

카낙은 지금껏 이렇게 기름진 요리는 먹어본 적이 없었다. 한 입 먹을 때마다 석유만큼이나 두꺼운 기름 층이 입과 위장 안까지 칠해지는 것 같았다. 세상에서 가장 오래 숙성된 고기를 가져다놓는다고 해도 이 음식의 냄새엔 못 미칠 것 같았다. 향신료 향이 악취를 겨우 잡아주고 있었다.

"바다표범 스튜예요."

아푸티쿠가 음식 앞에서 눈을 빛내며 말했다.

"아주 완벽해요. 베비안의 특별 레시피가 들어갔거든요. 소스에 신선한 피를 더하는 건데 풍미가 한층 더 살아난답니다!"

두 남자아이는 아빠와 똑닮은 미소를 지으며 카낙을 곁눈질로 바라보았다. 아이들도 음식을 잘 먹는 것처럼 보였다. 식사는 철저한 침묵 속에서 이뤄졌다. 아무도 신경 쓰지 않는 쩝쩝거리는 소리만이 주방을 채우고 있었다. 마지막 한 스푼을 마저 뜨고 나자 새벽 한 시를 조금 넘긴 시각이었다. 덴마크에서는 아이들이 꿈나라로 간 지 한참 넘은 뒤였다. 아푸티쿠는 소파로 돌아가 아이들 사이에 자리를 잡고, 막 시작된 영국 축구 경기로 채널을 돌렸다. 채널 변경은 신호탄과 같았다. 일 분이 채 지나지 않아, 아푸티쿠의 집은 별안간 들이닥친 다양한 나이대의 지인과 이웃 십여 명으로 가득찼다. 개중에는 아이들도 있었다. 이들은 각자 지역의 수제맥주인 이미악lmiak 한 병과 구운 빵 한 접시를 들고 있었다. 즉흥적인 아페로* 타임 같았다. 지금이 저녁을 먹은 직후라는 점이 특이했다. 무엇보다 놀라운 건 손님들의 태도였다. 아무 말도, 인사도 없이 낮은 테이블 주위에 빙 둘러앉은 그들은 마치 이곳이 제집인 것처럼 점퍼를 쿠션 등받이 삼아 제각기 편한 자세를 취하고 있었다. 영어로 된 해설자의 말 사이로, 쉭쉭거리는 소리의 즐거움이 담긴 웅성거림이 공간을 가득 메웠다.

작은 무리 안에서 아푸티쿠는 행복해 보였다. 몇몇은 이가 빠져 있었고, 다른 몇몇은 계속해서 웃음을 터뜨렸다. 모두 이곳에서 밤을 보내기로 작정한 것 같았다.

* 아페로(apéreo)는 아페리티프(apéritif)의 속어로, 식전에 술과 안주로 간단히 배를 채우는 음주문화를 말한다.

카낙은 슬슬 걱정이 되었다. 저 소파는 그의 잠자리여야 했다. 손님들이 충분히 즐기고 돌아가지 않는 한, 소파는 그의 차지가 되지 않을 것이다. 카낙은 그들 사이에 분명 존재하고 있었지만 모두와 동떨어진 기분이었다. 또다시 그가 덴마크 인이라는 사실을 실감하는 순간이었다. 지금의 그는 아드리엔슨이었지만 카낙은 아니었다.

아푸티쿠의 집에서 카낙을 가장 불편하게 만들었던 것은, 그가 느낀 불협화음과 간극이었다. 카낙은 서로 다른 문화 사이에 껴 있었고, 아푸티쿠는 삼키기 힘든 바다표범 스튜와 최신식 노트북 사이, 전통과 현대를 자유자재로 오가고 있었다. 사는 방식이 모두 같을 수는 없다. 다만 그들은 너무도 다른 두 세계를 살고 있었다. 균형이 절실한 그들의 두 세계가 조화를 이루는 것은 불가능해 보였다.

그들의 밤이 무르익었을 때쯤 아푸티쿠에게 전화가 걸려왔다. 평소 주위의 소음이나 복잡함에 구애받지 않는 것처럼 보였던 그는 맨유 티셔츠 하나만을 걸친 채 통화를 위해 밖으로 뛰쳐나갔다. 맥주를 몇 병이나 들이켠 손님들은 조용해져 있었다. 열린 창문을 통해 귀를 쫑긋 세운 카낙은 통화를 엿들을 수 있었다. 그린란드어로 나누는 대화 속에서 분명하게 '흐아낙'이란 단어가 여러 번 들렸다. 그가 카낙에 대해 말하고 있었다.

'누구와 통화하는 거지?'

통화는 짧게 끝났다. 아푸티쿠는 문자메시지를 확인한 뒤 다시 전화를 걸었다. 이번 통화도 짧게 끝났다. 그리고는 따뜻한 곳으로 들어왔다.

"올슨에게서 온 연락이에요!" 그가 소리쳤다.

방 안의 그 누구도 아푸티쿠의 덴마크어에 관심을 기울이지 않았다. 그들을 향한 것이 아님이 분명했기 때문이다.

"오, 이 시간에 말입니까?"

"카투악의 직원들은 쉬질 않나 봐요."

누크의 문화센터, 카낙은 피곤으로 인해 가물가물한 기억 속에서 단어를 떠올려냈다.

"그래서 뭐라 합니까?"

"먼저 방갈로 주변에서 발견된 눈 위의 발자국들은 척행동물의 것이 맞다고 하네요……."

다시 원점이었다.

"하지만 성체 곰의 것은 아니고, 사냥 중인 곰의 것은 더더욱 아니라고 해요."

"아……! 그렇게 말하는 근거는 있답니까?"

아푸티쿠는 카낙에게 자신의 스마트폰을 건네 동물학자가 보낸 메시지를 보여줬다.

> 발자국은 성체 곰의 것이라고 보기엔 그리 깊지 않아요. 보행 간격만 계산해보면 태어난 지 수개월 정도 된 새끼 곰이라고 봐야 할 겁니다. 게다가 이 발자국들은 이상하게도 뒤꿈치에 실린 무게가 상당해 보여요. 사족보행보다는 이족보행 동물에게서 흔히 보이는 특성이지요. 북극곰은 공격을 하거나 자신의 새끼 또는 영역을 보호할 때에만 두 발로 서요. 사냥감에 접근하는 과정에서 보이는 모습은 절대 아닙니다.

확인해볼 가치가 있는 정보였다. 만약 젖을 뗀 지 얼마 되지 않은 아주 어린 북극곰이라면 이렇게 잔혹하게 공격했을 가능성이 희박했다. 하지만 만약…… 곰을 가장한 인간이 저지른 공격이라면? 두 번째 가정은 카낙을 생각에 잠기게 했다. 그는 다시 입을 열었다.

"눈 위에서 발견된 발자국은 그렇다 치고, 피 위에서 발견된 발자국에 대해서도 말하던가요?"

"네." 아푸티쿠가 대답했다.

"저희와 같은 의견이었어요. 가죽 부츠 자국이랍니다."

"곰 발자국이 아니라는 겁니까?"

"네. 하지만 올슨은 얼마든지 생길 수 있는 자국이라고 했어요. 후안이 저항하면서 일부분 지워진 것 같다고 했어요."

"그 말은……."

"네. 그건 피해자의 부츠 자국이에요. 올슨의 메시지를 받고, 바로 소렌과 통화를 했는데 소렌도 동의했어요. 발자국이 끌린 방향과 모양을 볼 때 방갈로 안에서 밖을 향해 난 발자국이래요."

'포식자를 대면한 먹잇감의 방어적 동작이라…….'

"후안의 부츠는 지금 어디에 있습니까?"

"아마 보관실 어딘가에 있을 거예요."

카낙은 너무나 피곤했다. 이불을 덮고 침대에 누워 열두 시간 내리 잠만 자고 싶었다. 꿈을 꾸고 싶었다. 넘쳐흐르는 헤모글로빈에 몸을 담그는 꿈은 사양이지만. 양 손바닥으로 머리를 매만지며 카낙이 한숨을 내쉬었다.

"호포드와 율리안슨의 숙소는요?"

"거의 비슷했어요. 바닥은 온통 피범벅이고 미끄러진 부츠 자국, 외부를 향한 발자국 모양."

"어쨌든 이상하군요. 눈 위에는 수도 없이 많은 발자국을 남겼던 새끼 곰이 내부엔 어떤 흔적도 남기지 않았다니 말입니다."

카낙은 마지막 힘을 짜내어 빈정거렸다.

"그러니까요." 아푸티쿠가 신음했다.

"마치 들어가기 전에 신발을 벗기라도 한 것처럼 말이죠."

교육을 잘 받은 아이처럼 말이다. 그의 지적은 말도 안 되는 것처럼 보였지만 그보다 더 나은 논리는 없어 보였다.

"잠깐만요! 올슨이 메시지를 하나 더 보냈어요. 보세요."

그들의 생각을 읽기라도 한 건지 올슨도 비슷한 결론에 도달한 것 같았다.

> 범인이 곰으로 '변장'한 것인지는 모르겠습니다만 수사에 도움을 줄 만한 사람을 알고 있어요. 에티엔 마쏘Étienne Massot 라는 프랑스인인데, 카투악 공연에서 나누크의 무대 장식을 만들었던 사람이에요. 원하신다면 그쪽으로 방문할 것을 요청해놓을게요. 그와 말이 잘 통하더라고요. 극한의 추위 속 캠핑의 밤이 다가오네요! ;-

"뭐라고 답장했습니까?"

"아직요."

"좋습니다." 카낙은 스마트폰을 되돌려주며 말했다.

"그 프랑스 인, 내일 경찰서에서 기다리겠다고 전해주세요."

거실에 모여 있던 이들은 덴마크어 대화에 지루함을 느꼈는지 하나둘씩 자리를 떴다. 올 때와 마찬가지로 나갈 때도 인사는 없었다. 아푸티쿠는 자상한 눈빛으로 아이들을 위층으로 올려 보내고, 베비안을 방으로 들여보냈다. 그러자 거실에는 둘만 남았다.

그러자 아푸티쿠가 수상한 기색으로 숨겨져 있던 비밀 벽장문을 열었다. 온통 검은 표지의 책들로 빼곡한 책장이 나타났다. 탐정소설이었다. 수십 권, 수백 권에 달하는 탐정소설 가운데, O.A. 드레이어의 작품이 떡하니 자리하고 있었다.

'아푸티쿠는 뭘 알긴 아는 걸까?'

하지만 록슨 반장의 창조자와 그의 관계에 대해서는 절대 먼저 입을 열지 않기로 했다.

"와! 이걸 전부 덴마크어로 읽은 겁니까?"

"시도는 했어요." 아푸티쿠가 겸손하게 답했다.

"덴마크어는 학교에서 배운 겁니까?"

"아뇨. 초등학교 때부터 그린란드어가 공식 교육언어였어요."

그게 1979년의 일이었으니까, 카낙은 기억을 더듬었다. 그린란드가 자치권을 얻어낸 직후였다.

'그럼 아푸티쿠 칼라켁의 나이는 몇 살이지?'

보기보다 더 젊은 게 분명했다. 어쨌든 카낙보다는 어렸다.

"경감 님은요?" 아푸티쿠가 물었다.

"여기서 몇 살에 덴마크로 가신 건가요?"

피곤함 때문인지 낮에 그와 무슨 대화를 나눴는지 가물가물했다.

'그가 아푸티쿠에게 입양 사실을 털어놨던가? 아니면 에넬이 거기까지 다 말해버린 건가?'

"세 살 때요." 결국 카낙이 실토했다.

"하지만 기억은 전혀 못 합니다. 언어부터 시작해서 모두 다 잊어버렸죠."

"꼭 미닉 같네요." 아푸티쿠가 침울한 기색으로 말했다.

"미닉이요?"

"피어리와 미닉 월레스Minik Wallace 이야기 모르세요?"

"피어리라……. 탐험가 로버트 피어리Robert Peary 말입니까?"

"네, 맞아요! 19세기에 로버트 피어리가 호프 호를 타고 그린란드가 섬이 맞는지 확인하기 위해 그린란드 주변을 빙 둘러 탐험했죠."

"그게 저랑 무슨 관련이 있다는 겁니까?" 카낙은 거의 반쯤 졸며 말했다.

"계속 들어보세요!" 아푸티쿠는 고집스럽게 이야기를 이었다.

"1897년이었죠. 피어리는 극지방을 탐험한 위대한 탐험가였지만 미국에서는 아무도 그가 발견한 것에 관심이 없었어요."

"그가 북극을 탐험한 최초의 인물이 아니었습니까?"

"맞아요. 하지만 그건 그로부터 십이 년 후인 1909년의 일이었죠. 지금 제가 말하는 당시의 피어리는 잘 알려지지도 않았고 가난했지요. 그랬던 그가, 이누이트 사냥꾼 덕분에 엄청난 운석 세 개를 손에 넣게 된 거예요. 그 중 가장 큰 것의 무게가 40톤에 달했다니, 정말 대단하죠?"

"전 아직도 무슨 소리인지……."

"영구빙하 속에서 그 보물을 꺼낼 수 있도록 로버트 피어리를 도와줬던 사람은 '미닉'이라는 사랑스러운 일곱 살 소년의 아버지였죠. 피어리는 거기서 자신의 이름을 널리 알리고, 일확천금을 벌 수 있는 기막힌 아이디어를 떠올렸어요. 우주에서 온 세 개의 돌만 가지고 미국으로 돌아가기엔 아쉬웠겠죠. 자신이 발견한 것을 세상에 알리기 위해 이누이트들을 데리고 뉴욕으로 돌아가기로 한 거예요."

"미닉도 함께였겠군요."

"네, 미닉도 함께요." 아푸티쿠가 덧붙였다.

"처음에는 모든 게 순조로웠어요. 다섯 명의 이누이트들은 스타가 되었죠. 신문 1면마다 그들의 이야기로 도배가 되었어요. 뉴욕 사람들은 북극권에서 온 야생의 원주민들을 보기 위해 돈을 내고 호프 호를 찾아왔죠. 마치 동물원처럼 말이에요. 그런데 미닉의 아버지, 키숙Qisuk이 갑자기 병에 걸리고 만 거예요. 결국 미국으로 온 지 5개월 만인 1898년 초에 그는 죽고 말아요."

"그럼 그 미닉이란 아이는 어떻게 됐습니까?"

"피어리의 운석을 비싼 값에 사들였던 자연사박물관의 관리자 중 한 명인 윌리엄 월레스William Wallace가 아이를 입양했어요. 안락한 삶과 학업까지 약속하면서요. 그런데 불과 이 년이 지나자 모든 게 바뀌었죠. 월레스는 사기죄로 직업을 잃고, 그의 아내는 사망하게 된 거예요. 그가 파산하고 나자 피어리도, 박물관의 설립자 제섭Jesup도, 그 누구도 아이에게 관심을 가지지 않았어요. 월레스와 미닉의 삶은 절망적으로 변하게 되죠."

"제길! 정말 끔찍한 이야기군요." 카낙이 하품을 했다.

"그런데 그게 끝이 아니에요. 1907년, 그러니까 그들이 미국에 온 지 십 년이 되던 해에 미닉은 사람들이 그에게 말했던 것과 달리 그의 친아버지가 묘에 매장된 게 아니라 해골의 모습으로 박물관에 전시되어 있다는 사실을 알게 되거든요."

"설마!"

"사실이에요. 키숙은 총과 카약과 함께 유리벽 속에 전시되어 있었어요. 미닉은 친아버지의 유해를 되찾기 위해 무진 애를 썼지만 족족 실패했죠. 피어리가 북극 탐험에 성공한 바로 1909년 그 해에, 미닉은 그린란드로 돌아갔어요. 경감 님처럼 그도 원래의 모습을 모두 잃은 채로요. 얼굴, 관습,

언어까지도. 그의 삼촌인 소칵Soqqaq에게서 모든 걸 다시 배웠대요. 언어와 함께 낚시와 사냥까지요. 미닉은 다시 꽤 괜찮은 이누이트가 되었죠. 하지만 아무리 애를 써도 그린란드는 그에게 고향처럼 느껴지지 않았어요. 결국 그는 그린란드보다 미국에서 더 오래 살았다고 해요. 1916년에 뉴욕으로 돌아간 그는 뉴햄프셔에서 나무꾼으로 정착했고, 이 년 뒤 스페인독감에 걸려 사망해요. 자, 이게 이야기의 끝이에요."

이야기를 끝낸 아푸티쿠는 카낙이 자신의 옆에서 잠들어 있는 것을 발견했다. 다시 아이의 모습으로 돌아간 덩치 큰 대머리의 남자. 아푸티쿠는 조심스럽게 담요를 덮어준 뒤 다시 생각에 잠겼다. 난롯가의 장작이 타들어가는 소리만이 그의 옆을 지켜주었다.

11

IMG_1932 / 10월 25일
몸통에서 부분적으로 뽑혀 나가 왼쪽 어깨에 놓여 있는 피해자의 머리

때때로 카낙은 잠에서 깨면 이런 생각이 들었다. 인생의 어떤 순간들은 꿈보다도 논리적이지 못하고 일관성이 없다고, 잘못 편집된 영화, 제목이 잘못 붙여진 시나리오의 장면들처럼. 인생의 그런 순간들은 그를 다시 잠들고 싶게 만들곤 했다, 될 수 있는 한 빨리.

AM 3시 02분, 예기치 못한 기상

"흐아낙…… 흐아낙! 흐아낙!!!"

가장 먼저 눈에 들어온 것은 머리 위에서 들썩거리고 있는 아푸티쿠의 둥그런 배였다. 건장한 그의 팔이 카낙을 흔들어 깨우고 있었다. 카낙의 머리가 이리저리 흔들렸다.

'얼마나 잔 거지? 이십 분? 많아봤자 삼십 분?'

카낙의 멍한 시선이 후끈한 거실 안을 향했다. 벽에는 시계가 걸려 있지 않았다. 부엌의 전자레인지가 믿을 수 없는 시각을 나타내고 있었다.

"젠장, 아푸……." 카낙이 신음하며 말했다.

"대체 뭡니까?"

갓 내린 눈송이를 맞은 네다섯 명의 무장한 남성이 집 안으로 들어왔다. 피곤한 안색이었다. 손가락은 총의 방아쇠에 걸려 있었다. 칼라켁의 따뜻한 거실 속에, 칼날처럼 거친 긴장감이 팽팽히 자리하고 있었다. 커피가 가스레인지 위에서 끓고 있었다. 베비안은 혹시 모를 상황에 대비해 텀블러를 씻고 있었다. 혼란한 새벽 속에서 잠옷을 입은 두 아이는 신나게 뛰어다녔다. 카낙은 아푸티쿠의 입을 바라보았다. 그는 그가 무슨 말을 하려는지, 이제야 알 수 있었다.

"곰이 또 죽었어요."

"뭐라고요! 여기서요?"

"아뇨, 방갈로에서요. 또 다른 노동자가 죽었어요."

'어째서 이리 놀랍지 않은 거지?'

진짜로 놀랍지 않았다.

AM 3시 07분, 프리무스

얼음처럼 차가운 밤에 밖을 나서기 위해 채비를 하는 데는 일 분도 걸리지 않았다. 외출복 차림 그대로 잤기 때문이다. 밖으로 나오자 동네 전체가 어수선했다. 창문마다 불이 켜져 있었다. 이른 아침 식사를 준비하는 냄새가 온 마을에 퍼졌다. 하루의 웅성거림이 평소보다 일찍 시작됐다.

카낙은 안내를 받으며 프리무스 입구로 향했다. 멀지 않은 곳에서 사람들의 주의를 돌리기 위한 건지, 나뭇더미가 불타고 있었다. 주민들은 삽으로 눈을 떠 불을 끄기 위해 열심이었다. 눈이 증발하면서 나는 바람 빠지는 소리에도 불꽃은 쉽게 꺼지지 않았다. 2017년 여름의 대형 화재 사건이 다시 떠올랐다. 말도 안 됐다. 카낙은 아푸티쿠의 뒤를 따라 프리무스로 들어갔다.

AM 3시 11분, 네스티 혹은 풀리?

오래전에는 샛노랑을 문제의 방갈로는 노동자 마을 중심에 자리하고 있었다. 이웃의 청년들은 모두 잠옷 위에 점퍼를 걸쳐 입고, 굳은 채로 서서 침묵하고 있었다. 걱정했던 대로, 방갈로 주변에는 한 무더기의 군화 자국이나 있었다. 저 발자국 속에서 소렌은 아무런 유의미한 것도 발견할 수 없을 것이다.

카낙은 사람들의 얼굴을 훑어보지 않을 수 없었다. 세르게이 '네스티' 체르노브가 저들 중에 있을까? 질문을 하면 도망쳐버릴지도 몰랐다. 카낙은 전날 저녁에 바로 그의 수사 영장 발급을 에넬에게 요청하지 않은 자신을 책망했다. 그러기엔 사실 너무나 피곤했다. 여기 온 지 하루도 안 되었는데, 벌써 이 나라는 그를 지치게 했다.

이렇게 기계적으로 며칠 더 일하다 보면 그에게 뭐가 남게 될까? 두꺼운 담요를 여러 장 걸친 작은 키의 남성이 그의 옆에 서 있었다. 그는 떨고 있었고, 입으로는 이상한 주문을 외고 있었다. 주문 속에 가득한 '아'라는 글자가 수면 위의 물수제비처럼 튀어 올랐다. 프리무스의 관리인 비카였다. 그는 카낙을 향해 절망적인 눈빛으로, 알아듣기 힘든 어떤 단어를 발음하려 했다.

"제 고향에서는 풀리가 사람을 죽여요."

"풀리요?"

"호랑이요, 아주 큰 호랑이!"

이 땅의 수많은 풀리로부터 안전한 사람은 어디에도 없었다.

AM 3시 17분, 러시아 조직

유니폼을 입은 두 명의 순경 – 카낙은 경찰서의 오픈 스페이스에서 그들을 어렴풋이 봤던 걸 기억해냈다 – 이 급히 도착했다. 둥그런 얼굴의 그들은 멍한 눈을 하고 있었다. 리케 에넬이 프리무스 내 경계를 강화했다더니, 엄청난 성과를 거둔 게 틀림없었다.

"이봐요!" 카낙은 호통을 쳤다. 절차상 필요한 것이었다.

"밤새도록 여길 순찰했다면서 보거나 들은 게 하나도 없습니까?"

"네, 경감 님."

첫 번째 남자가 얼버무렸다. 옆의 두 번째 남자는 짜증이 난 기색으로 말을 이었다.

"아뇨, 들었는데요. 하지만 비명을 듣고 도착했을 땐 이미⋯⋯."

이번에 현장을 처음 발견한 건 순경이었다. 살해되기 직전, 부츠를 벗은 새끼 곰을 만났을 이고르 예르데브Igor Zerdeiv를 제외하면 말이다.

'예르데브라니. 또 한 명의 러시아 인이군.'

카낙이 생각했다.

몇 걸음 떨어진 곳에서는 현장 보존을 위해 아푸티쿠가 호기심으로 몰려든 이들을 뒤로 물리고 있었다. 하지만 현장은 이미 훼손된 뒤였다. 사람들은 늘 자극적인 것을 원했고, 두려움이 그 욕구를 부채질했다.

아푸티쿠의 노력은 소용이 없었다. 그래서 그는 예르데브의 이웃을 찾아 나서기로 했다. 그리고 곧 패닉에 빠진 두 명의 중국인과 비교적 침착한

르완다 인 한 명을 찾아냈다

AM 3시 23분, 모두 것이 똑같다

"자, 좋습니다. 요약하자면 당신은 첫 번째 비명 이후로 꺼져가는 비명을 연속해서 들었고, 마지막으로 뭔가가 눈 위를 달려가는 소리를 들었습니다. 맞습니까?"

"맞아요." 르완다 인이 고개를 끄덕였다.

"그런데 본 게 아무것도 없습니까? 그림자조차도요?"

"네……. 말했듯이 근처에서 무슨 소리가 들렸을 때, 나가봐야겠다는 생각은 들지 않았어요. 죄송해요. 방갈로에서 제가 나왔을 땐 이미 '곰'이 달아난 뒤였어요."

카낙은 위험에 처한 동료에게 도움의 손길을 내밀지 않은 사실을 추궁하고 싶었다. 하지만 그게 무슨 소용이란 말인가? 모든 시나리오가 이전에 일어난 세 번의 살인과 똑같이 흘러가고 있었다. '짐승'이 문으로 직행해, 방법은 모르겠지만 어떻게든 문의 잠금고리를 풀었고, 안으로 들어간 뒤에는 불분명하고 모호한 흔적만을 남겼고, 그 결과 목이 잘리고 복부가 파헤쳐진 피해자가 발생했다. 잠결에 놀란 피해자가 헛되이 방어하면서 남긴 똑같은 부츠 자국. 닿지 못한 출구를 향해 미끄러진 자국까지.

'이 모든 게 이삼 분 내로 일어날 수 있나?'

AM 3시 32분, 간에 대한 광적인 집착

동일한 시나리오였다. 전보다 훨씬 늘어난 발자국 수를 제외하면 말이다. 턱이 뾰족한 얼굴에 수염이 난 러시아 인의 머리는 거의 완전히 베어져 있었다. 네모난 방갈로 구석에 등을 기댄 남자의 머리는 오른쪽 어깨에 뉘어져 있었고, 가느다란 피부조직과 너덜거리는 살점을 제외하면 거의 몸통에서 분리되어 있다고 봐야 했다. 한 번 손가락을 튕기면 곧바로 땅으로 굴러떨어질 정도였다.

아래쪽의 복부는 이번에도 파헤쳐져 활짝 열려 있었다. 그러나 아이슬란드 인과 다르게 러시아 인의 내장은 먹히지 않았다. 그 대신, 잘려 나가 있었다. 근육과 혈관을 비롯한 여러 개의 관이 복잡하게 얽힌 네트워크 가운데, 장기 하나가 통째로 사라진 것이었다.

"간이에요." 다시 옆자리로 돌아온 아푸티쿠가 작게 말했다.

"간! 대체 왜 또 간이랍니까?"

아푸티쿠는 숨을 길게 들이쉬고는 그를 비추고 있는 가로등의 역광 속으로 하얀 입김을 내쉬었다.

"간은 비타민이 아주 많은 장기예요. 사냥꾼들은 동물의 신체와 영혼의 모든 힘이 그곳에 모여 있다고 생각해요. 조금은 상징적인 시각이긴 하지만요. 그래서 바다표범을 사냥할 때 처음으로 먹어 치우는 게……."

"간이군요. 알겠습니다." 카낙이 말을 끊었다.

"네. 그리고 다른 부위를 자르기 전에 간부터 꺼내서 따뜻할 때 먹어요. 바다표범의 모든 이점을 가질 수 있기를 바라면서요."

"잠깐만요! 그걸 가져올 수 있다고 생각한다는 겁니까?"

"그럼요!" 아푸티쿠가 웃었다.

"그럼 곰의 간도 먹습니까?"

"아뇨. 그건 절대 먹지 않아요! 그건 건드려선 안 되는 유일한 거니까요."

"왜죠?"

"인간이 먹기엔 비타민 A가 과다하거든요. 죽을 수도 있죠."

'알아두면 좋을 팁인가?'

그런데 아푸티쿠는 왜 그 사실을 이제야 말하는 걸까? 율리안슨의 복부를 볼 때 말해줄 수도 있었을 텐데 말이다. 알고 있는 사실을 굳이 함구한 이유가 뭘까?

AM 3시 39분, 새로운 메시지 도착

아이슬란드 인 요리사를 검시할 당시, 크리스 칼슨은 곰이 두 번째 살인에서 더 대담해졌다고 결론지었다. 카낙은 한 가지 사실을 더 확신할 수 있었다. 범인은 그들에게 메시지를 전달하고 싶었던 것이다. 그 메시지를 풀어야만 이 사건을 해결할 수 있다.

"현장 감식을 할 소렌은요?"

"오고 있답니다."

"아주 좋습니다."

카낙은 커다란 손짓으로 프리무스를 가리키며 말했다.

"절차상 수색은 이미 늦었겠지만 다른 동료들도 부르는 게 좋겠습니다. 누가 압니까? 새끼 곰 풀리가 뭔가 흔적을 남겼을지."

그 말을 하는 그 자신도 그걸 믿지는 않았다. 하지만 경찰의 일이란 대개 불필요해 보이는 절차를 이행하는 거였다. 그게 마침내 필요한 일이 될 때까지.

"네. 전화할게요."

"아!" 카낙이 곁눈질하며 덧붙였다.

"당신 보스의 잠을 깨우거나 우리의 작은 뒤풀이에 초대하는 일은 없어야 할 텐데요."

"리케 말인가요?"

아푸티쿠는 잠자는 용의 코털이라도 건드렸단 듯이 놀라 소리쳤다.

"왜요? 다른 보스가 또 있습니까?"

AM 3시 44분, 눈 속의 곰

이전의 세 사건 현장과 마찬가지로 땅은 이미 추위로 인해 끈끈하게 응고되어 현장 감식이 끝나기 전에는 아무런 작업도 할 수 없었다. 소렌은 XXL 사이즈의 상하의가 연결된 흰 보호복에 두꺼운 파란색 점퍼를 걸치고 있었다. 카낙이 방갈로 내부로 고개를 밀어넣었을 때 소렌은 가루, 스프레이, 작은 주머니, 다양한 조명기구와 같은 도구들을 준비하는 중이었다.

신선한 피 냄새가 강하게 느껴졌다. 금속의 냄새가 추운 공기로 인해 바닥으로 낮게 깔렸다. 카낙은 천으로 된 네모난 방갈로의 벽이나 빨갛게 물든 구겨진 이불이 그에게 무슨 이야기를 들려줄지 너무나 궁금했다.

"경감 님?"

소렌이 신음하며 짜증과 정중함을 반쯤 섞어 말을 꺼냈다.

"명령이 아니라 부탁인데요……, 현장에서 나가주셨으면 해요."

카낙은 자신이 오른손에 카메라를 들고 있다는 사실을 깨닫고 그의 말을 따랐다. 이상한 일이었다. 자신도 알지 못하는 사이에 불쑥 카메라를 꺼내다니. 이제 스웨덴산 블레이드가 그의 몸 일부가 된 것이다.

소렌이 요구한 적정 거리를 유지하며 카낙은 방갈로 안을 꼼꼼히 살펴보았다. 구석마다 확대하고, 이미 봤다고 생각되는 곳도 다시 보면서 세세한 것 하나 놓치지 않으려고 했다.

모든 방갈로에는 엄격할 정도로 똑같은 가구가 놓여 있었다. 침대 머리맡의 테이블은 작은 문고판 서적이나 안경 하나를 겨우 올려둘 수 있을 만한 크기였다. 예르데브의 테이블 위에는 작은 곰 모형이 있었다. 투필락이었다. 후안 리앙, 매튜 호포드, 닐스 율리안슨의 집에서 발견한 것과 동일한 것이었다. 카메라 화면에서 이미지를 확대하던 카낙은 크게 놀랐다. 조각 모형 위에서 눈에 띄지 않을 정도로 얇은 성에가 녹고 있는 걸 본 것이다. 핏자국이 조금도 묻어 있지 않은, 젖은 조각상이었다. 살인이 마무리되기 직전까지 외부에 있었던 모양이다. 합성수지로 된 눈을 가진 새로운 곰이 그를 노려보고 있었다.

12

IMG_1951 / 10월 25일
관용 차량과 기사

검은색 세단 차량이 차를 세운 지 삼십 분 정도 지났을 때, 카낙이 초록색 조립식 주택 밖으로 나왔다. 도요타 리무진 차량의 엔진이 잦아들었다. 운전대를 잡은 어두운 복장 차림의 기사는 커피를 홀짝이며 라디오를 듣고 있었다.

졸음으로 인해 멍한 카낙은 발끝으로 보도블록을 톡톡 건드리고 있었다. 맞은편 차량에서 모락모락 김이 올라오는 커피가 부러웠다. 베비안이 내준 음료와는 차원이 다른 것이리라. 그나마 다행인 것은 눈이 그쳤다는 사실이었다. 따사로운 햇볕이 주위 풍경을 비추고 있었다. 프리무스 너머 북쪽으로 이어진 언덕을 이루는 지형은 마치 빛이 안에서 흘러나오는 것처럼 환했다.

차량의 오른쪽 앞 창문이 열렸다.

"저를 찾아오셨나 봅니다." 카낙이 머리를 매만지며 말했다.

"아드리엔슨 경감입니다."

카낙은 늘 처음 만나는 사람에게 성만으로 자신을 소개했다. 그의 이름이 귀에 거슬린다는 사실을 알게 된 이후로는 더욱 그랬다.

"경감 님, 타세요. 에녹슨 장관 님이 기다리십니다."

'차관이겠지.'

카낙은 생각했다. 그가 솜처럼 푹신한 차량의 내부에 올라탔을 때 침대에서 이제 막 일어난 것처럼 보이는 아푸티쿠가 회색 트레이닝 바지만을 걸친 채 집밖으로 나왔다. 프리무스에서 돌아온 뒤로 몇 시간 자지 못했던 것이다.

"저도 갈까요?"

카낙은 잠시 망설였지만 이내 미소와 함께 그의 동행을 사양했다. 몇 시간 전의 상황이 눈앞으로 스쳐 지나갔다. 노란색 방갈로 앞에 화가 잔뜩 난 채로 나타난 리케 에넬. 약간 흐트러진 머리로 인간미가 살짝 보였지만 곧바로 이어진 신랄한 질책이 그런 인상을 금세 지워버렸다. 리케는 체르노브에게 수배를 내려달라는 카낙의 요청을 단칼에 잘랐다.

"경감 님, 죄송하지만 지금으로선 체르노브에 대한 의심은 모두 추측에 불과해요. 그가 실제로 리앙과 다른 사람들을 협박했다는 증거가 없습니다."

"후안과 롱이 그에게 돈뭉치를 건넨 게 분명합니다."

카낙은 고집을 꺾지 않았다.

"그럼 후안을 제외한 나머지 셋은요? 그것도 체르노브의 짓인가요? 그가 카드 게임에서 이겨 먹은 사람들을 죄다 죽일 만한 사람이라고 생각하는 건 아니죠? 그건 말이 안 돼요."

"그렇다 해도 그의 행동이 뭔가 수상한 건 사실입니다. 사장에게는 고향으로 돌아간다고 하고선, 마지막에 계획을 바꾸고 종적을 감췄지 않습니까? 몇 달 전에는 방글라데시 인을 때려눕히기도 했습니다."

"잘하면……." 리케가 한숨을 쉬며 말했다.

"잘하면, 순찰 병력을 공항에 조금 배치하도록 요청해볼게요. 하지만 그 정도의 빈약한 단서로 모든 병력을 동원할 순 없어요."

벌거벗은 상체, 볼록한 배와 가슴팍으로 아침의 찬 공기를 맞으며, 아푸티쿠는 얌전히 카낙의 대답을 기다렸다.

"혹시……." 카낙이 입을 열었다.

"피탁과 크리스와 함께 프리무스에서 그 망할 러시아 인을 찾아봐줄 수 있습니까? 대신 에넬에겐 말하면 안 됩니다."

아푸티쿠가 고개를 끄덕였다.

"만약 거기서 그를 찾지 못한다면 그가 누크에서 갈 만한 모든 곳을 뒤져보세요. 바, 상점이나 우체국이든 은행이든 뭐든 간에 모두 다!"

"알겠어요, 보스."

아푸티쿠가 그를 그렇게 부른 건 처음이었다. 딱딱한 표현이 아닌 애정이 담긴 호칭이었다. 카낙은 웃었다.

"아! 그리고 아푸……."

멀어져가는 세단 속에서 카낙이 외쳤다.

"네?"

"꼭 비밀 지켜요, 비밀입니다!"

'저만 믿으세요.'

아푸티쿠가 엄지손가락을 위로 치켜들며 그를 안심시켰다.

차를 타고 누크 시내를 누비는 것은 꽤 즐거운 일이었다. 도시 전체를 오가는 차량은 겨우 십여 대뿐이었다. 도로와 별도로 구분되지 않은 인도 위를 걸어가는 초등학생 몇 명과의 간격 유지에 신경 써야 한다는 점만 빼면 정체도, 방해물도 없었다. 오 분이 채 되지 않아 – 단 한 번도 신호등에 걸리지 않았다 – 그들은 정부청사에 도착했다.

그린란드 자치정부 나락컹수이숫의 7층 혹은 8층짜리 무미건조한 현대식 청사였다. 단열을 고려하지 않은 통유리 파사드를 제외하면, 눈에 띄는 건 입구의 이중문 위에 그려진 국가 문장, 곰뿐이었다. 생각보다 이동시간이 너무 짧아, 카낙은 미처 할 말을 정리하지 못했다.

'무슨 말을 해야 한단 말인가? 통제 불능 나누크가 외국인 노동자들을 죽이고 있다고?'

윤기가 흐르는 긴 나무 의자에 앉아 직원의 지시가 있기까지 대기하던 카낙은 문득 지난해에 그가 해결했던 사건을 떠올렸다. 동물에 대한 지식을 총동원해야 했다. 도시에서 자란 카낙은 자신보다 어머니인 플로라의 지식에 의존해야 했다. 또 한 번 어머니가 그의 성공에 지대한 역할을 했던 사건이었다.

플로라는 훈련사가 살인을 위해 개들을 '프로그래밍'했다는 사실을 가장 먼저 알아차렸다. 훈련사는 개들에게 공격 대상을 정확히 지시했다. 짐승이 사람들을 공격한 건 우연이 아니었다. 모든 것이 상속과 관련된 언쟁과 복수심으로 인해 벌어진 일이었다. 하지만 그의 어머니 플로라는 지금 이곳에 없었다. 더군다나 그는 지난 밤 전화 안부까지 깜빡하고 말았다.

"아드리엔슨 경감 님?"

직원이 엘리베이터를 가리키며 말했다.

"7층으로 가세요. 에녹슨 장관 님 비서, 파비아 랄슨Pavia Larsen 씨가 맞아주실 겁니다."

"감사합니다."

카낙은 눈빛에 생기가 없는 눈부신 밝은 금발의 젊은 여성에게 웃으며 답했다.

통유리로 된 엘리베이터 안에서 감시카메라를 발견한 카낙은 지금까지 누크 시내에서 그와 비슷한 기기를 보지 못했다는 사실을 생각해냈다. 몇 안 되는 현금인출기 위에는 달려 있을지 모르지만 그마저도 확신할 순 없었다. 그린란드는 이런 면에서도, 한 세기 정도 뒤처져 있었다. 언제까지 그럴 수 있을까? 그러다 어느 날 갑자기 빅 브라더의 열병에 전염될지는 아무도 모르는 일이었다.

에녹슨의 매우 젊은 비서, 파비아 랄슨은 엘리베이터 밖에서 카낙을 기다리고 있었다. 흠잡을 데 없이 단정한 진회색 정장에도 갓 스무 살 정도로 보이는 앳된 외모였다. 차관 사무실 직원으로 있기에는 지나치게 잘생긴 외모에 공들인 머리 모양을 하고 있었다.

"안녕하세요, 경감 님."

그는 적당한 수준의 예의를 갖춘 채 간결하게 말했다.

"의원 님이 사무실에서 기다리고 계십니다."

매끈하고 따뜻한 색감의 나무로 만들어진 북유럽 가구는 사무실과 건물이 매우 최근에 지어졌다는 사실을 알려주고 있었다. 반면, 쿠픽 에녹슨의 행색은 인테리어나 우아하고 각 잡힌 그의 비서와 조금도 어울리지 않았다. 그는 청바지에 지저분한 운동화 그리고 손으로 짠 게 분명해 보이는 붉은 자카드 무늬의 두꺼운 스웨터를 입고 있었다.

에너지부 차관은 시원시원한 미소와 힙스터 같은 수염을 가진 사십 대 남성이었다. 그는 나무꾼처럼 거칠고 우락부락한 손을 내밀었다.

"경감 님, 이렇게 귀한 시간을 내주셔서 감사합니다. 얼마나 바쁘실지 잘 아는데 말입니다."

'쿨'한 외모와 달리 다분히 정치적인 언사였다. 카낙은 「술룩」에서 보았던 킴 킬센의 사진을 떠올렸다. 후드티를 입은 총리의 '별로 진지하게 생각하진 않지만 뭐 어떻게든 될 겁니다!' 식의 태평한 태도와 에녹슨의 태도는 닮아 있었다. 그게 그린란드 공직 사회의 지배적 분위기로 보였다.

"죄송하게도 에넬 고등판무관 님은…… 시간을 내지 못하셨네요."

"빵조각도 빵이지요." 카낙이 대답했다.

약간 놀란 듯 보였지만 에녹슨은 덴마크 속담에 동의를 표했다. 격언에 반박할 수 있는 사람은 없었다. 아무리 터무니없는 것일지라도 격언엔 사람들의 입을 다물게 만드는 힘이 있었다.

열여덟 살 여름, 굴마르스의 작은 오두막에서 지루함을 견디다 못한 카낙은 그곳에서 오래된 속담집을 발견해냈다. 1761년에 출판된 것이었다. 카낙은 그중에서 수십 개를 외웠다. 그리고 지금에서야 그의 기억력이 제 기능을 발휘하고 있다.

"빵조각을 말씀하셨으니 말인데……."

가죽으로 된 의자에 앉은 에녹슨이 말했다.

"제 친구 뮐러를 만나기 위해 칸게크로 가셨다고 들었습니다."

누크 시민은 1만 7천 명. 그린란드 국민은 총 5만 7천 명. 정보가 머릿속에 재빨리 떠올랐다. 차관은 돌려 말하지 않았다. 군이 따진다면 에녹슨은 카낙이 당했던 공격을 먼저 언급하고 그린란드 정부를 대신해 사과부터 해야 했다. 하지만 에녹슨은 외교 쪽으로는 별 관심이 없는 듯했다. 그의 눈에서 최소한의 그런 노력을 조금도 읽어낼 수 없었다.

"그렇죠."

카낙이 답했다. 실제론 뮐러가 그를 찾아온 거였지만. 알고 보니 카낙을 만나고 싶었던 건 뮐러가 아니라 에녹슨이었다. 아푸티쿠와 달리 카낙은 늘 권위적인 것들이 불편했다. 물론 사회에는 조직과 계급이 필요했다. 하지만 개인적으로 그리고 원칙적으로 카낙은 그런 것들을 싫어했다. 그는 누군가가 다른 누군가를 지배하고 싶게 만드는 권력욕을 경멸했다. 카낙에게 상사란 본질적으로 어딘가 문제가 있는 사람처럼 느껴졌고, 여태까지 상사에게 군말 없이 복종할 만한 어떠한 미덕도 발견하지 못했다. 그에게 정치인은 그런 위인 중에서도 가장 정점에 있는 사람이었다.

"폴라리스원의 석유 개발 중단이 경제적으로든, 정치적으로든 그린란드에 큰 비극이라는 사실은 미리 언급하지 않아도 잘 아실 겁니다."

더할 나위 없이 명확한 논리였다. 그린란드의 독립이 파이프라인의 끝에 달려 있다는, 뮐러가 강조했던 요지와도 같았다. 일시적으로라도 그린오일의 석유 자원 공급이 끊기게 된다면 킬센 정부는 임기 내에 독립을 실현할 기회를 날리는 것이었다.

"그렇죠."

"지금 이 순간에도 그린란드 정부는 여전히 연간 예산의 절반 정도를 덴마크의 재정적 지원에 의존하고 있습니다. 매년 30억 60만 크로네 정도를 지원받죠. 이런 재정적 지원에서 해방될 수 있는 유일한 길이 있다면 그게 뭘까요?"

"석유겠죠."

"그것보다는 천연자원이라고 말하고 싶네요. 철, 우라늄, 납, 아연, 금, 다이아몬드, 희토류…… 석유도 물론 거기에 포함되죠. 전 세계 자원 중 얼마가 이 그린란드 땅 아래에 묻혀 있다고 생각하십니까?"

"모르겠습니다."

"대충 몇 퍼센트 정도 될 것 같습니까?"

그도 가르치길 좋아하는 정치인 중 하나였다. 참아야 했다.

"뭐, 한 10퍼센트 정도 되려나요?" 카낙은 마지못해 대답했다.

"22퍼센트입니다! 전 세계 매장량의 4분의 1 정도지요."

"놀랍군요."

"맞아요."

에녹슨이 의기양양하게 말했다.

"우리가 제대로 말씀드리지 못한 게 있다면 그건 사안의 시급함입니다. 10월 31일, 그러니까 지금으로부터 6일 후에 의회에서 투표가 있을 거예요. 할로윈 저녁이죠."

카낙은 그때쯤에는 엘사로 변장한 엘스와 드라큘라로 변장한 옌스 – 사실 그 나이 때는 개성이 그다지 중요하지 않다 – 를 보러 덴마크로 돌아가 있길 바랐다. 아이들과 의상을 사러 가기 위해 반차도 신청했다. 그들과 함께 맞는 첫 할로윈이었기에, 그의 인생에선 가장 중요한 날이나 다름없었다.

"아이가 있으신가요, 경감 님?" 에녹슨이 물었다.

"네. 두 명 있습니다."

"몇 살인가요?"

"세 살입니다. 쌍둥이거든요."

"최고네요!"

에녹슨이 과장해서 열광했다.

"쌍둥이가 최고죠. 제 아이들과 비슷한 또래네요. 제 아이들은 일곱 살, 세 살 그리고 한 살이에요."

에녹슨은 액자를 가리키며 말했다. 사진 속 그는 아이들과 약간 가느다란 눈매에 둥근 얼굴을 한 갈색머리 아내에 둘러싸여 있었다.

"보시다시피 저도 세상의 모든 아빠들과 똑같아요, 당신처럼요. 아이들에게 공정하고 번영한 나라를 물려주고 싶습니다. 그리고 무엇보다도 독립한 나라를요. 누군가는 탐탁지 않게 여길지 몰라도 그린오일의 석유 없이 그린란드는 절대 독립할 수 없습니다."

'그리고 자유롭게 돌아다니는 살인 곰이 있는 한, 뮐러의 석유도 없겠지.'

카낙은 차관의 메시지를 이해했다. 바로 그 순간, 차관을 관찰하던 카낙은 한 가지 사실을 발견했다. 왼손 약지의 첫 번째 손가락 관절에서 미세한 피부색 차이가 보였다. 최근에 결혼반지를 뺀 흔적 같은데 그렇다면 더는 결혼한 상태가 아닌 것이다.

"이런 사건을 단 6일 만에 해결하는 건!" 카낙이 말했다.

"6개월 안에 모든 석유 자원을 뽑아내는 것과 같습니다. 불가능하단 말이지요."

"물론입니다. 그래서 코펜하겐 범죄학 전문가에게 원조를 요청한 것 아니겠습니까?"

아첨꾼은 제비와도 같다. 여름을 함께 보내고 겨울이 되면 떠난다. 아첨

속에서 협박이 느껴졌다. 카낙은 첫 번째 살인이 일어난 날과 그가 도착한 날 사이에 낭비된 8일의 공백을 지적하고 싶었다. 하지만 차관은 말을 멈추지 않았다.

"북경, 레이캬비크, 오타와로부터 오는 압박도 정말 큽니다. 만약 빠른 시일 내에 답을 내놓지 못한다면 그린란드는 공식적으로 존재하기도 전에 다른 국가와 외교 갈등을 겪는 유일한 정부가 될 겁니다!"

그때 문이 열리며 파비아 랄슨의 앳된 얼굴이 나타났다.

"무슨 일입니까!" 에녹슨이 소리쳤다.

"소포가 왔습니다……."

차관과 비서라는 계급적 상하 관계에도 불구하고 그들의 대화에는 격이 없었다. 그린란드 조직이 얼마나 '쿨'한지 알 수 있었다.

"소포요? 대체 무슨 소포요? 그걸 꼭 지금 알려야 합니까?"

그의 비서는 아랑곳하지 않고 자카드 스웨터를 입은 차관의 품으로 소포를 들이밀었다.

"보안 검사는 마쳤겠죠?"

"네, 네. *깨끗하다고* 합니다."

그는 마치 미국 드라마에 나오는 FBI 요원처럼 말했다. 아마도 그린란드에서 자란 것 같지 않았다. 소위 '고위' 행정직의 대부분의 사람이 그렇듯, 덴마크에서 이주한 사람이었다. 아마 두 가지 가운데 결단을 내렸을 것이다. 코펜하겐에서 아류로 남을 건지, 아니면 누크에서 석유 재벌이 될 건지.

어안이 벙벙한 채로 쿠픽 에녹슨이 자리로 돌아왔다. 카낙에게 양해를 구한 뒤 그는 갈색 테이프를 뜯어 반투명한 상자를 꺼냈다. 보라색 뚜껑이 덮인 플라스틱 상자였다. 속에는 무르고 형태가 일정하지 않은 것으로 보이는 물체가 들어 있었다. 에녹슨은 뚜껑을 열자마자 황급히 입을 틀어막았다.

"제길!"

그는 덴마크어로 욕을 내뱉었다. 카낙은 의자에서 일어섰다. 상자 속에는 청소년 훈련용으로 쓰일 만한 작은 럭비공 크기의 길쭉한 장기가 들어있었다. 암홍색을 띠는 것으로 보아 아직 신선한 상태로 보였다. 갈색 액체로 적셔져 있었다.

간이었다. 이고르 예르데브의 것일까?

13

"존경하는 동료 의원 여러분……."

그의 목소리는 또렷했지만 연단에 선 에녹슨의 모습은 그가 느낀 감정의 동요를 여실히 드러내고 있었다. 철제 난간을 두 손으로 꼭 쥐고, 반원 회의장 바닥에 시선을 떨군 채였다. 사실, 그들이 있는 곳은 반원 회의장이라는 거창한 표현보다는 양쪽 끝이 잘린 타르트 한 조각과 비슷한 모양새의 교실에 더 가까웠다.

"다들 아시겠지만 이번 회의는 특별히 비공개로 진행을 요청했습니다. 처음으로 우리의 친구, 언론이 참관하지 않는 토의의 장이 될 겁니다."

실제로 회의장이 내려다보이는 아담한 흰색 반 이층 석은 비어 있었다.

"다들 제가 한 시간 전에 받은 **선물**에 대해 들으셨을 겁니다."

서른한 명 – 그 중 절반 이상이 여성 – 으로 구성된 의회가 두려움으로 가득했다. 덴마크 모델을 따른 그린란드의 남녀동수제*는 이곳에서 어느 정

---

* 정치, 사회, 문화의 영역에서 남녀의 비율을 똑같게 하는 제도다.

도 효과를 거둔 것 같았다. 정장을 갖춰 입은 소수의 몇몇을 제외한 남성의
원들은 모두 스웨터나 털조끼를 입고 있었고, 비슷한 비율의 여성의원들은
간단한 원피스 차림이었다.

에너지부 차관은 라텍스 장갑을 착용하기 위해 손을 들어올렸다. 장갑
에 손을 끼운 그는 연설대 위로 플라스틱 상자를 꺼냈다. 카낙에게서 증거
품을 잠시 빌리는 것은 쉽지 않았다. 하지만 결국 카낙은 그의 요구를 들어
주었다. 대신, 절대 맨손으로 만지지 않을 것, 회의가 끝나는 즉시 **빠른등기**
로 경찰에 반환할 것이란 조건이 붙었다.

"바로 이겁니다……."

한숨과 함께 그는 상자 속에서 무르고 붉은 것을 동료들에게 꺼내 보여
주었다.

"그만하세요! 세상에, 역겨워요!"

"제길! 여기가 서커스도 아니고! 그 끔찍한 것 어서 치우세요!"

분노에 찬 목소리가 여기저기서 들려왔다. 쿠픽 에녹슨이 바라던 것이
었다. 의원들의 역겨움과 분노를 유발하는 것 그리고 그의 동료 의원들에
게서 만장일치를 얻어내는 것. 만성적으로 편이 갈린 의회에서 만장일치란
쉽게 얻을 수 있는 게 아니었다. 에녹슨이 속한 사회민주당인 시우무트는
11석의 의석과 함께 그린란드의 최대 정당으로 남을 수 있는 기회였다. 전
체 의석 중 과반수인 16석을 넘기기 위해서는 또 한 번, 사회독립당 이누이
트 아타카티짓Inuit Ataqatigiit*과 연대해야 하지만 말이다.

---

* 1976년 덴마크의 청년 급진주의자에 의해 창당되었고, 사회주의 경제를 지지했으나 점
차 시장 경제와 민영화를 지지하는 자본주의 접근방식으로 변모했다. 그린란드를 독립
국가로 만들기 위해 노력한다.

맨 앞줄에는 지친 기색을 한 짧은 머리, 면도한 지 삼 일은 넘은 듯 보이는 거뭇거뭇한 수염 그리고 평소처럼 회색 후드를 입은 킴 킬센 총리가 그 틈을 타 에녹슨을 힐난했다.

"쿠픽, 호러쇼는 그쯤 해두시죠. 팩트만 말하세요."

"팩트는!"

에녹슨이 연단 위에 으스스한 전리품을 내려놓은 뒤 말했다.

"범인이 우리를 겁주려 한다는 겁니다. 그것도 가장 끔찍한 방법으로요. 그리고 독립의 숙적이 우리의 숙원을 이루는 걸 방해하기 위해 어떤 짓이든 불사할 거란 겁니다!"

그의 말에 동조하는 웅성거림이 퍼져 나갔다. 그러나 그는 단지 플라스틱 상자에 담겨 온 간을 내보였을 뿐이다. 그에게 온 선물은 어쩌면 행정부를 향한 실제적인 위협이 아니라 단순한 장난일 수도 있었다. 에녹슨은 카낙이 일러준, 장기의 출처가 네 번째 피해자일 수도 있다는 사실은 밝히지 않았다. 구체적인 설명의 부재로, 의원들은 그린란드에서는 흔한 음식 재료인 바다표범이나 일각돌고래의 간쯤으로 받아들인 것 같았다.

"31일 투표에서 우리가 과반수를 얻을 수 있다는 것을 아시지 않습니까?"

킬센이 좌중을 안심시키며 말했다. 계산상으론 그랬다. 당의 연대를 통해 31석 중 22석을 갖게 되면, 독립투표의 실시 여부가 사실상 확정된 거나 다름없었다. 하지만 에녹슨이 걱정하는 것은 투표의 실시 여부가 아니었다.

"그럼요. 긍정적으로 생각해봅시다. 앞으로 일주일 후에 독립투표가 실시된다고 가정해봅시다. 하지만 우리가 유권자들에게 그 질문을 한다면 어찌될까요? 우리의 소중한 석유 자원을 우리가 더는 쓸 수 없다면……. 그럼 그들의 표는 어딜 향하게 될까요?"

협박은 바로 거기에 있었다. 위험한 건 바로 그것이었다. 이누이트 출신을 포함한 그린란드 주민들의 대부분은 북극의 안개, 화이트아웃whiteout* 속으로 모험을 떠나는 것이나 다름없는 가슴 뛰지만 배고픈 독립보다는, 충분하진 않을지언정 매년 정기적으로 지원금과 여러 이익을 얻을 수 있는 덴마크의 자치령으로 남는 편을 선호할 것이다. 그렇게 된다면 역사에 남을 기회를 놓치게 되는 것이다. 아마 오래도록 다시 오지 않을 기회일 것이다.

"옳소!" 가죽 판초를 뒤집어 입은 회색 포니테일 머리의 한 의원이 크게 소리쳤다.

"그린오일 없이는 표를 모을 수 없어요. 석유가 없으면 독립도 없습니다! 그게 바로 단 하나의 진실이지요!"

"그린오일의 주식이 8일 새 5퍼센트포인트나 떨어졌어요."

존 바에즈를 약간 닮은 한 의원이 말했다. 걱정에 찬 웅성거리는 소리가 높아졌다. 조끼와 넥타이 차림의 엄숙한 인상을 가진 의원이 자리에서 일어나 입을 열자, 이내 차분함을 되찾았다.

"석유회사가 어디 그린오일뿐이랍니까!"

"석유 개발이 당장 가능한 곳이 달리 없지 않습니까!"

포니테일을 한 남성이 외쳤다.

"그래서 성과는요! 개발 착수는 이 년이나 늦어졌고, 이런 별거 아닌 사고에 플랫폼 운영이 전면 중단되질 않나? 하다하다 이제는 파업이라뇨!"

"그래도 사람이 넷이나 죽었는데……."

---

* 눈이나 모래 따위로 인해 시야가 심하게 저하되는 날씨 상황을 말한다.

"그건 중요하지 않아요! 뮐러는 무능합니다!"

분위기를 진정시키기 위해 에녹슨은 손바닥으로 연설대를 내리쳤다.

"폴 의원, 그래서 말하고 싶은 게 뭡니까? 그린오일 석유 개발권을 철회라도 하자 이겁니까?"

"그럼 안 됩니까?"

"개발권 유효기간이 2025년까지라는 거, 저보다 더 잘 아시지 않습니까……?"

"그거야 문제를 제기하면 되지요!"

"계약 해지에 따른 위약금은요? 수십 억 크로네에 달할 텐데요! 우리 예산으로는 불가능해요."

원칙을 고수하려는 쿠픽 에녹슨도 어쩔 수 없이 소위 '그린란드덴마크인'이었던 것이다. 아버지에서 아들로, 대를 이어 그린란드 인의 피를 가진 그는 매서운 독립주의자면서도, 덴마크의 민주주의 모델을 자신의 나라에 그대로 적용하길 원했다. 그가 바라는 나라는 약속과 규칙을 엄격하게 준수하는 법치국가였다.

"뮐러가 남은 기간 동안 계약을 충실히 이행하지 못한다는 사실을 증명하면 되지요."

자리에 앉으며 다시 상대편이 말했다.

"그게 무슨 말이죠?"

"아시면서 왜 그러십니까? 그러니까 그 망할 플랫폼에서는 더 이상 석유를 생산할 여력이 없다는 걸 증명하잔 말입니다!"

장내에 다시 소란이 일었다. 에녹슨은 연갈색 연설대를 다시 내려쳤다.

"좋아요. 하지만 계약을 해지하기 위한 조건은 단 하나뿐입니다. 개발 중단이 6개월 이상 지속되어야 하죠. 그런데 우린 이제 겨우 일주일이 지났을 뿐입니다!"

"그런 거라면 매우 간단해요. 위약금을 대신 물어줄 다른 기업을 찾으면 됩니다."

회의장은 다시 전쟁터가 되었다. 의원들은 금기를 깨트린 것에 기뻐하고 있었다. 뮐러 아웃! 그린오일 타도! 다른 어떤 기업이 와도, 이 '사기꾼'보다는 잘할 것이다. 친덴마크 정당인 아타수트Atassut의 두 대표마저 동의를 표하고 있었다.

그때 킴 킬센 총리가 개입하기로 결심한 듯, 육중한 몸을 이끌고 연단으로 향했다. 그의 옆에 선 에녹슨이 호리호리해 보일 정도의 몸집이었다. 그린란드 의회에서의 토의는 그런 식으로 진행됐다. 일정 수준의 예의와 다른 사람의 발언 시간을 존중하기만 한다면, 누구든 자유롭게 발언할 수 있었다. 연설대 오른쪽에 앉은 요한센 의장이 그의 개입을 고갯짓으로 허락했다.

진지하고 엄숙한 킬센의 목소리가 마이크를 타고 흘렀다.

"우리가 위약금을 내지 않을 방법이 있습니다."

그의 발언에 놀라서 장내엔 침묵이 흘렀다. 총리는 약간의 시간이 흐른 후 다시 말을 이었다.

"그린오일 보험회사 측에서 개발 중단이 노동자들의 안전 문제로 인한 것임을 입증한다면, 모든 것은 그린오일의 책임이 될 겁니다. 그럼 우린 그들에게 어떤 배상도 하지 않아도 되지요. 해체 비용까지 그들의 몫이 될 겁니다."

"맞는 말입니다." 에녹슨이 동의했다.

"하지만 그러려면 우선 입증부터 해야 하……."

"제가 알기로 그건 이미 진행 중입니다. 수사 결과에서 노동자 거주 구역 내 감시카메라와 순찰 시스템의 부재가 지적될 겁니다. 그렇다면 뮐러가 노동자들의 안전을 보장할 능력이 없단 얘기가 되지요."

"그러려면 보험회사가 위험을 감수하고 나서줘야 할 텐데요."

"그럴 겁니다." 킬센이 덤덤하게 말했다.

"프로스펙틴은 그렇게 할 겁니다."

"그런가요? 프로스펙틴도 엄연한 독립기관인데 우리가 그렇게 하도록 할 수 있는 건지는 잘 모르겠네요."

킬센은 살짝 웃음을 지었다.

"그게…… 완전한 독립기관은 아닙니다."

"네?"

"프로스펙틴의 자본 중 15퍼센트는 아르틱 페트롤리움의 계열사가 가지고 있습니다."

잠시 당황했던 에녹슨은 곧 현 상황에서 무엇이 그들에게 이득인지 알아차린 듯했고, 함박웃음을 지었다. 킬센의 말이 사실이라면 그건 전혀 예상하지 못한 일이었다. 아르틱 페트롤리움이 문제를 해결할 열쇠라면 그 라이벌인 그린오일의 운명은 이미 정해진 것이나 다름없었다.

"언제부터요?"

"일주일 정도 됐습니다."

"그린오일도 그 사실을 압니까?"

"아뇨." 킬센이 말했다.

"아마 모를 겁니다. 하지만 아시다시피…… 이런 종류의 비밀은 그리 오래 지켜지지 않는 법이지요."

정확한 지적이었다. 미래가 밝은 한 국가의 총리는 아무나 되는 것이 아니었다.

"그럼 우린 이제 어떻게 하면 됩니까?"

얼마간의 침묵 후에 한 의원이 질문했다.

"쿠픽 에녹슨 차관이 당장 오늘, 아르틱 페트롤리움에 연락을 취하는 건 어떻습니까? 우리가 그들에게 예정보다 일찍 칸게크 개발권을 넘기는 대가로 어떤 조건을 제시하는지 알아봐주십시오."

그의 발밑에 놓인 불길한 경고는 이미 잊은 듯, 차관은 열의에 가득차 고개를 끄덕였다.

"한 가지 당부하죠." 킬센이 말을 이었다.

"이 회의실 밖의 그 누구도 이 협상에 대해 알아서는 안 됩니다. 다시 강조하지만 그 누구도요. 남편도, 아내도, 자식이나 심지어 키우는 개도 안 됩니다. 이 협상은 처음부터 존재하지 않았던 겁니다. 문제가 제기되기 전까지, 칸게크의 석유 개발권은 폴라리스원을 통한 그린오일의 전적인 소유인 겁니다. 모두 아시겠지요?"

모두가 동의했고, 순수 혈통 이누이트이자 전 총리였던 라스 에밀 요한센Lars Emil Johansen이 일어나 회의장을 떠났다.

다른 의원들이 그들에게 주어진 '진짜' 일을 수행하기 위해 복도를 따라 흩어지는 동안, 쿠픽 에녹슨은 구석진 곳에 몸을 숨겼다. 당장 걸어야 할 전화가 있었다. 연락처 목록에서 아르낙Arnaq이란 이름으로 저장된 번호를 눌렀다. 그린란드어로 '아내'라는 뜻이었다.

"나예요."

14

IMG_1969 / 10월 25일
곰, 모글리를 껴안고 있는 짐 캐리의 사진과 그의 사인

"젠장, 아드리엔슨 경감! 이런 경우가 어디 있나요!"

금빛 테두리의 가느다란 킹스 담배가 격분한 그린란드 서장의 손가락 끝에서 요동치고 있었다. 카낙은 그녀의 지시를 어겼을 뿐만 아니라 '그녀의' 팀원들에게 제멋대로 지시를 내리기까지 했던 것이다.

"그동안 얼마나 꿍꿍이짓을 하고 다닌 거죠? 네? 말씀해보시죠. 정말 궁금하네요!" 에넬이 말했다.

'누가 분 거지?'

카낙은 그의 집 현관 앞에서 엄지손가락을 치켜들었던 아푸티쿠의 얼굴을 떠올렸다. '자신을 믿어달라는 아푸가 그런 걸까? 아니면 서장에게 잘 보이려 애쓰는 모범생 검시관 크리스?'

서장의 호통은 카낙을 꾸짖기 위함이라기보다는, 팀의 기강을 잡으려는 의도임이 분명했다. 그게 아니라면 지금처럼 문을 열어두진 않았을 것이다.

이른 아침부터 그녀는 이미 팀 전체를 발칵 뒤집어놓았다. 특히 아무것도 보지도, 듣지도 못했다는 프리무스의 두 순경이 가장 크게 혼쭐이 났다.

"당장은 당신들이 알아서 하세요! 하지만 내일 밤부터는 한 팀이 아니라 세 팀이 나가야 할 겁니다! 알겠어요? 이곳에서 서장이 누군지 제 입으로 말씀드리지 않아도 되겠죠, 경감 님?"

멍한 눈을 하고, 입가엔 부처님 미소를 지은 카낙은 폭격이 끝나기만을 기다렸다. 분노는 소나기와 같아서 세차게 퍼붓고 나면 지나가는 법이었다. 기계에 다시 불을 붙이는 일이 없도록, 아무 말도 하지 않아야 했다.

카낙의 정신은 다른 곳에 팔려 있었다. 정부청사를 나오는 길에 드로닝 잉리드 병원 응급실에 들러 이야기를 나눴던 롱에 대해 생각하고 있었다. 새롭게 알게 된 소식은 없었지만 가엾은 청년은 당국이 자신의 상태에 신경을 쓴다는 사실에 고마워했다. 사실, 그와 같은 사람은 누군가의 걱정을 받는 일이 드물었다. 에넬의 고함이 카낙을 그의 상념 속에서 끄집어냈다.

"그리고 그 간은 대체 뭐죠? 말씀 좀 해보실래요? 언제부터 경찰이 증거물을 피해자의 손에 들려줬죠? 답답해 죽겠으니까 설명 좀 해보세요!"

한 시간가량 롱은 카낙에게 드로 포커와 라스베가스나 아틀랜틱시티에서 주로 사용하는 스터드 포커의 미묘한 차이에 대해 설명했다. 그것은 카낙을 포커의 세계로 끌어들이진 못했지만 공허함과 지루함 속에서 허우적대는 프리무스 노동자의 생활을 이해하는 데에는 도움이 됐다. 긍정적인 건, 병원 입원실이 프리무스 방갈로에 비해 훨씬 더 안락하다는 사실이었다. 건물은 신식이었고, 설비도 매우 깨끗했다.

"카낙! 내가 지금 말하고 있잖아요!" 결국 에넬이 폭발하고 말았다.

"듣고 있어요, 듣고 있어요……."

"아르네 야콥센이 당신이 여기서 한 일을 듣고 상당히 언짢아하는 것 같던데요?"

'허풍일까? 아니면 정말로 그새 개미에게 전화해서 그에 대한 불만을 전한 걸까? 이마카.'

"서장 님? 부르셨어요?"

소렌, 아푸티쿠, 크리스가 마치 얌전한 중학생들처럼 한 손엔 의자를 들고 한 팔엔 서류를 낀 채, 문가에 서 있었다.

"네." 에넬이 신경질적으로 말했다.

"그 망할 문 좀 닫아주고요."

리케 에넬의 사무실은 회의실보다 크진 않았지만 방 안의 기온은 훨씬 더 견딜 만했다.

"크리스, 먼저 보고하세요."

모두가 자리에 앉자 서장이 말했다. 곧바로 검시관이 입을 열었다.

"안타깝게도, 이고르 예르데브의 시신에선 앞의 세 피해자에서 나온 것 이외에 다른 정보는 나오지 않았어요. 상처의 모양이나 타액을 포함한 DNA 흔적이 없었다는 점까지, 모든 게 우리가 이미 알고 있는 것과 같았어요. 간은 율리안슨의 사체에서와 마찬가지로 곰의 치아에 의해 절단된 것으로 보여요. 다시 원점이네요."

"그렇다면 혀는요?" 카낙이 끼어들었다.

"이번에도 혀가 닦였나요?"

"아뇨. 오히려 피해자의 입과 턱 속에서 눈 부스러기가 나왔어요. 그게 피해자의 혀를 닦아주길 원했는지도 모르죠. 하지만 범인은 행위를 도중에 멈췄어요."

크리스의 왼쪽에 있던 과학수사요원 소렌이 의자 위에서 몸을 들썩였다. 뭔가 할 말이 있는 듯했다. 카낙은 그가 전날과 똑같은 아스널 FC 유니폼을 입고 있다는 사실을 알아차렸다. 독신인 게 분명했다.

"말이 나와서 말인데요……." 소렌이 자세를 고쳐 앉으며 말했다.

"코펜하겐 연구실에서 지난주에 맡겼던 분석 결과를 보내왔어요."

"천만다행이군!" 에넬이 북동부 억양으로 말했다.

"드디어! 결과는 어땠나요?"

"별거 아니에요." 소렌이 말했다.

"우리가 생각했던 대로 인간의 DNA는 나오지 않았어요. 세 시신에서도 그렇고, 방갈로 안에서도요."

'고작 그 얘길 하자고 지금 말을 끊은 거야?'

옅은 색의 눈동자가 검시관을 노려보며 그렇게 말하는 듯했다.

"그게 다예요?" 서장이 물었다.

"아뇨. 아직 다 읽은 게 아니라서요. 그것 외에도, 제가 에녹슨이 받은 간을 좀 살펴봤는데요, 아주 희귀한 혈액형을 가지고 있더라고요."

"Rh- AB형 말입니까?"

"아뇨. 그것보다 훨씬 더 희귀해요. 세계 인구의 99％는 Rh와 ABO 혈액형 8개 그룹에 속하지만 그보다 더 드문 혈액형도 존재해요. 적혈구에 다른 특정한 표지자를 가지고 있지 않은 경우죠."

크리스는 인상을 더욱 찌푸렸다. 소렌에게 공을 빼앗긴 것이다.

"아이고, 제발 알아듣게 설명하세요!" 리케 에넬이 한숨을 내쉬었다.

"간단히 말하자면 예르데브의 혈액과 정부청사에 보내진 간의 혈액 모두 VEL 표지자를 가지고 있지 않았어요. 하지만 이곳의 장비로는 그 이상의 검사는 불가능해요. 제가 확신할 수 있는 건 그거 하나예요."

"VEL 음성 혈액형은 어느 정도로 희귀한데요?"

"VEL 음성은 3천 명당 한 명꼴로 가지고 있어요. 꽤 희귀하죠! 누크에서 VEL 음성 혈액형을 가진 사람이 동시에 존재할 확률은 거의 제로에 가깝다고 봐야죠."

"정확히 말하면 2천 5백 명 중 한 명이에요. 3천이 아니라요."

크리스 칼슨이 퉁명스러운 어투로 숫자를 정정했다. 서장이 고개를 들어 하늘을 보았다. 전문가들 아니랄까 봐 쓸데없는 말싸움을 하고 있다. 에넬이 정리했다.

"좋아요. 그럼 곰이 그날 밤 예르데브의 간을 꺼냈고, 곰 혹은 다른 누군가가 같은 간을 오늘 아침 쿠픽 에녹슨에게 보냈다는 건 확실한 거네요. 다들 동의하죠?"

모두가 얌전하게 고개를 주억거렸다. 치미는 화를 겨우 억누르고 있는 카낙만 제외하고.

"이제 곰 얘기는 더 이상 하지 않는 게 좋을 것 같습니다."

"무슨 이유로요?"

"지금 말씀대로라면, 우리가 찾는 범인은 잠긴 문을 열 수 있고, 동족보다 6배는 더 가볍고, 두 발로 서서 똑바로 걸을 수 있을 정도로 민첩하고, 조금 질긴 고기 조각에 이빨이 빠져버리는 곰이에요. 게다가 이제는 소포까지 보낼 수 있어야 하지 않습니까! 죄송합니다만 제 생각에 그런 곰이 있다면, 전 그걸 사람이라고 부를 겁니다."

정적이었다. 아푸티쿠는 조심스럽게 주제를 바꿔보려고 했다.

"피탁과 제가 정부청사의 보안요원들을 만나고 왔는데요."

'하루 동안에 벌써 두 번이나 스스로 뭔가를 하다니!'

어쩌면 아푸티쿠는 괜찮은 형사가 될 수 있을지도 모른다. 카낙은 약간 빈정거리며 생각했다. 그는 한결 부드러워진 어투로 말했다.

"알아낸 게 있습니까?"

"네, 스노모빌을 탄 어떤 남자가 나락컹수이숫의 입구로 직접 소포를 가져왔답니다."

"어떤 남자요? 보안요원들이 기억을 하더랍니까?"

"아뇨, 평범한 점퍼를 입고 복면을 쓴 사내라고 합니다. 스노모빌에 대해서도 특별한 건 없었어요. 아마 회색 혹은 검은색의 오래된 아르틱 캣 ZR 모델일 거래요. 워낙 순식간에 나타났다가 사라져서요. 그 남자가 물건을 건물 앞에 내려놓고 바로 떠났대요."

"번호판은요?"

"못 본 것 같아요. 번호판이 붙어 있었는지도 확신하지 못하더라고요."

"그런 스노모빌이 누크에 얼마나 있습니까?"

"수백, 어쩌면 수천 개요. 확실히 자동차보다는 많을 거예요."

'빙하 위에서 눈송이 찾는 격이로군.'

"알겠어요. 그리고 우리의 친구 모글리에 대해서는 아무런 소식도 없습니까?"

"아, 하마터면 잊을 뻔했네요."

그는 셔츠 속에서 두꺼운 종이 한 장을 꺼냈다.

"짜잔!"

그는 사진 한 장을 흔들며 자랑스럽게 외쳤다. 영화 촬영장 사진이었다. 짐 캐리가 곰 인형만큼이나 온순해 보이는 커다란 북극곰을 껴안고 있었다. 곰 오른편에는 반팔 셔츠를 입고 머리가 희끗희끗하게 샌 남자가 촬영신을 보고 있었다. 의심할 여지도 없이 그는 훈련사 티무타 옌슨이었다.

"이것도 보셨어요? 사인도 받았지 뭐예요!"

실제로 사진 위에는 사인이 그려져 있었다. 사실 커피 담당 매니저가 한 거라고 해도 모를 만큼 아무렇게나 휘갈겨 쓴 글씨였다.

"멋지네요." 카낙은 휘파람을 불며 빈정거렸다.

"곰도 글씨를 쓸 수 있는진 몰랐네요."

"그쯤 해두세요!" 리케가 말했다.

"짐 캐리에는 관심 없어요! 훈련사는 아직도 로스앤젤레스에 있다는 거죠? 맞나요?"

"네." 아푸티쿠가 말했다.

"두 제작자의 서명이 찍힌 폭스 영화사의 우편을 입수했어요."

그는 서장을 거의 쳐다보지도 못하며 서류를 내밀었다.

"둘 다 티무타 옌슨과 그의 곰이 3개월 동안의 근로 계약을 체결했단 사실을 입증해줬어요."

"친절하군요. 하지만 그렇다고 그가 항상 거기에 있었다는 증거가 되진 못해요. 캘리포니아에서 그린란드까지 충분히 왔다 갔다 할 수 있으니까요."

아푸티쿠는 그것도 예상했다는 듯, 또 다른 종이를 꺼내들었다.

"훈련사 옌슨과 감독 마크 워터스가 작성한 촬영 계획표예요. 어제까지 모글리는 촬영 현장에 있었어요. 하루도 빠짐 없이요."

"촬영 시간은요?"

"거의 열 두 시간 연속일 거예요. 오전 8시부터 오후 8시까지요."

"그거 불법 아닌가요?"

"할리우드잖아요. 아마 아닐 거예요."

단서는 끝났다. 막다른 골목이었다. 카낙은 피탁에게로 몸을 돌렸다.

"스마트폰 기록은 어떻게 됐습니까? 뭐라도 나온 게 있었습니까?"

"애매해요. 도박 빚에 대한 메시지는 찾지 못했어요. 그들이 지웠을지도 모르는 일이죠. 좀더 알아보려면 통신사에 요청해야 하는데, 둘 다 외국 통신사에 가입되어 있었어요. 해당 국가에 각각 공조 요청을 해야 한단 말이죠."

"조금이라도 수상한 메시지가 정말로 하나도 없었습니까? 협박 같은 것도요?"

"있었어요. 하지만 포커에 관련된 건 아니었어요. 익명 발신인이 보낸 메시지가 열 개 정도 있긴 했어요. 그린오일을 그만두고 고향으로 돌아가라는 메시지였어요."

리케 에넬의 얼굴이 찌푸려졌다.

'이제야 수사에 흥미가 생긴 건가? 아니면 덴마크 인인 그녀도 지역민들이 외국인을 향한 혐오의 대상이 된 것 같다고 느낀 건가?'

"누가 받은 거죠?"

"처음 세 명의 피해자요."

"예르데브의 스마트폰에서는 나오지 않았고요?"

"네, 예르데브는 아니에요. 확인해봤는데 그 메시지들은 두 개의 선불폰에서 보낸 거였어요. 그 메시지를 보낸 뒤로 더는 사용되지 않았고요."

"메시지 좀 볼 수 있을까요?"

이누이트 청년은 인쇄된 종이 뭉치를 그에게 내밀었다. 어설픈 영어로 쓰인 짧은 메시였다. 모두가 비슷비슷한 내용이었다.

집으로 돌아가! 그린란드 노동자에게 일을 돌려줘! 집으로 돌아가지 않으면 우리가 널 ✎ 거야

이번에도 에넬은 무심한 눈빛으로 피탁에게 종이를 돌려주었다. 그 모습에 머리를 두어 번 마사지한 카낙은 자리를 박차고 일어났다. 아무 말 없이 그는 점퍼를 걸치고 옷깃을 세웠다.

"경감 님?" 놀란 에넬이 물었다.

"질문하기를 두려워하는 자는 배우는 것을 부끄러워하는 자다."

카낙은 수첩을 집어들고 회의실을 나서려 했다.

"지금 뭐 하시는 거예요?"

"떠나는 거지, 뭐겠습니까?"

"떠나다니요, 회의실을요?"

"아뇨. 완전히 떠난다는 말입니다. 집으로 갑니다. 어디로 가는지 궁금하세요? 주소라도 알려드려요? 스태거 알 22번지, 프레데릭스베르 주, 코펜하겐, 덴마크, 유럽연합, 지구요."

"아니, 진심이세요? 바보 같은 속담 하나 던지고, 이렇게 우리 내버려두고 간다고요?!"

나머지 세 경찰들은 웃어야 할지 참아야 할지 고민하고 있었다.

"이것 보세요, 에넬 양……. 첫째, 제 속담들은 바보 같지 않습니다. 어려울 순 있지만 바보 같진 않죠. 그걸 모욕하는 건 수백 년간 이어져 온 덴마크의 지혜를 모욕하는 것과 같습니다. 둘째, 당신은 이 경찰서에서 유일하게 쓸모 있는 자원인 인력을 쓰지 못하게 했죠. 셋째, 우리가 가진 유일하게 진지한 단서를 수사하는 걸 방해했고요. 또……."

젊은 서장의 얼굴이 일그러져 있었다.

"넷째, 제게 필요하다고 판단되는 수사를 계속한다면 제게 불이익을 줄 거란 식으로 절 협박했죠. 제 말이 맞죠, 더 있습니까?"

"아니, 잠깐 진정하세요! 갑자기 제 허락도 없이 내일 닐스 브록스 게이드로 돌아가버리면 여긴 어떻게 되겠어요? 당신은 금방이라도 잘릴 텐데요! 이보세요, 당신 잘릴 거라고요."

"이마카." 카낙이 어깨를 으쓱이며 담담하게 말했다.

"당신은 여기까지 뭣하러 온 건가요? 형사 클루조*처럼 겨울 휴가나 보내러 온 거예요?"

에넬의 말에 아푸티쿠가 웃음을 터뜨렸다가 이내 서장의 매서운 눈초리에 입꼬리를 황급히 내렸다. 아무도 입을 열지 않자, 에넬이 크게 숨을 들이쉬더니 카낙을 어르기 시작했다.

"좋아요. 모두 진정하자고요. 그렇게까지 말씀하시니, 제가 왜 세르게이 체르노브가 범인이 아니라고 생각하는지 알려드릴게요. 그게 궁금하신 거죠, 맞나요?"

"뭐, 그것부터 시작하는 거로 합시다."

카낙은 다시 자리에 앉았다. 그리고 압박감을 주기 위해 서장을 뚫어지게 쳐다보려고 노력했다.

"그가 이 사건에 연루되지 않았다고 생각하는 이유는 제가 이미 그를 고객으로 맞은 적이 있기 때문이에요."

"아, 그 말은……."

* 1963년 미국 코미디영화 「핑크팬더」에 등장하는 인물로 어벙한 형사 캐릭터로 많은 사랑을 받았다.

"그와 그린오일의 방글라데시 인 사이에 있었던 작은 다툼을 수사한 사람이 바로 저라고요. 자와드…… 자와드 뭐였는데, 성은 기억이 안 나네요."

"그게 언제입니까?"

"여섯 달 정도 됐나요? 올해 5월이었던 것 같네요."

"제가 듣기론 가벼운 다툼이 아니었던 것으로 아는데요. 한 사람이 병원까지 실려간 사건입니다."

롱을 치료하는 간호사들의 입을 열게 만드는 건 어렵지 않았다. 간호사들은 여섯 달 전, 그린오일의 '인도인처럼 보이는' 한 청년이 두들겨 맞아 엉망이 된 상태로 입원한 적이 있다고 증언했다. 그는 회복을 위해 한 달을 병원에서 지냈고 그 뒤엔 다카로 떠났다고 했다. 그 이후로 그의 소식은 알 수 없었다.

"그래요, 맞아요. 체르노브는 난폭한 인물이죠. 그건 부정하지 않겠어요. 하지만 그와 사무실에서 네 시간을 보낸 제가 확신할 수 있는 건, 그가 사람들을 자유자재로 부리면서도 불미스러운 일을 피할 수 있을 만큼 꽤 영리하다는 거예요."

"어째서 그렇게 생각하시죠?"

"그는 자신이 폴라리스원에서 없어서는 안 될 존재가 되기 위해서 어떻게 해야 하는지 잘 알고 있었어요. 현장에 있지 않고도 폴라리스원을 잘 돌아가게 만들 줄 알았죠."

칸게크 플랫폼의 간호사, 카렌도 같은 말을 했다.

"헨릭 뮐러는 그를 전적으로 믿고 있어요. 상여금도 최고로 주고, 보너스로 그린오일 주식도 꽤 넘겼어요. 그리고 그게 다가 아니에요. 베스트리행을 피하도록 보석금도 내주고 코펜하겐의 유명 변호사를 고용해준 것도 밀러였어요. 그가 아니었다면 고의적 살인 미수로 징역 오 년 이하의 처벌을 받을 뻔했죠."

베스트리는 덴마크 수도에 있는 감옥이었다.

"그래서 제 결론은요. 가까스로 감옥행을 모면한 사람이, 그것도 자신을 구해준 사람의 직원이자 황금알을 낳는 거위와도 같은 사람들을 죽였을 리가 없다는 거죠! 그건 정말 말이 안 되잖아요."

에넬은 계속해서 말했다.

"그리고 그 두 명의 중국인이 그에게 얼마를 빚졌다고 하셨죠?"

"2만 7천 달러요."

"보너스까지 더하면 겨우 그의 한 달 월급에 해당하는 액수네요. 물론 매년 받는 주식 배당금은 제외하고요."

그녀의 말은 카닥을 제외한 모두를 납득시킨 것 같았다. 하지만 카닥의 의심을 거두진 못했다.

'그런데 그 말을 왜 어젯밤, 프리무스에서는 하지 않았던 거지?'

"그리고"라며 에넬이 계속해서 말을 이었다. "체르노브가 이 사건과 연루됐더라면 과연 여기 계속 남아 있었겠어요? 첫 번째 살인 직후 첫 이마카에 올라타지 않았을까요?"

"첫 이마카라뇨?"

"아, 우린 그린란드 항공편을 그렇게 불러요."

"오?"

"비행기가 뜰지 안 뜰지 확실하지 않으니까요."

세 명의 그린란드 경찰이 함께 웃었다.

"하지만 그가 비행기를 타기 전까지는 잡을 길이 없단 말이죠."

카낙이 여전히 의심스럽다는 듯 말했다.

아푸티쿠가 침묵을 깨고 거들었다.

"맞아요. 프리무스에도 없고, 도시에도 없어요. 심지어 **동물원**에서도 며칠 동안 그를 본 사람이 아무도 없다고 해요."

"호텔은요?"

짜증이 난 표정으로 아푸티쿠는 거기까지는 미처 수색하지 못했다고 답했다. '누가' 그에 대한 수색을 그만두라 했기 때문이다.

"좋아요." 다시 고압적인 태도를 되찾은 리케가 화제를 돌렸다.

"그러면 간 배달부를 좀더 조사해보도록 하죠. 실례가 안 된다면, 이제 점심시간이니 회의는 여기서 마치기로 해요."

결국 가장 모호한 단서를 조사하라는 말이었다. 고초를 토로하는 이를, 눈 하나 깜짝하지 않고 가장 궂은 길로 내모는 격이었다. 에넬은 그들이 합의점에 도달한 데 만족한 듯, 이미 자리에서 일어난 뒤였다. 그 순간, 아푸티쿠가 탄성을 질렀다.

"아참, 투필……."

"타파웨어!" 카낙이 황급히 말을 자르며 외쳤다. 그는 아푸티쿠에게 곁눈질로 더 이상 말하지 말라는 신호를 보냈다.

"타파웨어가 왜요?" 소렌이 물었다.

"거기서 지문 나온 건 없었나요?"

"아뇨, 아뇨. 아무것도요. 나왔다면 말씀드렸겠죠."

"아 그렇죠, 물론이죠……."

"자, 그럼." 에넬이 말을 이었다.

"모두 식사하러 가자고요!"

15

'모두'라는 말은 결국 카낙 아드리엔슨과 리케 에넬, 단둘을 말하는 것이었다. 그들은 몇 분 전만 해도 누크 폴리티가든의 팀원 전원 앞에서 서로 한바탕할 뻔한 사이였다.

"어떠세요?"

테이블을 가리키며 에넬이 물었다. 아쿠시닝수악 거리에 위치한 상팔릭은 누크에서 보기 힘든 '4성급' 한스 에게데* 호텔의 레스토랑이었다. 좋지 않을 수 없는 곳이었다. 창가에 위치한 그들의 자리에서는 서쪽 해변이 한눈에 내려다보였다. 더군다나 날씨마저 좋았다.

"아주 좋군요."

카낙이 말했다. 운이 좋다면 피에 절은 바다표범 스튜가 아닌 다른 음식을 맛볼 수 있을지도 모른다. 게다가 이 정도 높이라면 창문으로 쇠막대기가 날아올 일은 없을 것이다.

---

* Hans Egede, 1686~1758. 노르웨이 출신의 그린란드 선교사다.

시끄러웠던 회의가 끝난 뒤, 리케는 잘생긴 크리스가 청한 또 한 번의 식사 권유를 거절하고 카낙에게로 성큼 다가왔다. 그리고는 둘이서 가볍게 뭐라도 먹자는 일종의 휴전을 제안했다. 둘 다 각자의 입장을 고집하더라도 의견 차이가 수사의 진행을 막아선 안 된다. 프로다운 정신이었다.

그들이 경찰서의 안내데스크를 지날 때, 덩치가 크고 얼굴이 붉은 이누이트 직원이 그린란드어와 덴마크어를 섞어 서장에게 '이번 주의 택배'가 도착했음을 알렸다. 리케는 신속한 손짓으로 자신의 사무실로 상자를 보낼 것을 지시했다. "부탁해요"나 "고마워요"라는 말은 없었다.

카낙은 누구에게나 최선과 최악의 모습이 있단 사실은 알고 있었다. 하지만 순식간에 양면을 교차시키는 리케의 모습은 그를 적잖이 당황케 했다. 솔직히, 이제 와서 그녀가 매력을 발산하는 모습은 보기 불편했다. 그 모습은 그에게 과거 연인, 미키와의 끔찍했던 관계를 떠올리게도 했다. 미키는 그의 집, '그의' 욕조 안에서 자살을 시도했던 조울증이 있던 번역가였다. 그나마 조금은 안정적이었던, 가장 최근의 연인관계였다. 예민한 상황에 처했을 때면 늘 그렇듯이, 카낙은 답을 찾으려 노력하지 않을 수 없었다. 그에게 모든 타인은 매혹적인 수수께끼였다.

"리케? 그…… 개인적인 질문을 하나 해도 됩니까?"

매우 젊고 꽤나 활력이 넘치는, 아마 일한 지 얼마 되지 않은 것으로 보이는 웨이터가 2011년산 돈스-오리옹이 담긴 두 개의 플루트 잔을 가져왔다. 쉽게 구할 수 없는 덴마크산 스파클링 와인이었다.

"뭐 괜찮을 것 같은데요."

와인을 연거푸 두 모금을 넘긴 뒤 에넬이 말했다.

"후, 타는 것 같네요!"

"아, 그렇게 너무 개인적인 건 아닙니다만 당신처럼 젊은 여성이 어떻게 이곳, 그린란드까지 왔는지 궁금해서 말입니다."

"음, 난방 설비가 잘 되어 있잖아요. 제가 추위를 많이 타거든요."

에넬은 재빠르게 대답한 후 화사한 미소를 지어 보였다. 말문을 턱 막히게 만드는 미소였다. 하지만 카낙은 쉽게 포기하지 않았다.

"아니, 농담하지 말고요. 당신은 젊고, 아름답고, 눈부셔요. 이곳의 그 누구보다도 더 좋은 조건을 가지고 있었을 텐데……. 그러니까 서류상으로 당신이 누크에 처박힐 이유가 없잖아요?"

"제 생각엔……."

에넬의 푸른 시선 속으로 잠시간 동요가 스쳤다. 그녀의 무기를 내려놓게 만든 것이 분명했다. 그녀가 '진정으로' 어떤 인물인지 드러낼 수 있도록.

"제 생각엔 인생이 꼭 서류대로 흘러가는 것 같진 않더라고요. 그럼 너무 재미없잖아요."

때마침 등장한 웨이터로 인해 에넬은 더 말을 하지 않아도 됐다. 이상하게도, 메뉴판에는 생선 요리가 없었다. 심지어 새우나 모둠 조개를 비롯한 갑각류도 없었다. 국민들의 약 60퍼센트가 낚시로 먹고사는 나라에서. 에넬은 양파와 말린 순록 심장을 곁들인 붉은 사슴고기를 골랐고, 카낙은 파슬리를 뿌린 덴마크식 베이컨을 골랐다. 와인은 더 시키지 않고 그린란드산 빙하수 한 병만 더 시켰다. 세계에서 가장 순수한 미네랄워터이자 선사시대로부터 내려온 빙하로 만든 물이었다.

"그러고 보니 에녹슨 장관 님을 만났던 이야기는 제게 안 해주셨네요. 간 이야기 말고요."

"그렇게 됐네요. 뭐, 쿠픽 에녹슨은 얼핏 쿨해 보이지만 속으로는 야망이 넘치는 것 같더군요. 물론 조국에 대한 야망 말이죠."

"정치인이라면 마땅히 그래야 하는 게 아닌가요?"

"맞습니다."

에넬은 캐묻는 듯한 미소를 지어 보였다. 그녀는 그가 말을 아끼는 것에 놀란 눈치였다.

"그게 다예요? 더 생각나는 건 없나요?"

"무슨 말을 더 듣고 싶으시죠?"

"저야 모르죠. 가령 그의 비전에 대한 당신의 의견이라든지……?"

"아, 그건 뭐라 해야 할까요……. 채 6만 명이 안 되는 인구가 아직도 수렵이라는 전통문화에 머물러 있는 그린란드에서 카타르식 경제 발전을 기대하는 건, 그것도 십 년 안에 말이죠. 이보다 더 비현실적인 말이 어디 있을까요. 독립하든 말든, 그건 그린란드 인을 위한 것도, 지구를 위한 것도 아니다 싶습니다."

또다시 그녀의 인형 같은 얼굴이 딱딱하게 굳었다. 리케의 오른손은 킹스 담배갑 위로 가 있었다.

"모든 걸 너무 나쁘게만 보시네요."

"그럴지도 모르죠." 어깨를 으쓱하며 카낙이 대답했다.

"게다가 생각하는 건 구식이고요. 말씀하신 변화는 아주 오래전부터 시작된 거예요. 교육을 조금이라도 받은 그린란드 청년은 더는 로열그린란드에서 일하려 하지 않아요."

국영 수산물 가공기업을 말하는 것이었다.

"능력이 되는 사람은 중학교를 마치자마자 이 나라를 떠나서 다시는 돌아오지 않아요. 반면 그렇지 못한 사람들은 과장이 아니라 어떻게 될지 뻔하죠. 실업자가 되거나 부모에게 물려받은 갈고리로 먹고살거나. 그게 아니라면 술, 마약, 자살……."

"모든 걸 나쁘게 보는 게 저만은 아닌 것 같은데요?"

카낙이 차분하게 웃었다. 그의 짙은 초록색 눈이 에넬의 푸른 눈 쪽으로 향했다.

"좋아요. 물론 잘 헤쳐 나가는 사람들도 있어요. 하지만 정부가 지금의 산업에서 탈피하지 않는다면 그 수도 점점 줄어들 거예요. 그리고 과거 바이킹이 지배했던 때처럼 나라가 텅 비게 되겠죠. 킬센과 에녹슨의 말이 전부 맞단 건 아니에요……. 다만 그들은 적어도 알레카 하몬드Aleqa Hammond, 1965~처럼 타락한 기회주의적 정치인은 아니에요. 그 사건이 국가적 트라우마를 낳은 건 알지만 그들이 세운 계획은 여러 차례에 걸친 진지한 숙고를 통해 탄생한 거예요. 그리고 반드시 지켜질 거고요. 그러니 당신의 말은 틀렸어요. 이 나라를 에너지의 엘도라도로 탈바꿈하겠다는 계획이 지구를 위한 건 아닐지 몰라도요."

에넬이 열띤 투로 말을 이었다.

"하지만 제가 확신할 수 있는 건, 적어도 여기서 계속 살고자 하는 그린란드 국민에게만은 좋은 일이란 거예요. 그리고 지금 제게 중요한 건 그것뿐이고요."

***

오늘 같은 날은 아푸티쿠가 경찰이라는 자신의 직업을 사랑하게 만드는 날이었다. 한 손에 핫도그를 들고 가슴을 풀어헤친 채, 코로 신선한 공기를 마시며 아푸티쿠는 누크의 기념품 상점을 모조리 조사하기 위해 길거리를 거닐고 있었다.

"모조리 다요? 보스, 정말이세요?"

"네."

"하지만 파는 것들이 다 거기서 거긴데요!"

"좋습니다. 그럼 그걸 증명해봐요."

카낙의 지시는 뜻밖이었다. 아푸티쿠는 네 개의 방갈로에서 발견된 투필락과 동일한 제품을 찾아내기 위해 상점이란 상점은 모조리 뒤졌다. 그는 소렌의 도움으로 그들이 은애하는 서장 모르게 작은 조각상을 하나 빼낼 수 있었다. 처음엔 난감했지만 그는 자신의 임무에 꽤 만족했다. 여행객처럼 길거리를 배회하기만 하면 되는 일이었다.

그러나 우려했던 대로 그에게 돌아오는 대답은 늘 똑같았다.

"죄송해요. 그런 건 안 팔아요."

"저기 있는 건 나누크가 아닌가요?"

"맞아요! 하지만 지역 장인에게서 사면 마진이 안 남아요."

"그럼 어디서 사 오는 겁니까?"

"중국, 베트남……. 그때마다 다르죠."

"직접요?"

"아뇨. 덴마크 도매업체를 통해서요."

"그렇다면 제가 가진 이건 이 지역의 수제 공예품이란 말이죠?"

"제 눈엔 그래 보여요."

그걸 두고 카낙에게 메이드 인 차이나 제품이라고 말했던 것은 아푸티쿠가 잘못 짚은 것이었다. 아마 너무 대충 관찰한 탓이었다.

"어떤 것 같습니까?"

"흠집이 있네요."

콧수염이 난 상점 주인은 뼈마디가 굵은 손으로 곰 모양 투필락을 돌려주며 말했다.

"깎은 단면을 보세요. 아직도 상아에 울루ulu로 내려친 자국이 남아 있어요."

"흠……." 아푸티쿠가 신음했다.

"그리고 냄새도 나고요. 진짜 상아로 만든 건 맞아요. 아직도 사향이 느껴져요. 게다가 꽤 잘 만들었네요."

"그럼 여기서 파는 것들은 재료가 어떻게 되나요?"

"합성수지나 플라스틱 같은 거죠. 진짜 상아로 만들었다면 제가 40크로네에 팔고 있겠어요?"

수사는 계속되었다. 거의 모든 상점의 주인들은 가게 뒤편에 급히 카페믹kaffemik*을 위한 공간을 만들었다. 한 곳에서는 얼마 전 있었던 아기의 탄생을 축하했고, 다른 곳에서는 덴마크로 떠났던 대학생 아들의 귀향을 축하했다. 어떤 명분이라도 좋았고, 비스킷도 맛있었다. 처음 몇 번은 사양했지만 권유가 반복되자, 결국은 신선하게 갈아 내린 커피 원두와 홈 메이드 비스킷의 향기에 두 손 두 발을 들고 말았다.

아푸티쿠는 그룹 나누크가 최근 두 번의 콘서트를 취소했다는 소식을 알게 되었다.

"그게 공연과 무슨 상관이죠?"

아푸티쿠가 김이 모락모락 나는 머그잔을 쥐고 물었다.

* 그린란드의 전통문화 중 하나로 출산, 생일, 등교 첫 날과 같은 기념할 만한 일을 축하하는 작은 사교 모임이다. 항상 커피를 마시기 때문에 카페믹이라는 이름이 붙었다.

"무슨 상관이냐고? 나누크니까! 알라넝탓allanertat을 죽인 게 바로 곰의 영혼이니 그렇지!"

알라넝탓은 외국인을 말하는 것이었다.

"그건 왜죠?"

"그거야 나누크가 우리의 땅을 보호하기 위해 여기에 있는 거니까 말이야." 노인은 마치 이누이트가 아닌 사람에게 설명하듯 말했다.

"우리가 기계처럼 우리의 땅을 뚫어버리길 원하지 않는 거지! 사방팔방 구멍을 내버리면 땅의 힘이 어디 남아나겠냐고?"

그가 말하고 있는 것은 이누이트와 그들의 얼어붙은 땅 사이의 뿌리 깊은 관계였다. 그는 가스와 석유와 함께 대지의 에너지 또한 새어 나가고 있다고 믿으며, 그것을 기반으로 결국 이누이트의 영혼 또한 잃게 될 것이라고 확신했다.

'진정한 이누이트군.'

복잡한 심정이 된 아푸티쿠가 생각했다.

마지막 행선지를 향해 무거운 발걸음을 옮기던 아푸티쿠가 사람이 잘 다니지 않는 골목길인 프옐바이Fjeldvej를 지나 시내 쪽으로 올라가고 있을 때였다. 누군가 자신을 따라오고 있다는 불쾌한 느낌이 들었다. 거주민들이 직접 염화칼슘을 뿌려야 하는 작은 길 위에, 얼마 전 내린 눈이 두껍게 쌓여 있었다. 스노모빌 한 대가 언덕을 따라 천천히 올라오고 있었다. 스노모빌 특유의 탈탈거리는 소리가 불과 수십 미터 떨어진 곳에서 들렸다. 고개를 돌려 확인하는 것은 섣부른 짓이다. 아푸티쿠는 자신의 좁은 보폭을 유지했다. 숨이 조금씩 가빠왔다.

그 순간 갑자기 스노모빌이 속도를 높였다. 아푸티쿠는 모델명을 미처 확인하지 못했다. 하지만 검은색의 아르틱 캣 ZR이 맞는 것 같았다. 번호판은 없었다. 몇 초가 지나지 않아, 아푸티쿠는 스노모빌의 양날과 정면으로 마주하게 됐다. 그를 향해 날을 세운 두 개의 긴 창이 그를 향하고 있었다.

아푸티쿠는 눈이 흩뿌려진 언덕 아래로 몸을 날렸다. 차가운 공기로 딱딱해진 눈송이에 코를 부닥치자 압정에 찔린 듯 따끔했다. 위험에서 벗어난 것을 자축할 새도 없이, 그르렁대는 스노모빌이 그를 끝장낼 작정으로 그를 향해 몸을 돌렸다. 복면을 쓴 운전자가 차갑게 핸들을 꺾으며 다시 그를 향해 돌진하고 있었다.

* * *

고기의 육질은 연했고, 재료들의 조화는 섬세했다. 리케의 안목은 좋았다. 상팔릭의 요리는 입구에 주렁주렁 달린 수많은 훈장들이 무색하지 않을 정도로 뛰어났다.

조용히 요리를 음미하며 카낙은 아버지 크누트 아드리엔슨, 일명 O.A. 드레이어와 나누었던 마지막 식사를 떠올렸다. 카낙의 마흔 살 생일을 기념하는 자리였다. 네 번 연속으로 세계 최고의 식당 타이틀을 거머쥔 셰프 르네 레드제피의 식당, 노마에서의 식사는 끔찍했다. 물론 음식 자체는 더할 나위 없이 좋았다. 베리와 날생선, 야생식물의 조화는 놀라웠다. 그에게 끔찍했던 건 매 순간 그들이 나누었던 웃음, 몸짓, 유리잔 끝에 맺힌 와인 한 방울 속에서 읽어낼 수 있는 탁월함이라는 폭정이었다. 본질적으로 카낙은 완벽함을 견디지 못했다. 자신의 것이든, 타인의 것이든.

그건 고집스러운 크누트와는 정반대였다.

"서장 님도 동물의 일부를 먹으면 그 힘을 취할 수 있다고 생각하십니까?"

음식을 씹으며 카낙이 에넬에게 물었다. 놀라운 식욕으로 사슴고기 스테이크를 썰던 리케가 나이프를 멈추었다. 그녀의 얼굴이 스테이크만큼이나 붉어졌다.

"아뇨…… 아니, 어쩌면요. 그건 왜 물어보시는 거죠?"

"흠, 아닙니다."

"카낙……." 리케가 채근했다.

"그냥 체르노브가 떠올라서요."

"젠장! 또 그 소리예요?!"

"체르노브는 너무 강해요. 그를 거의 죽일 뻔했죠."

"어제 롱을 구조했을 때, 그가 체르노브가 얼마나 강한지 강조하더군요. 추위로 거의 죽어가던 중이었는데도 그걸 말하기 위해 다시 정신을 차렸죠."

"나참, 포기를 모르시네요!"

카낙은 창문 너머 저 멀리 칸게크를 멍하니 바라보면서 대답했다.

"그날 저녁, 자와드 사건으로 체르노브를 취조할 때, 지금 상황과 관련지을 수 있는 이야기는 전혀 하지 않은 게 맞습니까?"

"네. 이번엔 어느 나라 말로 말씀드려야 알아들으실 건가요?"

그녀의 언성이 높아져 있었다. 옆 테이블에서 따가운 눈초리가 날아왔다.

"모국어로요."

"마지막으로 말씀드리지만 체르노브는 뮐러의 오른팔이자 저주받은 인성의 고릴라일 뿐이에요. 그가 뮐러를 위해 그리 깨끗하지만은 않은 뒷거래에 몸을 담근 것도 맞아요. 자신들의 작은 빈민굴 내의 질서 유지를 위해 이런저런 싸움도 했겠죠. 하지만 체르노브도 뮐러도 살인자는 아녜요. 그 가련한 사람들이 그들을 필요로 하는 것만큼, 그들도 숙련된 노동자들을 필요로 하죠. 그들이 언제든 교체될 수 있는 소모품에 불과하고, 유능한 기술자를 찾는 게 손쉬운 일이었다면 뮐러가 지금처럼 패닉에 빠졌을 리도 없고요. 그린오일, 아르틱 페트롤리움, BP, 토탈…… 석유 회사들은 모두 최고의 기술자들을 차지하려고 앞 다투어 경쟁하고 있어요. 여기선 한 달에 1만 달러를 번 대도, 많이 버는 축에도 못 껴요."

그녀는 만난 이후 처음으로 맞는 말을 하고 있었다. 카낙은 조용히 고개를 끄덕였다. 그러고는 다시 질문했다.

"그래서…… 조서를 제게 보여줄 순 없습니까?"

리케는 맑은 웃음을 터뜨렸다.

"미친놈!" 리케는 혼잣말하듯 중얼거렸다.

"덴마크에서 내게 미친놈을 보냈네!"

"보여준다는 말입니까?"

"그래요, 보여줄게요!"

그러고는 테이블 위로 몸을 기댄 리케가 투명한 눈을 그에게 고정한 채, 그의 팔뚝을 지그시 눌렀다.

"우리 시작은 그리 좋지 못했지만 지금은…… 당신이 우리 팀에 합류해서 좋아요, 카낙 아드리엔슨 경감 님. 정말 좋아요."

'유혹이라도 하는 건가?'

아니다. 눈빛, 말투, 두꺼운 스웨터 소매 위에 놓인 가느다란 손. 카낙은 이것이 그녀가 누군가를 조종하고 싶을 때 쓰는 기술임을 알아차렸다. 경찰대학에서 선택과목이었던 신경언어프로그래밍은 대부분의 학생들이 재미 삼아 듣는 수업이었다. 그 내용을 이렇게 대놓고 써먹는 부류는 수 킬로미터 떨어진 곳에서도 단숨에 구별할 수 있었다. 카낙에게 이런 부류는…… 그저 한심하게 느껴질 뿐이었다. 어쩌면 조금은 위험할지 몰라도 말이다.

카낙은 불편한 순간을 모면하기 위해 계산서를 요구했다. 리케는 사양하더니 전액을 자신이 계산했다. 거기에 팁을 두둑이 얹고, 흠잡을 데 없는 그린란드어로 감사의 말도 몇 마디 잊지 않았다.

"그린란드어를 잘하시네요?"

"네, 작년에 온 뒤로 배웠어요. 속성으로요."

"아, 그런데 왜……."

"알아요. 우리 팀원들은 못 쓰게 하죠. 하지만 그건 달라요. 안타깝지만 이 나라에서 경찰과 법원은 여전히 덴마크 관할이에요. 그래서 계속해서 덴마크어로 권위를 나타내려고 하죠."

***

어제 먹은 베비안의 스튜인가? 아니면 지난 십 년간 먹어왔던 베비안의 스튜인가? 아푸티쿠는 꽁꽁 언 땅 위로 자신을 짓누르는 무게를 느꼈다. 단단해진 눈 속에 무릎이 처박힌 그는 몸을 일으킬 수도, 도망칠 수도 없었다. 발바닥은 계속해서 미끄러졌다. 얼어붙은 손은 땅에 꿰맨 듯 딱 달라붙어 있었다. 그는 자신이 거대하고 무겁고, 무력하게 느껴졌다.

스노모빌은 불과 몇 미터 떨어진 곳에 있었다. 경사면을 타고 속도가 붙었다. 순간 묘한 생각이 들었다. 그는 오른편으로 쓰러져 있었다. 그가 남쪽 툰드라에서 가끔 보았던 상처 입은 순록처럼 말이다. 그것은 항복의 몸짓이 아니라 공격을 피하기 위한 것이었다. 포식자의 눈에 띄지 않을수록 포식자에게 바쳐야 할 고기의 양도 적었다.

바로 눈앞까지 온 스노모빌의 강철로 된 스키 날이 매서운 마찰음을 내며, 그의 머리 위를 스쳤다. 날이 미끄러지며 만들어낸 얼음 부스러기가 아푸티쿠의 눈에 튀겼다. 이제 끝난 것이나 다름없었다. 지금 바로 자리를 박차고 일어나야 했다. 하지만 그의 튀어나온 광대뼈에 스노모빌 운전자의 부츠가 정면으로 날아올 때까지 그는 꼼짝하지 못했다. 어느새 뒤축이 바로 눈앞에 다가와 있었다.

16

IMG_1981 / 10월 25일
핫도그 가판대

카낙은 소화도 시킬 겸 혼자서 산책할 짬을 내기 위해 아푸티쿠와 약속이 있단 핑계를 댔다. 개성 없는 거리였지만 쨍하게 비추는 햇빛이 산책하기 좋았다. 경찰서의 누크 토박이로부터 입수한 정보에 따르면, 지금은 '동물원'의 문이 닫혀 있을 시각이었다. 갈 만한 곳은 롱이 언급했던 핫도그 가판대뿐이었다. 십오 분이 채 걸리지 않아 카낙은 프리무스를 뒤덮은 거대한 눈더미의 꼭대기에 도달할 수 있었다. '토니네'는 이탈리아 국기 색으로 칠해진, 오래된 소형 폭스바겐 화물차에 차려진 평범한 푸드 트럭에 불과했다. 점심시간이 한참 지났음에도, 바로 옆의 노동자 거주 구역에서 온 사람들로 추정되는 배고픈 남자들이 이루는 줄이, 버려진 종이들과 쓰레기로 가득찬 두 개의 커다란 양철통 사이로 길게 늘어져 있었다. 계산대로 바로 가기 위해 카낙이 그들을 지나치자 몇몇이 항의했다.

"이봐!"

슈퍼마리오처럼 붉은 캡모자를 쓰고 콧수염을 기른 주인이 투덜거렸다.

"줄 선 거 안 보여? 내 안경이라도 줘?"

그는 안경을 쓰고 있지 않았다.

"아드리엔슨 경감입니다."

카낙이 차갑게 대답했다.

"형사입니다."

"아! 코펜하겐에서 온 슈퍼 경찰이 당신이군요! 한번은 이렇게 나를 찾아올 줄 알았지요."

카낙은 스몰토크의 이점을 별로 믿지 않았다. 시시한 말들을 쏟아내면서 증인을 꾀어내려는 시도는 수사에서 별 효과가 없었다. 오히려 수사관이 현혹되는 경우가 더 많았다. 비형식적이고 부드럽게 시작될지라도, 신문은 대상에게 충격을 줘야 했다. 그건 내부로 들어가기 위한 관문이었다.

"토니 씨 되십니까?"

"아뇨, 전 마이크라고 합니다."

남자는 반으로 잘린 빵에 렐리시 소스를 바르며 대답했다.

"토니가 더 그럴싸하게 들려서요."

"그런데 피자는* 안 파시는군요?"

남자는 카낙의 농담을 이해하지 못했는지 털이 무성한 그의 양쪽 눈썹을 휘어 올렸다.

"에이, 안 팔아요."

남자는 머리 위의 볼품없는 간판을 가리키며 대답했다.

'누크 최고의 토니네 유명 핫도그, since 2007.'

직접 만든 간판임이 분명했다.

---

* 미국의 유명한 피자 체인점인 토니피자를 빗댄 것이다.

"그린란드에 정착한 지는 오래되셨나요?"

"정착이라, 그게 정확한 표현인지 모르겠습니다만……."

"여기서 쭉 핫도그를 파신 게 아닌 것 같아서요, 아닙니까?"

"맞아요. 툴레 쪽에서 기술자로 일했죠, 오 년 정도요."

그렇다면 그는 미국인이었다. 카낙은 그 사실에 놀랐다. 해외로 파견된 미군이 임무가 끝나고도 현지에 계속해서 남아 있는 경우는 드물었다. 보통 고향으로 돌아가곤 했으니까.

"제가 도움을 드릴 게 있나요, 경감 님?"

"아뇨, 괜찮습니다."

길게 늘어선 혼혈의 얼굴 중에서 프리무스에서 마주쳤던 몇몇을 알아볼 수 있었다. 곧바로 그들에게 접근하는 대신, 카낙은 몇 발자국 물러나 주인이 여기저기 놓아둔 금속 벤치 중 하나에 앉았다. 핫도그를 산 이들은 처음엔 그를 피해 멀리 자리를 잡았다. 하지만 자리가 부족해지자 두 명의 남자가 할 수 없이 카낙의 옆에 앉았다.

"맛있게 드세요."

그가 살집이 있는 체형의 인도 혹은 파키스탄의 남성에게 말했다.

"감사합니다……."

"그린오일에서 일한 지는 얼마나 되셨습니까?"

세 개째 핫도그를 입에 욱여넣던 남자는 갑자기 들어온 질문에 당황한 듯 보였다. 하지만 몇 번의 오물거림 끝에 대답했다.

"일 년이요."

"혹시 이런 문자메시지를 받은 적 있습니까?"

카낙은 블레이드 카메라의 액정을 보여주었다. 후안 리앙과 다른 이들이 받은 휴대전화 메시지를 촬영한 사진이었다.

> 집으로 돌아가! 그린란드 노동자에게 일을 돌려줘! 집으로 돌아가지 않으면 우리가 널 ✏️거야

"그럼요. 이런 건 누구나 받아요."

"자주요?"

"그냥저냥요. 어쨌든 이쪽 분야에서 일하기로 한 이상 다 똑같죠."

"다 똑같다……. 세계 어디든 말입니까?"

"네. 어딜 가나 저희들이 꽃목걸이로 환영받는 일은 드물죠. 무슨 말인지 아실 거예요."

"그럼 여기서는 누가 이런 메시지를 보낸 것 같습니까?"

남자는 네 번째 핫도그를 입에 넣으며 어깨를 으쓱해 보였다. 그의 왕성한 식욕은 마치 "토니, 당신은 핫도그를 너무 작게 만들어!"라고 불평하는 것처럼 느껴졌다.

"짐작 가는 사람 없습니까?"

"전 몰라요. 잔뜩 화가 난 동네 실업자일 수도 있고, 환경 어쩌고 하는 운동가일 수도 있고요."

"경쟁사는요?"

"경쟁사요?"

남자는 이해할 수 없다는 표정을 지었다.

"네, 당신을 스카우트하려는 시도일 수도 있죠." 카낙이 말했다.

"오, 아니에요! 그들은 이런 덴 흥미가 없어요. 정말로 우릴 빼내고 싶은

거였다면 시급을 더 올려준다고 제안했겠죠. 돈이 필요한 사람들에겐 그걸로 충분해요. 그런 사람들은 늘 있으니까요."

"돈이 아니라 다른 것을 약속할 수도 있지 않나요? 가령 더 나은 주거 환경이라든지……."

카낙은 두 팔을 들어 아래쪽으로 늘어선 얼룩덜룩한 숙소 전체를 허공에 감싸 안으며 말했다. 파키스탄 인은 여러 소스로 범벅이 된 입술을 비쭉였다. 그의 눈빛이 말하고 있었다. 다른 곳이라고 사정이 더 나을 거라 생각하지 않는 것 같았다. 그의 입장에선 그린오일의 프리무스는 생각보다 최악의 장소는 아닐지도 몰랐다.

"그린피슨지 뭔지 하는 놈들이 영 어수룩한 것도 사실이요."

옆의 벤치에 앉아 있던 마른 체형의 핀란드계로 보이는 남자가 대화에 끼어들었다. 카낙은 소스가 뚝뚝 떨어지는 핫도그 너머의 남자에게로 몸을 돌렸다.

"그게 무슨 말입니까?"

"쳇, 멍청하다 이 말이요. 멍청한 피켓이나 들고 와서 선박에 낙서하고 헬리콥터를 고장 내는 놈들이죠."

"정말로 고장 내진 않았잖아." 다른 남자가 말했다.

"안전모를 슬쩍하고 내부에 오줌이나 갈긴 게 다지."

"그게 고장 낸 거지 뭐야!"

"과장 그만해. 그냥 웃긴 놈들일 뿐이야……."

"그 웃긴 놈들은 어디로 가면 만날 수 있습니까?" 카낙이 물었다.

"놈들의 근거지는 사무엘 클레인슈미팁 아쿠타 거리 끝에 있는 아파트 어딘가에 있어요."

"아, 그게 어딥니까?"

"누크의 북동쪽 중앙우체국을 지나면 있어요. 그 옆이 바로 플라자죠."

카낙은 더 말을 붙이지 않고 그 자리를 떴다. 그는 다시 계산대로 가서 마이크-토니에게 말했다.

"핫도그 두 개요. 렐리시 추가해서 부탁합니다."

"이야!" 주인이 크게 소리쳤다.

"처음 봤을 때부터 먹을 줄 아는 분이다 싶었다니까요!"

하지만 따끈한 김이 피어오르는 핫도그를 손에 받자마자 카낙은 다시 두 남자에게로 돌아가 주인의 따가운 눈초리를 뒤로하고 그들에게 음식물을 내밀었다.

"셰프의 감사도 함께 전하죠."

날이 어스름해진 시각, 사무엘 클레인슈미팁 아쿠타 거리 끝에 펼쳐진 동네는 여느 유럽의 을씨년스러운 교외 풍경과 같았다. 실업, 불안정, 술, 폭력, 마약…… . 주민들의 삶을 어느 정도 짐작해볼 수 있었다. 반면에 건물들은 생각보다 그렇게 추하지 않았다. 이층 높이의 경사 지붕을 갖춘 건물들은 삶의 기쁨을 노래할 장소는 아니지만 코펜하겐의 특정 동네들보다는 불안감이 덜했다. 두꺼운 팔뚝과 몰로서스 견으로 무장한 사람이 입구를 지키고 서 있지도 않았다. 정확한 주소를 모르는 카낙은 지나가던 자전거를 탄 소년에게 길을 물었다. 얼마 후, 그는 마침내 조그마한 아파트에 위치한 그린피스 사무실을 찾을 수 있었다. 문에는 연두색의 그린피스 로고 스티커가 붙어 있었다. 카낙은 짧게 문을 두드렸다.

"계십니까?"

아무런 대답이 없었다. 혹시 몰라 문을 열자 문고리가 아무 저항 없이 돌아갔다. 하지만 문은 바로 코앞에서 거칠게 닫혔다.

"꺼져, 젠장!"

"잠깐……."

"꺼지라고!" 겁에 질린 목소리가 소리쳤다.

"아니면 경찰을 부르겠어!"

'내가 경찰인데…….'

카낙이 생각했다. 하지만 그의 '전적'으로 볼 때, 그 사실은 지금 상황에서 크게 도움이 될 것 같진 않았다. 이 사람은 어쩌면 경찰만큼이나 누군가를 두려워하고 있는 것인지도 모른다. 그런데 대체 누구를?

문 너머로 힘을 주고 있는 남자의 헐떡거리는 소리가 들렸다.

"당신이 헬리콥터 내부에 소변을 갈겼든 말든 전 관심 없습니다."

카낙이 침착하게 말했다.

"네 건의 살인 혐의로 기소당하고 싶지 않으면 그렇게 계속 버텨보세요."

"누구세요?"

말이 떨어지기가 무섭게 남자는 문을 벌컥 열었다. 긴 머리카락과 수염이 덥수룩한 삼십 대의 남자가 모습을 드러냈다. 카낙보다는 덜 히피스러운 모습이었다. 그는 오른손에 야구방망이를 쥐고 있었는데, 살면서 야구 경기를 한 번도 보지 못한 게 분명했다.

카낙이 자신의 정체를 밝히자 남자의 적대감과 두려움이 한풀 꺾인 것 같았다. 그는 자신의 소굴로 들어오라는 표시를 해보였는데, 그의 원룸 속에는 서류뭉치, 분해된 컴퓨터와 전단지로 가득찬 상자들이 널브러져 있었다. 깊게 밴 담배와 커피 냄새로 인해 속이 울렁거렸다. 실내등 아래로 발을 옮겼을 때, 카낙은 자신을 맞이한 이의 모습을 제대로 살펴볼 수 있었다. 노란 빛을 띠기 시작하는 멍이 눈가에서 시작해 얼굴 왼쪽 전체를 뒤덮고 있었다.

"이웃과 사이가 좋은가 봅니다."

"재밌네요."

손님에게 앉을 것을 권하지도 않은 채 남자는 자신만큼이나 지쳐 보이는 안락의자 위로 무너지듯 내려앉았다.

"무슨 일이 있었던 겁니까?"

"아, 이것 말이죠. NNK 녀석들의 작품이에요. 그래서 그 자식들이 또 찾아온 줄 알고……."

"NNK요?"

"나누크 누나 칼라리트." 침을 뱉으며 남자가 말했다.

"글자 그대로 나누크의 땅, 그린란드라는 뜻이죠."

"그게 뭡니까? 무슨 단체입니까, 아니면 갱단입니까?"

환경운동가의 엉망이 된 얼굴을 보아하니 복싱 클럽일지도 모른다. 카낙은 그의 억양으로 그가 덴마크 인이라고 짐작했다.

"뭐, 이누이트의 극단적인 민족주의 정당과 비슷하다고 할까요. 수렵이나 어업과 같은 전통적인 사회 모델을 수호하죠. 어떤 건지 아시겠죠?"

"이해가 안 되는군요. 당신과 그들은 같은 적을 가진 게 아닙니까? 그린 오일이나 아르틱 페트롤리움 같은……."

"맞아요." 남자가 시인했다.

"하지만 일부만 그렇죠. 그들과 제가 다른 점은, 제가 그들의 주요 식량인 멸종 위기 동물들의 사냥에도 반대한다는 거예요."

"어떤 동물들 말입니까?"

"엄청 많죠. 조류로는 바다까치와 세발가락도요새, 흰멧새 그리고 물론 북극곰도요."

카낙은 그러기엔 이 근방에 북극곰이 너무 많은 게 아니냐고 말하고 싶었지만 꾹 참았다.

"그러니까 그들이 보기에 저는 열악한 조건으로 이누이트를 고용하고 그들의 바다를 오염시키는 석유회사나 다를 게 없는 거죠."

"그렇다면 당신은 폭력행사와는 관계가 없습니까?"

"그 헬리콥터 이야기를 하는 건 아니겠죠? 전 벌써 경찰 쪽에 제가 할 수 있는 이야기는 다 했다고요. 더는 그 이야기로 절 괴롭히지 마세……."

"저는 그런 애들 장난은 관심이 없습니다."

카낙은 남자의 머리카락이 닿아 있는 어깨에 손을 올렸다. 다소 강압적이었지만 위협적이지는 않을 정도의 단단한 무게였다. 카낙은 계속 서 있길 잘했다고 생각했다. 상대를 지배하는 게 신문의 핵심이었다.

"잠깐만요! 전 사람을 공격하거나 그러지 않아요. 시설에 못된 장난을 친 적은 몇 번 있었죠. 그건 사실이에요. 하지만 절대 그 이상의 짓은 하지 않았어요. 전 언제나 아무도 다치지 않도록 조심한다고요."

"바늘 도둑이 소도둑이 되기도 하죠."

"뭐라고요?" 남자는 어안이 벙벙한 듯 외쳤다.

"아니 제 목표는 그들을 병원에 보내는 게 아니에요. 전 그저 석유 생산을 잠깐 방해하려던 것뿐이에요. 둘은 엄청난 차이가 있다고요!"

맞는 말이었다. 통신 안전모를 훔치고 조종석에 소변을 뿌리는 행위로 시코르스키를 박살 낼 순 없다. 그렇지만 카낙은 남자와 범인이 적어도 같은 동기를 가지고 있을 거라는 생각을 지울 수 없었다.

폴라리스원의 시추기를 멈추게 하는 것.

"어쨌든 경찰서로 조서를 쓰러 올 거죠?"

"알겠어요."

"삼 일 밤 동안의 알리바이를 제대로 확인해보는 것이 좋을 겁니다."

남자가 무슨 삼 일 밤을 말하는 거냐고 물어보려는 순간, 카낙의 스마트폰이 울렸다. 쇼팽의 장송곡의 첫 두 소절, 사람을 놀라게 하기에 충분한 곡조였다.

"플로라!"

카낙이 그녀를 '엄마'라고 부르는 경우는 드물었다. 카낙은 남자에게 인사를 하고 건물 밖으로 나갔다.

"쌍둥이 좀 바꿔주세요."

플로라는 그가 아이들을 한데 묶어 '쌍둥이'라고 부르는 것을 아주 싫어했다.

"옌스! 엘스!" 카낙은 수화기 너머로 플로라가 아이들을 부르는 소리를 들었다.

"이리 오렴, 내 강아지들! 아빠 전화란다."

아이들이 우당탕 뛰어오는 소리, 웃음소리, 수화기를 먼저 차지하기 위해 서로 아옹다옹하는 소리가 들렸다. 그리고 두 아이의 목소리가 동시에 들려왔다.

"안녕, 아빠!"

그는 두 아이와 애정 어린 몇 마디를 주고받은 뒤, 집을 떠난 이후로 그가 놓친 모든 일들에 대해 나중에 꼭 다시 이야기하기로 약속했다. 그리고 나서 어머니와 다시 통화할 수 있었다.

카낙은 누크에 도착한 첫날부터 지금까지 있었던 일들을 간추려 말했다. 원칙적으로는 직업상 비밀을 누설해선 안 되지만, 플로라 아드리엔슨은 코펜하겐 모든 경찰의 '어머니'가 아니었던가? 그녀가 숨을 크게 들이쉬었다.

"종교적 의식과 함께한 살인이라……. 그건 전혀 예상치 못한 건데 냄새가 나긴 하네. 어느 미치광이의 짓이거나 널 혼란스럽게 만들기 위한 연막이겠지. 둘 중 뭐든 간에 첫인상을 절대 믿어선 안 돼. 평소대로 생각하지 마. 물증에만 너무 매달리지도 말고. 미친 사람처럼 생각해. 그런 잔인한 짓을 할 만한 이가 누군지 찾는 것 대신…… 생존을 위해 그런 짓을 하지 않으면 안 됐을 사람이 누군지 생각해봐."

어느새 노을이 드리워진 해안가를 멍하니 바라보며 카낙은 어머니의 마지막 당부를 곱씹었다.

"그러니까, 이런 말도 안 되는 짓에 인생을 걸 만한 사람을 찾아……."

17

IMG_1993 / 10월 25일
아푸티쿠 얼굴의 반상출혈

"무슨 축하할 일이라도 있습니까?"

오픈 스페이스로 들어오던 카낙이 놀라 물었다. 커다란 공간은 그곳에 기생하는 방문객들로 바글바글했다. 김이 모락모락 피어오르는 머그컵을 손에 든 이들이 저마다 웃고 떠들고, 목청껏 노래를 부르고 있었다. 그린란드 컨트리음악이 경찰서 전체에 울려 퍼졌다. 즉흥적으로 조성된 또 다른 카페믹이라고, 카낙이 생각했다. 그들의 작은 축제가 열리는 방식은 미스터리했다. 분명 아무도 없었는데 무슨 일만 생기면 마치 이 순간만을 기다렸다는 듯 수십 명의 한량들이 어디선가 불쑥 나타났다. 따뜻한 음료와 방금 구운 비스킷은 항시 대기 중이었다.

"제가 아직도 살아 있다는 사실을요."

아푸티쿠가 대답했다. 격한 감정 때문인지 그의 덴마크어는 어색하게 들렸다. 그는 고개를 돌려 카낙에게 오른쪽 얼굴을 보여주었는데, 크게 눈에 띄는 것은 없었다. 다만 약한 충격에 의해 빨개진 자국이 보였다.

"오, 무슨 일인지 설명해주겠습니까?"

아푸티쿠는 사건의 전말에 대해 횡설수설하기 시작했다. 아무도 없던 빙판길, 통제력을 잃고 그를 덮친 스노모빌 그리고 '실수'로 운전자의 부츠와 부딪친 것까지.

"실수라니요? 농담입니까?"

카낙이 소리쳤다. 그를 공격하려 했던 이는 아푸티쿠에게 겁을 주려던 게 분명했다. 죽이려던 건 아닐지 모르지만 최소한 그건 경고다.

"운전자는 놓쳤죠? 그렇죠?"

"네."

아푸티쿠가 한숨을 내쉬었다. 오픈 스페이스를 지나던 크리스 칼슨이 둘의 대화를 듣고 아푸티쿠의 상처 위로 몸을 숙였다.

"뭐야, 닦아냈어요?" 그가 부상자에게 물었다.

"눈으로 세수라도 한 거예요?"

"흠, 흠……."

"큰 상처는 아니지만 그 부위를 닦아냈기 때문에 아무 단서도 찾지 못할 것 같아요."

검시관이 카낙에게 말했다. 아푸티쿠는 어색한 미소를 지어 보였다. 검시관은 그들을 지나 자신의 연구실로 향했다.

불과 일 분 전 카낙은 그가 경찰서 입구에서 파비아 랄슨과 함께 있는 장면을 목격하고 조금 놀랐다. 칼슨은 마치 변명이라도 하듯 어색하게 구구절절한 설명을 늘어놓았다. 자신과 랄슨은 코펜하겐대학교에서 이미 알던 사이고, 우연히 이곳에서 만나게 되었다고. 그래서 종종 점심이나 술자리를 함께하며 서로의 향수병을 달래고 있다고. 그런데 칼슨은 그린란드 태생이었다.

"좋습니다." 카낙이 아푸티쿠에게 말했다.

"공격한 사람의 얼굴은 못 봤겠죠?"

"네."

"스노모빌은요? 역시나 우리가 찾던 그 유령 같은 모델이던가요?"

"아르틱 캣이요. 거의 확신해요. 하지만 그게 다예요."

인적 드문 거리, 목격자도 없는 상황에서, 그 기계에 올라탄 이는 누구나 될 수 있었다. 카낙은 그의 부하에게 지옥처럼 답답한 작은 회의실로 들어오라는 신호를 주었다. 다행히도 배려심 많은 누군가가 네 개의 난방기구 중 두 개를 꺼놓은 상태였다.

"그래서, 투필락의 출처는 찾아냈습니까?"

대답하려는 아푸티쿠를 막으며 카낙이 그의 팔 위로 장난스럽게 손을 얹었다.

"다시 한 번 **이마카**라고 대답하면 이번엔 내가 다른 쪽에 멍을 만들어 줄 거예요."

"거의 모든 상점을 다 돌아봤는데요……."

아푸티쿠는 소렌에게서 받은 작은 조각상을 주머니에서 꺼내며 말했다.

"상인들 모두 자기들이 판 게 아니라고 해서요."

"그럼 대체 어디서 파는 거랍니까?"

"아무도 모르더라고요. 하지만 이누이트 장인이 만든 건 확실하대요. 아마 마을을 방문하면서 샀을 게 분명하다고……."

"프리무스 노동자들이 단체로 민속촌 관광이라도 했다고 생각하는 건 아니죠?"

노동자들은 지역주민들과 일체의 접촉도 없이, 외부와 단절되어 지내는

데다 지구 반대편의 식솔들을 위해 한 푼이라도 아낀다고 하지 않았던가.

'혹시 누군가 그들에게 줬던 걸까? 하지만 누가? 그리고 언제?'

"일은 할 수 있겠습니까?"

"괜찮아요."

"좋습니다. 그럼 우리의 피해자 네 명이 그린란드에 도착한 뒤로 어떤 행적을 보였는지 알아봐주세요. 비행기로 고국과 그린란드를 오간 것 이외에, 또 어떤 곳을 방문했는지 말입니다. 누크가 아닌 다른 곳이요."

"알겠어요, 보스."

아푸티쿠는 이제 보스란 말이 입에 붙은 것 같았다.

"그리고 그들이 사망하기 전, 하루 동안의 일정도 확인해주세요. 어딜 갔는지, 그들을 본 사람은 없는지, 모두 다 말입니다."

그때 누군가의 손이 문을 열었다가 다급히 닫았다.

"사건과 관련은 없는 질문이지만 대체 크리스는 왜 우리에게 치근덕대는 겁니까?"

"치근덕댄다고요?"

"칼슨이 리케 주변을 어슬렁대고 있지 않습니까? 정작 리케는 아무런 관심도 없는데 말이죠."

"아, 그거요."

아푸티쿠가 이가 빠진 입을 크게 벌리며 웃었다.

"크리스는 약간 마조히스트 기질이 있어요."

"마조히스트라니요?"

"전혀 가망이 없으니까요. 그는 100퍼센트 그린란드 인이에요. 리케가 그린란드 인을 만날 리가 없지요."

"그런데 왜 저렇게 끈질기게 들러붙는 겁니까?"

"그러니까 마조히스트라는 거죠!"

이번에는 문이 크게 열렸다. 빨간색과 파란색 줄무늬가 그려진 크리스털 펠리스 구단 유니폼을 입은 남자가 회의실로 들어왔다.

"아푸?" 피탁이 말했다.

"프랑스 인이 자넬 한참 전부터 기다리고 있는데, 까먹은 거 아니지?"

"오, 젠장!"

"화가 잔뜩 난 것 같던데."

입구 안내데스크 옆 작은 응접실에서 분노를 삭이고 있던 세련된 차림새의 외국인을 말하는 것 같았다. 피탁은 남자를 들여보내고는 홀연히 사라졌다. 남자는 스타일이 좋았다. 희끗희끗한 머리로 보아 오십 대로 보였는데, 아마 누크 시내를 긴 맞춤 울코트만 입고 돌아다니는 건 그가 유일할 것이다.

"단도직입적으로 말씀드리죠."

남자는 프랑스 억양이 밴 영어로 말했다.

"지금까지 제가 기다린 건 순전히 에바트 올슨과의 의리 때문입니다!"

"저도 이 말씀을 드리고 싶은데요. 당신의 말투가 마음에 들지 않네요, 무슈."

그 말에 남자의 기세가 살짝 꺾였다.

"누크에는 언제까지 머무르실 예정입니까?"

카낙이 상대방에게 숨쉴 틈도 주지 않고 말했다.

"사오 일쯤 있을 생각이었는데 나누크 공연이 취소되는 바람에 여기 있을 필요가 없어졌지요. 모레 돌아가는 비행기 표를 끊은 참이에요."

"그건 차차 확인해보고요. 하시는 일을 설명해주시겠습니까? 그리고 성함이⋯⋯?"

"마쏘. 에티엔 마쏘Étienne Massot예요. 동물 기술자의 디자이너죠."

"오, 좀더 자세히 설명해주시겠습니까?"

프랑스인은 스마트폰을 꺼냈다.

"뭐, 대충 이런 걸 기획하고 연출한다고 보시면 돼요."

카낙과 아푸티쿠는 함께 몸을 기울였다. 남자는 다양한 동물들을 현실적으로 표현한, 나무와 금속으로 된 거대한 조각상을 찍은 사진을 연달아 보여주었다. 거대한 애벌레, 거미, 개미, 왜가리 그리고 심지어는 어마어마한 크기의 용과 코끼리도 있었다. 그는 영상도 하나 보여주었는데, 두 경찰은 그의 '기계'들이 스스로 움직이고 동물들의 실제 움직임을 재현해내는 것에 적잖이 놀랐다. 코끼리의 코에서는 안개 형태의 수증기가 뿜어져나오는 기가 막힌 광경도 연출되고 있었다. 영상 속 아이들이 환호성을 질렀다.

"놀랍군요." 카낙이 말했다.

"어디 소속으로 일하시는 겁니까?"

"이 동물 쇼를 처음 시작한 건 낭트 섬의 기계 전문 제작회사예요. 언제한번 낭트에 올 일 있으면 전시관을 꼭 들러보세요. 최근 몇 년 동안 저희만의 노하우로 여러 분야로 작품을 공급하고 있지요. 스포츠 경기, 거리 축제, 행진⋯⋯."

"공연도요?"

"네, 공연도요. 행사 취지에 맞게 기계들을 맞춤 제작하곤 해요. 이번 주에는 나누크 공연을 위해 제작했고요."

"어떤 걸 제작하셨죠?"

"늑대, 바다표범 그리고 여우요. 그들이 요청하기론……."

"북극곰은 안 된다고 했습니까?" 카낙이 그의 말을 끊었다.

"네. 나누크 멤버들이 그건 좀 너무 크림 타르트* 같다고 하더라고요."

그의 말을 듣던 카낙은 한 가지 사실을 깨달았다. 덴마크 인이 보는 마쏘 같은 프랑스 인은, 그린란드 인의 눈에 비치는 덴마크 인과 같았다. 교만한 어린아이 같다고 할까. 사람들이 마음껏 미워할 수 있는 그런 종류의 사람이었다. 세상을 떠난 그의 아버지처럼, 머저리 같은.

"그건 제작해본 적이 없습니까?" 카낙이 물었다.

"뭐요? 곰 모양 기계요? 아뇨, 없어요. 거대 포식자 시리즈로 스라소니와 호랑이는 만든 적이 있지만 곰은 만든 적이 없어요."

"당신의 고용주에게 자료 요청을 해도 작업 파일에서 북극곰과 관련된 건 하나도 나오지 않는다는 말씀이시죠?"

"그럼요!" 남자가 외쳤다. "원하신다면 호텔 방에 제 노트북이 있어요. 제 작업 대부분이 거기에 담겨 있죠."

"그래도 제작은 할 수 있잖아요, 아닌가요?"

"당연히 가능하죠. 다만 혼자선 힘들겠죠. 동물 하나를 완성하려면 적어도 서너 명의 기술자들이 필요하니까요."

"그들은 여기 누크에 함께 왔습니까?"

"아뇨. 이번에는 프랑스에서 조립을 다 마친 후에 컨테이너로 배송했어요. 전 운송 중에 물건이 파손되진 않았는지 확인 차 온 거예요. 그럼 손을

---

* tarte à la crème. 몰리에르의 희곡 『아내들의 학교 비판』에서 기인한 것으로, '진부한 것'을 가리키는 관용적 표현이다.

봐야 할 테니까요."

"턱만 따로 만드는 건요?"

남자는 무슨 소린지 모르겠다는 듯 카낙을 바라보았다.

"북극곰의 턱 말입니다. 실제와 같은 압력으로 열고 닫히는……."

"1제곱센티미터당 800킬로그램입니다."

그는 일전에 올슨이 한 말을 떠올렸다.

"그거라면 혼자서 제작할 수 있습니까?"

"네. 그 정도는 가능할 것 같은데요. 시간과 재료만 주어진다면 못할 게 있나요."

언제나 그렇듯, 미소를 지으며 멍든 한쪽 뺨에 손을 괴고 있던 아푸티쿠가 침묵을 깨고 입을 열었다.

"그 턱을 누군가 착용할 수도 있을까요?"

"착용한다고요?"

"네. 가면처럼요."

기술자는 멍한 눈으로 빠르게 머릿속으로 크로키를 그려보는 듯했다.

"복잡해 보이긴 하네요. 우리가 만든 기계를 움직이게 만드는 가장 중요한 부분은 몸속에 들어 있거든요. 그걸 밖으로 꺼낼 순 있죠. 그렇지만 그건 별로 가볍지도 않고 미관상 좋지도 않아요. 우리 고객들에게 추천할 것 같진 않은데요."

"그러니까 복잡하긴 하지만 불가능하진 않다, 이 말이죠?"

카낙이 거들었다.

"네. 불가능하진 않아요."

아무리 그렇다 해도, 누크 거리에서 그런 변장을 한 사람이 사람들의 눈에 띄지 않고 돌아다닌다는 건 상상하기 어려웠다. 프랑스 인이 건넨 사진 속 작품들은 사람들의 이목을 끌지 않을 수 없는 모습이었다. 누크의 밤거리가 홍콩, 리오 혹은 파리처럼 환하지는 않다고 해도 말이다. 하지만 프리무스의 골목길이라면……

카낙은 단숨에 자리에서 일어나 회의실 밖으로 나갔다. 일 분쯤 지나, 그는 번득이는 눈과 함께 다시 돌아왔다. 그는 한 묶음의 사진을 탁자 위로 던졌다. 마쏘는 겁에 질린 표정을 숨기지 못했다.

"왜 제게 이런 끔찍한 걸 보여주는 거죠?!"

"아까 말씀하신 기계로 **이런 짓**을 할 수 있다고 보십니까?"

"뭐, 그럴 수도……. 하지만 전 기계 오브제를 만드는 디자이너지 백정이 아니에요!"

"기계 턱으로 장기 전체를 뽑아낼 수도 있을까요?"

그러자 남자는 분노를 이기지 못하고 자리에서 일어나 문으로 향했다.

"제가 드릴 수 있는 말씀은 다 드린 것 같네요."

그는 회의실을 떠나며 말했다.

"앞으로도 계속 이렇게 인터뷰 요청에 응해주시면 감사하겠습니다, 마쏘 씨. 드릴 질문이 몇 가지 더 있을 것 같네요."

남자는 카낙의 말을 더 듣지 않고 발뒤꿈치를 바닥에 내려친 뒤 방을 나섰다. 복도 끝으로 그의 목소리가 점점 멀어져갔다.

"말씀드렸듯이 제 비행기는 모레입니다. 전 그걸 반드시 탈 생각이고요!"

18

IMG_2007 / 10월 25일
후안 리앙의 방갈로 안

한 가지는 명백했다. 프리무스 순찰을 맡은 순경들은 신속함과 거리가 멀었다. 다른 말로 매우 굼떴다. 리케는 병력을 배로 늘리겠다는 약속을 지켰다. 하지만 근무 태만과 아마추어 정신도 그와 함께 배로 늘어난 셈이라 결과적으로는 전혀 효과가 없었다.

유니폼을 갖춰 입은 두 명의 순경이 방갈로가 늘어선 골목을 따라 그들과 같은 방향으로 함께 거닐고 있었다. 그들이 언제 어디를 지날지 예측하는 건 너무도 쉬워 보였다. 효율성 제로에, 범죄 예방 효과도 제로였다.

누군가가 차단기를 내리기라도 한 것처럼 밤은 순식간에 찾아왔다. 노동자들은 불안함을 간직한 채 각자의 저녁을 보내기 위해 방갈로 안으로 들어간 뒤였다. 그 옆을 지나자 아무것도 덧씌워지지 않은 전구 불빛과 라디오에서 전하는 속삭임이 들려왔다. 지난번 피해자의 숙소에 들렀을 때, 카낙은 그들이 사용하던 라디오를 보았다. 이곳은 건전지로 작동하는 오래된 트랜지스터라디오를 아직도 사용하고 있는 지구상에 몇 남지 않은 장소일 것이다.

카낙은 순찰에 동행하기로 마음먹었다. 하루가 결코 강물처럼 잔잔하지 않았던 터라, 아푸티쿠에게는 가족들의 품으로 돌아가 쉴 것을 권했다. 헤어지기 전 그들은 카투악에 잠시 들렀다. 그곳에서 만난 모든 이들이 마쏘가 한 말을 확인해주었다. 프랑스 기술자는 어떤 곰 모형 기계도 주문받지 않았고 10월 19일 아침에서야 누크에 도착했다. 세 번째 살인이 일어난 다음 날이었다. '원칙적으로는' 그를 용의선상에서 제외해야 마땅했다.

다음으로 그들이 들른 곳은 시맨스 홈이라는 호텔이었다. 돌언덕 밖으로 툭 튀어나온 붉은색 건물은 페리 선착장을 향해 탁 트인 전망을 자랑하고 있어 누크 전체에서 가장 현대적이고 값비싼 숙소 중 하나였다. 마쏘는 그들의 방문을 거부했지만 카낙과 아푸티쿠는 막무가내로 17번 방 안으로 쳐들어갔다. 고래고래 고함을 지르는 마쏘를 뒤로 하고 그들은 불시검문을 시작했다. 하지만 그들의 시도는 이렇다 할 증거도 찾아내지 못한 채로 끝이 났다. 마쏘가 말했던 것처럼 그의 신형 맥북 속에는 북극곰과 조금이라도 관련이 있는 건 아무것도 없었다. 잔뜩 흥분한 마쏘는 절대 가만히 있지 않을 것이라며 당장에 프랑스 대사관에 연락하겠다고 으름장을 놓았다.

다분히 평온한 일상을 보내고 있음에도 프리무스의 분위기는 을씨년스럽기만 했다. 방갈로 안을 떠다니는 공포를 쫓아버리기 위해 두 명의 보초는 그린란드 순경의 단순한 일상에 대해 이야기하기 시작했다. 이런 사건은 전에는 보지도 듣지도 못했다고 했다. 그들의 주된 업무는 술에 취한 이들을 집으로 돌려보내거나 거대한 가로등에 매달린 청소년을 땅으로 내려놓는 일이 다였다.

"어디서 들었는지 모르겠지만 그린란드의 자살률이 세계에서 제일 높대요." 한 순경이 말했다.

"여기는 아무것도 아니래요. 북쪽은 더 심하죠! 거기 애들은 완전 우울증에 빠져 산대요. 제 조카 세 명이 거기 사는데 다들 최소 한 번씩은 자살 기도를 했다지 뭐예요."

다른 사람이 거들었다.

"그거야, 걔들이 너처럼 생겨서 그렇지. 우울증이 아니라 이 사람아, 유전 때문이야!"

그들은 순찰을 한 바퀴 마치고 다시 관리인 비카의 숙소로 돌아왔다. 그 순간, 카낙에게 갑작스러운 직감이 스쳤다.

"비카 씨, 세르게이 체르노브의 방갈로를 보여주실 수 있습니까?"

"네, 원하신다면요. 다만 거긴 하나도 볼 게 없을 텐데요."

관리인은 머뭇거리며 말했다.

"그게 무슨 말입니까?"

"그가 거기서 묵은 적이 한 번도 없거든요."

'Not one time.'

"왜죠?"

"동물의 왕 네스티가 다른 이들과 같은 곳에서 잠을 잘 순 없잖아요."

"그럼 어디서 지냈습니까?"

"몰라요. 제 생각엔 아무도 모를걸요."

***

후드 모자로 얼굴을 가린 한 실루엣이 벌써 십분 째 가로등의 불빛 아래에서 누군가를 기다리는 중이었다. 그가 바랐던 것처럼 지금 시각에 교외의 작은 도로를 지나는 사람은 아무도 없었다. 그는 조금도 무섭지 않았다. 누크의 거리는 안전했고, 특히 그에겐 더 그랬다. 단지 그는 또 이렇게 한참을 기다려야 한다는 사실에 짜증이 난 상태였다. 그들의 접선 조건을 얼마나 더 정확히 일러주어야 하는 걸까? 게다가 이런 추위에…… 목도리를 챙겨 나오는 걸 잊다니! 얼간이가 따로 없었다.

헛되이 후회를 곱씹고 있는 그의 등 뒤로 거대한 그림자가 나타났다.

"좋은 저녁입니다."

갑자기 등장한 사내가 러시아어 억양이 묻어 있는 덴마크어로 말했다. 남자의 음울한 목소리는 남자를 흠칫 놀래게 만들었다. 그가 특별히 작은 키는 아니었지만 거인과 같은 남자의 옆에 서니 마치 아이처럼 연약해 보였다.

"젠장, 세르게이! 다신 이렇게 불쑥 놀라게 하지 마세요! 이렇게 기다리게 만드는 일도 없어야 할 거예요!"

"죄송합니다." 러시아 인이 영어로 말했.

"상황이 상황인지라 평소처럼 대낮에 활보할 수가 있어야죠. 부탁하신 대로 비행기도 타지 않았습니다."

"그건 됐고, 당신 친구들이나 좀 단속하세요! 제가 지시한 건 명확했을 텐데요."

"그랬죠."

"그런데 이건 말이 다르잖아요! 대체 무슨 생각인 거예요?"

"더 살살하라고 전하겠습니다."

거대한 러시아 인이 목까지 늘어진 수염을 쓰다듬으며 말했다.

"아뇨! 이제 그만하면 됐다고 전하세요! 살육도, 곰도, 조각상도, 더는 안 됩니다!"

남자는 외투 속에서 봉투 두 개를 꺼냈다.

"그들 몫을 전해주세요. 이제부터는 죽은 듯이 지내야 합니다. 정말로 죽은 듯이요."

"절 믿으세요. 더는 골치 아픈 일 없을 겁니다."

추위를 피하기 위해 스웨터의 목 부분을 위로 당기며 남자의 몸이 음산하게 늘어선 불빛 너머로 멀어졌다.

"그리고 당신은"라고 남자가 뒤를 돌아보지 않은 채로 말했다. "아직 해야 할 일이 남았다는 거, 알고 있죠?"

***

비카의 말은 거짓이 아니었다. 체르노브의 숙소는 텅 비어 있을 뿐만 아니라 사람이 머문 흔적도 전혀 없었다. 카낙은 빠르게 내부 사진을 몇 장 찍고는 다시 순찰대에 합류했다. 관리인이 건넨 프리무스 설계도를 살펴봤지만 아무런 특이사항도 발견하지 못했다. 체르노브의 방갈로는 네 피해자의 숙소에 비해 너무 외딴곳에 떨어져 있었다.

"다 왔네요." 두 순경 중 하나가 외쳤다.

"여기가 그 중국인 놈 숙소예요."

그들은 후안 리앙의 숙소 앞에 도착했다. 새롭게 교체됐다는 자물쇠의 열쇠가 사라진 탓에 문은 활짝 열려 있었다.

"궁금한 게 있습니다만 혹시 청소가 되었는지 아십니까?" 카낙이 물었다.

"네, 오늘 아침에요. 저희 모두 거들었어요."

"아, 그렇습니까? 따로 사설업체에 맡기지 않았고요?"

"말씀드렸듯이 여기서 이런 일은 영 드물어서요. 따로 이런 일을 맡길 곳이 없어요."

"알겠습니다. 괜찮다면 여기서 조금 시간을 보내도 될까요?"

"정 그러고 싶다면요, 경감 님."

순경들이 비꼬듯 말했다. 노란 출입 금지 테이프는 이미 뜯겨 있었다. 두 손가락으로 살짝 튕겨내도 금방 떨어져 나갈 듯 살짝 붙어 있는 정도였다. 카낙은 더듬더듬 전등 스위치를 찾았지만 불은 켜지지 않았다.

'딱 좋군.'

카낙은 어둠 속으로 들어섰다. 살인 추정 시각을 볼 때 후안이 살해당하기 직전의 분위기는 아마 지금과 비슷했을 것이다. 차츰 눈이 어둠에 적응하자마자 피로 흠뻑 젖었던 매트리스가 치워지고 없다는 사실을 알 수 있었다. 카낙은 문 쪽을 바라보고 등을 벽에 기대 판자로 만든 침대 밑판에 앉았다. 더는 쓸모가 없어진 기름 난로에는 아무도 기름을 채워 넣지 않아 네모난 방갈로는 바깥만큼이나 추웠다. 들어오면서부터 문을 닫아놓아서인지, 방 안의 어둠이 처음보다는 조금 가셔 있었다.

하지만 플래시가 내장되지 않은 카메라로 사진을 찍을 수 있는 정도는 아니었다. 그는 큰 기대 없이 대충 셔터를 몇 번 눌렀다. 대신 주변의 소리에 귀를 기울이기로 했다. 방갈로의 외벽은 너무 얇아서 밤의 소음을 매우 잘 들을 수 있었다. 개 짖는 소리, 가까운 바다의 한숨 소리, 근처 골목에서 어슬렁거리는 여우나 나그네쥐 같은 동물 소리. 멀리서 유흥업소에서의 희미한 웅성거림과 같은 도시의 소음도 어렴풋하게 들려왔다.

'동물원의 소리일까?'

카낙은 눈을 감고, 그날 밤 후안 리앙의 상황을 짐작해보려 애썼다. 여느 때처럼 그럭저럭 평온했을 그날 저녁, 그는 자신에게 다가오는 '짐승'의 소리를 들었을 것이다. 그 순간, 어쩌면 그 후에도, 그는 그게 뭔지 알지 못했을 것이다. 괴물은 사람이 만들어낸 가짜였겠지만 채 2평이 안 되는 작은 방 안으로 불쑥 들어왔을 땐 거의 진짜나 다름없이 느껴졌을 것이다. 게다가 모든 이빨을 드러내고 그를 덮쳤을 땐 더더욱.

'그가 뭘 할 수 있었을까?'

만약 후안이 그 변장 속에 사람이 숨어 있단 걸 알았더라면 아마 맞서 싸웠을 수도 있었다. 하지만 공포에 질린 무장하지 않은 남자는 싸울 의지를 잃어버렸을 것이다. 잠시간 그러한 생각이 카낙의 머리에서 떠나지 않았다. 범인의 맹렬한 살의뿐만 아니라 자신의 공포심이 자신을 죽인 것이다.

밖에서는 커다란 눈송이가 프리무스 위로 푹신한 토퍼처럼 내리고 있었다. 주변 방갈로의 불이 하나둘씩 꺼졌다. 늦은 시각은 아니었다. 공간은 편안하지 않았고 허기가 그를 괴롭혔지만 카낙은 금방이라도 곯아떨어질 것만 같았다. 진짜 잠은 아니었고, 그보다는 희미한 생각에 잠긴 상태……. 노크 소리? 아니, 꿈은 아니었다. 누군가 문을 두드리고 있었다. 밖에서 보초를 서던 순경들일까? 녹슨 문틈으로 문이 삐걱거리며 열릴 때까지 카낙은 움직이지 않았다. 역광으로 얼굴을 알아볼 수 없는 그림자 하나가 열린 문 사이로 미끄러지듯 들어왔다. 청소년쯤 되어 보이는 키였다. 아니면 몸집이 매우 작은 어른이거나. 정체를 알 수 없는 누군가는 어둠 속을 열심히 살피는 듯했지만 카낙의 존재도, 그의 짧은 숨소리도 알아차리지 못했다.

"편히 들어오시죠."

카낙이 어둠 속에서 말했다. 그림자는 심장마비라도 일으킬 듯 소스라치게 놀랐다. 잠깐의 놀라움이 가시고, 그림자는 몸을 돌려 입구로 달려갔다. 하지만 카낙이 한 발 더 빨랐다. 그는 한 손으로 온 체중을 실어 문을 닫았고, 다른 한 손으로 상대의 목을 움켜잡았다. 상대는 카낙과 비교가 안 되는 작은 몸집을 가지고 있었다. 목은 너무도 얇고 연약했다. 조금만 더 힘을 주면 그를 질식시킬 수도 있을 정도였다. 그가 원하는 바는 아니었지만 상대가 누구냐에 따라 얼마든지 취할 수 있는 방법이었다.

그때, 사타구니로 훅 들어온 무릎이 카낙의 확신이 틀렸다고 말해주었다. 고통이 하복부 전체로 퍼져나갔다. 눈앞이 새하얘진 그는 상대를 쥔 손을 놓을 수밖에 없었다. 예민한 곳 주변 장기들에서 폭탄이 터지는 것만 같았다. 그는 상대를 문으로 밀친 자세를 유지하며 다음 공격을 기다렸다. 하지만 그를 찾아온 것은 통통하고 매끈한 입술이었다. 본능적으로 뒤로 물러난 그에게 '그것'은 다시 바짝 다가왔다. 이번에는 짧은 일회성 입맞춤으로 그치지 않았다. 입술이 열리고 혀가 카낙의 입안으로 들어왔다. 아직도 얼얼하기만 한 낭심 위로 상대의 손이 불쑥 올라왔다.

"젠장! 당신 누구야?"

상대를 밀치며 카낙이 고함을 쳤다. 하지만 누군지 모르는 상대 - 분명히 여자의 입술이었다 - 의 기세는 꺾이지 않았다. 여자는 손바닥 전체로 카낙의 얼굴을 쥐고 다시 부드럽게 입술을 훔치려 하고 있었다.

카낙은 저항하지 않았다. 그는 억누를 수 없는 욕망이 그의 이성을 마비시키고 있다는 사실에 놀랐다.

'마지막으로 키스한 적이 언제였지? 언제부터 이런 열정을 잃고 살았지?'

그를 더 미치게 만드는 것은, 여자가 마냥 부드러운 것만은 아니라는 사실이었다. 때때로 여자는 카낙을 깨물고, 그의 마른 혀를 온 이로 씹었으며 두꺼운 점퍼 아래로 그의 엉덩이를 움켜쥐기도 했다.

매춘여성은 고객과 키스하지 않는다. 세상의 모든 경찰들이 알고 있는 사실이었다. 그러나 이 여자는 매춘여성이라는 확신이 들었다. 카낙은 통통한 중국인의 가족사진을 떠올렸다. 매춘여성이 아니라면, 누가 이런 소굴에서 그들과 몸을 섞겠는가? 카낙은 여자에게 적극적으로 매달렸다. 공격적이고, 탐욕스럽고, 조금은 야만적인 키스를 퍼부었다. 형사가 아닌 카낙의 키스였다. 자신의 꾀에 넘어간 여자가 한 발짝 뒤로 물러나며 그에게서 벗어나려 했다.

카낙은 얇은 손목을 움켜쥐었다.

"후안, 그에게도 이렇게 키스했습니까?"

대답이 없었다.

"이것보단 더 잘해줬습니까?"

여전히 대답이 없었다.

"그와도 이런 관계였습니까?"

"……."

"대답하세요!" 카낙이 윽박질렀다.

"대답하라니까요!"

여자의 얼굴은 알아볼 순 없었지만 그녀가 눈썹을 치켜 올리는 것은 알 수 있었다. 이누이트 언어로 그건 "그렇다"라는 대답이었다.

"당신의 애인이 죽었다는 사실은 알고 있습니까?"

"네……."

여자가 가느다란 목소리로 중얼거렸다. 여자는 무척이나 어려 보였다.

‘이제 갓 성인이 된 건가?’

카낙은 그녀가 아푸티쿠의 여동생이 아니기만 빌었다. 보실? 브로밀? 정확한 이름은 기억나지 않았다.

"그런데 여긴 왜 온 겁니까?"

"……."

"대답하세요!"

"……."

"그보다, 이름은 뭡니까?"

19

IMG_2019 / 10월 25일
술집 안, 어린 이누이트 여성

"타킥이에요."

여자는 감멜 단스크 베이스의 칵테일을 홀짝거리며 말했다.

'일부러 수상하게 보이려 연기하는 걸까, 아니면 그 정도로 어수룩한 걸까?'

"타킥? 그린란드어로는 무슨 뜻입니까?"

"달이란 뜻이에요."

"달이라……." 카낙은 잠시 생각에 빠졌다.

밤새도록 모든 것을 내려다볼 수 있는 작은 천체. 여자는 카낙보다 한 세대는 더 어려 보였지만 약간의 공격적인 태도에서 나이를 불문하고 남자들의 도전 의식을 자극하는 재주가 있었다. 이누이트의 전형적인 둥근 얼굴에 매력적인 고양이 눈을 가지고 있는 여자는, 카낙이 프레데릭스베르에서 흔하게 만났던 큰 키와 금발을 한 비쩍 마른 전형적인 미인들과 사뭇 달랐다.

햇볕에 그을린 피부나 태도에서도 인위적인 느낌은 조금도 없었다. 꾸밈과 허세도 느껴지지 않았다. 오직 수상하고 야만적인 동물성만을 드러내고 있었다.

"보통은 남자에게 붙이는 이름이에요. 제 증조부 성함이거든요. 제가 태어나기 얼마 전에 돌아가시는 바람에 제 이름이 되었죠. 여기선 그런 식으로 이름을 정해요."

타킥에게 술 한잔을 청하는 건 그리 어렵지 않았다. 그들은 누크의 동물원으로 갔다. 늦은 밤까지 문을 여는 몇 안 되는 술집이자 롱과 죽은 후안의 아지트이기도 했다. 카낙이 코펜하겐에서 공적이든 사적이든 자주 방문하는 술집들과는 전혀 다른 분위기였다. 황무지에 자리한 네모난 콘크리트 건물인 '나이트클럽' – 불이 새어 나오는 간판에 그렇게 적혀 있었다 – 은 작은 마을의 연회장처럼 보였다. 낮은 천장에 어두운 조명, 서로 어울리지 않는 가구들, 있는 장식이라곤 축구와 사냥 트로피가 전부였다. 인테리어를 감상하러 오는 곳은 아닌 게 분명했다.

그런데도…… 카낙은 입구에서부터 보이는 미녀들의 존재에 놀랐다. 카낙의 '파트너'와 비슷비슷한 느낌을 풍기는 여성들은 꽤 그의 취향이었다. 부적절하고 강렬한 감정이 잠시 그를 사로잡았다.

"더 센 건 못 드시나 봐요?" 타킥이 도발하듯 말했다.

카낙은 알코올 도수가 세지 않고 감귤 향이 나는 밀맥주인 베스터브로 한 병이면 족했다. 그것을 두고 타킥은 '여자들이나 마시는' 술이라 여기며 그를 비웃고 있었다. 카낙에게 술이란 그 자체가 목적이 아니었다. 그저 의무적인 통과의례, 사회적인 관례에 불과했다.

그러나 그들 주변의 술잔들은 빠르게 비워지고, 또 채워지고 있었다. 한창 술집이 붐빌 시각이었다. 손님들은 확연히 두 부류로 나뉘었다. 한쪽은

넷에서 여섯으로 이루어져 카드 게임을 하는 이들이었고, 다른 한쪽은 일시적인 '커플'들이었다. 타킥과 또래로 보이는 여성들이 롱과 같은 외국인들과 몸을 부비고 있었다. 개중에는 중국인들이 많았다. 코펜하겐에서 동네 매춘여성들이 드나드는 도박장은 노예 판이나 다름없는 비참한 곳인데 이곳은 달랐다. 이곳은, 누크에 대한 그의 전반적인 인상과 다를 바 없이 천진난만한 분위기를 풍겼다.

카낙은 바보가 아니었다. 방갈로 안에서의 입맞춤, 술 한잔, 성적인 도발이 섞인 고분고분한 태도, 모든 것에는 하나의 목적만을 가지고 있었다. 바로, 그와 잠자리를 하는 것이었다.

"당신 경찰 맞죠?" 타킥이 정확한 덴마크어로 물었다.

카낙은 이누이트식으로 긍정 표현을 하려고 시도했으나 실패했고, 그냥 입을 다물고 있기로 했다. 사람들은 침묵을 싫어했다. 경찰의 침묵이라면 더더욱.

'오 분이나 십 분 정도의 침묵은 때론 따귀 두 대보다도 더 효과가 좋다.'

침묵의 효용을 열렬히 지지하는 그의 친구 칼이 입이 닳도록 하던 말이었다. 카낙도 신문을 하는 데에 있어서는 그의 의견에 동의했다.

카낙은 대답 없이 그녀의 가느다란 손을 잡았다. 타킥은 뿌리치려 했지만 그의 억센 손에서 벗어나지 못했다. 그는 특유의 감정과 판단이 실리지 않은 연민의 눈빛으로 타킥을 바라보았다. 그리고는 다정하게 들릴 정도로 조용히 말했다.

"왜 자신의 몸을 혐오하는 겁니까?"

"뭔 소리예요!" 잠시 놀란 것 같았던 타킥이 화를 냈다.

"난 내 몸을 혐오하지 않아요!"

"사랑하는 것을 더럽히는 사람은 없습니다. 그런데 당신은 저런 놈들에게 당신의 몸을 팔며 더럽히고 있죠. 그러니 그렇게 생각할 수밖에요."

조악한 삼단논법이었다. 하지만 그녀가 분노하는 것으로 보아 그녀를 자극하는 덴 성공한 것 같았다.

"경찰에선 이제 철학 수업도 가르치나 보죠?"

타킥은 아직 항복할 준비가 되어 있지 않았다. 태연한 척, 그녀는 일부러 언성을 높이며 반이나 남은 술잔을 단번에 입안으로 털어 넣었다.

"내가 혐오하는 건 내 몸이 아니에요."

낮은 목소리로 타킥이 말했다. 말로 표현하지는 않았지만 타킥의 시선은 여자들과 어울리고 있는 노동자들을 향해 있었다. 그들 대부분이 보잘 것없는 가엾은 남성들이란 사실은 자명해 보였다. 아마 출신 국가에서조차 매춘여성이 아니면 소개팅 애플리케이션인 틴더를 통해야만 여자를 만날 수 있을 수준의 남성들이었다.

"왜 후안의 숙소에 들어온 거죠?"

사진에서 말하는 결정적 순간이 바로 지금이었다. 진실의 파편을 포착할지 말지를 결정하는 바로 그 순간.

"내가 그 돼지 같은 자식을 싫어한 건 사실이지만 그것 때문에 그를 경멸하는 건 아니에요. 그와 같은 남자들이 역겨운 건 맞아요. 하지만 그들도 사람이잖아요?"

'생각했던 것보다 멍청하지 않군.'

"그럼 한밤중에 그의 방갈로까지 찾아온 이유가 단지 그를 추억하기 위해서라는 겁니까?"

"뭐, 믿기 힘들 테지만 맞아요……. 그에게 일어난 일을 알고 나서 충격이 컸거든요.”

태연한 목소리였지만 절반 정도만 진심으로 들렸다.

“후안과는 자주 만났습니까?”

“그때그때 달랐어요. 최소 일주일에 한 번, 가끔은 그보다 더 자주 보기도 했고요.”

“단골이었군요.”

“뭐…… 그렇다고 제가 하루 종일 그 일만 하는 건 아녜요. 조만간 관두려고 했어요.”

대학생, 실직자 혹은 돈이 궁한 가정주부든, 매춘을 하는 여성 모두 매춘이라는 지옥에 잠깐 발을 담그는 것뿐이라고 변명하곤 했다. 돈을 조금만 벌고 나면 언제든 그만둘 거라고. 지옥으로 한 번 떨어진 사람에겐 구원에 대한 결정권이 주어지지 않는다는 사실을 애써 부정하면서.

“프리무스로 오는 게 께름칙하진 않았습니까? 무섭진 않았나요?”

“조금요……. 하지만 호텔보다는 덜 눈에 띄니까요.”

“왜요? 호텔에서 무슨 문제라도 있었습니까?”

“아뇨, 그게 아니라…… 아시다시피 도시가 작잖아요. 그린란드 여자가 알라닝탓과 다닌다면 쉽게 눈에 띄니까요.”

“외국인과 말이죠? 그린란드 인 고객은 받지 않나요?”

“제가 아는 그린란드 인들은 내 서비스를 지불할 형편이 안 돼요.”

“왜죠? 그렇게 비쌉니까?”

“참나, 어이가 없네! 요금 전부를 알려드릴까요, 아니면 아까 우리가 했던 것만 알려드릴까요?”

“아, 아까 그건 무료체험 같은 건 줄 알았는데 아니었습니까?”

카낙이 장난스럽게 응수했다. 그의 말에 타킥이 어린아이 같은 웃음을 터뜨렸다. 그가 틈을 여는 데 성공한 것 같았다.

"알라넝탁 노동자들과 당신의 비즈니스를 보는 시선이 그렇게나 나쁩니까?"

"알라넝탓이요." 타킥이 고쳐주었다.

"복수일 때는 알라넝탓이라고 해요."

"네, 수업 고마워요. 그래서요?"

"당신 생각은 어때요?" 잔에 남은 마지막 칵테일 방울을 입에 털어 넣으며 타킥은 옅은 한숨을 내쉬었다.

"그걸 마뜩잖게 여기는 멍청이들은 늘 있죠. 보통 다 남자들이지만요. '그린란드 여자들은 타지에서 온 놈들에 의해 더럽혀져선 절대 안 돼'라고 생각하는 부류들이죠. 가문의 불명예다 뭐다, 마치 우리가 그들의 재산이라도 되는 것처럼……."

"그럼 당신은요? 당신도 경고를 받은 적이 있습니까?"

"음, 몇 번 있죠……."

"누구로부터요?"

"제 오빠와 그 친구들로부터요."

그 순간, 국립역사박물관에서 그를 공격했던 복면의 남성들의 모습이 카낙의 머릿속에 떠올랐다. 그들의 증오 어린 구호. 어쩌면 아무 관련도 없을 수 있지만 뭔가 알 것도 같은데……. 그에게 털어놔선 안 될 것을 털어놨다는 듯, 타킥은 망연자실한 표정을 짓고 있었다. 하지만 이미 늦었다. 이게 다 술과 카낙의 부드러운 태도 때문이었다. 이미 뱉은 말은 주워 담을 수 없는 법이다.

"당신의 오빠는 무슨 일을 합니까?"

"별거 없어요. 스노모빌이나 트럭과 같은 것들을 불법으로 고치는 일을 하죠."

"그가 당신을 협박하기만 했나요? 아니면 그보다 더한 일도 했나요?"

이번에는 아푸티쿠 여동생의 부어오른 얼굴이 떠올랐다.

'어쩌면 그녀도?'

"저는 아니지만 다른 여자들은 자기 가족에게 더러 맞기도 해요. 그들은 폭력이 무언가를 완전히 단념시킬 수 있는 유일한 방법이라고 생각하죠."

"매춘하는 것으로부터요?"

"네. 그것에 더해서 외국인들과 어울리는 것도요."

"그렇습니까."

믿기 어려웠다. 그가 아는 온순한 이누이트 경찰이 자기 여동생을 때리는 모습은 상상할 수 없었다. 물론 아푸티쿠의 가정은 진보적이고 남녀가 평등한 모습은 아니었다. 베비안은 요리와 육아를 맡고, 아푸티쿠는 일과 사냥을 전담하는, 덴마크의 평등한 가정의 구조와 거리가 멀었다. 하지만 그렇다고 여동생을 혁대로 때린다거나 도를 지나치는 행위를 했으리라 추론하는 건, 아무리 생각해도 아푸티쿠는 그럴 사람 같지 않았다.

"혹시 그 오빠들이 외국인 고객들을 공격했던 일은 없었습니까?"

"그럼요!"

그의 말이 채 끝나기도 전에 타킥이 외쳤다. 조금은 너무 강하고, 너무 빠른 대답이었다. 그녀의 아름다운 눈은 카낙의 시선을 피하고 있었다. 이 참담한 상황 속에서 그 무엇도 그녀를 도울 수 없었다. 건너편에서 느리게 춤을 추는 척하며 끝없이 서로를 애무하는 두 '커플'은 더더욱.

"그런 일은 없어요……. 그들은 야만인이 아니에요. 나쁜 짓을 꾸미려는 게 아니라 그저 우리를 보호하려는 거예요."

"흠, 그렇게 말한다면 어쩔 수 없죠."

"아무리 뜯어말린다고 해도, 열다섯이나 열여섯 살이 되자마자 아이들 똥을 닦는 일보단 방갈로를 돌아다니는 일을 택할 여자들은 늘 있어요."

'매춘을 지지하는 매춘부…….'

그렇게 말하는 그녀의 눈에는 반항심과 슬픔이 담겨 있었다. 중국인 무릎 위에 앉아 억지웃음을 터뜨리는 여자의 모습을 보니, 그녀의 말이 어느 정도 신뢰가 갔다. 하지만 카낙은 그런 더러운 일이 대안이 되어야 한다는 사실을 이해할 수 없었다. 분명 이들에겐 반드시 다른 선택이 있어야 했다.

"나는 신경 안 써요." 타킥은 마치 그의 생각을 읽기라도 한 듯 말했다.

"내년에 대학에 갈 거니까요."

"좋은 생각이네요. 코펜하겐으로 갑니까?"

"아뇨, 여기 누크예요. 일리시마투삭픽의 저널리즘 수업이 꽤 괜찮아요. 입학이 까다롭긴 한데 난 성적이 꽤 좋거든요. 이상하게 듣진 마세요. 내가 하고 싶은 일은 바로 이곳에서, 이곳의 언어로 무슨 일이 일어나는지 이야기하는 거예요. 내가 덴마크어로 기사를 쓸 일은 절대 없을 거예요!"

그렇다면 그녀는 이 살인사건과 관련이 없는 걸까? 시끄러운 음악 속에서 카낙이 계산하겠다는 신호를 보내자, 바텐더는 계산대에서 직접 계산해야 한다고 일러주었다.

"집까지 바래다줄까요?" 카낙이 타킥에게 물었다.

"아뇨, 고맙지만 됐어요. 걱정하실 거 없어요."

하지만 계산대로 다가간 카낙의 눈에 들어온 것은 입구를 가로막고 있는 거대한 그림자였다.

"카낙 아드리엔슨 되십니까?"

그는 동유럽 억양이 두드러지는 영어를 쓰고 있었다. 수염이 난 거구의 사내는 카낙보다 한 뼘은 더 커 보였다. 그런 그의 외모가 주는 효과를 잘 알고 있는지 신뢰감을 주는 미소를 지으려 애쓰고 있었다. 그래서인지 실제보다 덜 위험해 보였다.

"오, 그런데요. 누구시죠?"

카낙은 이미 답을 알고 있었다. 목소리를 듣자마자 알았다. 저 덩치와 생김새, 아무 데서나 불쑥 튀어나오는 것까지. 누크에서 이런 설명에 부합하는 사람은 딱 하나였다. 답은 알고 있었지만 카낙은 본인에게서 직접 그 이름을 듣고 싶었다.

20

IMG_2022 / 10월 25일
세르게이 체르노브의 뒷모습, 굵직한 목을 확대한 사진

"이름, 생년월일, 직업이 어떻게 됩니까?"

경찰 인생을 통틀어 이 정도의 '짐승'을 경찰서로 데려가는 일이 이번만큼 쉬웠던 적은 없었다. 그의 온순함은 거구에서 풍겨 나오는 동물성과 반비례했다. 그의 몸은 우락부락했다. 동물원이 아닌 폴리티가든에서 이야기를 나누자고 제안한 것은 다름 아닌 체르노브였다. 이로써 비공식적이었던 그들의 대화가 공식적인 것이 되었다. 러시아 식인귀는 그 사실에 개의치 않는 것 같았다.

"전 세르게이 보리스 이반 체르노브이고, 1975년 1월 5일 모스크바 출생입니다. 토론토 그린오일 석유회사에 소속된 폴라리스원의 플랫폼 관리 총책임자로 일하고 있지요."

놀라울 만큼 침착한 말투였다. 성실하게 답변하는 태도는 일종의 도발처럼 들리기도 했다. 미리 준비한 대본을 읊는 게 분명했다.

"국적은요?"

"러시아입니다. 하지만 제 어머니는 카자흐스탄 사람이죠."

'네스티'의 황소처럼 우락부락한 목이 숨쉴 때마다 움직이는 걸 보니, 원한다면 손등으로 누구든 납작하게 만들 수 있을 것 같았다. 늦은 시각, 카페믹이 열리던 축제 분위기는 사라지고 주위는 온통 고요했다. 오픈 스페이스에는 두 명의 당직 순경만 남아 있었다. 그들은 유튜브 사이트를 서핑하느라 정신이 없었다.

카낙과 체르노브가 넓은 공용 공간의 입구로 들어오자 칼슨은 사무실 밖으로 고개를 내밀고 언제든 필요하면 자신을 부르라는 듯, 고개를 살짝 끄덕였다. 검시관은 쓸쓸한 저녁 시간을 홀로 달래고 있었다. 서장의 품에 닿지 못한 채로 또 그의 하룻밤이 흐르고 있었다.

두 순경 중 한 명인 크렐이 카낙을 위해 컴퓨터 암호를 풀어주었다. 그린란드의 사법부가 여전히 덴마크의 감독 하에 있다는 것의 좋은 점 중 하나는, 코펜하겐이나 누크나 사용하는 통신 기기가 똑같다는 거였다. 검색창이 연달아 뜨는 화면을 보자 집에 온 것처럼 편안했다. 하지만 카낙은 경찰서 아카이브 어디에서도 세르게이 보리스 이반 체르노브의 이름으로 된 조서를 찾을 수 없었다. 6개월 전 리케가 그와 보냈다던 4시간이 마치 존재하지 않았던 것처럼…….

"체르노브 씨, 솔직하게 말씀드려도 될까요?"

'당신을 약하다고 여기는 이들에겐 강하게, 강하다고 믿는 이들에겐 약하게 대하라.'

"그러시죠."

"당신이 절 괴롭게 만든 건 두 가지입니다."

"두 가지요?"

"괴롭게 만든다는 표현이 정확하진 않네요. 의문스러운 것이라고 정정하죠.”

“말씀하시죠.”

카낙은 남성적이고 직설적인 신체적 접근 방식을 써야 할지 말지 잠시 고민했다. 남성들 사이에서 서로 존중한다는 의미로 흔히 사용하는 것처럼 어깨를 한 번 칠까? 그건 이런 부류의 ‘고객’에겐 무모한 시도일 수 있었다. 체르노브는 그런 터치에 익숙할 것 같지 않았다. 잘못 사용했다간 그가 길길이 날뛰거나 오래된 포스터 – 맨체스터 유나이티드 시절의 크리스티아누 호날두와 아스날 영광의 시절의 티에리 앙리 – 에게 화풀이를 할지도 모르는 일이었다.

“왜 다른 동료들처럼 프리무스에서 살지 않습니까?”

“그곳에 가보셨나요, 경감 님?”

그는 자신의 급이 어느 정도인지 알고 있는 게 분명했다.

“네. 초저녁 즈음엔 거기서 잠깐 눈도 붙였죠.”

“그러니 제 답도 아시겠네요.”

“알겠습니다. 그럼 방갈로가 아니라면 어디서 지내십니까?”

“그건 비밀도 아닙니다. 반드레후스 호텔에 방을 하나 구했죠. 수수한 곳이죠. 가격도 나쁘지 않고요. 누크에서 제대로 된 가격에 살 만한 곳을 구하기란 쉽지 않아요.”

카낙은 아푸티쿠가 그의 집으로 안내하면서 비슷한 말을 했던 것을 떠올렸다.

“그 멋진 곳은 어디에 있죠?”

“시내에서 남동쪽으로 가면 있습니다. 중심부에서 약간 벗어나긴 했지만 항구 뷰가 아주 볼 만하죠.”

체르노브는 항구를 들락거리는 배를 보며 우울을 달랠 스타일로 보이진 않았지만 아니란 보장은 없었다. 우린 언제나 타인의 감수성을 과소평가하곤 하니까.

"당신은 비밀이 아니라고 하셨지만 프리무스의 관리인 비카 씨는 당신이 어디에 거주하는지 모르는 것 같던데요. 비밀도 아닌데 말이죠?"

"그가 일을 제대로 못하나 보죠."

체르노브가 차갑게 대꾸했다. 그를 동요하게 만드는 건 쉽지 않아 보였다. 사진 한 장이 떠올랐다. 베를린 장벽이 붕괴되고 몇 개월이 지난 뒤, 새로운 체제에 의해 전 소비에트 왕국 곳곳에서 제거되던 레닌과 스탈린 동상의 모습이었다. 세르게이 체르노브를 뒤흔들기 위해서는 얼마나 많은 밧줄과 윈치가 필요할까? 카낙은 한숨을 내쉬었다.

"당신의 동료들은 고향에 보내기 위해 한 푼이라도 아끼려고 하죠. 그런데 당신은 호텔에서 지내는군요."

"그게 어때서요?"

"아무리 비싸지 않다 해도, 최소…… 매달 2천 달러는 들 텐데요? 그 이상이려나?"

"1천 5백이요. 연 단위로 계약하는 고객에겐 할인해주거든요."

"아무튼 그 정도는 써야겠군요."

"전 그 정도는 됩니다." 그는 눈썹 하나 까딱하지 않고 말했다.

"플랫폼에서 일한 지 십오 년이나 됐습니다. 그동안 돈을 꽤 모아뒀죠. 최소한의 안락함을 누릴 권리도 벌었다고 생각합니다."

그는 정말로 모아둔 돈을 깨끗한 침구와 비누에 다 썼을까? 혹시 뮐러가 통 크게 하사한 주식을 팔아버린 건 아닐까? 어쨌든 지금은 그게 중요한 게 아니다.

"젊음은 다시 돌아오지 않잖아요."

체르노브가 덧붙였다. 체르노브는 카낙에게서 공감을 끌어내려 했지만 그는 그 시도를 눈치 채지 못했다.

"당신에 대해 또 하나 의문스러운 건, 왜 가족에게로 돌아가지 않았느냐는 겁니다. 일적으로 여기 남아 있을 이유가 없는데 말입니다. 헨릭 밀러는 폴라리스원의 파업으로 당신이 여기서 할 일이 없다고 하던데요."

"맞습니다. 하지만…… 코끼리는 제 자식과도 같습니다."

'진짜 자식보다 더?' 카낙은 질문을 마음속으로 삼켰다.

"밀러와 저는"이라는 말로 운을 떼며 체르노브가 계속해서 말을 이었다.

"플랫폼이 문을 열기까지 개처럼 일했습니다. 문제가 생겼다고 해서 손을 떼고 모든 게 괜찮아질 때까지 휴가나 즐길 순 없는 노릇이죠."

"하지만 폴라리스원에 닥친 **문제**는 기술적으로 해결할 수 없는 인재人災로 당신이 할 수 있는 일은 없는 것 같은데요."

'네스티 그 자체가 문제라면 또 모를까…….'

"옳으신 말씀입니다." 체르노브가 멋쩍어하며 수긍했다.

"하지만 팀의 책임자로서 그렇게 놓아버리기가 쉽지 않다는 걸 이해하실지 모르겠네요."

카낙은 그에 대해 리케가 했던 말을 다시 떠올려보았다. 그녀는 그가 그린오일이 생산 불능의 상태로 만들 개인적인 이유도, 금전적인 이유도 없다고 했다. 만약 그에게 그보다 우선하는 욕망이 있다면? 복수? 정산? 하지만 사건이 일어난 정황을 고려하면 살인은 철저한 계획 하에 일어난 것이었고, 어쩌면 누군가의 협력을 필요로 했을지도 모르는 일이었다. 광기 어린 충동으로 한 사람이 저지를 수 있는 일이 아니었다.

에둘러 말하는 건 끝났다. 이제 정면으로 돌파할 시간이었다.

"후안 리앙, 그가 당신에게 빚을 졌죠?"

"맞습니다."

"꽤 큰 금액이더군요. 2만 7천 달러……."

카낙은 일부러 롱의 빚을 부풀렸다.

"아닙니다. 후안이 제게 빚진 건 1만 5천 달러였어요."

하지만 상대는 침착하게 숫자를 정정했다.

"그래요? 그래도 여전히 꽤나 큰 금액이군요."

"네. 하지만 전 이미 돈을 받았습니다."

"아, 언제 말입니까?"

"후안이 죽기 전날일 겁니다. 14일이던가요."

만약 그것이 사실이라면 그의 살인 동기가 마법처럼 사라지게 된다.

"채무 변제에 대한 물질적 증거가 있습니까?"

"아뇨. 현금으로 받았습니다. 제가 직접 프리무스까지 갔죠. 거기서 그가 제게 돈을 갚았고요. 그게 답니다. 정확히 오 분 걸렸죠."

"그랬겠죠!" 카낙이 빈정거리며 말했다.

"내 정신 좀 봐! 현금이었군요. 그렇다면 그 거래를 증명해줄 사람이 아무도 없겠군요?"

카낙은 나중에 피탁에게 후안을 비롯한 피해자들의 계좌 내역을 살펴볼 것을 지시해야겠다고 생각했다. 만약 후안이 현금으로 그렇게 큰 금액을 인출했다면 분명 눈에 띄는 흔적을 남겼을 것이다. 십오 초가 지나고, 삼십 초가 지났다. 체르노브가 더 이상 참지 못하고 입을 열었다.

"아뇨, 있습니다." 체르노브가 말했다.

"제 계좌 잔액을 확인해보세요. 같은 날에 입금했으니까요."

"확인해보겠습니다." 카낙이 말했다.

"그렇다고 당신이 가엾은 리앙으로부터 **어떻게** 돈을 갈취해냈는지는 알 수 없겠지만요."

"갈취하다니요!" 체르노브가 소리쳤다.

"오히려 절 찾아온 건 그였습니다. 예상보다 돈을 빨리 모았다고 하더군요."

롱은 자신이나 후안과 같은 노동자들의 금전적 어려움을 토로한 바 있었다. 또다시 침묵이 무겁게 자리했고 체르노브는 다시 견디지 못하고 입을 열었다.

"지금 절 도박 상대를 죽일 정도로 멍청한 놈으로 보시는 거라면……."

'더는 할 말이 없네요.' 그가 삼킨 뒷말일 것이다.

"제가 알기로, 당신은 6개월 전에 한 일이 있지 않습니까. 지난 5월인가요. 어느 날 저녁에 지금과 비슷한 사건 때문에 여기 왔죠?"

카낙의 마지막 희망은 리케가 복사본이나마 조서를 보관하고 있을지도 모른다는 거였다. 점심 식사 때 그녀가 그에게 조서를 넘겨주겠다고 하지 않았던가?

"그저 제게 빚을 진 녀석과 몸싸움을 좀 했던 겁니다. 반성하고 있고요."

"확실히 당신은 포커 게임의 고수로군요. 언제나 돈을 따니 말입니다."

"운이 좋았던 것뿐입니다."

"자와드는 그러지 못했죠."

"저기요, 그는 절 고소하지 않았습니다."

"그랬을 테죠. 당신과 다시 마주할 생각에 너무 떨려서, 그래서 몸이 회복되자마자 이 나라를 떠난 거겠죠!"

체르노브는 대답하지 않았다.

"체르노브 씨?" 카낙이 말을 이었다.

"지난 10월 16일 밤부터 17일 새벽 3시까지 그리고 18일 밤부터 19일 새벽 4시까지 어디에 계셨습니까?"

"아까 그곳에 있었습니다."

"**동물원** 말입니까?"

"네. 전 거의 매일 밤 거기서 포커를 칩니다. 지금처럼 시간이 날 때마다요."

"그렇게 늦은 시각까지 문을 엽니까?"

"손님이 있는 한은 문을 열어두더군요."

"그 이틀 밤 동안 당신이 거기 있었다는 걸 뒷받침해줄 목격자가 아주 많겠군요?"

"네. 제 도박 파트너도 있고, 그 외에도 더 있지요…….”

가죽이 해진 지갑을 주머니에서 꺼낸 그는 영수증 다발을 꺼내 하나씩 정리하기 시작했다. 책상 위에 놓인 카드 영수증은 모두 여덟 장이었다. 각각의 영수증은 계산이 이루어진 날짜와 시각 그리고 카드 소지자의 이름을 나타내고 있었다. 10월 17일 새벽 1시 37분부터 3시 42분까지, 10월 19일 0시 55분부터 4시 18분까지, 체르노브는 누크의 '동물원'에서 여러 잔의 술값을 계산했고, 그 금액은 60크로네에서 600크로네까지 다양했다.

우연이라기엔 너무나 깔끔한, 너무나 완벽한 증거였다. 누가 이런 술집 영수증을 하나에서 열까지 보관한단 말인가? 게다가 술을 이토록 많이 마시는 사람이 말이다.

"여기서도 돈을 아끼지 않았군요."

"친구들에게 한 잔씩 대접한 겁니다. 제가 통이 좀 커요. 성격 고치기가 참 힘듭니다, 경감 님."

완벽한 준비물을 내놓은 그의 태도는 거만하게 바뀌어 있었다. 그가 침착함을 잃고 있다는 증거였다.

"카드를 다른 사람에게 맡겼을 수도 있죠."

체르노브는 한마디도 하지 않고 최신형 아이폰을 꺼내, 사진을 여러 장 보여주었다. 영수증과 마찬가지로, 살인이 일어난 시각을 정확하게 가리키고 있었다. 체르노브가 의기양양한 기세로 초록색 포커 게임 판의 희생양과 함께 찍은 사진이나 동물원의 단골 여성들인 타킥처럼 예쁜 이누이트의 어깨에 팔을 두르고 찍은 사진이었다.

"이 여성들과는 자주 만납니까?" 카낙이 다시 공격을 시작했다.

"다른 외국인 노동자들과 비슷하죠. 음…… 물론 종교를 믿는 녀석들은 빼고요."

"종교요?"

"독실한 무슬림들은 여자들을 거들떠보지도 않아요. 예전에 여호와의 증인을 믿는 두 캐나다 인 쌍둥이 형제가 있었는데 그 녀석들이 그러길, 한 눈을 팔면 안 된다고 하더군요. 그런 놈들을 제외한 다른 녀석들은 거의 모두 그 길로 빠지죠."

"아까 저와 함께 있었던 타킥이란 여성과도 만난 적 있습니까?"

"아뇨. 걔 아니에요."

"귀엽던데요. 물론……."

"전에 마주친 적은 있지만 긴밀한 사이는 아닙니다."

조금 전 동물원의 계산대에서 체르노브를 만났을 때, 타킥과 그는 서로 아는 척을 하지 않았다. 건달 같은 놈이 돈으로 묶인 관계를 두고 긴밀함을 따지다니 웃기는 일이었다. 카낙은 틈을 포착했다.

"그 여성들은 당신을 좋아하는 편입니까?"

"걔들은 그런 식으론 생각하지 않을 텐데요. 만약 좋아한다면, 우리의 돈을 좋아하는 거겠죠."

"제가 궁금한 건 다른 고객들이 아니라 그녀들이 **당신을** 어떻게 생각하느냐는 겁니다. 네스티, 곰. 사람들이 당신을 그렇게 부르던데 맞습니까?"

"무슨 말씀인지 모르겠습니다."

체르노브는 의자 뒤로 몸을 뻣뻣이 세우며 버텼다.

"네, 그렇게 나오신다면 뭐. 키가 몇이나 됩니까?"

"2미터 39입니다."

"멋지네요. 몸무게는요? 110? 120킬로그램쯤 되나요?"

"122입니다."

"이야! 어떤 여성들에겐 꽤나 위협적이겠네요. 그렇게 생각하지 않나요?"

"아뇨."

그는 점점 초조해하고 있었다. 취조는 순조롭게 진행되고 있었다. 이제 이 나르시시스트의 가장 깊은 상처를 찔러야 할 때다.

"제가 만약 50킬로 정도의 어린 여성이라면 솔직히 겁을 먹을 것 같은데요……. 그렇다고 당신이 괴물 같다는 말은 절대 아닙니다. 그냥 딱 이분만 그들의 입장에서 생각해보세요. 그들과 비교해 당신은 **일종의** 괴물이니까요."

"어쩌면요. 하지만 그녀들에게서 그런 인상을 받은 적은 없어요. 그녀들은 항상 제게 매우…… 매우 친절했어요."

낮은 목소리가 그의 의지와 달리 떨리고 있었다.

"여태까지 잠자리를 거절한 사람은 한 명도 없었나요?"

"네. 한 명도요."

"잠자리를 수락한 여성들에게 조금은 강압적인 애무를 하진 않았습니까?"

"뭐라고요?"

"조금 외설적인 행동을 하진 않았냐는 의미입니다. 예를 들어 여자 쪽에서 원하지 않았는데 엉덩이를 때렸다거나?"

"아닙니다!"

체르노브는 카낙의 멱살을 잡지 않기 위해 무진 애를 쓰고 있는 듯 보였다. 카낙은 그의 성질을 살살 돋우다가 유연하게 다시 말을 이었다.

"평소에는 어디에서 주로 만납니까? 당신의 호텔 방에서요?"

"아뇨. 보통 동물원에서 만납니다. 누가 시간이 되는지, 그날 밤 누가 마음에 드는지 보지요."

"그들과 만날 만한 더 비밀스러운 장소는 없습니까?"

"누크에는 매춘업소가 없습니다. 그린란드 전체에 그렇죠. 공식적으로 매춘은 불법이니까요. 임시적으로 매춘하는 여성들만 있지요. 이제 왜 그녀들이 길에서 손님을 끌지 않는지 아시겠죠. 그녀들도 우리도, 다른 선택권이 없어요. 동물원밖에는 만날 장소가 없는 거죠."

"사랑에 빠지는 사람은 없나요?"

"그 애들과요?"

"네, 아니면 다른 보통의 여자들과 말입니다. 평범한 그린란드 여자 말이죠."

"어쩌면요. 하지만 확실한 건 어떤 그린란드 인도 외국인과 붙어 다니는 위험을 감수하지 않을 거예요. 특히 석유 시추 시설에 다니는 녀석들과는 더더욱."

"왜죠?"

"가족들에게서 곧바로 배척당할 테니까요. 그걸 견딜 수 있는 그린란드 인은 한 사람도 없을 겁니다."

둘 사이엔 다시 긴장감이 감돌았다. 카낙은 중요한 기회를 날려버린 것 같은 분한 감정이 들었다.

"그렇군요……. 여기선 외국인과 사귀는 것에 대해선 농담도 하면 안 되는군요. 혹시 그 여성들의 가족과 만난 적도 있습니까?"

"부모를 소개할 정도의 사이가 아닙니다."

"네……. 하지만 당신은 누크에서 유명한 편이니 그들이 인사차 들렀을 수도 있을 것 같은데요."

"인사차 들르다니요?"

"가령 그들의 아빠나 오빠가 당신을 보러 온다든지……."

"아뇨. 그런 적은 전혀 없었습니다."

"역시 당신은 특별한 이유 없이 괴롭힘을 당할 만한 사람은 아니군요."

"그러니까 이런 말도 안 되는 짓에 목숨을 걸 만한 사람을 찾아라……."

체르노브는 자신의 명성에 대한 자부심, 등껍질 속에 숨겨진 연약한 남성성 외에 다른 동기를 가지고 있는가?

"이고르 예르데브에 대해 이야기해보시죠."

"뭐라고요? 제가 무슨 말을 하길 바라는 겁니까?"

"그와도 다툼이 있었습니까?"

"그건 왜 물어보는 거죠?"

"그거야 그도 당신처럼 러시아 인이니까요. 폴라리스원에 러시아 인의 수가 많은 것 같진 않던데요. 원래 동향 사람을 타국에서 만나면 더욱더 애틋하고 그러지 않습니까?"

"러시아 인은 열 명이나 있습니다."

"그래서 예르데브란 사람은 어떤 사람이었죠?"

"이고르는…… 이고르는 제 친구였습니다. 아주 가까운 친구였죠."

"당신에게 빚을 지는 친구였나요?"

"아뇨."

실수해선 안 된다. 이전의 공격들이 만들어낸 여린 살 조각이 드러난 곳에 투우사의 창을 한 번에 정확히 꽂아야 했다.

"그럼요?" 카낙이 음흉한 눈빛으로 물었다.

"혹시 **어린 여자애들**을 공유하는 그런 사이였습니까?"

이번에는 무지막지하게 큰 거구의 손이 카낙의 목을 움켜쥐었다. 러시아 인의 주먹은 마치 동물의 입처럼 그를 단단하게 옥죄었다. 그가 가할 수 있는 압력은 얼마나 될까? 북극곰만큼 될까? 그들은 아무도 없는 방에 단둘뿐이었다. 유니폼을 입은 두 순경은 이미 자리를 떠나고 없었다.

21

IMG_2027 / 10월 26일
그린피스 지부와 동일한 회색 직사각형 건물

지도상으로 사무엘 클레인슈미팁 아쿠타 거리는 남서쪽으로 링비-탕벡스베이Lyngby-Tårbaæksvej 거리와 연결되며 북쪽으로 삐죽 솟은 커다란 고리 형태를 이루고 있었다. 도로에서 본 것보다 훨씬 더 밀집된 건물들을 원형의 도로가 가두고 있는 모양이었다.

건물들은 카낙의 첫 방문, 즉 그가 그린피스 대표를 만났을 때 그가 인식했던 것보다 훨씬 더 빽빽하고 무질서하게 자리하고 있었다. 누크 시는 눈에 잘 띄는 건물들만을 재정비하고 외진 지역의 건물들은 버려둔 것이 틀림없었다. 이곳은 얼룩덜룩한 벽, 색이 바랜 낙서, 수많은 쓰레기로 가득했다. 알 수 없는 무언가가 타고 있는 양철통들이 그들을 안내하듯 길을 따라 놓여 있었는데, 마치 원형경기장 안으로 들어가는 투우사가 된 기분이 들게 했다. 숨이 막혔다. 길에는 아무도 없었고 멀리서 광포한 개가 짖는 소리만이 들렸다.

"저희 얼굴에 경찰이라고 떡하니 쓰여 있다는 거 아세요?"

아푸티쿠가 걱정스럽게 말했다.

"그래야죠. 하지만 누크에 우범지역은 없는 거로 아는데요."

"그렇죠……. 없죠……."

'여기만 빼고.' 아푸티쿠는 뒷말을 쓰게 삼켰다. 늘 낙관적이었던 키 작은 이누이트가 불신하는 눈빛으로 주위를 살피고 있었다.

"그리고 경감 님 상태를 보니까 여기 오는 게 그리 좋은 생각은 아니었던 것 같아요."

카낙은 대답하지 않았다. 그는 졸린 흔적이 선연한 목으로 손을 가져갔다. 매우 강한 악력 때문에 카낙은 마치 가금류의 연약한 모가지를 비틀듯, 거구의 손톱이 그의 살을 뚫어버릴 것 같다고 생각했다. 체르노브는 단단한 두개골에 소화기로 세 대를 연거푸 맞고 나서야 그를 놓아주었다.

구세주처럼 나타난 칼슨은 카낙에게 그를 고소해야 한다고 강력하게 주장했다. 체르노브는 경찰서에 있는 세 개의 유치장 중 한 곳에 감금되었다. 하지만 카낙은 비틀거리는 거구의 러시아 인에게 경고를 주는 것으로 그쳤다. 체르노브는 밤사이 황급히 경찰서를 떠났다.

많은 부분이 훼손된 놀이터를 지나자 주변 건물 모두를 압도하는 커다란 언덕이 나타났다. 주택가는 유럽이나 미국의 대형 건물에서 볼 수 있는 웅장한 분위기와 거리가 멀었다. 이곳의 건축물들은 '인간적 척도'를 보존하고 싶었던 것 같았다. 그러나 분위기는 처참하기만 했다. 건물들은 그린란드의 풍경과 어울리지 않게 미관을 해치고 있었다.

카낙은 더 북쪽의, 그가 태어난 곳에도 이런 주택가가 있을지 궁금했다. 그 자신도 코펜하겐으로 떠나기 전에 이런 '희망의 덫'에 살았던 건 아닐까? 그는 아무것도 알지 못했다. 그린란드에서 그가 아는 것이라곤 '카낙'이 그가 태어난 작은 마을의 이름을 딴 것이라는 사실뿐이었다.

"자, 이제 어떻게 할까요?" 아푸티쿠가 한숨을 내쉬었다.

"그 녀석은 어떻게 찾죠?"

타킥이 준 정보에 따르면 소유욕이 강한 그녀의 오빠인 아누락툭 Anuraaqtuq – 불어오는 바람 – 이 어디에 있는지 알아내는 것은 그다지 어렵지 않았다. 시간이 부족해 경찰서를 나오기 전에 그의 기록을 찾아보진 못했지만 나이가 지긋한 한 순경의 말에 따르면, 그는 경찰들 사이에서 꽤나 유명했다. 이미 수차례나 경범죄로 체포된 이력이 있었다. 대부분은 길거리에서 붙은 시비로 인한 다툼과 절도였다.

카낙은 불이 타오르고 있는 양철통으로 가까이 다가갔다. 내부에는 플라스틱이 연소하면서 보이는 특징인, 푸른 불꽃이 일렁이고 있었다. 그는 막대를 사용해 자두 정도 크기로 녹아내린 무언가를 끄집어냈다. 외막, 인쇄회로, 유심……. 모든 것이 불에 녹아 한데 엉켜 붙어 있었다. 자판의 지문 암호만큼이나 알아보기 힘들었다.

'오래된 휴대전화로군…….'

까맣게 탄 다른 쓰레기들은 알아보기가 더 어려웠다. 특히 양철통 바닥의 섬유 조각들이 그랬다. 하지만 곰 가면과 조금이라도 비슷하게 보이는 건 없었다.

그들이 첫 번째 폭발음을 들었을 때는 이미 늦은 뒤였다. 언덕을 오르는 스노모빌 한 무리가 그들을 향해 다가오고 있었다.

"이제 녀석을 찾을 수 있겠군요." 카낙이 한숨을 내쉬었다.

"정확히 말하면 녀석이 우릴 찾아온 거지만요."

몇 초가 채 지나지 않아, 카낙과 아푸티쿠는 십여 대의 스노모빌에 빙 둘러싸이게 되었다. 거대한 기계들이 그들 주위로 원을 그리며 거리를 점차 좁혀왔다. 아푸티쿠는 유지해오던 평정심을 잃었다. 스노모빌을 탄 이들이 벌이는 공연에 사고회로가 정지된 아푸티쿠는 제자리에서 돌며 패닉에 빠지기 시작했다. 카낙은 한곳으로 시선을 모으려 애썼다.

'소포를 배달하고 아푸티쿠를 가격한 놈이 저 중에 있을까?'

그 순간 엔진 소리를 내며 원을 그리던 무리가 움직임을 멈추고, 우두머리로 보이는 남자가 언덕 반대쪽 경사면으로 자신을 따라오라는 듯 손짓했다. 초대가 아니라 명령이었다. 어쨌든 두 경찰은 다른 선택권이 없었다.

카낙은 총을 들고 있었던 시위대의 붉은 모자를 떠올렸다. 국립기록보관소에서 그의 낯빛을 창백하게 만들었던 바로 그 남자. 남자를 따라가던 카낙의 눈 앞에 펼쳐진 광경은 그를 그 자리에 못 박힌 듯 굳게 만들었다.

수십 미터 떨어진 곳, 두 건물 사이에 변기처럼 쏙 들어간 곳에는 또 하나의 원을 그리고 있는 한 무리의 남자들이 있었다. 고함과 욕설이 번지고 있는 무리 가운데, 두 명이 맨주먹으로 싸우고 있었다. 그들은 주먹만 사용하는 게 아니라 발과 주위의 눈송이까지 사용하고 있었다. 이 추위에 스포츠용 반바지만 걸친 모습이었다.

그들을 안내했던, 스노모빌만큼이나 거대한 콧수염을 기른 남자가 무리에 합류하자는 표시를 해보였다. 남자는 몸을 기울여 카낙의 귀에 대고 말했다.

"오른쪽에 있는 게 아누락툭입니다."

"제가 그를 찾는 걸 어떻게 알았죠?"

"당신, 경찰 아닙니까?"

"맞습니다."

"경찰이 이 동네로 왔다는 건 아누락툭을 보러 왔다는 거죠. 그가 아니면 여기 올 일도 없고요."

카낙은 싸움에 집중했다. 인내심을 필요로 하는 추위를 빼면 규칙도, 위엄도 없는 난투극이나 다름없었다. 게임의 목표는 상대방의 양어깨를 바닥에 닿게 만드는 것 같았다. 빙판 위에서 하는 유도였다.

"훈련하는 겁니다." 콧수염을 한 사내가 말했다.

"무슨 훈련 말입니까?"

"그야 올림픽을 위한 훈련이지요." 그는 당연하다는 듯 대답했다.

"이누이트 격투는 가장 인기 있는 종목입니다."

다시 정신을 차린 아푸티쿠가 설명을 덧붙였다. '북극올림픽'은 북극 지역에서 4년마다 열리는 스포츠 대회로 올해는 그린란드가 2회 연속으로 개최국이 됐다고 했다. 지난 2014년 누크올림픽 이후 2018년에는 일루리삿에서 개최하게 된 것이다. 연속 개최국 선정으로 킬센 정부에 대한 시샘과 부패 의혹이 불거진 반면 '진정한' 이누이트들은 이를 두 팔 벌려 환영했다.

"어떤 사람들은 올림픽이 열릴 때쯤 그린란드가 독립하기를 바라고 있어요."

"그러는 아푸는요?"

아푸티쿠는 신중한 미소와 함께 "이마카"를 내뱉었다.

링 위의 두 남자 중 호리호리한 몸매의 아누락툭은 짧게 깎은 머리에 여윈 얼굴을 하고 있었다. 그는 배가 불룩 나와 그다지 민첩해 보이지 않는 상대방을 별 무리 없이 쓰러트렸다. 아누락툭은 자리에서 벌떡 일어나 승리를 자축하듯 팔을 들어 올렸다. 아푸티쿠처럼 그도 나이를 가늠하기가 힘들었다. 스물다섯 살에서 마흔다섯 살 사이 어디쯤으로 보이는 외모였다.

"날 찾았다고?"

승리를 거둔 남자가 카낙의 앞에 와서 섰다. 땀에 흠뻑 젖었지만 무언가를 걸칠 생각이 없어 보였다. 가까이서 보니 그가 격투에서 승리한 이유를 잘 알 수 있었다. 근육질에 힘이 넘치는 사내였다. 승리한 탓인지 파이팅이 넘쳤다. 자신보다 배로 큰 덩치도 거뜬히 이겨낼 만한 사내였다. 카낙은 자신의 목을 두 손으로 비틀어버릴 수도 있었을 러시아 불곰, '네스티' 체르노브와 그와의 대결을 머릿속으로 그려보았다.

"그랬죠."

"그런 말이 있지. 입을 열게 만드는 가장 좋은 방법은 몸으로 대화하는 것이다."

"이누이트 속담인가요?"

"하하, 아니!" 상대는 웃음을 터트리며 말했다.

"내가 한 말이야."

카낙은 슬슬 불안해지는 걸 느꼈다.

"그러니 맨손으로 **수다**나 한 번 떨어볼까?"

이번에는 아푸티쿠의 눈동자가 갈 곳을 잃은 듯 흔들렸다. 그러지 말라고 간청하는 눈빛이었다. 카낙은 격투에 흥미가 없었다. 어린 시절, 친구들이 그의 이름을 가지고 괴롭힐 때에도 카낙은 아무런 대응도 없이 가만히 구타를 당하곤 했다. 욕설을 견뎠듯 주먹질도 그냥 견뎌냈다. 그리고 닐스 브룩스 게이드에 발을 들인 뒤 자기 방어의 기초를 익힐 때에도 성미가 고약한 '고객'에 맞서는 방법만 배웠지, 싸움꾼 훈련을 받은 건 아니었다. 그렇지만 지금의 그는 피치 못할 상황에 대처하는 방법을 알게 되었다.

몇 초간 고민하던 카낙은 결심한 듯 고개를 끄덕였다. 아푸티쿠는 겁에 질린 표정으로 입가에 경련을 일으키며 그의 옷과 부츠를 받아들었다. 관중들이 열광하며 소리를 질렀다. 그들의 우두머리가 경찰의 코를 납작하게 만든다면 지루한 그들의 일상에 더할 나위 없는 즐거움이 될 터였다. 그린란드어의 쉭쉭거리는 소리가 그르렁거리는 소리와 함께 호전적인 고함으로 바뀌었다. 카낙은 그들이 야생동물 – 그중에서도 곰 – 의 울음소리를 모사하는 건 아닐까 짐작했다. 바지 하나만 걸치고, 맨발로 얼음 위에 선 그는 자신이 기괴하게 느껴졌다.

'격투 신청은 왜 받아들였을까? 머릿수를 늘려 다시 온 다음에 무력으로 저 작은 두목을 잡아가면 되는 거였는데.'

아누락툭은 이미 그의 앞에서 복서처럼 두 다리를 번갈아 휘두르며 몸을 풀고 있었다. 누가 보면 열대 해변의 모래사장 위에 있다고 생각할 정도로 눈 위에서의 그는 편안해 보였다.

결말은 두 가지였다. 만약 카낙이 이긴다면 수모를 당한 두목이 그의 질문에 답하지 않을 것이다. 어쩌면 스노모빌을 탄 그의 부하들에게 보복성 응징을 당할 수도 있다. 그러니 카낙은 져야만 했다. 하지만 그가 완전히 무시당하지 않으려면 약간의 기술이 필요했다.

중심을 낮게 잡은 단단한 몸의 상대가 카낙의 긴 다리로 달려들었다. 경기 시작부터 카낙을 쓰러뜨리겠다는 각오가 단단해 보였다. 카낙은 어설픈 샤세* 동작으로 발을 빼내 위기를 모면했다. 잠시나마 그의 반경에서 벗어날 수 있을 정도로 민첩한 몸짓이었다.

적절한 때를 노리던 아누락툭이 입가에 미소를 띠고 그린란드어로 농담을 던졌다. 아푸티쿠를 제외한 모두가 웃음을 터뜨렸다. 그는 상대가 당황한 틈을 타 앞으로 튀어나와 카낙의 배를 곧장 가격하고 관자놀이에 팔꿈치를 날렸다. 무릎을 꿇은 상태로 신음을 내뱉은 카낙은 그 자세에서 그가 사용할 수 있는 유일한 무기, 머리를 썼다.

마치 숫양처럼 상대의 복부를 향해 머리를 들이받으려고 했지만 결과적으로 아누락툭의 몸에 부딪친 건 그의 엉덩이였다. 또다시 웃음이 터져 나오자 아누락툭의 눈에 살기가 어렸다. 정신을 차린 그는 몸을 일으킨 카낙을 향해 달려들었고, 단숨에 그를 넘어뜨리는 데 성공했다. 하지만 아직 카낙의 양어깨는 바닥에 닿지 않았다. 아누락툭은 온 힘을 다해 그를 짓눌렀다. 헐떡거리는 소리와 끙끙대는 소리 속에 두 선수의 눈이 서로를 노려보았다.

'조금만…… 조금만 더 버티자. 저 빌어먹을 놈에게 승리의 기쁨을 안겨줄 만큼만 버티자.'

복근이 끊어질 정도로 힘을 주며 카낙은 버텼다. 그리고 아누락툭의 눈 속에서 포기의 기색을 읽어낸 바로 그때, 카낙은 항복을 선언했다. 차가운 얼음 바닥이 주는 고통에 그의 움직임과 생각이 모두 멈췄다. 패배의 고통이나 모욕감은 느껴지지 않았다. 오직 등의 욱신거림만이 느껴졌다.

---

* 도약하여 한 발로 다른 발을 앞뒤 또는 옆으로 차내는 동작을 말한다.

카낙은 이 시합에서 승리한다는 것이 어떤 의미인지 알 것 같았다. 그는 상대와 맞서 싸워야 하는 동시에 경기장 내에 팽배한 적의에도 대항해야 했다. 두 배로 힘든 싸움이었다. 자신이 승리했다고 생각하는 쪽에게도 마찬가지였다. 이누이트 격투는 단순한 격투 경기가 아니었다. 카낙은 이제야 알 것 같았다. 그건 모욕감을 가르치는 수업이었다. 결국 진정한 승자는 무정한 자연이었다. 경기의 유일한 규칙은 태초의 요람인 '누나'의 법칙이었다.

하지만 카낙의 몸 위로 늘어져 있는 이누이트는 승리로도 만족하지 못한 건지, 짐승처럼 숨을 헐떡이며 카낙을 겁탈하듯 하체를 앞뒤로 빠르게 움직이기 시작했다. 주변의 웃음소리가 다시 두 배로 더 커졌다. 한 가지 다행인 것은, 조롱이 짧게 끝났다는 거였다.

"자, 네게 커피를 대접하지."

몸을 일으킨 아누락툭이 카낙에게 한 손을 내밀었다.

"네 놈도, 네 여친도 그 정도 자격은 있지."

아누락툭의 아파트는 카낙이 예상했던 것만큼이나 지저분하고 참담했다. 그리고 그가 내놓은 커피는 더럽게 맛도 없는 뜨거운 물이었다.

집주인은 위생 상태가 의심스러운 냅킨으로 몸을 닦았는데 카낙은 그의 오른쪽 견갑골에 새겨진 타투를 보게 됐다. 형태를 정확히 알아보기 힘들 정도로 대충 그려진 둥그런 모양에 작고 통통한 발톱이 다섯 개가 나 있었다. 마치 발자국처럼.

세 남자 중 어느 누구도 먼저 침묵을 깨지 않았다. 그때 방의 유일한 문 하나가 활짝 열렸다. 방으로 들어온 건 다름 아닌 타킥이었다. '동물원'에서의 만남을 위한 게 분명해 보이는 복장이었다. 소파에 앉은 카낙을 알아본 타킥이 멈칫했다. 카낙은 안심하라는 듯한 눈빛을 보냈다. 그는 신뢰를 저버리지 않을 것이다. 시선을 아래로 내리깐 타킥은 다시 복도로 나갔다. 그녀는 두려워하고 있었다.

"그들은 야만인이 아니에요."

지난밤 그녀는 그렇게 말했다. 그 말이 사실인지는 이제부터 확인해봐야 할 것이다.

"아르나넥!" 아누락툭이 고함을 쳤다. 그린란드어는 모르지만 그것이 욕설이라는 건 충분히 알 수 있었다.

"여동생입니까?" 문이 큰 소리를 내며 닫히자 카낙이 물었다.

"무슨 일이 있었는지 그새 잊었나? 네 놈은 내게 질문할 자격을 잃었어."

카낙이 이겼더라면 이 얼간이가 허세를 부리진 못했을 텐데. 카낙의 박치기가 통하지 않는 사람도 있는 모양이었다. 아누락툭은 빨간색 체크 셔츠를 걸치며 자신의 재빠른 대답에 만족해했다. 이제 방법을 바꿀 차례였다.

"이길 것 같습니까?"

"올림픽 말인가?"

"네. 이누이트 격투 경기 말입니다."

카낙은 가능한 한 씁쓸한 미소를 지으며 대답했다.

"애써봐야지. 그런데 체급 규정도 없는 완전히 자유로운 시합이라 내가 들어올릴 수도 없는 거구를 만나지 않으리란 보장도 없지."

"다른 종목을 도전해본 적은 없습니까?"

"있지, 카약."

그 말과 함께 그는 아푸티쿠에게 묘한 시선을 보냈다. 아누락툭의 집에 도착한 이후로 아푸티쿠는 역겨운 커피잔에 고개를 푹 처박고 입도 뻥끗하지 않았다.

"그건 포기한 겁니까?"

아누락툭은 대답하지 않고 오래된 비디오 재생기에 테이프를 밀어넣었다. 화면이 켜지며 카약 경주 영상이 나왔다. 푸른빛의 물 위에 참가자 중 한 명이 드문드문 자리한 관중들의 함성 속에 전속력으로 나아가고 있었다. 그의 노는 수면에 거의 닿지 않는 것처럼 보였다. 아무런 소리도, 작은 물거품도 생기지 않았다. 노를 젓는 게 아니라 날아가는 것 같았다, 얼음 위를 나는 천사처럼.

"당신인가요?"

모습이 흐릿해서 잘 보이지 않았다.

"아니, 그랬으면 좋겠지만 저건 말리지악 파디아Maligiaq Padilla야. 지난 북극올림픽에 출전했을 때지."

"죄송하지만 저는 잘 모릅니다."

"역사상 최고의 카약 선수지."

두 손으로 컵을 감싼 아푸티쿠가 능숙하게 눈을 찡긋하며 동의했다.

"저런 대단한 선수 옆에서 내가 뭘 할 수 있었겠어?"

그가 차분해진 어조로 말을 이었다.

"스포츠에는 아무리 노력해봤자 소용없는 불쌍한 세대도 있는 거야. 태어나면서부터 다른 사람들에게는 일말의 희망도 남기지 않는 저런 대단한 선수도 있는 반면에 말이지. 언젠간 그린란드 국민들이 그들만의 대통령을 뽑을 날도 올 거야. 하지만 내게 유일한 이누이트 왕은 말리지악 파디아

뿐이야. 저런 사람이 우릴 이끌어야 해. 나락컹수이숫의 광대 놈들이 아니라."

"그들이 뭘 잘못했습니까?"

하지만 아누락툭은 이미 텔레비전 수신기를 꺼버린 뒤였다. 그는 출구를 손가락으로 가리켰다.

"질문은 안 받는다고 했어."

"좋습니다……. 그렇다면 다음에 뵙죠. 다시 보게 될 것 같군요."

"이마카." 집주인이 말했다.

문가를 막 넘을 때였다. 아누락툭이 아푸티쿠에게로 몸을 돌려 그에게 매우 빠르고 거친 그린란드어로 말을 건네기 시작했다. 해독은 불가능했다. 눈길을 피하며 어색한 미소를 짓던 아푸티쿠는 갑자기 친근하게 구는 아누락툭에 대해 불편한 기색을 숨기지 못하고 있었다. 그가 어깨를 툭 쳤을 때는 더욱더.

"서로 아는 사이입니까?" 건물을 나서며 카낙이 물었다.

"그냥……."

"누크는 좁은 바닥이라 모두가 거의 아는 사이나 다름없다고 말하려는 거죠?"

"네, 맞아요."

"그럼 마르그레테 여왕은 내 여동생이나 마찬가지겠군요?"

"여동생이 있어요?"

카낙이 끈질기게 자신을 바라보자 그는 결국 털어놓았다.

"좋아요. 한두 번 그를 잡아들인 적이 있어요."

"무슨 일로 말입니까?"

"주로 술집에서의 싸움 때문이었죠."

그가 그런 부사를 선택한 데는 이유가 있을 것이다. '주로' 단순한 싸움으로 그를 잡아들였다는 건, 다른 일도 있었다는 말이 된다. 그리고 그게 한 번이 아니라는 말이기도 했다.

"혼자서요? 아니면 스노모빌 패거리와 함께요?"

"그들과 함께요. 등에 새긴 타투 보셨나요?"

"곰 발자국 타투말입니까?"

"네. NNK의 표식이죠. 나누크 누나⋯⋯."

그린피스 운동가를 때려눕힌 놈들이었다.

"압니다." 카낙이 그의 말허리를 잘랐다.

"이누이트 전통 수호자들이죠."

"맞아요. 하지만 웃긴 건 **진정한** NNK는 이미 삼십 년도 전에 해산했다는 사실이에요."

"정말입니까?"

"네. 여기 사람들은 다 알아요."

그렇다면 타킥의 오빠는 이누이트 민족주의자인 '척'을 하는 것이었다. 히틀러의 저서 『나의 투쟁』이 출간된 지 백 년이나 지난 지금 나치의 행각을 따라하며 낄낄거리는 생각 없는 놈들처럼 말이다.

"**해산된** 조직이라고 보기엔 너무 팔팔하던데, 그렇지 않습니까?"

카낙이 지적했다.

"그건 그렇죠⋯⋯."

"아누락툭을 뺀 나머지는⋯⋯."

카낙은 아푸티쿠의 건들거리는 팔을 붙잡고 말을 이었다.

"이십 대 정도로 보이던데, 아닙니까?"

"아마 그럴 거예요."

"젊고, 폭력적이고, 외국인을 혐오하는 집단이라, 저번에 창문에 돌을 던졌던 그놈들과 딱 맞아떨어지는군요!"

'붉은 모자 한 명의 문제가 아니었군.'

22

"아니, 그래서 가택수색으로 뭘 찾아냈죠?" 리케가 고함을 쳤다.

"집 못 팔아서 안달 난 부동산 중개인도 아니고. 일단 쳐들어간 다음에 뭐가 나오는지 보자 이거예요?"

문이 닫힌 사무실 안에서 리케는 긴 시간 동안 카낙에게 분노를 표출하고 있었다. 카낙은 때때로 자신이 밑도 끝도 없이 들어가는 쓰레기통 같다고 느끼곤 했다. 물론 듣는 것은 그의 직업에서 요구되는 가장 중요한 자질이었다. 하지만 어떤 사람들은 그의 귀와 24시간 콜센터를 구분하지 못하곤 했다. 마치 그가 영원히 물을 채워 넣어야 하는 '다나오스의 딸들의 욕조'*라도 된다는 듯이.

---

     * 그리스신화에 나오는 다나오스는 쌍둥이 형제인 이집트의 왕 아이깁토스가 자식들 간의 결혼을 요구하자 아르고스로 도망을 가서 그곳의 왕이 되었다. 하지만 계속된 아이깁토스의 요청에 다나오스는 그의 딸 50명을 시집보내고 첫날 밤에 남편들을 단검으로 찔러 죽이라고 명한다. 휘페름네스트라 한 명만 빼고 49명의 딸들은 남편들을 모두 죽였다. 그에 대한 대가로 밑 빠진 욕조에 영원토록 물을 채우는 벌을 받게 되었다. 그리고 휘페름네스트라의 남편 링케우스가 자신의 형제를 죽인 복수를 하기 위해 다나오스를 죽인다.

"체르노브의 호텔 방을 수색해야 하는 확고한 이유는 이미 충분한 것 같습니다만." 카낙은 최선을 다해 침착함을 유지하며 말했다.

"아노락투릭인가 뭔가의 소굴도 마찬가지죠."

"확고한 이유라고요?" 리케의 얼굴이 붉으락푸르락 변했다.

"증거도 없이 막연한 의심뿐인데다 생긴 게 영 수상하니 한번 털어보자는 게 확고한 이유라는 건가요?"

에넬이 이렇게까지 길길이 날뛰는 걸로 보아 분명 상부에서 크게 깨지고 온 게 분명했다. 카낙은 신중하게 몇 개의 문장으로 자신이 발견한 것을 보고한 뒤였다. 원한 가득한 매춘부의 '오빠들', NNK의 부활, 카낙이 당했던 외국인 혐오로 인한 폭력 그리고 주택가 양철통에서 발견한 검게 타버린 휴대전화까지.

"그러니까, 지금 당신이 가져온 유일한 물적 증거라고는 건질 건 하나도 없는 휴대전화뿐이라는 것이죠? 그것도 우리가 그걸 손에 넣었을 때의 이야기죠. 거기다 버려두고 와놓고 그것도 증거라고!"

에넬은 그들의 수사가 스노모빌을 탄 무뢰한들의 등장으로 부득이하게 중단되었단 사실은 이미 잊어버린 듯했다.

"네⋯⋯. 그렇지만 제 말은 바로 그래서 반드시 수색해야 한다는 겁니다."

"영장은 발부되지 않을 거예요."

"왜죠?"

"내가 당신이 저질러놓은 일들을 수습하느라 얼마나 머리를 숙이고 다녀야 했는지 알긴 알아요? 에티엔 마쏘. 뭐 생각나는 거 없어요? 프랑스와 외교 문제로 발전할 뻔한 걸 파페 폴슨Pape Poulsen 의원이 직접 나서서 겨우 막은 거예요!"

파페 폴슨은 덴마크 법무부장관이었다.

'거대 마리오네트 제작자를 조금 건드린 게 그렇게까지 큰일이었나? 완전히 도가 지나친 대응이 아닌가.'

그러나 카낙은 잠자코 있었다. 만약 사건을 해결하지 못한 채 첫 비행기를 타고 그린란드를 떠난다면 덴마크에 도착하는 그 즉시 큰 대가를 치를 것이다.

카낙은 그린란드를 정말…… '그의 나라'라고 생각한 건가?

크리스와 젊은 이누이트, 피탁이 에넬의 사무실을 나오는 카낙을 낚아챘다. 둘 다 그에게 할 말이 있는 듯했다.

"후안의 계좌를 샅샅이 살폈어요." 피탁이 먼저 말을 꺼냈다.

"아, 잘했군요! 뭐라도 나왔습니까?"

"될 수 있는 대로 내역을 끝까지 뒤져봤는데요."

"그래서요?"

"후안이 오래된 자물쇠를 새로 교체하기 위한 설치 비용을 동네 철물점에 지불했더라고요. 세금까지 포함해서, 총 457.32크로네였어요."

"그게 언제죠?"

"10월 10일 12시 31분이에요."

그가 죽기 딱 일주일 전이었다.

"흠, 다른 건요?"

"그리고 빚에 대해선 경감 님 짐작이 맞았어요. 열흘에 걸쳐 현금을 열다섯 번이나 인출했어요. 총 1만 1천 5백 미국 달러였죠. 환산하면 6만 3천 크로네고요."

"1만 5천 달러가 아니고요?"

"네. 딱 1만 1천 5백 달러였어요. 집에 현금을 더 가지고 있었던 게 아닐까요?"

"그럴 수도 있죠."

카낙이 중얼거렸다. 물론 후안이 그 돈을 세르게이 체르노브의 빚을 갚는 데 썼다는 증거는 어디에도 없었다. 어쩌면 빚을 갚기 전에 그 돈을 다 날려서 러시아 불곰의 분노를 샀는지 모르는 일이었다. 지금으로서 가장 가능성이 높은 시나리오는 - 물론 체르노브의 가택수색과 그의 계좌를 분석하면 모두 밝혀질 테지만 - 러시아 인의 주장대로, 그가 빚을 회수했다는 것이었다. 그렇다면 체르노브의 살해 동기는 사라지게 된다.

사람 좋아 보이던 이누이트 운동가, 아누락툭 네메닛소크에 대한 의심이 아직 남아 있었다. 다행히 경찰서 메인 서버에는 아누락툭의 입에서 나온 것보다 더 많은 이야기를 들려주었다. 카낙이 빠르게 검색어를 입력하자 전산시스템은 총 여섯 건의 조서를 뱉어냈다. 카낙이 가장 놀란 것은 그가 여섯 번이나 잡혀 왔다는 사실도, 체포의 이유가 별 게 아니란 것도 아니었다. 그건 바로 그를 담당했던 경찰의 정체였다.

아푸티쿠 칼라켁이었다.

"한두 번 그를 잡아들인 적이 있어요."

한 시간 전에 아누락툭의 은신처를 나올 때, 아푸티쿠가 시인했던 사실이었다. 그가 만든 조서는 대충 아무렇게나 작성한, 모호한 조서의 표본이었다. 범죄 사실은 범죄자의 결백에 손을 들어주기에 딱 좋도록, 최대한 두루뭉술하고 간결하게 요약되어 있었다. 게다가 매번 그가 체포될 때마다 아푸티쿠는 다른 사법적 절차는 하나도 밟지 않고 즉시 그를 무죄 석방했다. 그리고 아누락툭이 저지른 폭력의 피해자 중 그 누구도 그를 고소하지 않았다. 놈은 언제나 흰 눈처럼 결백하게 경찰서에서 풀려났다.

'누구 덕분이지?'

카낙이 아푸티쿠에게 물어봐야겠다고 마음을 먹었을 때였다. 자신의 차례가 된 검시관 크리스가 입을 열었다.

"목은 괜찮아요? 너무 아프진 않나요?"

"네. 훨씬 좋네요. 덕분입니다."

전날 밤, 카낙을 네스티의 발톱으로부터 구해준 이후로 칼슨은 그를 더 살갑게 대했고, 말투는 한결 더 친근해져 있었다.

"다행이에요. 그놈을 더 세게 밀칠걸, 후회되더라고요……."

"아뇨. 그 정도면 충분했습니다."

카낙은 제 사무실로 돌아가려는 토르를 불러 세웠다.

"아, 크리스!"

"네?"

"혹시 증권 거래에 대해 잘 압니까?"

바보 같은 질문일 순 있지만 카낙이 보기에 크리스 칼슨은 소액이더라도 자산을 주식에 투자하는 알뜰한 미혼남성 타입의 전형이었다. 진지하고, 매사에 열심이고, 분석적인.

"네. 조금요."

반면에 카낙은 금융시스템 전반을 증오하다시피 했다. 투기를 이용한 손쉬운 재산 축적, 그로 인한 혜택으로 온 힘을 다해 직원을 해고하는 기업, 수백만 명을 거리로 나앉게 만든 서브 프라임 모기지 사태. 그 모든 게 역겹

게만 느껴졌다. 그렇다고 그는 자신을 반反자본주의자라 정의하진 않았다. 다만 지금과 같은 비정상적인 금융 상황에 대해 약간은 규제할 필요가 있다고 생각하는 쪽이었다.

"아주 좋습니다. 혹시 다른 사람이 소유한 주식을 확인하는 방법도 아십니까?"

"그 사람의 동의 없이요?"

"물론이죠. 동의 없이 말입니다." 카낙이 웃어 보였다.

"불가능해요. 주식 포트폴리오도 은행 계좌나 병원 기록만큼이나 철저한 개인정보거든요. 누굴 확인하고 싶은데요?"

"소화기가 필요한 당신 친구요."

"체르노브요?"

"그가 뮐러로부터 받은 주식을 어떻게 했는지 알아보려 합니다."

"그 주식이란 게 그린오일 지분을 말하는 거죠?"

"네. 그러면 말이 달라집니까?"

"체르노브를 통해서 알아낼 수 없다면 그린오일을 통하면 되니까요."

"뮐러를 말하는 겁니까?"

"아뇨, 뮐러 말고요. 그린오일에서 일하는 사람에게 물어본다면 금방 뮐러가 알아챌 거예요."

"그럼 누구 말입니까?"

"스톡홀름에 거대 중개사무소에서 일하는 사촌이 있어요. 자산을 투자할 때 조언을 많이 구하거든요."

카낙의 사람 보는 눈은 역시 정확했다.

"미국 기업의 자회사라서 캐나다에도 사무소가 있어요. 그린오일이 토론토에서 상장했으니까……."

"그라면 알아볼 수 있다는 말입니까?"

"솔직히 확신은 못해요. 하지만 밑져야 본전이죠."

"최곱니다!"

"잠시만요." 크리스가 그를 진정시켰다.

"오래 걸릴지도 모른다는 것 외엔, 아무것도 보장할 수 없어요……."

그들이 해산하기 전, 복도에서 리케가 그를 붙잡았다. 리케의 몸에 꽉 끼는 검은 정장에서 크리스는 눈을 떼지 못했다. 특별한 행사가 누크 공항에서 그들을 기다리고 있었다.

도요타 지프에 올라탄 모두는 풍경을 바라보며 생각에 잠겼다. 카낙은 차를 타고 가는 내내 한마디도 하지 않았다. 검시관 크리스를 제외하고, 이제 카낙은 누구를 믿어도 될지 모를 정도였다. 결국 어쩌면 그 누구도…….

***

유일한 활주로를 가로지르고 있는 비행기의 주기장과 짐을 내리는 공간은 정부 관계자들을 수용하기에 딱 알맞은 크기였다. 의회와 정부의 모든 인사 이외에도 장례식에 관계된 네 국가인 중국, 캐나다, 러시아와 아이슬란드 대표들이 도착해 있었다. 그린란드 당국이 사건을 가벼이 여기지 않는다는 것을 보여주려는 듯, 킴 킬센은 비가 오나 눈이 오나 늘 입고 다니던 회색 후드를 벗어 던지고 검은 정장과 넥타이를 차려입은 채였다.

간이무대 위에는 각국의 국기로 덮인 네 희생자의 관이 연설이 끝나는 대로 레이캬비크행 에어 그린란드 A330-200기에 실리기 위해 대기 중이었다. 추위로 인해 경직된 청중을 향해 총리가 상투적인 연설을 늘어놓고 있을 때였다. 누군가의 손이 카낙의 어깨 위에 놓였다.

"경감 님, 잠시 단둘이 이야기할 수 있을까요?"

그곳엔 꽤나 의상에 힘을 준 – 자카드 무늬 스웨터 대신에 어두운 색의 정장을 입고 있었다 – 에녹슨이 서 있었다. 다만 촘촘히 순록이 그려진 요란한 넥타이는 다소 어울리지 않았다. 나무랄 데 없이 도시적이고 우아한 그의 비서, 랄슨은 몇 발자국 뒤로 물러나 있었다.

"네. 물론이죠……."

카낙과 에녹스은 격납고로 향했다. 거기엔 세 명의 기술자들이 새빨간 드 하빌랜드 DHC-8기 내부를 점검하고 있었다. 에너지부 차관은 본론부터 꺼냈다.

"확실히 이번 사건이 평범한 사건은 아닌 것 같네요. 그리고 경감 님이 수월하게 일을 할 수 있을 정도로 모든 문이 열려 있는 것 같지도 않고요."

"진실을 말하는 사람은 답을 찾지 못하는 법이죠."

"그런 것 같네요." 에녹슨은 찡그린 얼굴로 수긍했다.

"제 질문은 간단해요. 수사에 진전이 있으려면 제가 뭘 하면 될까요?"

'에넬과 그녀의 답답한 태도를 거론하지 않고 대답할 방법이 있을까?'

"아! 몇몇 도구들이 필요하긴 합니다."

"차량이나 뭐 그런 걸 말씀하시는 건가요?"

"아뇨. 그보다는 절차상의 도구입니다. 제가 가택수색을 두 번 정도 하고 싶은데요. 그중 하나는 수사 단계에서 꼭 필요한 겁니다. 코펜하겐으로부터 공조수사 승인을 받아야 하는데, 그러려면 이곳 경찰의 지휘관이 직접 요청을 해야 하죠……."

"아! 좋은 소식이네요. 뭔가 단서를 찾으셨단 뜻이죠?"

"음, 네. 그렇죠." 카낙이 거짓말을 했다.

"하지만 제가 말했듯이 지휘부의 공식적인 요청이 없다면……."

카낙은 눈을 찡그리며 난처한 기색을 표했다. 상대는 그의 신호를 알아차렸다. 리케 에넬이 문제였다.

"그렇군요……. 제가 할 수 있는 일이 뭔지 알아보죠."

"고맙습니다."

"아시겠지만 경찰과 사법부는 그린란드 정부가, 아니 우리가 어떻게 할 수 있는 부분이 아니에요. 하지만 뭐, 킴 킬센이라면 그 후드 모자 속에 뭔 힘이라도 감춰놓고 있지 않겠어요?"

그 말에 두 사람 모두 웃음을 터뜨렸다.

"그리고 그 **걸림돌** 외에 다른 건 없나요?"

카낙은 아푸티쿠를 흘깃 쳐다보았다. 열린 재킷 사이로 불룩한 배가 튀어나와 있었다. 아푸티쿠는 자신의 옷차림에 별로 신경 쓰지 않았다. 엄숙한 주변 분위기와도 동떨어진 모습이었다.

'에녹슨에게 부하의 의문스러운 탈선에 대해서도 알려야 할까?'

"아뇨." 결국 그는 말을 아꼈다.

"딱히 없습니다."

에녹슨은 카낙과 정중히 악수를 나눈 뒤 떠났다. 혼자 남은 틈을 타 카낙은 에어 그린란드기의 격납고 입구에 몸을 숨겨 플로라에게 전화를 걸었다. 약속했던 시간보다 몇 시간 일렀지만 프레데릭스베르의 큰 저택에서는 간식을 먹고 있을, 차분하고 즐거운 시간이었다.

엔스와 엘스는 플로라 할머니가 정성 들여 만들어준 할로윈 의상에 대해 쉬지 않고 종알거렸다. 이어 쌍둥이에게서 전화를 받아든 플로라는 바로 본론을 꺼냈다. 전날 통화한 이후로 그녀의 머릿속에서 그린란드 사건이 한시도 떠나지 않아 모든 사실을 차분히 곱씹어보았다고 했다. 새롭게 알게 된 아누락툭과 NNK 단체에 대한 단서는 단박에 그녀의 흥미를 끌었다. 목소리는 평소처럼 차분했지만 빨라진 말에서 그녀의 차가운 열정을 느낄 수 있었다. 오랜 시간 조용히 고심하던 플로라가 말했다.

"이건 너무 단순하잖아."

"저도 놀랐어요. 하지만 해답이 반드시 복잡해야 하는 건 아니잖아요."

그리 멀지 않은 곳에서 비행기가 눈이 부분적으로 치워진 활주로 위로 들어서고 있었다. 네 개의 관이 설국에 작별을 고하려는 순간이었다. 엔진이 내는 소리가 통화를 방해했다. 카낙은 자리에서 벗어나며 목소리를 높였다.

"열의 아홉 범인은 용의자들 중 한 명이잖아요."

플로라는 잠시 뜸을 들이다 한 가지 의문점을 제기했다.

"만약 이 사건이 단지 전통에 대한 문제거나 명예의 실추 같은 문제였다면, 그 여자애는……."

타킥에 대해 말하는 거였다.

"여자애가 왜요?"

"정말 그 애의 오빠란 사람이 여동생이 몸을 팔고 다니게 내버려뒀을 거라고 생각하니?"

그때 비행기가 이륙하면서 내는 굉음에 통화 소리가 완전히 묻혔다.

"엄마? 엄마?" 통화가 끊겼다고 생각한 카낙이 소리쳤다.

그리고 그때에야 비로소 카낙은 등 뒤의 인기척을 느꼈다. 소리도, 움직임도 없는 한 사람이 그의 통화를 처음부터 끝까지 모조리 듣고 있었던 것이다.

23

푸른 유니폼과 작업용 장갑을 낀 두 명의 노동자가 최소 오육 미터 너비
의 새로운 통유리를 나르고 있었다. 그들의 동작은 섬세하고 정확했다. 깨
진 창의 파편이 박혀 있던 창틀은 언제 그랬냐는 듯, 깨끗해져 있었다.

"완벽해요!"

창문이 새로 끼워지자 작업을 감독하던 여자가 탄성을 질렀다. 그러나
로비에 카낙이 서 있는 것을 본 여자의 미소가 바로 일그러졌다. 이 모든 난
리의 간접적 책임이 있는 사람을 다시 보는 게 그리 기쁘지 않았던 것이다.
카낙은 고개를 살짝 숙여 인사를 하고는 나선형의 계단을 황급히 뛰어올
라 열람실로 향했다. 커다란 열람실 안에는 나이가 지긋한 단골 이용객들
이 반달 모양의 탁자에 앉아 두꺼운 책에 코를 박고 졸고 있었다. 오후 두
시의 식곤증은 사람들을 조용히 시키는 데 있어 도서관 사서보다 더 효과
가 좋았다.

책장을 뒤지러 가기 전에 카낙은 탁자에 자리를 잡았다. 창밖으로 펼쳐
진 근사한 파노라마 전경을 잠시 멍하니 바라보았다. 리케의 말이 완전히

틀린 건 아니었다. 그가 아누락툭을 용의자로 의심하도록 만든 증거는 영 빈약했다. 하지만 바로 그때 그에게 떠오른 것은…….

네 번째 직감이었다.

한 시간 전 그린피스 운동가는 약속했던 대로 경찰서에 들렀다. 삼일 밤 동안의 그의 알리바이는 명확했다. 지난번의 짧은 만남에서 그가 카낙에게 미처 말하지 못했던 것은 그가 지난주 내내, 누크에서 북쪽으로 비행기 한 시간 반 거리에 있는 일루리삿에 있었다는 사실이다. 그곳에서 그는 그린피스 지역 대표를 만나 대서양 기후 콘퍼런스 10주년 기념을 위한 활동 내역을 검토했다. 대표는 그의 부하가 그곳에 내내 체류했다는 사실을 확인시켜주었을 뿐만 아니라 두 사람이 묵었던 호텔 CCTV 영상을 복사해 폴리티가든에 보내왔다.

10월 16일과 18일 그리고 25일 저녁 식사 이후 약 22시 30분 무렵, 두 사람이 호텔 로비로 들어와 각자의 방으로 올라간 뒤 다음 날이 되어서야 밖을 나서는 모습을 확인할 수 있었다.

그도 범인이 아니라면 이제 남은 용의자는…….

도서관 자료 중에서 'NNK'나 '나누크 누나 칼라리트'에 해당하는 검색 결과는 나오지 않았다. 그러나 그가 '이누이트 민족주의'를 검색하자 그린란드 역사 및 정치에 관한 여섯 개 정도의 자료가 나왔다. 그중 그린란드어로 작성된 두 개의 자료를 제외하고 카낙은 덴마크어와 영어로 쓰인 네 개의 책을 찾으러 서가로 향했다.

네 권의 저자들은 문제의 조직에 대해 그다지 관심이 없는 것 같았다.

NNK를 언급한 몇 개의 문장도 간단했다. 1970년대 초에 탄생한 비주류 민족주의 운동이라고만 묘사하고 있었다. 아일랜드의 분리주의자 정당과 달리, NNK는 완전히 불법적 단체로 알려져 있었다. 과거 신페인당이 아일랜드 공화국군을 지지했던 반면, NNK는 '교류할 만한' 정치적 세력이 없었다. 공식적으로 창립자의 이름이나 얼굴도 알려지지 않았다. 게다가 저자는 그들의 신원을 짐작할 수 없도록 매우 신중한 태도를 보이고 있었는데 그들을 덴마크 중앙권력으로부터 이누이트 민족의 독립을 바라는 '전통적인 사냥꾼' 단체라고만 지칭하고 있었던 것이다.

카낙이 찾는 주제와 가장 잘 일치하는 책인 『이누이트 정체성과 그린란드 민족주의』에는 1950년대 초의 사진 몇 장만이 실려 있었다. 그린란드의 북서쪽 끝, 툴레 지방에서 찍힌 사진이었다. 기진맥진한 모습의 가족은 산처럼 쌓인 주머니를 실은 썰매를 열을 지어 끌고 있었다. 설명으로는 '1953년 1월 · 이누이트 가족들의 강제 이주'라고 적혀 있었다. 카낙은 페이지를 좀더 넘겼다. 표지에 언급된 세 명의 역사학자 중 한 명의 이야기에 따르면 NNK의 탄생과 이누이트 정체성 운동은 앞에서 본 강제 이주로 인해 생겨난 것이었다. 실제로 덴마크와 미국 간의 북대서양조약기구의 전략적 협력의 일환으로 미군의 공군기지 건설을 위해 움만낙Uummannaq의 북쪽에 위치한 툴레에 거주하던 150개 가구가 고향에서 쫓겨나야 했다. 그에 따르면 바로 이 시기가 소박했던 이누이트 사냥꾼들이 급진주의자로 돌변하게 된 때였다.

카낙은 플로라가 왜 이 단서를 마뜩잖게 생각한 건지 알 수 없었다. 물론 여동생의 행동을 용인하는 건 그들의 신념에 들어맞지 않는 게 사실이었다. 하지만 둘의 활동이 그렇게 양립 불가능한 것만은 아닐지도 모른다. 어쩌면 타킥 또한 오빠의 계략에 따라 그린오일 노동자를 하나둘씩 살해하도록 움직이고 있었던 것인지도 모른다. 그린오일 노동자들은 이누이트 민족을 억압하는 외세의 상징이었다.

'더 파볼 가치가 있겠군…….'

카낙은 어머니의 지성에 늘 경의를 표했지만 그녀의 놀라웠던 분석 능력도 조금은 녹이 슬었단 사실을 인정해야 했다. 최근에도 그녀의 조언을 따르다 큰 실수를 저지르지 않았던가. 연쇄살인을 수사하던 때였다. 범인은 다크 웹의 해커 중에서 피해자를 모색했는데 신기술을 낯설어하던 플로라는 그것을 단서로 인정하지 않았다. 카낙은 오랜 고민을 거듭하다 결국 어머니의 조언을 따랐다. 그것이 실수였다. 플로라는 점점 나이 들고 있었다. 아무리 좋은 뜻에서 도와준다고는 하지만 늘 바라는 만큼 도움이 되는 건 아니었다.

바로 이때의 실수로 인해 야콥센과 닐스 브룩스 게이드의 수뇌부가 카낙에게 불명예스러운 조치를 취했던 것이다. 카낙을 임시로 그린란드로 보낸 것은 일종의 좌천과도 같았다.

주변의 이용객들처럼 카낙도 서서히 졸음이 몰려오는 것을 느꼈다. 페이지를 넘기는 속도는 느려졌고, 문장을 읽어내는 시선의 정확도도 떨어지고 있었다.

"좀 도와드릴까요?"

어디선가 따뜻한 목소리가 그에게 반가운 제안을 건넸다. 야구모자를 쓰고 턱수염을 공들여 다듬은 노신사가 등 뒤로 손을 교차한 채 탁자 앞에서 있었다. 카낙은 머리를 쓰다듬으며 졸음이 쏟아지는 눈을 들어 그를 보았다.

"저야 감사하죠……. 여기 직원이십니까?"

"아뇨. 그 책의 저자 중 한 명입니다."

닐스 스키프트Niels Skyfte, 아키악 킬리모니Akiaq Kilimoni 혹은 산드라 켐니츠Sandra Chemnitz? 그의 외모는 그중에서 닐스라는 이름과 가장 어울렸다.

"누군지 알아맞히긴 힘들 거예요." 노신사가 웃었다.

"가명으로 책을 쓰니까요. 사실 놀랐어요. 물론 좋은 쪽으로요. 이용객 중에서 그린란드 민족주의에 관심을 가지는 사람은 거의 없거든요."

"다시 유행하고 있다고 생각했는데요." 카낙이 말했다.

"그건 그렇죠. 그 주제로 글을 쓰십니까?"

"흠, 그렇기도 하고, 아니기도 합니다. 다만 제가 쓰는 글은 기밀이죠. 전 형사입니다."

"아, 당신이 그 유명한 덴마크 형사로군요!"

"그렇습니다."

"노동자들의 죽음과 이게 연관이 있다고 생각하는 거로군요……."

노신사는 공포에 질린 어색한 미소를 지으며 그의 저서를 가리켰다.

"이마카."

카낙이 대답했다. 노신사는 카낙의 동의를 구하지 않고 맞은편의 의자를 빼내어 앉았다. 그에게 따뜻하고 안도감을 주는 파이프 담배 향기가 났다. 코펜하겐경찰청의 그의 동료들은 이런 부류를 두고 리비에라Riviera라고 부르곤 했다. 프랑스의 코트다쥐르 해변을 연상시키는, 뒤늦게 역사나 계통학과 같은 학문에 눈을 떠 '조사'에 열을 올리며 주변을 귀찮게 만드는 한가한 노인을 이르는 속칭이었다.

"아시다시피 NNK는 아일랜드 공화국군이나 붉은 여단이탈리아 극좌 성향의준군사조직 같은 단체는 아니에요."

"NNK가 폭력적인 활동을 하지 않았다는 말입니까?"

"당시에는 하긴 했지요." 노신사가 말했다.

"작은 사건들이 몇 번 있긴 했어요. 하지만 유럽에서 일어나는 납치 사건이나 폭탄 테러 같은 수준과는 거리가 멀었지요."

"그건 왜죠?"

"체계도 없고, 자본도 없어서 그렇겠지요. 그리고 아시겠지만 이누이트는 애니미즘에 따라 인간의 몸을 신성하게 여겨요. 자연과 원소 그리고 인간의 몸이 하나를 이루지요. 다른 사람을 죽이는 건, 단지 지구의 한 생명체를 없애는 일이 아니라 실라를 파괴하는 것과 같아요."

"실라요?"

"만물의 가장 강력한 영혼을 말하는 거예요. 우주를 관장하는 영혼이자 세상의 지식과도 같다고 생각하시면 됩니다."

북극의 오로라가 만들어내는 빛이 카낙의 눈앞에 피어올랐다. 이런 장관으로 가득한 곳에서 사방에 영혼이 도사린다고 믿는 것도 전혀 이상하지 않았다.

"그러면 당시 NNK 활동과 연관된 살인사건은 없었습니까?"

카낙이 말을 이었다. 사람 좋은 미소를 짓던 노신사의 얼굴이 어두워졌다. 그는 두 손을 마주잡았다.

"아니라고 할 순 없지요." 그가 중얼거렸다.

"어떤 일이 있었죠?"

"제가 알기로 NNK의 소행이라 볼 수 있는 폭력 사건이 몇 번 있었어요."

"어떤 폭력 사건이었죠?"

역사학자는 시선을 잠시 피했다가 목소리를 낮추어 카낙에게 물었다.

"이름이 카낙이라고 했지요?"

'갑자기 그건 왜 물어보는 거지?'

"그 이름이 툴레에서 쫓겨났던 이누이트 사냥꾼들이 미국인에 의해 다시 새롭게 터전을 잡게 된 곳의 이름이란 사실을 알고 있나요? 미군기지로부터 북쪽으로 100킬로미터 정도 떨어진 곳이지요. 양키들은 그곳을 '새로운 툴레'라고 불렀어요."

"그 장소를 고른 게 미국인들이란 말입니까?"

이름의 출처에 대한 설명이 길어지는 것을 원하지 않은 카낙이 말을 돌렸다.

"네. 그리고 그곳은 그린란드에서 가장 매력적인 장소는 아닙니다. 하지만 모든 것을 잃은 이누이트들은 그곳도 괜찮다 여겼지요. 당시엔 빙산들도 거의 움직이지 않아 곰이나 일각돌고래를 사냥하기에 이상적이었거든요."

"그렇군요……. 그런데 무슨 문제가 있었던 거죠? 모두가 만족했던 것 아닙니까?"

"정확한 건 아무도 몰라요. 하지만 시간이 흐르고, 이누이트 공동체 내부에서 분열이 심하게 일어났던 것으로 보여요. 미국인들이 정해준 삶의 조건을 수용하는 쪽과 거부하는 쪽으로 나뉘었던 거지요. 진보주의자와 전통주의자로 나눠진 것이죠."

"NNK가요?"

"맞습니다. 결국 20년 동안 대치를 이어오다 결국 피로 해결을 봤지요."

"그 말은……?"

"한 가족이 몰살당했거든요."

노신사의 연민은 진심처럼 느껴졌다.

"카낙에서 말입니까?"

"카낙에서요."

"그게 몇 년도의 일이죠?"

"1974년이나 1975년일 거예요."

"그리고 피해자는…… 외국인이 아니었습니까?"

"아니에요. 안 그래도 말씀드리려던 참인데 그들은 진정한 이누이트였죠."

설명할 수 없는 소름이 카낙의 등줄기를 타고 돋았다. 마치 선조의 숨결과 같이 북극의 어떤 추위보다 더 얼음장 같은 숨결이 그의 안으로 스며들었다.

"범인은 못 찾았습니까?"

"그것까진 잘 몰라요. 하지만 못 찾았지 않았나 싶어요. 그곳은 워낙 고립된 장소라……. 일주일에 헬기가 한 대 정도 겨우 다닐 정도였지요. 그러니 오늘날처럼 수사하기란……."

"알겠습니다." 카낙이 한숨을 내쉬었다.

"세상의 끝자락에 있는 곳이군요."

"그렇다고 볼 수 있지요."

카낙이 자리를 뜨려는 노신사를 붙잡고 물었다.

"카낙에서 활동했던 NNK 놈들 말인데요."

"네?"

"뭔가 조직을 암시하는 표식을 가지고 있진 않았나요?"

"어떤 걸 말하는 겁니까?"

"가령 타투라든지……."

그는 아누락툭의 견갑골에서 본 곰 발바닥을 떠올리며 말했다.

"아!" 남자가 탄성을 질렀다.

"설마 얼간이 아누락툭을 정말 진지하게 고려하는 건 아니지요?"

"그를 아십니까?"

"누크에서 그와 그 허접한 패거리를 모르는 사람이 어디 있겠어요. 그렇지만 놈들의 곰 발바닥 타투, 스노모빌 로데오, 홀딱 벗고 하는 격투. 그건 다 엉터리예요!"

"그런가요?"

"그럼요. **진정한** 이누이트 민족주의자들은 술집에 옹기종기 모여 노는 게 아니라 얼음 위에서 사냥하며 하루를 보내요. 그리고 샤먼의 투펙에서 저녁을 보내지요. 또 그들은 그런 흉측한 기계를 타고 돌아다니질 않아요! 승려 복색을 갖추었다고 다 승려가 아니듯이, 흉내를 낸다고 해서 진짜가 될 순 없지요."

그 역시 속담을 좋아하는 듯했다.

"감사합니다." 카낙은 고마움을 담아 인사를 건넸다.

"여기요. 또 다른 궁금한 게 있다면 언제든 연락해주세요."

주름진 노신사의 손이 탁자 위에 명함을 올려놓고 있었다. 놀랍게도 명함에는 전화번호와 이메일 주소만이 적혀 있었다.

inuitandco@gmail.com. 이름도, 가명도 없었다. 그의 의문스러운 표정을 알아차린 남자가 덧붙였다.

"역사에는 이름이 없어요, 젊은 친구! 역사란 그저 우리 모두가 달성한 것의 총체이자 우리 모두에게 속하는 것이지요."

24

IMG_2039 / 10월 26일
누크의 에스메랄다 카페 쇼윈도

타킥의 팔에 매달린 작은 키의 남자는 태국인인 것 같았다. 아니, 중국인인가? 아니면 한국인? 놀라운 건 타킥이 대낮에 파트너와 대놓고 돌아다니고 있다는 사실이었다. 물론 '동물원'이 있는 거리는 번화가가 아니었다.

그러나 술집의 손님이나 이웃의 그네 타는 아이들 부모의 눈에 띄지 않으리란 보장은 없었다. 자신의 매력을 너무나 잘 알고 있는 타킥은 날씨에 맞지 않는 주름치마를 입고 있었고, 다른 건 전혀 개의치 않는 모습이었다. 그녀는 자신의 고객이 하늘에서 떨어진 아폴론이라도 된다는 듯이 웃음을 지어 보였는데, 그것이 상대가 요구한 전부였다.

콘크리트 건물을 따라 몇 걸음 걸었을까. 그들 앞에 사람 키만큼 쌓인 눈더미로 만들어진 임시 통로가 펼쳐졌다. 얼어붙은 눈을 '이동시키는 것'에만 급급한 기계적인 제설 작업의 폐해였다. 빙판으로 덮인 벽에 반사된 햇빛이 그들을 비추고 있었다. 마치 서핑 튜브 속에 들어와 있는 것만 같았다. 누구라도 아름답게 보이게 만들어주는 빛이었다. 뭐, 거의 누구나 말이다. 그들이 눈으로 된 좁은 복도를 빠져나오자 큰 덩치의 누군가가 앞을 막고

섰다.

"타킥 양! 한참 재미 좋아 보이네?"

턱수염이 난 거구의 남자가 통로를 막았다. 그는 외국인 노동자를 경멸하듯 쳐다보며 소리쳤다.

"썩 꺼져!"

아시아인은 겁에 질린 눈빛으로 자신의 파트너를 바라보았다. 하지만 상대가 붙잡지 않자 황급히 꽁무니를 뺐다. 상처 하나 없이 그곳을 벗어났다는 데 안도한 모습이었다. 파트너야 또 구하면 그만이었다.

"정말 짜증나게 한다, 체르노브. 난 내가 해야 할 일을 하는 것뿐이야. 우리 다시 봐야 할 이유 없잖아?"

타킥이 거침없이 말했다.

"그렇게 생각해?"

"날 좀 내버려두라고!"

순간 체르노브가 달려들었다. 타킥이 피하는 것보다 체르노브가 한발 더 빨랐다. 거대한 체구의 재빠른 움직임은 볼 때마다 그녀를 놀라게 했다. 짐승 같은 그의 몸에는 지방보단 근육이 더 많은 게 분명했다. 타킥을 벽으로 몰아붙인 그는 한 손으로 그녀의 손목을 비틀고, 다른 팔뚝으로는 목을 눌렀다. 타킥은 무릎을 세워 그의 중심을 가격했지만 체르노브의 눈을 한 번 깜빡이게 만들었을 뿐이다.

"목을 조르다니…… 젠장! 제기랄! 원하는 게 뭐야?"

타킥은 숨이 막혀 괴로워하며 말을 이었다.

"난 계약대로 할 일을 했을 뿐이야!"

"안 그래도 그것 때문에 온 거야. 대체 왜 너와 잠자리한 놈들을 목표로 삼은 거지?”

“이미 동의했잖아. 내가 원하는 사람으로 고르기로!”

“내가 경찰에 불려갈 녀석들은 아니었어야지! 멍청한 년!”

체르노브는 낮은 목소리로 말했다.

“확실히 말했던 거로 아는데. 네가 원하는 놈으로 고르되, 너나 나와 연관된 사람은 제외하기로! 그게 그렇게 어려웠나?”

체르노브는 타킥의 목을 누르는 팔뚝에 힘을 더 실었다. 배신에 대한 벌이었다.

“네가 포커를 너무 잘 치는 게 내 탓은 아니잖아.”

괴로워하며 타킥은 겨우 말을 뱉었다.

“웃기지 마! 그리고 나는 포커 게임에서 이고르를 턴 적도 없어. 그놈은 내 친구였다고. 내 친구! 알아들어?!”

“그거야, 난 몰랐지. 네가 친구를 잘 고르지 그랬어.”

타킥이 콜록대며 말했다. 그 말에 타킥의 어여쁜 뺨이 콘크리트 벽으로 세차게 돌아갔다. 왼쪽 뺨이 빨갛게 부어올랐고, 벽에 부딪친 오른쪽 뺨에는 회색 먼지가 들러붙었다.

“네 번째는 계획에 없었어. 너도 잘 알 테지.”

“내 잘못이 아니야……” 타킥은 신음하며 겨우 말을 내뱉었다.

“이제 네가 해야 할 일은 그 값싼 입을 다무는 거야. 그리고 덴마크에서 온 경찰 놈한테 침 흘리는 것도 그만둬. 알겠어?”

타킥은 아무 대답 없이 거구의 눈을 똑바로 바라보았다.

“알겠냐고!” 체르노브가 윽박질렀다.

대답 대신에 타킥은 자유로운 한 손으로 새것으로 보이는 열쇠 하나를 꺼냈다. 매끈한 금속으로 된 한자 문양 키링이 달린 열쇠였다.

"자, 네가 부탁한 거야."

타킥이 돌연 온순하게 중얼거렸다.

"지금까지 이걸 내내 가지고 있었다고?"

"당연하지. 여기야말로 들킬 걱정이 가장 적은 곳이잖아."

그렇게 말한 타킥은 벗어나기 위해 몸을 움직이려 했다. 하지만 체르노브의 손이 그녀를 붙잡았고, 타킥은 온 힘을 다해 러시아 인의 몸에서 가장 연약해 보이는 곳에 열쇠의 뾰족한 부분을 박아 넣었다. 그의 오른쪽 허벅지를 덮고 있는 면바지 위로 깊숙이.

네스티의 얼굴이 달아올랐다. 진눈깨비가 다시 흩날리기 시작했다. 열쇠는 그의 허벅지에 여전히 박혀 있었다. 다급한 몸짓으로 체르노브는 열쇠를 뽑아냈다.

다행히도 공격이 빗나가는 바람에 출혈이 크지 않았다. 타킥의 점퍼 옷깃을 붙잡은 체르노브는 그녀의 얼굴을 주먹으로 강하게 내리쳤다. 전쟁을 방불케 하는 붉은 피가 얼굴을 타고 흘러내렸다. 타킥은 저항하려 했지만 소용없었고 체르노브는 분이 풀릴 때까지 그녀를 피범벅으로 만들어놓았다.

"두고 봐! 네 놈한테서 벗어나기만 하면……."

체르노브는 두 손으로 타킥의 어깨를 붙잡아 벽으로 세게 밀쳤다. 그 충격으로 타킥은 잠시 숨을 쉴 수 없었다.

"뭔 짓을 하든 넌 죽은 목숨이야. 알아들어? 당장이 아니라도 넌 내 손에 죽어!"

다시 타킥의 몸을 붙잡아 땅바닥으로 던진 그는 사정없이 발길질하기 시작했다. 머리, 가슴, 배까지, 불과 얼마 전까지만 해도 그가 갈망했던 곳을 마구잡이로 구타했다. 질긴 가죽에 뒤축을 금속으로 덧댄 그의 부츠는 냉혹한 무기였다.

실컷 분을 푼 그는 모로 누워 움직이지 않는 몸 위로 가래를 뱉었다. 그러고는 그것으로도 분이 풀리지 않았는지, 두꺼운 손가락으로 바지 앞섶을 열어 추위에 오그라든 성기를 꺼내 그 위에 소변을 누었다. 뜨거운 김이 구름처럼 피어올랐다. 쓰라린 소변 줄기 속에서 타킥은 움직이지 않았다.

주머니에서 봉투를 꺼낸 그는 달러 몇 장을 빼내 타킥에게 뿌렸다. 그는 자리를 뜨기 위해 몸을 돌렸다가 다시 돌아와 "망할 더러운 년"이란 욕설과 함께 마지막으로 한 번 더 복부를 걷어찼다. 그러고는 주변을 재빨리 살핀 뒤 멀어져갔다.

얼마 지나지 않아 타킥의 몸이 돌연 딸꾹질을 하기 시작했다. 오랫동안 속을 게워낸 그녀는 숨을 헐떡이며 눈을 감고 움직이지 않았다. 프리무스에서의 밤들이 떠올랐다. 그녀는 유령처럼 방갈로 사이를 미끄러지듯 가로질렀다. 북극여우만큼이나 비밀스레 방갈로의 문간으로 다가갔다. 그리고 체르노브에게서 받은 투필락을 매번 그곳에 두었다.

그녀는 아무것도 후회하지 않았다. 그 돼지 같은 놈들은 죽어 마땅했다. 그들은 더러운 달러와 손짓으로 그녀의 젊음을 망가뜨렸고 그녀의 꿈을 짓밟았다. 타킥은 정치적인 사람은 아니었다. 그녀가 믿는 건, 오직 그녀 스스로 가하는 정의였다.

게다가 그녀가 살면서 견뎌야 했던 것들과 비교하면 이 일은 그리 끔찍한 것만은 아니었다. 가장 나약하고, 가장 고독한 표적을 골라 지정하는 것. 표적을 죽이는 건 다른 이들의 몫이었다. 그녀는 자신을 아르납캅팔룩

Arnapkapfaaluk이라고 생각했던 적도 있었다. 해양생물들의 여신처럼 그녀는 누가 살아남고, 누가 죽을지 결정할 수 있었다. 그건 흥분되는 일이었다.

어두운 밤 조각상을 대상의 집 앞에 놓아두고 타킥은 왔을 때와 마찬가지로 홀연히 떠났다. 그 누구도 그녀의 존재를 눈치 채지 못했다. 그것 하나는 확신할 수 있었다. 일을 망친 건 그녀가 아니었다. 그 어느 것도 그녀의 잘못이 아니었다.

입술에서 피가 섞인 침이 흘러나왔다. 그녀는 힘을 짜내어 중얼거렸다.

"그럼 나한테 네 개를 주지 말았어야지. 멍청한 새끼!"

마지막 조각상을 그의 집 문 앞에 뒀어야 했다는 생각이 머리를 스쳤다. 하지만 그는 이미 저만큼 멀어져 있었다.

* * *

"경감 님! 경감 님!"

롱 덩이 기록보관소를 나오는 카낙을 덮쳤다.

'내가 여기 있는 줄은 어떻게 안 거지?'

"롱! 이제 좀 괜찮아 보이는군요."

"네." 롱 덩이 고개를 끄덕였다.

"아직 삼 일은 더 쉬어야 하지만요. 그 이후에는 코끼리로 돌아갈 거예요."

"멋지네요. 벌써 설레나 봅니다."

"설레는 건 제 지갑이죠."

그는 자신의 점퍼 주머니를 가리키며 슬프게 웃어 보였다. 롱은 정중하게 카낙을 잡아끌며 말했다.

"잠시 이야기할 수 있을까요?"

얼마 후, 그들은 도심의 꽤 괜찮은 카페 중 한 곳인 에스메랄다에 앉아 있었다. 오후가 다 된 시각, 빙 둘러앉은 노부인 무리와 세상에 오로지 둘만 존재하는 것 같은 한 커플을 제외하고 아늑한 인테리어의 카페 안은 4분의 3이나 비어 있었다. 갈색 페이크 가죽으로 된 안락의자에 몸을 기댄 롱은 그것조차 과분하다고 여기는 듯했다. 그를 격려하기 위해 카낙은 잠시 그의 손을 롱의 작은 손 위에 올렸다. 그는 너무나 비쩍 말라 있었다. 어떻게 그런 환경을 참아낼 수 있었을까?

"무슨 급한 일이 있었습니까? 협박이라도 받은 겁니까?"

"아뇨. 그건 아니에요……."

그는 핫초코가 담긴 머그잔 바닥을 하염없이 바라보다가 용기가 났는지 말을 꺼냈다.

"병원에서 곰곰이 생각해봤는데요. 저번에 까먹고 말씀드리지 못한 게 생각나서요."

'까먹은 걸까, 아니면 일부러 말하지 않은 걸까?'

"말씀하세요."

"아무에게도 말하지 않는다고 약속하실 거죠?"

"저쪽에 앉아 있는 체첸 출신의 킬러만 빼고요."

카낙은 얼룩덜룩한 스웨터와 귀 덮개를 착용한 이누이트 할머니를 가리키며 말했다.

"아무한테도 말 안 하겠습니다."

롱은 옅은 웃음을 지으며 입을 열었다.

"이틀 전에…… 그러니까 그 일이 일어나기 이틀 전에 후안이 패닉에 빠졌어요."

"왜죠?"

"열쇠를 잃어버렸거든요."

"문 열쇠 말입니까?"

카낙은 아드레날린이 솟구치는 것을 느꼈다. 그는 마법처럼 열렸던 방범용 자물쇠에 대해 잊고 있었던 자신을 탓했다. 이제 구체적인 증거가 나온 것이다.

'리케 에넬이 기뻐하겠군.'

"네. 그거요."

"계속하세요."

"그날이 14일이었나, 이고르가 찾아와서 네스티에게 빚진 돈 이야기로 우리를 한바탕 뒤집어놓고 갔어요."

"이고르 예르데브 말입니까?"

"네. 체르노브와 그는 마치……."

그는 두 손의 손가락을 뒤섞으며 말을 대신했다.

"그렇군요. 이고르 예르데브가 빚을 갚으라고 협박을 했군요. 그리고요?"

"후안은 짜증을 냈어요. 빚의 대부분은 이미 갚은데다 짧은 기간 동안 현금을 더 인출하는 건 불가능하다고 소리쳤죠. 현금 인출기 사용 규정이 그런 걸 어쩌냐면서. 그랬더니 이고르가 그를 두들겨 패기 시작했어요."

"그게 어디였죠?"

"여기저기요. 코와 배……."

"아뇨."

카낙은 그의 말을 끊었다.

"제 말은, 프리무스의 어디서 그랬냐 말입니다."

"후안의 방갈로 앞에서요. 곧바로 후안이 바닥으로 쓰러졌죠."

"그때 이고르가 그의 열쇠를 가져갔나요?"

"아뇨. 그게 아니에요. 이고르가 떠나고, 후안이 자리에서 일어났는데 열쇠가 주머니에서 사라졌다는 사실을 깨달은 거예요."

"주위는 찾아봤나요?"

"네. 눈 위를 이리저리 다 뒤졌어요. 한 시간이나요. 그런데 결국 못 찾았죠."

"좋지 못한 밭에서 좋은 밀을 거둘 수 없는 법이지."

"……?"

"아무것도 아닙니다. 그래서 싸우는 와중에 이고르가 열쇠를 훔쳐갔다고 생각하시는 겁니까?"

"후안은 그렇게 생각했어요. 그리고 저는 열쇠가 그날 그렇게 사라지지 않았더라면 곰이 그렇게 단단한 자물쇠를 열고 들어오는 일은 없었을 거라고 생각했죠. 그러니까 제 말은……."

어쩌면 후안이 죽지 않았을 수도 있었다.

"그 후에 후안은 자물쇠를 새롭게 교체하려고 하진 않았나요?"

"그러려고 했어요. 그 다음 날이 언제더라……."

"17일이요."

"네. 그 다음 날인 18일에 하기로 되어 있었어요."

롱은 바닥으로 시선을 떨어뜨리며 말했다.

"어딘가에 자기 열쇠가 떨어져 있을지도 모른다는 사실에 얼마나 두려워했는지 몰라요. 완전히 제정신이 아니었어요."

그리고 후안의 직감은 틀리지 않았다.

카낙은 그를 용의선상에서 지웠다고 생각했지만 세르게이 체르노브는 다시 사건 속으로 그림자를 드리우기 시작했다. 그의 몸집은 그린오일 노동자 모두를 공포에 질리게 만들고, 사건 전체를 암흑 속으로 빠트릴 만큼 거대했다. 이제 뭐가 뭔지 아무것도 알 수 없었다. 터져버린 롱의 눈물이 그의 생각을 방해했다. 어떻게 해야 할지 모르는 건 롱뿐만이 아니었다.

25

IMG_2045 / 10월 26일
눈 내린 툰드라 속 스노모빌

아름다운 금발 머리를 틀어 올려 시뇽 스타일로 머리를 묶은 리케 에넬의 노여움은 좀처럼 가라앉지 않았다. 커다란 지프 관용 차량 앞좌석에 앉은 그녀는 쉴 새 없이 중얼거렸다.

경찰서로 돌아온 카낙에게 리케가 발키리와 같은 기세로 달려들었다.

"방금 야콥센 전화를 받았어요."

"오, 그렇군요."

"제기랄! 모르는 척하지 말아요, 아드리엔슨. 무슨 통화를 했을지 알잖아요."

물론 그는 알고 있었다. 하지만 눈 한 번 깜짝하지 않고 그녀를 쳐다보는 것 - 그는 일 분이 넘도록 눈을 감지 않을 수 있었다 - 그리고 그녀의 입에서 직접 듣는 편이 훨씬 유쾌할 것 같았다.

"킬센이 코펜하겐 검찰에 연락했더군요."

"아!"

"그리고 수색 지시를 내렸고요."

리케는 여러 공식 날인들이 찍힌 종이 한 장을 흔들었다.

"음……." 카낙은 그것을 살펴보는 척하면서 중얼거렸다.

"젠장, 당신의 멍청한 짓으로 무슨 일이 일어날지 알긴 해요? 이제 NNK 그 멍청이들이 몇 날 며칠이고 소동을 피울 거라고요! 그것도 총선 중에요!"

"아닐 수도 있죠."

"아뇨. 분명 그럴 거예요! 북극올림픽 덕분에 그들이 잠잠해진 지 겨우 두 달 됐어요. 그런데 당신이 나를 압력솥처럼 열 받게 하네요. 이게 바로 팀워크라는 것이겠죠. 정말 잘하셨어요!"

카낙은 그녀에게 왜 좀더 빨리 이누이트 조직에 대해 말해주지 않았는지, 혹시 체르노브의 조서를 빼돌렸는지 물어볼 새가 없었다. 이미 그녀는 점퍼를 걸쳐 입고 지시를 내리고 있었다.

그들은 자동차 두 대를 나눠 타고 출동했다 – 카낙이 탄 차에는 카낙 외에도 여섯 명이 더 있었다. 유니폼을 입은 네 명의 순경, 아푸티쿠 그리고 소렌이었다. 피탁은 출동에서 면제된 것에 안심하는 것 같았다. 동료들은 온몸을 던지고 있는데 그는 자신의 안위만을 걱정하고 있었다.

차량 안, 침울한 분위기 속에서 다들 조용히 방탄조끼를 착용하고 있었다. 모자 쓰는 것을 끔찍이도 싫어하는 카낙은 한 경찰관이 건네는 케블라 헬멧을 거절했다. 그러나 사무엘 클레인슈미팁 아쿠타 거리 근처에서 차량 밖으로 나와 무너져가는 놀이터 앞에 서자마자 그는 그 선택을 후회했다.

첫 번째로 날아온 눈덩이는 그의 머리 위를 스쳐 지나갔다. 그 다음으로 날아온 것은 한 순경의 상체를 정면으로 가격했고 그 순경은 고통으로 얼굴을 찌푸렸다. 카낙은 그가 엄살을 피운다고 생각했지만 곧이어 엄살이 아니란 걸 알게 되었다. 주변의 창문과 지붕에서 날아온 것들은 단순한 눈덩이가 아니었다. 눈덩이 안에는 금속 부품, 못, 나사 혹은 지름이 큰 볼트와 같은 것들이 숨겨져 있었다. 눈덩이 하나하나가 모두 무기였다.

그들이 주택가 내부로 진격할수록 날아오는 눈덩이의 수도 늘어났다. 조끼를 착용한 덕에 상체는 보호할 수 있었지만 나머지 부분은 무방비하게 노출되어 있었다. 몇몇은 두꺼운 장갑을 휘두르며 피해를 최소화하려고 했다. 다행히 명중률과 세기는 비례하지 않았고, 명중한 것 중에는 눈덩이로만 이뤄진 것들이 섞여 있어 피해가 적었다. 군청색 유니폼을 입은 작은 무리는 가벼운 찰과상과 작은 상처만을 입은 채로 건물 입구에 도착할 수 있었다.

초록색 나무 차양을 방패삼아, 그들은 잠시 숨을 골랐다. 공격은 멎어 있었다. 하지만 근처에서 보이지 않는 어떤 진동 소리가 들려왔다. 휘파람 소리, 달리는 소리, 암호와 같은 말로 서로를 부르는 소리. 건물 너머 어딘가에서 스노모빌의 엔진이 켜지는 소리도 들렸다.

"우리가 도착할 거란 걸 미리 알았군요."

카낙이 창백한 낯빛의 아푸티쿠에게 말했다. 누군가가 저들에게 미리 경고를 한 게 분명했다. 그리고 그 누군가가 체르노브의 조서를 빼돌렸을 것이다. 누크의 폴리티가든에 두더지 한 마리가 잠입한 것이었다.

아누락툭 네메닛소크의 아파트 G28호의 문은 아니나 다를까 닫혀 있었고, 심지어 이중으로 잠긴 건지 문고리를 아무리 돌려도 열리지 않았다.

"제기랄!"

리케가 욕지기를 내뱉었다. 리케가 손짓을 하자 무거운 배터링 램을 든 경찰관이 단단히 엄폐된 문 앞으로 와 섰다. 그는 배터링 램의 두 손잡이를 잡고 반동을 주기 위해 앞뒤로 기계를 흔들었다. 첫 번째 충격으로 벽이 진동했고, 건물 전체에 소리가 울려 퍼졌다. 인접한 건물의 문이 열리고 닫히며 겁에 질린 둥근 얼굴들이 나왔다가 황급히 사라졌다. 그들은 두려워하고 있었다. 다만 그들이 두려워하는 대상이 경찰인지, 그들의 이웃인지는 모를 일이었다. 열 번쯤 내리쳤을까, 문은 귀가 아플 정도의 굉음을 내며 열렸다. 에넬의 무전기에서 "지지직" 하는 소리가 났고, 모두가 숨을 죽였다.

"서장 님!"

"피터?"

외부에 남아 경계를 서던 두 순경 중 하나에게서 걸려온 무전이었다.

"서장 님, 스노모빌 세 대가 도망칩니다!"

"어느 방향으로?" 서장이 물었다.

"그게…… 세 대가 모두 다른 방향입니다."

고전적이지만 효과적인 도망 기술이었다. 도망자들은 경찰 병력이 제한적이라는 사실을 알고 있었다. 표적의 수가 많아지면 그들 모두 쫓는 게 거의 불가능하다. 서장은 마치 이 실패의 책임이 그들이라는 듯, 잠시간 부하들의 얼굴을 바라보았다. 그러고는 다시 무전에 대고 말하기 시작했다.

"차를 타고 북쪽으로 가는 놈을 따라가세요."

그녀는 냉정을 유지한 채 판단을 내렸다. 누크는 남북 방향으로 길게 늘어진 작은 반도 위에 위치한 도시였다. 그리고 그들은 그 반도의 남쪽 끝에 와 있었다. 북으로 향하는 자만이 막다른 길에 다다르지 않고 달아날 수 있었다. 그 스노모빌만이 도시를 벗어날 수 있을 것이다.

얼마 후, 피터 순경이 들려준 이야기로 카낙은 자신의 직감이 틀리지 않았다는 걸 알 수 있었다. 아누락툭은 그들이 들이닥치기 전에 미리 도주를 준비할 만큼 충분한 시간을 가지고 있었다. 그리고 그들 중 누군가는 북쪽으로 도주했다. 주택지를 벗어나자마자 그는 도로를 벗어났다. 건물들과 누크 서쪽 비탈면에 콕콕 박혀 있는 창고와 거대한 저택들이 이루는 패치워크를 이리저리 피해갔다. 두껍게 거리를 뒤덮은 눈이 스노모빌이 기존 도로를 벗어나 달릴 수 있도록 푹신한 양탄자가 되어주었다. 지프를 타고 그를 뒤쫓던 피터 순경은 건물 혹은 눈 쌓인 언덕 뒤로 사라진 그를 여러 번 놓치기도 했지만 반대로 그의 경로를 가로막을 뻔한 적도 있었다. 하지만 추격전에 단련된 스노모빌 운전자는 두 건물 사이로 미끄러지듯 주행해 도요타 지프가 달리기 힘든 좁은 길로 아무 무리 없이 빠져나갔다.

"정확히 어디서 놓친 거죠?"

리케가 그의 말을 끊고 차갑게 물었다.

"성명소크Sermersooq 북쪽이었습니다."

"도로 확장 공사가 끝나는 지점이에요."

아푸티쿠가 카낙의 귀에 속삭였다.

"공항 바로 위죠."

정확히 말하면, 그곳은 누크 도로망의 끝이었다. 드라마 같은 실패였다. 개발이 낮은 도시 인프라가 진보에 반대하는 자의 도주를 도운 것이었다. 원시 상태의 누나가 그를 살린 것이었다.

공사장 기계와 컨테이너로 가득한 길을 벗어난 아누락툭의 스노모빌이 매연을 내뿜으며 거대한 흰 언덕의 비탈을 올랐다. 엔진이 털털거리는 소리를 냈다. 무리 없이 정상까지 오른 스노모빌은 순백의 안개 속으로 사라질 수 있었다. 그 너머에는 더 이상 도시가 없는 툰드라였다. 사람이 거의 살지 않는 섬, 대륙이 2천 킬로미터에 걸쳐 펼쳐지는 곳.

은신하기에는 더없이 이상적인 장소였다. 거대한 눈더미에 부딪히기 직전에 피터는 차를 세웠다. 무력함에 분노가 치밀었다. 그는 에넬 서장의 질책이 기다리는 곳으로 되돌아갈 수밖에 없었다.

리케는 의기양양했다. 그녀가 예상했던 대로 아누락툭의 아파트에서는 어떠한 증거도 찾을 수 없었다. 군대식 전단이 가득한 상자, 해체된 부품더미, 더러운 옷가지와 음식물 찌꺼기가 널브러져 있었다. 욕조의 점검구 속에서 도검류가 몇 개 발견됐지만, 즉시 칼들을 살펴본 소렌이 사체에서 발견된 상처와 일치하지 않는다는 결론을 냈다. 형식적인 증거가 될 뿐이었다.

곰의 턱도, 인간의 유해도, 투필락도, 피가 묻은 부츠도 찾을 수 없었다. 프리무스에서 있었던 범죄 현장과 어떻게든 연관지을 수 있을 만한 증거는 아무것도 없었다.

그런데 아누락툭이 태블릿 PC를 남겨두고 갔다는 사실은 놀라웠다. 아마 뒤늦게 연락을 받고, 가장 위험한 정보들을 치운 게 분명했다. 소렌은 태블릿 PC를 지퍼가 달린 비닐봉지에 담았다. 부하들이 바닥부터 천장까지 샅샅이 뒤지는 동안, 리케는 내부를 대충 살피고 있었다. 그녀는 역겨움을 숨기지 않았다.

"여전히 헬리콥터를 동원하는 건 불가능하겠죠?"

카낙이 그녀에게 물었다.

"그럼요. 당신이 개인적으로 경비를 댈 수 있다면 또 모르지만요."

분통이 터지는 사실은, 그럴 수도 있다는 것이었다. 매년 4월이 되면 아버지의 저작권료의 절반이 무정한 비처럼 쏟아지는 그의 계좌에 절대 손을 대지 않겠다고 자신의 명예를 걸고 선언하지만 않았더라면, 그가 아버지의 더러운 돈을 거부하고 검소한 경찰 월급만으로 살겠다고 결심하지만 않았더라면, 그는 경비를 댈 수 있었을 것이다. 그의 어머니, 플로라와 아버지와 말년을 함께 보낸 야심가 소피는 늘어난 그들의 몫에 가책을 덜 느껴도 됐을 거다.

"서장 님! 서장 님! 한 놈 잡았습니다!"

가슴 보호막을 차고 헬멧을 쓴 두 명의 순경이 거실로 뛰어 내려왔다. 그들은 급하게 점퍼를 껴입은 듯 보이는, 콧수염이 있는 뚱뚱한 사내를 붙잡고 있었다. 좀 전에 카낙과 아푸티쿠를 눈 속의 격투 경기로 안내했던 사내였다.

"좋아요." 리케는 입술 끝을 말아 올리며 자축했다.

"적어도 빈손으로 돌아가진 않겠군요. 어디서 찾았죠?"

"그의 아파트에서요. 발코니에 걸터앉아 있는 걸 발견했어요. 창문가에 스노모빌이 있더라고요. 누군가가 대신 시동을 켜놓은 거죠."

"아! 주민들끼리 연대가 참 끈끈하네요. 감동이에요."

빈정거리는 리케를 뒤로 하고, 카낙은 남자에게 가까이 갔다.

"우리 서로 통성명을 하지 않았군요. 당신은 제 이름을 알고 있는 것 같은데, 이름이 뭡니까?"

남자는 아푸티쿠에게로 몸을 돌리고, 그린란드어로 몇 마디를 급히 내뱉었다. 고집스러운 모습이었다.

"이름은 누파키Nupaki이고 덴마크어는 할 줄 모른답니다."

그건 새빨간 거짓말이었다. 그는 카낙에게 취조받기를 대놓고 거부하고 있었다. 취조가 기다려지는 순간이었다.

아파트를 벗어나기 직전, 마지막으로 불결해 보이는 옷더미를 슬쩍 들춰본 카낙의 손이 그대로 멈추었다. 붉은 모자였다. 이 모자는 그 자체로 증거가 될 수 없었다. 하지만 국립역사박물관에서 멀어져가던 총 든 뒷모습이 아직도 그의 눈에 선했다. 그 망할 붉은 모자 놈은 카낙이 죽기를 바랐다.

옆에서는 얼른 건물을 벗어나고 싶은 게 분명해 보이는 리케가 무전기에 대고 고함을 질렀다. 전국적인 수색을 지시하는 것 같았다. 이제 그린란드 전국의 경찰서에 아누락툭 네메닛소크의 얼굴이 게시될 것이다. 사냥이 시작되었다.

"이제 만족하세요, 경감 님?"

문이 뜯겨나간 자리를 넘으며 리케가 말했다.

* * *

거구의 남자는 몸집에 비해 놀라운 민첩성으로 시코르스키 아래로 뛰어내렸다. 폴라리스원의 유일한 좁고 둥근 헬기 발착장에는 어둠이 내려앉아 있었다. 헬기 꼬리의 붉은 신호등이 불규칙적으로 깜빡이며 빛을 밝혔다.

헨릭 뮐러는 다른 노동자들을 맞이할 때와 달리 발착장과 이어지는 통로에서부터 체르노브를 기다리고 있었다. 다른 노동자들은 가지지 못한 그만의 특권이었다. 그는 러시아 인의 손을 따뜻하게 마주잡았다.

"이렇게 들러주어서 고마워 세르게이."

프로펠러 소음을 이기기 위해, 뮐러가 소리를 지르며 말했다.

"자네가 아니면 누가 우리의 **예쁜이**를 다시 가동하겠어."

그는 가스가 여전히 피어오르고 있는 플랫폼의 굴뚝을 가리켰다. 마치 졸고 있는 용처럼 코끼리는 천천히 가동되고 있었다.

"전 아무것도 약속드릴 수 없습니다, 사장님. 녀석들은 아직도 열흘 전 벌어진 일로 우왕좌왕하고 있어요."

"알지, 알지……. 내가 바라는 건 그저 노력해달라는 것뿐이야."

"최선을 다할 겁니다. 절 아시잖아요. 하지만 중국인들은 좀 까다로울 겁니다. 범인이 자신들을 노리고 있다고 생각하고 있습니다."

"자네만 믿을게. 위에서 아주 난리야. 최근에 주식은 확인해봤나?"

"아뇨……."

"주가가 계속해서 곤두박질치고 있어." 뮐러가 우는 소리를 냈다.

"정말이지 끔찍한 일이라고!"

네스티는 무신경한 표정을 짓고 있었다. 마치 그런 생각들은 그의 너른 어깨 너머의 일이라는 듯이.

"어쨌든, 좋아. 자네가 이렇게 왔으니 자네의 팀을 다시 자네 손에 맡기지. 그들이 자네를 목이 빠지게 기다리고 있어."

뮐러가 힘주어 말했다.

네스티의 실루엣을 발견한 노동자들의 표정으로 보아, 뮐러의 말이 사실인지는 의심스러웠다. 그들이 안도한 것은 다름 아닌 네스티가 그들을 철저하게 무시하고 있다는 사실이었다. '상관'들의 만남을 보고자 노동자들이 빽빽하게 모여 있는 테라스를 피해 네스티는 계단과 좁은 통로가 이어지는 길을 골랐다. 구불구불한 길을 따라 오 분쯤 걸었을까, 그는 바다가 내려다보이는 작은 전망대에 도착했다. 폴라리스원에서 아무도 찾지 않는 외진 장소였다.

그는 난간에 기대어 차가운 공기를 들이마셨다. 그는 바다의 습기를 좋아하지 않았다. 그는 칼날처럼 건조한 시베리아의 추위를 더 좋아했다. 크게 숨을 여러 번 내쉰 그는 주머니에서 피가 말라붙은 중국인의 열쇠를 꺼냈다. 자신의 피였다. 아직도 그의 허벅지에서 피가 조금씩 새어 나오고 있었다.

좋은 소식은 이제 이 이야기가 그의 손에서 끝난다는 거였다. 이제 일 초만 더 있으면, 프리무스의 피해자들과 그를 연결할 고리는 사라진다. 일 초만 더 있으면, 그의 양심의 가책도 영원히 칸게크의 물속에 잠긴다. 야구공을 던지는 투수의 몸짓으로 그는 그가 할 수 있는 한 가장 멀리, 밤 속으로 열쇠를 던졌다.

***

그들이 밖으로 나오자마자 눈덩이 폭격이 다시 시작되었다. 그들에 의해 연행되는 콧수염 사내를 보고 공격이 수그러들어야 정상이었지만 그들의 기세는 꺾이지 않았다. 심지어 카낙은 날아오는 눈덩이 속 금속물질의 무게가 점점 묵직해지고 있다고 느꼈다. 그는 장갑을 낀 두 손으로 그의 머리를 보호해야 했다.

좁은 길을 지나자 50미터 앞에 가장 가까운 보호막이 보였고, 그들은 사정권 밖으로 내달렸다. 심각한 부상을 입은 사람이 아무도 없다는 게 천만다행이었다. 놈들의 장난감은 사람을 죽일 수도 있었다. 비록 차량에 긁힌 자국이 생기고 창문 몇 개는 깨졌지만, 차량에 가까워졌다는 사실에 그들은 안도의 한숨을 내쉬었다.

불에 녹은 휴대전화가 담겨 있던 양철통 앞을 지나며 카낙은 재빨리 그 안을 살폈다. 예상대로 검게 탄 휴대전화는 이미 사라진 뒤였다. 하지만 그 대신 카낙은 강렬한 파란색 뚜껑 끝에 매달린 하얀색 합성섬유 조각을 발견했다. 카낙은 동료들이 그를 신경 쓰지 않고 차량으로 달려가는 모습을 보며 그것을 주머니 안으로 얼른 밀어넣었다.

두 운전자는 눈덩이 공격을 피하기 위해 사무엘 클레인슈미트 아쿠타 길을 통해 되돌아가는 방법을 택했다. 되돌아가는 방향에서는 건물이 차도와 훨씬 멀리 떨어질 수 있었다. 그러나 송전탑에 가까워졌을 때 카낙은 수상한 형태의 무언가가 가까운 가로등에 매달린 것을 발견했다.

"아푸, 차 세워요!"

그가 명령했다. 카낙은 차량에서 튀어나가 그쪽으로 달렸다. 확신할 순 없지만 그가 본 건 사람의 형상이었다. 한 달음씩 가까워질수록 임시로 설치된 전선 끝에 매달린 형태가 분명하게 눈에 들어왔다. 눈이 돌출된, 이미 숨이 멎어 있는 사체였다. 그는 사체의 주인을 알아보았다.

26

IMG_2053 / 10월 26일
누크에서 발견된 것과 동일한 절단된 시체

'타킥은 스스로 몸을 던진 것일까, 아니면 누군가가 그렇게 한 걸까?'

과속방지턱과 도로에 파인 홈을 지나며 덜컹거리는 차량 속에서 그 질문이 카낙을 괴롭혔다. 그는 타킥에 대해 아는 게 거의 없었다. 그날 저녁, '동물원'에서 삼십 분가량 이야기를 나눈 게 다였다. 사실 그는 수사에 도움이 될 만한 사람만을 기억하기 때문에 그녀를 거의 잊고 있었다. 하지만 무겁게 남아 그의 내면을 울리고 있는 건 단 하나의 질문이었다.

'진짜 타킥 네메닛소크는 어떤 사람이었을까?'

카낙은 왠지 모르게 그녀에 대한 연민이 들었다. 이유는 모른다. 그리고 슬픔을 숨길 수 없었다. 소리 없이 흐르는 그의 눈물을 본 아푸티쿠는 황급히 시선을 창밖으로 돌렸다.

숨이 끊긴 아이의 몸은 목 졸림과 추위에 의해 퍼렇게 변해 있었다. 리케 에넬의 지시로 그의 몸은 평범한 짐짝처럼 트렁크에 실렸다. 유니폼을 입은 두 명의 순경이 카낙을 도와 치마 차림의 가련한 아이를 함께 옮겼다. 리케는 아무 말도 들으려 하지 않았다. 그녀에게 시체와 함께 차를 타는 건 용납

할 수 없는 일이었다. 카낙은 차량 내부의 백미러를 통해 그녀를 지켜보았다. 통화에 집중하고 있는 리케는 눈앞에 펼쳐진 비극에 놀라울 만큼 무관심해 보였다. 그녀는 두 번에 걸쳐 사춘기 소녀처럼 깔깔 웃었고, 전화에 대고 중얼거리기도 했다.

'사랑의 말이라도 속삭이는 건가? 만약 그렇다면 누구에게?'

경찰서에 도착하자, 콧수염의 누파키는 세 개의 유치장 중 한 곳에 갇혔다. 타킥의 몸은 크리스 칼슨의 세심한 손에 맡겨졌다. 그는 앞서 네 번의 주검을 봤을 때보다 타킥의 사체를 보고 더 동요하는 것 같았다.

'그도 어여쁜 이누이트 여성과 아는 사이였던 걸까?'

검시관은 그의 비밀과 함께 연구실 안으로 틀어박혔다. 카낙의 당황한 얼굴을 본 그는 아무 말도 하지 않았다. 한 시간 동안 여러 검사를 마친 크리스는 자살 가능성을 확인시켜주었다. 교살에 의한 질식, 목덜미의 부분적 골절, 상체와 복부에서 발견된 수많은 멍과 '빌어먹을 자국'까지. 그러나 다른 사람의 생물학적 흔적은 발견되지 않았다. 다만, 왼쪽 뺨에 따귀 자국 같은 게 보였지만 그건 그녀가 자주 만나던 술 취한 녀석 중 누구나 남길 수 있는 것이었다.

그녀가 사용한 끈은 썰매에 쓰이는 것이었다. 수레를 끄는 개와 수레를 연결하는 밧줄로, 타킥이 송전탑 위로 올라가 끈을 가까운 가로등에 고정하고 허공으로 몸을 던진 것으로 보였다. 그걸 확인시켜준 건 이웃의 증언이었다. 이웃이 아니었다면 팀원들이 또다시 주택가로 가야 했는지도 모른다.

"슬픈 건 말이죠. 그녀가 그 줄을…… 잘 골랐다는 거예요."

칼슨이 말했다.

"그게 무슨 뜻입니까?"

"확실하게 저항력 테스트를 해봐야 알겠지만 제가 관찰한 바로는 밧줄이 그녀의 무게를 견딜 만큼 튼튼했어요. 그녀가 사오 킬로그램만 더 나갔어도 줄이 끊어졌을 거예요."

단 몇 킬로그램 차이로 그녀의 생사가 갈린 것이었다. 터무니없는 일이었다.

크리스의 연구실을 떠나기 전, 카낙은 흰 섬유 조각을 그에게 건넸다.

"혹시 분석이 가능할까요?"

"그럼요. 하지만 이런 건 소렌의 일인데……."

"그래도 되지만 전 당신에게 부탁하고 싶습니다."

카낙이 목소리를 낮추어 말했다.

"그리고 결과도 제게만 알려주고요."

"알겠어요……. 어떤 걸 알고 싶으시죠?"

"먼저 그게 뭔지 그리고 가능하다면 누가 그것을 만졌는지."

"불 속에서 꺼낸 거라 쉽지 않을 겁니다. 특히 이곳의 장비로는요."

"아이, 아닙니다. 충분할 겁니다."

어쩌면 그가 실수하는 것일 수도 있었다. 하지만 그에겐 무능력하고 낯선 유빙 조각 중에서 크리스 칼슨만이 유일하게 믿고 의지할 수 있는 섬이었다.

안락의자에 몸을 기대고 책상 위로 다리를 꼰 채로 올려놓은 그린란드 경찰서 서장은 들뜬 기분을 숨길 수 없었다. 주요 용의자는 도주 중이고, 그 여동생은 죽었고, 물질적 증거는 거의 없다시피 한데다, 그의 팀원들에게로 쏟아진 돌팔매질까지……. 상황이 좋지 않음에도, 커다란 미소가 그녀를 떠나지 않았다.

"경감 님, 이리 들어와보세요!"

서장은 처음으로 공적인 자리에서 상냥한 태도를 보였다. 카낙은 그녀가 머리 모양과 화장을 고쳤다는 걸 알아차렸다. 살얼음판을 걷고 있는 상황에서도 그녀는 매력적으로 보이길 포기하지 않았다. 크리스가 왜 서장 앞에서 약한 모습을 보이는지 조금은 이해할 수 있었다.

"이번엔 제가 경감 님을 방해한다고 불평할 수 없을걸요. 새로운 소식이 있어요. 심지어 근거까지 있죠."

아누락툭에 대한 수배 지시가 떨어진 지 두 시간이 채 지나지 않았다.

'벌써?'

사실 그러지 말란 보장은 없었다. 어쩌면 스노모빌 운전자가 연료가 없어 어딘가에 방치된 채 혹은 눈 속의 깊은 구덩이에 빠진 채로 발견됐을 수도 있는 일이었다.

"맞춰보세요."

서장이 계속해서 말했다.

"제가 방금 툴레 구역의 동료에게 전화를 받았는데 말이죠."

이누이트 강제 이주의 이미지가 머릿속으로 떠올랐지만 이윽고 북극권에서 부는 차가운 바람과 함께 사라졌다.

"오, 이번 사건과 무슨 관련이라도 있습니까?"

"바로 그거예요!"

그녀는 태블릿 PC의 화면을 몇 번 눌러 여러 개의 자료를 보여주었다. 얼핏 봐서는 카낙이 그린란드로 오는 비행기에서 검토했던, 앞서 프리무스에서 발생한 세 살인사건의 사진과 비슷했다. 동일한 방식으로 잘린 목과 파헤쳐진 복부. 동일한 방식의 분노가 만들어낸 잔인한 핏빛 행위. 사진에서 비명이 들려오는 듯했다.

"그린오일 노동자들에게서 보인 것과 매우 비슷한 상처를 가진 두 구의 사체가 발견됐어요. 여기서처럼 정체를 알 수 없는 곰에 의해 먹혀버린 것처럼 아무 흔적도, 지문도 남기지 않았다고 해요. 저 위쪽은 이곳과 같은 기술력이 없지만……."

그녀의 말에는 분명한 경멸이 담겨 있었다.

"그들이 확인한 건 놀랍게도 우리가 이미 알고 있는 것과 비슷했어요. 피해자의 상처에서 타액이 발견되지 않은 점, 사후에 혀가 닦였다는 점, 간이 절제되었다는 점까지……."

카낙이 놀라움을 극복하는 데는 약간의 시간이 필요했다. 그리고 마음을 저리게 만드는 사진에서 눈을 떼는 데까지도.

"언제 일어난 일입니까?"

"지난 밤이요."

"둘 다 말입니까?"

"네. 둘 다 10월 25일 밤에서 26일 새벽 사이에 죽었어요."

누크에서 일어난 예르데브의 살해 다음 날이었다. 또한 아누락툭 네메닛소크와 그들이 만나기 바로 전날이기도 했다. NNK의 두목이 북극권을 재빨리 다녀왔을지도 모르는 일이었다. 하지만 왕복에 걸리는 시간과 거리를 고려했을 때, 그런 가능성은 적었다. 카낙은 다시 한 번, 에어 그린란드의 탑승객 리스트를 찾아봐야겠다고 생각했다. 19일부터 25일 사이 아누락툭과 체르노브는 비행기로 이동한 일이 없었고, 마쏘도 마찬가지였다. 하지만 무언가를 놓쳐버린 느낌이 들었다.

"한 가지 다른 게 있다면, 피해자들의 신원이에요."

"그래요? 왜죠?"

"이번 피해자들은 뮐러의 노예들보다 더 잘난 사람들도 아니었어요. 그린란드 토착민이죠."

한 지역의 문화와 주민들을 대놓고 멸시하는, 선을 넘는 말이었다. 리케는 계속해서 말을 이었다.

"이 두 명은 곰과 바다표범 사냥꾼이에요. 쭉 그 지역에 살아왔고, 그곳에서도 꽤 알려진 사람들이었어요. 공동체에 속하는 사람들인 거죠. 큰 말썽을 일으키지 않는 좋은 가장이었다네요. 우리의 외국인 호색한들과는 전혀 다른 부류죠."

너무나도 명확한 차이였다. 그 사실은 카낙을 당혹스럽게 만들었다. 툴레에서 일어난 범죄와 누크의 사건이 조금이라도 연관되어 있다고 가정하려면, 카낙이 지금까지 수사해왔던 그린란드의 정체성과 관련한 단서를 모두 버려야 했다. 그게 아니라면, 카낙은 역사학자의 말을 떠올렸다. 1974년이나 1975년, 이누이트 사냥꾼 일가족이 NNK에 의해 몰살당했던 일이 있었다고 했다. NNK가 대의를 위해 그들의 민족까지 희생시킨 것이었다.

'현재 부활한 극단적 민족주의가 그곳에서도 살인 행각을 벌였던 걸까? 혹시 그린란드 저 반대편에 아누락툭의 공범이 있는 걸까?'

리케는 사악한 미소를 지으며 그를 바라보았다.

"무슨 상상을 하든 이제 경감 님이 직접 그 실체를 확인할 수 있게 될 거예요."

"네?"

그녀는 득의양양하게 인쇄물을 한 장 내밀었다.

"새로운 임무 지시예요. 아르네 야콥센이 서명했어요."

매우 형식적으로 쓰인 간결한 편지에는 카낙에게 카수이추프Qaasuitsup
라는 지방에 위치한 툴레 구역으로 즉시 방문할 것을 지시하고 있었다.

"농담이시죠?!"

"이건 저와는 아무 상관없는 일이에요."

그녀는 믿거나 말거나 하는 태도로 말했다.

"당신을 그곳으로 보낸 건 당신의 상관이지, 제가 아니라고요."

"이보세요! 지금 절 놀리시는 겁니까?"

"오! 목소리 낮추세요, 경감 님."

소란을 일으켜봤자 아무 소용도, 아무 도움도 되지 않을 것이다. 카낙은
그것을 알고 있었다.

"아누락툭과 NNK의 연관성에 대한 단서를 드디어 찾았단 말입니다."

"그럼 두 배로 축하할 일이네요."

'그래, 비슷한 사건이 일어났으니 혼란스러울 만도 하지. 그렇다고 거기
까지 가서 수사하라니……'

리케는 매우 확신에 찬 목소리로 말을 이었다.

"그런 속담이 있죠? '진실을 위해서라면 가지 못할 길은 없다. 진실은 언
제나 길을 알려줄 것이다'라는데 맞나요?"

'사랑! 정확히는 사랑이 언제나 길을 알려줄 것이다,였다. 진실이 아니
라.'

카낙은 그녀의 말을 정정할 힘도 없었다. 카낙이 제 꾀에 넘어가는 걸 보
는 게 그녀의 낙이라면, 이미 그녀가 이긴 것이나 다름없었다. 그는 가야 했

다. 다른 방법은 없었다.

그러나 카낙은 마지막 기지를 발휘해 스마트폰을 꺼내 개미의 연락처를 띄운 다음, 에넬에게 화면을 보여주었다. 그녀의 차가운 시선이 "시간 낭비일 텐데"라고 말하는 것 같았다. 그리고 그녀가 옳았다. 세 번에 걸친 통화 시도는 번번이 그를 야콥센의 음성사서함으로 안내했다. 개미가 그를 차단한 것이었다. 카낙은 어쩔 수 없이, 자신의 상관이 보낸 편지를 읽어야 했다.

카낙 경감은 즉시 카수이추프 지방의 툴레 구역으로 갈 것.

아래 첨부된 사건에 대해 필요한 모든 수사를 진행할 것.

"정확히 거기가 어딥니까?" 체념한 카낙이 물었다.

"여기서 1천 6백 킬로미터 떨어진 곳이에요. 바람 쐬러 다녀오기 딱 좋죠?"

승리자로서 리케는 겸손의 미덕을 갖추지 못했다. 어차피 공식적으로 그를 눈앞에서 치워버리게 된 셈이니, 이제 그녀는 마음대로 행동하고 있었다.

"카수이추프는 마을 이름입니까?"

"아뇨. 지역 내의 경찰서들을 관리하는 코뮌의 이름이에요."

"그럼 제가 가는 곳이 정확히 어딥니까?"

그는 이미 어렴풋이 알고 있었다. 그가 국립기록보관소에서 야구모자를 쓴 노신사와 이야기를 나눴던 순간부터, 인정할 순 없었지만 짐작은 하고 있었다. 모든 것이 이 만남을 위해 짜 맞춰진 것 같았다. 모든 것이 그를 그곳으로 이끌고 있었다.

그가 태어난 곳, 북쪽의 끝.

리케가 그 단어를 입에 올리기도 전에 카낙은 이미 그 이름을 알고 있었다. 과거, 어린 카낙의 귓가를 수도 없이 괴롭혔던 이름이었다.

"카낙……. 너무 낯설지 않아 다행이죠?"

27

IMG_2062 / 10월 27일
헬리콥터에서 본, 누크의 일출

카낙은 여전히 놀란 상태였다. 이 나라에 팽배한 아마추어리즘이 그를 당혹스럽게 만들었다. 에넬은 우쭐거리고 있었고, 그녀의 팀은 오합지졸이 따로 없었다. 오늘 아침, 북쪽으로 떠나는 에어 그린란드 헬리콥터가 이륙하기 전까지 그의 눈앞에 펼쳐진 장면은 다음과 같았다.

전날, 아누락툭의 대리인인 누파키는 취조 과정에서 입도 뻥긋하지 않았다. 카낙의 고급 기술들도 전혀 먹히지 않았다. 아누락툭을 감싸기 위해 그는 달달 외운 게 분명한, 확인할 길이 없는 알리바이를 댔다. 살인이 일어났던 삼일 밤 동안 그들은 북극올림픽에 출전하기 위해 훈련을 했다고 한다. 민족주의 단체의 리더가 그 훈련에 참여했다는 것을 증명해줄 목격자도 수십 명에 달한다고 한다.

"새벽 세 시에 훈련을 했단 말입니까?!" 카낙이 격분하며 말했다.

콧수염의 남자는 어깨를 으쓱해 보였다. 그러고는 다시 입을 꾹 다물었다. 그의 입을 여는 데 실패했다는 사실에 짜증이 난 카낙은 아침이 밝는 대로 누파키를 다시 한 번 취조하려고 했다. 하지만 반은 놀라고, 반은 난처해 보이는 아푸티쿠가 누구도 흉내 낼 수 없는 웃음을 방패삼아 대답했다.

"벌써 갔는데요."

"갔다니요?"

"아침에 풀려났죠."

"오, 농담이죠? 지금 절 놀리는 겁니까?"

"아, 아니에요⋯⋯. 오늘 아침 여섯 시 반에 풀려났어요. 그게 관례예요."

그건 농담이 아니었다. 그린란드에서는 어떤 피의자도 열두 시간 연속 유치장에 수감할 수 없었다. 한 군데 정착하지 않고 떠돌아다니며 사냥을 하는 민족에게, 자유를 빼앗는 것은 곧 죽음을 뜻했다. 과거 많은 수의 수감자들이 스스로 목숨을 끊었고, 목숨을 끊지 않은 나머지는 식음을 전폐하다 굶어 죽거나 슬픔으로 시름시름 앓다 죽었다고 했다.

그래서 지금도 유치장으로 잡혀온 피의자들이나 수감자들은 밤에만 그곳에서 보내고, 날이 밝으면 마음대로 밖을 돌아다니다가 저녁이 되면, 늦어도 21시 30분 전에 다시 돌아왔다. 그들 중 어떤 이들은 정상적으로 일과 가정생활을 유지하기도 했다. 겉으로 봐서는 평범한 시민과 범죄자를 구분할 수 없는 셈이었다. 지금 시각이라면 벌써 누파키는 어디론가 멀리 갔을 것이다.

누크 상공을 비행하는 벨 212 헬리콥터는 그린오일의 시코르스키보다 최소 두 배는 더 컸다. 아푸티쿠와 카낙을 제외하고도, 헬기 내에는 일곱 명의 승객이 자리에 앉아 있었다. 총 다섯 시간의 비행시간 동안 일루리삿과 우페르나빅Upernavik 두 곳을 경유하는 여정이었다.

'귀를 먹먹하게 만드는 소음 속에서 다섯 시간의 비행이라.'

머리에 힘을 주고 등을 돌린 채로, 각자 헬리콥터 양쪽 끝 좁은 자리에 앉아서 다섯 시간을 보내야 했다. 카낙은 누파키의 석방을 도저히 이해할 수 없었다. 물론 그게 다 말도 안 되는 '전통' 때문이라지만. 자유를 되찾은 누파키가 그 틈을 타서 그가 속한 무리에게 유리한 짓을 하진 않을까 하는 걱정을 지울 수 없었다. 전날 저녁, 베비안과 소스에 푹 절은 음식이 기다리는 집으로 돌아간 카낙은, 그린란드어로 통화하는 아푸티쿠를 또 한 번 발견했다. 이번에 아푸티쿠는 그에게서 충분히 멀리 떨어지지 못했다. 그 결과 카낙은 그가 있는 쪽을 흘깃 쳐다보는 눈길과 함께 아푸티쿠가 여러 번 그의 이름, 흐아낙을 발음하는 것을 들을 수 있었다. 전날 먹은 스튜만큼 소화하기 힘든 여러 사실 가운데 카낙은 하나의 가설을 곱씹어 보았다.

'아푸티쿠 칼라켁이 NNK의 광인들의 공범일 수도 있을까?'

그건 아누락툭의 태블릿 PC에 대한 분석 결과만큼이나 – 소렌 덕분이었다 – 받아들이기 힘든 사실이었다. 드디어 명백한 증거가 나온 것이었다. 발견한 것은 기계로 만든 곰의 턱에 대한 일종의 조립 설명서였다. 거기에 입과 발톱까지, 모든 게 다 있었다. 자료는 에티엔 마쏘의 작품과는, 미적인 측면을 제외하더라도 한참 거리가 멀었다. 프랑스인 기술자는 '동물' 내부의 메커니즘을 최대한 숨기려 노력했던 반면, 이 '물건'은 순수하게 효율성만을 드러내고 있었다. 프랑스 인의 것보다 톱니바퀴는 더 조잡했고, 크로키의 섬세함과 정확도는 훨씬 더 떨어졌다. 기술적 노하우를 전수하려는 목적보다는 공작의 요령을 알려주는 도면이었다. 게다가 자세히 살펴보니 제작 도면이라기보다는 조립에 대한 설명에 가까웠다. 조립식 가구 설명서처럼 말이다. 범죄 무기계의 '이케아'나 다름없었다.

사실 단순하고 무식한 아누락툭이 어떻게 이런 기계를 개발할 수 있었는지 이해하기 힘들었다. 그의 조립식 기계는 마쏘의 천재적인 발명품에 비할 수는 없겠지만 견습 기계공 수준보단 훨씬 높은 능력을 요구하고 있었다.

안타깝게도 NNK 두목의 메시지 함에서는 기계 설명서에 관련한 어떤 정보도 찾을 수 없었다. 텔레 그린란드 통신사의 서버에 어떤 흔적도 없는 것으로 보아 정보는 아마 USB로 주고받았을 것이다. 아누락툭의 잡동사니 안에서도 아무것도 찾지 못했다.

붉은색 헬리콥터는 해안선 위를 날고 있었다. 누크의 북쪽 몇 킬로미터 정도의 해안선은 가파른 작은 만과 절벽이 번갈아 이어지며 울퉁불퉁한 지형을 이루고 있었다. 두껍게 쌓인 눈만 아니라면 아일랜드나 스코틀랜드라고 해도 믿을 만한 모습이었다. 카낙은 그린란드로 올 때 탔던 비행기와 달리, 헬리콥터가 내륙 쪽으로 급강하하지 않도록 주의한다는 사실을 알아차렸다. 내륙에서는 모든 것을 얼려버릴 것 같은 파괴적인 세기의 바람이 낮은 고도로 불고 있었다.

카낙은 리케 에넬이 건넨 보고서로 잠시 눈길을 돌렸지만 새로운 정보는 없었다. 누크에서처럼 카낙에서도, 피해자의 찢긴 사체가 자택 내부에서 발견되었다. 또한 어떤 흔적도 나오지 않았다. 누군지는 몰라도, 아누락툭의 공범은 남쪽의 '동료'만큼이나 솜씨가 좋고 신중한 것 같았다.

그는 쓸모없는 독서를 관두고 밖의 풍경에 빠져들었다. 하늘에서 내려다본 빙산이 만들어지는 모습은 매혹적이었다. 마치 거대한 얼음 퍼즐이 인간의 눈으로는 이해가 불가능한 고유한 논리로 움직이는 듯했다.

그는 두세 번 정도, 작은 노란 점 하나가 거대한 덩어리에서 떨어져 나온 작은 얼음 조각 위에 가만히 누워 있는 모습이라든지, 조각 사이를 넘어 다니는 것을 발견했다. 북극곰이었다. 진짜 북극곰.

'저들 중 하나를 추적하는 일이었다면 차라리 사건은 지금보다 훨씬 더 간단했을 텐데.'

그 순간, 푄현상으로 인한 거센 돌풍이 불어와 헬기를 흔들었다. 승객 중 누구도 동요하지 않았다. 대부분은 꾸벅꾸벅 졸고 있었고, 두 명은 가는 끈으로 손가락을 엮으며 이상한 놀이를 하는 데 열중했다. 그들에게는 아마 정상적인, 어쨌든 익숙한 상황일 것이다.

헬기의 오른편에 앉은 카낙은 풍경을 오롯이 감상할 수 있었다. 해가 떠오르며 울퉁불퉁한 지형 위로 햇빛을 비추는 모습은 아름다웠다.

'누가 그린란드를 두고 아이스링크처럼 평평하고 단조롭다고 했던가.'

이렇게 높은 곳에서 내려다보니 그것은 사실이 아니었다. 눈이 부분적으로 덮인 수십 킬로미터 넓이의 툰드라 지대를 지나고, 다소 험준한 산과 계곡으로 접어들었다. 몇몇 비탈면들은 작은 숲으로 이어지고 있었는데, 거리가 멀어 확실하진 않지만 침엽수로 보였다. 그 너머로는 새하얀 얇은 막이 흩뿌려진 대륙빙하가 지평선으로 끝없이 펼쳐지고 있었다.

카낙은 그의 얼굴로 쏟아지는 햇빛과 하나가 되는 것을 느꼈다. 반면 이제껏 그가 쫓던, 증명할 수 있는 것들이 주변과 대립하고 있다는 사실이 여전히 충격으로 다가왔다. 제자리를 찾지 못한 그 불행한 것들은 그들을 둘러싼 물질과 생명을 파괴하는 결말만을 맞고 있었다. 진정한 고통의 발현이었다.

사실 그에게 사진이란 현실로부터 얻어낸 진실의 조각이었고, 사진을 찍으며 그가 진정으로 얻고자 했던 것은 자신이 세상과 연결되어 있음을, 그 연결고리가 아직 끊어지지 않았음을 확인시켜주는 신호에 불과했다. 그리고 그것은 그가 깨닫지 못할 뿐 그의 뿌리에 대한 믿음을 영속시키고, 자신만의 작은 애니미즘을 만들어내고 있었다.

그래서 그는 흐린 렌즈 너머로 사정없이 셔터를 눌렀던 것이다. 주변을 감싸는 순백의 안개 장막으로 인해 이미지는 그렇게 선명하지 못했다. 하지만 그건 중요하지 않았다. 딸깍 소리와 함께 그가 포착하는 것은 그의 눈이자 검지이자 얼어붙은 무한함이었다. 중요한 건 그것이었다.

몇 분간 이어진 몰입의 순간이 지나고, 카낙은 그린란드에 도착한 이후로 시간이 없어 하지 못했던 일을 하기 시작했다. 바로 사진 정리다. 평소였다면 최소 하루에 한 번 정도는 하는 일과였다. 보통 쌍둥이를 재운 뒤 고즈넉한 밤에 하는 게 적당했지만 그린란드에 온 이후에는 사건사고의 연속이라 그럴 여유가 없었다.

카낙은 모든 사진을 살펴보았다. 개중에는 여행의 첫날, 실수로 연사 버튼을 눌러 찍은 사진들도 있었다. 빙관을 담은 파노라마 사진과 같은 수십 장의 똑같은 사진 중에서 한 장에 시선이 멈춘 그는 매우 놀랐다. 온통 새하얀 바탕 가운데, 검은색 형태가 눈에 들어왔다. 여러 개의 검은 원이었다. 반듯한 동그라미 세 개가 열을 지어 늘어져 있었다. 모서리가 잘려 나간 것까지 합하면 총 네 개였다.

'누가 저런 기하학적 형태를 다른 곳도 아닌 이런 곳 한가운데에 만들어 놓은 걸까?'

카낙은 궁금증을 해소하기 위해 옆자리에 앉은 사람을 향해 몸을 돌렸고, 그제야 그가 아푸티쿠가 아니라는 사실을 기억해냈다. 이가 빠진 노인이 해맑게 미소를 지어 보였다. 모든 이누이트가 외국인을 싫어하는 건 아니었다. 그때 문자메시지가 도착했다.

'평온할 틈을 주지 않는군.'

카낙이 힘을 실어 화면을 두 번 터치하자, 크리스 칼슨의 메시지가 떠올랐다.

> 좋은 소식이에요. 제 사촌이 세르게이 체르노브의 주식 보유 현황을 알아냈어요. 그가 지난 10월 15일 가지고 있던 그린오일 주식을 전부 매각했대요. 한 주당 74.35달러로요. 하나도 남기지 않았어요. 총 거래가는 1백 4십 8만 달러였어요. 연말 보너스치고는 조금 많죠? ;- 사촌 말로는 내부자 거래의 냄새가 진하게 난다고 해요.

10월 15일.

프리무스에서 있었던 첫 번째 살인이 있기 바로 전날이었다. 토론토 증권거래소에서 그린오일의 주가가 폭락하기 하루 전날이기도 했다.

PART 2

북극의 밤

오직 시간과 얼음만이 우리의 주인이다.

– 이누이트 속담

1975년 4월

아이는 매우 길고 믿을 수 없을 정도로 심하게 엉킨 머리카락을 가지고 있었다. 이 작은 아이의 고향에서는 평생 머리를 자르지 않는 것이 규칙인 것 같았다. 치아와 피부 상태도 엉망이었다. 그야말로 야생의 아이였다.

아이를 짐승과 구분할 수 있는 가장 확연한 점은, 아이가 손에서 절대 놓지 않는 솜으로 된 올빼미 인형이었다. 누군가 인형을 뺏는 시늉만 해도 아이는 울부짖으며 그 사람을 할퀴어댔다.

요세핀 슈나이더 뵈른옘 보육원 직원은 생전 처음으로 이런 아이를 보았다고 했다. 침울해 있거나 정신을 조금 놓아버린 아이들은 익숙했다. 여자아이는 덴마크어를 한 마디도 하지 못했다. 아이가 어디서 왔는지는 오직 신만이 아실 것이다.

"아, 그린란드에서 왔다고? 그것도 북극권의 촌구석에서?"

그 말을 전해들은 직원은 이제야 이해가 된다는 듯, 고개를 끄덕였다. 달력을 쥐여 줘도 아이는 제 생일을 짚어내지 못했다. 교육을 못 받은 게 분명했다. 그게 아니면, 단지 충격을 받은 상태일 수도 있었다. 손가락을 사용해 이름이나 다른 무언가를 가리켜도 아이는 질문 자체를 이해하지 못했다. 아이는 다른 곳을 바라보았다. 마치 이 모든 게 남의 일이라는 듯. 분명 아이는 이곳에 있었지만 이곳에 없었다.

처음 며칠간 아이는 세수하거나 옷을 갈아입기를 거부했다. 아이는 아무것도 하려고 하지 않았다. 사람들이 완력을 써서 옷을 벗기려 했을 때는 짐승처럼 울부짖었다. 간병인 중 한 명을 물기까지 했는데, 그녀는 그중 가장 다정하고 노련한 직원이었다. 아이가 보인 첫 번째 '정상적인' 반응은 사람들이 아이의 머리카락을 잘랐을 때였다. 아이가 갑자기 울음을 터뜨린 것이다. 아이는 소리 없이 긴 시간 동안 눈물을 흘렸다. 눈물을 모두 비워낸 아이의 몸이 딸꾹질로 머리부터 발끝까지 흔들렸다. 아무리 그래도 직원들은 뭐라도 해야 했다. 아이의 머리털은 기생충으로 들끓고 있었다. 마치 주인 없는 강아지의 털을 깎는 것 같다고 느껴질 정도였다.

이제 아이는 거의 대머리가 되었다. 그래도 아이의 얼굴은 귀여웠다. 아이는 걸신들린 듯 음식을 먹어 치웠다. 처음에는 달콤한 맛이 나는 것을 꺼렸지만 금세 만족스럽게 웅얼거리며 사람들이 내온 타르트나 라이스 푸딩을 삼켰다.

아이가 삶으로 회귀했다는 작은 신호를 처음으로 알아챈 건, 스웨덴 출신의 젊은 간병인 론Lone이었다. 론은 코펜하겐에서 홀로 살고 있었다. 그렇기에 며칠 더 야근하거나 남자친구와 약속이 있는 동료들을 위해 당번을 바꿔주는 일이 그리 나쁘지 않았다. 매일 저녁 그녀는 아이를 돌보았다. 아이가 알아듣지 못하는 이야기를 들려주며 아이를 재웠다. 둘 사이에 조용한 유대가 싹텄다. 아이는 다른 사람과는 교류하고 싶어 하지 않았다. 아이는 예쁜 스웨덴 간병인이 나타나면 웃음을 지었고, 복도 끝에서 그녀의 동료들의 모습이 보일 때면 으르렁거렸다. 보육원의 다른 아이들과도 전혀 어울리려 하지 않았다. 아이에겐 오직 론뿐이었다.

젊은 론은 아이를 입양할 방법을 이리저리 알아보기에 이르렀다. 하지만 그녀가 할 수 있는 건 없었다. 스물다섯 살 미혼의 외국인은 입양 허가를 받을 수 없었기 때문이다. 허가가 난다 해도, 그녀의 서류가 통과될 즈음이면 여자아이는 이미 다른 집으로 입양되고 난 뒤일 터였다. 물론 누군가 아이를 원한다면 말이다.

아무래도 그럴 것 같진 않았다. 아이가 온 지 8일이나 되었는데도, 아이는 아직 몸에 물 한 방울도 묻히지 않은 채였다. 슬슬 걱정되기 시작한 그녀는 보육원의 규칙을 깨기로 결심했다. 어느 날 저녁, 모두가 몸을 말리고 파자마를 입은 시각, 욕실로 간 그녀는 아이 앞에서 옷을 벗고, 따뜻하고 기분 좋은 물줄기 아래로 들어갔다. 론은 미소를 지으며 아이에게 손짓했다.

"이리와, 어서. 기분이 좋단다."

그리고 기적이 일어났다. 아이가 누더기 옷을 벗어 던졌다. 아이는 수증기 구름을 지나 론이 있는 물줄기 아래로 다가왔다. 아이가 론의 다리를 잡았을 때, 그녀는 뒤로 한 걸음 물러났다. 그리고 그럴 만한 이유는 충분했다. 야생의 아이는 남자아이였다.

행정상의 오류가 수정되었고, 아이는 공식적으로 입양 시장으로 나오게 되었다. 홀로 아이를 키울 능력이 없었던 론은 아이가 좋은 부모의 눈에 띄기만을 바랐다. 이왕이면 프레데릭스베르, 혹은 다른 곳의 세련된 사람들이길 바랐다. 그녀는 아이의 서류를 살펴보았다. 최소한의 정보도 갖추지 못한 서류였다.

아이는 이누이트 부족 출신이었고, 나머지 가족은 아이의 눈앞에서 살해당한 것 같았다. 비극에 대한 더 자세한 설명은 어디에도 없었다. 아이는 세상에 홀로 남겨졌다. 그게 아니라면 아이가 덴마크까지 오는 일은 없었을 것이다. 그린란드에서 고아들은 늘 친척이 거두었다.

두 장으로 된 서류 속에서 론은 종이로 만든 작은 팔찌를 발견했다. 신생아의 팔목에 채워주는 것과 같은 팔찌였다. 거기엔 서투른 글씨로 '카낙, 툴레의 구'라고 적혀 있었다. 아이는 그곳에서 온 걸까?

"카낙."

그 단어가 다시 누군가의 입에 오른 것은 얼마의 시간이 흐른 뒤, 보육원을 처음 방문한 매우 친절하고 잘 차려입은 부인과 그의 남편에 의해서였다. 그리고 그 이름은 수 주 동안 수없이 불렸다. 부인이 그의 남편에게 넌지시 물어보던 날까지.

"카낙……. 남자아이 이름으론 참 예쁜 것 같지 않아? 어떻게 생각해?"

아주 예쁜 이름이었다.

28

"대체…… 지금이 몇 시입니까?"

카낙은 얼어붙은 밤공기 속에 갇힌 야수처럼 헬리콥터 주위를 돌았다. 거의 만월에 가까운 흰 달 주위로 듬성듬성 몇 개의 별들이 떠 있었다. 하지만 흐릿하고 푸르스름한 달빛이 비치는 지금을 '낮'이라 하기엔 무리가 있었다.

"오후 두 시 조금 넘었을 거예요. 왜 그러세요?"

"누크와 이곳에 시차가 있습니까?"

"아, 아뇨. 없는데요."

그런데 대체 무슨 일이 일어난 걸까? 누가 거대한 스위치를 꺼 아반녕수악Avannersuaq, 이 북극권을 어둠 속에 빠트린 걸까?

헬기는 새로운 승객을 태우고 이미 떠난 뒤였다. 헬기에서 내린 사람들은 아무렇게나 뒹구는 짐들과 함께 남겨졌다.

"이미 한참 전에 66도 북위 한계선을 지났잖아요."

"그 말은…… 극야* 속으로 들어왔단 말입니까?"

"완전한 극야는 아니에요. 밤이 되려면 아직 한 시간 정도 남았을 거예요."

아무리 봐도 그 한 시간은 이미 지난 것 같았다.

마을 교외에 위치한 작은 활주로는 눈이 치워진 빈 공간에 둘레를 따라, 색색의 양철통으로 경계선을 표시하여 마련된 곳이었다. 주거지는 그곳으로부터 수백 미터 떨어진 곳의 완만한 경사지에 자리하고 있었다. 그보다 조금 더 멀리에는 카낙의 해안가가 펼쳐지고 있었지만 지금 그 모습은 마치 떠다니는 빙산 몇 개의 그림자로만 짐작할 수 있었다.

크기만 좀더 작을 뿐 카낙의 주택들은 누크에서 볼 수 있었던 것과 크게 다르지 않았다. 하지만 완전히 다른 세상에 온 것만 같은 인상을 주었다. 사람들이 말했던 북-남의 격차가 피부로 와 닿는 순간이었다.

헬리콥터 발착장 바로 옆에서는 경계가 뚜렷하게 나뉘지 않은 스케이트장 같은 땅 위에서 축구 경기가 야단스럽게 진행되고 있었다. 두꺼운 옷을 입고, 가죽으로 된 부츠를 신은 스물두 명의 건장한 남성들이 깜깜한 어둠 속에서 사방으로 뛰어다니고 있었다. 앞이 보이기나 하는 건지 의문이었다. 축구보다는, 하키 스틱이 없는 하키 경기에 가까웠다. 선수들은 걸핏하면 바닥으로 고꾸라졌다. 몸을 부딪치고 서로를 떠미는 행위가 허용되는 듯했다.

한참 경기를 지켜보던 카낙은 들려오는 소리로 근처에 열성적인 관중도

---

* 極夜. 위도 66.5도 이상인 지역에서 24시간 이상 해가 뜨지 않고 밤이 계속되는 기간을 뜻한다. 극야의 반대는 백야로, 해가 지지 않고 계속 떠 있어 낮이 지속되는 기간을 말한다.

있다는 사실을 알 수 있었다. 경기장 주변으로 온 가족이 나와 서 있었다. 몇몇은 썰매 위로 몸을 늘어뜨리고 있었지만, 대부분은 거친 추위가 주는 무기력함을 쫓기 위해 몸을 움직이고 있었다. 그들은 소리를 지르거나 제자리를 뛰면서 보온병에 담긴 따뜻한 커피를 나눠 마시거나 비스킷을 먹었다. 춤을 추는 이들도 있었다.

"이런 축제가 자주 열립니까?"

"항상 열리죠." 아푸티쿠가 자랑스럽게 말했다.

"축구는 그린란드의 공식 스포츠거든요."

카낙은 폴리티가든에서 본 포스터와 유니폼을 떠올렸다.

"그럼…… 국가 대표팀도 있습니까?"

그는 평균적인 수준의 축구 애호가에 불과했지만 텔레비전에서 그린란드 팀이 출전하는 경기를 본 기억은 한 번도 없었다.

"네. 불행히도 그린란드는 FIFA 회원국이 아니에요."

아푸티쿠는 진지한 얼굴로 불평했다.

"그린란드와 요제프 블라터* 사이에 해묵은 앙금이 있거든요."

말도 많고 탈도 많던 스위스가 국제축구연맹을 주재하던 때의 일이었다. 그 순간, 힘이 빠진 축구공이 카낙의 발치로 굴러왔다. 그는 어스름한 석양 너머로, 가장 가까이에 있는 선수를 찾아 오른발로 공을 차줄 준비를 했다. 축구장 주변에 있는 관중이라면 누구나 할 법한 평범한 동작이었다.

하지만 그의 방향으로 뛰어오던 남자는 굴러오는 공을 붙잡을 생각도 없이, 그 자리에 우뚝 섰다. 먼 거리에도 카낙을 노려보는 그의 시선에는 적

---

* Joseph Sepp Blatter. 스위스의 축구 행정가이자 1998년에서 2016년까지 국제축구연맹(FIFA)의 8대 회장이었다.

의가 담겨 있었다. 모든 선수들이 움직이지 않았다.

"내가 뭘 잘못했습니까?" 카낙이 물었다.

"그를 도와줬죠."

"그러면 안 되는 겁니까?"

"그가 도움을 요청했다면 모르지만 그렇지 않았다면 그건 모욕과 같아요."

"모욕이요?"

"혼자서 일을 해결하지 못하는 사람 취급을 받았다고 느낄 수 있거든요."

그때, 아푸티쿠처럼 둥근 얼굴에 미소를 띤 나이 많은 이누이트 남성이 나타나자 좌중의 불편함은 사라졌다. 모욕을 당한 선수에게 몇 마디 수수께끼와 같은 단어가 전해지자, 경기는 재개되었고 남자는 카낙에게 다가와 다정히 손을 내밀었다.

"저는 우죽Ujjuk이라고 합니다."

남자는 이누이트 억양이 두드러진 덴마크어로 자신을 소개했다.

"카낙의 팀 코치죠."

"만나서 반갑습니다. 아드리엔슨 경감입니다. 코펜하겐경찰청 소속이죠."

우죽은 대답 없이 서리가 엉겨 붙은 가느다란 눈을 약간 찌푸릴 뿐이었다.

"이 마을의 경찰서장을 찾고 있는데 도와주실 수 있겠습니까?"

"그게 접니다."

그 말에 놀란 카낙과 아푸티쿠가 조용히 서로를 바라보았다.

"아! 그것도 당신입니까?"

"네."

"그렇군요. 이 지역의 사냥꾼 노조 대표도 만나 봬야 하는데……."

"그것도 접니다."

'놀리는 건 아니겠지?'

"감투가 참 많으시네요."

"직함만 다를 뿐 하는 일은 같습니다."

이외에도 그는 지역의 클루비와 바다표범 사냥꾼들의 저녁모임 주최자이자 성인이 된 네 명의 자식을 둔 아버지이기도 했다.

'고작' 그것뿐이라고 했다.

몇 발자국 앞의 경기장에서는 경기가 막 끝난 참이었다. 농담하길 좋아하는 우죽은 자연스럽게 그들을 마을회관에서 열리는 카페믹에 초대했다. 마을회관으로 향하는 동안, 사람들이 몰려들어 북적거렸다. 이런 즐거움은 유령 같은 마을 분위기와 대조적이었다. 카낙이란 마을은 백여 가구가 모여 있는 주택가로 이루어져 있었고, 바다까지 곧장 이어지는 중심 도로인 진흙 길이 마을을 반으로 가르고 있었다.

마을의 모든 것은 가로등이 상징하는 현대성과 사람 수보다 더 많을 것으로 보이는 개들이 사방에서 짖어대는 소리와 함께 다른 짐승의 접근을 막기 위해 내장이 제거된 채로 높은 곳에 널려 있는 바다표범 가죽이 상징하는 전통성 사이를 혼란스럽게 오가고 있었다.

조립식으로 지어진 마을회관인 카직qaggiq의 문턱을 넘자, 그가 마을에 대해 느꼈던 게 사실이라는 걸 알 수 있었다. 여기선 어떤 것도 정말로 중요하거나 심각하게 보이지 않았다. 아이나 어른이나 순박한 분위기 속에서 한가롭게 노닐고 있었다. 누크에서 만났던 '그린란드덴마크 인'들과 전혀 다른 모습이었다.

입구 맞은편에 걸린 오래된 브리지트 바르도*의 포스터에는 십여 개의 다트가 꽂혀 있었다. 카낙의 당황한 시선을 본 아푸티쿠는 1980년대, 사냥으로 인한 바다표범의 멸종을 우려해 그녀가 펼친 캠페인 이래, 그린란드에서 그녀의 이미지가 바닥을 쳤다고 설명했다. 그녀는 절대 '새끼 짐승'을 사냥하지 않는 이누이트와 캐나다의 밀렵꾼을 같은 부류로 취급했던 것이다. 미디어를 통해 널리 퍼진 그 캠페인 때문에 그들에게 최초로 사냥 쿼터제가 부과되었고, 그건 이누이트에게 매우 불공평한 처사였다. 모든 피니악톡piniartoq, 사냥꾼은 그 이름에 걸맞게 누나가 제공하는 것과 그로부터 그들이 취할 수 있는 것 사이에 균형을 맞추어왔기 때문이다. 가장 널리 퍼진 두 종인 고리무늬바다표범과 그린란드 바다표범은 과거 어느 때보다도 더 많은 개체 수를 보이고 있었다. 그런데 멸종이라니, 터무니없는 소리였다. 쿼터제는 아무것도 모르는 브뤼셀 관료주의자들이 만들어낸 어리석은 제도였다.

몇 분 만에 마을회관 안은 사람들로 가득찼고, 누크경찰서의 저주받은 회의실을 방불케 하는 더위가 찾아왔다. 축구선수들, 아이, 부모, 노인을 비롯해 마을의 모든 사람이 모인 듯했다. 가장자리에 놓인 의자에는 가장 나이 많은 노인들이 앉아 있었고, 나머지는 김이 모락모락 나는 커피와 구운

---

* Brigitte Anne-Marie Bardot, 프랑스 배우로 1950~1960년대를 풍미한 섹스심벌로 알려져 있다. 1973년 은퇴한 후, 동물 권익 보호 운동가로 변신하여 오늘날까지 극단적이고 편향된 시선으로 활동을 이어가고 있다. 1980년대부터 한국의 개고기 문화를 비난하며, "한국인은 개고기를 먹으니 야만스럽다"라고 주장했다.

빵인 파닉틸락paniqtilaq이 마련된 뷔페가 있는 마을회관 중심에 옹기종기 모여 있었다. 알코올은 없었지만 – 사실상 우펑나빅보다 북쪽에 있는 지역에서는 알코올 판매가 공식적으로 금지되어 있었다 – 분위기는 흥겨웠다. 한쪽 구석에는 아이들이 모여 오뚝이를 가지고 놀거나 유명 축구선수들의 딱지를 서로 나누며 놀고 있었다. 모두가 마음껏 신나게 웃고 떠들었다.

마지막으로 회관으로 들어온 이들 중에는 조금 전 카낙을 불편하게 만들었던 작달막한 남자도 있었다. 그가 등장하자 사람들은 공손하게 길을 터주었다. 성질이 불같던 그는 마을의 아무개는 아닌 것 같았다.

"저 사람은 누굽니까?"

치아도, 머리카락도 다 빠지고 없는 한 노인에게 카낙이 물었다.

"오, 올리ole입니다. 우죽의 맏아들이지요."

그를 대하는 마을 사람들의 태도가 어느 정도 이해가 되었다.

"하지만 여기서는 다들 욱수알룩Uqsualuk이라고 불러요."

"석유라는 뜻이에요." 아푸티쿠가 설명했다.

"그를 왜 석유라고 부르는 거죠?"

"상점에서 파는 것보다 두 배는 저렴한 경유를 팔아서 그렇지요."

"음, 당신의 친구 석유는 어디서 공급을 받기에 그렇게 가격이 저렴한 거죠?"

"용감한 친구, 그건 자네나 내 알 바가 아닐세."

노인의 치켜 올라간 눈썹이 그렇게 말하는 듯했다.

"어쨌든 이 지역의 것은 아닌 것 같아요." 아푸티쿠가 노인 대신 말했다.

"석유 개발 초기에 빙산으로 인해 발생할 수 있는 위험을 과소평가했던 것 같아요. 디스코 만에서처럼 이곳의 시추 플랫폼은 가동을 멈춘 지 오래예요. 석유 자원에 대한 이곳 사람들의 기대가 매우 컸는데 한순간에 좌절된 거죠."

"이곳의 개발권은 누구의 소유입니까?"

"아르틱 페트롤리움이요."

이 지역 사람들은 그들이 바라던 석유 돈방석 위에 앉아 있는 셈이었다. 하지만 빙하 아래에서 검은 황금이 쏟아져 나오기까진 아직도 한참을 더 기다려야 할 것이다.

'하지만 그게 꼭 나쁜 소식일까?'

카직을 한 바퀴 돌며, 그날의 경기에 대한 찬사를 들은 욱수알룩은 가장 먼저 그 자리를 떠났다. 그는 구식 오디오에서 흘러나오는 음악에 무관심했던 것처럼 그를 뜨거운 눈길로 바라보는 미녀들에게도 무심한 태도로 일관했다. 흐린 창문 너머로 카낙은 남자가 새것으로 보이는 스노모빌에 올라타는 것을 지켜보았다. 엔진의 시동은 단번에 걸렸고, 스노모빌의 후미등 불빛이 '어두운 계절'의 스산한 안개 속으로 사라졌다.

"경감 님, 이리로 와보세요. 소개할 사람이 있어요."

우죽이 카낙의 팔을 붙잡고 노인에게서 그를 멀리 떨어뜨렸다. 그들의 작은 공동체에서 가장 활발히 활동하는 인사들을 소개하려는 듯했다. 한스 에게데만큼이나 노쇠한 루터교 목사와 몇 마디를 나눈 카낙은 광대가 불룩하니 솟은 금발의 여성을 소개받았다. 잉에르Inge라는 이름의 여자였다. 그녀는 그린란드어의 쉭쉭거리는 소리를 완벽하게 구사하는 아이슬란드 출신 덴마크 인으로, 이 지역의 초등학교를 운영하고 있었다. 카낙이 자신을 소개하자 그녀는 불쑥 제안했다.

"괜찮으시다면 방과 후에 학교에 와주시겠어요?"

"어…… 안될 이유는 없죠."

"수사에 관련된 거예요."

자신의 제안이 어떻게 들렸는지 깨달은 여자는 얼굴을 붉혔다.

"그럼요, 그럼요."

"아실지는 몰라도, 제가 얀세Juansé와 매우 가깝게 지냈거든요."

"얀세요?"

"죽은 두 명의 사냥꾼 중……."

"아, 그렇군요. 얀세." 카낙이 말을 이었다.

"실례가 안 된다면 두 분이 어떤 관계였는지 여쭤봐도 될까요?"

"그가 학교의 이런저런 일들을 맡아서 해줬어요. 특히 건물의 유지 보수를요. 예산이 빠듯하긴 했지만 형편이 될 때마다 수고비를 드렸죠. 정말 성심성의껏 학교 일을 도와주고, 매우 친절한 분이었는데……. 저희는 상실감이 크답니다."

"그러시겠네요." 카낙이 연민을 담아 말했다.

"당신은요?"

"저요……? 뭐 말입니까?"

"성함을 아직 듣지 못해서……."

"아, 아드리엔슨입니다."

"그렇군요." 여자는 거기서 멈추지 않고 재차 물었다.

"성 말고, 이름은요?"

아푸티쿠가 수도 없이 많이 강조했던 것처럼, 그린란드에서 중요한 것은 오직 이름이었다. 부모로부터 물려받은 성은 의미를 잃어버린 동시대의 발명품에 불과했다. 오직 아텍ateq 즉, 이름에만 개인의 영혼이 담겨 있었다.

"흐아낙이요." 그는 최대한 낮게 중얼거렸다.

"뭐라고요?"

"흐아낙이요."

그는 자신의 이름 첫 글자 'Q'를 나쁘지 않게 발음했다고 생각했다. 스페인어의 'J' 발음과 프랑스어의 유음 'H' 사이 어딘가에 해당하는 소리로 말이다. 하지만 타이밍 좋게 그 순간 배경음악이 잦아들은 덕분에 연회장 안의 모두가 카낙의 대답을 들을 수 있었다. 한순간에 연회장 안은 정적으로 휩싸였다. 카낙은 웃음이나 반가움 어린 탄성을 기대했지만 그에게 돌아온 것은 오직 공포에 질린 침묵이었다. 그를 조금도 경계하지 않았던 마을 전체의 영혼을 막 훔친 셈이었다.

그는 자신이 태어난 땅으로 돌아왔다. 하지만 이곳을 제외한 다른 곳이 더 '집' 같다는 느낌이 들었다.

29

IMG_2125 / 10월 27일
카낙경찰서

가건물로 가득한 마을에서 경찰서는 보기 드문 영구적인 건물 중 하나였다. 그럼에도 대다수 주거용 건물보다 더 허름해 보였다. 회색으로 칠해진 벽은 끝없이 이어지는 겨울로 인해 잔뜩 벗겨져 흉측했고 주변의 색과도 조화를 이루지 못했다. 내부는 더했다. 얼룩덜룩한 벽, 정말 필요한 것만을 갖춘 단출한 가구, 게다가 바깥과 거의 다를 바 없는 추위까지. 최소한 우죽은 그린란드의 세금을 낭비하지 않고 있었다. 그들 중 누구도 외투를 벗을 생각을 하지 못했다.

하지만 그중에서도 카낙의 눈에 가장 먼저 들어온 것은 누크에서 본 것과 똑같이 머리가 아래쪽을 향하게 걸린 마르그레테 여왕의 공식 초상화였다. 흑백사진은 인쇄가 된 지 수십 년도 더 오래된 것 같았지만 경찰서의 어느 누구도 최근 사진으로 바꿀 수고를 하고 싶지 않았던 것으로 보였다.

'거꾸로 된 머리*.'

---

*   프랑스어의 관용 표현으로 혼란스러움을 의미한다.

그건 조금 전의 카페믹에서 흘렀던 묘한 침묵과 함께 카낙이 겪은 상황과 일치했다. 한순간에 그는 손님에서 침입자라는 불쾌한 입장에 처했던 것이다. 너무나도 당황했던 나머지, 그는 잉에르에게 자신의 진짜 출신을 밝힐 엄두도 내지 못했다.

그 순간 스마트폰으로 도착한 문자메시지로 인해, 카낙은 내부의 끔찍한 인테리어에서 잠시 벗어날 수 있었다. 익명의 발신인으로부터 온 메시지였다.

> 그린란드 정부를 대표해 쿠픽 에녹슨 차관이 아르틱 페트롤리움과 비밀리에 협상을 계획 중임. 그린오일의 현 개발권을 그에게 넘기려는 것으로 보임.

> 누구십니까?

카낙이 답장을 보냈다. 하지만 비밀스런 상대방은 아무런 답을 하지 않았다.

'또 크리스 칼슨인가?'

그건 아닌 것 같았다. 두 시간 전 그에게 중요한 정보를 넘겼을 때 크리스는 메시지 속 상황과 관련된 조금의 언급도 없었다. 게다가 그였다면 굳이 번호를 지우고 메시지를 보낼 이유가 없었다.

발신인은 이런 정보를 손에 넣을 수 있을 만큼 에녹슨과 가까운 사람일 것이다. 그의 머릿속에 에녹슨의 비서이자 크리스의 대학 동창, 파비아 랄슨의 얼굴이 떠올랐다.

'아닐 이유도 없지…….'

자신의 커리어를 위태롭게 만들지 않으면서, 자신의 상관을 개인적으로 고발하고 싶었는지도 모른다. 카낙은 재차 메시지를 보냈다.

> 증거는 있습니까?'

> 아르틱 페트롤리움의 사장, 해리 패더슨이 오늘 아침 누크행 비행기를 탔음. 아르틱 페트롤리움의 주가 변동을 주시할 것. 자본 유출은 기업 경영진 차원에서 이루어진 것. 주가는 단 하루 만에 약 5퍼센트포인트 상승함.

그린오일은 무너지고 있었고 라이벌인 아르틱 페트롤리움은 비상하고 있었다. 이런 물밑 작업이 이뤄지고 있었다는 사실은 적잖이 충격이었다.

> 고맙습니다, 파비아.

카낙은 마지막으로 그를 도발해보았지만 답이 없었다. 우죽은 새로운 커피를 권했고 아푸티쿠만이 초대에 응했다. 턱짓으로 왕실 초상화를 가리키며 카낙이 미소와 함께 말했다.

"저건 어제 찍은 것 같진 않은데……."

"거의 사십 년도 더 됐지요. 제가 여기서 일한 지도요."

한숨을 내쉬며 늙은 경찰이 말했다.

"곧 은퇴하시겠군요?"

"일이 잘 풀리면 내년쯤 되지 않을까 합니다. 제가 벌써 예순여섯이에요,

드디어!"

그가 떠안은 셀 수 없이 많은 직책으로 보아 피로를 토로하는 것도 놀랍지 않았다.

카낙은 대화에 집중할 수 없었다. 문자메시지로 머릿속이 어지러웠다. 솔직히 말해서 모르는 사람에게 그런 기초적인 조언을 들었단 사실에 자존심이 상했다. 플로라였어도 비슷한 조언을 했을 거였다.

'범죄로 인해 이득을 볼 사람을 찾아라.'

우죽이 작은 가스난로 위에 냄비를 올려놓는 동안 카낙은 스마트폰을 꺼내 - 태어나 처음으로 - 주식 애플리케이션을 켰다. 그러고는 지난 24시간 동안의 토론토 증권거래소에서의 아르틱 페트롤리움의 주가 변동 사항을 확인했다. 하루 만에 5.57퍼센트나 올랐다. 카낙은 애플리케이션을 닫고 지금 이 순간에 집중하고자 노력하며 우죽에게로 몸을 돌렸다. 그리고 주위를 살폈다.

"저, 아직 누크에서 보낸 수배지는 게시 안 하셨죠?"

그가 우죽에게 물었다. 리케 에넬은 아누락툭 네메닛소크의 얼굴이 인구 100명 이상의 마을, 즉 45개 지역 경찰서마다 게시될 거라고 했다.

"아, 수배지 말이지요. 네……."

등을 돌린 우죽이 향이 나는 음료에 코를 박은 채 말했다.

"메일로 공문은 받았는데 아직 정식으로 도착한 건 없습니다."

모니터가 꺼진 채, 구석에서 잠들어 있는 오래된 컴퓨터는 겉으로 보기에도 뭔가를 받을 만한 상태가 아닌 것 같았다.

"그게 말이지요." 그가 변명했다.

"거리가 거리인 만큼 그들과 우리 사이에 소통이 잘 안 되는 일이 허다합니다. 게다가 이곳은 그저 우호적인 소교구, 그 이상의 중요성이 없지요."

"왜 그렇게 말씀하십니까?"

"이곳 상태 보셨지요?"

허름한 주위의 모습이 그의 말이 틀리지 않았음을 보여주었다.

"중앙정부에서 여기를 마지막으로 방문한 게 언제인지 맞춰보시지요?"

"오, 몇 년 전쯤?"

"무려 2009년입니다." 그가 날카롭게 대답했다.

"2009년 8월이 마지막이었으니 말 다 했지요. 하긴 요즘 같은 겨울에, 그리고 이 추위에 굳이 여길 찾아올 리가 만무하지만요."

거의 팔 년 전이었다. 그리고 에넬 서장이 그린란드 경찰의 고삐를 틀어쥔 다음에는 거의 칠 년이 지난 뒤였다. 지금의 66도 북위 한계선은 과거 어느 때보다도 더 남부와 북부 사이의 경계를 넘지 못하고 있었다.

"그 말은……"이라며 카낙이 그를 시험하듯 물었다.

"유혈 범죄가 이곳에서 자주 일어나는 일은 아니란 거죠?"

"네. 맞습니다. 제가 경찰서를 맡고 나서 처음 있는 일이지요."

그건 정확한 사실이었다. 하지만 우죽이 이 허름한 곳을 사십 년 전에 맡았다면, 역사학자가 그에게 들려주었던 일가족 학살 사건이 일어난 지 고작이 년 정도 흐른 뒤의 일이었다. 그럼에도 그가 그 사건을 언급하지 않는 것은 조금 놀라웠다. 그에게 가까이 다가간 카낙이 그의 어깨 위로 친근하게 손을 올렸다.

"두 희생자에 대해 말씀해주시죠."

소스라치게 놀란 노인은 냄비의 방향을 바꾸는 것도 깜빡했다. 푸르게 타오르는 불빛 위로 누런 액체의 일부가 끓어 넘치고 있었다. 그의 척추를 타고 소름이 돋았지만 그는 이내 입을 열었다.

"이미 보셨겠지만 여기선 모두 서로가 잘 아는 사이입니다. 하지만 사냥 꾼끼리는 이야기가 좀 다르지요. 그들은 마을의 평범한 이웃 그 이상이에요. 형제나 다름없어요."

그의 목소리에서 진실함이 묻어났다.

"얀세와 티킬, 저는 그들과 이십 년이 넘게 빙하 위를 달렸어요."

"초등학교 교사가 말하길, 얀세란 자는 학교의 일을 도왔다던데요."

"맞습니다. 그만큼 협조적인 사람도 없지요. 게다가 그는 이곳에서는 다시없을 최고의 바다표범과 북극곰 사냥꾼이었어요. 사냥감에게 800미터 정도 가까이 다가갈 수 있는 능력이 있었습니다."

"그렇게 헌신적이고 재능이 많은 분이니, 그를 질투하는 사람이 많았겠군요?"

"얀세를 질투했다고요?"

그건 말도 안 된다는 듯 노인이 소리쳤다.

"아뇨……. 그보다 호감형인 사람도 없었습니다. 모두가 그를 좋아했지요."

카낙은 살인 피해자 대다수는 조금이라도 적의의 대상이 될 리가 없다고 생각되는, 매우 호감형인 경우가 많다고 말하려다 말았다.

"음, 그렇군요. 두 번째 사람은요?"

"티킬이란 자입니다." 우죽은 목을 가다듬으며 대답했다.

"티킬은 필렁수이속Pilersuisoq 연료 창고 관리자였지요."

그렇다는 건 그의 아들, 밀수입한 경유를 판매하는 올리의 직접적인 라이벌이란 말이었다. 역시나 우죽은 그 사실을 밝히지 않았다. 하지만 만약 둘 중 누군가가 다른 하나를 죽일 동기가 있었다고 한다면, 그건 티킬 쪽이어야 했다.

"그도 역시 모두가 좋아하는 사람 좋은 청년이었습니까?"

"네, 네." 그는 갈라진 입술 끝으로 질문의 모순을 느끼며 답했다. "그럼요."

그는 카낙에게 시신이 발견됐던 상황을 간략히 설명했다. 두 피해자는 모두가 사냥 준비에 한창인 새벽, 그들의 거실에서 공격을 받은 것으로 보였다. 그들은 관습대로 현관문을 잠그지 않고 지냈는데, 이는 언제 찾아올지 모르는 방문객이나 예상치 못한 상황에 대비한 것이었다. 그것이 그들의 죽음을 부른 침입을 쉽게 허용했던 것이다.

카낙은 유해를 보여달라고 요청했다. 이곳엔 현장 전문가가 없어 유해는 아무런 검사의 대상이 되지 못했다. 나라 전체에 검시관이라곤 크리스 칼슨뿐이었던 것이다. 우죽은 그들을 경찰서밖에 있는 건물 뒤편으로 이끌었다. 푸른 어둠 속에서 그는 경첩이 떨어진 오래된 문짝을 대충 덮은 커다란 냉동고 앞에서 발을 멈췄다.

그가 문짝을 치우자 목이 잘리고 배가 파헤쳐진 두 구의 시신이 죽은 바다표범과 나란히 쌓여 있었다. 두 눈으로 보고도 믿을 수 없는 광경이었다. 아푸티쿠는 마치 그의 동포들을 대신해 사과라도 하듯, 미안함을 담아 얼굴을 찌푸려 보였다.

그때, 카낙의 스마트폰 알람이 울렸다. 16시. 플로라와 쌍둥이에게 전화하기로 정한 시각이었다. 카낙은 알람을 껐다.

"현장을 좀 보고 싶습니다만."

카낙이 전혀 그답지 않은 건조한 목소리로 말했다.

"얀세와 티킬의 집을요?"

"네."

"원하신다면요. 하지만 볼 게 별로 없을 거예요."

"왜죠?"

"온통 피투성이라 어슬렁거리는 짐승들을 유인할 위험이 있었어요. 근처에 북극늑대들이 꽤 있거든요. 여우는 말할 것도 없지요."

"그래서요?"

"그래서…… 제 딸에게 깨끗이 치우라고 했습니다."

"뭐라고요?"

'아무리 이곳이 CSI 과학수사대도, O.A. 드레이어의 탐정소설도 아니지만 두 살인 현장에 락스물을 끼얹을 만큼 형편없는 곳이라니?!'

"안전 때문만은 아니에요."

노인의 도움을 요청하는 눈빛을 본 아푸티쿠가 끼어들었다.

"이누이트 문화에서는 인간의 피를 아무런 조치 없이 그대로 흐르거나 고여 있도록 두지 않아요. 빨리 닦아내지 않으면 죽은 자의 영혼이 영원히 떠돈다고 믿거든요."

나이 많은 경찰관 겸 노조 대표 겸 코치가 비통한 눈빛으로 고개를 끄덕였다. 카낙은 제 매끈한 머리를 두 손으로 붙잡고 눈을 감았다. 화를 내봤자 아무런 소용이 없었다. 칸게크에서 본 북극의 오로라의 기억이 눈꺼풀 너머로 지나갔다. 그는 고함이 머릿속에서만 조용히 울려 퍼지도록 두었다.

모든 게 다 넌센스였다. 수사는 장난에 가까웠다.

'또 무슨 말이 그를 기다리고 있을까? 하필 청소부가 연차를 썼다고? 저

녁식사로 사냥꾼들이 먹는 스튜가 마련되어 있다고?'

"따님과 이야기할 수 있을까요?"

30

리케에게 목을 매지만 않았다면 크리스 칼슨은 누구라도 유혹할 수 있었을 것이다. 경찰서에서뿐만 아니라 누크 전체에서도 말이다. 그처럼 매력적인 남성은 누크 시내에서 매우 희귀했다. 하지만 그건 크리스에겐 그다지 좋은 일이 아니었다. 그는 여성들이 걸어오는 수작과 유혹을 뿌리쳤다. 여자 동료나 친구가 그에게 덤벼들었던 적도 있었다. 그때마다 그들은 번번이 퇴짜를 맞았다. 놀라운 사실은, 정작 자신이 그런 과정을 통해 모욕감을 느끼는 것 같다는 사실이다. 그를 향한 욕망이 부적절하며 선을 넘는 행동이라는 듯이 말이다.

그래서 그는 거절해야 하는 헛된 유혹에 발목 잡히기보다 그의 연구실에서 홀로 보내는 편을 택했다. 최소한 죽은 자들과 함께라면 그런 일들을 피할 수 있었기 때문이다.

그날 저녁, 크리스는 카낙이 맡겼던 섬유 조각의 검사를 막 끝낸 직후였다. 다른 날들과 거의 마찬가지로 그는 레토르트 수프와 슈나이더스 초콜릿 반 상자로 저녁을 때우려 했다. 하지만 아직 저녁을 먹기엔 이른 시각이었다. 일단은 뜨거운 차 한 잔으로 배를 달래기로 했다.

그는 카낙이 왜 자신에게 천 쪼가리를 맡겼는지 이제야 알 수 있었다. 짜 임새, 두께, 색과 홈의 모양까지, 사건 현장을 그의 DNA로 오염시키지 않도 록 소렌이 착용하는 보호복과 완벽하게 일치했다.

'카낙은 그를 의심하고 있는 걸까?'

괜한 추측을 삼가며 간단한 보고서를 작성한 크리스는 결론 부분을 스 마트폰 카메라로 찍었다. 그러고는 서류를 기밀 정보만 따로 보관하는 금 속 서랍에 넣고 잠갔다.

유기농 우롱차가 담긴 머그잔을 한 손에 들고 그는 그 순간의 고요함을 즐겼다. 문틈으로 보이는 오픈 스페이스는 비어 있는 것 같았다. 그날 받은 메시지 수신함을 대충 훑어보던 크리스는 가장 최근에 받은 메시지에서 카 낙이 체르노브에 관한 정보에 대해 그에게 감사 인사를 표한 것을 확인했 다. 크리스는 그 정보를 그의 사촌, 브로커 스벤broker Sven 덕에 손에 넣을 수 있었다. 그는 살며시 웃었다. 누군가 자신을 중요한 사람처럼 대한 건 처음 이었다……. 그의 외모는 늘 그에겐 불편함의 대상이었다. 뭘 모르는 사람 들은 그의 외모를 두고 칭찬하기 바빴지만 그가 하는 말이나 일의 신뢰도 는 늘 다른 사람들의 절반에도 미치지 못했다. 그의 천사 같은 얼굴이 다른 모든 능력을 상쇄했던 것이다.

푸른 액정 위로 메시지가 떠올랐다. 파비아 랄슨이 저녁에 갓답 브리구 스나 무텐에서 한잔을 하자는 제안이었다. 그는 정중히 거절했지만 상대는 집요하게 매달렸다.

여기 상황이 심각하게 돌아가고 있어. 해줄 말이 있어.

'알았다, 알았어.'

크리스는 약속을 수락했다. 그렇다고 혼자 보내는 그의 저녁시간이 크게 번잡해질 것 같진 않았다. 바로 그 순간, 공용 공간에서 고함이 들렸다. 크리스는 오픈 스페이스의 문가에 가까이 갔다. 블라인드가 내려진 사무실 속, 닫힌 문 너머로 스마트폰을 손에 들고, 커다란 몸짓을 하는 리케를 볼 수 있었다. 크리스는 그 자리에 가만히 서서 대화에 귀를 기울였다. 하지만 문장 하나를 온전히 알아듣기도 전에 문이 벌컥 열렸다. 매우 흥분한 모습의 괴팍한 금발의 서장이 사무실을 박차고 나왔다. 그녀는 건너편에 있는 그의 기척을 알아채지 못한 것 같았다. 그녀는 성큼성큼 복도를 가로질러 출구로 향했다. 안내데스크 직원이 커다란 상자를 건네주려고 그녀를 불렀지만 리케는 대꾸도 하지 않고 직진할 뿐이었다. 어둠이 내린 밤 속으로 그녀의 모습이 삼켜지듯 사라졌다.

'리케의 택배를 대신 받아야 할까, 아니면 그녀의 뒤를 쫓아야 할까?'

잠시 망설이던 크리스는 연구실 문가에 걸린 점퍼를 낚아채고 북극의 저녁 속을 달리기 시작했다.

누크처럼 자동차가 거의 보급되지 않은 도시에서 눈에 띄지 않고 길을 지나는 방법은 역시 직접 두 발로 뛰는 것이었다. 안타깝게도 크리스는 리케의 집에는 가보지 못했지만 그녀가 사는 동네는 알고 있었다. 그러나 크리스보다 몇 발자국 앞서 있는 리케는 집과 반대 방향인 남동쪽으로 달리고 있었다. 리케는 아쿠시닝수악에서 시작해 상점 유리창을 쳐다볼 새도 없이 거리를 따라 내려갔다. 한스 에게데 교회와 그를 기리는 비석을 지나 중심 도로에 이를 때까지도 리케는 속도를 늦추지 않았다.

음식점 칠리의 붉은 간판을 지나며 크리스는 위장이 허기로 요동치는 걸 느꼈다. 하지만 굴하지 않고 자신의 눈앞에 보이는 금발 머리 목표에만 집중했다. 처음으로 그녀는 머리를 풀고 있었다.

원형 교차로가 나타나기 전까지 도로 양쪽에는 다른 샛길 없이 건물과 창고만이 쭉 이어졌다. 이곳은 누크에서 가장 매력적인 동네는 아니었다. 게다가 크리스는 이곳에 온 게 처음이었다. 사거리에서 리케는 오른편으로 꺾었다. 항구를 향해 완만한 경사가 이어지는 아쿠시닝수악 거리였다. 크리스는 그녀의 행선지를 알 것 같았다. 아니, 확신할 수 있었다. 비탈길 꼭대기에 테라스가 있는 파란 건물. 반드레후스 호텔이었다. 크리스는 숨을 죽였다.

반드레후스 호텔은 바로 체르노브가 묵는 곳이었다.

리케 에넬은 망설임 없이 곧장 건물 안으로 들어갔다. 안내데스크 뒤에서 튀어나온 누군가에게 익숙한 듯 비밀스러운 신호를 보냈고, 곧이어 바로 옆 복도로 사라졌다. 크리스는 호텔 입구에 오랫동안 서 있어야 했다.

'계속 이렇게 기다려야 할까? 카낙이라면 어떻게 했을까? 아마 이렇게 했겠지.'

결론을 내린 크리스는 계단을 훌쩍 뛰어넘어 문을 밀고 들어갔다.

"안녕하세요!"

안내 직원이 명랑하게 인사를 건넸다. 아이슬란드 억양이 두드러진, 예쁜 외모의 작고 통통한 여자였다.

"안녕하세요."

"뭘 도와드릴까요?"

"네……. 제 아내가 방금 들어왔거든요."

여자의 상업용 미소가 사라졌다.

"아, 그런가요……." 여자가 신중하게 답했다.

"확실해요. 이 분 전에 이리로 들어가는 것을 봤어요."

"죄송하지만 제가 해드릴 수 있는 게……."

"그 여자가 제 아내라고요."

신중했던 직원의 얼굴이 난감함으로 찌푸려졌다. 이름 모를 아름다운 사내의 사정이 직원의 마음을 흔든 것이다.

"흠, 그렇군요……. 저도 몇 달 전에 비슷한 우환을 겪었어요."

"그렇다면 제가 뭘 부탁드릴지 잘 아시겠네요?"

"5호실이에요." 여자가 한숨을 내쉬며 말했다.

"왼쪽 복도 끝이에요."

직원의 말은 그게 끝이었다. 그는 몇 초간 고민한 끝에 호텔을 다시 나가 건물 오른편으로 향했다. 그 방은 테라스를 가진 유일한 방이었다. 약간 높은 고도 덕에 근사한 항구 풍경이 보일 것이다. 멀리서 밤낮으로 컨테이너를 싣고 내리는 상선들의 불빛이 보였다. 형용할 수 없는 슬픔과 서정성을 간직한 장소였다. 크리스는 그린란드 고전 문학에 대해서 아는 바가 없었지만 분명 이유를 알 수 없는 구슬픈 묘사로 이 풍경을 그리고 있을 것 같았다.

짙어진 어둠 덕에 크리스는 호텔에서 15미터가량 떨어진 바위 뒤에 들키지 않고 자리를 잡을 수 있었다. 커튼 너머로 보인 5호실은 방, 거실, 주방과 세 개의 창문 그리고 하나의 나무 테라스를 갖춘 스위트룸으로 보였다. 다행히도 불이 켜져 있었고 블라인드는 걷혀 있었다. 내부를 가리고 있는 건 얇은 커튼 한 장뿐이었다.

두 사람이 서로에게로 가까워지자 크리스는 그들이 누군지 확실히 알아볼 수 있었다. 하나는 리케였고, 다른 하나는 잔뜩 흥분한 에너지부 차관, 쿠픽 에녹슨이었다. 다가올 투표의 모든 쟁점이 쏠려 있는, 바로 그 쿠픽 에녹슨이었다.

크리스는 아무런 소리를 내지도, 아무런 반응도 하지 못했다. 소름도 돋지 않았다. 질투도, 부당함도, 분노도 느끼지 못했다. 단지 보이지 않고 그들을 볼 수 있다는 사실에 대한 막연한 취기만이 느껴졌다. 들켜선 안 되는 장면을 그가 목격한 것이었다.

두 사람은 조금 전의 통화에서 비롯된 언쟁을 이어나가는 게 분명했다. 리케는 짜증이 나 있었는데, 비난을 받은 사람처럼 자기 방어의 태도를 보이고 있었다.

반면 에녹슨은 정치인 특유의 근엄한 쇼맨십으로 무언가를 말하다 이내 그녀를 진정시키려는 듯 손을 뻗었다. 처음엔 그 손길을 거부하던 리케는 결국 손을 이끌어 자신의 뺨으로 가져다댔다. 둘은 서로를 껴안고 입맞춤하기 시작했다. 리케는 그를 침실로 이끌었다.

크리스는 그 광경에 넋을 잃고 있다가 얼른 정신을 차렸다.

'어서!'

그는 스마트폰을 찾기 위해 주머니를 뒤졌다.

'어서!!'

이 순간을 누구도 부인할 수 없는 기억으로 남겨야 했다.

'어서!!!'

사진을 찍어야 한다. 하지만 창문의 블라인드가 내려와 연인들을 가렸을 때, 그는 자신의 스마트폰을 어디에 두었는지 기억해냈다. 바로 그의 연구실이었다. 급히 출발하느라 미처 챙기지 못했던 것이다.

'젠장! 바보같이!'

그 순간 파비아가 떠올랐다. 스마트폰을 두고 왔으니 피치 못할 사정으로 그와의 약속에 늦는다는 소식을 전할 수 없었다. 새로운 확신에 찬 크리스는 어둠 속으로 달리기 시작했다. 밤은 이제 막 시작되었다.

31

이런 얼굴이라면 몇 시간이고 사진을 찍을 수 있었다. 하지만 지금은 그 럴 수 없었다. 카낙은 매혹적인 고양이 같은 눈동자에 잠시 빠져드는 것에 만족했다.

"마사크Massaq예요."

문가에 선 우죽의 딸은 자신을 그렇게 소개했다. 방안을 비추고 있는 희미한 불빛, 극야의 후광이 초자연적인 온화함을 느끼게 해주었다. 이누이트가 천사를 믿는지는 모르겠지만 만약 그렇다면 이 여인은 그중 하나일 것이다. 아푸티쿠는 밤을 보낼 만한 숙소를 찾아 떠난 탓에 작은 하늘색 집에는 단 둘뿐이었다.

마사크는 우아한 손짓으로 가벼운 카페믹을 차려주었다. 뜨거운 커피와 비스킷 그리고 건조시킨 바다표범 고기인 것으로 보이는 가느다란 육포도 있었다. 마사크는 불우했던 타킥이 좀더 나이가 들고 침착하게 변한 모습 같았다. 단순히 외모가 닮은 것을 떠나, '동물원'에서 처음 만난 이후로 카낙의 머릿속을 떠나지 않던 동일한 여성성을 공유하고 있었다. 은은한 피부색, 조화롭게 동그란 두 뺨 그리고 저 눈.

'빌어먹을, 저 눈……'

"그래서…… 당신이 얀세와 티킬의 집을 전부 청소한 겁니까?"

"네."

"아버님이 시켜서죠?"

"네."

"그건 피해자들의 부인이 할 일 아닙니까?"

"아뇨."

말수가 적은 것조차도 매력적이었다.

"오, 왜죠?"

"티킬은 혼자 살았어요."

한 마디 한 마디가 그에겐 소중했다.

"얀세는요?"

"그의 부인은 떠났거든요."

"최근에요?"

"아뇨. 이 년 전에요."

신맛이 나는 주스를 한 모금 마시자마자 마사크는 잔을 다시 채워주었다. 완벽한 안주인의 모습이었다.

"그럼 청소하는 동안에 뭐 특별히 눈에 띄는 점은 없었습니까? 시체 외에요."

"아뇨."

평소의 방법으로는 아무것도 알아내지 못할 것이다. 마사크는 뚫을 수 없는 벽이었다. 광물성의 평온한 얼굴은 그 누구도 깨트릴 수 없을 것 같았다. 그가 주로 사용하는 신체적 접촉을 사용하기엔 - 물론 그녀가 허락해야 가능하겠지만 - 그녀는 조심스럽게 그와의 거리를 유지하며 테이블 반대편 끝에 앉아 있어 불가능해 보였다. 카낙은 카메라를 꺼내 그가 찍은 사진들을 빠르게 보여주었다. 그는 화면을 그녀 쪽으로 내밀며 말했다.

"혹시 이런 거 못 보셨습니까?"

후안 리앙의 숙소에서 찾은 투필락의 사진이었다. 아푸티쿠가 누크의 기념품 상점을 열심히 뒤졌으나 알아내지 못한, 바다코끼리 상아로 깎아 만든 곰 모양의 조각상이었다.

"아뇨."

"확실합니까?"

겨우 알아볼 수 있을 정도의 미세한 동요가 조각 같은 얼굴에 스쳤다.

"아마도요." 마사크가 중얼거렸다.

"잘 몰라요. 모든 게 너무나…… 어지럽혀 있었고 더러웠어요."

"흠, 그건 당연하죠. 하지만 만약에 이런 물건이 그들의 집에 있었다면 어떻게 했을 것 같습니까?"

"피가 잔뜩 묻었을 테니까 불태워야겠죠."

'망할 미신 같으니라고!'

카낙이 마음속으로 생각했다.

"누가 그랬을까요?"

"저희 아버지나 오빠가 했겠죠. 그런데 어쨌든……."

"네?"

"그런 종류의 투필락을 가지고 있는 집은 이 마을엔 없어요."

"**그런 종류**란 어떤 겁니까?"

"저희 어머니가 울티마 툴레에서 파는 것과 비슷해요. 관광객들을 위한 기념품이죠. 과거에 쓰이던 고대의 부적은 아니에요."

"울티마 툴레는 뭡니까? 기념품 상점인가요?"

"네. 유일하죠. 카……."

그녀는 거기서 말을 뚝 멈췄다. 옆으로 길쭉한 큰 눈을 그에게 고정한 뒤, 입술에 장난기 어린 희미한 미소와 함께 말을 이었다.

"이 마을에서 유일하죠."

"어쨌든 이 마을에서조차, 이제 그런 부적을 믿는 사람은 없다는 말입니까?"

"제 말은 그게 아녜요."

"그럼 뭡니까?"

회녹색의 깊고 아름다운 눈이 그의 시선을 피했다.

"제 말은…… 쿤눈구악Kunnunguaq의 이야기를 아직도 귀담아듣는 사람들은 자신만의 투필락을 직접 만들어요. 그들이 직접 사냥한 바다코끼리 상아로 말이에요."

"쿤눈구악은 누굽니까?"

"마을의 샤먼이에요."

테이블 위에 놓인 마사크의 스마트폰에서 알람이 울렸다. 그녀는 아무런 거리낌 없이 스마트폰을 집더니 미소를 지었다.

"무슨 즐거운 일이라도?"

마사크는 잠시 머뭇거리더니 켜놓은 애플리케이션 화면을 보여주었다.

"페이스북이에요."

그녀가 보이는 즐거움은 진심인 것 같았다. 그녀가 내민 SNS 계정 페이지에선 한 남자의 모습을 볼 수 있었다. 방한모에 얼굴을 반쯤 가린 남자가 스노모빌을 타고 팔에는 죽은 바다표범을 들고, 승리의 표시로 혀를 내밀고 있었다.

"당신의 오빠인가요?"

"네. 올리예요."

"찍은 사진들을 모두 여기다 올립니까?"

"어느 정도는요. 여기선 다른 사람들도 다 그래요."

변명하듯 그녀가 말했다.

"잠깐 봐도 될까요?"

카낙은 스마트폰 방향으로 손을 뻗었다. 그러자 마사크는 다시 조심스러워졌고, 그를 피하기 위해 그린란드어로 사과의 말을 중얼거렸다. 하지만 카낙이 손도 시선도 내리지 않자 결국 고집을 꺾고 말았다.

올리, 일명 욱수알룩의 페이스북은 대부분 그의 전리품 사진으로 꾸며져 있었다. 타임라인을 거슬러 가보니 카낙은 그가 10월 26일 새벽, 범죄 추정 시각인 대략 1시에 먼 빙하 위에서 바다표범을 쫓고 있었단 사실을 확인할 수 있었다. 사진이 찍힌 위치는 마을에서 스노모빌로 두세 시간 거리 떨어진 북쪽이었다.

우죽의 미스터리한 아들의 혐의가 벗겨지는 순간이었다.

***

마사크가 그의 마음에 지핀 동요가 산책하는 내내 계속되고 있었다. 극야의 이점이라고 하면 길거리가 밤낮에 관계없이 내내 어둡다는 거였다.

길거리엔 늘 비슷한 활동을 하는 사람들로 붐볐다. 아이들이 이곳저곳에서 썰매나 눈싸움을 하며 놀고 있었고, 사람들은 묶여 있는 사나운 썰매 개들로부터 일정 거리를 유지하려 조심하고 있었다. 파란색 페인트칠이 벗겨진 거대한 창고를 우회하는 길에 목줄이 풀려 있는 개 한 마리가 나타났다. 카낙이 왔던 길을 되돌아가려는데 한 노부인이 걱정 말고 지나가라는 손짓을 해보였다. 그녀는 덴마크어를 하지 못했다. 저 멀리서는 두 명의 청소년이 계단에 기대서 있었다. 그림자처럼 그를 졸졸 따라다니던 아이들이었다. 아이들은 카낙에게 '마을에서 유일하게 사람에게 길들여진 개'라고 설명했다.

"개 주인은 누구니?"

"우죽이요."

"이 개, 이름은 뭐니?"

"CR7*이요."

"축구선수 이름을 딴 거야?"

그랬다. 레알 마드리드의 축구 스타. 그가 이 이야기를 들으면 참 재밌어할 것이다.

카낙 마을이 그에게 남긴 인상은 매우 복합적이었다. 처음에는 작은 연회를 즐기는 느긋한 분위기의 마을인 줄로만 알았는데, 지금 보니 마냥 평화로운 곳은 아닌 것 같았다. 사냥에 대한 숭배, 마을 이곳저곳에 존재하는 거의 야생의 상태에 가까운 개들 그리고 길모퉁이마다 놓인 '냉동고'를 가

* 축구 선수 크리스티아누 호날두의 이니셜과 등번호 7번을 따서 붙인 별명이다.

득 메운 내장이 제거된 피투성이 바다표범들…….

이 마을에서는 죽음이 늘 삶을 따라다니고 있었다. 죽음은 마치 이곳이 제집인 양, 어디에나 존재했다. 비교적 가파른 비탈을 오르는 동안 그런 생각이 카낙의 머리에 스쳤다. 새로 지어진 것 같은 주홍색 건물이 마을의 남쪽 측면과 해안 전체를 차지하고 있었다. 희미한 불빛 – 하늘로 푸른 장막을 쳐놓은 것만 같은 – 으로 인해, 카낙은 풍경을 제대로 감상할 수 없었다. 하지만 달빛은 빙산의 뒷면을 비추고 있었고, 그 모습은 마치 얼음물 속에서 고양이가 졸고 있는 것처럼 보였다.

"아름답지 않나요?"

별안간 들린 맑은 목소리에 카낙이 놀랐다. 그가 몸을 돌리자, 초등학교 교사 잉에르가 그의 옆에 서 있었다. 주홍색 건물은 카낙의 초등학교였다. 잉에르는 개를 쓰다듬었다.

"이렇게 빨리 오실 줄은 몰랐어요."

그녀가 말했다. 카낙의 얼굴이 붉어졌다. 만약 다른 생이었더라면 그는 건강하고 솔직해 보이는 이런 아름다운 금발 여성의 매력에 빠져들었을지도 모른다. 고등학생 시절 그의 여자친구들도 비슷한 외모를 가지고 있었다.

"저번엔 얀세의 부인이 그를 떠났다는 사실은 말씀하지 않으셨더군요."

그가 불편한 기색을 떨치려 갑작스러운 질문을 던졌다.

"그에 대해서라면 아직 별말도 하지 않았는데요."

"그렇게나 알 수 없는 사내입니까, 이 얀세란 사람이?"

"아뇨. 그는 온순하고 부드러운 사람이었어요. 그리고 좀 불행한 편이었죠."

"그가 부인과 왜 헤어졌는지 아십니까?"

"그의 부인, 빌은…… 이곳의 삶에 질려 있었어요. 모두 함께 도시로 떠나자고 그를 괴롭혔죠. 우펑나빅이나 사정이 더 좋으면 일루리삿으로요."

"모두 함께라니요?"

"자식이 둘 있었거든요."

"하지만 얀세는 그걸 원하지 않았습니까?"

"사냥은 그의 인생 그 자체였어요. 진정한 이누이트에게 사냥을 빼고 나면 뭐가 남겠어요? 죽음만이 남겠죠."

그녀는 자신의 말이 부적절했다는 걸 깨닫고 고개를 푹 숙였다.

"재혼은요? 적적함을 달래기 위한 애인도 없었습니까?"

"여기서요?" 그녀는 말도 안 된다는 듯이 소리쳤다.

"전 잘 모르지만, 예를 들면…… 당신과 잘해보려 했을 수도 있지 않습니까?" 그가 도발했다.

"사실 그러긴 했어요." 잉에르가 얼굴을 붉혔다.

"절 유혹하려던 때도 있었죠. 이누이트식으로 강요하지 않으면서. 그리고 제가 어느 날 선을 명확히 그었더니 더는 그러지 않더라고요. 그때부터 그가 자신의 계획에 대해 이야기하기 시작했어요."

"아? 어떤 계획입니까?"

"그는 빌을 되찾고 싶어 했어요. 그는 일루리삿으로 가서 관광업에 종사하려는 결심을 했죠."

"이를테면 가이드 같은?"

"아뇨. 그것보다는 애니메이션 촬영을 위한 가짜 사냥꾼 연기자나 외국인 방문객을 위한 근교 썰매 여행안내자 같은 거죠."

빌에 대한 사랑으로 얀세는 그의 세상에서 가장 소중한 사냥꾼의 영혼을 포기하고, 선조들의 삶을 흉내나 내는 어릿광대가 될 준비를 하고 있었다. 아름다우면서도 비극적이다.

"그는 그의 아내를 끔찍이도 사랑했네요." 카낙이 존경을 담아 말했다.

"네. 빌과 그는 여러 세대 전부터 서로의 운명이었어요."

"네?"

"그들의 아텍은 과거에 이미 서로 사랑했던 조부모로부터 온 거예요. 한낱 열정이 아니라 선조로부터 내려온 의무이기도 하죠."

'미친 소리! 이 얼마나 멋진 미친 소리인가…….'

카낙이 잉에르에게 작별 인사를 하고, 아푸티쿠를 찾으러 나섰을 때였다. 학교의 커다란 간판에 가려져 있던 입구 왼편에서 그의 눈길을 잡아끄는 것이 있었다. 비교적 최근에 찍은 것으로 보이는 초상화들이 붙은 게시판이었다. 대부분이 여성들이었다.

"다 누굽니까?"

"1953년 이래로 마을에서 근무했던 모든 교사들이에요. 남자 교사도 몇 명 있어요."

"당신은 없네요?" 카낙이 말했다.

"당분간은 그러길 바라고 있어요. 이건 일종의 기념관 같은 거거든요. 이 곳을 떠나야만 오를 수 있죠."

그녀는 모호한 단어를 사용해 말하고 있었다.

'떠난다는 건 전근을 말하는 걸까, 아니면 **영영** 떠난다는 말일까?'

카낙은 초상화의 얼굴과 이름을 훑어보았다. 대부분 백인 여성들이었고, 잉에르가 이곳을 떠날 때가 되면 그들과 어울리지 못할 정도로 초상화의 얼굴들은 젊은 모습이었다. '그런데 세련된 머리 모양의 백인 여성들 사이에 왜 이누이트 여성은 단 한 명도 없는 것일까? 왜 저 잉에르와 같은 무리 중에 마사크와 같은 여성은 한 명도 없는 걸까?' 그녀는 카낙의 의문을 눈치 챘는지 설명하기 시작했다.

"아, 이건…… 1979년 개정법으로 교육 언어는 그린란드어가 되었지만 마을의 교사들은 여전히 그린란드로 망명한 덴마크 인들이 맡았어요. 아무도 규제하진 않았는데 그저 관습 같은 거예요."

"그렇군요……."

"게다가……." 멍한 눈빛으로 그녀가 덧붙였다.

"덴마크에는 고국을 떠나는 것을 두려워하지 않는 교사들이 항상 있거든요."

잉에르는 그녀의 고향으로부터 도망쳤던 걸까? 바로 그때, 한 사람의 얼굴이 카낙의 시선을 잡아끌었다. 1970년부터 1975년 사이, 덴마크어가 여전히 통용됐을 당시에 일했던, 다른 사람들만큼이나 금발인 사람이었다. 산드라 스코브가드Sandra Skovgaard. 그 이름을 입에 담은 건 처음이었는데도 이름이 낯설지 않게 느껴졌다.

'대체 왜 이 여성이 낯설지 않은 걸까? 그가 코펜하겐에 있었을 때, 다루었던 사건에 연루되었던 사람일까?'

어쩌면 그가 아무 질문도 하지 않고, 다시 찾지도 않았던 수많은 목격자중 한 사람이었는지도 모른다. 아니다. 그런 것 같진 않았다. 다만 그녀의 푸른 눈과 순진한 미소가 그를 최면에 빠트리고 있었다.

32

IMG_2141 / 10월 27일
장난감 없는 아이의 방

"이누이트 말 중에 눈을 묘사하는 단어가 50개가 넘는대요."

오는 길에 아푸티쿠가 말했다.

'눈의 50가지 그림자라. 흠, 흥미롭군.'

"그럼 마사크는요?"

"녹아서 물이 된 눈이란 뜻이에요."

그녀와 잘 어울리는 이름이었다. 아름다우면서도 슬펐다. 어떤 한 상태의 종말, 세상의 종말을 가리키는 단어였다. 집마다 남은 방이 없다는 이유로 수없이 거절을 당한 뒤, 아푸티쿠는 우죽의 집으로 터덜터덜 돌아와야 했다. 우죽은 딸의 집에 남는 방이 하나 있다고 했다. 그녀는 카낙이 옆에 조수를 대동하고 돌아오는 것을 보고도 놀라지 않았다. 그녀는 조금 전 카낙을 반하게 만들었던 북극의 모나리자 같은 얼굴로 그들을 맞아주었다.

조금 전, 두 형사는 울티마 툴레의 문 앞에서 만났다. 간판에는 순백의 빙산 그림과 함께 '이누이트 크래프트 그린란드'라 쓰여 있었다. 막 문을 닫은 것인지 관자놀이 부분에 머리를 민 젊은 여성이 옆문으로 나와 영업 종료를 알렸다. 그녀는 최근엔 투필락을 판매한 적이 없다고 했다. 하지만 자신은 파트타임으로 일하고 있기 때문에 내일 다시 사장에게 물어보면 더 많은 정보를 알 수 있을 거라고 했다.

사장의 이름은 나자Naja, 우죽의 아내였다.

그랬다.

여전히 말이 없는 마사크는 작은 집의 위층으로 그들을 안내했다. 방은 두 개뿐이었다. 그중 하나는 그녀의 방이었고, 문틈 사이로 넓고 깔끔한 공간이 보였다. 두 번째 방은 축구선수나 슈퍼히어로의 포스터와 만화 스티커로 꾸며진 전형적인 아이의 방이었다. 모든 것이 완벽하게 정리되어 있었고 침대 위로는 이불이 단정하게 접혀 있었다. 바닥에는 굴러다니는 그 흔한 장난감 하나도 없었다.

아이가 없는 아이의 방이었다.

두 남자가 모두 들어갈 엄두를 내지 않자, 마사크가 이층 침대를 손으로 가리켰다. 카낙은 아래쪽을 골랐고, 아푸티쿠는 자연히 남은 위쪽을 택해야 했다. 마사크는 저녁 준비를 위해 아래층으로 내려갔다. 아푸티쿠는 그녀가 시야에서 사라질 때까지 기다렸다.

"남자아이였던 것 같은데 죽었는지도······."

그가 좋아하는 오락거리였다. 알아맞히기.

"사냥을 하러 나갔다 주검으로 발견됐을 거예요. 아이 아버지는 죄책감을 느끼고 자살했고요."

"아! 네······. 그렇게 생각하는 이유는요?"

카낙이 물었다. 그의 눈이 즐거움으로 빛났다. 탐정소설의 애독가인 그는 에르퀼 푸아로식으로 가정을 하는 게 취미였다.

"집안에는 어떤 전리품이나 사냥 물품도 없던데요."

그건 이 집에 남자가 더는 살지 않는다는 거의 확실한 증거였다. 하지만 그것으로부터 결론을 끌어낸다면? 아푸티쿠는 대놓고 코를 킁킁대기 시작했다.

"그리고…… 그녀는 생선밖에 먹질 않아요. 집에서 조리된 바다표범 냄새가 전혀 느껴지지 않아요. 모든 이누이트 가정에서는 익힌 바다표범 냄새가 나는데 말이죠."

"좋습니다." 카낙이 말했다.

"좋은 지적이군요. 일단 사냥꾼의 나라에서 사냥을 반대하는 집이라고 가정해보죠. 하지만 그것만으론 아이 아버지에게 무슨 일이 일어났는지 알 수가 없습니다."

아푸티쿠는 확실한 증거를 찾기 위해 눈을 찌푸렸다.

"거실에 아버지와 아들이 함께 있는 사진이 단 한 장도 없었어요."

"그거야, 부부가 헤어졌기 때문일 수도 있죠."

"그리고 아이의 사진이 그렇게 오래되지 않았어요. 가장 최근 사진을 보니, 2014년 누크에서 열린 북극올림픽 티셔츠를 입고 있었거든요."

거의 사 년 정도 전의 사진이었다.

'관찰력이 좋군.'

카낙이 생각했다. 하지만…….

"모든 사람들이 매년 아이의 사진을 찍는 건 아닙니다. 그것은 아무런 증거가 되지 못하죠. 아이가 죽었을지도 모른다는 것 빼고는요."

"아뇨. 이해를 못하시네요. 단순히 이혼을 한 거라면 전남편과 아들이 함께 찍은 사진을 보관하고 있었겠죠. 이누이트가 그들의 삶에서 한 사람의 사진을 완전히 정리하는 건 단 하나의 경우뿐이에요."

그건 바로 자살이었다.

아푸티쿠는 이런 효과를 노렸던 거다. 처음부터 그 사실을 말해도 됐다. 하지만 그랬다면 그의 승리가 덜 값졌을 거였다.

그때 카낙의 스마트폰에서 울리는 소리에 그들은 현실로 돌아올 수 있었다. 크리스 칼슨이 보낸 문자메시지였다. 불에 탄 섬유 조각에 대한 분석 결과였다.

> 섬유 조각에서 시리얼 번호는 나오지 않았지만 확신할 수 있어요. 이건 덴마크 과학수사관이 입는 보호복이에요.

덴마크 경찰은 '안티-DNA'라고 불리는 단 하나의 보호복 모델만을 사용했다. 단 한곳의 공급업체에서만 특별히 제작되는 것으로 다른 곳에서는 구할 수 없었다. 그래서 모든 경찰서는 정확한 수의 견본을 가지고 있었다. 친구들과 CSI 과학수사대 놀이를 하기 위해 하나를 슬쩍한다는 건 원칙적으로 불가능했다. 다음으로 도착한 메시지에서 크리스는 그와 같은 결론을 내리고 있었다.

> 가능한 건 단 하나예요. 이 보호복을 태운 자는 우리에게서, 누크의 폴리티가든에서 이걸 훔친 게 분명해요.

카낙이 답장을 보냈다.

> 그게 소렌이라고 생각하십니까? 전 아닌 것 같습니다. 재고를 관리하는 게 소렌인데, 안티-DNA를 슬쩍해서 '개인적' 용도로 썼다면 바로 들통이 났을 겁니다. 그리고 첫 번째 용의자가 될 테죠.

'그가 아니라면 누구일까? 리케 에넬의 팀원 중 아누락툭과 그의 멍청한 무리를 위해 동료들을 배신할 사람이 대체 누굴까?'

두더지 한 마리가 그들 사이로 침입했을 거란 가능성에 점점 무게가 실리고 있었다. 검시관이 보낸 마지막 메시지는 그들의 억측을 잠시 멈추게 했다.

> 다른 의견이 하나 있지만 지금은 확신이 없어요. 더 확실한 증거를 찾으면 말씀드릴게요.

마사크가 준비한 음식은 먹음직스러워 보였다. 프레데릭스베르 시장에서 카낙은 지독한 악취를 풍기는 '그린란드산 광어'의 진열대를 피해 다니곤 했다. 하지만 마사크는 향신료와 고추를 사용해 본연의 무미건조한 살코기를 전혀 색다른 음식으로 재창조했다. 아푸티쿠의 입맛에도 잘 맞는 듯 보였다. 그는 접시 바닥에 남은 소스를 혀로 핥고 있었다. 표현을 잘 하지 않는 요리사는 구석에서 조용히 미소를 지었다. 그녀는 자신의 요리에 조용한 찬사를 보내는 그들을 보며 퍽 기뻐하는 것처럼 보였다.

"여기서 혼자 사는 건 어렵지 않습니까?"

결국 카낙은 참아왔던 질문을 하고 말았다.

"아뇨. 괜찮아요."

"도움을 주는 이웃이 있습니까?"

"그다지 없어요. 하지만 도움이 필요하면 아버지나 오빠를 불러요."

"왜죠? 이웃과 친하지 않습니까?"

"친해요, 친하죠……. 하지만 거의 모두가 떠나고 없는걸요."

창문 너머로 눈길을 던지자 주변의 허름한 집들에 불이 하나도 켜져 있지 않았다. 극야를 밝히는 불빛들은 적어도 두세 구역 떨어진 곳으로부터 온 것 같았다. 죽은 집들, 이곳은 머지않아 유령 마을로 변할 것이다. 그토록 기다렸던 유전이 가동되지 않자 북쪽의 작은 마을들에서는 사람들이 떠나가고 있었다. 무정한 일이었다. 카낙은 시대에 뒤진 과거의 전통을 좇던 얀세를 떠났다던 빌을 떠올렸다.

"얀세와 티킬은요?" 카낙이 물었다.

"그들에게도 이웃이 있었나요?"

"그렇게 많지 않았어요."

그렇다면 공격 당시 아무도 그 소리를 듣지 못했다는 것도 이해가 됐다. 그들의 사체는 다음 날 아침에 돼서야 발견됐을 것이다.

"친구 집으로 가는 길은 절대 멀지 않은 법이죠."

그녀는 고개를 끄덕이며 동조를 표하더니, 별안간 활력을 띠며 신중함을 벗어 던졌다.

"아버지는 계속 이런 식이라면 정부에서 마을을 폐쇄해버릴지도 모른다고 했어요."

"그래도 사람들을 막무가내로 내쫓을 순 없을 텐데요."

"네. 하지만 공공 서비스를 차단할 순 있겠죠. 에어 그린란드 항공편의 연결, 연료의 공급, 우체국, 학교……."

"그 말을 믿습니까?"

"몰라요." 그녀가 어깨를 들썩였다.

"우리 민족은 이미 강제 이주를 겪은 적이 있어요. 처음은 어려웠겠지만 두 번짼 쉽겠죠."

"그게 두려운 겁니까?"

"그다지요. 여기가 아니면 다른 곳이라도……."

여기가 아니면 다른 곳이라도…….

하지만 그 어떤 것도, 그 누구도 그녀에게 아이를 돌려주지는 못할 것이다.

"누구보다도 그걸 걱정하는 건 아버지세요."

"아!" 카낙이 놀라며 말했다.

"그건 왜죠?"

"왜냐하면 아버지가 우리의 책임자니까요."

"당신들이요? 그 말씀은 당신과 올리를 말하는 겁니까?"

"아뇨. 우리 모두요. 아버진 우리의 이수마탁isumataq이니까요."

"이누이트 부족의 수장이란 뜻이죠."

아푸티쿠가 음식을 씹으며 말했다.

"공동체 전체를 보존하는 게 그의 임무예요."

"그건 쿤눈……의 역할이 아닙니까?"

"쿤눈구악이요? 아뇨. 샤먼은 우리의 영혼을 돌보지만 이수마탁은 우리가 살고 있는 삶을 책임지죠."

모든 것이 일맥상통했다. 만약 카낙 마을이 사라지게 된다면 우죽의 명예도 함께 사라지는 거였다. 그 늙은 지역 경찰이 왜 그렇게 많은 직책을 떠안고 있는지 이제야 이해할 수 있었다. 그런 식으로 자신을 쪼개면서까지, 피할 수 없는 일을 피하기를 바랐던 게 아닐까?

카낙이 체념한 마사크의 큰 눈을 바라보던 그 순간, 다섯 번째 직감이 떠올랐다. 혹은 그렇다고 믿고 싶었다.

이 여인이 이번 사건을 푸는 열쇠일지도 모른다. 그녀 외에 다른 사람은 원하지 않았다.

33

IMG_2149 / 10월 27일
한밤중, 눈 속에 서서 통화 중인 아푸티쿠

모든 건 마사크의 집, 아이가 없는 아이의 방에서 시작됐다. 집주인은 인사를 하고 방을 나섰다. 두 형사는 서로 다투지 않고 이층 침대를 사이좋게 나눠 가졌다. 그들은 각자의 방식으로 침대 위에 자리를 잡았다. 카낙은 그날 찍은 많은 사진을 검토하고 있었다. 아푸티쿠는 스마트폰에 코를 박고, 황금색 파인애플 사이를 날카로운 소리와 함께 가로지르는 중독성 있는 게임에 빠져 있었다. 그러다 그가 전화를 받았다. 그린란드어로 몇 마디 나눈 그는 높은 침대에서 내려와 옷을 걸쳐 입고 양말을 신었다.

"베비안이에요." 그는 입모양으로 그렇게 말했다. 그의 아내였다.

"뭐라 이야기하든 내가 전혀 이해 못한다는 거 알죠? 아무리 수위가 높은 말이라도 난 못 알아들으니 걱정 말아요."

하지만 아푸티쿠는 이미 계단을 단숨에 내려가 부츠를 신었고, 밖으로 나가서야 통화를 계속했다.

'뭘 저렇게 부끄러워하는 거지?'

아푸티쿠의 뒤를 쫓아 계단을 내려간 카낙이 설거지에 열중한 마사크의 무심한 눈길을 뒤로하고 신발을 신었다. 그러고는 외투도 걸치지 않고 조수의 뒤를 밟았다. 바깥의 날씨는 춥다 못해 고통스러울 정도였다. 하지만 한낮보다 더 심하지도 않았다. 이 계절에는 낮과 밤의 차이가 없다더니, 정말이었다.

그는 한창 통화 중인 아푸티쿠를 가만히 바라보았다. 그의 존재를 알아차리지 못한 아푸티쿠는 걱정스러운 표정을 짓고 있었다. 부부나 가족의 문제는 아닌 것 같았다. 그보다 더 무거운 문제에 봉착한 듯, 낮게 신음하고 있었다. 누크에서 그랬듯이 그는 몇 번이나 카낙의 이름을 언급했다.

"흐아낙."

하지만 이번엔 확신할 수 없었다.

'카낙을 말하는 걸까, 아니면 카낙 마을을 말하는 걸까?'

카낙은 아푸티쿠에게로 곧장 달려들어 그의 스마트폰을 뺏으려 했다. 하지만 아푸티쿠가 재빨리 왼쪽으로 몸을 피하는 바람에 실패했다. 아푸티쿠는 빨간 버튼을 눌러 통화를 종료했다.

"누굽니까?"

"제 아내라니까요!"

"거짓말인 거 압니다."

"진짜예요!"

이누이트는 거짓말에 젬병이었다. 아푸티쿠도 그렇게 말했다.

"우리 이누이트는 갈등을 싫어해요. 갈등 그 자체가 두려운 게 아니라 갈등이 유발하는 혼란으로 인해서 자신이나 타인의 생존에

쏟을 수 있는 에너지가 줄어들기 때문이에요. 거짓말은 사람들 사

이에 갈등을 유발하는 가장 쉬운 수단이에요."

"젠장, 아푸! 거짓말은 이제 그만해요! 매번 통화하러 갈 때마다 어디 구

석에 처박혀선 시무룩한 표정으로 내 얘길 하잖아요! 내가 다 들었습니다.

대체 이유가 뭡니까?"

아푸티쿠가 대답을 하지 않자, 카낙은 몸을 날려 그를 바닥으로 밀어 넘

어트렸다. 하지만 카낙에게 완전히 깔렸는데도 그는 예상치 못한 힘을 보

여주었다. 아마 어릴 적에 유도를 배운 것 같았다. 놀랄 만큼 유연하고 재빠

른 동작으로 카낙에게서 벗어난 아푸티쿠는 스마트폰을 꼭 쥔 손에서 힘

을 풀지 않았다. 카낙의 공격에 놀란 듯 보였지만 그에게서 벗어나는 덴 성

공했다.

곧이어 두 번째 공격이 이어졌다. 카낙은 온몸의 무게를 실어 아푸티쿠

를 제압하려고 했다. 그의 시도는 먹혀들었다. 아푸티쿠의 손목을 붙잡은

카낙은 거칠지 않게 얼어붙은 바닥에 단단히 그를 고정했다.

차갑고 날카로운 눈이 몸을 움직일 때마다 온몸을 할퀴어댔다. 아푸티

쿠는 얼음 양탄자 위에 두 어깨를 딱 붙이고 자신의 무력함을 신음으로 내

뱉고 있었다. 카낙은 아푸티쿠보다 덩치가 더 크진 않지만 그의 아래에 깔

려 있는 둥글둥글한 몸을 제압할 역량은 있었다.

바닥에 누운 상태에서는 확실히 큰 키가 도움이 됐다.

"아직 버틸 만합니까? 이쯤 할까요 아니면 계속해요?"

아푸티쿠는 아직도 이 싸움의 원인인 스마트폰을 놓지 않았다.

"이제 보여줄 마음이 생겼습니까?"

아푸티쿠가 묵묵부답으로 일관하자, 카낙은 그의 손목을 잡고 있던 손을 놓고 대신 그의 따귀를 때렸다. 그는 폭력을 싫어했지만 그 순기능만은 인정했다. 둘 사이의 곪은 종기를 짜낼 다른 방법은 없었다. 하지만 아푸티쿠는 그에게 질책이 쏟아졌을 때보다 더 반응이 없었다. 절망스러운 침묵이었다.

"제길, 아푸…… 누구와 통화했냔 말입니다!"

연달아 이어진 따귀는 전보다 힘이 적게 실렸다. 마침내 쓰다듬는 지경에 이를 때까지 따귀는 계속해서 점점 약해졌다. 그가 고집을 부릴수록 취조는 헛수고였다. 아푸티쿠는 대체 무엇을 두려워하는 걸까? 이렇게까지 침묵을 고수하는 이유가 대체 뭐란 말인가?

상대가 포기하지 않자, 카낙이 몸을 일으켰다. 입가엔 분함이 어려 있었지만 그의 비밀을 캐는 건 포기해야 할 것 같았다. 분노보다는 실망에 가까운 감정이 들었다. 친구 사이에서나 느낄 수 있는 깊은 배신감이었다. 마지막으로 아푸티쿠에게 무거운 비난을 담은 눈빛을 보낸 카낙은 몸을 돌리려 했다.

누가 알았겠는가, 압박이 통하지 않을 때 단념이 기적적으로 비밀을 터놓게 만들 수 있다는 사실을? 카낙이 현관 방향으로 세 발자국을 뗐을 때 아푸티쿠가 외마디 비명을 지르며 그를 붙잡았다.

"잠깐만요!"

"뭡니까?" 카낙이 어깨 너머로 소리쳤다.

"방금 전 통화는…….."

"뭐요?"

아푸티쿠는 더 이상 댈 게 없는 변명을 찾아 극야 속을 하염없이 바라보았다. 한숨을 내쉰 끝에 그는 우물쭈물 입을 열었다.

"리케와 통화한 거였어요."

결정적인 순간이었다. 흔들리는 모습을 보여서는 안 된다.

"그러니까…… 에넬 양이라 이거죠. 그렇다면 제 얘길 몰래 숨어서 한 이유는 뭡니까?"

아푸티쿠는 고통스러워했다. 현장에서 덜미를 잡힌 게 수치스러워서 그런 걸까, 아니면 그보다 더한 사실을 숨기고 있는 걸까?

"리케가…… 리케가 경감 님을 감시하라 했어요."

그가 끝내 털어놓았다. 죄책감에 그의 고개가 무거워졌다.

"경감 님이 하는 모든 것을 보고하라고요. 그리고 하지 않은 모든 것도요."

아푸티쿠는 증거로 스마트폰 화면을 보여주었다. 리케 에넬의 이름이 최근 통화 목록 맨 위에 떠 있었다.

카낙은 그가 받은 충격을 숨기지 않았다. 솔직히 말하면 그린란드 경찰서장이 그의 가장 가까운 곳에 끄나풀을 붙였다는 사실이 그리 놀라울 일도 아니었다. 그간 그의 수많은 상관들이 그에게 자신의 조수를 두게 했더라도 비슷한 반응을 보였을 것이다. 하지만 한 가지 사실이 계속해서 그를 괴롭히고 있었다.

"그렇다고 칩시다." 카낙이 이를 갈며 말했다.

"하지만 그건 당신의 모든 행동들을 설명해주지 못합니다. 그린란드어를 써서 통화한다면 제 앞에서 얼마든지 들키지 않고 보고할 수 있었겠죠. 그렇게 자리를 피할 것까진 없었던 것 아닙니까?"

하지만 리케와의 통화가 아푸티쿠 칼라쾍이 품은 음모의 빙산의 일각에 불과한 거라면 이야기는 달라진다. 이번에는 카낙의 움직임이 더 빨랐다. 그는 아푸티쿠가 반응할 틈도 주지 않고 그의 스마트폰을 단숨에 빼앗았다. 아푸티쿠는 스마트폰을 향해 손을 휘둘렀지만 카낙의 억센 손이 그를 막자 포기하고 말았다.

상대를 단념하게 만드는 건, 결코 단념하지 않은 사람만이 사용할 수 있는 무기였다.

카낙은 서둘러 스마트폰 내역을 살펴보았다. 아푸티쿠는 주기적으로 '정리'를 한 게 분명했다. 통화목록에서도, 문자메시지 함에서도, 연락처 목록에서도 의심스러운 정황은 없었다. 그는 앨범 아이콘을 누르려다 잠시 멈췄다.

'사진이라……'

사진은 종종 말보다도 더 강력했다. 사진은 거짓말을 하지 않았다. 시간 순서대로 나열된 사진들은 소유주의 인생을 전부 요약해놓고 있었다. 사냥과 썰매의 추억, 기념일과 여러 카페믹까지. 그리고 그때였다.

"이건 뭡니까?" 카낙이 물었다.

"설명해주시겠습니까? 아마도…… 카약 동호회인 것 같은데. 아니면 일에 관련한 회의?!"

"아뇨……. 가족 모임입니다."

결국 체념한 아푸티쿠가 말했다. 사진은 지금으로부터 십여 개월 전이다. 날이 좋은 어느 날, 눈 내린 풍경을 배경으로 찍은 것이었다. 역광 때문에 또렷하진 않았지만 사진 속 네 명의 주인공은 즐거워 보였다. 아푸티쿠와 그의 아내 베비안은 오른쪽에 서 있었고, 그들의 왼쪽으로 가출벽이 있는 그의 여동생 보딜이 아누락툭 네메닛소크의 두 팔에 안겨 있었다. 누크의 살인 용의자였다.

도주 중인 살인 용의자.

"리케는 우리가 온 나라를 뒤지고 있는 주요 용의자가…… 당신의 매부라는 사실을 알고 있었던 겁니까?"

"아뇨." 아푸티쿠는 당황해 어쩔 줄 몰라 하며 말했다.

"저번 가택수색 때 그에게 미리 그 사실을 알린 것도 당신이었습니까?"

"아뇨. 아니에요……."

카낙은 처음 아누락툭을 만났을 때 그와 아푸티쿠가 나눴던 친밀한 포옹을 떠올렸다. 다 이유가 있었다. 두 남자는 일요일마다 같은 바다표범 스튜를 나눠 먹는 사이였던 것이다.

"아니, 당연히 그랬을 테죠! 이제 모든 게 명확해졌군요. 우리의 안티-DNA 보호복을 그에게 제공한 것도 당신이었죠."

"아녜요!" 아푸티쿠가 거의 고함을 치듯 말했다.

"그건 제가 아니에요!"

그러나 몇 번을 곱씹어봐도 모든 것이 맞아떨어졌다. 그가 아누락툭의 단서를 쫓는 데 열의를 보이지 않았던 것, 정보를 늘 함구하고 있었던 것, 언질 없이 여동생의 약혼자 집에 들이닥쳤을 때 동요했던 것, 마지막으로 그가 피해자였다고 주장하는 스노모빌에게 당한 공격까지. 그건 어쩌면 의심을 다른 곳으로 돌리기 위해 의도한 연출이었을지 모른다.

"좋습니다. 그렇다고 믿는 거로 치죠. 하지만 당신의 매부를 체포할 때마다 조사하고, 어떠한 혐의도 씌우지 않고, 다시 풀어주는 게 지겹지 않았습니까?"

아푸티쿠는 고개를 들지 못했다.

"그게 한두 번도 아니라 자그마치 여섯 번! 여섯 번 체포하고 여섯 번 즉시 방면이었습니다! 공권력을 어지럽힌 것에 대해 조금의 벌금도 부과하지 않았죠! 전혀요!"

"저는……." 아푸티쿠가 말을 더듬었다.

"젠장! 뭐요?"

아푸티쿠는 선 채로 KO패를 당한 것처럼 보였다. 이누이트의 관습엔 거짓말이 포함되지 않았다. 현행범으로 붙잡혔다는 수치심은 그를 고통스럽게 할 뿐만 아니라 잠식하고 있었다.

"전 그저 보딜을 보호하고 싶었어요. 문제가 있을 때마다 그는 보딜을 때렸죠. 그의 폭력이 거세질수록 전 미칠 것만 같았어요."

카낙은 보딜의 멍, 지나치게 짧은 치마, 무언가에 쫓기고 있는 짐승 같았던 분위기를 기억해냈다. 보딜은 어쩌면 매춘을 한 게 아니라 프리무스의 할 일 없는 가엾은 놈들보다 더 최악의 포식자의 마수에 걸렸던 것이었다. 카낙은 한층 부드러워진 어조로 말했다.

"그런데도 당신은 여동생을 보호하기 위해 했다는 일이, 고작 그가 패거리 두목 행세를 하면서 평온하게 돌아다니도록 내버려둔 겁니까? 재수사를 위해 그를 조금이나마 더 붙잡아둘 순 없었습니까?"

"그거야 잘 아시다시피……."

'아, 그렇지!'

카낙은 기억해냈다. 해가 뜨면 범죄자를 풀어줘야 한다는 말도 안 되는 규범. 그리고 그런 규범이 존재하지 않았더라도, 아푸티쿠에겐 그럴 배짱이 없었다. 죄책감과 두려움으로 얼룩진 그의 무너진 얼굴에서 그 사실을 훤히 읽을 수 있었다. 그는 정면으로 부딪치기보다는 모든 걸 외면하고 뒤에서 일을 조용히 수습하는 부류의 사람이었다. 그는 입을 다물도록 스노모빌로 협박이나 당하는 그런 사람이었다.

아푸티쿠라면 자신이 아끼는 동생 보딜을 위해서 NNK 얼간이의 뒤를 봐주고, 여동생이 맺고 있는 해로운 관계까지 기꺼이 덮어줬을 것이다.

"제가 알았더라면"이라며 아푸티쿠가 후회가 담긴 목소리로 말했다.

"그가 이렇게 잔인한 짓을 할 거란 걸 알았더라면…… 절대 눈감아주지 않았을 겁니다. 정말이에요. 저는…… 저는 좋은 경찰이라고요, 아시잖아요!"

카낙은 애원하는 아푸티쿠를 짙은 녹색의 눈으로 바라보았다.

"흐아낙!" 아푸티쿠는 처음으로 그를 이름으로 부르며 간청했다.

"저는 정말로 좋은 경찰이라고요……."

계단에 서 있는 마사크가 둘을 지켜보고 있었다. 그녀는 인간 세상으로 내려온 타락한 신처럼 아름답고 고요한 모습이었다.

34

IMG_2155 / 10월 28일
북극 모나리자의 미소

결국 인내심의 문제였다. 잘 익은 감이 떨어질 때까지 기다리는 것도 좋은 방법이다. 플로라의 철칙이기도 하다.

아푸티쿠의 에어 그린란드 측 정보원은 날이 밝자마자 조사 결과를 보내줬다. 그 결과는 놀라웠다. 용의자 중 그 누구도 – 아누락툭, 체르노브, 마쏘 – 10월 19일부터 25일 사이에 누크와 카낙 사이를 오간 기록이 없었다.

아푸티쿠는 위쪽 침대에서 이불 위에 앉아 발을 덜렁이고 있었다. 여전히 잠에서 헤어 나오지 못한 모습이었다. 지난 밤 진이 빠졌던 두 사람은 열 시간이 넘게 숙면을 취했다. 아푸티쿠는 그 어느 때보다도 더 아이처럼 보였다.

"그들은 이곳에 오지 않았어요."

아푸티쿠는 그 사실에 안도하는 것 같았다.

"그 기간 동안 있었던 총 세 편의 비행기에 탑승한 기록이 없어요. 두 편의 카낙과 누크 왕복 비행기도 마찬가지고요."

여전히 의심의 눈초리를 거두지 않는 카낙이지만 마치 폭탄을 맞은 듯 마구 헝클어진 아푸티쿠의 머리모양을 보자 웃음이 나왔다. 대머리의 장점은 머리가 엉망이 될 염려가 없다는 거였다.

"가짜 신분을 사용했을 수도 있죠."

"토비아스는 그럴 가능성은 거의 없다고 했어요."

"왜죠?"

"최근에 발생한 테러 이후 유럽은 에어 그린란드에서 탑승 보안을 한층 강화했어요. 모든 항공편에 대해 코펜하겐의 중앙정보시스템을 사용해 직접 탑승객 신분을 통제한다고 해요."

"항공편 전부 말입니까? 국내선까지도 포함해서요?"

"매우 짧은 거리라면 몰라도 이 정도 거리에, 특히나 경유지를 포함한 여정은 그럴 거예요. 토비아스가 확인해줬어요."

'그렇다고 치자.'

얀세와 티킬의 살인은 이 셋이 아닌 다른 누군가가 저질렀다고 가정해보자. 아니란 법도 없었다. 그린란드의 끝과 끝에서 두 살인자가 살인을 공모했을지도 모른다는 오싹한 가설이 부메랑처럼 그의 머리를 스치고 지나갔다.

카낙은 창문가로 걸어갔다. 푸르른 어둠 속에서 눈은 계속해서 내리고 있었고, 커다란 눈송이가 매서운 돌풍과 함께 유리창을 때렸다. 갓 내린 커피 향이 집 안을 떠다니고 있었다. 마사크는 그들보다 먼저 일어나 있었다.

"남쪽과 북쪽을 잇는 수단은 에어 그린란드 말고는 없습니까? 다른 항공사나 본전을 뽑기 위해 항공기를 임대하는 곳이 있다거나?"

"아니, 헬기 한 대 가격이 얼만지 아세요?"

"모릅니다. 작은 관광용 비행기일 수도 있지 않습니까……."

배는 고려할 대상이 되지 못했다. 바다를 통해 3천 킬로미터나 되는 거리를 해당 기간 동안 왕복하기란 불가능한 일이었다. 게다가 겨울의 유빙 조각을 헤치고는 더더욱 불가능했다.

"좋아요." 체념한 아푸티쿠가 말했다.

"누크 관제탑에 개인 항공기에 대해서 물어볼게요."

그가 '정말 좋은 경찰'임을 증명할 수 있는 절호의 기회였다.

**

파닉틸락과 따뜻한 커피로 속을 채우고 집을 나서자, 날씨는 더 궂어져 있었다. '폭풍설'까지는 아니더라도 그 기세만은 비슷했다. 하얀 눈보라 속으로 한 걸음을 떼는 것도 어려웠다. 폭풍처럼 몰아치는 눈이 온몸을 때렸다. 이 와중에도 밖으로 나온 용감한 사람들이 있었다. 모든 마을이 믹서기 속에서 돌아가는 밀크셰이크 같았다.

그들은 울티마 툴레의 작은 조립식 건물 앞에 도착했고 피난민처럼 내부로 황급히 들어갔다. 계산대 뒤의 사장이 그들을 향해 매서운 눈초리를 보냈다. 인사도 없었다.

"나자 씨 되십니까?" 카낙이 말했다.

"네."

"우죽의 아내시죠?"

"으음……."

"우린 누크의 폴리티가든에서 온 그의 동료입니다. 아드리엔슨과 칼라켁이죠."

'행운을 빕니다.'

그녀의 눈빛이 그렇게 말하는 듯했다. 그녀는 누크에서 직접 형사가 왔다는 사실에 그녀의 아들과 마찬가지로 조금의 감흥도 보이지 않았다. 카낙은 전날 마사크에게 보여줬던 것처럼 투필락의 사진을 꺼냈다.

"이 물건에 대해 아는 게 있습니까?"

내부를 빠르게 훑어본 카낙은 그녀의 작은 상점 안에 비슷한 물품을 판매하지 않는다는 사실을 확인했다.

"이마카."

"긍정의 이마카인가요, 부정의 이마카인가요?"

카낙에게 질문을 받은 여자는 아푸티쿠를 매섭게 노려보았다. 동족을 배신하고, 그와 같은 알라넝탁과 어울리는 것을 비난하는 듯했다. 아푸티쿠는 그녀에게 그린란드어로 몇 마디를 건넸다. 충분한 설명이었는지 그녀가 입을 열었다.

"이런 것들을 팔았던 적은 있어요. 하지만 그게 여기 것이라곤 확신할 순 없어요."

"혹시 한 사람에게 여러 개를 팔았던 기억은 없습니까? 한 십오 일 전쯤에?"

"여러 개의 투필락을요?"

"네 개……. 어쩌면 여섯 개요."

"모르겠어요. 이곳을 들르는 관광객은 아주 많아요. 그 많은 사람을 다 기억하는 건 불가능해요."

'관광객이 아주 많다라…….'

그녀는 그를 기만하고 있었다. 카낙이 이 마을에 온 뒤로 관광객이라고 불리는 사람과는 한 명도 마주치지 못했다. 게다가 지금 그녀의 상점에는 개미 한 마리도 없었다.

"그렇군요."

알았다는 듯 미소를 지으며 카낙이 답했다.

"하지만 판매 기록은 남기시죠? 그렇지 않습니까?"

"그런 건 안 남겨요."

"그건 왜죠?"

그녀는 욕이라는 것이 분명한 방언을 중얼거렸다. 하지만 아푸티쿠는 고집스럽게 눈을 찌푸리며 그녀를 재촉했다.

"투필락은 위탁으로 판매하는 거예요. 제가 직접 지역 장인과 거래하죠. 어쨌든 그렇게 많은 재고를 쌓아놓고 판매한 적은 없어요. 그건 희귀한 물건이에요."

그녀의 딸 마사크의 말과는 정반대였다. 그녀는 여행객들을 위한 공예품이라고 했다.

"그럼 제가 여섯 개를 사고 싶으면 어떻게 합니까?"

"직접 주문해야겠죠."

"그렇군요. 그럼 그 장인은 누굽니까?"

"필리pilli요."

"미친 노파란 뜻이에요." 아푸티쿠가 말했다.

"왜 그렇게 부릅니까?"

"몰라요. 마을에선 다들 그렇게 불러요."

'소문의 놀라운 힘이군.'

"이해할 수 없군요. 개인적으로 아는 사이가 아닙니까? 그녀와 직접 거래하는데 말이죠."

"저는 쿤눈구악을 통해 거래해요."

카낙은 그 이름을 기억하고 있었다. 마을의 샤먼이었다.

"왜 그와 거래합니까?"

"그거야 당연히, 그 필리가 거기 사니까 그렇죠!" 끝내 여자가 소리쳤다. "쿤눈구악의 거처에 살아요. 투펙에서 한 발자국도 나오지 않죠. 말했잖아요, 미쳤다고."

"그렇군요……. 거긴 여기서 멉니까?"

***

쿤눈구악은 마을과 주민들에게서 아주 멀리 떨어진 곳에 살고 있었다. 아푸티쿠에 따르면 그게 전통이었다. 샤먼은 예측할 수 없는 방식으로 영혼과 힘을 조종하기 때문에 언제 생길지 모르는 우주의 분노로부터 그의 신도들을 보호해야 했다. 어떤 이들은 그가 실라와의 순수한 관계를 유지하기 위해서 공동체의 삶에 대한 유혹을 미연에 방지하는 것이라고 했고, 그에게 약간의 불만이 있는 이들은 그가 마을 사람들의 시선에서 벗어나 술에 찌든 방탕한 삶을 영위하기 위해서라고 했다.

상점을 벗어나자마자 아푸티쿠는 카낙의 충동을 만류했다.

"생각도 하지 마세요."

눈보라는 한층 더 거세져 있었다. 그 속에서 똑바로 서 있는 것 자체가 도전이었다. 한 치 앞도 보이지 않았다. 주변의 집들에서 나오는 빛이 그들에겐 먼 곳의 등대 불빛처럼 느껴졌다. 샤먼의 거처는 마을에서 썰매로 약 한 시간이나 떨어진 곳에 있었다.

"스노모빌로도 안 됩니까?"

카낙이 바람을 맞으며 목소리를 높였다.

"그건 안 돼요. 스노모빌은 쓰러진 주인을 집까지 데려오지 않아요. 이런 날씨에 우릴 태워줄 정신 나간 사냥꾼도 없고요."

그의 말이 옳다는 듯, 북극의 바람 피타록pitarok의 거센 일격이 둘을 바닥으로 밀쳤다. 한시 빨리 몸을 피하는 것만이 유일한 살길이었다. 하지만 안타깝게도 마사크의 집으로 돌아가는 길은 올 때보다 두 배는 더 오래 걸렸다. 북극권의 매서운 겨울이 그들에게 무슨 말을 하고 싶은 건지 알 것도 같았다.

하늘색의 작은 집에서는 비스킷과 따뜻한 커피가 그들을 기다리고 있었다. 집주인과 함께하는 건 좋았지만 카낙은 절망감을 곱씹지 않을 수 없었다. 그는 날씨에 의해 계획이 좌우되는 것에 익숙하지 않았다. 코펜하겐에서의 바람은 기껏해야 길가의 쓰레기통을 뒤집을 뿐이었고, 눈은 발이 닿으면 진흙으로 변하는 하얀 비나 다름없었다.

하지만 이곳의 날씨는 또 다른 현실이었다. 자연은 그들 주위에서 영향력을 행사했고, 좋은 소식이든 나쁜 소식이든, 희망이든 절망이든, 삶이든 죽음이든, 자신의 법칙을 강요하고 있었다.

창유리에 얼굴을 바싹 붙인 카낙은 바깥의 무시무시한 광경에 푹 빠져 아푸티쿠가 통화하면서 내는 가벼운 쉭쉭거리는 소리를 한 귀로 흘려듣고 있었다. 이제 아푸티쿠는 대놓고 통화하기 시작했다. 그때 카낙의 스마트폰이 울렸다. 칼 브레너로부터 온 전화였다.

"브레너!" 낮은 목소리로 카낙이 외쳤다.

"이런 나쁜!"

나쁜 자식, 못된 악당, 야만인 등 그에게 붙일 수 있는 별명은 매우 다양했지만 모두 다 같은 애정을 담고 있었다.

"닐스 브룩스 게이드에서 전화를 다 주시고 웬일이세요? 개미가 당신도 좌천 보낸 거예요?"

카낙이 어머니에게 형사로서의 사명과 그의 가장 눈부신 성공을 빚었다면 칼 브레너는 그에게 형사 인생의 대부와도 같았다. 전 상사였던 플로라와 매우 가까웠던 그는 그녀가 은퇴한 뒤, 자신의 애정을 그녀의 아들인 카낙에게 쏟았다. 그들은 장장 십오 년을 함께 일했다. 그는 언제나 자식 같은 아드리엔슨을 보호하고 지지해왔다. 시간이 흐르면서 두 남자는 같은 열정을 키워나갔다. 그중 가장 강력한 것은 그들 사이를 매우 끈끈하게 만들어준, 사진에 대한 숭고한 열정이었다. 카낙에게 사진에 대한 흥미를 물려준 것도 바로 그였다. 카낙은 그에게만은 라이벌 의식이나 질투를 느낀 적이 없으며, 서로 돕는 것이 그들의 유일한 언어자 우정의 토대였다. 칼은 그와 리케 에넬 사이의 다툼이 코펜하겐까지 전해졌다고 했다.

"이 거리에도 가십이 전해진다는 게 신기하지 않나?"

"그런데 그녀를 아세요?" 카낙이 물었다.

"에넬 말인가?"

"네. 여기로 오기 전에 그녀가 닐스 브룩스에서 잠깐 일했던 거, 맞죠?"

카낙은 그녀를 코펜하겐의 복도에서 한 번도 마주치지 못했다는 사실이 놀라웠다. 어쩌면 마주쳤는데도 기억을 못하는 것일 수도 있었다. 금발의 여성들과 그의 관계는……, 게다가 덴마크 경찰의 펜타곤과 같은 그곳에서 일하는 사람의 수는 수백에 달했다. 그 모든 사람을 알기란 불가능했다.

"맞아. 처음엔 풍기단속반에 있었고, 나중엔 사법부로 옮겼지."

그때 아푸티쿠가 누크공항에서 온 소식을 알렸다. 그의 엄지가 바닥을 향해 있었다. 그들이 찾는 기간 동안 누크를 떠난 개인 비행기는 없었다. 용의자 중 그 누구도 이곳에 발을 들이지 않았다.

"그래서요? 그녀를 만난 적이 있어요, 없어요?"

"내가 무슨 말을 하길 바라는 거야? 이제 불꽃같은 브레너도 약발이 다 떨어졌다고……."

"설마요?!" 카낙이 웃음을 터뜨렸다.

"에넬을 꼬시려다가 차였던 거예요?"

"오, 그쯤 해둬!"

"맙소사, 그 얘길 지금까지 제게 숨긴 거예요? 대체 언제 있었던 일이에요?"

"이삼 년 전인가. 뭐, 여기저기 떠벌릴 일도 아니었고……."

"알겠어요. 그럼 에넬이 그린란드로 보내지기 전에 대체 어떤 일을 저질렀던 건지 아세요?"

"전혀."

"전혀라니요? 무슨 엄청난 일을 했기에 그래요?"

"징계하고는 상관없이 그녀는 날 거절하면서 덴마크를 떠나고 싶다고, 속박당하는 게 싫다고 말했어. 그래서 전근을 요구했던 거야."

"그 말은……?"

"그녀가 자발적으로 그곳으로 간 거야. 듣기로는 누크의 경찰서장 자리를 따내기 위해 온 힘을 다했다더군."

35

"해리! 이렇게 돌아온 걸 보니 정말 기쁘군요!"

"저도 기쁩니다, 쿠픽."

두툼한 점퍼를 입은 턱수염의 사내가 답했다. 두 남자는 반가운 악수를 나눈 뒤, 공항에서 마련해준 유리창이 난 작은 방으로 들어섰다. 누크공항에서 제공하는 사적인 접견실은 국제적인 허브공항만큼은 아니었지만 그린란드에서 누릴 수 있는 최고 수준의 호화로움을 자랑하고 있었다. 그리고 무엇보다도 공용 건물과 거리가 있어 사생활을 비교적 보장받을 수 있었다. 그들이 들어오자마자, 빨간 정장을 입은 승무원이 최소한의 자연광을 유지할 수 있도록 블라인드를 섬세하게 조절했다.

접견실 바깥에는 에너지부 차관 쿠픽 에녹슨의 비서인 파비아 랄슨이 스마트폰에 코를 박고 시간을 죽이고 있었다. 아노락 점퍼를 입고 있었는데도 추운 모양인지 벌벌 떨고 있었다.

"솔직히 전화 주셔서 조금 놀랐습니다."

해리 패더슨이 말했다. 아르틱 페트롤리움 대표인 그는 의자 등받이에 팔을 늘어뜨리며 으스댔다. 그는 꽤 만족스러워 보였다. 점퍼 모자의 겉감을 만지작거리는 손가락만이 그가 긴장하고 있다는 사실을 보여주고 있었다.

"좋은 놀라움이겠지요, 해리. 분명 좋은 놀라움일 겁니다."

쿠픽 에녹슨은 빙빙 돌려 말하지 않고 바로 본론을 꺼냈다. 그는 킴 킬센 총리가 그린란드 의회인 이낫시삭툿Inatsisartut의 이름으로 그에게 부여한 임무에 대해 신중히 고른 몇 개의 단어로 요약해 전달했다.

해리 패더슨은 뿌듯한 미소를 지었다. 유빙으로 인해 석유 시추 시설 개발이 중단되고 말았던 디스코와 툴레에서의 대실패 이후, 아르틱 페트롤리움이 다시 그린란드 석유계로 복귀할 수 있는 절호의 기회였다. 더불어 개인적으로는 수익이 짭짤한 스톡옵션으로 이사회에 이익을 남길 수 있는 기회였다.

"물론!" 에녹슨이 강조했다.

"당신이 프로스펙틴을 압박하는 데 성공해야 가능한 일이죠."

프로스펙틴은 경쟁사인 그린오일의 보험회사였다.

"우리의 시나리오는 다음을 전제 조건으로 합니다. 프로스펙틴이 그린오일의 안전 조치 결함을 지적하게 만드는 거죠. 그렇게 되면 칸게크 개발에 대한 보험 규정 위반을 문제 삼아 개발권을 무효로 만들 수 있어요."

패더슨은 조용히 동의했다. 그는 작은 컵에서 땅콩을 집어 들고 그들에게 제공된 차를 한 모금 삼키며 일부러 상대방의 애를 태우고 있었다.

"특별히 어렵진 않을 것 같네요." 결국 패더슨이 입을 열었다.

"프로스펙틴은 우리에게 빚이 있거든요. 그리고 우리 자본이 없다면 금방 도산하고 말 테니까요."

햇빛이 블라인드를 투과해 승리감이 만연한 그의 얼굴 위로 쏟아졌다.

"완벽해요!" 에녹슨이 기뻐하며 말했다.

"그럼 이제 칸게크 지역의 새로운 개발권 조건에 대해 이야기할 수 있겠군요. 어떻게 생각하십니까?"

그들의 게임은 사기성이 다분했다. 그리고 둘 다 그 사실을 잘 알고 있었다. 경쟁사에 닥친 위기 이래로 아르틱 페트롤리움의 주식은 토론토 증권거래소에서 20퍼센트 가까이 상승했다. 아르틱 페트롤리움과 그린오일 캐나다 본사는 극지방의 해외 플랫폼 설치에 필요한 기술과 경험을 유일하게 가진 두 기업이었다. 그린오일과 뮐러가 게임에서 아웃된다면, 남는 건 오직 패더슨이었다. 다시 말해, 그가 모든 패를 손에 쥐게 되는 거였다. 따라서 소박한 접견실에서 벌어질 협상이 향할 방향은 단 하나였다.

"금액 얘기를 꺼내기 전에……"라며 에녹슨이 짐짓 심각한 분위기로 말했다.

"중요한 점을 하나 지적해야겠습니다."

"말씀하세요."

"이제 당신이 디스코, 튤레에 더해 칸게크의 개발권까지 갖게 된다면, 우리 정부에서 허용한 모든 개발권을 가지게 되는 겁니다."

"알고 있습니다."

"좋아요." 에녹슨이 목을 가다듬으며 말을 이었다.

"그럼 그러한 독점 상황이 우리의 자원 개발에 관한 법률에 위배된다는 것도 아시겠지요."

"네. 하지만 그건 제 문제가 아니라 당신들의 문제 아닌가요?"

"만약 우리 의원들 중 누군가가 법적으로 문제 삼는다면 그땐 당신들의 문제가 되겠죠."

시치미를 뚝 떼는 에녹슨은 예상보다 더 까다로운 상대가 될 수도 있을 것 같았다. 그가 원하는 건 대체 뭘까?

"그렇군요." 패더슨이 한 발 물러나며 말했다.

"원하는 게 뭡니까?"

"아주 간단해요. 현재 우리가 합의한 로열티 이외에 매년 약간의 예비 자금을 주면 됩니다."

"예비 자금이요?"

"문제가 생기면 언제든 돌려받을 수 있는 자금이라고 생각하세요. 지금 칸게크에서 발생한 것과 같이 생산이 중단됐을 경우를 위한 일종의 보증금이에요. 중단된 기간 동안 보장이 가능하죠."

"그 자금은 당신이 관리하는 겁니까?"

"그럼요. 아, 물론 그린란드 자치 정부가 관리하는 거겠지요."

"그럼…… 그 금액은 얼마로 생각하십니까?"

"2퍼센트 정도면 어떨까요?"

그린란드 정부에 이미 지불하고 있는 이용료에 2퍼센트를 더한 금액이라면 나쁘지 않았다. 두 사람 모두 바보가 아니었다. 독과점 금지법을 언급한 건, 그에게서 추가금을 더 뜯어내기 위한 것이었다.

공방전을 벌이는 대신 패더슨은 낮은 테이블 위에 놓인 에어 그린란드 메모지를 집어 들었다. 한 장을 찢은 그는 숫자를 휘갈긴 뒤, 종이를 반으로 접어 상대에게 건넸다.

"이 이상은 안 됩니다." 그는 진지한 목소리로 말했다.

"당신이 말한 예비 자금도 포함한 금액입니다."

약간 당황한 쿠픽 에녹슨은 종이를 받아들었다. 숫자를 읽은 그가 미소와 함께 말했다.

"이만하면 합리적인 거래 같군요. 너무 서두르는 건 아닌가 싶지만 의회에서 말이 나올 일은 없을 겁니다."

"흡족하네요."

그들은 다시 한 번 손을 마주잡았다. 패더슨은 자신들의 법칙을 강요한 상대의 손을 부서질 듯이 움켜잡았다.

"프로스펙틴이 너무 늦지 않게 문제를 제기해준다면 올해가 끝나기 전에 개발권을 철회할 수 있어요. 다만 한 가지…… 개인적인 조건을 덧붙이죠."

"젠장, 쿠픽! 방금 내가 제시한 건 카약과 곡괭이를 사서 직접 빙하를 뚫을 수도 있을 금액이라고요!"

창문 바깥에서는 파비아 랄슨이 여전히 손에 스마트폰을 들고 추위로 발을 동동 구르고 있었다.

"진정하세요. 돈 얘기가 아니에요. 아주 간단한 것 하나만 부탁하는 겁니다. 우리의 거래가 제대로 성사되고, 공식 발표로 이어지면…… 그땐 제 이름을 언급하시는 겁니다."

"그게 무슨 말입니까?"

"킬센 정부가 아니라 이 모든 게 에너지부 차관 쿠픽 에녹슨과의 협상의 결실이란 점을 명확히 해달란 겁니다. 무슨 말인지 아시겠죠?"

다가올 선거에서 시우무트당의 후보로 나서기 위해서였다. 잠시 머뭇대던 패더슨의 미소가 다시 활짝 피었다.

"이런, 이런. 저는 정치가는 못 되겠군요."

에녹슨은 기분 좋게 칭찬을 받아들였다.

접견실을 나선 에녹슨이 얼어붙은 계류장 위로 몇 걸음 멀어지자 아르틱 페트롤리움의 대표가 스마트폰을 꺼내 전화번호를 눌렀다.

"모든 게 예상대로입니다. 이제부터는 시간문제예요. 이후의 일은 모두 준비됐어요. 사실 마냥 좋지만은 않습니다만…… 그래도 마음의 준비를 끝냈습니다."

***

연구실에 처박힌 크리스 칼슨은 스마트폰을 통해 그의 친구 파비아 랄슨이 보낸 이메일을 누군가에게 전달했다. 그는 PDF 형식의 파일에 암호를 걸어 저장하는 것도 잊지 않았다.

거대한 용량의 파일에 담긴 것은 아주 민감한 정보였다. 다가올 선거에서 승리했을 경우 에녹슨 차기 정부의 구성에 대한 것이었다. 파비아는 여전히 비서실장의 직위에 올라 있었다. 하지만 차기 내무부장관의 이름은 그에게 커다란 충격을 주었다.

'리케 에넬. 신분 상승의 신화라고 불러야 할까……'

누크의 폴리티가든에서 정부청사까지. 단숨에 몇 백 미터를 날아오른 날갯짓이었다.

'대체 어찌 된 일일까?'

크리스의 목이 메어왔다. 그는 진정하기 위해 따뜻한 차를 한 모금 마셨다.

'정치는 여전히 개인적 야망이자 몸을 담보로 한 승진의 노리개일 뿐이라니……'

역겨웠다. 그는 둘 중 누가 더 경멸스러운지 분간하지 못했다.

'야심을 위해 잠자리를 한 쪽인가? 아니면 다 알고서 수작을 받아들인 쪽인가?'

은신처를 벗어난 그는 우편을 수령하는 안내데스크를 한 바퀴 돌았다. 통통한 체격의 직원이 언제나 똑같은 근무용 미소를 지으며 그를 맞았다.

"어제저녁에 서장 님 앞으로 온 택배가 하나 있었죠?"

"네."

"서장 님이 받아가셨나요? 아니면 아직 여기 보관하고 있나요?"

"여기 있어요."

"제게 주실래요? 지나면서 전달할게요."

직원은 기쁜 내색으로 소포를 건넸다. 그녀는 한 시간 전, 서장이 경찰서에서 바삐 뛰쳐나가는 것을 봤다. 크리스는 생각했다.

'아무렴 내 외모가 도움이 될 때도 있어야지.'

상자 속 내용물은 그리 꽉 차 있지도, 무겁지도 않았다. 크리스는 상자를 리케의 사무실까지 가져갔고, 운이 좋게 그녀가 떠나면서 문을 잠그지 않았다는 걸 발견했다. 블라인드를 내리고 문을 잠근 그는 할 수 있는 한 가장 표가 나지 않게 상자의 포장을 벗겼다.

"제길!"

그가 잇새로 욕을 내뱉었다.

3분의 2가 비어 있는 상자 속에는 덴마크에서 수입한 통조림 몇 개와 그린란드에서는 찾아볼 수 없는 신선한 야채와 과일이 담겨 있었다. 서장이 좋아하는 담배 한 보루도 있었다. 그게 다였다. 새 스카치테이프로 상자를 다시 포장한 뒤, 크리스는 작은 사무실 안을 빙빙 돌았다.

전날 저녁, 반드레후스 호텔에서 그는 바보같이 스마트폰을 챙기지 않아 이미 한 번의 기회를 날렸다. 문을 하염없이 노려보던 그는 이윽고 서장의 금속 책상 서랍을 뒤지기 시작했다. 어느 서랍도 잠겨 있지 않았다. 아니나 다를까, 수색 결과는 실망스러웠다. 나온 건 쓸모없는 서류, 조서, 뒤죽박죽 섞인 인쇄물과 별것 아닌 잡동사니 – 튜브로 된 수분크림과 물티슈 – 뿐이었다. 그가 찾는 증거는 어디에도 없었다.

그가 별 기대 없이 경찰서 기록을 보관하는 붙박이장을 열었을 때, 기적이 일어났다. 육중한 서류보관함 뒤, 붙박이장의 구석에 착 달라붙어 있는 두 개의 안티-DNA 보호복을 발견한 것이다. 새것으로 보이는 보호복들은 살균 포장지에 싸여 있었다.

더 엄청난 것은 그가 찾으리라 전혀 기대하지 못했던, 리케가 직접 서명한 주문서였다. 소렌의 공식 재고 목록에는 포함되지 않는 개인적인 주문품이었다. 등록되지 않은 리케의 보호복들은 아무런 의심도 받지 않고 경찰서 안팎을 드나들 수 있었다. 그는 스마트폰을 꺼내 주문서와 함께 현장을 카메라에 담았다.

"다들 일은 잘되나요?"

에넬 서장의 청아한 목소리가 바로 옆, 오픈 스페이스를 울렸다. 그녀가 벌써 돌아온 것이다. 그녀의 목소리는 즐거워 보였다.

'연인과 다가올 승진을 축하라도 한 걸까?'

가까워지는 부츠 소리를 들으며 크리스는 이제 꼼짝없이 잡히리라 생각했다. 곧 그녀가 들이닥칠 것이다. 그리고 자신의 사무실을 뒤지고 있던 그를 발견할 것이다. 크리스는 차마 그 뒤의 일을 상상할 수 없었다. 그녀는 자신의 사무실을 침입한 이유나 배후를 캔 다음, 그를 해고하거나 좌천시킬지도 모른다.

크리스는 재빨리 서류정리함을 본래의 자리에 놓고, 붙박이장의 문을 닫았다. 리케의 발걸음이 문 앞에서 멈췄다. 이제 곧 문이 활짝 열릴 것이다. 어쩌면 이미 문고리에 손을 올려두고 있는지도 모른다.

'대체 무슨 변명을 해야 할까? 어떤 거짓말을 둘러대야 할까?'

"서장 님? 서장 님!"

그때 안내데스크 직원의 부름에 리케는 걸음을 멈췄다. 그리고 얼마 후, 리케의 발소리가 복도의 반대 방향으로 멀어져갔다.

36

북쪽에서 내려온 눈 폭풍은 마을에서 자리를 잡았다. 극야에 더해진 바람과 눈은 작은 마을 위를 방수포처럼 뒤덮고 있었다. 마을에서 비교적 높은 지대에 위치해 있던 마사크의 집에서 바라본 해변과 빙산 풍경은 하얀 마그마 속으로 사라져 있었다.

다행히 전화선은 아직 살아 있었다. 속도는 영 느렸지만 인터넷도 터지긴 했다. 불안정한 접속망이었지만 그마저도 없으면 카낙은 세상과 단절된 거나 다름없었다. 몇 시간 아니 어쩌면 며칠 내로, 어떤 헬기나 비행기도 카낙으로 오거나 카낙에서 떠날 것 같지 않았다. 그리고 아푸티쿠가 그에게 말했던 것처럼, 썰매 또한 성난 자연에 맞서려 하지 않을 것이다. 이건 마치 움직이지 않는 배 위에서 폭풍우를 견디는 것과 같았다. 몸을 잔뜩 움츠리고 기다리는 수밖에 없었다. 강제로 아무것도 못하게 된 카낙의 입가에 미소가 떠올랐다. 그는 그의 카메라에 눈을 고정한 채였다.

카낙의 죄수가 된 카낙.

아주 오래전부터 그를 괴롭혀왔던 그의 정체성에 사로잡힌 카낙. 그는 영원히 벗어날 수 없는 걸까?

칼과의 통화를 마친 직후, 그의 스마트폰으로 또 하나의 익명의 메시지가 도착했다. 익명의 발신인은 몇 자 적지 않았다. 동일한 사진 세 장만을 보내온 거였다. 열어젖힌 블라인드 틈새로 트위드 무늬의 두꺼운 스웨터를 입은 붉은 턱수염의 사내와 열띤 대화를 나누는 쿠픽 에녹슨의 모습이 담겨 있었다. 설명은 간결했다.

> 누크공항, 에녹슨 & 패더슨이 칸게크 개발권에 대해 협상 중.

일전에 보냈던 메시지에서 언급했던 날이 도래한 것이다. 곧 그린오일의 개발권은 아르틱 페트롤리움에게로 넘어가게 될 것이다. 카낙은 그 즉시 브레너에게 전화를 걸었다.

"역시 나 없인 안 되는군그래."

"익명으로 메시지를 보낸 발신인이 누군지 알아봐줘요."

"하나?"

"두 통이요. 두 번째는 사진도 함께 보냈어요."

"좋아. 이걸 해결할 수 있는 천재 녀석들 중 한 놈에게 물어보지. 아마도 급한 것이고 비밀에 부쳐야 하는 거겠지?"

"아, 칼. 이래서 제가 당신을 좋아한다니까요!"

칼 브레너와 이야기하는 것은 중독적이었다. '진짜' 형사의 삶이 어땠는지를 생생히 상기시켰기 때문이다. 추억들이 하나둘 떠올랐다. 닐스 브록스 게이드의 꼭대기 층에 위치한 고물상점 같은 그들의 쌍둥이 사무실, 익숙하고 낡은 건물, 공동으로 사건을 수사할 때면 마약 성분처럼 그들의 몸속에 솟구치던 아드레날린. 모든 것이 그리웠다. 건물 주변의 아스팔트 냄새와 '벙커' 앞을 지키고 서 있던 덩치들이 내뿜던 독기마저도.

이곳에서의 그는 스스로가 물러졌다고 느꼈다. 근무시간 중 짬을 내서 어머니의 집을 들렀을 때와 마찬가지로, 모든 전투력이 상실된 것만 같았다. 앞으로 며칠간은 더 이래야 할 것 같았다. 그는 마사크가 내린 커피를 홀짝이며 풍경을 멍하니 바라보는 것 외에는 하고 싶은 일이 없었다. 주변의 무기력에 정복당한 것이다. 스스로 정신을 바짝 차려야 했다. 그러려면 우선 이곳의 무기력한 사람들에게서 벗어나야 했다. 카낙은 짐을 챙기며 아푸티쿠에게 선언했다.

"외투 챙기세요. 여기저기 들를 곳이 있습니다."

"아니, 지금 밖에⋯⋯."

"내 말 들어요! 아니면 손에 잡히는 건 뭐든 갈기갈기 찢어버릴 겁니다."

밖으로 나오자, 눈발은 여전히 **빽빽**하게 날리고 있었다. 한 발 나아가기 위해서 사방을 가득 메운 눈송이들을 파헤쳐야 했다. 다행히도 쌓인 눈의 높이는 130센티미터에서 140센티미터를 넘지 않았다. 지금 당장은 말이다. 하지만 내리는 눈의 양으로 봐선, 지금의 상태가 오래갈 것 같지 않았다. 우죽은 자신의 사무실로 들어오는 두 사람을 미친 사람 보듯 바라봤다.

"경감님⋯⋯."

그는 인사 대신 한숨을 내쉬었다.

"안녕하세요. 질문이 하나 있습니다. 마을에는 집이 총 몇 채가 있습니까?"

너무도 황당한 질문이라 남자는 그저 입을 벌리고 그를 쳐다볼 뿐이었다.

"몇 채나 됩니까? 150? 200?"

"244채입니다."

결국 우죽이 대답했다.

"흠, 각자 80채씩 맡아야겠군요. 집 한 채당 십 분이 걸린다고 치면 그러니까…… 열두 시간 정도면 되겠네요. 자, 이러고 있을 시간이 없습니다."

"예? 뭐가요?"

아푸티쿠의 어색한 미소를 본 우죽은 그가 상황을 잘 이해했다는 걸 보여주었다.

"방법을 바꾸는 겁니다!" 카낙이 과장된 어투로 외쳤다.

"이 마을의 모든 집을 뒤지는 거죠."

"그건 안 됩니다!"

"아, 됩니다. 되고말고요. 범죄 현장을 락스로 청소하고 증거품을 불태우는 이런 시골구석에서 남의 집 문을 여는 데 허락을 구할 필요는 없을 것 같은데요. 물론 제가 당신의 작은 실수를 누크에 보고하지 않으면 말이죠."

"모든 마을 사람들이 당신에게서 등을 돌릴 거예요!"

"제가 여기 눌러살 것도 아니고, 전 상관없습니다."

"그런 식으론 이곳 사람들에게서 아무것도 얻어내지 못해요."

"죄송하지만, 그건 제가 판단할 사항 같군요."

"뭘 찾아야 하는지도 모르잖아요!"

우죽이 화를 냈다. 카낙은 그를 바라보았다. 그의 시선은 공격적이었다.

"아, 미안합니다. 뭘 찾아야 하는지 우리 모두가 아는 줄 알았죠. 기계로 만든 곰의 턱, 피가 묻은 부츠 그리고 이왕 여기까지 왔으니, 곰 가죽도 좋습니다. 범인이 완벽히 변장했다고 가정한다면 말이죠!"

누크에서나 여기서나, 그가 말한 것과 같은 물질적 증거는 어디에서도 발견되지 않았다. 우죽과 그가 카낙과 누크에서 발생한 살인사건의 연관성에 대해 터놓고 이야기한 적도 없었다. 하지만 우죽은 그가 말하는 바를 이제 이해한 것 같았다. 그는 카낙의 눈을 똑바로 바라보았다.

"이누이트 마을은 살아 있는 유기체와 같아요. 모든 사람들이 서로를 알고, 서로를 믿지요. 하나의 몸, 한 덩어리와 같아요. 만약 당신이 어느 부분을 의심하기 시작한다면 각 세포들이 겹겹이 쌓이는 걸 보게 될 거예요. 당신이 지금 하려고 하는 건, 더러운 암 덩어리를 만드는 것과 같단 말이에요!"

카낙은 두 명의 이누이트를 차례로 바라보았다가 차갑게 말했다.

"그 암 덩어리, 찾으러 갑시다."

＊＊＊

카낙은 그와 적당히 타협했다. 마을을 구역으로 나눠 방문하기로 한 것이다. 그리고 구역을 나누는 건 우죽에게 맡겼다. 그리고 마을의 노약자들도 그에게 맡겼다. 그렇게 그들의 이상한 수사가 시작되었다. 운이 좋게도 눈발은 약해져 있었다. 그래도 이동은 쉽진 않았고, 조금이라도 에너지를 필요로 했다. 쉼 없이 내리는 눈에 발자국이 지워지거나 비슷비슷하게 생긴 집을 혼동해 길을 잃거나 같은 집 문을 두 번 두드리는 일이 없도록 주의해야 했다.

우죽이 예상했던 것과 달리, 그들의 수사는 비교적 훈훈한 분위기 속에서 이뤄졌다. 심지어 따뜻했다. 대부분의 사람들은 카낙이 알아들을 수 있도록, 서투른 덴마크어로 말해주었다. 그는 다른 풀락티^{pulaaqti}, 전통적으로 예를 갖추어 맞이해야 하는 불시 방문객과 같은 대우를 받았다. 그는 거의 매번 새로운 카페믹에 휘말리지 않도록 머리를 굴려야 했다. 그리고 매번 변명 대신 오래된 속담으로 카페믹을 사양했다.

'절제와 단식은 대부분의 고통을 낫게 한다.'

그의 방문은 몇 분도 채 걸리지 않았지만 아무런 소득이 없었던 것은 아니었다. 마을 사람들의 사생활 속으로 들어가는 것은, 그의 영혼에 묘한 멜랑콜리를 남겼다. 그가 단 한 번도 그것에 대해 말을 꺼내지 않았지만 – 그는 그 일로 온 게 아니었다 – 그들 중에 그의 생물학적 부모를 알던 사람이 있을 거란 생각을 떨칠 수 없었다. 어쩌면 바로 옆집에 살았던 건 아닐까?

훈훈하고 소득 없는 셀 수 없이 많은 방문을 마친 카낙은 그의 옆에 CR7이 와 있다는 사실을 깨달았다. 언제부터 그를 따라온 걸까? 다른 개들이 쉬지 않고 짖어대는 이런 동네에서 이 개만은 놀라울 만큼 짖는 법이 없었다. 온 마을을 휘젓고 다니는 이상한 대머리 외국인을 지키는 것이 제 임무인 양, CR7은 그의 곁을 졸졸 따라다녔다.

우죽과 올리의 집을 수색하는 건 카낙의 담당이었다. 다른 집들과 다를게 없는 모습이었다. 아버지와 아들은 각자 부재중이었지만 – 아버지의 경우는 당연했다 – 관습대로 문이 열려 있었다. 안타깝게도 증거가 될 만한 건 하나도 없었다. 올리의 집 안팎에는 여기저기 빈 석유통이 산더미처럼 쌓여 있었고, 집 바로 옆의 꽤나 그럴싸한 작업실에도 마찬가지였다. 이웃들은 욱수알룩을 뭐든지 잘 만들고 언제나 흔쾌하게 이웃에 도움을 주는 사람이라고 평가했다. 그는 늘 부족한 부품을 찾기 위해 여기저기 뒤지고 다녔다. 그의 별명이자 그가 은밀하게 판매하는 석유처럼. 그가 원유를 어디서 공급받는지를 알아내야 했다. 하지만 올리의 작업실 안에는 의심스러운 어떤 것도 없었다. 볼트와 나사, 널빤지와 모든 종류의 부품과 같은 지극히 평범한 잡동사니들만이 널려 있을 뿐이었다.

특별히 그의 이목을 잡아끄는 것은 없었음에도, 카낙은 카메라를 꺼내 그가 방문한 곳을 사진으로 남겼다. 사진들은 아마 그가 따로 시간을 내서 검토하지 않는 한, 기계만의 기억으로만 남아 있을 거였다. 사진에 대한 그의 집착은 그의 걱정거리였다. 완벽한 일 초의 순간을 담는 즉석사진 촬영은 지겨운 선별 및 보관을 위한 후속작업을 요구했지만 카낙에겐 그럴 여유가 없었다. 즉각성이라는 환상에 가려진 사진은 시간을 어마어마하게 잡아먹는 괴물이었다.

큰 흥미를 끌지 않는 집들 - 그중 4분의 1은 버려진 집들이었다 - 을 지나, 드디어 가장 중요한 두 집, 얀세와 티킬의 집에 다다랐다. CR7은 카낙이 방문한 이전 집들에서와 마찬가지로 현관에서 얌전히 그를 기다리고 있었다.

마사크의 일 처리는 깔끔했다. 피해자가 저항한 흔적이나 핏자국은 전혀 보이지 않았다. 그러나 그는 한 가지 사실을 알아차릴 수 있었다. 마사크는 집주인의 생활상을 보여주는 것들은 치우거나 정리하지 않았다. 그저 범죄의 흔적만을 지웠다. 티킬의 집에서도 주방 개수대 속에 집주인이 마지막으로 마신 커피잔이 남아 있었다. 그가 죽기 얼마 전에 사용된 것처럼 보였다. 그밖에는 평범한 미혼 남성이 어지른 그대로였다.

카낙은 거실 탁자 위에 놓인 종이 뭉치와 연체된 공과금 서류 뭉치들을 훑어보았다. 자세히 보진 않았지만 그의 석유 판매 실적이 좋지 않았음을 짐작할 수 있었다. 다달이 칼룬보르 정유소의 주문량이 급격히 감소하고 있었다. 올리의 불공정한 경쟁이 그에게 큰 손해를 끼친 게 분명했다.

카낙은 그린오일 로고가 인쇄된, 입사지원서가 들어 있는 깨끗한 봉투 하나를 발견했다. 우표만 붙이면 곧 송달이 가능해 보였다. 네모 칸으로 된 항목에는 작성자가 서투른 글씨로 최대한 잘 답변하기 위해 애쓴 흔적이 보였다.

카낙에서 곰과의 비극적 만남이 있기 바로 전, 티킬은 이 지역을 떠나려 한 것이었다. 아내의 뒤를 따라갈 준비가 되어 있었던 사랑꾼 얀세와 마찬 가지로 말이다. 서류를 보니 근무 희망지는 누크였다. 티킬은 결국 고독과 작별을 고하기로 작정했던 걸까? 집 안 여기저기 걸린 액자 속 사진은 모두 사냥 파트너와 찍은 것이었다. 여자는 코빼기도 보이지 않았다. 이것의 의 미는 가엾은 티킬의 외모가 별 볼 일 없다는 것이기도 했다. 우죽이 자랑스 럽게 늘어놓았던 아름다운 사냥꾼들의 연대에도 한계는 있었다. 세계 어 딜 가도 못생긴 남자는 단지 못생긴 남자일 뿐이었다.

다른 집들과 멀리 떨어져 있는 티킬의 집은 고요했다. 그 틈을 타 카낙은 플로라에게 전화를 걸었다. 그의 기분을 묻는 어머니의 질문에 카낙은 짧 게 답했다.

'선조의 땅으로 돌아온 기분이 어떠하냐고? 솔직히 말해야 하나?'

지금의 그는 아무것도 알 수 없었다. 마을과 주민들에 대한 일반적인 질 문들을 마친 플로라는 잠시 말이 없었다. 그녀와 사건에 대한 정보를 공유 한 이래 처음으로 플로라는 새로운 증거들을 귀담아 듣고 있지 않았다. 그 녀는 마지못해 무력함을 인정했다. 어쩌면 이번 사건에는 그녀가 이해하 지 못하는 그린란드만의 독특한 정수가 있다는 걸 결국 깨달은 것 같았다. 그도 그럴 것이, 그녀가 해결했던 수많은 사건들은 모두 코펜하겐에서 일어났다. 그건 그녀의 '안마당'에서 일어난 광기와 범죄였다. 형사에게도 '영역'이 있다는 걸 또 한 번 떠올리게 되는 순간이었다.

엘스와 옌스와 짧게 나눈 안부인사로 카낙은 매우 복잡한 행복감을 느꼈다. 기분이 좋다가도 마음이 찢어질 듯 아팠다. 아이들은 할머니와 즐거운 시간을 보내고 있었다. 다가오는 할로윈이 주는 기분 좋은 전율로 들떠 있었다.

"플로라?"

카낙은 불만스러운 목소리로 물었다.

"응?"

그는 세 명 모두가 그립다고, 야만적이고 거친 그린란드는 자신의 나라가 아니라고, 어서 집으로 돌아가고 싶다고 말하고 싶었다. 그런데 그 순간, 마사크의 얼굴이 떠올랐다. 너무도 섬세하고, 너무나 큰 안도감을 주는 마사크. 그녀의 집을 방문하는 것은 카낙의 담당이었다. 그건 조금은 불편한 일이었지만 무슨 일이 있어도 그 특권을 양보하고 싶지 않았다.

"카낙, 끊은 거 아니지? 무슨 일 있니?"

"아뇨. 아무것도 아니에요. 미안해요 엄마. 잠시 뭣 좀 생각하느라……. 갑자기 누가 생각이 나서요."

***

카낙과 마찬가지로 조사를 떠난 아푸티쿠의 상황은 그보다 더 나을 게 없었다. 그가 맡은 구역은 대부분 버려진 집들이었다. 덕분에 일은 쉬웠지만 틈틈이 몸을 녹일 수 있는 비스킷이나 따뜻한 음료가 그리웠다. 어떤 집들은 버려진 지 수 년이 넘어 보였다. 심지어는 수십 년이 되어 보이는 곳도 있었다. 두껍게 내려앉은 먼지와 부서진 타일 그리고 마룻바닥 위로 여기저기 보이는 야생동물의 배설물. 문, 대리석, 계단의 난간, 벽들은 시간이 지나면서 통째로 그 지역에 남은 '용감한' 자에 의해 뜯겨 나간 것으로 보였다.

그린란드 법에 따라 모든 국토는 국가의 재산이었다. 집주인은 자신의 집에 대한 소유권만을 가질 수 있었고, 그 집이 세워진 땅의 소유권은 결코 가질 수 없었다. 그렇기에 집을 떠나면서 다음 인수자를 찾지 못하는 경우엔 모든 걸 잃어야 했고, 약탈자에게 집을 내주는 수밖에 다른 선택이 없었다.

그런 폐가들 중 한 곳에서 아푸티쿠는 텅 빈 선반 구석에 놓인 녹슨 쿠키 상자를 발견했다. 상자 속엔 사진이 가득했다. 오래전에 찍은 흑백사진이거나 색이 바랬다. 아푸티쿠는 무료함을 달래기 위해 몇 장을 살펴보았다. 한 사람의 모습이 계속해서 등장했다. 그는 그게 누군지 알아볼 수 있었다. 전통적인 가죽옷, 수염이 나지 않은 뽀얀 얼굴에 젊음이 주는 희망으로 가득한 눈을 가진 자존심 강한 이누이트 사냥꾼…… 그건 바로 우죽이었다! 아푸티쿠는 확신할 수 있었다. 당당한 눈빛, 익살스러운 미소, 오만한 표정과 같은 특징들은 시간이 훌쩍 지났음에도 여전히 변하지 않았다.

그러나 사진 속에서 그의 옆자리를 차지하고 있는 여성은 나자처럼 보이지 않았다. 그녀는 두 번째 부인인 게 분명했다. 다른 집, 다른 시대에서 우죽은 지금과는 다른 삶을 살고 있었다. 그것이 오래된 사진이 들려준 이야기였다.

마지막 사진 속에서 우죽과 그의 첫 번째 부인은 다른 젊은 사냥꾼과 함께였다. 그 사냥꾼은 아푸티쿠가 처음 보는 얼굴이었다. 그는 아름다운 젊은 여성의 허리에 팔을 두르고 있었다. 여성은 금발의 유럽 인이었다. 그들의 다리 사이에는 새까맣고 긴 머리카락의 두 아이가 가까스로 포즈를 취하고 있었다.

아푸티쿠는 조심스럽게 상자를 제자리로 돌려놓았다. 카낙이 그에게 지시한 것은 현재에 대한 조사였다. 이 과거는 거기에 포함되지 않았다. 과거는 엄연히 잊힐 권리가 있었다.

37

REC_003 / 10월 28일
크리스 칼슨과의 통화

"여보세요, 크리스? 크리스 맞죠? 전파가 잘 안 잡혀요. 여기 눈보라가 너무 심합니다!"

"네! 저예요. 전 잘 들려요!"

"좋습니다. 아쉬운 대로 해야죠……. 저 때문에 잠에서 깬 건 아니죠?"

"아뇨. 걱정 마세요. 잠이 없어서요. 제가 방금 보낸 거 받으셨어요?"

"에녹슨 차기 정부 조직도와 보호복에 대한 서류 말이죠? 잘 받았습니다. 고마워요. 그런데 제가 말씀드릴 게 있는데……. 제가 받은 게 또 있습니다."

"그게 뭔데요?"

"메시진데요. 누크공항에서 해리 패더슨과 협상 중인 에녹슨의 사진을 받았습니다. 비밀 회담 같은 거로 보입니다."

"패더슨이라면…… 아르틱 페트롤리움의 그 패더슨이요?"

"맞습니다."

"아, 그래요? 언제 찍은 건데요?"

"사진에 나온 거로 봐선 오늘 아침이었습니다."

"누가 그걸 보낸 거죠?"

"모릅니다. 익명이어서요."

"이상하네요……. 그래도 에녹슨과 그의 계획에 대해 우리가 아는 것과 정확히 일치하네요."

"무슨 의미죠?"

"가장 높은 액수를 부르는 사람에게 가는 식이잖아요. 그게 자신에게 이득이 된다면 더욱 좋겠죠."

"음, 솔직히 말하면 전 아직 이 모든 것들의 연관성을 잘 모르겠군요. 잭슨 폴록*의 추상화에 가까워요."

"제겐 아니에요. 게다가…….'

"게다가 뭐요?"

"카낙?"

"네, 네! 듣고 있습니다."

"저도 알아낸 사실이 좀 있는데요. 아직 경감 님껜 말하지 않은 거예요."

"말씀하세요."

"에녹슨에게 애인이 있어요."

"그게 이 사건과 무슨……."

"리케예요. 에녹슨의 애인이 리케라고요."

"당신의 리케요?"

"네. 리케 에넬요. 우리들의 서장 님이죠."

* Jackson Pollock, 1912~1956. 미국 현대 미술의 대표적 화가로 추상표현주의의 액션 페인팅의 대가였다.

"확실한 겁니까?"

"반드레후스 호텔의 5호실만큼이나 확실해요. 제가 이 두 눈으로 똑똑히 봤어요."

"미행을 한 겁니까? 제길! 유감이군요……."

"오, 유감까지 갈 건 없죠. 제게 기회가 있었던 것도 아닌걸요."

"담담한 걸 보니 다행이군요."

"아뇨. 그런 말이 아니에요. 그저 그린란드 인 검시관에 불과한 제 스펙이 그녀의 커리어 비전에 맞지 않았던 거니까요."

"리케가 차기 정부에서 자리를 얻어내기 위해 에녹슨과 잠자리를 했다고 생각하시는 겁니까?"

"모르죠. 하지만 커리어에 도움이 되긴 할 테니까요. 에녹슨의 엉성한 스웨터가 좋아서 그를 만난 건 아닐 거 아니에요?"

"전 잘 모르겠군요……."

"아뇨. 불 보듯 뻔해요. 에녹슨이 독립을 방해하는 장애물을 제거할 수 있는 열쇠라고 생각해서 그를 유혹한 거예요."

"흠, 그건 좀 멀리 갔네요……."

"아뇨. 제 얘길 마저 들어보세요. 리케가 그린오일과 뮐러를 공격하도록 에녹슨을 설득했던 게 분명해요. 뻔하죠!"

"이 모든 걸 꾸민 사람이 리케란 말입니까?!"

"아닐 수도 있죠. 사실 전혀 모르겠어요. 어쩌면 에녹슨과 리케는 자세한 건 모르고, 그저 범인이나 범인들이 만들어놓은 상황을 악용하는 건지도 모르죠. 어쩌면 리케는 남자들을 제 마음대로 부리는 데 탁월한 능력을 갖춘 기회주의자일지도 몰라요."

"최악의 경우라고 해도, 그쪽이 더 그럴듯하네요. 계속하세요. 당신이 생각하는 시나리오의 결말을 들어보죠."

"음…… 연쇄살인 때문에 그린오일의 개발이 중단된 지금 상황에서, 우리의 에너지부 차관이 아르틱 페트롤리움과의 협상을 주도하고, 독립주의자들의 구원자가 되는 거예요. 그리고 의회가 31일에 특별회의를 열어 국민투표 실시를 허가하는 거죠."

"3일 뒤네요……. 그 다음에는요?"

"승리를 확신한 시우무트 정당이 그 여세를 몰아 그를 총선 후보에 임명하는 거죠. 마지막으로 에녹슨이 총리가 되면, 그의 애인 리케가 내무부 장관직을 얻는 거고요. 그건 그녀가 언감생심 꿈도 못 꿔본 자리죠. THE END."

"젠장……. 제 친구 칼 브레너는 리케가 이곳으로 온 것도 다 본인 의지였다고 하더군요. 지금 자리를 원한 것도 그녀라는 것이죠."

"그러니까요! 코펜하겐에서라면 그런 고속 승진은 불가능했을 거예요. 이곳으로 오게 해달라고 요청할 때부터, 뭘 해야 할지 정확히 알고 있었던 게 분명해요. 에녹슨을 만나기 전부터 그를 찜해뒀을걸요."

"좋습니다. 「하우스 오브 카드」* 뺨치는 당신의 시나리오에 따르면, 광적인 NNK 집단에게 흔적을 남기지 않고 청부살인을 저지를 수 있도록 안티-DNA 보호복을 넘긴 것도 리케란 말인가요?"

"그렇죠."

---

* House of Cards. 2013년 방영된 미국의 정치 스릴러 드라마로 1990년 영국 BBC에서 제작된 동명 드라마를 원작으로 만들어졌다. 'House'는 하원을, 'Cards'는 베팅이 필요한 도박을 은유하는데 정계의 야망이나 음모, 비리 등 치열한 암투를 그려냈다.

"그럼 기계로 만든 턱은요? 곰 가죽으로 만든 부츠는요? 그건 시뇽 헤어 머릿속에서 나온 게 아닐 텐데요?"

"솔직히 말해서 턱은 제가 깜빡했네요."

"이제까지 나온 증거들을 연결할 고리가 약하다는 것도 압니까? 양철통 안에서 타버린 보호복의 섬유 조각과 붙박이장에서 나온 주문서…… 모두 명확한 증거라기엔 한참 부족합니다. 리케가 몰래 문제의 보호복을 빼돌렸다고 해도, 아누락툭이나 그의 부하들이 그걸 입고 살인했다는 증거는 어디에도 없죠. 리케가 경찰서의 두더지라는 사실에서 출발해도 이 이야기에는 너무도 많은 구멍이 남아 있어요. 체르노브와 내부자 거래는 이 이야기와 어떻게 연결 짓죠? 그리고 네 번째로 사망한 예르데브와 도둑맞은 후안 리앙의 열쇠는요? 그리고 타킥은요? 아직 아누락툭과 NNK는 꺼내지도 않았는데요. 진보에 반대하는 이 극우 성향의 조직이 석유 개발 산업에 박차를 가하려는 인간들과 손을 잡을 만한 이유가 있습니까? 그건 그들이 추구하는 바와 정반대가 아닙니까? 아누락툭이 멍청한 건 맞지만 최악의 적과 합심할 정도는 아닙니다. 그건 정말이지 말도 안 되죠."

"음…… 증거가 있다면요?"

"그것보단 아누락툭과 리케의 연결고리를 말해보세요. 매부의 취조를 담당했던 건 아푸티쿠였습니다."

"매부라뇨?"

"아, 아무것도 아닙니다. 그건 다른 이야기죠. 제 말은, 리케는 아누락툭과 어떤 접촉도 하지 않았다는 겁니다. 그를 고용할 생각은 어떻게 했겠습니까? 물론 에녹슨이야 공적인 인물이니 이해가 가지만요. 하지만 NNK 집단은 누크에서 출근길에 우연히 마주칠 만한 놈들이 아니지 않습니까. 이

번 사건이 있기 전에 당신은 그들을 본 적이 있습니까?"

"아뇨……."

"제 말이 그겁니다!"

"흠, 그렇다면……."

"게다가 그것으론 지금 여기서 벌어진 사건과의 연관성을 설명하지 못합니다. 프리무스에서의 살인이 칸게크 개발권을 아르틱 페트롤리움에 넘기기 위한 것이었다면…… 다 무너져가는 시골 마을인 이곳의 가엾은 사냥꾼 두 명은 왜 죽였겠어요? 앞뒤가 맞질 않아요."

"그걸 알아낼 사람은 당신이죠. 그곳에 가 있는 건 당신이니까요."

크리스가 짜증 난 목소리로 대답했다.

"당신이 여길 와보셔야 합니다. 정말이지 환장할 노릇입니다. 절차도 없고, 단서도 없고……. 이곳은 마치 1918년* 같습니다. 주먹구구식에 물자도 없고요. 하루 종일 아푸티쿠와 마을의 집들을 하나씩 뒤지고 있습니다. 말도 안 되는 폭풍설 속에서 244채를 몽땅 조사하고 있단 말입니다."

"뭐라도 찾았나요?"

"아무것도요. 커피 한잔하자는 초대만 받았지 물질적 증거는 코빼기도 보이질 않습니다."

"두 연쇄살인이 어쩌면 서로 연관되지 않은 우연한 사건인지도 모르죠."

"진심은 아니죠? 그린란드에서 처음으로 발생한 두 연쇄살인이 동시에, 똑같은 방법으로 발생했는데요. 우연이라기엔 좀 그렇지 않습니까? 어쨌든, 확실한 건 이게 아무 소용이 없는 것만은 아니란 겁니다."

* 덴마크 경찰이 공식적으로 탄생한 1919년의 한 해 전을 말한다.

"뭐가요?"

"누크에서 흥미로운 사실을 긁어모으기 시작하자마자 날 이곳으로 떼어놓은 것 말입니다."

"좋은 지적이네요. 당신이 떠날 때 리케가 왜 그렇게 좋아했는지 알겠어요. 게다가 자신의 야망을 실현하느라 그럴 정신도……."

"잠깐만, 잠깐만요……. 그 커플이 밀회를 어느 호텔에서 즐겼다고 했죠?"

"리케와 에녹슨이요?"

"네."

"반드레후스요. 왜요?"

"아, 이런……."

"왜 그러세요?"

"거긴 세르게이 체르노브가 매년 묵는 호텔이에요."

38

날씨가 궂어 마을 전체를 뒤지려면 하루가 꼬박 걸릴 거라는 우죽의 말
은 거짓이 아니었다. 조사는 저녁이 늦어서야 겨우 끝이 났다. 머리는 지끈
지끈했고 배는 죽을 만큼 고팠다. 그들 중 피로한 기색을 보이지 않는 건 오
직 착한 CR7뿐이었다. 개는 카낙이 아무런 성과 없이 집에서 나올 때마다
그의 앞에서 껑충껑충 뛰어댔다.

자정이 조금 지난 시각, 아푸티쿠와 우죽 그리고 카낙은 마을 중심에 있
는 카직 입구에서 우연히 만났다. 한참 늦은 시각에도, 마을회관엔 불이 켜
져 있었고, 어울리지 않게 라이브 팝 록 음악이 흘러나오고 있었다. 창문 너
머로 모자를 쓴 젊은 음악가와 그 주위를 빙빙 돌고 있는 무용가들을 볼 수
있었다.

"맙소사, 여기선 매일 축제를 여는 겁니까?"

"저건 즉흥적으로 열린 단세믹dansemik입니다."

"이번엔 무슨 일로 열린 겁니까?"

"삼십 분 후에 노래 경연이 있을 거예요."

"오, 노래 경연이요?"

"덴마크에서는 배틀이라고들 하지요. 가수들이 서로 실력을 겨루는 거예요. 이곳의 아주 오래된 전통이지요."

"여기선 노래 경연으로 분쟁을 해결하기도 해요." 아푸티쿠가 말했다.

"각자 자신을 변호할 수 있는 내용을 담은 노래를 불러요. 공연이 끝나면 관객은 가장 설득려 있는 쪽에 환호를 보내지요. 그걸로 승자를 가립니다."

"그렇군요. 오늘의 분쟁은 어떤 겁니까?"

"이웃 간의 불화예요. 집 밖 **냉동고**에서 바다표범이 사라졌다고 주장하고 있지요."

"그렇군요……. 만약 판사들이 모든 사건을 이 방식으로 해결한다면 법원의 짐이 한층 가벼워질 겁니다."

각자 조사한 바를 공유하기도 전에 우죽은 그들을 안으로 이끌었다. 카낙은 마을회관 안에 있는 주민 중, 꽤 많은 수의 얼굴을 알아보았다. 낮에 안면을 튼 이들 중 몇몇은 친근한 인사를 건네기도 했다. 그들이 가장자리에 놓인 의자에 착석하자마자 나자의 가게에서 일하는 젊은 직원이 한 손에 음료를 들고 급히 달려왔다. 이곳에서 우죽은 왕이나 다름없어 보였다.

"이미악과 파르낙Paarnaq 중 어떤 걸 드시겠어요?"

"파르낙은 검은 시로미*를 달인 음료를 말해요."

아푸티쿠가 말했다. 김이 모락모락 피어오르는 잔에 담긴 음료는 꽤나 구미를 당겼다.

"검은 시로미는 어디에 좋은 겁니까?"

---

* 북부 고산 지대의 바위 틈에서 자라는 상록 관목으로, 진시황이 얻고자 했던 불로초가 이것이었다는 설이 있다. 우리나라의 경우 제주 한라산에 자생한다.

"저체온증에 특효약이지요. 빙하 아래에 빠진 사냥꾼에게 먹이곤 해요. 사실 그런 경우엔 아쿠아비트*나 보드카를 조금 섞어주지요."

"여기엔 술이 들어 있지 않아요." 젊은 여자가 설명했다.

"멋지군요. 검은 시로미로 가죠!"

주민들은 계속해서 모이고 있었다. 지금만큼은 뉴욕도 부럽지 않았다. 이곳도 잠들지 않는 도시였다. 아푸티쿠의 설명에 따르면, 이누이트는 수면을 이기지 못하는 것을 극도로 싫어한다고 했다. 그들에게 잠은 시간 낭비이자 나약함을 증명하는 것과도 같았다. 귀한 시간을 생존 대신에 휴식에 할애하는 것은 그야말로 사치였다. 그래서 그들은 원하는 어디서든 풀썩 쓰러져 기절하듯 잠에 빠지곤 했다. 명백한 자의로 침대에 가 눕는 건 그들에겐 몰상식한 짓으로 여겨졌다.

목이 타는 듯이 뜨거운 음료로 피로를 달랜 카낙은 다양한 나이대로 구성된 무용가들을 멍하니 바라보았다. 나이에 상관없이 모두가 걱정 없이 즐거운 모습이었다. 축제를 즐길 것 같지 않았던 마사크도 그곳에 있었다. 그녀의 미모에 미치지 못하는 두 여성의 수다를 듣고 있었다. 굳이 미모의 서열을 따지자면, 마사크는 평범한 여자아이들이 우러러볼 정도의 미인이었다. 하지만 그녀는 대화를 주도하기보다는 가만히 미소를 띤 채 친구들의 말을 경청하고 있었다.

뮤즈, U2, 롤링 스톤즈의 유명한 음악들이 흘러나온 뒤 마을회관의 밴드가 직접 작곡한 곡을 연주하기 시작했다. 마을의 청소년들은 가사를 모

---

* 스칸디나비아 반도 일대에서 즐겨먹는 술로, 감자 및 곡물로 만들며 우리나라의 소주와 비슷한 맛을 낸다. 알코올 도수가 45도 이상의 강한 술로, 캐러웨이 씨의 향 때문에 단맛과 매운맛이 난다.

두 외운 것처럼 보였다. 그들의 명성은 어쩌면 마을을 평생 벗어나지 못할지는 몰라도, 지금만큼은 이곳의 스타였다.

하지만 카낙은 마냥 즐길 수 없었다. 몇 분 전, 크리스 칼슨과 나눴던 통화가 머릿속을 떠나지 않았다.

'만약 크리스의 지적이 사실이라면?'

섦은 검시관은 이미 그의 분석 및 종합 능력을 증명한 바 있었다. 그밖에 카낙이 이해할 수 없는 건 토르의 친구, 파비아 랄슨의 태도였다. 그가 익명의 발신인이 맞는다면 말이다. 그는 절대로 유출해선 안 되는 정보를 넘기면서까지 상사의 두터운 신임을 저버릴 이유가 없었다. 차기 정부에서 그에게 주어질 자리가 불만스러웠던 걸까? 에녹슨의 그림자 노릇에 지쳐 더 나은 대우를 기대했던 걸까? 어쩌면 장관직을 바란 것인지도 모른다.

그의 생각은 거기서 그치지 않고 멀리 뻗어 나갔다. 리케 에넬과 단둘이 식사를 했을 때, 그녀가 했던 말을 떠올렸다. 그녀는 그린란드를 위한 에녹슨의 석유 개발 계획을 열과 성을 다해 옹호했다. 게다가 러시아 인 작업반장의 결백을 주장하기도 했다.

"체르노브도, 뮐러도 살인자는 아니에요."

그녀는 그렇게 말했다. 새롭게 밝혀진 정황으로 볼 때 그건 '자기 자신을 위한' 변호처럼 들렸다. 우죽의 쉰 목소리가 그의 생각을 비눗방울처럼 터뜨렸다.

"그래서 각자 뭐라도 알아냈나요?"

"전 별거 없어요." 아푸티쿠와 카낙은 한목소리로 답했다.

"당신은요?"

"저도 비슷합니다."

"정말입니까?" 카낙이 물었다.

"곰의 턱과 조금이라도 닮은 것이 없었나요?"

"이누이트 사냥꾼 집에서 곰의 두개골은 흔히 볼 수 있는 거지요. 평생 한 마리 이상은 잡곤 하니까요. 하지만 당신이 찾는 물건은 없었어요."

우죽에게 조사를 맡긴 것부터 어불성설이었다. 마을과 자신의 명성을 지키는 데 인생을 건다는 사람의 말을 어떻게 믿는단 말인가? 하지만 그들은 선택권이 없었다. 우죽을 팀에 끼우지 않았더라면 카낙 마을의 문을 여는 것조차 불가능했을 것이다.

"그 두개골 좀 볼 수 있습니까?"

"네. 원하신다면요. 내일 아침이 좋겠네요. 오늘 저녁엔 모두가 경연을 보러 올 테니까요. 마을 사람들은 자신들이 없는 빈집을 다시 수색하는 걸 좋아하지 않을 거예요."

"알겠습니다."

현 상황에서 몇 시간 더 기다리는 건 큰 문제가 아닐 터였다…….

그때 올리가 모습을 드러냈다. 그동안은 그를 관찰할 여유가 없었던 카낙이었다. 자세히 뜯어보니 그는 전형적으로 멀끔하게 잘생긴 청년이었다. 덴마크에서는 이누이트의 둥그런 얼굴보다는 더 오밀조밀하고 마른 얼굴이 미의 기준이었다. 그는 모든 여성들의 보편적인 이상형에 가까운 크리스 칼슨과 대적할 수 있을 정도의 인물이었다. 그의 얼굴로 쏟아지는 시선이 그것을 증명하고 있었다. 하지만 올리는 그들에게 눈길도 주지 않았다.

마을회관 안으로 들어오자마자 그는 아버지에게로 곧장 향했다. 속사포로 몇 마디를 내뱉더니, 특별한 대답을 기대하지 않는지 그대로 몸을 돌려 밖으로 나가버렸다. 어두워진 눈빛의 우죽은 잠시 실례를 구하더니, 몰려든 사람들로 가득찬 마을회관 밖으로 사라졌다.

"뭐라고 한 겁니까?"

카낙이 아푸티쿠의 귀에 속삭였다.

"모르겠어요."

"그린란드어가 아니었습니까?"

"아뇨. 아바넝수악미우툿avanersuarmiutut인 것 같아요."

"아바넝…… 뭐요?"

"북극권에 사는 이누이트의 전통 방언이에요."

"그린란드어와 비슷하지 않나 봅니다?"

"스페인어와 덴마크어가 비슷한 만큼이죠."

아푸티쿠가 웃으며 말했다.

"흠, 그 언어를 쓰는 사람들은 몇 명이나 되죠?"

"그린란드 전체에 아마 700명쯤 될 거예요."

전 세계적인 관점으로 볼 때, 그건 매우 적은 숫자였다.

"이곳에도 많은가요?"

"여기 마을회관 안에 말이죠?"

"네."

"평균 나이로 봐서……."

아푸티쿠는 이누이트식으로 변형한 로커빌리* 음악에 맞춰 열정적으로 허리를 흔들고 있는 젊은 주민들을 훑어보았다.

"없다고 봐야죠. 이젠 더는 아이들에게 아바닝수악미우툿을 가르치지 않거든요. 어릴 적에 배웠던 사람들도 지금은 대부분 잊어버렸다고 하더라고요."

고유한 언어를 잊는다는 건, 문화 전체가 사라지는 것과 같았다. NNK가 이런 비극을 그냥 두고 볼 리가 없었다. 하지만 무엇보다 먼저 카낙이 떠올린 것은 이토록 난해한 방언이라면 대화의 기밀성을 매우 완벽하게 보장할 수 있다는 점이다. 암호화된 언어만큼 효과적인 것은 없다.

"오 분만 나갔다 올게요." 그렇게 말하며 카낙은 의자에서 벌떡 일어났다. "전화 한 통 해야 해서요."

시끄러운 주위 소리를 핑계로 그는 주의를 끌지 않고 자리를 비울 수 있었다. 아푸티쿠는 반대하지 않았다. 그는 움직일 때마다 교태가 섞인 추파를 던지는 무용가의 엉덩이를 바라보느라 정신이 없었다.

밖으로 나오니 바람과 눈의 기세는 잠잠해져 있었다. 눈더미로 만들어진 눈의 벽이 여기저기 세워져 있었는데, 곳곳에 주민들이 삽으로 통로를 만들어놓은 상태였다.

운 좋게 카낙은 마을의 높은 언덕으로 향하는 올리의 뒷모습을 발견할 수 있었다. 살인이 있었던 밤, 올리가 페이스북에 부인할 수 없는 알리바이

---

*   rockabilly. 로큰롤의 록(rock)과 힐빌리(hillbilly)의 혼성어로, 초창기 록이 시작될 때 컨트리 앤드 웨스턴(힐빌리)의 요소를 더한 것을 말한다. 엘비스 프레슬리의 음악이 대표적이다.

를 올려두긴 했지만 카낙은 그에 대한 의심을 거둘 수가 없었다. 그를 결백하다고 보기엔 다른 주민들에게 미치는 영향력이 너무도 컸기 때문이다.

카낙은 발걸음을 재촉하며 그와의 거리를 좁혀나갔다. 스마트폰에서 울린 벨 소리 때문에 하마터면 들킬 뻔했지만 두껍게 쌓인 눈이 소리를 차단한 건지, 올리는 아무것도 눈치 채지 못한 것 같았다.

'망할 리케!'

카낙은 속으로 외쳤다. 그녀는 하루 종일 전화를 걸어 그를 고문하고 있었다. 전화를 받는다 해도 딱히 할 말도 없었고, 이젠 그녀마저 용의선상에 올려놔야 할 상황이었다.

카낙은 스마트폰의 전원을 끄고 올리의 뒤를 쫓아 작은 오르막을 올랐다. 철판으로 된 창고 뒤로 몸을 숨긴 카낙이 발견한 것은, 그다지 중요해 보이지 않는 올리의 작은 비밀이었다. 우죽의 아들이 밤중에 몰래 빠져나와 향한 곳은 다름 아닌 학교 입구였다. 교사 잉에르가 나타나 그에게 몸을 던져 격렬한 포옹을 하기 시작했다. 그녀의 열정을 자제시키며 올리는 단단한 팔뚝으로 그녀를 안으로 이끌었다. 두 연인은 마을 사람들의 시선을 걱정한 게 틀림없었다. 꽤나 이성적으로 보였던 젊은 여성은 어떻게 하다 마을의 플레이보이와 은밀한 관계를 맺게 된 걸까?

곧바로 카낙이 카직으로 돌아오니 본 공연이 시작되고 있었다. 두 명의 가수가 카직 안 가운데에 서서 얼굴을 마주 보고 차례대로 주장을 노래로 펼치고 있었다. 마치 특이한 웅변대회 같았다. 사전에 녹음된 아코디언과 탬버린 소리가 배경음악으로 흐르고 있었다.

카낙이 알아들을 수 있는 건 하나도 없었지만 두 경연자의 에너지는 실로 감탄할 만한 것이었다. 카낙만 그렇게 느낀 것 같진 않았다. 두 가수가 차례로 공연을 펼치는 동안 어떤 관객들은 환호했고, 다른 이들은 고함을 치거나 야유하거나 휘파람을 불었다. 우죽은 이수마탁이자 중재자로서 몇 번이고 개입해 과열된 관중을 진정시켜야 했다.

"저것 말인데요……." 아푸티쿠가 조용히 두 경연자를 눈썹으로 가리키며 말했다.

"흥미로운 사실을 알아냈어요. 살인이 일어나기 며칠 전에……."

"뭡니까?"

"바로 여기서 노래 경연이 있었대요."

"잠깐만요." 카낙이 급하게 말했다.

"참가자 중 한 명이 올리였습니까?"

"빙고! 보스! 그럼 상대는 누구였게요?"

"얀세? 아니다, 티킬이군요! 올리와 티킬이 석유 분쟁을 해결하기 위해 무대에 오른 겁니다."

"더블 빙고!"

"누가 이겼는지는 물어보나마나겠군요……."

대답도 들어보나마나였다. 카낙은 아들의 미스터리한 연료 밀매에 대해 우죽을 취조하고 싶은 마음이 굴뚝같았다. 하지만 당장은 중재자 역할에 열심인 경찰관이자 코치이자 노조 대표인 그를 뺏어올 수가 없었다.

"좋습니다. 이 정도면 할 만큼 했어요. 전 자러 갑니다."

카낙이 결론을 냈다. 아푸티쿠는 경연에 정신이 팔려 건성으로 대답했다.

분명 낮에 몇 번이나 오갔던 길이었지만 산책은 꽤나 즐거웠다. 주변의 집들은 푸른 밤 속에서 소리도, 불빛도 내지 않고 조용히 휴식을 취하고 있었다. 그 모습은 마치 지평선까지 그득한 빙산처럼 수수께끼 같았다. 마을 전체가 그의 일부처럼 느껴졌다. 카낙은 어깨 너머로 느껴지는 집주인의 깐깐한 시선에서 벗어나 수색을 처음부터 다시 시작하고 싶었다. 하지만 아무 소용이 없을 것 같았다. 한두 시간 후면 모두가 집에 돌아올 것이다. 게다가 지금의 그는 너무 피곤했다.

그럼에도 고인이 된 티킬의 집 앞에 다다르자 유혹이 형사의 자존심을 건드렸다. 꽁꽁 얼어붙은 미로 속에서도 용케 카낙을 찾아낸 CR7도 외딴 집 앞에 얌전히 앉아 있었다.

"네 생각은 어때? 응?" 카낙이 그에게 물었다.

"해볼 가치가 있을 것 같아?"

대답 대신에 돌아온 것은 물음표로 가득한, 커다랗고 푸른 두 눈이었다. 계단 아래의 경계를 개에게 맡긴 카낙은 짧은 계단을 뛰어올라 살짝 열린 문을 밀고 안으로 들어갔다. 내부는 낮에 방문했을 때와 똑같았다. 티킬의 과거가 여전히 그곳에 있었다. 아무도 손대지 않은 어지러운 종이 다발과 흩어진 옷들이 그가 죽은 당일과 같은 상태를 유지하고 있었다. 아무도 이 집의 전기를 끊을 생각을 하지 않은 모양이었다. 카낙은 일을 시작하기 전, 차를 마시기 위해 물 한잔을 데웠다.

위층을 한 바퀴 둘러본 카낙은 꽤 괜찮은 상태의 매트리스를 발견했다. 카낙은 그것을 아래층까지 힘들게 끌어내린 뒤, 방의 한가운데에 놓았다. 티킬의 선혈이 낭자한 시신이 발견된 것도 그즈음일 것이었다. 몸에는 몸, 죽은 사람에는 산 사람으로 대항해야 했다.

이런 누추한 집에서 미혼의 연료 판매자가 보냈어야 할 겨울밤은 너무도 길고 침울했을 것이다. 벽난로 안을 빠르게 살펴본 카낙은 그것이 여전히 사용 가능하다는 것을 알 수 있었다. 하지만 근처에는 장작으로 삼을 만한 것이 없었다. 전기난로도 보이지 않았다. 문틈으로 스며들어온 밤은 후안의 방갈로에서 보냈던 것만큼 추울 것 같았다. 그는 집 안에서 찾을 수 있는 모든 이불과 담요를 끌어모아, 각양각색의 천으로 두꺼운 이불을 만들어 덮었다. 그는 북극의 거대한 크레이프 케이크와 같은 모습을 하고 있었다.

'아푸가 이 웃긴 꼴을 보면 즐거워했을 텐데.'

카낙은 그런 생각을 하는 자신에 놀랐다. 하지만 잠이 드는 순간 그가 떠올린 것은 다름 아닌 마사크였다.

'마사크에게 외박한다고 말하지 않았는데 그녀가 나를 걱정해줄까?'

반수면 상태에서 그가 꾼 첫 번째 꿈에 나타난 마사크의 얼굴이 점점 플로라와 엘스, 그의 삶에서 가장 중요한 두 여자의 얼굴로 점점 변해갔다. 그렇게 그는 평온한 잠에 빠졌다.

39

IMG_2258 / 10월 29일
크게 벌려진 흐릿한 형상의 곰의 입

카낙은 어떻게 '그것이' 아무런 소리를 내지 않고 작은 집에 들어와 그에게 가까이 다가올 수 있었는지, 어떻게 조금의 문소리도, 육중한 무게로 바닥을 누르는 발소리도 내지 않았는지 알 수 없었다.

'올슨이 그 무게가 얼마나 나간다고 했더라? 500킬로그램? 아니면 600킬로그램? CR7은 대체 뭘 한 거지? 어째서 경고하지 않았던 거지? 운도 없지! 그 많은 개 중에 하필이면 짖지 못하는 개라니.'

짐승은 차가운 암흑 속으로 들어와 네 발로 땅을 신중히 딛고 있었다. 곧 그를 덮칠 것 같았다. 카낙은 크게 열린 거대한 입속에서 칼날처럼 길고 날카로운 두 줄의 송곳니를 볼 수 있었다. 어둠 속에서 이빨은 하얗게 빛나고 있었다. 카낙은 움직이지 않았다. 움직이면 그는 먹잇감이 될 것이다. 그리고 위험에 자신을 더 빨리 노출하는 길일 것이다.

두려움 속에서도 그는 한 가지 사실을 알아차렸다. 짐승은 아무런 소리도 내지 않았다. 곰이 맞는다면 거대 포식자가 그러하듯 원시적인 울음소리를 내며 그르렁거렸을 것이다. 사자의 으르렁거림, 범의 포효.

'곰의 울음소리는 어떻게 표현하지?'

하지만 곰의 입에서 나오는 건 입김뿐이었다. 차가운 공기 중으로 김이 만들어지고 있었다. 어떤 냄새도, 악취도 나지 않았다. 아주 청결하고, 가볍고, 조용한 곰이었다. 카낙이 바닥에 놓여 있던 카메라를 향해 손을 뻗자, 짐승은 잠시 움직임을 멈추고는 갑자기 카낙을 덮쳤다. 육중하고 날랜 움직임이었다. 카낙은 플래시를 켤 새도 없이, 간신히, 대충이나마 셔터를 누를 수 있었다.

짐승은 온몸의 무게로 그를 짓눌렀다. 그러나 예상했던 것만큼 무겁지 않았다. 덩치가 좋은 인간의 무게 정도였다. 약 100킬로그램 정도 되어 보였다. 곰이 뇌수종에라도 걸린 것일까, 몸의 무게와 크기에 비례하지 않게 머리만 커다란 모습이었다. 이미 짐승의 턱은 그의 목으로 달려들어 두꺼운 이불 사이로 살점을 찾아 뒤지고 있었다. 짐승의 주둥이가 카낙의 턱에 몇 번이고 부딪쳤다.

'나무로 만든 주둥이로군.'

공포에 질린 와중에도 그는 생각했다. 짐승의 것이라고 할 수 없는 단단하고, 건조하고, 차가운 촉감이었다. 곰은 집채만 한 앞발을 들어 먹잇감을 겨우 가리고 있는 천을 걷어냈다. 카낙은 최선을 다해 저항했다. 그는 혼란스럽고 막막했다. 소리쳐 구조라도 요청하고 싶었지만 목에서는 아무런 소리도 나오지 않았다.

두 팔을 허우적대던 그는 오른손에 블레이드 카메라가 들려 있던 사실을 기억해냈다. 정신없이 싸우는 와중에도 그는 커다란 금속기계를 놓지 않았다. 카낙은 탐욕스런 주둥이를 향해 카메라를 힘껏 휘둘렀다. 생존을 위한 필사적인 행동이었다. 카메라는 상대에게 큰 타격을 주진 못했지만 놀라게 만들 순 있었다. 카메라를 내리칠 때마다 둔탁한 소리가 났다. 두 물체가 부딪치는 소리였다. 둘 중 연약한 쪽이 지게 되어 있었다. 소중한 카메라는 더 이상 그의 안중에 없었다. 그는 있는 힘을 다해 곰을 향해 카메라를 내리쳤다. 사진을 찍듯 이 순간을 포착할 수만 있다면 억만금이라도 줬을 것이다. 하지만 폭력은 잠시 멈춰놓고 여유롭게 감상할 수 있는, 제어가 가능한 얌전한 이미지가 아니었다. 그래서 그는 마구 내리칠 뿐이었다.

이 정도로 반격해올 것을 예상하지 못했던 건지, 곰은 살짝 뒤로 물러났다. 공격을 막기 위해 사방으로 거대한 앞발을 휘둘러댔다. 이불은 저 멀리로 날아갔다. 활짝 열린 패딩 속 카낙의 목과 상체는 이제 꼼짝없이 공격을 받을 일만 남아 있었다. 짐승의 발톱이 피부를 세 번에 걸쳐 찢어발겼다.

결국 그의 입에서 비명이 터져 나왔다. CR7이 내지 못했던 울음소리였다. 고통은 너무도 생생했다. 젖 먹던 힘까지 짜내 카메라를 휘두른 카낙은 곰을 밀어내고 몸을 일으킬 수 있었다. 짐승이 한 발짝 뒤로 물러섰다. 두 발로 일어선 괴물의 키는 그렇게 크지 않았다. 그 순간 새롭게 알아차린 사실이 그에게 소름을 선사했다. 곰은 조금도 비틀거리지 않았다. 그는 완벽하게 안정적으로 서 있었다. 두 발 동물처럼 말이다. 사람처럼 우뚝 선 짐승은 이제 그를 끝장낼 준비를 마친 듯했다.

어떻게 그의 손에 부지깽이가 들어오게 된 걸까? 그건 여전히 풀지 못한 또 하나의 미스터리였다. 길쭉한 부지깽이가 피로 끈적끈적해진 그의 주먹 속에 들려 있었다. 어둠과 공포 속에서 카낙은 짐승을 잠시 동안 살펴봤다. 곰의 행색은 약간 기괴했지만 가면만은 실제와 다를 바 없이 끔찍했다. 진짜 곰보다 더 무시무시했다. 마쏘도 감탄할 만한 작품이었다.

짐승이 다시 공격 태세를 갖추자 카낙은 부지깽이의 날카로운 부분을 온 힘을 다해 휘둘렀다. 생존에 대한 집착이었다. 그는 후안, 매튜, 닐스 혹은 이고르처럼 될 순 없었다. 그는 얀세와 티킬처럼 될 순 없었다. 그는 이 짐승을 다스리고 말 것이다. 그의 광기에는 이유가 있었다.

상대의 허벅지를 관통한 금속 막대는 차가운 그의 살갗에 생채기를 남겼다. 짐승은 고통과 정체가 탄로 날지도 모른다는 걱정으로 울부짖었다. 부지깽이는 그의 다리 속에서 금방 빠져나왔지만 곰의 털옷을 붉은색으로 물들이는 데 성공했다.

마지막으로 가면 뒤에서 울음소리를 내뱉은 곰은 황급히 집 밖으로 뛰쳐나갔다. 카낙이 패닉에서 빠져나오는 데는 적지 않은 시간이 걸렸다. 밖으로 곰인간이 도망치고 있었다. 어서 그 뒤를 쫓아야 했다. 부츠에 발을 욱여넣고 집 밖으로 나온 카낙이 갈 수 있는 곳은 오직 하나, 마을에서 바다 쪽을 향하고 있는 언덕이었다. 그러나 도망자의 모습은 온데간데없었다. 낮이든 밤이든 – 낮이나 밤이나 똑같으므로 – 언제나 켜져 있는 가로등 불빛에도 그의 모습을 찾을 수 없었다. 그림자조차 보이지 않았다. 이렇게 감쪽같이 사라질 수 있으려면, 상대는 이 마을을 제집 안방처럼 훤하게 알고 있는 인물인 게 틀림없었다. 별안간 분노가 치밀어 올랐다.

'또 그놈의 영역……'

또 다시 영역의 문제에 부딪친 것이었다. 잠시였지만 놈은 손닿는 거리에 있었다. 제대로 휘둘렀더라면 이 사건을 단번에 해결할 수 있었다. 제대로 겨냥하기만 했더라면, 더 연약한 곳을 공략했더라면, 이를테면 복부와 같은……

이윽고 잠든 마을에 고함이 울려 퍼졌다. 그는 재빨리 후회에서 빠져나왔다. '우'와 '이'가 섞인, 혀를 차는 소리와 비슷한 비명이었다. 그는 소리가 들리는 쪽으로 달려갔다. 이삼백 미터 정도 떨어진 곳에서 썰매가 마을을 벗어나 북쪽으로 향하고 있었다. 빙산 쪽이었다. 거친 소리가 개들을 흥분시켜 이리저리로 날뛰게 만들었다. 개들은 이미 그들 앞에 펼쳐진 대지를 향해 전속력으로 달리고 있었다.

"이런 제길, 젠장, 젠장, 젠장! 제기랄!"

화를 주체하지 못하고 카낙은 가장 가까이에 있는 눈더미를 발로 걷어 찼다. 일 분도 채 안 되어 곰인간은 광활한 하얀 대지 너머로 작은 점이 되어 사라지고 있었다.

'이제 어떻게 할까? 마을 사람들을 모두 불러 모아야 하나?'

가장 용감한 사람들을 동원한다고 해도, 밤의 취기에서 벗어나려면 적어도 십오 분은 걸릴 것이다.

'스노모빌을 탄다면?'

그러나 이 마을에선 올리의 것을 제외하고 스노모빌은 한 대도 볼 수 없었다. 게다가 우죽의 아들은 작은 마을의 반대편 끝에 살고 있었다. 그것도 그가 벌써 집으로 들어갔다는 가정 아래 말이다. 그것을 확인할 시간도 부족했다. 카낙에게 카낙을 한 바퀴 돌 여유는 주어지지 않았다.

카낙은 카직 방향으로 달음박질했다. 마을회관에서는 희미한 불빛과 조용한 배경음악만이 흘러나오고 있었다. 단세믹이 거의 끝나가고 있었다. 흐릿한 창문 너머로 적은 수의 사람들이 움직이고 있었다. 입구 앞에는 당장이라도 떠날 준비가 된 썰매가 있었다. 카낙은 한 무리의 개들 중 선두에

선 녀석을 알아보았다…….

"CR7!"

그가 잠에 빠져 있는 동안 우죽이 그의 재산을 수거해간 게 분명했다. 카낙이 공격당하기 전, 아무런 경고를 듣지 못했던 이유를 비로소 알 수 있었다. 썰매 끈에 묶인 개들에게 가까이 다가간 카낙은 이곳에 도착한 첫날, 축구장 근처에서 주민들이 보인 행동을 기억하고 썰매의 뒷자리에 올라탔다. 하지만 그것만으로는 썰매를 몰 수 없었다. 먼저 고삐를 쥐었다.

'아주 좋아. 고삐를 당기고. 좋아! 그 다음은 어떻게 하지?'

짐승들은 다만 조용히 울음소리를 낼 뿐, 움직이지 않았다. 카낙은 F1 레이싱카에 올라탄 무면허 운전자가 된 기분이었다.

"아아! 출발하려면 이렇게 소리치면 된다네, '카아 카아!' 까마귀처럼 말이지!"

세 걸음 정도 떨어진 곳에서 한 노인이 한 손에 맥주를 쥔 채 비틀거리고 있었다. 전날 축제에서 대화를 나눴던 명랑한 노인이었다.

"자, 간단하다네." 그가 재차 말했다.

"카아 카아!"

그의 말에 썰매 개들이 앞으로 튀어 나가려고 했고, 카낙은 하마터면 썰매에서 굴러떨어질 뻔했다. 하지만 영특하게도 그것이 진짜 출발신호가 아니란 걸 알아차린 개들은 금방 움직임을 멈췄다.

"에, 에, 에!"

노인이 웃음을 터뜨렸다. 지금 상황이 노인에게는 퍽 재미있는 듯했다.

"멈추려면 어떻게 해야 합니까?"

"타싸Tassa."

"그게 단가요?"

"거의 다지! 오른쪽으로 가려면 '일리 일리$_{ili\ ili}$' 왼쪽으로 가려면 '이우 이우$_{iuu\ iuu}$'"

카낙은 외울 때까지 마음속으로 조용히 따라 했다. 타싸, 일리 일리, 이우 이우……. 그러고는 처음 승마를 배운 어린아이처럼 외쳤다.

"카아 카아!"

CR7은 맑은 눈으로 물었다.

'정말 출발하나요?'

카낙이 또 한 번 까마귀 울음소리를 내자 CR7이 무리에게 출발신호를 알렸다. 무리를 이끌고 속도를 정하는 건 바로 그였다. 또다시 썰매가 급출발했고, 카낙은 떨어지지 않게 줄을 꽉 붙들어야 했다. 출발이다! 출발과 함께 생생한 속도감이 덩달아 카낙을 취하게 했다. 썰매가 튀어 오르고 덜컹거릴 때마다 하늘을 나는 얼음 양탄자를 탄 것만 같았다. 빙산 위를 빠르게 미끄러지는 그는 거대한 황무지의 주인이었다.

짐승이 도망친 이후로 시간이 얼마나 흘렀을까? 알 수 없었다. 아마 많아봤자 사오 분일 거였다. 카낙은 어디를 향해야 할지, 무엇을 노려야 할지 몰랐다. 중심 도로를 벗어난 뒤, 작은 마을의 경계를 나타내는 거대한 파란 보관창고 너머로 펼쳐진 얼어붙은 툰드라는 그저 평평하고 균일한 땅에 불과했다. 적어도 겉보기에는 말이다. 인간의 흔적이 닿지 않은 만년설이 끝없이 펼쳐진 곳에서 어떻게 길을 찾아야 할까? 어디를 보고, 어디를 기억해야 할까?

한 가지 분명한 건, 살인자가 저기 어딘가에 있다는 사실이었다. 미세한 피부 조직 하나하나마다 얼어붙게 만드는 찬바람 속에서, 그와 똑같은 조건 아래 말이다. 그는 포기할 수 없었다. 적어도 지금은 안 된다. 역경을 채찍질하듯, 북극의 차가운 공기를 갈랐다. 과감하게 있는 힘껏 밤 속으로 곧장 달렸다.

40

전속력으로 삼십 분 정도 달렸을까, 속도감이 주는 취기가 잦아들었다. 시야도 거의 확보되지 않은 상태에서 푸른 밤 속을 아무런 목적 없이 달리는 즐거움은 눈발 섞인 안개층이 두꺼워질수록 점점 줄어들고 있었다. 바람이 땅 위를 바짝 스치며, 거대하고 불투명한 구름을 흩뜨렸다. 타는 듯 뜨거운 곳이든, 얼음처럼 차가운 곳이든, 황무지의 본질은 크게 다르지 않았다. 지칠 줄 모르는 개들은 여전히 쌩쌩했다. 이 속도로 몇 킬로미터를 더 달릴 수 있을까? 그들의 광적인 행렬이 계속되는 동안, 카낙은 썰매를 끄는 열두 마리의 짐승과 가까워질 수 있었다. 그가 썰매 개의 전문가는 아니었지만 가장 잘 알려져 있는 다섯 견종 중에서 세 종을 알아볼 수 있었다. 작달막하고 투박한 갈색 그린란드견, 늑대의 머리를 가진 두 가지 색이 섞인 말라뮤트, 배경과 거의 구분할 수 없는 하얀 털의 우아한 사모예드 두 마리까지. 개들은 모두 무리에서 저마다의 할 일이 있는 것 같았다. 배치 순서도 안정감을 주었다. CR7은 과묵한 우두머리였다. 그리고 왼쪽에 한 마리의 개가 눈에 띄었는데 작은 몸집으로 보아 암컷으로 보였다. 다른 동료들과 달리, 그 개는 마치 누군가의 흔적을 따라가는 것처럼 여덟 혹은 열 걸음마다 얼음 바닥에 코를 박고 냄새를 맡았다.

'도망간 썰매의 흔적을 찾아낸 걸까?'

그 생각은 오래가지 않았다. 갑자기 암컷 개가 우뚝 섰고, 대열은 엉망이 되었다. 당황한 개들이 낑낑대기 시작했다. 개들은 다 함께 우는 소리를 내기 시작했다.

안개가 그들을 가두고 있었다. 바람이 아무리 불어도 안개는 사라지지 않았다. 몇 미터 앞의 어떤 것도 구별할 수 없었다. 달도, 구름도, 지평선도, 얼마 남지 않은 기준들이 사라졌다. 개 한 마리가 끈에 묶인 채로 갈 수 있는 가장 멀리까지 갔을 때, 하얀 밤이 그 역시 삼켜버렸다.

"화이트아웃이군."

카낙이 중얼거렸다. 모든 것이 사라지고 새하얗게 변했다. 화이트아웃 현상에 대해선 익히 들어 알고 있었지만 이토록 엄청날 거라곤 생각지 못했다. 배터리가 닳아버린 아이의 장난감처럼 주변의 소리가 희미해졌다. 긴장한 개들이 내는 울음소리 외엔 아무것도 들리지 않았다. 오직 그들과 카낙 그리고 빙산만이 있었다. 그들은 천천히 서쪽으로 표류하고 있었다. 카낙은 자신이 그들을 이끌었다고 생각했지만 사실 개들이 자기들 가고 싶은 곳으로 간 것뿐이었다. 바로 그들의 익숙한 사냥터로 말이다. 바다표범이 헤엄치고, 북극곰이 어슬렁거리는, 이곳은 그들의 영역이었다.

상황은 썩 좋지 않았다. 도망자의 흔적을 모두 놓쳤을 뿐만 아니라 이제는 마을로 돌아가는 길도 찾을 수 없게 됐다. 무엇보다 더 나쁜 것은, 그가 티킬의 오두막에 스마트폰을 두고 왔다는 사실이다. 이제 누구도 그의 행방을 알지 못할 것이다.

새하얀 안개가 그들을 감쌌다. 출발한 뒤 처음으로 추위로 인해 몸이 아파오기 시작했다. 온몸이 덜덜 떨렸다. 그는 마지막 희망을 담아 CR7의 푸른 두 눈으로 시선을 돌렸다.

"넌 길을 알고 있지? 그렇지? 어딘지 알려줄래?"

하지만 그는 미동도 하지 않았다. 절망에 빠진 카낙은 썰매 내부를 뒤졌다. 썰매는 사냥 시 빠른 속도를 낼 수 있도록 짧고 좁은 모양을 하고 있었다. 공간은 비좁았다. 노획물을 운반하거나 북극의 사냥감을 뒤쫓는 데 꼭 필요한 비품이 들어갈 정도의 자리만 있었다. 끈, 고정시키는 기구, 다양한 갈고리, 길쭉한 금속 낚싯대에 매달린 작은 뜰채, 가벼운 나무틀에 하얀 천을 덧댄 작은 가리개의 일종도 있었다. 잡동사니 아래에서 그는 합성섬유로 만든 오래된 스웨터를 발견해 개들에게 냄새를 맡게 했지만 개들은 그저 짖기만 할 뿐, 움직일 생각은 하지 않았다.

'썰매 개들이 길을 잃기도 하는 건가?'

그때 낮게 그르렁거리는 소리가 들렸다. 두꺼운 얼음 아래에서 나는 소리였다. 해수면이 일렁이는 기이한 현상을 따라 얼음 표변이 전체적으로 들렸다가 다시 제자리로 돌아왔다. 바로 빙산이 쪼개지는 소리였다. 그들이 서 있는 얼음이 무한히 작은 조각으로 끝없이 분할되기 직전이었다. 그리고 개들은 꼼짝없이 그중 하나에 갇히게 될 거였다. 그것이 바로 암컷 개가 알아챈 위험이었고, 다른 개들을 곧장 멈추게 한 것이었다. 그들은 길을 잃었을 뿐만 아니라 이 세상을 떠날 때가 된 것이다.

깊은 곳에서 올라오는 두려움으로 정신적 공황 상태가 이어졌다.

'대체 무슨 정신으로 아푸티쿠 없이 출발했던 걸까? 어째서 이런 충동적이고 무모한 여정에 홀로 뛰어들었던 걸까?'

그는 이런 환경을 겪어본 적이 없었다. 그는 썰매에 대해서도, 빙산에 대해서도 전혀 아는 것이 없었다. 그는 누나의 일부가 아니었다. 그의 세상은 기계나 기술 없이는 살아남을 수 없는 곳이었다.

구조도, 스마트폰도, GPS도, 게다가 식량도, 적절한 도구도 없었다. 그를 기다리고 있는 건 확실한 죽음이었다. 그야말로 헛된 죽음이었다. 그가 쫓는 대상은 그걸 알고 있었던 게 분명했다. 어쩌면 이런 상황을 정확히 예상하고 그를 여기로 이끌었던 것인지도 모른다. 이 추격전은 함정이었다. 카낙은 해변에서 고작 몇 킬로미터밖에 떨어지지 않은 해상에서 목마름과 배고픔으로 죽어가는 조난자가 된 기분이었다. 구원으로부터 너무도 가까이, 그러나 너무도 먼 곳에서.

분함에 소리를 질렀지만 조금도 후련하지 않았다. 그러고는 썰매에서 내려와 개가 어떤 반응을 보이든 말든, CR7을 두 팔 가득 껴안았다. 그는 카낙을 가만히 내버려두었다. 썰매 개의 우두머리로서의 자존심을 지키는 것보다 더 중요한 게 있었다. 그 역시 이렇게 죽고 싶진 않았던 것이다.

카낙의 구릿빛 뺨 위로 눈물이 흘러내렸다. 그는 유럽 인의 갸름한 얼굴형과 이누이트 특유의 도드라진 광대뼈를 가지고 있었다. 그는 추위와 자신의 무력함 때문에 눈물을 흘리지 않을 수 없었다. 그가 선조들의 땅에서 생을 마감할 일만 남았다는 아이러니, 그가 이 세상에 더는 속하지 않는다는 사실 때문이었다. 오만했던 탓이었다. 이 지역의 사냥꾼이라면 누구나 자신이 어떻게 해야 할지 알았을 테지만 그는 이곳 사람이 아니었다. 카낙은 아이들을 생각했다. 그나마 전날 통화할 수 있어 다행이었다.

바로 그때, 무슨 소리가 들렸다. 선명하고, 둔탁한 소리였다. 어딘가 불안함을 주는 소리였지만 지금 상황에서는 너무나도 반가운 소리였다.

'총소리다!'

카낙은 본능적으로 썰매 구석에 납작 엎드렸다. 곧이어 두 번째 총소리가 들렸다. 총을 쏜 사람의 사격 실력은 형편없었다. 총알이 바람을 가르는 소리나 주변의 얼음 속에 박히는 소리가 들리지 않는 거로 봐서, 아주 멀리서 쏜 것 같았다. 추격자는 자신이라고 생각했는데, 사실은 추격을 당하는 입장이었다. 그가 티킬의 집에서 대면했던 곰이 아니라면, 누가 그를 쫓는단 말인가? 바로 그때, 세 번째 총소리가 들렸다. 이번에는 조금 더 정확한 조준이었다. 개 한 마리가 길게 낑낑거리는 신음을 내며 주저앉았다. 나머지 개들은 겁을 먹은 건지, 쓰러진 동료에 애도를 표하는 건지 다 같이 울부짖기 시작했다.

전날 저녁, 아이의 방에서 아푸티쿠는 북극권의 주민들이 그들이 기르는 짐승들과 맺는 특별한 관계에 대해 이야기를 해주었다. 실제로 그들은 혹한의 겨울에도 인간의 거주지 안으로 개를 절대 들이는 법이 없었다. 날씨가 어떻든 간에, 개들은 밖에서 지내야 했다. 줄에 묶인 채, 충분한 열량을 섭취하지 못하거나 극한의 기온을 버티지 못해 죽는 경우도 허다했다. 아이들은 개들을 쓰다듬어주지 않았다. 개밥으로는 사냥 찌꺼기를 던져주었다. 병이 들거나 폭력적으로 변한 순종 그린란드견은 주인에 의해 죽임을 당했다. 개들은 그들이 처한 환경의 변화에 따라 언제든 대체될 수 있는 가축에 불과했다.

다음으로 날아온 총알은 아예 다른 각도에서 온 것 같았다. 범인이 여러 명이 아니라면 자리를 옮긴 것 같았다.

'마구잡이로 총을 쏘는 걸까?'

휘파람 소리가 점점 가까워지고 있었다. 탄피 하나가 날아와 썰매 날에 부딪혀 튀었고, 그 조각이 개의 앞발에 박혔다. 개는 괴롭게 울부짖었다. 생명에는 지장이 없는 상처였지만 지금 상황에서 단숨에 죽임을 당하는 것보다 더 좋지 못할 수도 있었다. 느리고 긴 고통을 의미하기 때문이었다.

계속 그곳에 머무를 순 없었다. 20미터 정도 떨어진 곳에 빙구氷丘가 있었다. 빙산 표면의 장력과 바람에 의해 형성된 얼어붙은 작은 언덕이었다. 총격에 맞설 수 있는 높이 2미터 정도의 지형이었다. 해결책을 찾을 때까지 시간을 벌어줄, 꽤 쓸 만한 보호막이었다.

그의 뜀박질은 생각보다 느렸다. 화이트아웃은 움직임 하나하나를 힘겹고 무겁게 만들었다. 총소리가 들리고 그것을 피하기 위해 달리다 바다표범이 숨을 쉬기 위해 얼음에 구멍을 뚫은 아글루 속으로 순식간에 발이 빠졌다. 바다표범들이 여기서 멀지 않은 곳에서, 빙산 아래 깊은 바다 어딘가를 돌아다니고 있는 게 분명했다. 카낙이 아무리 발버둥을 쳐도 소용없었다. 다시 얼음 위로 빠져나가는 건 불가능해 보였다. 지금까지 거의 느끼지 못했던 목의 상처가 불에 댄 듯 화끈거리기 시작했다. 일 초가 지날수록 얼음물이 그의 몸을 마비시키고 있었다. 얼마 안 가, 곧 미동도 하지 못하게 될 것이다.

카낙이 흰색과 파란색이 섞인 장막이 드리워진 밤하늘을 향해 고개를 들었을 때, 곰의 형상을 한 자가 근처에 서 있는 것을 발견할 수 있었다. 그는 여전히 가면을 쓰고 있었다. 왼쪽 허벅지에 핏자국이 보였다. 정체를 알 수 없는 그는 손에 총을 든 채, 냉담히 그를 내려다보고 있었다.

카낙의 모든 기능은 조금씩 꺼지고 있었다. 사고력, 감각, 생각 그리고 생존본능까지. 지금 이 순간, 카낙은 자신이 처한 상황이 어처구니없었다. 그는 사건 해결은 물론 자신을 해친 범인의 이름도, 얼굴도 모른 채 죽을 것이다.

'지금껏 해왔던 모든 일이 헛된 것이었나?'

자신이 무력하고 무용하게 느껴졌다. 그는 범인이 그의 머리나 심장에 총알을 박아 넣기만을 기다렸다. 쓸모가 없어진 개를 치워버릴 때처럼, 어쩌면 결국 그는 그 정도의 가치밖에 없는 인간인지도 모른다. 이렇게 처참하게 실패하는 형사가 무슨 쓸모가 있단 말인가?

만약 그에게 조금이라도 여력이 있었다면 그대로 물속으로 가라앉도록 내버려뒀을 것이다. 하지만 상대는 총부리를 움켜잡고 손잡이 부분으로 그의 머리를 내리쳤다.

'화이트아웃?'

블랙아웃이었다.

41

"아니, 이게 대체 어떻게 된 일이에요? 전혀 예상치 못했던 거네요. 31일까지 기다릴 것도 없었어요."

맨발에 머리를 풀어 헤친 리케는 패치워크 무늬의 침대 커버 위로 늘어지며 그의 연인보다 더 큰 놀라움을 표했다. 시우무트당 지도부는 해리 패더슨과의 협상 소식을 접하자마자, 의회의 결정은 기다리지도 않고 다가올 총선의 당내 후보자 명단에 에녹슨을 올렸다. 모든 것이 예상한 대로만 흘러간다면, 6개월 뒤 그는 그린란드의 새로운 총리가 될 것이다. 더욱이 독립한 그린란드의 첫 지도자가 될지도 모른다.

비밀스런 뒷거래에 가담하기로 결정한 동시에 쿠픽 에녹슨은 현 총리, 킴 킬센을 그의 게임에 끌어들였다. 그의 전략이 기대 이상으로 통하고 있었다.

"역시 당신은 최고예요."

한 손을 흥분한 에녹슨에게로 내밀고, 다른 한 손으로는 침대를 두드리며 리케가 말했다.

"그럼 이제…… 우리 축하할까요?"

리케는 노골적인 시선을 보내고 있었다. 벌어진 블라우스 사이로 윗가슴이 드러났다. 평소대로 그들의 만남의 장소인 5호실을 사용하지 못하는 불편함은, 에녹슨이 전한 소식에 비하면 그다지 크게 느껴지지 않았다.

"좋지! 내가 프리무스에서 그따위 짓을 벌인 놈들을 잡기만 하면, 그놈들에게 키스를 퍼부어줄 수도 있다고!"

리케는 두꺼운 울 스타킹을 벗고, 늘 입는 정장 치마의 후크를 풀기 시작했다. 그가 이 나라의 새로운 지도자가 되는 날이면 주위에 호리호리한 보좌진들이 넘쳐날 것이다. 그러나 그녀의 삼십 대의 무르익은 육체는 아직도 먹혔다. 게다가 반드레후스 호텔을 열심히 드나든 덕에 그를 만족시키는 방법도 이미 터득한 뒤였다. 다른 누구에게도 빼앗기고 싶지 않은 경험이었다.

"참, 조사는 어떻게 돼가나요?"

에녹슨이 불쑥 물었다. 갑작스런 질문은 흥분에 찬물을 끼얹었다. 추위로 닭살이 오소소 돋아난 허벅지 위로 치마를 걸쳐놓은 리케가 침대 끝에 걸터앉았다.

"흠, 아직 진흙탕 속이죠."

리케는 둘 사이의 로맨틱한 기류가 바뀐 것에 실망했다.

"유력 용의자는 NNK의 우두머린데 북쪽으로 증발해버렸어요."

"그래도 수배 지시는 내린 거죠?"

"네. 하지만 아직 아무것도 나온 게 없어요."

"다른 단서도 전혀?"

"네……. 조금이라도 타당성이 있는 단서는 없어요."

"짜증나는 일이네요." 에녹슨이 투덜댔다.

"모레 있을 투표에 영향을 주지 않아야 할 텐데요."

그가 입버릇처럼 하는 말이었다. 그리고 그걸 주입한 건 바로 리케였다. 리케는 에녹슨의 걱정이 속내와 다르다는 것을 알고 있었다. 그는 국민투표가 실시될 것이라는 것을 확신하고 있었다.

오로지 자기 자신밖에 모르는 에녹슨은 리케가 최대한 선정적인 포즈를 취하고 있었는데도 알아차리지 못했다. 리케는 그가 권력의 정점에 오르게 될 날이 두려워지기 시작했다…….

"그 덴마크 형사로부터는 아무 소식 없어요?"

"아드리엔슨 말인가요?" 눈썹을 두드리며 리케가 말했다.

"북극권으로 바람 쐬러 갔죠."

"그래요? 원래 사건 해결을 도우러 온 줄 알았는데요?"

"맞아요. 그랬죠……. 그런데 해결은커녕 절 방해하잖아요. 그래서 다른 일로 바쁘게 만들어줬죠."

"어디로 보냈는데요?"

"카낙으로요."

"카낙? 지금 거기 눈 폭풍으로 난리라던데. 일루리삿 북쪽으로 가는 항공편은 죄다 결항이라죠."

"그래서 전화를 안 받나 보네요."

"적어도 당신은 편하겠어요."

"제 생각엔 그도 편할 거예요. 지금쯤이면 벽난로 앞에서 노닥거리고 있겠죠."

벽난로 열기를 언급해서 그런가? 에녹슨 안의 정치인은 사라지고 한 남자만이 남았다. 에녹슨은 리케에게 다가가 그녀를 침대 위로 눕혔다. 치마를 벗겨 방의 저편으로 던져버린 그는 리케의 가느다란 다리를 벌렸다. 그녀가 입은 평범한 속옷 안으로 구리를 연상케 하는 도톰한 체모가 비쳤다. 에녹슨의 취향에 맞춘 것이었다. 얇은 속옷을 손가락으로 들춘 그는 분홍빛 살결의 주름 위로 구불거리는 털을 감상했다. 잠시간 말없이 그것을 응시하던 그는, 이내 그를 매혹시키는 대상으로 얼굴을 들이밀었다. 그의 혀는 은밀함을 파헤칠 준비가 되어 있었다.

* * *

'차를 가지고 온 게 얼마나 잘한 선택이었는지!'

반드레후스의 연인은, 이번엔 길가를 향해 창이 나 있는 방을 잡았다. 그 덕에 몸을 숨길 만한 장소가 없었다. 크리스는 지난 미행에서 저질렀던 실수를 반복하지 않았다. 이번에는 초점거리가 긴 디지털 리플렉스 카메라를 단단히 챙겨왔다.

행운은 그의 편이었다. 성급한 연인이 블라인드를 치는 걸 깜빡했던 것이다. 자동차 앞 좌석 창문 아래까지 될 수 있는 대로 몸을 수그린 크리스는 방 내부를 렌즈에 담을 수 있었다. 반사광에도 캐논 LCD 액정에 떠오른 이미지는 알아보기 쉬웠다. 누구든 연인을 식별할 수 있었고, 그들의 몸짓엔 의심의 여지가 없었다. 쿠픽 에녹슨과 리케 에넬이 입을 맞추고 있었다.

파비아가 넘겨준 차기 정부 내각의 구성, 보호복 주문서, 에녹슨-패더슨 협상 장면을 찍은 사진 그리고 다른 몇 가지 물건에 이 증거까지 더하면, 카낙도 계속 신중한 입장을 고수할 순 없을 것이다. 리케 에넬과 쿠픽은 그들의 야심을 위해 그린오일 노동자 살인사건을 – 그들이 그것을 청부한 게 아니라면 – 덮으려 했던 것이 분명했다.

그들의 변절까지 증명해낸 지금, 증거는 이제 명백해졌다.

검시관은 소렌에게서 대화의 일정 부분이라도 도청할 수 있는 무언가를 훔쳐 오지 않은 걸 후회했다. 그게 일을 더 쉽게 만들어줬을지도 몰랐다. 하지만 사진도 나쁘지 않았다. 사진은 세상의 모든 문자보다도 훨씬 여론을 쉽게 움직일 수 있는 수단이었다. 크리스는 정의를 꿈꾸기 시작했다. 에넬과 에녹슨은 결국 아무것도 할 수 없을 것이다.

***

한스 에게데 호텔에는 상팔릭 레스토랑 외에도, 6층에 우아한 미국식 바, 스카이라인이 있었다. 24시간 내내 영업하는 곳이었지만 이른 아침이라 자리는 거의 비어 있었다. 검은 대리석 계산대 뒤에 선 바텐더는 영화 「샤이닝」*에 나오는 바텐더만큼 하염없이 손님을 기다리고 있었다. 해리 패더슨은 바둑판무늬 창문 가까이에 자리를 잡았다.

그는 전경을 즐기고 있었다. 기쁨을 혼자서 조용히 삼켜야 하는 건 슬픈 일이다. 하지만 지금처럼 꿈의 실현이 그의 코앞으로 다가왔던 순간이 또 있었나? 도중에 소소한 불미스러운 일들도 있었지만 모두 예상했던 것이었다. 큰 희생 없이는 열망하는 바를 이룰 수 없는 법이다. 물론 아르틱 페트롤리움에서 그가 보냈던 수년의 시간을 생각하면 그의 뒤를 이을 사장들은 행운아나 다름없었고, 그건 조금 억울하기도 했다.

---

* 스티븐 킹의 동명소설을 바탕으로 한 스탠리 큐브릭 감독의 스릴러 영화로, 폭설로 호텔이 고립되면서 서서히 미쳐가는 주인공의 광기를 그렸다.

하지만 석유 시장에 사사로운 감정은 필요없다. 최후의 유정에서 마지막으로 남은 한 방울의 석유까지 짜내지 않는 한, 땅에서나 바다에서나 삶은 늘 전쟁이나 다름없었다. 석유가 점점 고갈되는 요즘은 더없이 가혹했다. 이 전쟁에서 그는 할 수 있는 한 최대의 이윤을 뽑아낼 작정이었다. 그저 그런 석유회사의 간부로서의 삶은 이제 끝났다. 그는 그 자체로 걸어 다니는 석유회사가 될 것이다. 그리고 아마 세계에서 가장 많은 수익을 내는 회사가 될 것이다.

'이래도 그간의 우여곡절이 그럴 만한 가치가 없었다고?'

"패더슨 씨?"

음울한 목소리에 패더슨은 화들짝 놀랐다.

"아…… 네. 체르노브 씨 되십니까?"

"맞습니다."

"앉으세요. 약속 시간이 너무 이른 건 아니었는지 걱정이네요."

"전 잠이 적은 편입니다."

"플랫폼에서 일하던 습관인가 보죠?"

"네. 나이 때문이기도 하지요."

"그럼요, 그럼요. 뭘 드시겠습니까?"

"커피로 부탁합니다."

패더슨은 바텐더에게 에스프레소 두 잔을 마시는 시늉을 했다. 바텐더는 카운터 뒤에서 그린란드 인다운 바쁜 움직임으로 음료를 준비하기 시작했다.

"그래서……." 그가 먼저 입을 열었다.

"당신에게 그린오일은 과거에 불과한 거죠?"

"완전한 과거지요, 합의했던 대로. 어제저녁 뮐러에게 사직서를 제출했습니다."

"완벽하네요. 너무 놀라진 않던가요?"

"놀라기보단 똥 씹은 표정이었죠. 제가 떠나면 플랫폼이 재개되더라도 곧장 멈출지도 모른다고 걱정하더군요. 이별주도 한 잔 권하지 않더군요."

"아, 아! 훨씬 잘됐네요."

주문한 커피가 작고 동그란 테이블 위에 놓였다. 체르노브는 다급하게 커피로 손을 뻗었다. 두 모금을 연달아 마신 그는 어울리지 않게 소심한 아이처럼 말했다.

"그…… 제 계약은 어떻게 됩니까?"

"2주 정도만 더 기다려주세요. 절대 실망하지 않을 겁니다."

"뭐가 문젭니까?" 체르노브가 걱정스럽게 물었다.

"아르틱 페트롤리움 내부에서 의견 충돌이라도 있었던 겁니까?"

붉은 턱수염을 한 남자가 활짝 웃었다.

"아르틱 페트롤리움 내부엔 아무런 문제도 없습니다. 사실 이제 더는 아르틱 페트롤리움이 아니라……."

"네?"

"당신을 고용하는 건 아르틱 페트롤리움이 아닙니다, 세르게이. 제가 개인적으로 당신을 고용하는 거지요. 제가 제 가족과 함께 회사를 차릴 생각이에요."

"가족이요?"

체르노브는 다국적 기업과 손을 잡을 생각이었지만 상대방이 내민 건 평범한 가족경영 중소기업이었다.

"네. 설명하긴 좀 복잡해요. 매우 다양한 이유로 일단은 제가 직접 대표가 되어야겠더라고요."

그 말과 함께 패더슨은 스마트폰을 꺼내 로고처럼 생긴 사진을 하나 보여주었다. 하얀색 석유통을 배경으로 검은 곰이 그려져 있고, '폴라블랙'이라고 쓰여 있었다. 놀랍게도 그린란드의 문장과 비슷했는데 아마 의도한 것 같았다. 국가 자원에 검은 손을 댈 명분을 마련하기 위한 방법으로 보였다.

"지금 농담하시는 겁니까?" 체르노브가 화를 내며 말했다.

"제가 농담하는 것 같나요? 제 지원이 장난 같아요? 당신과 내가 여기까지 올 수 있도록 그들이 무슨 짓을 했는지 봤잖아요?"

"그럼……." 체르노브가 이를 갈며 말했다.

"샌포드와 아르틱 페트롤리움 이사진도 이 모든 사실을 알고 있습니까?"

아르틱 페트롤리움을 삼십 년 넘게 경영해오고 있는 전설의 CEO, 지미 샌포드Jimmy Sandford가 만약 그의 배신행위를 알고 있었다면 패더슨은 벌써 박살났을 거였다.

"침착해요, 친구. 이 주만 더 있으면 개발권이 내 것이 될 거고, 당신은 그린란드의 모든 폴라블랙 플랫폼을 운영하는 CEO가 될 겁니다."

"정확히 말하자면 칸게크 플랫폼 하나지요."

"네. 거기서부터 시작할 거예요. 하지만 나와 내 친구들이 고작 그걸로 만족할 거라 생각하는 건 아니겠죠?"

"어딜 생각하는 겁니까? 디스코?"

"디스코도 그중 하나죠. 당신의 조건은 아직 이야기하지도 않았어요. 쥐꼬리만 한 월급은 이제 안녕이에요. 저와 함께 공동경영자가 되는 거죠!"

"공동 경영자요?!"

그 말에 거대한 덩치의 러시아 인은 충격을 받은 듯했다.

"계약서에 서명을 하자마자 실물 주식의 5퍼센트를 갖게 될 겁니다. 그뿐만 아니라 근속 연수에 따라 배당되는 우선순위의 스톡옵션까지. 만약 당신과 내가 원하는 만큼 석유를 뽑아낼 수 있다면, 일 년 안에 당신은 떼부자가 될 거예요. 칸게크만으로도요. 그런데 두세 개의 코끼리를 풀가동한다고 생각해봐요!"

체르노브의 표정이 차분해졌다. 그의 설득이 통한 것이었다. 패더슨의 승리였다.

"이제 어떻습니까? 뮐러나 염병할 아르틱 페트롤리움이 줄 수 있는 푼돈보단 훨씬 구미가 당기는 제안 아닌가요?"

체르노브는 이미 부호가 되어 모스크바로 돌아가는 상상을 하고 있었다. 여러 대의 스포츠카, 거대한 별장들, 얼마 전까지만 해도 말도 붙이지 못했던 수많은 우크라이나 모델들과 한 침대를 쓰는 상상. 사랑받지 못한 카자흐스탄 혼혈 네스티의 반격이었다. 이고르는 그를 자랑스럽게 여겼을 것이다.

해리 패더슨은 커피에는 손도 대지 않은 채 말했다.

"제 계획은 모두 당신에게 달려 있어요. 당신의 능력, 경험 그리고 권위가 없으면 제 플랫폼은 빈껍데기일 뿐이에요. 텅 빈 고철에 불과하다고요. 폴라블랙에 필요한 인재는 오직 당신뿐이에요. 저도, 우리의 정치가 친구들도 아니라 바로 세르게이, 당신이요!"

42

    카낙은 원칙적으로 술이 금지된 곳이었지만 마을 주민들은 숙취와 함께 잠에서 깼다. 카직에서 밤늦게까지 마신 밀수입 맥주는 아푸티쿠를 단숨에 고꾸라뜨렸다. 분명 허용 도수를 넘긴 게 분명했다. 그는 방 안에 들어오면서 아래층 침대에 그의 동료가 없다는 사실도 알아차리지 못했다. 머리카락 끝까지 지끈지끈한 두개골을 부여잡고 잠에서 깬 아푸티쿠는 전날 마사크가 단정하게 정리해놓은 카낙의 이불보가 여전히 그 상태를 유지하고 있는 걸 발견했다.

    "혹시…… 카낙이 일어난 걸 봤나요?"

    김이 나는 커피를 두고 테이블에 앉은 아름다운 이누이트는 손님의 실종에도 개의치 않아 하는 듯했다.

    "아뇨."

    "어제 들어왔나요?"

    "아뇨."

    "제길……."

"다 큰 어른 아닌가요?"

그녀가 부드러운 미소를 지으며 말했다. 아푸티쿠는 눈썹을 찡긋하며 그 말에 동의했지만 온전히 마음이 놓이는 건 아니었다. 아푸티쿠는 아래 층 채광의 주요 원천인, 외부로 돌출된 창문을 통해 폭풍이 꼬박 하루 동안 휘몰아친 거리의 전경을 감상했다. 전국적인 뉴스 채널인 KNR1이 말했던 것처럼, 그야말로 덧없는 얼음의 마을이었다. 울타리만큼 높이 쌓인 눈더미와 깊고 불투명한 선이 지붕을 타고 내려오며 생긴 고드름이 선사하는 풍경은 개념예술 작품 속에서나 볼 수 있는 것이었다.

휴식을 권하는 날씨였지만 아푸티쿠는 처음으로 제대로 옷을 갖춰 입고 밖으로 나섰다. 매서운 추위로 사고회로가 정지되기도 했으나 시간이 조금 지나니 오히려 추위는 자극제가 됐다. 슈퍼마켓인 필렁수이속Pilersuisoq 광고판 앞에 다다랐을 때, 아푸티쿠는 카낙이 몸을 피할 만한 곳 – 마을회관? 교회? 학교? 어쨌거나 우죽의 오두막집은 아니겠지? – 을 짐작해보다가 관뒀다. 대신 그는 그의 보스가 슬그머니 사라졌던 그날 밤의 기억을 떠올렸다. 누크에서의 그날 밤에도 카낙은 후안 리앙의 방갈로에서 혼자 있고 싶어 했다.

그는 카낙이 왜 그랬는지 이해할 수 있었다. 바다표범 사냥꾼도 빙산으로 사냥을 떠날 때면 꼭 그렇게 하곤 했다. 자연과 하나가 되어, 바람과 있을 땐 바람이, 안개와 있을 땐 안개가, 얼음 속에서는 얼음이 되곤 했다. 그건 겁이 많은 동물에게 최대한 가까이 다가가기 위한 것이었다.

그러나 애석하게도 얀세의 집은 텅 비어 있었다. 거리에서 마주친 몇몇 용기 있는 마을 사람들 중 그 누구도 전날 저녁, 노래 경연 이후로 사라진 단스킷 피넝룻타리시치속danskit pinerluttaalisitsisoq, 즉 '덴마크 형사'를 본 사람은 없었다.

티킬의 집 앞에 도착한 아푸티쿠는 문이 바람에 이리저리 여닫히는 모습을 보고 뭔가 좋지 못한 일이 벌어졌음을 직감했다. 물론 이누이트 전통에 따라 북극권 사람들은 문을 잠그지 않았다. 그렇다고 문을 활짝 열어놓는 일은 없었다. 특히 이런 한겨울에 그리고 북극권에 속하는 이런 곳에서는 더더욱. 집 내부의 온기는 소중히 보존해야 할 자산과 같았다.

아푸티쿠는 마치 성역에 들어가는 것처럼, 집 안으로 살금살금 들어갔다. 가장 먼저 그의 눈에 들어온 것은 엉망이 된 집 내부와 저항의 흔적이었다. 무엇보다 끈적끈적한 액체가 묻은 부지깽이가 눈에 띄었다. 하지만 카낙이 이곳에 있었음을 알려주는 건, 핏자국이 찍힌 바닥 위에 흩어진 그의 개인적인 물품들이었다. 가장 먼저 추위로 방전된 스마트폰이 보였다. 아푸티쿠는 암호를 알지 못했다. 그로부터 몇 걸음 떨어진 곳에서는, 흠집이 났지만 여전히 작동이 되는 카낙의 카메라도 뒹굴고 있었다.

"블레이드잖아."

아푸티쿠가 걱정과 존경을 담아 말했다. 카낙은 그가 애지중지하는 카메라와 결코 떨어지는 법이 없었다. 이렇게 내버려두고 어딜 갈 리가 없었다. 아푸티쿠는 카메라 사용법을 전혀 몰랐다. 하지만 DVD 재생 버튼과 비슷하게 생긴 세모 모양의 버튼을 눌러보는 게, 가장 논리적인 시도로 보였다. 망가진 LCD 화면은 희뿌연 이미지를 뱉어냈다. 조금의 시간이 지나자 마지막으로 찍힌 사진이 나타났다.

사진은 흐릿하고 어두웠다. 하지만 그건 매우 가까이에서 찍은 북극곰의 입이었다. 물론 진짜가 아니라 가짜 입이었지만 매우 끔찍해 보였다. 기계로 재현한 악몽 같은 나누크의 화신과 그의 악랄한 영혼이 포착되어 있었다. 아푸티쿠는 떨리는 손가락으로 카메라를 껐다. 너무나도 두려웠지만 우죽에게 이걸 보여줘야 했다. 카낙이 사라졌다. 마을의 노련한 경찰이라면 그를 찾을 수 있을 것이다.

"흠……."

아직도 술에서 깨어나지 못한 우죽이 중얼거렸다. 그는 자신의 단잠을 깨운 아푸티쿠가 조금도 반갑지 않았다. 전날의 마을 수색도 여전히 탐탁지 않았다. 그래서 별것도 아닌 것에 소란을 피우는 아푸티쿠에게 화가 나기 시작했다. 우죽이 전날 입었던 와데르 – 이곳에서 겨울이면 모두가 입는 부츠와 방수 작업복이다 – 를 여전히 입고 있는 걸로 봐선 어젯밤에 단숨에 곯아떨어진 것 같았다.

"그냥 산책하러 갔을 수도 있잖아요."

우죽이 불쾌한 기색을 숨기지 않으며 말했다.

"산책이요?"

결코 화를 내는 법이 없던 아푸티쿠가 날카롭게 말했다. 그가 드러내는 건 명백한 악의였다.

"네. 보세요……. 오늘은 날씨도 좋잖아요."

"카낙은 절대 스마트폰과 카메라를 두고 **산책**을 갈 사람이 아니에요. 제 생각엔……."

"당신이 뭘 안다고 그래요? 당신이 그의 보모라도 됩니까?"

우죽이 빈정거렸다.

그때, 어젯밤 단세믹에서 함께 어울렸던 마을 주민이 집 안으로 불쑥 들어왔다. 티킬의 남동생, 카바작Kavajaq이었다.

"우죽! 우죽! 이리로 와보셔야겠어요. 당신의 개들이 사라졌어요."

"뭐? 어떤 녀석이?"

"모두 다요!"

"뭐? 그게 말이 되나? 분명 어제 자기 전에는 있었는데⋯⋯."

"지금은 없어요." 남자가 소리쳤다.

"당신의 썰매도 함께 없어졌어요!"

썰매 개들은 비록 자살행위나 다름없을지라도, 주인과 함께 대륙빙하의 중심으로 여정을 떠날 수 있었다. 굶주림에 시달려 서로 잡아먹었을 수도, 멍청한 나그네쥐떼처럼 줄지어 얼음 바다에 빠져 죽을 수도 있었다. 하지만 주인의 명령 없이 썰매를 끌고 출발하는 경우는 결코 없었다. 수백 년에 걸쳐 그린란드의 개들은 썰매 주인의 명령에만 복종하도록 프로그래밍이 되어왔다. 그런 썰매 개들이 빈 썰매를 끌고 충동적으로 떠나는 건, 아무리 만취한 이누이트 사냥꾼이라도 상상할 수 없는 일이었다.

"그게 대체 무슨 소리야?!"

우죽은 미친 사람처럼 집 밖으로 뛰쳐나갔다. 길거리를 급히 내다본 그는 전날 밤 그가 썰매를 두었던 곳을 기억하려는 듯했다. 그의 집은 카직과 멀리 떨어져 있지 않고, 집에서 몇 걸음 떨어지지 않은 그곳에 썰매를 두었던 것이다. 하지만 지금 그곳엔 개 발자국과 썰매 날의 흔적만이 남아 있었다.

"이런 미친 CR7!" 그가 욕설을 뱉었다.

"내 그 새끼가 정상이 아니다 했어!"

"어…… 제가 보기엔 사람을 잘 따르던데요."

카바작을 따라 나온 아푸티쿠가 말했다.

"누구를 잘 따른다는 겁니까?"

"카낙 말이에요."

"카낙?" 그의 얼굴이 분노로 빨갛게 달아올랐다.

"그 인간이 내 썰매를 훔쳤다, 이 말입니까?"

"훔친 게 아니라 누군가 혹은 뭔가를 사냥하러 간 게 아닐까요?"

그 말을 뒷받침하기 위해 아푸티쿠는 곰을 찍은 사진과 함께 자신의 가설을 들려주었다. 범죄 현장으로의 잠입, 괴물에 의한 공격과 추격, 유난히 카낙을 잘 따랐던 CR7 그리고 카낙이 썰매를 직접 끌고 나갔을 거란 것까지.

"말도 안 돼요! 그 덴마크 인은 빙산을 전혀 몰라요! 만약 그게 사실이라면, 두 그라울러 사이에 껴서 벌써 죽었을 겁니다!"

그라울러란 움직이는 100톤 이하의 작은 빙산으로, 이동 속도가 빨라서 그 사이에 샌드위치처럼 끼는 사고가 많이 일어나곤 했다. 곰 다음으로 사냥꾼에게 가장 위험한 적이었다.

"그 전에 먼저 익사하지 않았다면 말이죠."

카바작이 덧붙였다.

"제가 썰매를 몰 줄 알아요. 제가 찾으러 가겠습니다."

'네가?'

두 남자의 놀란 눈이 그렇게 말하는 듯했다.

"제가 첫 바다표범을 잡은 게 열두 살 때였어요." 아푸티쿠가 말했다.

"여긴 일루리삿이 아니에요. 관광객을 위한 빙산과는 차원이 다르지요. 저도 회의적으로 생각하고 싶은 건 아니지만 밤에 떠났는데 여태까지 소식이 없다는 건……."

모두가 알고 있었다. 북극의 한겨울에 경험도 없고, 장비도 갖추지 못한 사람이 살아 있을 확률은 거의 제로에 가까웠다. 게다가 아무리 노련한 자라도 형사를 구하기 위해 대륙빙하로 떠날 사냥꾼은 없을 터였다. 인명을 구조해야 한다는 의무보다 이틀 연속으로 눈 폭풍이 몰아친 이후에, 그들 앞에 닥칠 위험에 대한 걱정이 더 앞섰다. 한 사람을 구하자고 여럿의 목숨을 위태롭게 만드는 건 안 될 일이었다. 단념에 가까운 조용한 침묵이 내려앉았다. 카바작이 불쑥 말했다.

"제 걸 빌려드릴 순 있어요."

"당신의 썰매를요?"

"그리고 제 GPS도요. 최근에 산 거예요."

"투피나라Tupinara! 정말 고마워요!"

감격에 목이 멘 아푸티쿠가 외쳤다.

우죽은 좋지 못한 예감이 드는 걸 느꼈다. 하지만 아푸티쿠가 그런 장비로 위험한 여정을 떠나는 것을 말릴 근거를 찾지 못했다. 아푸티쿠는 흥분과 초조함으로, 어색한 미소를 짓고 있었다.

"혹시 빙산 위에 썰매를 숨길 만한 곳을 아세요?"

아푸티쿠가 자신의 은인, 카바작에게 물었다.

"숨기다뇨?"

"잠시 썰매를 숨길 수 있는 곳이요. 만약 누가 뒤를 따라올 때 흔적을 감추기 위해서 말이에요."

"빙구 뒤가 아니면 모르겠네요……. 쉴 새 없이 불어오는 광풍 때문에 그곳보다 더 높은 지형은 없을 거예요."

카바작은 허리춤에 한 손을 짚었다.

"좋아요……. 하지만 만약 당신이라면, 당신이 개들과 함께 도망쳐야 한다면 어디로 갈 건가요?"

아푸티쿠는 카낙처럼 초조함으로 한숨을 내쉬었다. 고작 며칠 함께 지냈을 뿐인데 카낙에게 영향을 받았던 것이다.

"저라면 가장 불안정해 보이는 빙산이 있는 곳으로 갈 것 같네요."

카바작이 대답했다.

"왜죠?"

"그래야 절 쫓는 사람이 계속 절 쫓지 못할 테니까요. 그래야 제게 조금이나마 유리할 거예요."

"빙산이 불안정한 곳이 어딘가요?"

"곰의 영역이죠."

"여기서 먼가요?"

"한 시간 정도 떨어진 곳이에요."

카바작은 아푸티쿠에게 그의 작은 GPS 화면에서 좌표를 읽는 방법을 알려주었고, 썰매와 개들에게 적응할 수 있도록 도와주었다. 개들은 아푸티쿠만큼이나 설원으로 떠나고 싶어 안달이 난 것 같았다. 결전의 날 탈의실에서 느껴지는 흥분처럼, 개들은 서로의 몸 위로 뛰어오르며 짖어대고 있었다. 그들 주위로 호기심 어린 군중들이 모여들었다. 대부분은 '가짜 이누이트'가 승산 없는 구조를 떠나기 위해 준비하는 모습을 즐겁게 바라보고 있었다. 도망자가 이곳 출신이 맞는다면 아푸티쿠는 성공할 확률이 없었다.

"물탱크 아래에 이틀 분량의 식량이 있어요." 그의 새로운 친구가 말했다. "총도 넣어뒀고요."

다른 건 더 필요하지 않았다. 아푸티쿠는 그의 메시지를 이해했다. 그가 자신을 이렇게 물심양면으로 도와주는 이유를 알 것도 같았다. 카바작이 그에게 바라는 건 티킬과 얀세를 죽인 범인을 잡아, 다른 절차를 밟지 않고 바로 정의를 구현하는 것이었다. 한편으로는 그가 동행하겠다고 하지 않는 것이 놀라웠다.

'그는 뭘 두려워하는 걸까? 그를 찌푸린 눈으로 노려보는 우죽의 분노를 사는 것? 그게 아니면 사냥터에서 한 사람의 목숨을 희생시키는 일로 실라를 화나게 만드는 것?'

그러나 지금은 마을에서 벌어지는 의미 없는 말싸움은 중요하지 않았다. 더 늦기 전에 어서 떠나야 했다. 매분 매초가 소중했다. 아푸티쿠는 썰매의 뒷날 위로 뛰어올랐고, 출발과 함께 썰매가 요동칠 때 떨어지지 않도록 썰매에 배를 바짝 붙였다. 어릴 적, 아버지로부터 배운 것이었다. 그러고는 채찍질과 함께 명령을 내렸다.

"카아 카아! 카아 카아!"

43

IMG_2263 / 10월 29일
구멍에 빠진 다리를 그린 그림

곰은 그를 죽이려는 게 아니었다. 그에게 벌을 주고 싶었던 것이었다.

눈을 뜬 카낙에게 두 가지 고통이 밀려왔다. 하나는 권총 손잡이 부분으로 가격당한 두개골에서 치아까지 이어지는 두통이었고, 다른 하나는 하반신에서 느껴지는 이상한 감각이 몸 전체로 퍼지는 것이었다.

카낙을 공격한 자가 그를 어떠한 상황 속에 내버려두었는지 깨닫는 데는 꽤 오랜 시간이 걸렸다. 뭔가 묵직한 것에 짓눌린 것 같은 그의 오른다리가 그가 떨어진 아글루 속 깊숙이 박혀 있었다. 벌써 얼음이 허벅지를 뒤덮고 있었다. 발부터 사타구니까지 느껴지는 추위가 너무도 강력한 나머지, 근육은 아무런 감각이 없었다. 그것과 비교하면 머리를 조여오는 추위는 간지러운 수준에 불과했다.

머지않아 그는 빙산의 영원한 죄수가 되고, 그의 살은 얼음에 의해 괴사되고 말 것이다. 구멍의 가장자리를 붙들고 온 힘을 다해 빠져나가려고 애를 써봤지만 그의 몸은 겨우 손톱만큼 움직였을 뿐이었고, 그가 포기하고 힘을 빼면 다시 제자리로 돌아왔다. 거기서 그를 빼내려면 장비를 갖춘 여러 명이 달려들어야 했다.

'얼어붙은 곰의 턱은 대체 왜 나를 그렇게 쉽게 놓아줬던 걸까?'

머릿속에서 멈추지 않는 그 생각은 고통보다 더 끔찍했다. 범인은 그의 고통을 옆에서 지켜보려 하지 않았다. 그는 카낙이 천천히 오래 고통을 받도록 내버려두는 편을 택했다.

그에게 벌을 주기 위해서. 혹은 '누나'가 직접 그를 벌하도록 하기 위해서.

그는 도움을 요청하는 걸 관뒀다. 무슨 소용이란 말인가? 두꺼운 안개는 그에게 고집스러운 침묵만을 들려주었다. 그 사이로 흰 광풍이 내는 울음소리가 들려왔다. 카낙은 추위와 고통으로 홀로 죽어갈 것이다. 카낙은 둘 중 어느 것이 그의 사인이 될지 궁금해지기 시작했다.

서서히 졸음이 밀려왔다. 죽음이 지척에 다가와 있었다. 이상하게도 몽롱해지는 의식 속에서 뭔가가 번득였다. 여전히 그는 이해하고 싶었다. 마을 수색으로 인해 불안감을 느낀 범인이 공격 태세로 전환한 것이었다. 그들이 소기의 목적을 달성했다는 신호였다. 그렇다면 범인은 대체 누구일까?

'우죽?'

은퇴를 앞둔 경찰이 말도 안 되는 욕망 때문에 소중하게 얻어낸 휴식을 제 발로 걷어찬단 말인가? 그가 세상을 보는 시각과 마을을 지키고자 하는 욕망은 NNK의 사명과 크게 다르지 않았다. 그렇다고 살인을 한단 말인가? 티킬의 집에서 그에게 달려들었던 괴물은 곰보다는 가벼웠지만 60대 남성의 몸이라기엔 훨씬 더 건장했다.

'올리?'

아버지의 지위를 뻔뻔하게 이용하는 오만한 희대의 사기꾼이지만 그에 겐 명확한 알리바이가 있었다. 얼음 속에 갇힌 다리에서 콕콕 찌르는 통증 이 느껴졌다.

'추위가 나의 심장을 단숨에 멈추게 할 수도 있을까? 저체온증 쇼크와 비슷할까?'

카낙은 폴라리스원의 바닷물 속에서 건져냈던 가엾은 롱의 오그라든 몸 을 떠올렸다.

'또 누가 있지?'

NNK의 우두머리, 아누락툭이 남아 있었다. 하지만 그는 10월 25일과 26일에 이곳으로 오지 않았다. 에어 그린란드의 토비아스가 확인해준 사실 이었다. 스노모빌을 타더라도 이틀 만에 누크에서 카낙까지 1천 6백 킬로 미터를 이동하는 건 불가능했다. 대답을 찾지 못한 혼란스러운 질문들이 뒤죽박죽 겹쳐졌다.

'이 덫에 빠진 지 얼마나 됐을까? 신체 전부가 아닌 일부만 얼음물에 잠 긴다면, 이론상의 생존 시간인 십오 분보다 더 오래 연명할 수도 있는 걸까?'

그 순간 마사크의 얼굴이 다시 떠올랐다. 그는 서둘러 그녀의 얼굴을 지 워버렸다.

'마사크는 안 돼.'

그녀 역시 그에겐 고통이었다. 카낙은 절망감으로 다리 주변으로 퍼지고 있는 얼음을 내리쳤다. 그의 주먹만큼이나 묵직한 얼음은 꿈쩍도 하지 않 았다. 불투명한 얼음은 이미 너무도 단단해져 있었다.

사고는 멈췄고, 눈물은 얼어붙고 있었다. 그때 머릿속으로 속담 하나가 떠올랐다.

'더위와 추위는 모두 같은 입에서 나온다.'

물론 비유적인 표현이었다. 하지만 지금 이 순간 카낙은 그것이 문자 그대로 사실이길 바랐다. 얼어붙은 입에서 따뜻한 구원의 숨결이 솟아 나오기를. 빙산이 그를 뱉어내기를.

"더위와 추위는 모두 같은 입에서 나온다. 더위와 추위는 모두 같은 입에서 나온다. 더위와 추위는 모두 같은 입에서 나온다."

카낙은 두 눈을 감았다. 헛된 주문을 외웠다. 말도 안 되지만 정신을 잃는 것보다야 나았다. 지금은 몇 시일까? 아침은 되었을까? 저주받은 극야 속에서는 햇볕이 얼음을 녹여주길 기대할 수도 없었다.

몇 개월 전, 소위 아이스맨이라 불리는 빔 호프Wim Hof에 대한 르포타주를 우연히 본 적이 있었다. 오십 대의 네덜란드 인은 극한의 추위 속에서 생존 신기록을 세웠다. 인도인 요가 수행자에서 영감을 받은 호흡법 덕분에 그는 얼음물 속에서도 실오라기 하나 걸치지 않고 한 시간 이상을 버틸 수 있었다.

하지만 카낙은 이제 오 분 이상, 같은 생각을 할 수 없었다. 이리저리 변하는 기분만큼 몸을 통제하는 게 점점 어려워지고 있었다. 구원을 기대하기엔 이미 너무 늦은 것이었다.

"더위와 추위는 모두 같은 입에서 나온다!"

결국 그는 소리를 지르기 시작했다. 오랫동안 목이 터져라 외쳤다. 그저 목 안의 타는 듯한 고통을 느끼기 위해서였다. 이 미약한 불이 그의 몸 안에서 숯처럼 타올랐다. 아무 소용이 없었다. 고통스럽기만 했다. 그러나 한편으로는 위안이 되었다. 서너 번째 고함을 지른 뒤였을까, 그는 성대를 달래기 위해 장갑으로 얼음을 조금 집어삼켰다. 그는 프리무스 희생자들의 닭 인 혀를 떠올렸다.

'그들도 고통을 달래고자 얼음을 먹었던 걸까? 아푸티쿠가 이누이트 사 냥꾼에 대해 뭐라고 했지? 빙산으로 사냥을 떠났을 때, 그들은 결코 고독을 느끼지 않는다고 했나?'

그는 선조들의 영혼이 그들의 곁을 지켜준다고 했다. 하지만 그의 주위 는 텅 비어 있었다. 고통에 찬 그의 신음만이 들릴 뿐이었다. 그에게 희망을 줄 수 있는 건 어디에도 없었다.

그는 조금씩 자신의 영혼이 몸을 떠나는 걸 느꼈다. 그때 빙산이 그에게 최후의 선물을 보내주었다. 순백의 설원에서 얼음으로 된 신기루가 피어올 랐다. 그는 그것이 환각이라는 걸 알고 있었다. 반쯤 감긴 눈꺼풀 사이로, 가 장 가까운 일이 미터 정도 높이의 빙구에서 이상하리만큼 커다란 형태가 나 타나는 게 보였다. 마치 밤중에 떠다니는 얼어붙은 거품처럼 말이다. 무교 인 카낙은 옌스와 엘스를 위해 기도하기 시작했다. 그들을 돌봐줄 플로라 를 위해서도 기도했다. 여기까지 와서 그들에게 흔하디 흔한 기념품도 보내 주지 못했다는 사실이 후회스러웠다. 흰올빼미 솜 인형조차 사지 못했다.

"아빠? 아빠!"

그의 귀에 두 아이의 목소리가 들렸다. 끝을 향해 축 늘어진 그의 무거운 머리가 가슴팍으로 힘을 잃고 떨어졌을 때, 울음소리가 들려왔다. 점점 가 까워지고 있었다.

'진짜일 리 없어……'

낑낑거리는 소리가 그를 향해 다가오고 있었다. 암흑 속으로 보이는 건

눈가루가 약간 휘날리는 것뿐이었지만 구름 사이로 흘러나오는 소리는 진짜처럼 생생했다. 썰매 개들이었다.

"CR7!" 카낙이 소리쳤다.

"CR7! 여기야!"

몽롱해지는 의식 속에서, 먼 거리에도 그를 향해 다가오는 개의 무리가 우죽의 것이 아니란 사실을 알 수 있었다. 선두에 선 개가 미친 듯이 짖어대고 있었다. 그건 CR7이 아니었다. 남자 한 명이 한 손에 총을 들고 썰매의 뒷날에 자리잡고 있었다.

"흐아낙! 흐아낙!"

썰매가 다가올수록 목소리는 더 선명해졌다. 그리고 더 익숙해졌다.

"아푸티쿠?" 잘 움직이지 않는 입술 사이로 카낙이 중얼거렸다.

"아푸!"

썰매에서 내린 이누이트가 그를 향해 달려왔다. 그가 뛰는 모습을 본 건 처음이었다. 하지만 그에게 다가온 아푸티쿠는 빙산에 단단히 박혀 얼음 조각이 된 그의 상태를 보고 그 자리에 못 박힌 듯 섰다. 그는 망연자실하게 고개를 떨어뜨렸다.

"여기서 날 꺼내줘요." 카낙이 간청했다.

"용접기가 없어요……. 불을 피울 것도 없고요. 제가 가진 거라곤 곡괭이뿐이에요."

카바작은 식량과 총이 필요할 거란 건 알았다. 새로 산 최신식 GPS도 주었지만 단단하게 굳은 인간의 몸을 빼야 할 도구를 챙길 생각은 전혀 하지 못했다.

"그럼 곡괭이를 들고 어서 이 망할 얼음을 깨면 되잖습니까!"

"다리 주변을 내리쳤다간…… 다리도 같이 날아갈 수 있어요."

아푸티쿠가 한숨을 쉬었다.

"젠장! 아무 감각도 느껴지지 않는단 말입니다!"

"무슨 말인지 몰라요? 그렇게 했다간…… 다리가 절단될 수 있어요."

카낙은 알고 있었다. 화석처럼 굳은 왼다리가 곡괭이에 의해 잘려 나갈 것이라는 걸. 그의 다리가 저 깊은 바닷속으로 잠겨, 그린란드 상어떼의 먹이가 될 것이다.

"상관없습니다! 얼른! 그게 아니면 난 이 구멍 안에서 죽습니다! 알아들어요? 난 당신이 잡은 바다표범처럼 처참하게 죽고 싶지 않다고요! 난 바다표범이 아니야!"

카낙은 눈물을 흘리고 있는 친구의 눈을 바라보았다. 눈물이 곧 얼음으로 변했다.

"당장 이 다리를 뽑아달라고!"

44

"KNR 틀어보세요!"

"뭐라고요?"

파비아 랄슨은 예고 없이 유리로 된 커다란 사무실로 급히 들어왔다. 가쁜 숨을 내쉬고 있었다.

"얼른요! 텔레비전 켜요!"

그가 이런 행동을 하는 거로 보아, 상황이 꽤 심각한 것 같았다. 쿠픽 에녹슨은 서류 더미 속에서 리모컨을 찾아 텔레비전을 켰다.

속보였다. 그리고 화면에는 붉은 턱수염의 사내가 보였다. 그는 폴리티 가든의 두 경찰관에 의해 수갑을 찬 채로 연행되고 있었다. 소리는 잘 들리지 않았으나, 화면 오른편의 아나운서가 사건을 요약해 전하고 있었다. 해리 패더슨은 누크 경찰서의 하늘색 계단 앞에서 열린 기자회견 이후, 지금으로부터 불과 몇 분 전에 잡힌 것이었다.

　　　　……아르틱 페트롤리움 그린란드 지사의 현 대표인 패더슨이 그

의 경쟁사인 그린오일 노동자 살인사건에 대해 자신의 죄를 자백
했습니다…….

화면 밖으로 리케 에넬의 실루엣이 얼핏 보였다. 그녀는 늘 똑같은 어두
운 색의 정장을 차려입고 있었다. 매우 긴장한 듯 보였다.

"이게 뭔 개소립니까?"

에녹슨은 누군가 명치를 세게 가격하기라도 한 듯이 컥컥거리며 말했
다.

"모르겠어요. 너무나 갑작스러운 일이라서……. 여기저기서 보도되는
중이에요. CNN에서도요."

해리 패더슨은 경쟁사 그린오일의 노동자 거주지에서 발생한 네
건의 살인을 청부한 것이 자신의 단독범행이라고 주장하고 있습
니다. 그의 범행 동기는 칸게크 지역의 석유 개발권을 뺏어오기 위
한 것이라고 밝혔습니다.

어떻게 국가의 미래에 필수적이고 역사적인 계약을 에너지부 차관과 체
결한 바로 다음 날에 경찰서를 찾아갈 수 있단 말인가?

……이를 위해, 극우 성향의 민족주의 단체인 NNK의 두 지지자인
아누락툭 네메닛소크와 누파키 니칼룬가넥을 고용해 살인을 청부
한 것으로 보입니다. 이들은 현재 도주 중이며, 당국은 모든 경찰을
동원해 이들을 활발히 수색하고 있습니다.

완전히 미친 소리였다. 물론 그들의 협상이 약간 강압적으로 이뤄지긴 했으나 분명 해리 패더슨도 만족했다. 공식 입장 발표를 고작 몇 시간 앞두고, 이런 정신 나간 짓을 하다니? 곧 칸게크 개발권을 아르틱 페트롤리움에게 재배당하겠다는 발표가 있을 예정이었다. 에녹슨은 그날 아침, 발표문을 직접 확인했다. 그에 따른 모든 정치적인 공이 오직 그에게만 돌아가도록, 킬센 정부의 이름은 단 한 글자도 언급되지 않도록 만전을 기했다. 하지만 그 모든 노력이 수포가 됐다.

창백해진 에녹슨이 다시 정신을 차리고 입을 열었다.

"아르틱 페트롤리움 토론토 대표에게 전화 연결하세요. 지미 샌포드."

"샌포드, 빅 보스 말입니까?"

"네. 다른 사람 말고 샌포드에게 말입니다. 알겠어요?"

파비아 랄슨은 옆 사무실로 사라졌다. 일 분 후, 커다란 유선전화기에서 소리가 울렸다. 에녹슨이 수화기를 들었다.

"좋은 아침입니다, 지미."

"좋은 아침입니다, 쿠픽." 수화기 너머로 중후한 목소리가 대답했다.

"해리가 우릴 구렁텅이로 빠트렸네요."

에녹슨은 전화기의 선을 초조하게 만지작거렸다. 그는 당장이라도 폭발할 것만 같았다. 그의 분노 혹은 두려움을 자연스럽게 표출하는 건 지미 샌포드와 같은 상대방과 통화할 때는 잠시 미뤄야 했다.

"우리 변호사들이 길길이 날뛰고 있습니다. 지금 우리 응접실에 사무실을 꾸렸어요. 줄무늬 넥타이를 맨 사람들이 축제를 연 거나 다름없지요."

그의 말엔 날이 서 있었지만 별로 당황한 것 같진 않았다. 에녹슨이 상상했던 것만큼 패닉에 빠진 것 같지도, 에녹슨만큼 놀란 것 같지도 않았다.

"토론토에서 제일 유능한 변호사들이겠네요."

"그들이 받는 시간당 수임료를 보면 세상에서 제일 유능해야 할 겁니다." 그의 목소리에서 만족감이 느껴졌다.

"그러시겠죠. 실례가 안 된다면 그들이 뭐라고 하는지 물어봐도 되겠습니까?"

"오! 그런 타입이 있죠? 모르몬교나 퀘이커교 사람들 말입니다. 아직도 엄마에게 화장실 가도 되는지 물어보는 그런 부류입니다."

"그렇군요……. 그래서 그들이 뭐라 조언하던가요?"

"뭐, 서두를 것 없다더군요. 물론 아르틱 페트롤리움과 이 불행한 사건 사이의 연관성을 부인하는 입장 표명을 먼저 해야겠지요. 늘 하는 그런 말들 있잖아요. 가엾은 패더슨과 그의 **나약함**을 감동적으로 표현할 방법도 생각해내야겠죠. 그간 막중한 책임감 때문에 그가 이런 일을 벌였을 거란 걸 인정하고, 항우울제 처방전이나 정신과 상담 기록 같은 것도 찾아내야 할 겁니다. 하지만 무엇보다도……."

지미 샌포드는 그의 문장을 끝마치지 않고 길게 뜸을 들였다.

"일단은 기다려봐야겠죠."

"저…… 죄송하지만 지미, 제가 제대로 이해한 것 같지 않군요. 뭘 기다린다는 겁니까?"

"그쪽 상황이 바뀌기를 기다려야 한다는 거죠. 이런 게임에선 누가 죽고 누가 살지는 끝까지 가봐야 아는 거니까요."

그의 은유는 오싹하게 들렸다. 에녹슨은 침을 꿀꺽 삼켰다.

"칸게크 개발권에 대한 우리의 계약은요?" 그가 어렵게 말을 꺼냈다.

"프로스펙틴과는 어디까지 진행됐나요?"

"무슨 계약이요? 계약서에 서명이라도 한 겁니까?"

에녹슨은 이제야 깨달았다. 그들은 기밀 유지를 위해 별도의 서류를 작성하지 않았다. 그러니 공식적으로 아무 일도 일어나지 않은 셈이다. 지미 샌포드는 그걸 이용하고 있었다. 그룹이 살아남을 수 없을 정도의 지독한 스캔들에 휘말리는 것보다는, 칸게크 개발권을 일시적으로나마 포기하는 게 훨씬 나은 선택이었다. 반박할 수 없었다. 상황을 바꿀 수 있는 건 아무것도 없었다.

"전 당신을 높이 평가합니다." 샌포드가 말을 이었다.

"진심이지요. 하지만 지금 상황에서…… 당신이 내일도 우리의 대화 상대가 될 거라고 누가 보장해준단 말입니까?"

에녹슨은 폭발하기 일보 직전이었다. 이 처참한 사건이 그에게 어떤 결과를 가져다줄지, 너무도 명확해 보였다. 잠시나마 석유 비즈니스파트너들에게 정치적 교훈을 주었다고 믿었다니! 얼른 실수를 만회해야 했다. 이 늙은 원숭이는 그를 어린아이 취급하고 있었다.

"접니다! 제가 보장할 수 있습니다! 시우무트당이 저를 총선 후보로 지명하기로 했어요. 의회에 절 지지하는 의원이 과반이 넘어요. 내일도 거기 있을 뿐만 아니라 곧 왕좌에 올라앉을 겁니다. 두고 보세요."

"전 그린란드 정치에 대해 아는 건 없지만 오래전부터 권력자들을 상대해왔습니다. 그리고 몇 가지 사실을 깨달았죠. 자기만 믿으라고 호언장담했던 이들이 상황이 좋지 않으면 바로 등을 돌리더군요. 당신에게 모욕을 주려는 건 아닙니다만. 쿠픽, 아까부터…… 당신에게서도 그런 냄새가 나네요."

"제가 패더슨을 만났다는 증거는 어디에도 없습니다!"

에녹슨이 화를 억누르며 말했다. 에어 그린란드의 접견실에서 그들을 본 사람도, 그들의 이야기를 들은 사람도 없었다. 입을 다물게 했던 직원 하나와 파비아를 빼면 말이다. 그리고 만약 패더슨이 그 사실을 리케에게 고발한다고 해도, 리케는 에녹슨에게 유리한 쪽으로 손을 써줄 거였다.

"지금으로서는 패더슨과 그의 계략을 당신과 연관시킬 만한 게 아무것도 없지요. 당장은요. 하지만 해리는 아직 입을 다 연 게 아닙니다. 바로 옆에서 제 모르몬교 친구들이 계속해서 같은 소리만 반복하고 있는 것처럼 지금은 기다려야 합니다. 당신도 거기에 동의할 테지요."

'동의?!'

에녹슨의 인내심이 바닥나고 있었다. 그가 만약 샌포드였더라도 그렇게 했을 것이다. 하지만 모든 게 술술 풀리려는 순간에 이렇게 불행이 닥치다니! 그린란드 정부와 아르틱 페트롤리움의 계약이 무효가 된다면 투표에서 무슨 일이 벌어질 것인가? 내년 봄에 시우무트당이 차지할 수 있는 의석은 얼마나 되겠는가? 그리고 그는? 그에겐 무슨 일이 벌어질 것인가?

***

소식 들으셨는지 모르겠지만, 해리 패더슨이 막 경찰서에, 그러니까 리케를 찾아왔어요. 그가 프리무스에서 벌어진 살인사건에 대해 자백했어요. NNK 놈들에게 살인을 청부했다고 말이죠. 텔레비전에서 뉴스를 보세요. 그리고 가능하면 전화 주세요. K.

뉴스에서 말하는 것처럼 북쪽의 날씨가 그렇게나 엉망인 걸까? 그가 반드레후스의 연인이 매우 선정적인 포즈를 취하고 있는 사진과 함께 보낸 메시지에 카낙은 답을 하지 않고 있었다. 지금 보낸 문자에도 답장을 받지 못할 것 같았다. 크리스는 파비아 랄슨에게 전화를 걸었다.

그의 연구실에 틀어박힌 크리스는 한 시간 전부터 경찰서를 가득 채운 소란에 귀를 쫑긋한 채였다. 리케는 마구잡이로 지시를 내리고 있었다. 그녀의 손가락은 빠르게 키보드를 치고 있었다. 아직까지 대중을 상대로 한 이 연극의 결말이 어떻게 될 것인지 아는 사람은 아무도 없었다. 하지만 모두가 각자의 역할을 수행할 준비가 되어 있었다.

폴리티가든에 갑작스럽게 닥친 압박이 너무도 강했던 탓에 에넬은 출입구를 걸어 잠갔다. 호기심 어린 사람들이나 기자의 급습을 피하기 위해서였다. 처음으로 오픈 스페이스에서 카페믹도 열리지 않았다.

그러나 경찰서의 분위기는 정부청사, 나락컹수이숫의 그것과 비교할 수 없었다. 불쌍한 에녹슨은 안절부절못하고 있을 게 분명했다. 그리고 그의 비서실장에게 그의 초조함을 풀고 있을 것이다.

긴 통화 연결음 후에 상대방은 마침내 전화를 받았다.

"파비아? 파비아, 나야."

크리스는 숨을 깊게 들이쉬었다.

'아직은 무너져선 안 된다.'

크리스는 생각했다.

'정말로 지금은 그럴 때가 아니다.'

45

IMG_2266 / 10월 29일
누워 있는 남자의 다리 위를 덮은 하얀 이불

"그러니까 그 말은…… 소변이 내 다리를 살렸다는 겁니까?!"

어떤 이야기들은 각색을 거치곤 한다. 하지만 아푸티쿠의 구조 스토리는 너무 극적이라 그것만으로 재미가 있어 곧 마을과 마을로 전해질 것이다. 아푸티쿠가 어떻게 우죽의 썰매 흔적을 발견했는지, 정신을 잃은 보스의 다리를 곡괭이로 산산조각 낼 뻔했지만 왜 그러지 못했는지, 어떻게 개들에게 소변을 누도록 만들었는지 그리고 거기에 자신의 것도 더했다는 사실도. 얼음 전체를 녹이기엔 소변의 양이 부족했지만 카낙의 몸과 빙산 사이에 작은 틈을 만들어 단단히 박힌 다리를 빼내기에는 충분했다. 핵심은 아푸티쿠와 그린란드 개들의 소변이 카낙의 목숨을 살렸다는 것이다.

카낙은 벌떡 꿈에서 깨어났다. 아푸티쿠가 아글루에서 멀지 않은 곳에 썰매를 대고 개들과 다시 돌아왔을 때도 그는 의식이 없었다. 그 상태로 그들은 썰매를 타고 마을로 돌아왔다. 그 후, 아푸티쿠와 마사크가 그를 마른 옷으로 갈아입히고, 여러 장의 두꺼운 이불을 덮어준 채 그를 작은 아동용 침대에 내려놓았을 때, 그는 다시 깊은 잠 속으로 빠져들었다.

이불 아래로 보이는 두 다리의 모습에 그는 안도했다. 적어도 다리는 '잘리지 않고' 멀쩡히 붙어 있었다. 그러나 왼쪽 다리에서 아무런 감각이 느껴지지 않았다. 오싹한 소름이 돋았다.

'다시는 쓸 수 없게 되는 걸까?'

"걸을 수 있을 거예요."

마사크가 방 안으로 들어왔다. 품 안에 붕대와 여러 단지를 들고 있었다.

"네?"

"왼쪽 다리 말이에요. 괜찮을 거예요."

"아······! 어떻게 확신합니까?"

대답 대신 그녀는 미소를 지었다.

"아푸티쿠에게 고마워하셔야 해요."

마사크는 그에게 아푸티쿠가 어떻게 구조했는지 들려주었다. 아푸티쿠의 처치는 그의 다리를 얼음에서 빼냈을 뿐만 아니라 따뜻하게 녹여주었다. 소변의 유익성은 이누이트 사이에서 잘 알려져 있었다. 하지만 아푸티쿠의 지식은 그보다 한 수 위였다. 얼음과 다리를 분리한 뒤, 그는 곧바로 '하늘이 내린 액체'에 적신 천으로 그의 다리를 감쌌다. 여기서 그 액체는 그의 것을 말했다.

"그 말은······ 아푸의 소변이 내 다리를 살렸다는 겁니까?"

"네." 마사크는 여전히 웃고 있었다.

"물론 그건 응급처치였고요. 로열 그린란드 소속 간호사가 당신이 자고 있을 때 진료를 봐줬어요. 시로미 연고를 주고 갔죠. 여기에서 당신을 치료

해줄 수 있는 사람은 그녀가 유일하죠."

마사크는 예고도 없이 이불을 걷고 푸르스름하게 부풀어 오른 다리를 연고와 함께 마사지하기 시작했다. 아무리 그의 왼 다리가 아무 감각을 느끼지 못한다고 하더라도, 카낙은 그녀가 그에게 보내는 시선을 느끼지 않을 수 없었다. 마사크는 가느다란 손으로 몇 번의 마사지를 한 뒤, 더 강력한 기술을 쓰기 시작했다. 두 주먹에 힘을 주고 위쪽으로 쓸어 올리는 거였다. 종아리에서 허벅지까지.

"지금 뭐 하시는 겁니까?"

"혈액순환을 촉진하는 거예요. 불행히도 당신은 바다표범이 아니니까요."

"그게 무슨 말이죠?"

"그린란드 바다표범은 매우 낮은 온도에서도 견딜 수 있는 신진대사를 가지고 있어요. 날씨가 매우 추워지기 시작하면 다리 쪽의 혈액이 몸통 쪽으로 역류해서 지느러미를 동면 상태에 빠지게 만들죠. 그렇게 몸의 생체기능을 보존하고, 다리 쪽으로 갈 에너지를 절약하는 거예요."

"대단하군요."

"어쨌든 극한의 추위에 대해선 인간보다 대비가 더 잘돼 있다고 봐야죠."

피부의 혈관까지 검은 시로미 연고를 흡수시키기 위해서 마사크는 다시 부드럽게 마사지를 하기 시작했다. 그녀의 손가락이 춤추는 모습이 그의 눈길을 사로잡았다. 마사크의 작은 집은 매우 따뜻해서 그녀는 가벼운 실크 블라우스만 입고 있었고, 살짝 파인 가슴께로 저절로 눈길이 갔다. 그리고 고양이 같은 두 눈, 여린 목덜미로 내려온 짙은 머리카락으로 시선이 옮겨갔다.

'여성에게 이런 끌림을 느껴본 것이 대체 얼마 만인가?'

그녀를 바라보는 것만으로도 그는 죽지 않고 살아난 것에 감사했다. 이제껏 그가 만났던 여성들 중 몇몇은 그에게 자살 충동을 불러일으키곤 했다. 마사크는 그가 삶과 화해할 수 있도록 만들어주었다.

마사크가 허벅지의 가장 부풀어 오른 곳을 마사지하기 위해 몸을 기울였을 때, 카낙은 억누를 수 없는 충동을 느꼈다. 카낙은 단숨에 상체를 일으켜 그녀의 입술을 훔쳤다. 마사크는 황급히 몸을 뒤로 뺐지만 이내 격정적이고 거친 키스로 화답했다. 그들의 짙은 초록색 눈이 서로 얽혀들었다.

"보스! 보스! 새로운 소식이 있어요! 일어나신 거 맞죠?"

얼마나 좋은 소식이기에 아푸티쿠는 계단에서부터 고래고래 고함을 치는 걸까? 아푸티쿠는 얼어붙은 두 사람을 발견했지만 그들의 당황은 알아채지 못했다. 침대 위에 앉은 카낙은 좋은 표정을 지어 보이려 노력했다.

"사건에 관련한 좋은 소식입니까?"

"이마카."

여전히 몸을 살짝 떨고 있는 아름다운 이누이트는 말없이 물약을 내버려둔 채 방을 나갔다.

아푸티쿠가 막 소식을 전하려 할 때, 카낙의 스마트폰이 켜졌다. 아푸티쿠가 공을 들여 충전시킨 뒤 침대 머리맡 테이블 위에 올려뒀다. 크리스 칼슨으로부터 도착한 새로운 메시지였다. 메시지는 여러 장의 사진을 담고 있었다. 몇 개는 창문의 블라인드로 인해 알아볼 수 없었지만 전체적으로 사진들이 무엇을, 그리고 누구를 담고 있는 건진 알 수 있었다. 매우 친밀한 에넬과 에녹슨의 모습이었다. 사진은 충격적이었다. 크리스의 시나리오대로 경찰서장과 차관은 연인 사이였다. 그들이 공통된 이익을 위해 음모를 꾸밀 가능성은 매우 높았고, 아누락툭과 체르노브와의 연결 고리를 밝힐 증거만 있으면 사건은 해결될 수 있다.

스마트폰의 신호는 잘 잡히지 않았다. 어떻게 이 사진들이 전송될 수 있었는지 의문일 정도였다. 카낙은 다시 아푸티쿠에게로 고개를 돌렸다. 아푸티쿠는 말 대신 열린 외투 사이로 손을 넣어 검게 탄 작고 길쭉한 물건을 하나 꺼냈다. 끝부분은 그을림이 벗겨져 있었다.

"투필락이군요." 그것을 알아본 카낙이 말했다.

"네."

"어디서 찾은 겁니까?"

"얀세 집 근처의 양철로 된 물통 속에서요."

"또 다른 건 없었습니까?"

"타다 만 섬유 조각과 옷더미도 있었어요. 하지만 '턱'은 없었어요. 그걸 궁금해하시는 거라면요."

마사크의 말이 맞았다. 그의 아버지와 오빠는 피에 젖은 옷들을 모두 태웠다.

"좋습니다. 단서군요. 하지만 그게 프리무스의 것과 같은 거란 증거가 있습니까?"

"없어요. 이게 누크에서 발견된 투필락처럼 지역 장인의 수공예품이라는 점을 제외하면요." 아푸가 작은 조각상을 문지르며 말했다.

"보세요! 바다코끼리 상아예요. 나무도, 플라스틱도 아니죠. 전에 발견된 네 개의 투필락과 공식적인 연관성은 없다고 해도, 이런 장식품은 흔하지 않지요."

실제로 그들은 마을을 수색하면서 이런 종류의 장식품을 어디에서도 보지 못했다. 그러나 살인범(들)이 왜 이런 물건을 범죄 현장에 둬야 했는지는 여전히 미궁이었다.

'대체 어떤 메시지를 남기려고 한 걸까?'

그런 추측을 하는 와중에도 그를 향해 열려 있던 곰의 입이 카낙의 머릿속을 떠나지 않았다. 그는 티킬의 작은 집 안에서 괴물에 맞서던 기억을 떠올렸다. 그의 운명은 부지깽이에 달려 있었다.

"아, 맞다……. 잊을 뻔했군요. 아푸, 곰이 날 공격했을 때 내가 그의 허벅지를 찔렀어요. 오른쪽인지 왼쪽인지는 모르겠습니다만 어쨌든 가벼운 상처는 아닐 거예요. 아마 범인은 붕대를 감든 뭔가 처치를 했을 겁니다. 만약 그가 여전히 이 근방에 있다면 그를 찾아낼 아주 좋은 증거가 될 테죠."

"범인이 이 마을 사람이라고 생각하는 건가요?"

아푸티쿠가 물었다. 수색은 아무런 수확이 없었지만 카낙은 의심을 거두지 못했다.

"다른 의견은 없습니까? 여기서 가장 가까운 마을은 썰매로 최소 두세 시간 가야 하는 거리에 있습니다. 왕복 여섯 시간이 걸리는 거리죠."

"그럼요. 하지만 이렇게 촌구석에서도 마을 사이의 경쟁의식은 존재해요."

노래 경연 당시, 아푸티쿠와 이야기를 나누었던 한 마을 사람이 그에게 들려줬던 이야기였다. 카낙과 시오라팔룩Siorapaluk 사이에는 해묵은 앙금이 있었다. 시오라팔룩은 그린란드의 최북단의 마을이자 인구수가 가장 적은 마을 중 하나다. 카낙의 인구수를 늘리기 위해, 우죽은 시오라팔룩을 병합해야 한다고 주장했다. 하지만 작은 마을은 저항했고, 어르고 달래고 협박해도 눈 하나 깜짝하지 않았다.

"잊고 있었네요." 아푸티쿠가 말을 이었다.

"제가 사용 가능한 썰매에 대해 잠깐 조사를 했는데요."

"무슨 말입니까?"

"당신이 범인을 쫓아 떠났던 밤, 마을에서 어디론가 떠날 준비를 갖춘 썰매는 단 세 대뿐이었어요."

"확실한 겁니까?"

"네. 날씨와 축제 때문에 모두가 개들을 풀어놓았대요. 당신이 탔던 우죽의 썰매와 제가 당신을 찾으러 가기 위해 탔던 카바작의 썰매 그리고……."

"제가 한번 맞춰볼게요."

카낙이 아푸티쿠의 말을 끊었다.

"남은 하나는 올리의 썰매죠?"

"맞아요. 그의 이웃이 노래 경연 직전에 그가 개들을 썰매에 연결하는 모습을 봤대요. 문제는, 이번에도 그는 범죄 시각에 알리바이가 있다는 거예요."

"잉에르 말입니까?"

"잉에르, 맞아요." 아푸티쿠가 대답했다. 그는 그가 단박에 맞추자 당황한 모습이었다.

"그녀를 만나봤습니까?"

"방금 학교에서 돌아오는 길에 만났어요. 그녀는 올리와 그날 밤 내내 함께 있었다고 주장하고 있어요."

"그럴 테지……."

카낙은 용의자들을 추려보았다. 올리 녀석을 용의선상에서 제거하는 건 여전히 마음에 걸렸다. 물 밖으로 막 튀어나온 바다표범처럼 그는 이리저리 수사망을 빠져나가고 있었다.

"그런데 그 사실을 비밀로 해달라더군요. 알려지길 원하지 않는다고요."

"아! 정확히 누구에게 말하지 말라던가요?"

"우죽이요."

"왜죠?"

"그가 그 사실을 알게 되면, 올리를 마을에서 쫓아낼 거라고 생각하더군요."

"그게 정말입니까? 그녀가 덴마크 인이라서요?"

"네."

그가 민족 문화에 강박적으로 집착하는 건 사실이지만 약간의 반항적인 성향을 가진 우죽이 외국인에게 그렇게까지 적대심을 보일 것 같진 않았다. 아푸티쿠 역시 잉에르가 보인 과한 걱정에 놀란 것 같았다.

"더 이상한 건 우죽이 가족으로 알라넝탁을 받아들이는 게 처음 있는 일도 아니란 거예요."

"그게 무슨 말입니까?"

아푸티쿠는 우죽의 예전 집에서 발견했던 누렇게 바랜 사진에 대해 이야기했다. 나자를 만나기 전 우죽의 삶에 대해서도.

"그 사진, 지금 가지고 있습니까?"

"아뇨."

"찾아오세요."

"지금요?"

"당장!"

얼마 지나지 않아, 아푸티쿠는 문제의 사진과 함께 돌아왔다. 먼저 카낙은 스마트폰으로 사진을 찍은 뒤 살펴보았다. 마치 현상액에서 작은 회색 이물질을 골라내듯 작은 디테일도 놓치지 않으려는 듯 보였다. 사진 속 젊은 이누이트와 그의 가족 중에서 우죽을 알아보는 건 쉬웠다. 거의 삼사십년 전 사진 같았다.

'허리를 붙잡고 있는 아내와는 사별한 건가?'

그럴 수도 있었다. 부부 앞에는 다섯 살 정도로 보이는 남자아이가 있었는데, 뾰로통한 표정이었다. 아마도 올리일 것이다. 두 살도 채 안 되어 보이는 예쁜 여자아이는 아마도 마사크일 것이다. 만약 그렇다고 한다면, 우죽 아내의 품에 안긴 저 갓난아기는 누구란 말인가?

'아기도 함께 세상을 떠난 걸까?'

우죽 부부의 옆에 서 있는 커플 역시 수수께끼였다. 우죽보다 젊어 보이는 남자는 전형적인 이누이트 남성의 모습이었다.

'그의 옆에 선 백옥같이 아름다운 여성은 그의 아내겠지?'

카낙이 아는 얼굴이었다. 학교 게시판에 걸린 사진에서 봤던 얼굴로 1970년에서 1975년 사이 일했던 덴마크 교사였다.

'이름이 뭐였더라? 산드라 뭐시기?'

그들에게도 자식이 있었다. 두 아이는 올리와 마사크 또래로 보였다. 단정하지 못한 차림새의 머리카락이 긴 두 야생의 꼬마가 부부의 다리 뒤에서 얼굴을 빼꼼 내밀고 있었다.

"마사크?" 카낙이 계단 쪽으로 그녀를 불렀다.

"마사크, 거기 있습니까?"

안주인은 금세 나타났다. 카낙의 손에 들린 사진을 본 그녀의 표정이 어두워졌다.

"이 사진에 대해 물어볼 게 있는데 괜찮을까요?"

"네."

그녀가 마지못해 대답했다. 카낙은 손가락으로 우죽과 그의 첫 번째 아내를 가리켰다.

"당신의 부모님입니까?"

"제 어머니, 일릭Iliik이에요. 제가 열 살 때 암으로 돌아가셨죠."

"유감이군요."

"아니에요."

어깨를 으쓱하며 마사크가 말했다.

"그럼 이 부부는 누굽니까?"

"제 삼촌과 숙모예요."

"당신의 숙모는 마을의 교사였죠?"

"네."

"덴마크인이었습니까?"

"네. 하지만 숙모에 대한 기억은 전혀 없어요."

"그녀도 세상을 떠났나요?"

"네. 그런데 자세한 건 몰라요. 그때의 전 매우 어렸거든요. 제가 아는 건,

이 사진을 찍고 얼마 지나지 않아 그들이 죽었단 거예요.”

‘그들이 죽었다고? 어떻게 죽었단 거지?’

일단 카낙은 호기심을 접고, 그가 조사하는 대상에게만 집중하기로 했다.

“당신의 아버지는 재혼한 겁니까?”

“네. 얼마 후에 나자와 재혼했죠. 그리고 딸을 하나 낳았어요. 저보다 스무 살 정도 어려요.”

“그럼 이 아기는요?”

카낙은 포대기에 싸인 젖먹이를 가리켰다.

“제 어린 남동생이에요. 이젠 여기 안 살아요. 더는요.”

“아, 그럼 살아 있긴 한 거군요. 그는 어디에 있죠?”

“몇 년 전에 누크로 떠났어요.”

“누크에서 무슨 일을 합니까?”

“스노모빌을 수리하는 일을 해요. 뭐 그렇게 알고 있어요. 소식을 많이 듣진 못해요. 그는 여자를 하찮게 여기거든요. 주로 올리나 아버지와 연락하죠.”

두 남자는 아드레날린으로 격양된 눈빛을 교환했다. 그렇게 찾아 헤매던 진실에 드디어 도달한 것이었다.

“이름이 뭐죠?”

“아누락툭이에요.”

“아누락툭…… 네메닛소크요?!”

“네, 맞아요. 왜 그러세요?”

“그럼 당신의 이복 여동생은, 타킥이로군요?”

“네…….”

그가 우연히 만난 두 명의 이누이트 여성이 이복 자매였던 것이다. 마을에 도착한 이래 카낙은 우죽과 그의 아들의 성을 물어볼 생각을 하지 않았다. 왜 그랬던 걸까? 그들의 성은 작은 경찰서에도, 카직에도, 나자의 상점인 울티마 툴레의 문짝에도 쓰여 있지 않았다. 그 이유는 이미 들은 적이 있었다. 북극권의 이누이트에게 중요한 건 오직 아텍이었다. 그 외의 나머지 것들은 어둠 속에 가려져 있었다.

"그런데 그건 왜 물어보세요?" 마사크가 놀라며 물었다.

"그들을 아세요?"

46

IMG_2269 / 10월 29일
바다표범 가죽으로 만든 작은 흰올빼미

사진은 카낙에겐 강력한 자석에 이끌리는 철가루와 같았다. 중학교 물리학 실험에서처럼, 그 순간 모든 것이 네메닛소크 가족을 향해 움직이고 있었다. 아버지, 아들 그리고 어쩌면 딸들까지도. 카낙은 이와 비슷한 감정을 느꼈던 적이 있었다. 여기저기 흩어져 있던 진실의 파편들이 단숨에 하나의 사실, 이름, 일시적인 이미지로 몰려들 때와 같았다. 그건 아무도 부인할 수 없는 증거라기보다는, 막연한 해답의 시작점이 되곤 했다.

마사크는 자신의 일을 하러 돌아갔고, 카낙은 동료의 혈기를 자제시키느라 애를 먹었다. 아푸티쿠는 마치 자신이 O.A. 드레이어 소설의 주인공이라도 된 것처럼 허리에 수갑을 매단 채 올리와 우죽의 집으로 쳐들어가려고 했다. 이누이트 연대의식은 내다버린 지 오래였다.

모든 의혹의 화살이 나쁜 기운처럼 또다시 올리를 향하고 있었다. 그는 어떤 방식으로든 살인사건과 연관된 게 틀림없었다. 아누락툭의 형이자 뭔가를 만드는 데 능숙하다는 그는 누크와 카낙에서 살인을 하는 데 사용된

턱을 만드는 데 가담했거나 아니면 그가 직접 제조했을 수도 있었다. 그리고 그는 명백한 살해 동기도 가지고 있었다. 티킬은 그의 경제적 라이벌이었으며, 얀세는 잉에르에 대해 약간 과도한 관심을 가지고 있었다. 또한 잉에르가 제시한 그의 알리바이는 마을의 썰매에 대해 아푸티쿠가 알아낸 사실과도 맞지 않았다.

그러나 누크에서와 마찬가지로 물증이 없어 퍼즐을 풀지 못하고 있었다. 곰 무기를 찾아내지 못하는 한, 올리를 용의자로 지목하는 건 포커 게임에서 상대를 속이는 것만큼이나 위험한 행위일 수 있었다.

"좋습니다." 카낙이 중얼거리며 말했다.

"일 분 동안만 올리가 우리가 찾는 범인이라고 가정해보죠."

"범인이 확실하다니까요!"

"쉿, 쉿, 아직은 이릅니다. 만약 그가 범인이라면 두 가지 가능성을 제기할 수 있어요. 하나는 그가 이곳을 떠났다면 그가 범인이라는 것을 자백하는 것이고, 다른 하나는 나를 아글루에 내버려둔 뒤 아무 일도 없다는 듯 집으로 돌아왔다면 자신이 범인이라는 것을 숨길 만한 자신감이 있다는 거겠죠. 솔직히 아주 그럴싸한 행동입니다."

"그래서요?"

"그래서 우선 그가 이 근방에 있는지 확인하고…… 그가 집에 있다면 집으로부터 멀리 떨어지게 만든 다음 처음 그의 집을 수색했을 때보다 더 샅샅이 뒤져보는 겁니다. 그가 범인이 맞는다면, 제가 뭔가를 놓쳤던 것일 수도 있고, 우죽이 미리 그에게 중요한 걸 감추라고 경고했던 것일 수도 있죠. 가장 이상적인 건 그의 스마트폰을 손에 넣는 건데…… 그건 좀 어려울 것 같군요."

"스마트폰을요?"

"그가 어떻게 한 건지 모르겠습니다만 우리의 가정이 맞으려면, 그가 살인사건이 있었던 밤에 페이스북 알리바이를 위조했던 게 분명합니다. 범죄 시각에 딱 맞춰서 사냥의 전리품의 사진을 찍어 올렸다는 건, 솔직히 진짜라기엔 너무 절묘하잖습니까?"

"그의 프로필을 확인하신 거예요? 그러니까, 당신의 계정을 사용해서?"

"네. 친구가 아니면 포스트를 볼 수 없게 닫아놓았더군요. 상황이 상황이니만큼 마사크에게 그의 스마트폰을 빼앗아달라고 부탁할 수도 없는 노릇이고요."

지금 당장은 이 집 주인을 끌어들이지 않는 편이 좋을 것이다.

그녀는 유력 용의자의 여동생이었다.

그때, 카낙의 스마트폰이 테이블 위에서 울리기 시작했다. 아니나 다를까 크리스 칼슨이었다. 새로운 메시지에는 영상이 첨부되어 있었다. 불안정한 통신망을 통해 그에게 도착하기까지 이렇게 오랜 시간이 걸린 이유를 알수 있었다. 재생 버튼이 뜨자 카낙은 떨리는 손가락으로 그것을 눌렀다. 그곳엔 리케 에넬 옆에 수갑을 찬 해리 패더슨의 모습이 담겨 있었다. 믿기 어려운 사실이었다.

국민 여러분, 저는 아르틱 페트롤리움의 그린란드 지사 대표 해리 패더슨입니다. 보시다시피 전 누크 경찰에 의해 체포되었습니다…….

그리고 이삼 분가량 그의 자백이 이어졌다. 영상은 그린란드 공영방송국 KNR1에 의해 촬영된 것이었다. 이게 장난이라면 이 영상을 만든 사람은 돈 깨나 썼을 거였다. 하지만 영상이 끝났을 때 카낙은 인정해야 했다. 해리 패더슨은 누크에서 일어난 네 건의 살인을 자신의 책임으로 돌리고 있었다. 지금 상황에서 이것이 현실이었다.

패더슨이 방송을 통해 자백한 내용 중에는 올리의 남동생, 아누락툭에 대한 이야기도 포함되어 있었다. 하지만 그건 프리무스에서 일어난 비극에만 관련된 것이었다. 카낙에서 과거에 일어났던 일가족 살인사건 그리고 며칠 전 발생한 두 건의 살인과의 연결고리는 설명해주지 못했다.

'칸게크에서 한참 멀리 떨어진 곳에서 일어난 이 두 건의 살인이 패더슨에게 어떤 이득을 가져다준단 말인가? 대체 그는 왜 자신이 범인이라고 밝히고 나선 것일까?'

카낙은 이해할 수가 없었다.

'양심의 가책? 언제부터 석유 마피아들이 그런 감정을 느꼈다고? 혹시 에넬-에녹슨 2인조와 패더슨 사이에 수사망이 옥죄어올 경우 그가 희생양의 역할을 자처하기로 이미 모종의 합의가 있었던 걸까?'

곰곰이 생각해보면 그게 가장 설득력이 높았다. 모든 체스게임이 그렇듯 원하는 것을 얻으려면 '말' 몇 개쯤은 희생해야 했다.

'하지만 자기 자신을 희생하다니……. 스스로를 이토록 잔인하고 용서받을 수 없는 살인사건의 범인으로 만들면서까지?'

그의 행위는 사회적 자살이나 다름없었다. 카낙은 분명 뭔가를 놓치고 있는 게 분명했다.

카낙의 생각이 들리기라도 한 건지, 아푸티쿠가 의심의 눈초리로 이렇게 말하는 것 같았다.

'대체 무슨 일이 벌어지고 있는 거죠?'

새로운 추측으로 혼란을 야기하는 대신 카낙은 그에게 해야 할 임무를 일러주었다. 덴마크 형사가 침대에서 꼼짝하지 못하는 상황이니, 수사는 전적으로 아푸티쿠에게 달려 있었다.

"아푸, 이거 가지고 가세요."

그는 아푸티쿠에게 흠집이 난 블레이드 카메라를 건넸다.

"정말이세요?"

"저보단 당신에게 더 유용할 테니까요. 뭔가 수상한 게 있다 싶으면 절대 건드리지 말고 찍기부터 하세요. 알겠습니까?"

"알겠어요, 보스."

감동한 아푸티쿠가 대답했다. 이누이트 사이에서 가장 소중한 자산을 빌려주는 것은 신뢰의 증표 그 이상이었다. 총이나 갈고리를 다른 사냥꾼의 손에 들려주는 것은 그의 목숨을 맡긴다는 의미이기도 했다. 그건 그들이 파트너가 아니라 친구 그리고 형제 사이나 다름없다는 뜻이었다.

아푸티쿠의 다부진 몸이 계단 쪽으로 사라지자, 카낙은 스마트폰을 집어들었다. 리케 에넬에게 전화하고 싶었지만 그건 아마 쓸데없는 일일 것이다. 누크의 지원이나 명백한 증거도 없이, 멀리 떨어진 곳에서 그녀를 몰아세우고 싶었지만 그건 결국 그녀에게 변명거리를 만들어낼 기회를 주는 거나 다름없었다.

그는 칼 브레너로 목표를 변경했다. 칼과 통화한 이후, 그에게 온 연락은 없었다. 아마도 일 때문에 정신이 없는 것 같았다.

"서운하게 옛 친구를 잊어버린 거예요?"

"그럴 리가. 안 그래도 컴퓨터에 빠삭한 애송이가 자네가 받은 문자메시지의 발신인을 찾았어. 사실…… 찾았다고 볼 순 없고, 어디서 보낸 건지는 알아냈지."

"어딘데요?"

"그린란드 에너지부에서 보낸 거야."

"빙고!" 아푸티쿠라면 그렇게 말했을 거였다.

"확실해요?"

"그럼. 스마트폰에서 보낸 게 아니라 사무실 컴퓨터에서 돌린 문자메시지 에뮬레이터로 보낸 거야. 그래서 위치를 찾기가 더 쉬웠지."

"흠…… 알아듣게 설명해주실래요?"

"그린란드 정부의 각 부처는 고유한 IP주소를 가지고 있어. 문제의 그 메시지를 보낸 곳이 바로 그 에너지부란 말이지."

"어느 컴퓨터에서 보낸 건지는 알 수 없나요?"

"그건 몰라. 부처의 모든 컴퓨터가 같은 IP주소를 쓰거든. 안다고 해도 그게 컴퓨터 주인이 보낸 거라고 확신할 수도 없어. 에녹슨 비서실장이라는 랄슨이란 친구일 수도 있지만 사실 아무나 될 수 있으니까."

"그렇군요……. 그래도 그 **애송이**가 한 건 했네요."

'에너지부에 소속된 공무원과 직원은 총 몇 명이나 될까? 열 명 정도, 아니면 그 이상?'

에녹슨만은 예외였다. 직접 형사에게 자신의 비리를 알려줄 필요는 없을 것이다. 파비아 랄슨이 보낸 거라고 추측하는 게 가장 타당해 보였다. 물론 그렇다는 확증은 없었다. 그가 향후 그에게 주어질 직책에 불만이 있던 게 아니라면, 권력을 정점으로 승승장구 중인 상사를 배신할 이유는 없었다.

카낙은 전화를 끊고 나서 오랫동안 생각에 잠겼다. 이해할 수 없는 사실들 속에서 일관성 있는 해답을 찾아내기 위해선, 많은 상상력과 집중력이 필요했다. 수사가 진전될수록 그는 자신의 목숨을 앗아갈 뻔했던 아글루 속으로 빠지는 기분이 들었다.

마사크에겐 노트북이 있었다. 하지만 이젠 검색을 위해 그것을 사용할 생각은 버려야 했다. 스마트폰의 버벅대는 웹브라우저를 사용하는 것으로 만족해야 했다. '쿠픽 에녹슨'에 대한 검색 결과는 수만 건이 넘을 정도로 많았다. 하지만 어떤 정보도 그가 이미 알고 있는 것 외에 더 자세한 것을 알려주지 못했다. 언론 기사들은 그의 이력이 그린란드 능력주의 사회의 순수한 산물임을 강조하고 있었다. 코펜하겐대학교 법학과를 졸업한 에녹슨은 누크에서의 지역 정치에 매우 이른 나이에 뛰어들었고, 이후에는 좌파인 시우무트 정당의 중심으로 나아가 국가 정치에 참여했다. 직업 정치인인 그는 오랫동안 현 총리인 킴 킬센과 과반수 정당의 리더 자리를 놓고 경쟁해왔다. 킬센 총리는 대학 시절부터 그의 옆자리를 지켜온 친구이자 라이벌이었다. 그린란드 자원을 호시탐탐 노리는 거대 에너지 그룹과의 불미스럽고 의심스러운 관계만 아니면 그의 이력은 흠잡을 데가 없었다. 킬센의 전임자이자 그의 정치인생 선배인 알레카 하몬드가 횡령죄로 조사를 받았던 2014년 가을의 사건과도 에녹슨은 아무런 연관이 없었다는 것을 기사는 밝히고 있었다. 디지털 정보의 쿠픽 에녹슨은 나무랄 데 없는 인간이었다.

그러나 '파비아 랄슨'에 대한 검색 결과는 놀랍게도 너무도 적었다. 그와 관련한 정보는 겨우 수백 개에 불과했고, 그것도 대부분 그의 직책을 명시한 단순한 정보 뉴스였다. 크리스 칼슨의 대학 친구 파비아는 에녹슨의 그림자이자 비서실에서 아무런 보람 없이 열심히, 묵묵히 일을 하는 사람인 게 분명했다. 미디어에서 흔히 볼 수 있는 우쭐대는 부류는 아닌 것 같았다. 그러나 구글 검색 페이지의 저 먼 끝에서 그의 새로운 모습을 찾을 수 있었다. 2000년대 말 오래된 기사들 속 파비아 랄슨은 무정부주의를 지향하는 덴마크 절대자유주의 극좌파 정당 리베르테레 소시알리스터 소속이자 민중에 의한 폭동과 직접 행동을 지지하는 운동가로 소개되어 있었다. 파업, 길거리 또는 공장 폐쇄, 점거, 보이콧, 심지어 대기업 사장들의 감금까지, 무수한 활동을 자랑하고 있었다. 덴마크 일간지 「폴리켄」은 랄슨을 두고, 그가 2008년과 2009년 사이에 리베르테레 소시알리스터의 불법적인 창립 멤버일 수 있다는 의혹을 제기하고 있었다. 확인된 바로는, 파비아 랄슨이 2010년 봄 독일 핵폐기물 테러 당시 폭행으로 수차례 입건된 기록이 있었다.

그 이후부터 행적을 거의 혹은 전혀 드러내지 않았던 그는 2015년 즈음, 그린란드에서, 그것도 에녹슨의 비서실에 다시 모습을 드러냈다. 기이한 변화구였다. 과격파에서 단숨에 고상하고 훌륭한 공무원이 된 것이다.

'에녹슨은 비서의 과거를 알고 있긴 했던 걸까?'

아푸티쿠로부터 소식을 기다리는 동안, 그는 다시 수사의 가장 중요한, 네메닛소크 가족으로 정신을 집중했다. 가족관계가 명확하게 밝혀지긴 했지만 여전히 네메닛소크 가족은 수수께끼였다. 폭력적인 행위에 가담한 것으로 보이는 아누락툭과 올리가 급진적으로 변한 이유를 알 수 없었다. 그들에게 민족주의의 불씨를 지핀 건 누구, 혹은 무엇이었을까? 그들의 물주 – 패더슨이든 에넬과 에녹슨 커플이든 – 사이의 연결은 또 어떻게 이루어진 걸까?

카낙은 아동용 의자 위에 걸쳐진 그의 외투 주머니를 뒤져, 지갑 속에서 역사학자의 명함을 꺼냈다. 전화를 걸었지만 바로 음성사서함으로 연결됐다. 할 수 없이 사진을 첨부한 문자메시지를 보냈다. 그 나이대의 사람이 빠른 답장을 해줄지는 의문이었다.

> 물론 왼쪽의 남자는 알고 있지요. 우죽 네메닛소크란 자입니다.

그들의 예상이 맞았다. 하지만 누크에 사는 은퇴한 노인이 나라의 반대편 끝에 사는 아무개를, 그것도 사십 년은 족히 넘은 사진만으로 어떻게 알아볼 수 있었던 걸까?

> 그를 아십니까?

> 개인적으로 아는 건 아니에요. 하지만 NNK의 창립자로 짐작하는 인물이지요. 제 말은 '진짜' NNK 말입니다. 과거의 단체 말이에요.

카낙은 그 사실을 고통스럽게 삼켰다. 때로는 진실이 너무 엄청난 나머지 삼키기 어렵게 만들곤 했다. 그는 노인에게 다시 전화를 걸었다. 이번에 그는 곧바로 전화를 받았다.

"귀찮게 해서 죄송합니다. 카낙 아드리엔슨이에요. 답변 감사드립니다. 물어보고 싶은 게 많은데 전화가 더 간편할 것 같아서요. 통화할 수 있으시죠?"

"가능하다마다요. 답을 줄 수 있어 기쁘지요."

"감사합니다. 왜 그를 '창립자로 짐작한다'고 하신 거죠?"

"저번에 말씀드린 것처럼, 원래의 NNK는 불법적인 집단이었어요. 누가 만들었으며, 누가 활동했는지는 정확히 알 수 없어요. 하지만 창립자에 관련해서 가장 자주 거론되는 인물이 바로 우죽이었지요."

"아누락툭이 그의 막내아들이라는 사실도 아십니까?"

"네, 그럼요."

"왜 그 사실을 저번에 알려주지 않은 거죠?"

"미안합니다. 그 일과 카낙 마을 사람들이 당신의 수사와 연관이 있는 줄은 몰랐지요."

그들이 국립기록보관소에서 만났을 당시만 해도 카낙 또한 북극권에서 두 살인사건이 일어났는지 알지 못했다.

"우죽 옆의 부부와 우죽의 부인은 누군지 아십니까?"

"모르겠네요. 한 번도 본 적이 없어요. 하지만 그들이 NNK의 창립 단원은 아닌 것 같네요."

"그건 왜죠?"

"그랬다면 제가 알았을 테니까요."

"그들이 우죽과 관련되어 있다고 생각하십니까?"

"한 가족이냐, 이 말인가요?"

"예를 들자면 그렇죠……."

"모르겠네요. 오른쪽에 있는 여자의 모습을 보니, 그런 것 같진 않은데요."

카낙은 금발을 한 교사의 옅은 색 눈동자를 바라보았다.

'제 삼촌과 숙모예요.'

조금 전 마사크는 그렇게 말했다.

"뭔가 눈에 띄는 점도 없습니까?"

"어떤 것 말인가요?"

"잘 모르겠지만 그들의 옷차림이나 외형, 태도 같은……."

"아뇨. 어쩌면 오른쪽에 있는 어린아이가 들고 있는 장난감만 빼고요. 북극권의 전형적인 전통 수공예 작품이네요. 옛날에 이누이트 엄마들이 자식에게 만들어주곤 했던 거지요."

그는 스마트폰 화면으로 찍은 캡처본을 확대해 머리카락이 긴 여자아이가 들고 있는 장난감을 확인했다. 흐릿했지만 겨우 구별할 수 있는 정도였다. 그러나 카낙은 그것을 단번에 알아보았다. 그건 '그의' 장난감이었다. 그린란드에서의 삶에 대해 그에게 남아 있던 유일한 '그의' 솜 인형이었다. 그 누구도, 심지어 플로라마저 그와 떼어놓을 수 없었던 그의 부적이었다. 지금도 그의 방 선반에 올려져 있다. 옌스와 엘스는 만질 수 없었다. 바다표범 가죽으로 만든 흰올빼미 인형이었다.

모든 것이 맞아떨어졌다.

장소, 시기, 아이의 나이 그리고 이 장난감까지. 당시에 그런 인형을 가지고 있었던 아이는 카낙만이 아닐 수도 있었다. 하지만 카낙 마을의 혼혈 고아로는 아마 그가 유일할 것이다. 자신의 생존이 거기에 달려 있다는 듯이,

인형과 떨어지려 하지 않는 아이도 그가 유일했을 것이다. 그는 완전한 확신이 들었다. 이 올빼미는 그의 것이었다.

"경감 님, 전화 끊으신 거 아니지요?"

카낙은 대답하지 않았다. 그는 한 번도 여자인 적이 없었던 긴 머리의 아이에게서 눈을 뗄 수 없었다. 이 아이는 남자아이였다. 이 아이는 원시적인 환경 속의 그였다. 처음으로 그는 진짜 부모와 마주했다. 그의 가족이었다.

처음으로…… 그는 자신이 이누이트란 사실을 실감했다.

47

IMG_2273 / 10월 29일
총구에 가루가 묻어 있는 올리의 총

"투필락, 투필락, 투필락."

플로라 아드리엔슨은 계속해서 그 단어를 중얼거렸다. 카낙은 아무 거리낌 없이 아푸티쿠 앞에서 어머니와 통화를 했다. 그는 마마보이였고, 앞으로도 그럴 것이다. 플로라는 전화를 받으며 조금 볼멘소리를 냈다.

"지금 여기가 밤인 건 아니?" 그런데도 그녀는 집중해서 사건에 대한 이야기를 들어주었다. 하지만 마지막에는 단호했다.

"투필락이 열쇠야. 턱을 손에 넣지 못했으니, 범인들 사이를 연결할 유일한 물증은 그것뿐이야. 누크의 범죄 현장에도 있었고, 카낙에도 있었으니까."

그녀 역시 아들 이름과 같은 북극의 마을을 입에 올리는 게 영 어색했다.

"문제의 조각상이 그곳에서 만들어진 거라면, 카낙의 살인자의 손에서 누크의 살인자의 손으로 옮겨갔을 테지. 그게 언제, 어디서, 누구를 통해 전달된 건지를 찾아야 해. 알겠니? 그러면 공범들 간의 연결고리를 밝혀낼 수 있을 거야."

"만약 그들이 투필락을 갖다 놓기 위해 일종의 우편배달 서비스를 이용했을 수도 있죠. 만약 그랬다면 실제로 만나지 않고도 일을 진행할 수 있었어요. 그럼 두 팀 사이의 연결고리를 밝히는 게 훨씬 더 어려울 것 같은데요."

"만약 누크와 카낙이 그렇게 멀지만 않았더라면 그 지적도 옳을 거야. 하지만 1천 5백 킬로미터 떨어진 거리에서 '간접적인 소통'을 하기란 간단하지 않지……. 효율성도 떨어지지. 너라면 단지 물건을 가져다주러 그 거리를 왕복하겠니?"

"안 될 건 없죠."

"그렇게 먼 거리를 이동하면 할수록 뒤에 흔적이 남는 법이야. 교통편 티켓, 이러저러한 지출, 온갖 사람들과의 만남……. 내 말 명심하렴. 이건 스파이의 기본지식이야. 전달 경로가 짧으면 짧을수록 비밀 유지가 쉽지."

맞는 말이었다. 에어 그린란드의 아푸티쿠 정보원인 토비아스는 살인사건 당시에 유력 용의자들이 누크와 카낙을 오갔다는 사실을 부인했다.

'하지만 며칠 전이나 몇 주 전이었다면?'

카낙은 그 사실도 다음에 확인해보기로 했다. 그는 플로라에게 흰올빼미 인형과 함께 찍힌 네메닛소크 가족사진에 대한 이야기도 전해야 할지 망설였다. 그는 그녀를 보호하고 싶었다. 그녀가 더 많은 사실을 알게 될까 봐 두려웠다. 카낙의 부모는 입양 사실에 대해 그에게 숨기는 것이 없었고, 입양 서류엔 그의 '이전의' 삶에 대해 아무런 정보도 없었다고 거듭 말해왔다. 다른 질문을 하는 편이 나았다.

"그럼 불순물이 섞인 연료에 대해선 어떻게 생각하세요? 단서인가요, 아닌가요?"

연료의 샘플에서 나는 냄새가 방안을 가득 채웠다. 석유의 냄새는 시간이 갈수록 짙어지고 있었다. 새카맣게 태워 화석처럼 변한 캐러멜과 비슷한 냄새였다. 아푸티쿠는 카낙의 기발한 계획대로 성실하게 임무를 수행했다.

합의한 대로, 이누이트 경찰은 응급상황에서 그에게 썰매를 빌려주었던 새로운 친구, 카바작을 찾으러 갔다. 티킬의 남동생인 그는 살인자의 정체를 누구보다도 궁금해할 것이다. 아푸티쿠는 그에게 올리와 관련한 의심을 털어놓았다.

"오, 하지만 그가 이상하게 생각하진 않을까요?" 카바작이 반박했다.

"그것도 지금 이 시간에?"

불공정 경쟁으로 자신의 형을 무너뜨린 사람에게 그 동생이 연료를 주문한다는 건 놀랄 만한 일이었다.

"어쩌면요." 아푸티쿠가 대답했다.

"하지만 당신도 나만큼이나 그의 가면을 벗기고 싶잖아요. 연기를 조금만 하면 될 거예요."

"그럼 내가 올리에게 뭐라고 하면 되죠?"

"음…… 잘 모르겠지만 그의 감정을 건드려야 할 거예요. 그에게……그에게 형이 죽기 전에 그의 이야기를 많이 했다고 하세요. 마음속 깊은 곳에서 그를 좋아했다고, 경쟁 관계였지만 그를 존경했고, 심지어 그의 신비한 욱수알룩을 파는 데 끼워 달라고 부탁하고 싶어 했다고 말이에요."

"수상해 보이진 않을까요?"

"걱정하지 마세요." 아푸티쿠가 말했다.

"세상에서 가장 못된 인간일수록 등 뒤에서 자신에 대해 사람들이 떠드는 이야기에 귀를 기울이게 되어 있어요. 그게 미담일수록 더 그렇죠."

아푸티쿠는 자신에게 감탄했다. 그는 자신이 심리학에 일가견이 있는지 미처 몰랐다. 오 년 동안의 형사 생활이 그의 낯짝만 두껍게 만든 게 아니었다. 비로소 그의 정신이 트인 것이다. 빠르게 계획을 전달한 아푸티쿠는 카바작에게 연료 구매를 위해 필요한 지폐 몇 장을 건네주었다. 그는 그 길로 마을의 '대단한 경찰'의 조수가 되었다는 흥분과 두려움이 섞인 감정으로 올리의 집으로 향했다.

"그가 연료통을 가져다주러 당신의 집에 도착하는 그 즉시, 제게 문자메시지를 보내줘야 해요." 아푸티쿠가 신신당부했다.

"최대한 그를 붙잡고 있어야 해요. 먼저 마실 걸 권하세요. 그리고 그의 왼쪽 다리를 살펴봐요. 다치진 않았는지 말이에요. 잊으면 안 돼요. 알겠죠? 아주 중요해요!"

한 시간이 채 지나지 않아 약속한 – 내용이 없는 – 문자메시지가 아푸티쿠의 스마트폰에 도착했다. 그는 올리의 집을 향해 달음박질했다. 예상대로 집은 텅 비어 있었다. 카낙이 묘사했던 대로 내부는 난장판이었다. 양철통과 도구가 여기저기 널려 있었고, 일상생활에 필요한 공간은 매우 좁았다. 심지어 매트리스는 아무렇게 방치되어 있었다. 찻주전자, 가스버너, 뚜껑이 열린 통조림 캔…….

'거지소굴이 따로 없군.'

아푸티쿠가 생각했다. 뭘 찾아야 할지 모른 채로 이런 곳을 뒤지는 건 쉽지 않았다. 하지만 그는 욕실 쓰레기통에서 첫 번째 증거를 발견했다. 부츠로 페달을 밟아 뚜껑을 열자, 피로 물든 여러 개의 압박붕대가 나왔다. 그중 하나는 더러운 타일 위에 떨어져 있었다. 장갑을 낀 손으로 아푸티쿠는 붕대를 집어 주머니 속으로 넣었다.

그보다 더 확실한 증거는 안방 옷장 속에서 발견한 올리의 총이었다.

'시간에 쫓겼던 걸까? 아니면 무심했던 걸까?'

총구 주변에 묻은 가루를 보니 최근 총을 사용한 것이다. 마을 안에서 총이 발사된 적이 없으니 분명 마을 밖, 빙산 위에서 사용했을 것이다. 24시간 이내 이 작은 마을을 벗어난 사람은 카낙과 아푸티쿠 그리고 올리일 것이다. 연달아 발견되는 물증들이 우죽의 아들을 궁지로 몰고 있었다.

"절대 아무것도 건드리지 말고, 사진만 찍으세요."

카낙은 그에게 당부했다. 마치 권총처럼 그의 팔 끝에서 흔들리고 있는 블레이드 카메라로 아푸티쿠는 의미가 있어 보이는 모든 것들을 찍기 시작했다. 마치 그가 보스가 된 것 같은 기분과 함께.

우아한 연보라색을 빼면 다른 집들과 다를 게 없는 카바작의 집으로 아푸티쿠가 돌아갔을 때, 올리는 막 떠나고 없었다.

"하마터면 그와 마주칠 뻔했어요." 카바작이 말했다.

"다행이네요. 어때요, 의심하는 것 같았나요?"

"그에 대해선 아무것도 모르겠어요. 언제나 의심하는 표정을 짓고 있거든요."

"뭐 하는 일이 그런 거니, 놀랍지 않군요. 그래서 말인데, 다리는 어때 보였나요?"

"와데르를 입고 있어서……. 하지만 왼쪽 허벅지에 부풀어 오른 곳이 있던데요."

"연료통은 어디 있나요?"

카바작은 바로 옆의 창고로 그를 안내했다. 그는 올리가 배달해준 열 개 정도의 플라스틱 연료통을 그곳에 쌓아두었다. 뜻밖의 주문이 수상하게 보이지 않도록 여러 개를 시켜야 했다. 연료통 하나를 열어 바닥으로 내용물을 조금 쏟아내자, 초콜릿 과자만큼이나 두껍고 덩어리진 길쭉한 형태의 기름이 흘러나왔다.

"아이고!" 아푸티쿠가 역겨움을 담아 외쳤다.

"농도 봤어요? 보관한 지 오래된 것 같아요. 나라면 절대 내 스노모빌엔 넣지 않을 거예요."

"허가받지도 않은 연료인 만큼, 분명 기화기를 망가트릴 거예요. 거의 범죄나 다름없지요. 이것 때문에 형이 그와 전쟁을 벌였던 거고요. 단지 사업을 지키려고 그런 것만은 아니었어요. 올리가 이런 물건을 팔아치우는데 마을 사람 모두 아무런 말도 하지 않는다는 사실에 분노했죠."

"우죽마저 말이죠?"

"맞아요. 우죽마저 말이죠."

카바작은 연료를 통에 옮겨 부었다. 아푸티쿠가 말했다.

"하지만 모든 사람이 그의 연료가 이런 상태인 걸 알았는데도 계속해서 구입했던 이유는 뭐죠?"

"왜겠어요?" 카바작이 발끈하며 말했다.

"다른 선택이 없으니까요! 시장 가격의 절반으로 한 철은 넉넉히 보낼 수 있으니까요. 그게 이유예요!"

카낙 마을의 대부분 난방 시설은 중유로 작동했고, 마을에 널리 보급된 전기기구는 경유를 사용하고 있었다.

"형이 팔던 연료의 품질은 이보다 훨씬 좋았어요. 하지만 빙산 한가운데에서 브렌트유를 추출하고 정제하는 비용과 세금까지 더하면, 이 동네 사람들에겐 거의 사치품이나 다름없었죠. 올리의 연료가 더럽긴 했어도, 얼어 죽지 않으려면 다른 방법이 없었어요."

48

IMG_2291 / 10월 30일
빙산 위의 투펙

시간상 지금을 밤이라고 불러야 했다. 그러나 밤이 되었음에도 그가 견뎌야 할 시간은 푸르고 고통스러웠던 낮의 시간과 조금도 다르지 않았다. 매우 지친데다 아픈 다리를 위해 진통제를 삼켰는데도 카낙은 눈을 붙이지 못했다.

마사크는 그의 사촌일 가능성이 매우 높았다. 그녀가 그의 사촌이 맞는다면 그건 우죽이 그의 삼촌이라는 의미가 된다. 살인 용의자인 올리와 아누락툭은…… 그의 사촌이었다.

'이보다 더 충격적인 사실이 또 있을까.'

이 가족관계보다 더 미스터리한 건, 사진을 찍고 난 뒤 그의 생물학적 부모에게 닥쳤다는 일이다. 창백한 낯빛의 산드라 스코브가드와 그의 옆을 차지한 이누이트에게로 계속해서 눈길이 갔다. 이제 그 이누이트가 우죽의 남동생이란 걸 거의 확신할 수 있었다. 교사는 그의 어머니였고, 사냥꾼은 그의 아버지였다! 이 사진을 찍은 뒤에 그들은 죽었다. 사진 속에 보이는 카낙의 나이는 그가 요세핀 슈나이더 뵈른옘 보육원에 도착했을 때와 얼추 비슷해 보였다. 이제 막 세 살쯤 되었을까.

하지만 그들이 죽기 전, 대체 무슨 일이 있었던 걸까? 카낙에게 남은 과거에 대한 기억은 그의 발아래 펼쳐진, 얼어붙은 땅과 마찬가지로 온통 하얗고, 해독할 수 없는 것뿐이었다.

카낙은 카바작의 썰매 위에 승객처럼 앉아 있었고, 썰매를 몰며 "카아 카아"를 연신 외치는 것은 아푸티쿠였다. 카낙은 최악의 생각들을 추위가 삼키도록 내버려두었다. 마사크는 이누이트와 덴마크 인 부부의 죽음에 대해선 자세하게 알지 못했다.

하지만 빙산이 내뿜는 날카로운 공기 속에서 그들 죽음의 미스터리가 카낙의 주위를 하염없이 돌고 있었다. 그건 썰매 날이 땅을 스치며 만들어 내는 얼음 부스러기들처럼 반짝이지만 손에 잡히지 않는 것이었다. 갑작스레 세상을 떠난, 카낙의 삶에서 처음부터 없었던 것처럼 지워지고 만 그의 부모가, 역사학자가 말했던 그 부부일 수도 있을까? 그는 "일가족이 전부 몰살당했다"고 했다.

'대체 어디에서, 무슨 이유로 그리고 누구에 의해서?'

플로라가 코펜하겐경찰청을 떠나고 얼마 지나지 않아, 닐스 브룩스 게이드의 윗대가리들은 그를 기결 사건 전담팀으로 보내려고 했다. 단 몇 달간이었지만 말이다. 우연히 떠오른 새로운 사실들로 인해 다시 수사 대상이 된 미제사건 속으로 빠져들었던 몇 달 동안의 경험은 그에게 다음과 같은 깨달음을 주었다. 아무리 까다로운 사건이라도, 계속해서 파헤치다 보면 결국은 그 아래에서 더 오래된 지층을 찾아낼 수 있다는 것을. 형사사건은 결국, 자연의 법칙을 거스를 수 없었다. 그 어떤 일도 아무 이유 없이 발생하지 않는다. 오늘날의 비극은 시간이 바꾸어놓은 어제의 불행일 뿐이었다.

밤처럼 어두운 새벽, 마사크와 아푸티쿠는 카낙을 뜯어말렸지만 아무런 소용이 없었다. 거즈와 시로미 연고로 둘둘 싸맨, 부들부들 떨리고, 어쩌면 딛고 설 수도 없을 왼다리를 이끌며, 카낙은 즉시 쿤눈구악, 샤먼의 거주지로 데려다달라고 부탁했다. 이번에도 카바작은 흔쾌히 썰매를 내주었다. 그리고 썰매는 하얗고 푸르른 광활한 대지 속으로, 곧장 북쪽을 향해 그들을 태우고 달렸다. 처참한 몰골의 카낙은 전날 그가 거의 죽을 뻔했던 곳으로 다시 떠나는 것에 대해 조금도 불안해하지 않았다. 바람이 불어 닥칠 때마다, 그를 덮치려는 패닉에 빠지지 않기 위해, 카낙은 잘 터지지 않는 통신망이 찔끔찔끔 뱉어내는 스마트폰의 소식에 틈틈이 눈길을 주었다. 누크의 폴리티가든에서 온 메시지에 따르면, 아누락툭 네메닛소크는 스노모빌을 타고 움만낙 근방에서 북쪽으로 도주했다고 한다. 뻔뻔하게도 도망자는 벌써 누크와 카낙을 잇는 거리의 절반을 온 것이었다. 열띤 추격이 시작됐지만 움만낙의 경찰들은 며칠 전, 피터 요원이 그랬던 것처럼 아무런 성과를 거두지 못했다.

크리스가 보내온 링크를 타고 들어간 블로그에서는 새로운 소식을 전하고 있었다. 대체 어찌 된 일인지는 모르겠지만 – 파비아 랄슨의 짓? – 패더슨과 에녹슨의 비밀회담을 찍은 사진이 유출된 것이었다. 살인을 청부했다는 패더슨과 공모한 정황이 드러난 이상, 차관의 앞날은 이제 암담해 보였다. 이로써 크리스 칼슨의 가설도 심각한 타격을 받게 됐다. 리케가 이 놀라운 폭로의 배후라면 또 모를까……. 하지만 자신의 염원을 저버리면서까지 그녀가 그럴 이유가 뭐란 말인가?

빙구가 밀집된 지역을 요리조리 빠져나오자, 순록 가죽으로 만든 투펙이 드리워진 작은 거주지가 극야 속에서 살며시 모습을 드러냈다. 카바작이 입력한 GPS 좌표는 정확했다. 그곳엔 오직 삼각형 모양으로 배치된 세 채의 투펙뿐이었다. 두 개의 좁은 굴뚝 중 하나에서 연기가 나오고 있었다. 투펙은 매우 볼품이 없었는데, 과거 이누이트 부족의 전통적인 삶의 방식에 따라 지어진 건축물 같았다. 발전장치도, 스노모빌도, 현대의 세상에서 가져온 어떤 전기 장비도 없었다. 심지어 기름통이나 라디오마저도.

세상과 완전히 단절된 곳이었다.

다섯 마리의 개 – 아푸티쿠는 그것이 썰매를 끌기 위한 최소한의 숫자라고 했다 – 가 가장 구석진 투펙 옆에서 졸고 있었다. 가장 넓은 투펙 앞에 선 두 형사가 문처럼 보이는 가죽 덮개를 두드렸을 때, 안에서 들어오라는 나지막한 소리가 들렸다. 외부와 마찬가지로, 내부의 상황도 비슷했다. 오래된 매트리스, 여러 천을 사용해 기워진 이불, 흩어진 설거지거리 조금 그리고 중앙에 놓인 작은 기름 난로가 다였다. 샤먼은 그들의 방문에 놀라기보단 귀찮아하는 것처럼 보였다. 그의 침상 아랫목에서 뒹굴고 있는, 거의 빈 보드카 병 때문인 것 같았다.

쿤눈구악은 우죽과 비슷한 나이대겠지만 외형상으로 그보다 열 살에서 열다섯 살은 더 많아 보였다. 머리카락도, 이빨도 다 빠져버린 듯했다. 깊이 팬 주름이 얼굴을 여러 구역으로 나누고 있었다. 쿤눈구악은 카낙과 아푸티쿠에게 앉으라고 권했다. 그러고는 질문을 받을 준비가 되었다는 듯, 눈썹을 씰룩거렸다. 간단히 자신을 소개한 카낙은 첫 번째 질문을 꺼냈다. 하지만 샤먼은 덴마크어를 알아듣지 못하는 모양이었다. 아푸티쿠가 통역을 해야 했다.

"나자가 구매한 투필락을 만든 게 아내 분이 맞습니까?"

"맞네."

"아내 분께 직접 질문을 해도 될까요?"

"아니, 그건 안 되네." 샤먼은 무거운 고개를 번쩍 들며 격하게 반응했다. "그건 불가능해. 내 아내는 매우 아프다네. 고통을 많이 받았지. 아주 많이. 아무도 만날 수 없다네. 낯선 사람들을 만난다면 죽어버릴지도 모르네."

카낙은 나자가 말했던 '늙은 필리'를 떠올렸다. 사실 카낙은 광증을 믿지 않았다. 그는 오직 불행과 그것이 너무도 연약한 영혼에 미치는 영향만을 믿었다. 투필락 제조자에게 어떤 비극이 일어났던 걸까. 이런 곳에서 미쳐버린 채 은둔생활을 할 만큼 말이다.

"그렇군요." 카낙이 말했다.

"그럼 울티마 툴레와 그녀 사이에서 중개자 역할을 한 게 당신이겠군요?"

"아, 전혀 아니네. 나는 그것과 무관해. 내 아내의 일은 내 아내의 일일세. 나는 믿음을 잃은 영혼들을 돌보는 것만으로도 아주 바쁘다네."

"저는 쿤눈구악을 통해 거래해요."

나자는 그렇게 주장했다.

"알겠습니다." 카낙은 사람 좋은 미소를 지으며 대답했다.

"그럼 저 대신 질문 하나만 대신해주실 순 있습니까?"

"그건 어렵지 않지." 눈에 띄게 주저하던 샤먼이 이윽고 대답했다.

"뭐가 궁금하나?"

"아내 분께서 이것과 비슷하게 생긴 투필락 주문을 받은 적이 있는지……."

아푸티쿠는 외투 아래에서 검게 변한 조각상을 꺼냈다. 샤먼은 어깨를 으쓱했다.

"그런 건 아내가 항상 만드는 거라네."

"네. 그러시겠죠. 그런데 한 번에 여러 개의 주문이 들어온 적도 있는지가 궁금합니다. 네 개, 혹은 여섯 개가 한꺼번에요. 혹은 평상시와는 다른, 급하게 들어온 주문 말입니다."

"흠……."

앓는 소리를 내던 샤먼은 여러 겹의 모직이불 아래에서 빠져나왔다.

"언제쯤에 있었던 일인가?"

"약 이 주 전입니다. 혹은 한 달 전일 수도 있고요. 그리고 무엇보다…… 그런 주문을 넣은 사람이 누군지도 궁금합니다."

자리에서 일어난 샤먼이 비틀거리며 가죽 덮개를 쥐었고, 그 반동으로 투펙 전체가 들썩였다. 샤먼은 얼음이 언 땅 위를 맨발로 걸어 밖으로 나갔다.

'역시 술은 기적도 가능하게 하는군.'

카낙이 생각했다. 술이 살짝 깬 쿤눈구악이 다시 돌아오기까지는 오 분이 채 걸리지 않았다.

"그렇다고 하네." 샤먼이 잇몸 사이로 중얼거렸다.

"그렇군요. 네 개랍니까, 여섯 개랍니까?"

"우선 네 개 그리고 얼마 후에 두 개였다고 하네."

"날짜도 기억하시던가요?"

"그렇다네. 10월 15일이었지. 기억이 안 날 수 없는…… 어쨌든 그날을 기억할 만한 이유가 있었지."

"좋습니다." 카낙은 신경 쓰지 않고 질문을 계속했다.

"나자가 직접 왔다고 합니까?"

"그런 것 같네."

"그럼 주문한 사람의 이름은…… 혹시 물어봐주실 수 있습니까?"

"그 이상은 모르네."

'제길!'

이 투필락은 정말이지 비누 조각 같았다. 조금이라도 뭔가를 알아낸 것 같으면 번번이 손에서 빠져나갔다. 바다표범 가죽으로 만든 짧은 외투 속에서 쿤눈구악이 바다코끼리 상아로 만든 나누크 조각상을 꺼냈다. 그의 아내가 만든 게 분명했다.

지저분한 샤먼의 손으로 투필락을 그에게 직접 건네자, 카낙은 조각상을 이리저리 돌려보면서 관찰하기 시작했다. 아푸티쿠가 양철통에서 찾아온 불에 탄 것과 프리무스에서 발견된 것이 동일했다.

"아내 분께서는…… 작품에 서명을 따로 하지 않습니까?"

"서명?"

"네. 일종의 표시를 해둔다거나 도장을 찍는다거나……."

"아니." 상대방은 딱 잘라 말했다.

"그렇다면 제가 이 두 개의 조각상이 아내 분께서 조각한 건지, 다른 사람이 조각한 건지 알 수가 없지 않습니까?"

이해를 돕기 위해 카낙은 양손에 조각상을 들고 크게 흔들었다.

"그럴 필요가 없다네." 샤먼이 기세등등하게 말했다.

"내 아내는 이 나라에서 진짜 투필락을 만들 수 있는 마지막 장인이니까."

아직 남아 있는 취기에도 샤먼은 확신에 차 있었다.

"진짜라니요?"

"바다코끼리 상아로 만든 것 말일세. 누크나 일루리삿에서 파는 기념품은 플라스틱으로 만든 것들이지. 왜 그딴 짓거릴 하는지는 모르겠지만."

아푸티쿠의 정보와 일치했다.

"내 아내가 실라와 하나가 되는 날엔, 이 이누이트 세계에서 투필락을 조각할 수 있는 사람은 한 명도 남지 않을 걸세."

그는 실제의 국경보다 이누이트의 문화적, 정신적 단위를 더 중시하는 것 같았다. 곧 사라질 위기에 처한 또 하나의 전통이었다.

"이보게, 경찰관?"

"경감입니다." 카낙이 정정했다.

"당신이 가져온 투필락과 카낙에서 일어난 두 살인사건이 관련이 있는 건가?"

'샤먼이 세상과 단절되었다고?'

그런 것 같지 않았다.

"그럴 수도 있습니다. 놀라실 수도 있겠지만 살인자가 투필락을 범죄 현장에 놓아뒀다면, 그 이유가 뭘까요? 저주하기 위한 걸까요?"

"거의 그렇다네. 부두교 저주 인형에 대해서는 이미 들어봤을 테지."

"네, 그럼요."

"부두교와 유일하게 다른 점이 있다면 투필락은 멀리서 상대를 저주하기 위한 용도가 아니란 것이네. 그보단 죽음으로 안내하는 역할을 하지. 누군가 죽은 뒤 그들을 맞이할 저승으로의 길을 열어주는 역할을 하는 것이지. 투필락을 누구한테 받았다거나 집에 보관하고 있다고 해서 그것을 죽음의 전조라고 볼 수는 없다네. 그보단 **위대한 출발**을 위한 준비물이라고 봐야지."

범죄 현장마다 투필락이 놓여 있었던 이유는 바로 그것이었다. 마을 주민 그 누구도 이 장식품을 가지고 있지 않았던 이유기도 했다. 다시 한 번 카낙은 아푸티쿠를 비롯한 이누이트 사람들이 그 사실을 미리 알려줬더라면, 이렇게 멀리 돌아오진 않았을 것이다.

하지만 그 말은 곧, 범인이 그런 미신을 가볍게 여기지 않는다는 말이기도 했다. 범인은 조각상의 힘을 신실하게 믿고 있는 게 분명했다. 그렇지 않고서야 이토록 강력한 물증을 뿌리고 다니는 위험을 감수할 리가 없었다.

"그런데 이곳에서 살인이 자주 일어나는 일은 아니겠죠?"

카낙이 말했다. 그가 취조할 때 주로 사용하는 신체적 접촉 대신, 그가 낼 수 있는 가장 매력적인 목소리로 물었다. 평상시의 전략을 최소한으로 줄인 것이었다. 질문으로 상대방을 뒤흔들어야 했다. 하지만 샤먼은 눈곱만큼도 당황하지 않았다. 그는 바로 대답했다.

"자주 있는 일은 아니네. 하지만 일어난 적은 있었지."

"이번 말고도요?"

"사십 년 전쯤인가, 근처에서 일가족이 몰살당했다네. 여기서 아주 가까운 곳이었지."

'내 가족을 말하는 건가?'

이번에는 검열할 새도 없이, 자신도 모르게 그런 생각이 스쳤다. 전날 그가 탄 썰매 앞의 빙산이 그랬던 것처럼, 두꺼운 부인否認의 얼음이 갈라졌다. 이번 사건과 카낙의 출신이 밀접하게 연관되어 있다는 사실을 어떻게 이토록 오랫동안 부인해올 수 있었던 걸까? 지금껏 카낙 아드리엔슨과 그의 뿌리를 연결하지 못하도록, 그의 눈과 귀를 닫게 만들었던 건 어떤 힘이었을까?

"그 사람들을 잘 아십니까?" 목이 메는 것을 느끼며 카낙이 물었다.

"모르네. 아니, 잘은 모른다네. 당시에 나는 카낙에 처음 도착한 직후였지. 솔직히 말하면 사람들은 나를 반기지 않았다네. 어떤 이들은 핏투픽 Pittufik에서 미국인들에게 쫓겨난 게 내가 나쁜 영혼들로부터 그들을 지키지 못해서라고 여겼지. 그건 정말 부당했다네. 나는 그들이 이 마을로 정착한 이후인 60년대 말이 돼서야 이곳에 온 거였으니까."

"일가족이 몰살당했다고 하셨는데…… 그중에서 살아남은 사람이 있었습니까?"

"아들이 살았다네. 나이는 어렸어. 두 살인가 세 살쯤 됐을 텐데. 마을의 그 누구도 아이를 맡으려 하지 않아 기억한다네."

"왜죠?"

"나누크 때문이었다네……. 아이를 거두면 나누크가 그들까지 해칠 거라 생각한 거야."

"그 아이는 투필락 같은 거였네요." 카낙이 쓸쓸한 미소를 지으며 말했다.

죽음을 불러오는 아이.

"그렇게도 말할 수 있지. 그 아이에 대해 재미있는 사실이 하나 있지. 이제야 기억이 나는군그래."

"재미있는 사실이라니요?" 카낙이 물었다.

"아이를 데리러 온 덴마크 사회복지사들이 그린란드어를 못했던 거야. 그리고 당시에 여기서 덴마크어를 할 줄 아는 사람도 없었고. 그래서 아이가 한마디도 하지 못하는데다 머리도 길고 하니, 아이가 여자인 줄 알았던 거야."

카낙은 떨리는 손으로 주머니에서 스마트폰을 꺼내 네메닛소크 가족사진을 그에게 보여주었다.

"그 남자아이인 줄 알았다는 여자아이가 여기 오른쪽에 있는 아이입니까?"

샤먼은 보드카 냄새를 강하게 풍기며 한숨을 내쉬었다.

"그럴 수도 있지. 하지만 알다시피 내 나이가……."

'그리고 그의 상태로는.'

"잘 보세요. 수사에 정말 중요해서 그럽니다."

'그리고 내게도.'

그는 그렇게 말했어야 했다. 침묵을 지키고 있던 아푸티쿠는 이제야 알았다는 듯, 신음을 작게 내뱉었다. 아푸티쿠는 그만의 조용한 방식으로 진실을 향한 카낙의 여정을 따라가는 중이었다. 그리고 카낙보다 더 큰 충격을 받았다.

샤먼은 어둠 속에서 이리저리 날뛰는 사진에 초점을 맞추기 위해 안 그래도 찌푸린 눈을 한층 더 찌푸렸다. 카낙은 그의 친부모를 가리켰다.

"죽임을 당했다는 일가족이 이들이 맞습니까?"

"음." 상대는 고개를 끄덕였다.

"그런 것 같네. 하지만 내가 말했듯이 너무 오래된 사진이야. 벌써 얼마나 됐나……."

그 순간 예고도 없이 카낙이 그의 따귀를 내리쳤다. 강력한 한 방이었다. 때린 그 자신도 놀랄 만큼. 카낙의 손바닥이 화끈거렸다. 아푸티쿠는 겁에 질린 눈으로 그를 바라보았다. 샤먼을 때리다니, 감히 저런 신성모독을 행하려면 그는 반드시 덴마크 인이어야 했다.

하지만 순간의 충격이 가시고 나자, 마법처럼 쿤눈구악의 영혼이 제자리로 돌아왔다. 알코올이 사라지고, 그의 기억이 돌아왔다. 따귀 한 대는 카낙에게도 장막을 한 꺼풀 벗기는 효과를 가져왔다. 어둠 속에서 성냥불을 밝힌 것처럼.

"우죽의 동생과 그의 아내, 그들이 맞습니까?"

"맞네."

"그의 아내는 마을의 교사였죠? 산드라 스코브가드. 우죽의 눈에는 특히나 이방인이었겠죠. 그렇죠?"

"그렇다네."

샤먼이 또 한 번 시인했다. 이번에는 카낙이 목소리를 높여 말했다. 사십 년 동안이나 떨어져 있던 가족과의 연결고리를 다시 잇겠다는 듯이.

"제 생각엔 그녀가 아이들을 위해 다른 걸 해주고 싶었던 것 같은데요. 꼭 덴마크가 아니더라도, 카낙이나 다른 곳에서 안락한 집에 사는 것 말이죠. 그녀가 남편을 졸랐겠지요. 사냥꾼의 삶을 끝내고, 빙산 위에서의 겨울을 떠나자고."

"그랬을지도……."

"우죽에게는⋯⋯ 배신처럼 느껴졌겠죠? 그는 자신의 동생이 **누나를** 저 버리는 걸 참을 수 없었던 겁니다. 그는 자신의 가족이 하나로 뭉치기를 바랐죠. 결국 NNK는 그였던 겁니다! 이곳 주민들의 삶의 수호자이자 당신들의 이수마탁 말입니다."

카낙이 그의 시나리오를 읊는 동안, 쿤눈구악은 그의 초라한 침대 위로 고개를 푹 숙이고 있었다. 그는 비참한 술꾼이라는 자신의 처지가 부끄러운 게 아니었다. 다만 그가 하지 못했던 일, 우죽의 광기에 대항해 그들을 보호하지 못한 것이 부끄러울 따름이었다.

"그래서, 그는 동생 가족이 떠나게 내버려두는 것보단 차라리 그들을 희생시키려고 했던 겁니다. 현대성에 항복하는 것보단 그들을 실라로 돌려보내는 게 나았을 테니까요."

"이마카."

북극의 추위보다 더 얼음장 같은 침묵이 **투펙** 안을 가득 메웠다. 쿤눈구악은 고개를 들어, 카낙과 눈을 맞추었다.

"그게 자네였나? 장난감을 들고 있는 아이가, 자네였던 건가?"

"왜 그런 말을 하는 겁니까?"

샤먼은 그의 질문을 대답으로 받아들였다. 질문에 질문으로 답하는 것만큼 더 명확한 긍정은 없다는 걸 알 만큼, 노인은 세상을 오래 살았다.

"그들의 투펙은 여기서 멀지 않았다네. 그날 밤⋯⋯ 그날 밤, 자네가 반쯤 헐벗은 채로 빙산 위를 달려 내 투펙에까지 왔지. 자네는 자네가 어디로 가는지 몰랐어. 다른 짐승에게 잡아먹히거나 아글루에 **빠져** 죽지 않고 나와 마주친 게 얼마나 천운이었는지 모르네. 기적 같은 행운이었지. 내가 자네를 발견하는 것이 행운이라는 게 아니라네. 극야 속에서 살아남았기 때문이지."

카낙은 아무 말도 하지 않았다. 물어보고 싶은 것들이 너무나 많았다. 하지만 이번에도 아무 말이 나오지 않았다. 그의 뺨으로 눈물이 흘러내렸다. 아푸티쿠는 그 자리에 가만히 굳어 있었다. 통역을 하면서도, 말이 막히는 건 어쩔 수 없었다.

"오……." 쿤눈구악은 계속해서 말을 이었다.

"나는 자네를 오래 데리고 있지 못했네. 이 마을의 그 누구도 자네를 거두려 하지 않는다는 사실을 알게 된 뒤에, 내가 아동기관에 연락을 했지. 그러자 곧바로 코펜하겐에서 좋은 선생들이 자네를 찾으러 왔어. 당시에 그린란드에서 고아가 자신의 공동체에서 쫓겨나는 일은 한 번도 없었다네. 자네 같은 사례도 처음이었지."

"당신은요?"

"나 말인가?"

"당신은 왜 절 거두려 하지 않았죠?"

"그 당시에 나는 혼자였네." 노인이 어색하게 웃으며 말했다.

"아내도 없이, 마을 사냥꾼들이 잡은 노획물 중 몇 개를 던져주는 걸 먹고살았지. 아이를 어떻게 돌봐야 하는지도 몰랐어."

이제 카낙의 목소리는 그의 다리만큼이나 떨리고 있었다. 카낙이 말했다.

"내게도 이름이 있었겠죠. 아텍이……."

"미나. 자네의 이름은 미나였네."

"여자 이름이네요."

카낙이 애써 웃어 보였다. 옌스와 엘스가 제 아빠의 아텍을 들으면 크게 웃을 것이다.

"꼭 그렇진 않네. 집안에서 가장 최근에 고인이 된 사람이 여성이면, 새로 태어나는 아이가 남자라도 그 이름을 붙이지……. 우린 그걸 이상하다 여기지 않는다네. 이전에 여자의 이름이었다고 해도, 남자에게 붙이면 남자의 이름이 되는 거지. 남성이나 여성…… 그런 건 여기서 그 경계가 그렇게 공고하지 않다네. 영혼은 이 몸 저 몸을 자유롭게 순환하지. 우리는 모두 같은 인간 물질에 속하는 거라네."

그는 조금씩 알 것 같았다. '인간 물질'이라, 그 표현은 썩 나쁘지 않았다. 그게 아니라면 뭐겠는가?

"그럼 제 아버지는요? 이름이 뭐였습니까?"

"투캇산짓속Tukassaanngitsoq."

"그건 무슨 뜻이죠?"

"눈에 보이지 않는 것을 두려워하지 않는 자란 뜻이지."

"눈에 보이지 않는 것이요?"

"눈에 보이지 않는 것."

샤먼은 오래된 겨울 날씨로 부르튼 입술 사이로 중얼거렸다.

"눈에 보이지 않는 것이란, 평온을 찾지 못한 채로 빙산 위를 떠도는 모든 영혼을 뜻하네. 이를테면 **나누크**와 같아. 자네의 가족을 위협하고 목숨을 빼앗아간 것처럼."

샤먼은 그 말에 자신도 충격을 받은 것 같았다. 그는 황급히 몸을 숙여 보드카 병을 낚아채 입에 털어넣었다. 그리고 카낙에게 이야기하기 위해 몸을 반쯤 다시 일으켰다.

"모순적인 건, 그 눈에 보이지 않는 것이 그를 죽였단 거라네. 자네의 아버지를 말이야."

'그거야 우죽이 단순한 범죄자가 아니라 망령이라면 그렇겠지.'

카낙은 생각했다. 하지만 군이 노인의 믿음을 깰 필요는 없었다. 카낙이 다시 깊은 생각 속으로 빠지려 할 때, 거친 숨과 함께 샤먼이 내뱉은 말 한마디가 그를 붙잡았다.

"오낭주악Aunarjuaq, 꺼지지 않은 장작불에 대한 전설을 알고 있나?"

"아뇨."

"오낭주악은 죽었을 때 어머니 뱃속의 태아에 불과했어. 그런 표정 짓지 말게나. 결말은 좋게 끝나니까. 오낭주악은 죽은 뒤 여러 동물로 환생했지. 그러다 한 번은 바다표범으로 환생했는데, 한 사냥꾼의 갈고리에 걸리고 마네. 사냥꾼이 그를 집으로 데리고 갔을 때, 사냥꾼의 아내가 남편이 잡은 바다표범에 마음을 빼앗긴 나머지, 그를 자신의 자궁 속에 품었다네. 오낭주악이 새로운 배를 찾은 거지. 아홉 달이 지나고, 그는 다시 인간으로 태어났다네. 오낭주악은 자신을 거두어준 마음씨 좋은 어머니 덕에, 살아 있는 건강한 인간 아기로 환생하게 된 거지. 받아들였다는 건, 두 번째 어머니가 될 자격이 충분하단 거야. 누구라도 말이지."

49

마을로 돌아오는 길은 조용했다. 카바작의 개들이 낑낑대는 소리와 썰매 날이 얼음을 스치며 내는 소리만이 침묵을 갈랐다. 썰매를 몰며 아푸티쿠는 이따금 친구의 머리를 살폈다. 매끈한 카낙 위로 얇은 얼음이 덮여 달빛으로 빛나고 있었다. 어떤 말로도 그가 머리에 뭔가를 쓰도록 만들 수 없었다.

샤먼의 투펙에서 나온 후부터 카낙은 단 한마디도 하려 하지 않았다. 그는 썰매의 흔들거림에 몸을 맡기고만 있었다. 아푸티쿠는 그의 참담한 생각 속으로 비집고 들어갈 수만 있다면 어떤 대가라도 치르고 싶었다. 부러울 정도로 놀라웠던 건, 그의 지성이나 이성만이 아니었다. 그가 카낙에게서 가장 감탄했던 것은 기억 속의 끝과 그 끝에 흩어져 있던 사실들을 단숨에 가로지르는 그의 사고능력이었다. 그와 함께라면 미국 드라마에서 보여주는 형사 놀이보다 더 흥분되는 나날을 보낼 수 있을 것 같았다. 자신의 역할에 지겨울 새가 없을 것이다. 부드러운 그의 외모와 다르게, 가끔씩 보이는 그의 날카로움은 주위 사람들에게 강렬한 인상을 주었다. 그처럼 타인에게 현실을 직시하도록 만들어주는 사람은 흔치 않았다. 형사로서 카낙 아드리엔슨은 그런 힘을 가지고 있었다. 벌써부터 아푸티쿠는 그가 코펜하겐경찰청으로 돌아갈 날이 머지않았다는 사실이 아쉽게 느껴졌고, 그런 생각을 하는 자신에게 놀랐다.

마을에 도착하는 대로 카낙은 우죽과 대면할 생각인 걸까?

분명 그럴 것이다. 우죽과의 대면을 더 늦출 이유가 없었다. 그리고 우죽이 그의 삼촌이었다고 해서, 상황이 달라지는 일도 없었다. 분명히 우죽은 이 비극의 중심에 있었다. 그보다 더 최악인 것은, 카낙이 그 비극의 중심에 있을지 모른다는 사실이었다. 대체 얼마나 미쳐야 제 가족을 말살할 수 있는 걸까? 그들 이전에, 또는 이후에 그런 식으로 얼마나 많은 사람이 세상을 떠나야 했을까? 조상에게서 물려받은 삶을 버리려는 사람을 죽인다고 전통이 지켜질 리 없었다. 과거에도 그랬지만, 지금은 더욱더 그랬다. 자신을 떠나려는 것을 부수려면, 자신의 피를 흘리게 하려면, 절망의 심연에 닿아야만 했을 것이다.

한참을 달려 마을의 경찰서 앞에서 멈췄을 때, 그들은 양철로 된 좁은 문이 닫혀 있다는 걸 알아차렸다. 심지어 문은 자물쇠로 잠겨 있었다. 이상했다. 여전히 욱신거리는 왼다리를 끌고 썰매 아래로 내려간 카낙은 성에가 낀 문손잡이를 마구 흔들며 외쳤다.

"우죽? 우죽, 안에 있으면 얼른 문 여세요!"

하지만 대답이라고는 눈 덮인 지붕 너머로 동네 개들의 음울한 울음소리뿐이었다.

"도망간 걸까요?" 아푸티쿠가 물었다.

516

"곧 알게 되겠죠……."

관광객이 아무리 적다고 해도, 마을의 유일한 기념품 상점인 울티마 툴레는 이른 새벽부터 언제나 문을 열곤 했다. 하지만 이곳도 굳게 잠겨 있었다. 상점 유리문에는 예기치 못한 휴업에 대한 어떠한 안내문도 붙어 있지 않았다.

아푸티쿠는 카낙이 말없이 내린 결론을 읽어낼 수 있었다. '늙은 필리'에 대해 나자가 했던 말은 거짓이었다. 나자는 여섯 개의 투필락을 주문했던 사람이 누군지 알고 있는 유일한 목격자였다. 카낙은 그녀를 취조해 누크와 이곳의, 과거에서 오늘에 이르기까지 용의자들 간의 공모에 대한 전말을 밝힐 수 있기를 바라고 있었다.

"여기서 일하던 점원 말입니다." 그는 아푸티쿠에게 불쑥 말했다.

"이름이 뭐죠? 어디에 사는지 압니까?"

"아뇨. 그걸 제가 어떻게 알겠습니까?"

"괜찮아요, 아푸. 저한테까지 그럴 필요 없어요. 그날 축제 때 그녀를 어떤 눈으로 보는지 다 봤습니다."

얼굴이 붉어진 이누이트 경찰은 눈썹을 추켜올리는 것으로 대답을 대신했다. 단세믹에서의 추파 외에 다른 일은 없었다는 뜻이었다.

"아이, 됐습니다." 카낙이 투덜거렸다.

"우죽의 집으로 쳐들어가 보죠. 그곳에도 아무도 없으면 올리의 집으로 가보자고요."

"무기 없이요?"

"그러네요. 카바작의 총을 챙기세요. 무슨 일이 있을지 모르니까요."

517

아푸티쿠가 카낙에 대해 한 가지 알게 된 것은, 총을 챙기라는 그의 말은 그저 자신을 안심시키기 위한 말에 불과하다는 사실이었다. 그에게 있어 무언가를 창조하고, 파괴할 수 있는 힘을 가진 건 오직 '말'이었다. 자신도 모르는 새 카낙은 자신만의 방식으로 누구보다 더 이누이트가 되어 있었다.

우죽과 올리의 집을 차례로 방문한 카낙은 두 집 모두 비어 있다는 사실에 조금도 놀라지 않았다. 평소라면 집 앞에서 어슬렁거리고 있을 개들도 자취를 감춘 뒤였다. 물론 그들이 현관 계단에 서서 한 손에는 커피를 들고 멜빵에 자백을 주렁주렁 매달고 그들을 기다리고 있을 거라곤 기대하지 않았다.

바람에 의해 열린 문 사이로 보이는 집 안의 모습은 그들이 급하게 떠났음을 짐작케 했다. 반쯤 비어 있는 찬장, 활짝 열린 식량 상자, 빈 옷걸이들……. 아버지와 아들이 모두 줄행랑을 친 것이 분명했다.

아푸티쿠는 탄약을 포함해서 모든 종류의 무기가 사라졌다는 사실을 카낙에게 알렸다. 거기엔 검류도 포함됐다. 단도, 바다표범 절단용 낫도끼, 일각돌고래 사냥용 갈고리 등 그들은 살아 움직이는 무기고나 다름없었다. 하지만 카낙의 눈에 띈 것은 올리의 집에서 썰매와 스노모빌이 함께 사라졌다는 사실이었다.

"그게 가능합니까? 한손으로 스노모빌을 몰면서 다른 한손으로 썰매를 모는 게?"

"불가능할 건 없죠." 아푸티쿠가 대답했다.

"하지만 솔직히 좀 이상하긴 해요. 그런 건 썰매 경기에서도 본 적이 없어요."

남은 하나의 가설은 나자였다. 하지만 나자까지 함께 떠난 거라면, 이제 궁지에 몰린 두 남자의 도주극이 아니라 한 가족이 완전히 마을을 떠난 것이 된다. 가족의 이주인 것이다.

'혹시…… 마사크도 함께 떠났을까?'

카낙이 마사크의 집을 향해, 다쳤음에도 빠른 속도로 뻣뻣한 다리를 절뚝이며 몸을 움직이는 모습을 본 아푸티쿠는 그의 생각을 확실히 읽을 수 있었다. 어떤 감정들은 너무도 보편적이기 때문에 알아차리기가 쉬웠다. 욕망, 연민 그리고 사랑과 같은 감정 말이다.

카낙은 이제 달리고 있었다. 그는 더는 고통을 느끼지 못했다. 하늘색 집이 눈앞에 나타나고, 작은 굴뚝에서 연기구름이 피어오르는 게 보이자 그의 발걸음이 느려졌다. 그는 떨리는 손으로 문을 열었다. 마사크는 한 손에 나무 주걱을 들고 주방에 서서 미소를 짓고 있었다. 그녀의 이름처럼, 녹아버린 눈만큼이나 순결한 모습이었다.

'그녀가 떠나지 않은 거라면, 그들을 기다리며 점심 식사를 위해 냄비가 끓어 넘치지 않게 살피고 있다는 건…… 그녀는 이 일과 아무런 상관이 없다는 의미다.'

카낙은 그렇게 믿고 싶었다. 심지어 그녀의 가족들이 저지른 끔찍한 일들을 전혀 모르고 있을지도 모른다. 마사크는 그의 사촌이었다. 결코 그의 여자가 될 수 없었다. 고통스럽지만 그는 그 사실을 받아들였다. 사랑의 좌절보다 그에게 더 쓰라렸던 것은 그녀가 이 살인극에 연루됐을지도 모른다는 사실이었다. 그와 그녀가 함께할 수 없도록 만드는 피의 연결고리가 피로 물든 관계가 되는 건, 차마 견딜 수 없었다. 그녀를 차지할 수는 없을지라도, 그녀의 순결함을 지켜주고 싶었다.

잠시 당황한 카낙은 먹음직스러운 향신료 향이 감도는 집 안으로 발걸음을 옮겼다. 누가 안심시켜주기를 바라는, 애처로움이 담긴 꺼져가는 목소리로 그가 물었다.

"우죽과 올리…… 그들이 어딜 갔는지 아십니까?"

"사냥하러 간 거 아닌가요?"

그녀의 얼굴에서 흘러나오는 천진함은 거짓일 리 없었다. 깜빡일 때마다 그의 심장을 뛰게 만드는 녹색의 눈 속에는 어떤 이중성도 담기지 않았다.

"왜 그러세요? 그들에게 볼일이라도 있나요?"

카낙은 마음속으로 이 여인을 연루시키지 않은 두 범죄자에게 축복을 보냈다. 범죄로부터 그녀의 순수함을 지켜낸 것에 그저 감사할 뿐이었다.

카낙의 머릿속에는 톱니바퀴들이 서로 얽히고 추론과 가설을 뱉어내고 있었다. 올리와 우죽을 당장 잡는다 해도, 그들의 죄를 밝히지 못하면 말짱 도루묵이었다. 누크의 정치 마피아와 그들의 연결고리를 찾는 것도 마찬가지였다.

"에어 그린란드의 토비아스에게 전화해서 지난 10월 15일에 우펑나빅에서 카낙으로 오는 항공편 승객 리스트를 물어봐주세요."

"우리가 아는 누군가가 직접 투필락을 가지러 왔다고 생각하세요?"

"그건…… 당신의 친구 토비아스가 밝혀주었으면 하는 마음입니다."

그러나 애석하게도 사십오 분이 지나고 아푸티쿠의 스마트폰으로 보내진 GL9112편의 탑승객 열 명가량의 리스트에는 용의자는 물론 아는 이름도 없었다.

"그 전날 14일에 도착해서 하룻밤 묵었을 가능성도 있지 않나요?"

아푸티쿠가 말했다.

"그럼 이고르 예르데브는 범인이 아니겠군요. 기억해봐요. 10월 14일 그는 후안 리앙의 열쇠를 훔쳐야 했으니까요."

벌써 누크에서 일어난 사건은 까마득한 먼 일처럼 느껴졌다.

"예르데브는 제외하고, 다른 사람들은……."

"그겁니다! 이번엔 토비아스에게 투필락 주문 전인 10월 12, 13, 14일 탑승객을 물어보세요."

한 시간이 채 지나지 않아 첫 번째만큼이나 실망스러운 답장이 돌아왔다.

"그럴 리가 없습니다!" 침대 가장자리에 걸터앉아 붉어진 눈으로 카낙이 소리쳤다.

"가짜 신분증을 사용한 게 틀림없습니다."

"그럴 거예요. 토비아스는 지역 내 이동에 대해선 검사하지 않는다고 했어요."

"혹시 토비아스의 친구 중에 우펑나빅에 사는 사람은 없을까요?"

두 번의 통화와 십 분의 시간이 흐른 뒤, 아푸티쿠는 에민구악Eminguaq이라는 사람의 연락처를 얻어냈다. 그는 우펑나빅공항의 안전책임자이자 항공편 통제실에서 일하고 있었다. 명랑해 보이는 그는 한눈팔 일이 생겨 기쁜 듯, 매우 협조적이었다.

"운이 참 좋으시네요! 그 전에는 감시카메라가 없었는데 지난달에 도착하는 곳에 하나, 체크인하는 곳에 하나, 공항 입구에 하나를 설치했거든요."

"그게 언제죠?" 두 경찰이 이구동성으로 외쳤다.

"언제 설치했냐고요? 10월 5일인가 6일이에요. 정확히는 모르겠어요."

"정말 다행입니다. 10월 12일과 15일 사이에 카낙행 항공편에 탑승한 승객들의 영상을 보내줄 수 있나요?"

"할 수야 있지만…… 파일 크기가 무지막지하게 클 거예요. 거기 통신망 상태로 봐선 시간이 꽤 오래 걸릴 텐데요."

"그럼 15일 것부터 보내주세요. 거기서 아무것도 나오지 않으면 14일 것을 보내주고요. 알겠죠?"

"라저!"

에민구악이 서투른 영어로 말했다. 그가 보내온 영상은 그의 말대로 용량이 매우 컸다. 첫 번째 파일은 카낙의 스마트폰으로 내려받는 데에만 이십 분 가까이 걸렸는데, 막상 받아보니 영상의 길이는 짧았다. 대략 일 분 삼십 초 동안 문을 통과하는 열 명의 승객의 흐릿한 실루엣을 확인할 수 있었다. 사람들의 숫자로 봐서는 카낙으로 향하는 승객이라기보다는, 그 전 항공편인 일루리삿에서 도착한 승객들로 보였다.

"여기! 여기 보세요!"

카낙이 소리쳤다. 헬멧과 두꺼운 외투에도 영상 속 남자가 세르게이 체르노브라는 걸 단숨에 알아볼 수 있었다. 수천 명의 사람 중에서도 단연 눈에 띄는 덩치였다. 하지만 그의 뒤를 뒤따르는 두 명의 얼굴을 확인한 두 형사는 하마터면 침대에서 굴러떨어질 뻔했다.

"오, 안 돼……." 아푸티쿠가 한숨을 내쉬며 눈물을 글썽였다.

"그일 리가 없어! 그들일 리가 없어!"

"젠장, 젠장, 젠장……."

바로 그때 칼 브레너의 이름이 화면에 떴다.

"브레너? 무슨 일이에요?" 전화를 받은 카낙이 날카롭게 물었다.

"소식을 물어온 자네의 충견을 이렇게 반겨줘서 고맙군!"

"미안해요……. 하지만 지금은 한가롭게 전화를 받을 때가 아니에요."

"자네 클로센 기억나나?"

"내무부에서 일하는 당신의 친구 말인가요?"

"맞아. 자네가 말한 파비아 랄슨에 대해 물어봤지."

"정말 고마워요. 하지만 그에 대해서라면 이미 알고 있어요. 그가 리베르
테레 소시알리스터에서 활동했던 무정부주의자라는 것과 감방에도 들락
날락거렸다는 것도."

"그런 짜잘한 좌파 활동에 관한 게 아니야."

"그럼 뭔데요?"

"클로센에게 뛰어난 해커 친구들이 있더라니까. 그의 뒤에서 이런저
런 일들을 해줬더군. 아무튼 그 너드 친구들이 다크 웹 구석구석을 뒤져
서……."

"젠장! 칼, 그냥 말해요! 찾아낸 게 대체 뭡니까?"

"그게 말이지……. 혹시 주변에 어린 애는 없지?"

카낙은 슬픈 눈으로 작은 방을 돌아봤다. 이곳에 아이는 없었다, 더는.
그가 두 범인 - 마사크의 아버지와 오빠 - 을 체포한다면 마사크는 과연 그
를 용서해줄까? 사라진 아들에 대한 이야기를 들려줄까?

"아뇨. 왜 그래요?" 카낙이 말했다.

"아냐, 아무것도. 지금 바로 보내주겠네. 재밌게 보라고!"

그가 보내온 건, 낮은 화질의 사진 몇 장이었다. 용량이 적어 금세 내려받을 수 있었다. 일종의 SM 클럽의 어둠 속을 찍은 사진이었다. 레이저와 플래시가 만들어낸 스트로보스코프 효과로 사진이 흐릿했지만 놀라운 장면이 담겨 있었다.

사슬이나 가죽으로 가슴과 중요 부위를 아슬아슬하게 가린 나체의 몸들이 서로 얽혀 있었다. 상호 동의하에 상대에게 사용할 수 있는 슬링이나 형틀과 같은 다양한 구속 기구들도 눈에 띄었다.

아푸티쿠와 카낙은 외설적인 사진 몇 장을 더 넘긴 뒤에야 사진 속의 주인공들이 모두 남자란 사실을 알아차렸다. 클로센은 그들에게 하드코어 버전의 게이 밀실 사진을 보내온 것이었다. 마지막 사진 속, 한 쌍의 게이 커플은 카메라를 향해 얼굴을 내밀고 있었다. 흥분으로 잔뜩 일그러진 얼굴과 플래시 불빛이 일부를 지워놓았지만 누군지 단박에 알아볼 수 있었다.

그들은 크리스 칼슨과 파비아 랄슨이었다. 우펑나빅의 감시카메라 영상 속에서 체르노브의 뒤를 따라가던 바로 그 둘이었다.

크리스와 파비아.

그들은 누크의 끔찍한 연인이었던 걸까?

50

IMG_2311 / 10월 30일
카낙의 스마트폰 화면 캡처본

그는 왜 동성애자인 것을 감췄던 걸까? 남성 중심적인 환경에서 뒷말이 도는 게 두려워서? 아니면 언급할 필요도 없는 은밀하고 일시적인 열정에 불과했나? 어떤 연유가 있는 게 분명했다. 브레너는 클로센이 찾아낸 사진의 진위 여부를 밝히려 애를 썼다. 아무리 솜씨가 좋다 해도, 사진은 위조된 게 아니었다. 그들이 지금은 어떨지 몰라도, 사진 속 비밀스러운 클럽에서만큼은 연인이 맞았다.

하지만 그때, 카낙에게 두려운 가설이 하나 떠올랐다.

'만약 검시관이 리케 에넬을 사랑하는 척한 것이라면?'

크리스를 믿었던 카낙은 모든 사실들을 거리낌없이 그와 공유했다.

'내 신뢰를 사기 위해 열정적이었던 이 토르란 자가 바로, 아누락툭을 도주시키고, 프리무스의 범인들에게 시간을 벌어주었던 경찰서의 두더지라면?'

아푸티쿠와 카낙은 어떤 말도 할 수 없었다. 크리스가 무언가를 위해 정체를 숨기며 이 사건에 매달렸다고 한다면, 그건 참을 수 없는 배신이나 다름없었다.

에민구악이 보내준 두 번째 파일은 첫 번째보다 용량이 줄어들어 내려받는 속도가 더 빨랐다. 세 번째 카메라는 탑승객이 도착하는 작은 홀이 아니라 공항의 외부를 향해 설치되어 있었다. 놀랍게도 세 명의 공모자들은 우펑나빅에서는 짧게 머무른 뒤, 카낙행 비행기에 탑승하는 게 아니라 공항 밖으로 나갔다. 그들은 추위 속에서 잠시 대기했고, 잠시 후 두 사람이 탄 스노모빌이 도착했다. 공항 유리창 너머의 뿌연 안개에도 카낙은 두 사람을 어렵지 않게 알아볼 수 있었다. 역시나 그들은 우죽과 올리였다.

영상이 끝나기 전, 몇 초 동안 우죽이 크리스에게 어두운 색의 스포츠가방을 건네는 모습이 보였다. 카낙은 그 내용물을 추측해보았다.

'올리가 만든 살인용 턱이 들어 있는 걸까?'

아버지와 같은 동작으로, 올리는 체르노브에게 비닐봉지를 건넸다. 사진을 최대로 확대하자, 나자의 상점인 울티마 툴레의 하늘색과 흰색 로고가 보였다. 여러 개의 나누크의 주둥이 모양을 얼핏 알아볼 수 있었다.

'여섯 개일 테지.' 카낙이 생각했다.

"투필락이군."

플로라가 여기 있었다면 기쁨에 겨워 춤을 췄을 것이다. 북쪽과 남쪽의 연결고리가 밝혀지는 순간이었다. 이 명백한 구도 속의 오점은 체르노브와 동행했던 두 명의 정체였다. 그들은 반드레후스 연인의 엄격하게 틀어 올린 시뇽 헤어와 수염을 기대했다. 그런데 단 한시도 의심해본 적 없었던 범죄자 커플이 등장한 것이었다. 물론 사진은 법원 입장에서는 매우 약한 증거였다. 하지만 충분히 판세를 바꿀 만한 패가 될 수 있었다. 카낙은 소렌의 사무실 전화번호를 누르며, 다른 한 손으로는 초등학생용 공책을 집어들었다. 색연필은 오래전에 사라졌을 것이다. 그는 믿기지 않는 사건 속의 복잡한 관계를 정리하려고 했다.

감각과 직감만이 아니라 카낙은 제대로 이해하고 싶었다. 범인이 하수인들과 발톱을 어떻게 사용했는지 명백하게 알고 싶었다.

**

"검시관 시험을 치고 싶다고요?"

'네가?!'

그는 상대를 향한 최소한의 존중으로, 그 말은 덧붙이지 않았다. 피탁의 부탁은 크리스 칼슨을 당황하게 했다. 축구와 사냥에 조용히 몰두하곤 했던 그의 이누이트 동료가 그런 꿈을 키우고 있었으리라곤 상상도 하지 못했던 것이다.

"준비한다고 다 붙는 건 아니겠지만……."

"아니, 아니. 그런 말이 아닙니다."

검시관은 계속해서 복도 끝과 오픈 스페이스 쪽을 흘깃거렸다. 해리 패더슨의 취조가 진행됐던, 잠긴 리케의 사무실 쪽으로 말이다.

"늘 일이 바쁘다고 하셨잖아요." 피탁이 말했다.

"서장 님이 이삼 년 안에 일루리삿에 두 번째 의학자 채용 공고를 낼 생각이라고 하셨거든요. 그래서 한번 도전해보고 싶었어요……."

"원한다면 제가 들었던 수업과 학습 자료를 드릴게요. 벼락치기 하는 법을 알려줄 수도 있어요. 아시겠지만 전 항상 저녁 늦게까지 여기에 남아 있잖아요."

"최고예요. 감사해요."

토트넘 홋스퍼 F.C. 티셔츠를 입은 피탁이 말했다.

"그러면 언제부터 시작하고 싶어요? 첫 필기시험은 4월에 있어요. 시간이 그렇게 많진 않네요."

피탁은 연기에 소질이 없었지만 최소한 소렌이 부탁한 것은 성실히 해내고 있었다. 로비의 커피머신 앞, 크리스의 사무실에서 될 수 있는 한 가장 멀리 떨어진 곳에서 말이다.

"최소한 십 분 정도는 그를 붙잡아둬야 해요. 그리고 그가 이쪽으로 오려고 하면, 그에게 커피를 쏟아요. 조금이라도 운이 좋으면 그가 화내는 소리가 여기까지도 들릴 거예요."

크리스가 연구실을 나서자마자 피탁이 그에게 다가와 말을 건네는 바람에, 크리스는 연구실 문을 잠그는 것을 깜빡하고 말았다. 1천 5백 킬로미터 떨어진 곳에서 카낙이 세운 계략 그대로였다. 소렌의 눈에 연구실은 평소보다 한층 더 음울했다. 검시에 참관했던 적은 있었지만 죽은 이들이 담긴 서랍들의 벽을 오롯이 혼자서 마주하는 건 처음이었다. 그는 손에 닿는 서랍부터 뒤지기 시작했다. 서랍 속은 아무것도 쓰이지 않은 빈 종이와 오래된 서류로 가득했다. 검시 보고서는 누크에서조차 컴퓨터로 작성하기 시작한 지 오래였다. 하지만 카낙이 찾는 건 어디에도 없었다. 그가 잠겨 있는 서랍을 발견하기 전까지는…….

"젠장, 피탁! 조심해야죠!"

열린 문틈으로 소렌은 신호를 포착했다. 이제 몇 초 후면 미지근한 커피 자국을 묻힌 토르가 들이닥칠 것이다. 폴리티가든에 들어온 이후, 소렌은 처음으로 소소한 범죄로 얼룩진 과거가 자랑스럽게 여겨졌다. 물론, 경찰이 되기 위해 동료들보다 배로 더 열심히, 배로 더 오랫동안 능력을 증명해야 했지만, 최소한 그는 자물쇠를 따는 법은 알았다. 잭나이프의 뾰족한 끝을 구멍에 집어넣자, 자물쇠는 금방 열렸다. 카낙이 그에게 설명한 모든 것들이 그곳에 있었다. 4분의 3이 비어 있는 상자 속 깊숙이, 리케가 덴마크로부터 들여온 음식과 담배의 한중간에 안티-DNA 보호복 두 벌과 그녀의 손으로 직접 서명한 주문서가 있었다. 그보다 더 놀라운 것은, 여섯 달도 더 전에, 감쪽같이 사라졌던 세르게이 체르노브의 조서 복사본도 거기에 있다는 사실이었다. 체르노브를 직접 취조했던 리케가 없애버린 줄로만 알았다.

재빠른 동작으로 그는 모든 것을 그의 검은색 티셔츠 안으로 밀어 넣고 – 그는 일부러 가장 품이 넉넉한 옷을 골라 입었다 – 두 손으로 배를 감쌌다.

"대체 여기서 뭐하는 거예요?"

크리스는 그의 빙산처럼 차가운 푸른 눈동자로 그를 꿰뚫어 보았다. 그들은 문가에 서서, 충돌을 피하기 위해 약간의 거리를 두고 얼굴을 바짝 마주한 채였다. 운이 좋게도, 소렌은 피탁보다 연기를 잘했다. 두둑이 채워 넣은 복부를 꽉 쥔 소렌은 앞으로 고꾸라지며 앓는 소리를 내기 시작했다.

"혹시 복통에 잘 드는 약이 있나 해서……."

"복통이요?"

"배가 너무너무 아파요. 어젯밤에 키비악을 많이 먹었나 봐요……. 오늘 아침 내내 화장실 신세를 졌는데도 계속 이러네요."

크리스는 인상을 풀었다.

"탈 난 건 비우는 수밖에 없어요. 미안하지만 줄 수 있는 약이 없네요."

"알겠어요. 그래도 고마워요."

연기를 끝내기 위해, 소렌은 크리스의 안타까워하는 눈길을 뒤로하고 허리를 반으로 구부린 채, 바로 옆의 남자화장실로 비틀대며 걸어갔다. 화장실이야말로 카낙에게 확인 메시지를 보낼 완벽한 장소였다. 그가 찾고 있었던 모든 물증이, 노란색이 섞인 그의 검은색 티셔츠 안에 있었다.

*　*　*

소렌으로부터 소식이 올 때까지, 카낙은 초조함을 이기기 위해 그의 블레이드카메라의 사진을 계속해서 돌려보았다. 사진이 모두 잘 나온 것은 아니었다. 어떤 것들은 형체를 알아볼 수가 없었다. 그럼에도 사진은 독특한 감정을 불러일으켰다. 칸게크에서 북극의 오로라를 보며 공상에 잠겼던 일, 이고르 예르데브의 방갈로에서 피로 물든 현장을 보고 소름이 돋았던 일, 쿤눈구악의 외딴 거주지를 보았을 때 묘한 기분이 들었던 것까지.

비록 그린란드에 온 지 얼마 안 됐지만 평생 느낄 모든 감정을 다 느낀 것만 같았다. 매우 다양하고도 생생한 감정이었다. 사진들을 무심히 넘겨보던 카낙은 헬리콥터에서 찍은 사진으로 다시 돌아갔다. 그는 대륙빙하에 뚫린 구멍처럼 보이는 검은 원들을 다시 한 번 바라보았다. 다른 세계에서 온 거대한 인쇄판 같았다. 페루의 사막 한가운데에 있는 나스카 평원이 떠올랐다. 누가 그렸는지 모를, 하늘에서만 볼 수 있는 거대한 그림과 마찬가지로, 이것도 고대문명이 남겨놓은 난해한 흔적인 걸까?

아푸티쿠도, 벨 212기의 승객들도, 수수께끼를 풀지 못했다. 하지만 이제 카낙은 누구에게 질문해야 하는지 알 것 같았다. 그는 황급히 서너 장의 사진을 첨부한 문자메시지를 보냈다. 한가한 역사학자는 곧바로 전화를 주었다.

"어디서 찍은 건가요?"

"정확히는 모르겠는데…… 그린란드로 올 때 찍은 겁니다. 캉걸루수악에서 환승하고 나서죠. 누크의 북동쪽일 겁니다. 비행기를 탄 지 대략 한 시간쯤 되었을 때예요."

"그렇군요. 이건 의심의 여지없이 DYE-2예요."

"DYE-2요? 그게 뭡니까?"

"간단히 설명할게요. 1950년대에 펜타곤이 소련의 핵무기에 대항하는데 이상적인 전략적 진영으로 그린란드를 골랐지요."

"툴레의 미군기지 말입니까?"

"네. 하지만 툴레는 이목을 집중시키기 위한 작전 지역에 불과했어요. 진정한 냉전 작업은 다른 곳에서 이뤄졌지요."

"아, 그래요? 어떤 작업 말입니까?"

"당시 미국과 러시아는 두 국가 사이를 지나는 가장 가까운 길목인, 북극에서 거대한 체스 경기를 펼치고 있었지요. 미국의 주요 방어 진영은 거대한 도청 장치로 이루어져 있었어요. 그게 바로 DEW^Distant Early Warning 라인 기지였지요. DEW는 원거리 조기 경계의 준말이에요. 북미 공해 속으로 적군의 미사일 침범을 탐지하기 위한 포물선 조직이자 공격이 일어나면 즉시 방어를 할 수 있는 장치라고 하면 이해하기 쉬울 거예요."

"제임스 본드 영화 같군요."

"이건 일부에 불과해요. 1954년과 1958년 사이, 미국은 알래스카 서쪽과 캐나다의 북극권 동쪽까지 총 58개의 DEW 기지를 세웠어요. 1958년부터는 워싱턴과 그린란드 정부가 네 개를 더 짓기로 합의했지요."

"그린란드에 말이군요."

"맞아요. 그래서 DYE-1에서 DYE-4란 이름이 붙었어요. 각각 하나의 완전한 미군 기지였어요. 에너지 자립이 가능한 자원, 상점, 영화관……. 대륙 빙하 한가운데에 떨어진 작은 미국 마을이나 다름없었어요. 보안을 위해 철저히 비밀로 남겨졌지요."

"냉전시대가 종식되고 난 뒤에는 폐쇄됐겠군요?"

"1988년에서 1991년까지 순차적으로요."

카낙은 정보를 소화하기 위해 약간의 뜸을 들였다. '일단은' 그의 수사와 아무런 관련이 없는 이야기였다. 그러나 국가적 스케일의 비밀 이야기는 흥미로웠다.

"기지 내 에너지 자립이 가능했다고 하셨는데, 그게 정확히 무슨 말입니까? 해저에 원자력발전소라도 지었던 겁니까?"

카낙은 대중 과학 잡지를 읽었던 기억을 떠올렸다. 세계 최초의 원자력 잠수함인 노틸러스호에 대한 기사였다. 그게 1950년대 중반의 일이니까, 당시보다 조금 더 과거의 일이었다.

"네. 하지만 그게 다가 아니었어요. 미군이 올 때 연료도 가득 가지고 왔거든요. 당시 미국에선 싼 가격에 매우 많은 양의 석유를 생산했지요. 트럭에, 포클레인에, 시추기에, 돌려야 할 게 너무 많았으니까요. 이처럼 인간이 생존하기 어려운 환경에 정착하기 위해 그들이 얼마나 많은 자원을 써야 했는지 몰라요. 수천 배럴을 여기까지 운반하는 건, 다른 일에 비하면 쉬운 축에 속했어요."

"그럼 그 DYE라는 기지가 카낙 근처에도 있습니까?"

마을에서 동떨어진 기지. 50년대 미군이 버리고 간 기름통 수백 개가 있는 곳. 올리 네메닛소크와 같은 영악한 자가 찾아냈을 횡재에 가까운 은신처.

"유감스럽게도 그 근처엔 없어요."

실낱같은 희망이 사라져버렸다. 역사학자는 그에게 그린란드의 DYE 기지의 위치가 그려진 지도를 보내주었다. 네 개의 동그라미는 북위 65도를 따라 서쪽에서 동쪽으로 분포되어 있었다. 카낙에서 남쪽으로 1천 킬로미터 이상 떨어진, 그린란드의 남쪽 지대에 위치한 곳이었다. 썰매든 스노모빌이든, 우죽과 올리가 몇 주를 마을을 비우지 않고는 왕복할 수 없는 거리였다. 만약 그랬다면 주변의 의심을 샀을 것이다.

실망을 감출 수 없었다.

"그 근처라면, 냉전시대 미군의 유물이 하나 더 있긴 해요."

"툴레에 말입니까?"

"아뇨. 툴레는 여전히 운영 중이지요. 제가 말하는 건 버려진 장소예요. 당시 미군의 계획 중엔 DYE 기지보다 더 중요한 게 있었거든요."

"그것보다 더 중요한 게 있었다고요?"

"아까 말했듯이, DEW 라인은 방어 목적으로 지어진 거예요. 사람들이 말하는 거대한 귀 통신망에 불과하지요. 그보다 훨씬 이전부터, 미 국방부는 그린란드에 공격용 무기를 설치하고 싶어 했어요. 전후 덴마크와 연합국에게 넘어간 무기지요. 바로 이 지점에서 아이스 웜 계획이 등장해요."

"한 번도 들어본 적 없군요." 카낙이 말했다.

"캠프 센추리, 이것도요?"

"네. 그게 뭡니까?"

"아이스웜이란 매우 장대한 계획의 첫걸음이지요. 대륙빙하 속에 땅을 파고, 기지를 지은 다음에 모스크바를 겨눈 600개의 탄도 미사일을 설치하는 거예요. 그 기지의 크기가 그리스 국가 면적에 맞먹는다고 해요. 상상이 되시나요?"

"그럴 리가요!"

"사실이에요. 공사가 시작됐을 때 워싱턴은 코펜하겐 정부 쪽에 그 기지에 대해 극한의 상황 속에서 군대의 생활 조건을 연구하기 위한 일종의 과학 기지라고 설명했지요. 실은 그걸 인류 역사상 가장 거대한 핵 발사대의 주춧돌로 삼고자 한 거였어요. 버튼 하나만으로 소련을 지구에서 지워버릴 수도 있는 규모였지요. 「닥터 스트레인지러브」*와 같은 영화에서나 나올 만한 미친 소리지요."

"안 그래도 그 말을 하려 했습니다."

"수백만 달러를 잡아먹은 계획이었지요. 하지만 문제는, 현지에서 거주하던 미군들이 얼음으로부터 수십 미터 아래에서 실험용 쥐처럼 생활하는 걸 못 견디기 시작한 겁니다. 이 장대한 모험의 모순은 그들에게 이 생활이 진짜 과학 실험처럼 흘러가기 시작했단 겁니다. 건축가들이 미군들이 최대한 일상을 즐길 수 있도록 안락함을 위주로 설계했는데도, 도움이 되지 않았어요. 영화관, 식당, 바, 공연, 댄서들. 미군들은 몇 달이 채 지나지 않았는데도 서서히 미쳐갔어요. 가장 운이 좋은 경우가 알코올이나 마약 중독에 그친 정도였지요. LSD강력한 환각제의 일종의 시초가 바로 여기였어요. 많은 이들이 대륙빙하를 직접 건너 툴레로 가려다 목숨을 잃었어요. 우려스러운 보고서가 펜타곤까지 전달된 뒤로, 미 국방부는 캠프 센추리의 직원들을 순차대로 본국으로 송환했지요. 그리고 1967년에 미국은 최종적으로 기지를 폐쇄했어요."

* 1964년 스탠리 큐브릭 감독이 만든 반전 영화로 핵전쟁을 통해 인류가 직면하고 있는 상황을 블랙코미디로 그려냈다.

"그 모든 걸 남겨두고요?"

"설치된 것과 자원 대부분을요."

"그 캠프 센추리라는 곳이 카낙에서 멉니까?"

"아마 카낙에서 동쪽으로 200킬로미터 떨어진 위치에 있을 겁니다."

올리는 이곳을 알고 있었던 게 분명했다. 그는 그렇게 아버지의 권력을 등에 업고, 자신의 번영을 누렸을 것이다. 오래전 그곳에서 생활하다 죽었을 사람들이 쓰던 불순물 섞인 기름을 마을에 내다팔면서 말이다. 그곳으로 가는 건, 가벼운 산책에 불과했을지도 모른다. 카낙의 짐작대로라면, 네 메닛소크 가족의 피난처도 그곳일 것이다. 어쩌면 우죽, 나자, 올리 세 사람은 자연에 맞서며 아직도 그곳으로 향하는 중일지도 모른다.

생각이 거기까지 다다랐을 때, 소렌의 메시지가 도착했다.

부탁하신 모든 걸 찾았어요. 그가 맞았어요. 크리스예요.

카낙은 아푸티쿠에게 그가 알아낸 모든 것을 요약해 말해주었다. 그리고 결정을 내렸다. 맞설 수 없는 것에 맞서야 한다. 모험가들을 매혹시키고, 기후학자들을 절망에 빠뜨리는 거대한 흰 자석과도 같은 대륙빙하가 그를 끌어당기고 있었다. 북극권과 얼음에 중독되었던 북극의 정복자인 피어리, 쿡, 아문센을 유혹했듯이 말이다.

'그도 미쳐가는 걸까? 아니면 곧 미치게 될까?'

"그런데 말이죠." 카낙은 머리를 쓰다듬으며 아푸티쿠에게 가볍게 말을 건넸다.

"제가 쓸 모자도 있습니까?"

아푸티쿠의 미소는 그의 우정을 보여주고 있었다. 물론 그에게 빌려줄 모자는 얼마든지 있었다. 하지만 그 전에, 몇 번이고 거절했던 통화를 할 차례였다. 리케 에넬과의 통화를 말이다.

51

리케 에넬은 키보드 위에서 손가락을 오므렸다. 그녀의 눈은 흥분으로 빛났지만 손은 분노로 떨리고 있었다. 솔직히 말하면, 리케는 해커의 자질이 없었다. 경찰학교에서 수학할 당시, 독학한 정보과학자였던 스웨덴 인 스벤과 몇 달 사귄 게 다였다. 그는 소스코드 아래에서 그가 찾아낸 모든 것을 해킹하는 데 며칠 밤을 새우곤 했다. 그렇다고 그가 펜타곤, FBI 혹은 카드사와 같은 복잡한 보안시스템에 침투할 정도의 실력인 건 아니었다. 그의 활동은 주로 보안이 허술한 아마추어 서버에 침투하거나 비밀번호를 크래킹하는 정도의 평범한 일이었다. 그런 그의 어깨 너머로, 리케는 몇 가지 개념을 익힐 수 있었다. 하지만 안타깝게도 지금 그녀가 하고자 하는 요술을 부리기에는 턱없이 부족했다.

"젠장, 스벤! 어떻게 하면 다른 장소에서 내 사무실 컴퓨터의 웹캠을 켤 수 있는지나 알려줘. 지금 내게 필요한 건 그게 다야."

수년의 세월이 지난 뒤, 옛 연인에게 다시 연락하는 일은 쉽지 않았다. 이 자식이 착각하건 말건, 걱정할 때가 아니었다. 검색 기록에 흔적을 남기거나 부하를 끌어들이지 않고, 인터넷에서 정보를 수집할 다른 방법이 없었다. 물론 카낙은 소렌이 '믿을 만한 친구'라고 하긴 했지만 말이다. 하지만 그를 온전히 믿기 어려웠고, 사건이 해결되기 전까지 그녀는 신중함과 기밀 유지라는 두 마리 토끼를 다 잡아야 했다.

아푸티쿠의 컴퓨터 뒤에 자리를 잡고, 오픈 스페이스에서 누구도 화면을 볼 수 없는 각도로 모니터를 돌린 리케는 자신의 사무실 블라인드 틈 사이를 노려보았다. 크리스와 패더슨이 막 사무실로 들어간 참이었다. 평소답지 않게, 그들에게 사무실을 내어준 건 바로 그녀였다. 상황이 여의치 않아 어쩔 수 없었다.

패더슨은 리케의 취조를 거부했다. 고작 몇 분 전, 카메라 앞에서 술술 자백했던 사람이라곤 믿기지 않을 정도였다. 그가 뱉은 말이라고는 이것뿐이었다.

"당신과 쿠픽 에녹슨 사이에 있었던 거래를 알고 있어요. 당신들의 관계를 밝힐 증거도 있죠."

"그게 대체 무슨 말이죠?"

"형사소송법에 따라 형사사건의 중요 증인이 수사관과 연관될 경우에 수사관의 자격이 박탈되는 건 알고 있겠죠? 바로 당신 말입니다. 에넬 양."

"그래서 어쩌자는 건가요? 둘 다 지쳐 쓰러질 때까지 서로 이렇게 노려보기만 하자고요? 그걸 원해요?"

"선택은 두 가지예요. 계속해서 날 취조하겠다고 이렇게 고집을 부리는 겁니다. 그럼 난 내가 가진 정보를 대중에게 공개할 거예요. 변호사는 내 전화만을 기다리고 있죠. 다른 하나는 좋게 해결하는 겁니다. 그럼 난 내가 가진 사진을 고이 간직하고, 당신은 그린란드 경찰 계급에 따라 다음 사람에게 자리를 넘기는 거죠."

아푸티쿠 칼라켁이 자리를 비운 관계로 그 다음은 크리스 칼슨이었다.

리케는 항복할 수밖에 없었다. 따라서 크리스가 누크 살인사건을 청부한 것으로 추정되는 패더슨의 취조를 맡게 되었다. 길었던 카낙과의 통화 내용이 사실이라면, 패더슨과 크리스는 이번 사건의 공모자였다. 고양이에게 생선을 맡긴 꼴이었다. 크리스는 조서를 마음대로 꾸밀 것이다. 어쩌면 이미 입을 맞춘 뒤인지도 모른다. 어쩌면 나머지 용의자들 파비아 랄슨, 세르게이 체르노브와 아누락툭 네메닛소크까지 다 함께 말이다.

리케는 폴리티가든에서 가장 폐쇄적인 곳인 자신의 사무실에서 취조를 진행하도록 했다. 최악의 수를 둔 것이었다. 이제야 그녀는 그 사실을 깨달았다. 하지만 그게 꼭 그렇게 나쁜 것만은 아닐지도 모른다…….

블라인드 틈 사이로 패더슨과 칼슨의 실루엣만 보였다. 두 남자는 줄이 그어진 그림자에 불과했다. 이제부터는 소리에 의존해야 했다. 그녀가 알아들을 수 있는 디테일한 소리로만 그들의 동작과 상황을 짐작해야 했다.

칼슨은 두 개의 방문객용 의자 중 하나를 패더슨에게 권했다. 칼슨은 잠시 서장의 자리에 앉으려다가 멈칫했다. 마지막 남은 양심으로 그는 하나 남은 방문객 의자에 앉았다. 그 결과, 리케의 컴퓨터 화면의 웹캠이 켜졌는데도, 두 남자는 그 사실을 눈치 채지 못했다.

확실하진 않지만 크리스는 '옛날 방식'의 조서 위에 피의자의 이름을 휘갈겨 쓰는 것 같았다. 펜을 탁 내려놓은 토르는 주머니에서 작은 디지털 녹음기를 꺼내 녹음 버튼을 눌렀다. 특유의 날카로운 비프음이 들렸다. 이제부터 기계가 그들의 대화를 모조리 녹음한다는 뜻이었다.

"패더슨 씨, 2017년 10월 30일 금일 취조의 일환으로 당신은 **그린오일 노동자 숙소에서 지난 며칠 동안 벌어진 네 건의 살인사건이 본인의 단독 소행이라고** 밝혔습니다. 사실이 맞습니까?"

"맞습니다."

패더슨은 한 치의 망설임도 없이 대답했다.

"또한 사람을 직접 고용해서 살인을 청부했죠. 그들의 이름이 아누락툭 네메닛소크와 누파키 니칼룬가넥Nupaki Nikallunganeq 이 맞습니까?"

"네. 맞습니다."

"세르게이 체르노브란 이름을 들어본 적 있습니까?"

"네. 그렇습니다."

"그럼 질문하겠습니다. 패더슨 씨, 칸게크의 그린오일 플랫폼의 전 관리 책임자 세르게이 체르노브가 범죄 행위의 준비와 실행에 가담한 게 맞습니까?"

"네. 맞습니다. 체르노브가 날 도왔습니다."

해리 패더슨은 범인 역할을 자처하는 것에 아무런 거리낌도 없는 것 같았다. 게다가 질문과 대답에 성실히 임하고 있었다. 대체 왜일까? 어째서 희생양을 자처한 걸까? 거기서 무슨 이득을 얻어내려는 걸까?

"어떻게 도왔죠?"

"다양한 방법으로요……. 아누락툭과 누파키를 제게 소개한 것도 그였습니다. 그는 아누락툭의 여동생, 타킥과 가깝게 지냈죠."

"체르노브와 타킥이 연인 관계였다는 말입니까?"

"아뇨. 그 애는 매춘부였어요. 물론 직업이 매춘부라는 건 아니고요. 타킥은 체르노브에게 친오빠의 불법적인 정치 행위에 대해 이야기해줬고요. 그래서 체르노브는 아누락툭이라면 외국인 노동자 몇 명을 제거하고 싶어 할 거라 생각한 거죠."

"그리고 그건 사실이었나요?"

"네. 아누락툭은 극단적인 이누이트 민족주의자입니다. 그린란드 인을 등쳐먹는 외국인들을 혐오했죠."

논리에 맞지 않았다. 하지만 크리스는 제노포비아이방인에 대한 혐오 현상 운동가인 아누락툭이 외국인 기업가인 패더슨에게 득이 되는 일을 하는 것 자체가 모순이라는 사실을 지적하지 않았다. 그가 죽인 단순 노동자들보다 패더슨은 더 악질인데도 말이다.

"세르게이 체르노브와 개인적으로 어떻게 아는 사이인지 말씀해주시겠습니까? 우선적으로 그는 당신의 경쟁자인 헨릭 뮐러의 직원이었는데요. 그와 당신이 어떻게 만날 수 있었죠?"

"이곳의 누군가가 제게 체르노브를 소개해줬지요."

"이곳이라니요. 누크를 말하는 겁니까?"

"아뇨. 바로 이곳, 폴리티가든 말입니다."

"이 경찰서 내부에 당신의 공모자가 있다는 말입니까?"

"네……."

"그 중간 역할을 한 사람의 이름을 말씀해주시겠습니까?"

"리케 에넬입니다."

그녀의 이름이 등장하자 리케 에넬의 얼굴이 분노로 달아올랐다. 크리스는 몇 초간 아무 말도 하지 않고 있었다. 리케는 그 침묵을 어떻게 해석해야 할지 몰랐다. 극적인 효과를 주려는 걸까?

"그 발언의 심각성을 알고 계시겠죠, 패더슨 씨?" 크리스가 조용히 말했다.

"알고 있습니다……. 증거도 있어요."

"무슨 증거 말인가요?"

"작년에 세르게이 체르노브가 방글라데시 인 노동자 한 명을 흠씬 두들겨 패서 체포된 적이 있었어요. 자와드인가…… 이름은 기억이 잘 안 나네요."

"그게 이 사건과 무슨 관련이 있습니까?"

"리케 에넬이 체르노브의 뒤를 봐줬어요. 그에게 어떠한 혐의도 묻지 않고, 증거를 인멸해줬죠. 조서는 어떤 형태로도 남겨두지 않았어요. 종이로든 디지털로든."

"그게 다입니까?"

"아뇨. 그리고 NNK의 두 운동가에게 안티-DNA 보호복을 제공한 것도 그녀였어요. 범죄 현장에 그들의 DNA를 남기지 않기 위해서였죠. 당신도 여기서 일하니까, 프리무스의 방갈로에서 어떤 유전자 흔적도 나오지 않았다는 사실을 아실 테죠……. 물론 피해자의 것은 제외하고요."

"그렇다고 치죠. 하지만 에넬 양이 연루됐다는 증거는 어디에 있죠?"

"에넬 양의 개인적 물건들 사이에서 발견한 두 개의 보호복이 제게 있습니다."

리케는 깜짝 놀랐다. 문제의 보호복은 그녀의 옷장 안에 있어야 했다.

'그걸 마지막으로 확인한 게 언제였지?'

그게 언제였는지는 기억이 나지 않았다.

'그게 어떻게 패더슨의 손에 들어가게 된 거지? 그걸 대체 누가 건네준

걸까? 크리스의 짓일까?'

온몸에 소름이 돋고, 이마에는 땀방울이 맺혔다. 에넬은 볼륨을 높였다.

"게다가 그녀가 직접 서명한 보호복 주문서도 있습니다. 공식적으로 주문한 게 아니라서 경찰서 재고목록에는 없는 거죠. 그녀가 살인자에게 보호복을 제공했다는 사실을 감추려고 했다는 증거입니다."

도청기 너머 리케는 폭발 직전이었다. 그녀는 금방이라도 작은 금속 책상을 내려칠 듯 주먹을 꽉 쥐고 있었다.

그 망할 보호복은 그녀가 자신의 돈으로 직접 구입했던 것이다. 하지만 그건 공식적인 재고목록에서 빼놓거나 살인자들에게 넘기기 위한 게 아니었다. 단지 코펜하겐의 빌어먹을 예산 삭감 때문이었다. 그녀는 그저 소렌이 그의 일을 제대로 할 수 있게 해주고 싶었을 뿐이었다. 그건 덴마크 세금을 낭비하지 않기 위해서였다. 이전에 헬리콥터로 범인을 뒤쫓지 못했던 이유와 같았다. 늘 예산을 아끼라는 상부의 지시에 따른 것뿐이었지, 다른 목적은 추호도 없었다.

그녀는 자신의 일에 충실했다. 그 이상, 그 이하도 아니었다. 그런데 그녀의 헌신이 이렇게 돌아올 줄은 몰랐다. 부당함에 소리라도 지르고 싶을 정도였다.

그녀의 사무실 안에서는 취조가 계속됐다.

"에넬 서장이 그런 행동을 해서 얻는 이익이 있을까요?"

크리스가 차갑게 말했다.

"제 손으로 커리어를 망칠 만큼 좋은 이유가 있어야 할 텐데요."

"간단합니다. 에넬 양은 수개월 전부터 에너지부 차관 쿠픽 에녹슨의 연인이었죠."

"증명할 수 있습니까? 그리고 그게 이 사건과 무슨 연관이 있죠?"

"먼저, 그 사실을 명백히 입증할 사진을 가지고 있습니다."

"계속하세요."

"그들은 저만큼이나 그린오일 플랫폼을 멈추고 칸게크 개발권이 아르틱 페트롤리움에 넘어가길 원했죠."

"금전적인 이유입니까?"

"아뇨. 금전적인 이유라면 그건 제 쪽이죠. 그들이 얻을 이익은 정치적인 겁니다. 직업적인 것이라고 할 수도 있겠죠. 개발권이 아르틱 페트롤리움에게 넘어간다면, 에녹슨은 시우무트당에서 다가올 총선의 공천권을 따낼 수 있습니다. 그 바람이 며칠 전에 이루어졌고요. 그렇게 되면, 의회에서 국민투표를 실시할 보장도 생기고, 독립을 향한 국민들의 표도 잡을 수 있어요. 그린란드의 독립이란 에녹슨에게 총리가 될 수 있는 좋은 입지를 제공한다는 말과 같으니까요."

"그건 제 질문에 대한 답이 아닙니다. 그것이 에넬 서장이 이 사건에 연루됐다는 사실을 어떻게 증명하는 거죠? 아무리 부패했다 한들, 이런 살인사건에 손을 담그고 싶어 하는 경찰은 없습니다!"

"매우 간단해요. 쿠픽 에녹슨이 그린란드 독립정부의 차기 총리가 된다면, 그가 리케 에넬을 내무부장관에 임명할 테니까요."

"그 말에도 증거가 있겠죠?"

"그럼요." 패더슨이 진지하게 답했다.

"제가 차기 에녹슨 행정부의 조직도를 가지고 있습니다. 자료가 만들어진 날짜를 보면 그 사실을 아마 증명할 수 있을 겁니다."

그의 폭로에는 한숨처럼 긴 침묵이 뒤따랐다.

헤드폰 속의 리케의 두 귀는 분노로 붉게 달아올랐다.

'왜 지금껏 아무것도 몰랐던 걸까?'

그녀의 연인이 말도 안 되는 염원을 품는 걸 절대 받아들이지 말았어야 했다. 장관직은 그렇다 쳐도, 하필이면 이런 위험한 상황에 그 사실을 들키게 된 것은 치명적인 실수였다. 정치판에서는 늑대처럼 굴어야 하지만 마지막 순간까지 양의 얼굴을 하고 있어야 했다. 절대로 욕망을 너무 빠르게 드러내선 안 된다.

"그 증거들을 지금 제출하실 수 있습니까?" 칼슨이 말했다.

"일부는 지금 제가 가지고 있고, 나머지는 제 변호사에게 요구하면 바로 보내줄 겁니다."

'씨알도 안 먹힐 소리!'

대화에 기울이던 리케가 생각했다. 크리스 칼슨은 또다시, 형사라면 마땅히 지적해야 할 점을 지적하지 않고 있었다. 심지어 그는 패더슨에게 이렇게 모든 것을 털어놓는 이유조차 물어보지 않았다.

'양심의 가책을 느낀 건가? 하지만 왜 이제 와서?'

왜 패더슨이 공범들과 저지른 악행에 따른 '분담금'을 나눠 가지려는 바로 이 순간에 그래야 했느냔 말이다.

짧게 목을 가다듬은 검시관은 상대방에게 여기서 마무리하자는 신호를 보낸 뒤, 녹음기 버튼을 엄지로 눌러 껐다. 두 번의 비프음이 연달아 들렸고, 녹음이 중단되었다.

"괜찮았나요?" 패더슨이 물었다.

"저 잘한 것 맞죠?"

리케는 몸을 떨었다. 드디어 때가 된 것이다. 드디어 패더슨이 '밀고자' 역할을 자처한 이유를 알 수 있을 것이다. 그리고 칼슨은? 운이 좋다면 그는 자신이 공범이라는 사실을 스스로 밝힐지도 모른다. 그의 가면을 벗기는 데 가장 중요한 증거가 될 것이다.

"완벽했어요. 아시다시피 전 당신을 내일 아침까지 유치장에 가둬야 해요. 의례적인 절차죠. 그 이후엔, 심리 기간 동안 당신은 자유의 몸이에요. 다만 소란을 일으키거나 시의적절치 못한 발언은 삼가세요. 아직 에녹슨과 에넬이 기소되지 않았으니까요."

"타이밍이 완벽하군요." 상대가 반색하며 말했다.

"당신 친구 파비아가 제 결백을 밝혀주고, 개발권을 넘겨주는 그 즉시 폴라블랙은 칸게크에 입성할 겁니다. 이제 제가 체르노브와 함께 우리의 플랫폼 설치를 준비할 시간만 남았죠."

하지만 크리스는 매서운 칼날처럼 차갑게 말했다.

"당신이 모든 증거를 손에 쥐고 있지 않단 걸 알아요, 해리."

그는 갑자기 친근하게 굴었다.

"이제부터 당신에겐 칸게크도, 폴라블랙도 없어요."

"네?" 패더슨이 깜짝 놀라며 말했다.

"다시 한번 말할까요? 당신 증언 덕에 파비아 랄슨이 쿠픽 에녹슨 자리를 차지하고 나면 이 나라의 모든 석유 개발이 무기한 중단될 겁니다. 다행히 이 나라는 카타르도, 베네수엘라도 아니니 아직 우리에겐 다른 선택권이 있습니다. 그리고 우리 같은 진정한 그린란드 인이 직접 내릴 선택은 더는 이 나라에서 무책임한 에너지 개발을 하지 않는 겁니다."

"혹시 농담하는 거라면 전혀 웃기지 않은데요……."

"그래요. 전혀 웃기지 않아요, 해리. 우리의 해변을 오염시키는 당신의 플랫폼도, 경관을 해치는 시추 시설도, 이 나라 사람들을 미치게 만들고 곧 이곳을 자본주의자들의 지옥으로 만들어버릴 석유 달러까지. 이 모든 건 하나도 재밌지 않죠."

긴 침묵이 자리잡았다. 리케는 새로운 현실과 마주한 패더슨의 머릿속에 어떤 생각이 스치고 있을지 상상해보았다. 그는 경쟁사를 몰락시켰고, 자신의 고용주를 배신했고, 자신의 이익만을 생각하며 모든 위험을 스스로 떠안았다. 그 행동의 대가는 또 다른 배신이었다. 그는 쓰리쿠션 당구 게임의 참가자가 됐다고 믿었겠지만 사실 그의 역할은 당구공이었다. 그는 모든 것을 잃었다.

배신자는 언제든 배신을 당할 준비가 돼 있어야 한다. 다만 언제, 누가 배신을 할 것인지는 알 수 없는 일이었다. 배신자는 그 위를 지나는 자석에 의해, 중심을 잃고 흔들리는 나침반에 불과했다.

파비아와 크리스는 그가 한 번쯤 의심했어야 할, 너무도 좋은 개발 조건을 제시하면서 그에게 거짓 약속을 했던 것이다. 패더슨은 이제야 그들의 정체를 알았다. 그들은 분노한 환경주의자들이자 그린피스나 비슷한 단체들만큼이나 위험한 극단적 정치인들이었다. 유일한 차이점은 이 둘은 곧 이 나라를 좌지우지할 것이고, 그들만의 공정무역을 통한 유기농 밀가루 속에서 그들의 세계를 운영할 거란 사실이었다. 그들이 노린 건 그린오일만이 아니었다. 그들이 무너뜨리려던 것은 그린란드 석유 산업 전체였다. 그중 한 회사를 불안정하게 만들고, 다른 하나의 신용을 깎아내리면서 말이다.

패더슨은 어떻게 이렇게 순진했던 걸까? 이제 막 학교를 졸업한 애송이들이 어떻게 그의 약점을 파고들고, 이런 공격을 할 수 있었던 걸까?

블라인드 틈 사이로 리케는 패더슨이 자리를 박차고 일어나 검시관의 멱살을 잡는 것을 보았다.

"네 놈을 가만두지 않겠어, 칼슨! 그리고 네 친구도 함께 말이야! 이렇게 나를 버릴 수 있을 거라고 생각해? 내가 모든 걸 폭로하겠어! 밖에서 진을 치고 있는 언론의 개들이 무척이나 반길걸?"

그는 크리스의 목 주변을 조르려고 하며 소리쳤다. 하지만 그는 이미 힘을 다 소진한 뒤였다. 상대는 너무도 쉽게 그에게서 벗어났다.

"그러지 않는 게 좋을 겁니다. 이미 전부 자백하셨는데요."

'그가 정말로 녹음기를 끈 게 맞나?'

"매일 아침마다 유치장을 비우도록 할지, 말지는 제게 달렸어요. 제 지시한 번이면, 당신은 소송 내내 이곳에서 웅크리고 있어야 할 겁니다. 그리고 은퇴는 베스트르 펭셀코펜하겐의교도소에서나 하게 될 테죠."

그의 말에 패더슨은 할 말을 잃었다. 그는 불에 데기라도 한 듯, 손을 놓고 황급히 뒤로 물러섰다. 잠시 비틀대던 그는 의자 위로 무너지듯 주저앉았다.

리케는 신속히 웹캠의 오디오 녹음을 중단하고 파일을 컴퓨터에 저장했다. 아푸티쿠의 어지러운 서랍 안을 뒤져 USB를 발견한 그녀는 내용물 – 프리미어 리그의 아름다운 골 장면 모음집 – 을 모두 지우고, 녹음본을 옮겨 저장했다. 그리고 자신의 스마트폰에도 저장했다.

오픈 스페이스의 반대편 끝에서 칼슨과 패더슨이 나왔다. 피의자는 겨우 두 발로 서 있었고, 등을 한없이 구부린 자세로 리놀륨 바닥으로 고개를 떨어뜨리고 있었다. 손에 녹음기를 든 크리스는 다음 날까지 패더슨이 지내야 할 건물로 그를 끌고 갔다. 항상 비어 있던 폴리티가든의 유치장 세 곳은 관리하지 않아 지저분했다. 리케를 포함한 이전의 서장들 모두 그곳의 상태를 개선하려는 노력은 조금도 하지 않았다. 유치장의 주인은 연금이 나오는 VIP들보다는 주로 거나하게 취한 알코올 중독자들이었기 때문에, 그곳은 세월의 흔적과 소변 냄새로 찌든 상태였다.

자신의 사무실에 들어온 리케는 무엇을 먼저 해야 할지 감이 잡히지 않았다.

'카낙에게도 오디오 파일을 보내줘야 할까? 그들에게 닥친 새로운 위험을 쿠픽에게 귀띔해줘야 할까?'

그녀와 에녹슨 모두 부하에게 보기 좋게 속았다, 초짜처럼.

그녀는 크리스가 파놓은 함정에 속아 넘어간 카낙을 원망했다. 물론 그녀의 태도와 그녀가 했던 몇몇 선택들이 의심스러울 수 있었다는 점은 인정해야 했다.

'아무리 그래도 그렇지, 야망을 이루기 위해서 내가 그런 끔찍한 범죄를 공모했단 걸, 믿었단 말인가? 이게 다 내 시뇽 헤어 탓이지.'

그녀는 자신에게 조소를 보내며 생각했다. 사람들은 권위주의적인 그녀의 태도를 좋지 못한 시선으로 보곤 했다. 역설적이게도, 그녀의 북유럽 여신 같은 외모는 언제나 주위의 의심을 불러일으켰다. 그녀가 그런 오해를 산 것이 이번이 처음도 아니고, 아마 마지막도 아닐 것이다.

이제 리케는 그녀의 동료에게 자신의 결백을 알리고 싶었다. 그녀가 에녹슨에게 넘어간 건 맞았다. 그리고 그런 관계 속으로 빠지지 말았어야 한 것도 맞았다. 하지만 수개월 동안 그녀를 매혹시켰던 건, 정치인의 모습 뒤의 한 남자였다. 그리고 그게 그녀의 커리어에 도움이 된다면 더 좋은 일이었다. 어째서 사랑하지도 않는 사람에게 감정을 낭비했겠는가? 이것 하나만은 맹세할 수 있었다. 쿠픽 에녹슨은 그린란드의 미래였다. 그래서 그녀는 그를 사랑했다. 그런 그가 남들의 웃음거리로 전락하는 건 그녀 자신의 불명예만큼이나 견디기 힘들었다.

하지만 그녀의 연인과 자신의 명예를 모두 구하기 위해서는 패더슨의 거짓 자백보다 더 필요한 게 있었다. 바로 크리스의 자백이었다. 그는 일 년이 넘는 시간 동안, 사랑에 빠져 위축된 독신자의 모습을 연기해왔다. 리케는 그가 혁명적인 파비아 랄슨과 만나고, 사랑에 빠진 이야기를 그의 입으로 들어야 했다. 그가 앞으로 다가올 환경 재난으로부터 그의 조국인 그린란드를 구하기 위해, 정치적인 그의 젊은 연인을 구슬린 방법을 말이다. 크리스는 폴리티가든으로, 파비아는 에너지부로, 각자 그들이 어떻게 잠입 공작을 펼치게 됐는지도. 적에게 없어서는 안 될 존재가 되는 것, 그건 테러리스트들이 흔히 쓰는 기술이었다. 효과적으로 내부를 파괴할 수 있는 방법이었다.

리케는 카낙이 보내온, 이번 사건에 가담한 사람들이 맡았을 일들을 밝혀놓은 복잡한 관계도를 보았다. 리케는 자신이 방금 알아낸 사실에 기인하여 비어 있는 부분을 채우고 틀린 부분은 정정했다. 이제 그녀는 그들 모두에게 반격하려면 어떻게 해야 하는지 깨달았다.

52

IMG_2319 / 10월 30일
아래에서 위로 바라본 거대한 송전탑

카낙은 모자를 쓴 자신의 모습이 기이하게 느껴졌다. 마치 콘돔을 씌운 달걀처럼 말이다. 게다가 모자의 울 조직은 움직일 때마다 두피가 가려울 만큼, 털이 빠져나와 있고 거칠었다. 모자를 찾은 카낙에게 아푸티쿠는 기다렸다는 듯이 그에게 모자를 건넸고, 그것을 필수 조건으로 내세웠다. 모자를 쓰지 않으면 이런 말도 안 되는 여정에 보스를 따라가지 않을 거라고 못박았던 것이다.

그들은 헬리콥터를 포기해야 했다. 어떤 헬기도, 개인용 헬기마저도 대륙빙하 위로 비행하길 거부했다. 적어도 덴마크 군용기는 돼야 위험하지 않을 것이다. 하지만 빠른 시간 내에 군용기를 동원하는 건 불가능했다. 이번에는 브레너의 인맥도 도움이 되지 않았다. 그린란드의 광활한 천연지대를 정찰하는 시리우스정찰대는 공교롭게도 그린란드의 반대편 말단인 동쪽 해안에서 훈련 중이었다.

캠프 센추리와 그 유물까지 가기 위해, 유일하게 신뢰할 수 있는 이동 수단은 썰매뿐이었다.

"안 돼요. 그게 무슨 말인지 몰라요? 썰매를 타고 빙모 위 200킬로미터를 간다니요."

확실히 아푸티쿠는 카낙의 결정을 반기지 않았고, 그를 설득하는 데에는 오랜 시간이 필요했다. 그 과정을 통해 카낙은 아푸티쿠가 왜 그렇게 소극적인 태도를 보였는지 조금은 알 수 있었다.

"그들이 거기 있을 거란 증거는 어디에도 없어요. 그 먼 길을 달려서 도착했는데, 다 헛수고였다고 생각해보세요!"

"그래도 모든 게 다 맞아떨어지는 건 사실입니다. 모든 사람으로부터 떨어진 외딴곳에, 연료에, 마음껏 사용할 수 있는 자원까지……."

"전 모르겠어요."

아푸티쿠가 한숨을 내쉬며 말했다.

"왜죠?"

"왜냐하면…… 진정한 이누이트라면 그곳에 가지 않을 거예요. 태초부터 우리 민족은 이 섬에 살아왔지만 대륙빙하 위는 예외였어요. 모두 해안가에 정착했죠."

"그건 왜죠?"

"키비톡 때문이에요."

죽은 뒤에 영혼으로 변한 사람들을 말했다.

"그곳엔 그들이 너무나 많아요." 그가 말을 이었다.

"그들의 터전이죠. 그들을 방해하면 안 된다는 건 모두가 아는 사실이에요."

하지만 예상과 달리, 카바작은 개들과 썰매를 빌려주는 데 조금도 주저하지 않았다. 대륙빙하 위에서 그들에게 닥칠 수 있는 위험에 대해 침착하게 일러줄 뿐이었다. 4만 년이나 오래된, 평균 1천 6백 미터 두께의 거대한 얼음은 이방인이 흔히 떠올리는 컬링 경기장과는 달랐다. 매끈하지도, 직선적이지도 않았다. 바람에 의해 깎여 나가 뾰족하게 솟은 얼음, 크레바스* 그리고 다른 지형들까지⋯⋯. 파도처럼 유동적인 장애물들이 지천으로 널려 있었다. 지도나 GPS 상으로 1킬로미터를 움직이는 건, 극한의 상황 속에서 편평한 3킬로미터의 땅 위를 가는 것과 같았다.

"운이 좋으면⋯⋯." 기꺼이 그들과 동행하기로 한 카바작이 말했다.

"한 시간에 10킬로미터는 갈 수 있을 거예요. 하루에 열 시간을 달린다고 가정하면, 사실 이것도 최대치지만요. 하루에 120킬로미터는 갈 수 있겠어요."

"그럼 캠프 센추리에는 빨라야 내일 저녁에나 도착할 수 있다는 거군요?"

카낙이 재빨리 계산했다.

"그렇죠. 그것도 아무런 차질도 생기지 않는다는 가정에서 말이죠."

카낙은 그가 생각하는 차질에는 어떤 것들이 있는지 물어보지 않기로 했다. 지금은 늦지 않게 도착하는 게 급선무였다. 약간의 운이 따라준다면, 그들은 내일 저녁이면 그곳에 다다를 수 있을 것이다. 독립투표가 이뤄질 즈음이었다.

'기적의 순간은 짧은 법이지.'

카낙은 머릿속으로 속담을 떠올렸다.

* Crevasse. 빙하나 눈 골짜기에 형성된 깊은 균열

무궁무진한 해석이 가능한 속담과 함께 그들은 카바작의 썰매에 올라 탔다. 카바작이 썰매를 몰고, 나머지 두 명은 썰매 안으로 몸을 둥글게 말 아넣었다. 초반 서너 시간은 카낙이 이미 경험했던 코스와 별반 다르지 않았다. 불규칙적으로 요동치는 썰매, 눈썹까지 얼어붙게 만드는 차가운 바람, 개들의 울음소리와 달리면서 그들이 배출하는 배변의 냄새까지. 개들은 절대 멈추지 않았고, 지치지도 않는 충성스런 부하였다.

빙하의 지형은 해안가에 떠 있는 얼음보다 더 심한 기복을 보이고 있었다. 어떤 언덕은 개들이 넘지 못해, 무게를 줄이려 짐들을 버려야 했다. 그리고 개들의 울음소리와 함께 다 같이 힘을 모아 썰매를 밀기도 했다. 하지만 전반적으로 바람도, 추위도, 푸른 밤도 전과 다르게 느껴지지 않았다.

모든 것은 그들이 툴레의 송전탑에 가까워지고부터 달라졌다. 세상에서 가장 북쪽에 위치한 송전탑이었다. 대륙빙하의 경계에 세워진 탑은 길이가 360미터에 달했고, 자그마한 엘리베이터를 품을 수 있을 정도 너비의 뾰족한, 끝이 보이지 않는 철탑이었다. 탑의 끝에선 규칙적으로 붉은색의 작은 등이 깜빡이고 있었다. 건축물은 아름다우면서도 공포스러웠는데, 이런 황무지에 우뚝 솟은 그 존재가 다소 엉뚱하게 느껴졌다.

그 모습에서 카낙은 흔들거리던 타킥의 시신을 떠올렸다. 주택가의 가로등에 매달려 있었던 타킥, 그의 사촌동생이었던 그녀는 네메닛소크 형제가 가족사진을 찍고 한참의 시간이 흐른 뒤에 태어났을 거였다.

"이게 에펠탑보다 더 높대요."

카바작이 엄지손가락을 치켜들며 자랑스레 말했다. 이누이트 민족의 역설이 바로 여기에 있었다. 전통적 가치에 광적으로 집착하면서도, 국가의 현대성이 조금이라도 부각될 때면 아이처럼 열광했다. 최악인 건, 이 송전탑이 미국인들에 의해 오로지 군사적인 목적으로 만들어졌다는 사실이었다. 그걸 사용하는 건 오직 미군뿐이었다. 정작 이 나라의 국민들은 아무런 혜택도 받지 못했다. 송전탑 간의 먼 거리로 인해, 그들은 느린데다 변덕스러운 통신망을 사용하기 위해 매우 비싼 값을 치러야 했다.

"다 왔어요."

그들의 안내자가 말했다. 드디어 대륙빙하에 도착한 것이었다. 세계에서 가장 커다란 얼음 조각이자 대륙의 크기와 맞먹는 그곳엔 수백만 미터 부피의 눈이 수천 년이 넘는 세월 동안 압축되어 얼음을 이루고 있었다. 지구에서 인구 밀도가 가장 낮은 곳이기도 했다. 수백 킬로미터 근방에는 어떤 유목 부족의 거주지도, 어떤 투펙도, 어느 누구도 존재하지 않았다.

절대적이고 적대적인 황무지였다. 이런 광활한 대지에 아무리 익숙해진다 해도 아무 소용이 없었다. 텍사스나 네바다에서 온 남자아이들이 미쳐 간 것도 놀랍지 않았다.

그리고 이 장관을 보라! 카낙은 지구 온난화를 믿지 않는 회의론자는 아니었다. 하지만 미디어가 그렇게 떠들어대던 사람의 발이 – 거의 – 닿지 않은 바로 이곳에서 기후변화라는 현상은 전혀 와 닿지 않았다. 더군다나 지금 계절에는 너무나 추웠고, 매우 건조했으며 햇빛 한 줌 닿지 않아 얼음이 조금도 녹을 것 같지 않았다. 여기서는 어떤 물질도 액체 상태로 존재하지 않을 것 같았다. 모든 것은 딱딱하게 얼어 있었다. 그 결과 강우량이 극히 적었다. 그렇게 악순환이 반복됐다. 공기 중에도, 썰매 날 아래에도, 눈송이하나 보이지 않았다. 그저 단단하게 압축된 얼음뿐이었고, 곳곳에는 날카로운 얼음이 무기처럼 땅에서 솟아나 있었다. 어떤 나무도, 식물도, 동물이나 어떤 형태의 생명도, 이 하얀 비석 위에는 존재하지 않았다. 대륙빙하를 관통하는 건, 모든 생명이 살육된 지 오래된 무한한 돌덩이 속으로 들어가는 것과 같았다.

'올리는 대체 여길 어떻게 주기적으로 오갔던 걸까? 게다가……'

무력 충돌에 대비해 카바작은 무기를 보강할 것을 권했다. 사냥총만으로는 부족했다. 떠나기 바로 전, 그들은 마을의 유일한 슈퍼마켓인 필렁수이속에 들렀다. 카바작의 형, 티킬이 살아생전 연료를 팔던 곳이었다. 무기와 탄약을 모아놓은 진열대엔 과일과 채소보다 열 배 이상의 많은 물건들이 적재되어 있었다. 사실 과일과 채소라곤 싹이 난 약간의 감자와 양파가 다였다. 카바작은 여러 개의 무기 중 브라우닝 X-볼트 SF 헌터 소총 두 개를 골랐다. 정확한 조준이 가능하고, 가벼운데다 심지어 가격도 비싸지 않았다. 거기에 커다란 사냥감에 적합한 308구경의 탄약 상자를 열 개 정도 담았다. 카낙은 가격을 절약해준 카바작에게 고마웠다. 결국 값을 치러야 하는 건 그였기 때문이다.

"어허, 이 친구." 계산원이 카바작을 향해 외쳤다.

"오늘이 건Gun 사기에 아주 좋은 날인가 봐?"

그는 영어를 섞어 말했다.

"그건 왜?"

"왜냐면 네메닛소크 가족이 조금 전에 와서 사 갔거든. 온 가족이 각자 하나씩 말이야! 나자도 총을 다루는지는 몰랐지 뭐야."

수 킬로미터를 가는 동안 세 여행 친구 사이에 일종의 루틴이 생겼다. 썰매를 모는 운전자는 썰매의 끝에 앉은 카바작으로 고정이었다. 앞쪽에 앉은 카낙은 썰매가 방향을 전환할 때마다 대열이 무너지지 않는지 감시했다. 아푸티쿠는 썰매의 뒤쪽 측면에 한쪽 엉덩이만 걸치고 앉아, 썰매가 한번 흔들릴 때마다 위아래로 요동치며 카바작의 옆을 지키고 있었다. 썰매를 밀어야 할 때, 카바작을 도와 힘을 쓰기 위해서였다.

셋 중 자신이 가장 쉬운 역할을 맡았다는 걸, 카낙은 알고 있었다. 그가 아무리 도움을 준다고 해도 두 친구는 묵묵부답이었다. 그들이 떠난 모험의 결말은 그에게 달려 있었다. 코펜하겐에서 온 형사이자 범인을 쫓는 추격자는 바로 그였다. 그는 반드시 힘을 비축해둬야 했고, 맑은 정신을 유지해야 했다. 최근에 그가 겪은 시련도 고려한 결정이었다.

혹한의 기온 – GPS는 영하 50도를 나타내고 있었다 – 에 바람 그리고 늦은 시각까지 더해져, 그들의 머리는 보이지 않는 강력한 나사로 조이는 것처럼 아파왔다. 잠들지 않기 위해, 카낙은 역사학자와 통화를 마치고 나서 그가 캠프 센추리에 대해 인터넷에서 찾아낸 모든 정보를 처음부터 다시 정리하기 시작했다. 역사학자의 말이 맞았다. 캠프 센추리는 빙하 아래에 만들어진 하나의 도시였다. 북극 버전의 아틀란티스처럼, 최신 기술과 기기를 모두 갖춘 도시였다. 그곳에 살았던 미군의 수는 200명에 달했다. 은둔한 채 존재해야 했던 강요된 생활도 '사는 것'으로 볼 수 있다면 말이다. 캠프 센추리는 세상의 끝에서도 가장 끝자락에 존재하는 일종의 호화 교도소였다. 군대가 철수한 뒤 그 장소가 지구상에서 가장 위험한 범죄자들을 위한 슈퍼 교도소가 된 적이 없었다는 사실이 놀라울 뿐이었다. 주위에 펼쳐진 대륙빙하 때문에 탈출이 불가능했을 텐데 말이다. 혹은 탈출을 하더라도 알렉산드르 솔제니친이 그렸던 굴락수용소에서처럼, 오직 죽음만이 기다리고 있으니 일종의 억제 효과도 있었을 것이다.

또한 그는 미군이 남기고 간 수백 리터의 기름에 대해서도 생각했다. 그 당시에 석유는 넘쳐났고, 가격도 쌌다. 이곳에 버려두고 가는 게 '집까지' 싸 들고 가는 것보다 훨씬 비용이 덜 들었을 것이다. 올리의 비즈니스에 대해 서 카낙이 인터넷에서 찾은 정보는 다음과 같았다. 오늘날 생산되는 경유 는 수년 정도만 보관할 수 있었다. 엔진의 기량을 증대시키고, 오염물질의 배출을 완화하기 위해서 혼합하는 여러 첨가제 때문이었다. 그러나 1960년 대의 경유는 그보다 가공이 덜 됐고, 어떤 의미에서는 더 '순수'했다. 그래 서 정제만 거치면 수십 년간 사용이 가능했다. 그로 인해 스노모빌 연료 판 매자들에게 안 좋은 영향을 끼쳤지만…….

해상 플랫폼에서 언제 추출될지 알 수 없는 불확실한 석유보다 이곳에 묵혀둔 기름을 훔치는 것은 네메닛소크 가족에게 있어, 그들의 땅을 빼앗 은 미국인들에 대한 신성한 복수처럼 느껴졌을 것이다. 그리고 육십 년이나 지난 지금, 우죽과 올리는 고유한 방식으로, 그들에게 잘못 내려진 벌을 '되 갚아주고' 있었다.

한참을 생각에 잠긴 채, 곁눈질로 개들을 감시하던 카낙은 그의 등 뒤로 아푸티쿠가 썰매에서 떨어졌다는 사실을 곧바로 알아차리지 못했다. 그의 머리와 상체가 천천히 움츠러들다 서서히 침강했고, 결국에는 몸 전체가 썰 매 밖으로 떨어져 나갔다.

"타싸! 타싸!"

카바작이 외쳤다. 전속력으로 달리던 썰매는 수십 미터를 더 달린 뒤에 야 멈춰 섰다. 새우처럼 쪼그라든 아푸티쿠의 몸이 그들보다 한참 뒤에 떨 어져 있었다. 그는 움직이지 않았다. 계속해서 불어오는 안개로 인해 그의 몸 위로 얇은 성에가 내려앉아 있었다. 카낙은 그의 둔해진 다리 – 아글루에서의 쓰라린 기억을 간직한 왼쪽 다리가 특히 더 그랬다 – 가 허락하는 한, 최대한 빠르게 달렸다.

"아푸! 아푸, 대답해요!"

카낙은 그를 마구 흔들고 뺨을 때렸다. 그리고 아푸티쿠가 처음으로 챙겨 입은 두꺼운 외투를 문질렀다. 카바작이 합류했다. 그가 허리띠를 푸는 것을 본 카낙은 그가 아푸티쿠의 움직이지 않는 몸 위로 소변을 갈길 거라고 생각했다. 하지만 카바작은 허리띠로 고리를 만들었고, 아푸의 발목에 그것을 감아, 될 수 있는 한 다리를 높이 들어올렸다. 그는 가죽끈을 단단히 쥐고 있었다. 그럼으로써 그는 구조 작업을 하기 위해 몸을 숙일 필요없이, 힘을 아낄 수 있었다.

"혈액을 머리 쪽으로 보내야 해요." 뿌연 구름 사이로 그가 설명했다. "될 수 있는 대로 가장 빨리요."

"효과가 있을까요?"

'이마카.'

얼어붙은 눈물을 매단 커다랗게 치켜뜬 두 눈이 그렇게 대답했다. 몇 분이 지나자, 죽은 듯이 누워 있던 아푸티쿠의 몸이 머리에서 발끝까지 요동치며 솟아올랐다. 두 눈을 번쩍 뜬 아푸티쿠는 상체를 일으켜 마치 두 친구를 처음 본 것처럼 한참을 응시하고 있었다. 형형하지만 어딘가 길을 잃은 눈빛이었다. 대륙빙하가 결국 그를 사로잡고 말았던 것이다. 대륙빙하는 그를 얼빠진 신생아처럼 만들어놓았다. 카낙이 그에게 말을 걸었다.

"아푸? 정신이 듭니까? 제 말이 들려요?"

하지만 대답 대신 아푸티쿠는 그에게로 몸을 날렸다. 공포와 증오로 잔

뚝 찌푸린 얼굴을 한 아푸티쿠는 끔찍한 비명을 지르기 시작했다.

살인할 준비를 끝낸 짐승의 울음소리였다.

53

"크리스! 여기서 이렇게 보니까 반갑네요. 들어와요!"

리케는 문틈 사이에 서 있었다. 일본풍 무늬가 그려진 실크 가운을 입고 있었다. 활짝 파헤쳐진 앞섶은 굴곡의 시작 부분이 은근히 보이도록 치밀하게 계산한 것 같았다.

서장은 폴리티가든에서 알록달록한 색의 전통적 조립식 건물이나 해안을 향해 지어진 나무로 된 호화 빌라에 살지 않는 유일한 사람이었다. 누크로 서둘러 오게 되면서, 리케 에넬은 그린란드에 부자 외국인들이 잠시 체류할 때 거주하는 레지던스의 꼭대기 층 방을 골랐다. 값비싼 가구를 갖춘 데다 청소와 세탁까지 알아서 해주는 곳이었다. 그녀의 이웃은 대부분 단 몇 주만을 그곳에서 지내다 돌아가곤 했다. 아는 사람은 아무도 없었고, 그녀는 익명성이 보장되는 그곳이 무척이나 마음에 들었다. 항구를 향해 창문이 난 방은 그녀에게 정형화된 안락함을 제공해주었다.

크리스는 아무 말 없이 집 안으로 들어왔다. 매우 긴장한 모습이었다. 거실 반대편에 난 큼지막한 통유리창 너머로 흐릿한 밤이 펼쳐졌다. 화물선과 기중기가 밤낮없이 활발히 움직이고 있었다. 그의 뒤로 문이 닫히자마자, 리케는 그의 목으로 달려들어 반질반질한 문으로 그를 밀어붙였다. 크리스는 조금의 여지도 남기지 않는 정중한 동작으로 그녀에게서 벗어났다. 그는 고개를 끄덕이며 거실의 화려함과 인테리어를 감상하는 척했다.

"재미있는 남자네요, 당신. 몇 개월이 넘도록 날 따라다니더니, 이제 내가 넘어가주려니까…… 이거 기분이 좀 상하는데요?"

리케가 미소를 지으며 말했다.

"그게 아닙니다……." 그는 얼버무렸다.

"아뇨, 됐어요. 제가 너무 직설적이었다면 미안해요. 그럼 그냥 우리의 미래를 위해 건배하는 거로 하죠."

"우리의 미래요?"

"물론, 일적으로요!"

지금으로부터 두 시간 전, 그녀는 모든 계획을 세웠다. 파비아와 크리스가 스캔들을 곧장 터뜨리지 않는 것으로 보아 크리스는 일 년 가까이 지켜온 사랑에 빠진 위축된 남자의 모습을 계속해서 연기할 작정인 모양이다. 물론 그의 태도를 다르게 해석할 수도 있었지만 순간순간 그녀는 그의 진실한 욕망을 눈치 챘다. 그녀는 그를 분명 흔들 수 있었다. 어떤 신호들은 거짓말하지 않는 법이다. 어쩌면 크리스 칼슨은 그의 파트너만큼이나 여자도 좋아하는 게 아닐까?

조금 전 리케는 패더슨의 취조가 끝난 직후 오픈 스페이스에서 그와 마주쳤다.

"그래서, 뭐라던가요?"

"완전한 자백을 받아냈어요. 다수의 공범에 대한 정보도 포함해서요. 저녁까지는 조서를 완성할 수 있을 거예요."

리케는 안도했다. 그녀가 이해하기로, 그 말은 파비아와 크리스가 최후의 일격을 나중으로 미룬다는 뜻이었다. 어쩌면 다음 날일 수도 있었다. 그러니 그녀에겐 오늘 저녁이 결단을 내릴 수 있는 마지막 기회였다.

"브라보! 대단하네요. 생각보다 제가 필요하지 않았던 모양이네요. 놀랄 정도로 꽤나 인상적이었어요. 그럼 우리 축하할까요?"

리케가 은근한 추파를 던지며 말했다.

"카페믹을 열까요?"

"아뇨, 아니에요……. 좀더 개인적인 거였으면 좋겠는데, 단둘이 말이에요. 우리가 그럴 자격은 되잖아요. 아닌가요?"

"좋아요, 원하신다면요."

서장이 갑자기 호의적으로 나오자 당황한 크리스가 말했다.

"우리 집에서 저녁 9시 어때요?"

그녀는 바닥에서 졸고 있는 순경들을 향해 턱짓을 하며 마지막 말을 속삭였다. 그가 그녀의 제안을 거부하지 않을 거란 확신이 든 그녀는 쐐기를 박기로 했다.

"하고 싶은 말이 참 많아요."

"아……."

"아, 에녹슨과 그의 비서실장에 대한 망측한 이야기를 들었지 뭐예요."

"뭐라고요?"

"파비아 랄슨이요. 당신 친구 맞죠? 설마, 몰랐어요?"

"아뇨. 전……."

그가 얼버무렸다. 물론 근거 없는 소리였다. 하지만 거만하고 질투심 많은 크리스 칼슨을 낚기엔 충분히 짓궂은 이야기였다.

크리스와 마주하게 된 리케는 가운 주머니에 스마트폰 녹음 기능을 켜두었다. 하지만 계획을 세우느라 정신이 팔려 충전하는 것을 잊고 말았다. 이미 웹캠에서 내려받은 오디오 파일을 전송하는 데 배터리 몇 퍼센트를 소모한 뒤였다. 배터리가 충분히 버텨주기만을 빌었다.

리케는 80년대 복고풍의 유리 탁자 위에 여러 종류의 냉동 쿠키를 올려두었다. 한가운데 얼음을 채운 양동이 속에 빈티지 샴페인 한 병을 놓아두기도 했다. 상당한 지출이었지만 그녀는 그만큼 절박했다.

리케는 적극적으로 그를 소파로 이끌었다. 바로 옆 벽난로에서 장작불이 따뜻한 열기를 내뿜고 있었다. 크리스는 그녀의 옆으로 앉으라는 권유를 거절하지 않았다. 그녀가 부드럽게 웃으며 그의 외투를 벗겼을 때도, 그녀가 격렬하게 그의 입술에 자신의 입술을 포갰을 때도, 그는 가만히 있었다. 하지만 리케가 더 적극적으로 나오자 그는 단숨에 그녀를 밀쳤다.

"리케, 당신은 끝났어."

"뭐가 끝났다는 거죠?"

"당신 말이야! 당신은 끝났어. 패더슨이 프리무스 살인사건에 당신들을 엮었다고. 에눅슨과 당신 말이야. 부인할 수 없을 거야! 그의 말을 증명할 물증도 모두 가지고 있어."

리케는 그 말에 짐짓 놀란 표정을 지었다.

"파비아에 대해 말도 안 되는 소리를 지껄여도 좋아. 그런다고 아무것도 달라지지 않아. 당신은 실패한 거야. 당신과 에녹슨 말이야. 당신네 석유 진영이 진 거야. 조서는 이미 야콥센의 개인 메일로 보냈어."

한 시간 전, 문득 리케는 개미에게 전화를 해야겠다는 생각이 들었다. 코펜하겐 경찰청장은 조용히 크리스 칼슨과 해리 패더슨의 대화 발췌본을 들었다. 그는 리케에게 신중하라는 당부와 함께, 다음 날까지 상황을 정리한 새로운 보고서를 제출할 것을 요구했다. 이제 크리스의 입을 열게만 하면 됐다. 불안정해 보였던 사랑의 영역으로 그를 끌어와야 했다. 그와 파비아와의 관계와 곧 재난으로 바뀔 그린란드를 구하기 위한 말도 안 되는 음모를 말이다.

그리고 그의 입을 열게 만들려면 한 가지 방법밖에 없었다. 크리스의 협박에도 흔들리지 않은 리케는 자리에서 일어나 가운의 허리띠를 풀어 바닥으로 떨어뜨렸다. 타이트한 정장 속으로 짐작했던 것만큼이나 그녀의 몸은 아름다웠다. 풍만한 가슴은 동그랗게 솟아 있었다. 골반은 약간 넓었지만 가느다란 허리와 완벽한 비율을 이루고 있었다. 욕망으로 가득한 그의 눈길이 그려놓은 것만 같은 황홀한 곡선을 쓸고 지나갔다. 거의 나오지 않은 아랫배와 길게 쭉 뻗은 다리 그리고 숱이 많은 체모 너머로 그녀의 당당한 여성성이 자리하고 있었다.

황홀한 모습이었다. 크리스는 그녀의 완벽한 몸에서 눈을 뗄 수 없었다. 리케가 그에게로 두 발짝 다가왔다.

"더 좋은 걸 가질 수 있는데 왜 기회를 놓치려 하죠?"

"아니야……."

"아니긴! 당신이 남자를 좋아하는 건, 뭐 인정해요."

소름이 그의 목덜미를 스쳤다. 그녀가 그 사실을 알고 있었다.

'혹시 다른 것도 아는 걸까?'

"하지만 이걸 보고도 아무렇지 않다고 말하지 말아요."

"난⋯⋯."

크리스의 한 손을 붙잡은 리케는 그의 손을 자신의 가슴에, 그러고는 자신의 음부에 가져갔다.

"그래요. 당신은 파비아를 사랑하죠⋯⋯. 하지만 파비아가 당신에게 이걸 줄 수 있나요? 이건요?"

리케는 사활을 걸고 있었다. 그의 흔들리는 눈빛은 그녀가 착각한 게 아니란 걸 증명하고 있었다. 지금 이 순간, 그는 유혹당하고 싶은 욕망을 느끼고 있었다.

"그거 알아요?" 리케가 그의 귀에 속삭였다.

"나도 당신의 비밀을 알고 있어요. 코펜하겐에서 당신이 SM 클럽을 다녔던 것도, 랄슨과 체르노브와 함께 우펑나빅으로 여행을 떠났던 것도 그리고 당신과 NNK 얼간이들과의 관계까지⋯⋯."

그 말에 온몸이 굳어버린 그는 그녀의 손을 뿌리치지 못했다. 부인할 수 없었다. 그는 당황하고 있었다. 그녀가 한 말에 정신을 똑바로 차리기가 힘들었다. 크리스는 현관 쪽으로 물러나는 시늉을 했다. 하지만 손아귀에 힘을 실은 리케가 그를 끌어당겨 말이 없는 그의 입술을 삼켰다.

"이리로 와요."

리케가 옆방으로 그를 이끌어 사우나실까지 갈 동안 그는 아무런 저항도 하지 않았다. 레지던스에서 제공하는 사치품 중 하나였다. 그는 그녀가 밝은색 나무로 된 사우나 안으로 가운을 가져가는 것을 알아차리지 못했다.

사우나 외벽에 붙은 조절 장치를 통해 온도를 높인 그녀는 이중으로 된 유리문을 닫고 크리스의 옷을 벗기기 시작했다. 금세 그도 그녀와 마찬가지로 헐벗은 몸이 되었다. 사우나 안으로 물을 끼얹자, 좁은 내부에 수증기가 가득찼다. 온도가 상승하는 것이 눈에 보일 정도였다. 그는 마치 어린아이처럼 그녀에게 얌전히 몸을 맡기고 있었다. 밖으로 드러난 그의 아래는 단단해져 있었고, 탐욕스러운 입이 그것을 가득 담았을 때 그의 온몸에서 힘이 빠져나갔다. 두 눈을 감은 그의 목에서 가벼운 신음이 흘러나왔다.

그가 이렇게 쉽게 감각에 패할 것이라곤 상상이나 했을까? 소용돌이치는 안개 속, 그의 앞에서 무릎을 꿇은 채 그의 안에서 쾌락을 끌어내는 데에만 온 정신을 집중한 그녀는 자신이 그렇게 강하다고 생각했던 걸까?

리케는 아무것도 모르고 있었다.

그녀의 어깨로 가해진 갑작스러운 압력이 그녀를 뒤로 넘어뜨릴 거란 것도. 그녀가 만족시키려고 애를 쓰고 있던 남자가 한순간에 도망가리란 것도. 그녀는 몰랐다. 크리스는 그렇게 쉽게 함락당할 남자가 아니었다.

사우나에서 빠져나온 크리스는 손에 처음 들어온 단단하고 가느다란 물건을 집어들었다. 골프용 우산이었다. 그러고는 그것으로 하얀 플라스틱으로 된, 사우나의 바깥쪽 손잡이 사이로 밀어넣었다. 리케의 집 안으로 들어오기 전부터 그러기로 계획한 것 같은 재빠른 행동이었다. 그는 사우나 안에 남은 자신의 옷가지를 과감히 포기했다. 그는 리케에게 조금의 눈길도 주지 않으며 온도 조절기를 최대로 틀었다.

온도가 더 치솟는 것을 막기 위해 양동이 속의 차가운 물을 뜨거운 판 위로 부어야 한다는 게 리케가 가장 먼저 한 생각이었다. 좁은 사우나 안은 욕탕으로 변해 있었다. 아직까진 숨이 아주 조금 막히는 정도였다. 헐벗은 채로 당황한 리케가 반투명한 유리문에 달라붙었다.

"크리스!" 잃어버린 아이를 찾는 사람처럼 절박하게 리케가 외쳤다.

"크리스, 문 열어요!"

하지만 그는 분노를 담은 눈으로 조용히 서 있었다. 그의 아래는 다시 원상태로 돌아와 있었다.

"날 이렇게 내버려둘 건 아니죠. 우리 해결책을 찾아요. 둘이서 침착하게 협상을 해보자고요. 당신이 최악의 상황을 피하도록 내가 야콥센에게 힘을 써볼게요."

"내가 최악의 상황을 피해?" 결국 그가 소리쳤다.

"최악을 피하고 싶은 건 당신 아니야? 내 나라를 가장 비싼 값을 부르는 놈한테 팔아치우려던 거잖아!"

사우나 안의 온도가 계속해서 오르고 있었다. 리케의 하얀 피부에 하나둘 생기던 붉은 반점이 이제는 얼굴 전체를 물들이고 있었다. 매초마다 리케는 익어갔다. 그녀는 나머지 물을 타는 듯한 나무판 위로 쏟아부었다.

"크리스, 제발. 여기서 나가게 해줘요!"

집을 구할 당시, 부동산 직원이었던 여자와 나눴던 수다가 떠올랐다. 그녀는 꽤 예쁜 이누이트였는데, 사우나 외부에서도 온도를 조절할 수 있다며 너스레를 떨었다.

"이렇게 하면 고객님이 안에서 잠이 들어도 남편 분께서 고객님을 깨우지 않고 세기를 낮춰줄 수 있답니다."

그녀의 인생에는 남편이 없었고, 쿠픽은 이곳에 온 적이 없었으므로, 완전히 쓸모없는 기능이었다. 덴마크에 새롭게 설치되는 사우나 모델은 외부와 내부에 모두 조절기를 달아야 했다. 그러니 이 모델은 오래된 게 분명했다.

'어쩔 수 없지, 여긴 누크니까……'

"크리스?" 리케가 손잡이를 흔들며 애원했다.

"크리스, 제발……."

온도가 상승하면서 이제 열기는 참을 수 없을 정도가 됐고, 유리 표면 위로 수증기가 가득 꼈다. 머지않아 크리스의 모습이 완전히 보이지 않게 될 것이다.

"젠장!" 그녀가 소리쳤다.

"이 망할 문 당장 안 열어? 제기랄! 이거 명령이야!"

크리스가 자신을 살려줄 생각이 없다는 것을 깨닫고 나자, 리케는 어떤 말로도 상황을 바꿀 수 없단 것을 알았다. 그녀는 힘없이 가운 주머니를 뒤져 스마트폰을 꺼냈다.

1%.

화면 오른쪽 상단의 남은 배터리 용량은 단 1퍼센트였다. 그녀는 녹음 기능을 껐다. 귀중한 단 몇 초만이라도 버텨주기를 바라면서. 리케는 몇 시간 전 복사한 음성 파일을 재생했다. 문이 닫혀 있었지만 크리스는 자신의 목소리를 알아들을 수 있었다.

"우리 진정한 그린란드 인이 직접 내릴 선택은 더는 이 나라에서 무책임한 에너지 개발을 하지 않는 겁니다."

크리스는 이제야 그녀가 어떤 최후의 무기를 가졌는지 알게 되었다. 그는 바로 반응을 보였다. 파일이 채 끝나기도 전에, 그는 손잡이 사이에 끼워놓은 우산을 **빼**내기 위해 달려왔다. 무슨 일이 있더라도 저 손에서 파일을 **빼**앗아야 했다.

붉어진 얼굴로 진이 **빠**져 비틀대던 리케는 나무로 된 국자를 쥐었다. 세계의 모든 사우나에서 찾아볼 수 있는, 물을 끼얹기 위한 도구였다. 그녀는 그가 들어오지 못하도록 국자를 안쪽 손잡이 사이로 밀어넣었다. 그건 명백한 자살 행위였다. 그녀는 지옥과 같은 나무 상자 속에서 생을 마감할지도 모른다. 그래도 크리스가 그녀의 스마트폰을 손에 쥘 일은 없을 것이다. 그건 절대 안 될 일이다. 그가 녹음 파일을 가져선 안 된다. 크리스는 포기하지 않고, 미친 사람처럼 둥근 아치형 모양의 손잡이를 흔들었다.

"제기랄!" 문을 열지 못한 그가 외쳤다.

그는 온 힘을 다해 두 유리문 사이로 틈을 벌렸지만 손가락 하나도 채 들어가지 않았다. 국자가 잘 버텨주고 있었다. 그는 손에 잡히는 무거운 것들을 닥치는 대로 던지기 시작했다. 책, 화병, 의자 그리고 모순적인 운명의 메이드 인 차이나 투필락까지. 그건 그녀가 그린란드에 도착해서 선물로 받은 흰올**빼**미 모양의 예쁜 조각상이었다.

물건이 하나씩 날아와 부딪칠 때마다 리케가 소리를 질렀지만 그녀의 비명은 두꺼운 유리벽에 갇혀 밖으로 새어 나가지 못했다. 뚫을 수 없는 요새였다.

크리스가 진 싸움이었다. 그는 하이에나들과 석유를 **빼**가려는 자들을 그린란드에서 쫓아낼 히어로가 되지 못할 것이다. 이제 체면이라도 세워야 했다. 그는 다시 한 번 우산을 고쳐 쥐고 손잡이의 틈 사이로 힘껏 밀어 넣었다.

'고통 속에 죽고 싶은가 보지? 그렇다면 그렇게 해주지.'

사우나 안은 두꺼운 수증기로 가려져 있었지만 그녀의 모습을 알아보는 건 가능했다. 반쯤 축 늘어진 채로 뜨거운 의자 위에 앉은 리케는 땀을 흘리면서도 마치 빙산 위에 나체로 나앉은 것처럼 덜덜 떨고 있었다. 리케는 마지막 힘을 짜내어 음성 파일을 첨부한 메시지를 보내려 하고 있었다. 연락처 목록에서 수신인의 이름을 고르려는 순간, 잠시 머뭇거리던 리케는 떨리는 손가락으로 지금 이 순간, 메시지를 보낼 가치가 있는 유일한 사람의 이름을 눌렀다.

카낙 아드리엔슨이었다.

그녀가 카낙의 일을 방해하고, 그를 북극권의 영원한 얼음 속으로 보내 버렸던 건, 순전히 경쟁심 때문이었다. 질투심이었다. 그녀는 그가 이해해주길, 그녀를 용서해주길 바랐다. 야콥센이 카낙을 이곳으로 보냈을 때 자신의 자리에 있는 사람이라면 누구라도 그렇게 했을 것이다. 그저 자신의 세력권을 지키고 싶었던 것뿐이었다. 이곳은 그녀의 영역이었다.

그녀는 카낙의 어머니처럼, 유명한 탐정 소설을 썼다는 아버지처럼, 유명인이 되고 싶었다. 하지만 그러지 못했다.

그녀가 그린란드와 에녹슨을 선택한 것은, 지금에 이르러서야 인정하는 것이지만 홧김에 저지른 일이었다. 닐스 브록스 게이드의 유명인사들, 아드리엔슨과 브레너에서 벗어나 오직 그녀만이 속한 작은 왕국의 주인이 되고 싶었다. 적어도 이곳에서는 그녀에게 딱 맞는 단 하나의 역할인, 얼음여왕으로서의 자신의 모습을 그릴 수 있었다.

전송 속도는 느렸다. 부어오른 눈꺼풀과 눈물 사이로 리케는 곧 사라질 것만 같은 초록색 막대를 하염없이 바라보았다. 하지만 그녀는 메시지가 성공적으로 보내질 것이라고 확신했다.

이제 완전히 불투명하게 변한 그녀의 감옥 바깥으로 어떤 소리도, 어떤 움직임도 느껴지지 않았다. 크리스는 그냥 이렇게 그녀를 내버려두고 떠난 걸까? 어쩌면 벌써 멀리 도망쳤을지도 모른다. 파비아 랄슨과 함께든 아니든, 이제 그런 건 그녀와 상관없었다.

메시지 발송 완료를 뜻하는 마지막 초록색 막대가 수증기 속으로 사라지자 액정은 꺼졌다. 아무리 켜보려고 애를 써봐도 소용없었다.

이제 끝났다.

구조 요청은 이제 불가능했다. 아무도 그녀를 구하러 오지 않을 것이다. 소방관도 심지어 폴리티가든의 동료들조차. 그녀는 숨이 막혀 이 난로 안에서 혼자 죽어갈 것이다.

"방음이 완벽해요. 디바가 된 것처럼 오페라를 마음껏 부를 수도 있어요."

부동산 젊은 직원은 그렇게 보장했다.

'소리를 질러 볼까? 계속해서 도움을 요청할까?'

하지만 어떤 소리도 다른 사람이 듣지 못했다. 그날 저녁, 텔레비전에는 첼시-아스날의 대항전이 중계되고 있었다. 게다가 임대인이 자랑했던 두꺼운 벽 때문에 그들은 아무 걱정 없이 마음껏 소리를 지를 수 있었다. 주로 출장을 온 남자들이 묵는 곳이니, 상황은 뻔했다.

54

썰매 안을 굴러다니던 싸구려 독주를 연거푸 마시게 해 아푸티쿠를 진정시킨 카낙과 카바작은 교대로 그의 상태를 살폈다. 부끄럽지만 사실 잠깐 동안 카낙은 그의 동료가 처음부터 검은 속내를 감추고 있다고 의심했다. 그의 친구 아푸티쿠 칼라켁이 아누락툭과 그의 패거리들의 비열한 매력에 빠져 있는 줄로만 알았다. 광분해 날뛰는 작은 몸집의 아푸티쿠를 온몸으로 제압한 카바작이 카낙의 오해를 풀어주었다.

"아모크amok예요. 북극의 광기죠."

어디서 들어본 적이 있는 단어였다. 카낙은 아버지의 서재에서 동명의 책이 꽂혀 있었던 것을 기억해냈다. 크누트 아드리엔손이 그에게 읽지 못하게 했던 책 중 하나로, 그는 그것 대신 쥘 베른이나 잭 런던의 소설을 내어주곤 했다.

"그게 뭐죠? 추위로 인한 뇌출혈 같은 겁니까?"

"오히려 그 반대예요. 추위가 뇌의 혈류를 막은 거죠. 대부분은 몇 분 동안만 지속돼요. 하지만 며칠이나 때론 몇 주 정도 혈관이 막혀 있기도 해요."

"그럼 어떻게 해야 합니까?"

"선택권이 별로 없어요. 가둬두는 게 제일 좋죠. 필요하면 진정할 때까지 묶어두기도 해요."

카낙의 머릿속에 1980년대 덴마크의 정신병원에서 사용하던 치료 방법에 대한 르포타주가 떠올랐다. 그곳의 환자들은 구속복과 전기충격을 과다하게 사용하여 '치료'를 받고 있었다.

"사실인지는 모르겠지만 오래전에 그런 일도 있었어요. 아모크에 걸린 사냥꾼이 집으로 돌아와 아내와 자식 셋을 그가 잡아 온 바다표범 대신에 모조리 먹어 치웠어요. 체포되고 나서 그가 뭐라고 했는지 아세요? 잠시 착각했다고 했지 뭐예요."

"분명 같은 맛이 아니었을 텐데요."

카낙이 우스갯소리를 했지만 전혀 웃기지 않았다. 흔들거리는 썰매 구석에 쪼그려 누워 있는 아푸티쿠는 느리지만 천천히 이성을 되찾는 것처럼 보였다. 마치 방금 전의 발작으로 그에게 남아 있던 에너지를 모두 써버린 듯, 한곳만을 공허하게 응시하는 그의 눈빛에서는 극도로 피로함만을 읽을 수 있었다. "카신분가Qasinvunga…… 카신분가……"라며 그는 계속해서 같은 단어를 중얼거리고 있었다. 그의 커다랗고 둥근 머리는 중심을 잡지 못하는 둥근 오뚝이처럼 덜렁거리고 있었다.

"엄청 피곤하다는 말이에요." 카바작이 말했다.

이후 몇 시간 동안 그들은 개들의 휴식과 식사 때만 제외하곤 끝없이 달렸다. 개들은 그것에 목숨이 달린 듯, 그들이 비닐봉지에 담아 가지고 온 바다표범 뒷고기를 가지고 서로 다퉜다. 그리고 그들은 비스킷 한두 개와 차가운 파르낙, 카낙이 마을에서 맛보았던 검은 시로미 탕약 몇 모금만을 마시며 버렸다.

카바작과 카낙은 아직 그렇게 피곤하지 않기 때문에 쉬지 않고 달리는 쪽을 택했다. 밤이 이어진다는 것의 이점은 시간의 개념을 모두 지워버릴 수 있다는 점이다. 이 분마다 카바작의 시계를 쳐다보는 것 외에는 - 카낙은 시계를 절대 착용하지 않았다 - 시간과 달려온 거리를 가늠할 방법이 없었다. 썰매의 왼쪽 상단에 매달아놓은 GPS에 시선을 고정한 카바작은 온통 새하얀 화면 위에서 깜빡이는 파란 점만을 믿었다. 그들의 좌표였다.

카바작이 일러준 수많은 지침 가운데 유일하게 기억나는 것은 스마트폰에 대한 것이었다. 이런 추위에서는 전원을 끄는 것이 배터리를 보존할 수 있는 유일한 방법이었다. 게다가 그렇게 하더라도 배터리가 그들이 도착할 때까지 버텨줄지도 미지수였다. 중계기에서 너무 멀리 떨어진 탓에, 어떤 기술도 존재하지 않는 이곳에서는 위성전화기만 작동할 수도 있었다.

"되는군……."

카낙이 스마트폰의 전원을 켰을 때, 신호 막대가 뜨는 것을 보고 놀랐다. 리케 에넬이 보낸 메시지가 화면에 떴다. 성급하게 메시지 아이콘을 누른 카낙은 이윽고 마음을 고쳐먹었다. 신호가 너무 약해서 첨부 파일이 받아질 것 같지 않았다. 게다가 메시지는 첨부된 파일 외에는 한 자도 적혀 있지 않았다. 위급한 상황에서 보낸 것 같았다. 역시 서장과는 절대 친구가 되지 못할 것 같았다. 그럼에도 그녀가 쓸데없이 위험한 행동을 하지 않았기를 바랐다. 게다가 지금쯤에는 - 지금이 몇 시든 - 그가 보낸 수사 결과를 개미에게 보고했을 것이다.

코펜하겐경찰청은 한창 바쁠 것이다. 리케와 아르네 야콥센에게 전화하려는 시도는 연달아 실패로 돌아갔다. 하지만 야콥센과는 다행히 문자메시지를 통해 연락이 닿았다. 그와의 연락은 안개와 광기 어린 바람 속에서 한 줄기 희망이었다.

> 크리스 칼슨에게서 패더슨의 취조 음성 파일을 받으셨나요?

아니. 에넬이 전화로 일부만 들려줬어. 자네는?

> 저도요. 제겐 그들 모르게 도청할 수 있는 방법을 찾았다고만 했어요. 아마 파일을 제게 보낸 것 같긴 한데 여기서는 내려받을 수가 없네요.

지금 어딘데?

> 먼 곳이에요.

얼마나 먼데?

> 대륙빙하가 시작되는 곳에서 200킬로미터 떨어진 곳이요.

대체 거기서 뭘 하는 거야?

> 제 할 일을요.

조심하게, 카낙.

개미가 그에게 조금이나마 연민을 보인 건 그때가 처음이었다.

몇 시간 뒤, 매우 제한적이고 일시적이긴 했지만 끊겼던 통신신호가 다시 잡히기 시작했다. 이번에는 소렌과 직접 통화할 수 있었다. 북극의 사나운 바람으로 인해 대화는 툭툭 끊겼지만 소렌은 리케가 전날 저녁 이후로 폴리티가든에 나오지 않는다는 사실을 전했다. 게다가 크리스까지. 패더슨은 유치장에서 잠을 자는 중이고, 지금 경찰서 내에는 자신뿐이라 어떻게 해야 할지 모른다고 했다.

"피의자를 풀어줘야 할까요?"

"풀어주지 마세요!" 매서운 바람 소리에 맞서 카낙이 소리쳤다.

"제 말 들려요, 소렌? 그를 계속 경찰서에 잡아둬요!"

하지만 전파는 이미 그들 주위에서 분노로 맹위를 떨치고 있는 키비톡에게 영혼을 내어준 뒤였다. 카낙은 소름이 오소소 돋았다. 추위 때문이 아니었다. 하룻밤이 지났는데 자신은 그 사실을 전혀 알아차리지 못했다. 그는 그저 매분 매초 얼어붙은 괴물과 맞서며 나아가고 있을 뿐이었다.

어느 순간부터 그들의 속도가 느려져 있었다. 둘 다 말은 하지 않았지만 기력이 소진한 것이었다. 아푸티쿠는 여전히 마비와 침묵 상태에서 벗어나지 못했다. 카바작과 자신이 종말을 향한 느린 미끄럼틀에 다다를 순간도 머지않은 것 같았다.

"여기예요." 가쁜 숨을 몰아쉬며 카바작이 말했다.

'우리가 멈출 곳이라는 걸까, 아니면 죽을 곳이라는 걸까?'

"GPS에 따르면 여기가 바로 캠프 센추리예요."그가 말을 이었다.

그들 주변엔 어떤 건축물도, 사람들이 돌아다닌 어떤 흔적도 보이지 않았다. 그저 빙모 위의 다른 부분보다 빙구의 키가 조금 더 높은 게 다였다. 사실 이런 장소는 그간 지나오면서 골백번도 더 본 곳이었다. 카낙은 하늘에서 바라본 DYE-2 기지의 반듯한 검은색 원들을 떠올렸다. 얼음과 성에로 조금 덮인다고 그런 구조물이 감쪽같이 사라질 순 없었다. 게다가 지금은 빙하가 조금씩 녹고 있는 중이라고 한다. 겉으로는 전혀 그렇게 보이지 않지만 카낙은 신뢰할 만한 매체에서 매년 대륙빙하의 두께가 수 미터 줄어들고 있다는 정보를 읽은 적이 있었다. '단단한' 구조물이라면 묻히는 게 아니라 오히려 드러나야 정상이었다.

두 남자는 망연자실한 채 눈빛만으로 대화를 나누기 시작했다.

'이제 어떡합니까?' 카낙이 눈을 찌푸렸다.

'모르겠어요…….'

'다시 돌아갈 순 없잖아요?'

'잠시만…… 생각 좀 해보고요.'

무리의 선두에 있는 개의 푸른 눈이 대화에 끼어들었다.

'우리는, 아까도 말했지만 이제 더는 못 가요.'

'가라고 하면 가는 거야.' 카바작이 눈을 부릅떴다.

'앗 저게 뭐지?'

개는 두 발로 일어섰다. 아무것도 없는 황량한 곳을 향해 귀를 쫑긋 세우고 있었다.

"들었어요?" 카바작이 말했다.

"아뇨."

그들의 고막을 마치 오래된 행주처럼 바짝 말리는 바람 소리를 말하는 걸까? 개들의 애절한 울음소리? 아니면 피가 돌 때마다 귓속을 울리는 규칙적인 소리?

"다른 개들이 있어요." 그가 외쳤다.

"네?"

"확실해요. 근처에 다른 썰매가 있어요. 우리 개들을 보세요!"

개들 모두 대장을 따라 아직은 이름 붙일 수 없는 두려움에 떨며 숨죽이
고 있었다.

카바작은 브라우닝을 꺼내 들고, 그가 들었다는 소리의 방향으로 달려
나갔다. 카낙은 아푸티쿠를 두고 가도 될지 잠시 고민했다.

"괜찮아요. 가세요. 괜찮을 거예요."

아푸티쿠의 눈이 그렇게 말하는 듯했다. 카낙도 무기를 들고 카바작의
뒤를 따라 달리기 시작했다. 그는 삼사백 미터 정도 앞에 있었다. 그의 앞에
는 여러 빙구가 돌풍에 의해 합쳐진 모양의 뭔가 위로 솟은 지형이 있었다.

'CR7!'

카낙은 한눈에 개를 알아보았다. 평소처럼 차분한 모습이었다. 그가 개
에게로 달려들었을 때, CR7은 열렬히 그의 품에 안겼다. 개는 카낙의 뺨을
마구 핥았다.

우죽의 썰매가 그곳에 있었다. 범인에 의해 부상을 입고 죽은 개 두 마리
자리엔 다른 그린란드견으로 교체되어 있었다. 보기에도 더 어리고 쌩쌩했
다. 하지만 그 외에 다른 썰매나 올리의 스노모빌의 흔적은 보이지 않았다.
오는 길에 버렸는지도 모른다.

썰매의 모든 물건이나 가방은 비워져 있었다. 하지만 썰매의 측면과 손

잡이 부분을 장갑으로 쓸어본 카바작은 그곳에 얼음이나 고드름이 끼어 있지 않다는 사실을 발견했다. 즉, 그 말은…….

"그들이 방금 전까지 여기에 있었어요……."

'이 황무지 한가운데에서 세 범죄자는 대체 어디로 사라졌단 말인가?'

개와 마주 보고 허리를 굽힌 카낙이 개의 머리를 잡고 그의 푸른색 눈빛을 보며 물었다.

"내 작은 친구…… 이제 우리 계속 같이 있을까?"

CR7은 긍정의 의미로 말없이 낑낑댔다.

"말해봐. 네 주인은 어디에 있니?"

개는 마음속으로 잠시 갈등하더니, 다른 곳보다 사람 키만큼 높은 땅 쪽으로 돌진했다. 개가 멈춰 섰을 때, 카낙은 뭔가가 재빨리 얼음 뒤로 몸을 숨기는 것을 보았다. 전통적인 사냥 복색을 한 사람의 그림자였다. 순식간에 아무것도 없었던 듯, 증발했다.

잔뜩 흥분한 CR7은 그 자리에서 빙글빙글 돌기 시작했다.

"제길! 이건 불가능해!" 카낙이 말했다.

"바로 저기 있었는데! 바로 내 눈앞에!"

그가 온 힘을 다해 얼음 표면을 문지르기 시작했다. 처절한 몸짓이었다. 그리고 얼마 안 가 무언가가 모습을 드러냈다. 직사각형의, 매우 무거워 보이고 부분적으로 녹이 슬어 있는 철문이었다. 단단한 얼음이 문을 뒤덮고 있었다. 이제 그들이 어떻게 흔적 없이 사라졌는지 이해가 됐다.

카낙이 문의 가장자리를 잡고 온 힘을 다해 잡아당기자 사다리로 이어지는 어둡고 깊은 구멍이 나타났다. 구렁 속으로 설치된 작은 전등 불빛이 깜빡이고 있었다.

"말도 안 돼! 아직 전기가 들어온다고?"

미군이 설치한 원자력 발전기가 지금까지도 전기를 생산하고 있었다. 하지만 무엇보다도 놀라운 건, 그 안으로 사라진 남자의 모습이 또 다시 보이지 않았다는 거였다. 또 증발해버렸다.

그들에게서 몇 걸음 떨어진 곳에서는 썰매 개들의 대장이 귀를 축 늘어뜨리고 눈을 내리깔고 있었다. CR7은 이 지옥 속으로 그들과 함께 가지 않으려 했다. 겁을 먹은 것이었다.

카낙이 앞장섰다. 걸리적거리는 왼다리를 끌고 사다리를 타고 십오 미터 정도 내려갔을까, 카낙은 남자가 사라질 수 있었던 기적의 원인을 알 수 있었다. 첫 번째 구멍의 벽면에서 앞으로 쭉 뻗은 둥근 통로가 이어지고 있었다.

"여기예요!" 그가 카바작에게 속삭였다.

카바작이 그에게 합류하자마자, 그들은 어둡고 악취가 나는 좁은 관을 따라 걸었다. 공기 중에 깊이 밴 냄새는 오래된 석유의 냄새였다. O.A. 드레이어라면 절대 버리지 않을 장면이었다. 마치 어릴 적 책 속에서 읽은 지구의 뱃속을 탐색하는 탐정이 된 것 같았다. 하지만 현실 속 내륙빙하 내부에서 그들을 다시 땅 위로 뱉어줄 구원의 화산 폭발이 일어날 일은 절대 없을 것이다. 소설은 소설일 뿐이었다. 쥘 베른이 쥘 베른이듯 말이다.

50미터가량을 전진하자, 좁은 통로 끝으로 방사형으로 뻗은 교차로와 같은 형태의 방이 나왔다. 그들이 빠져나온 것보다 훨씬 큰 여러 개의 통로가 이어지고 있었다. 카낙이 찾은 정보에 따르면, 캠프 센추리에는 총 21개의 방이 있었고, 그 방들은 모두 수십 킬로미터에 달하는 작은 통로들로 이어져 있었다. 그들의 눈앞에 보이는 것처럼 말이다.

'까딱하면 길을 잃겠군.'

"숙여요!"

그 순간 카바작이 외쳤다. 그의 외침과 총소리는 거의 동시에 들렸다. 본능적으로 그들은 더러운 물과 오래된 기름이 섞여 있는 바닥에 몸을 납작 엎드렸다. 카바작은 검은 입을 벌리고 있는 통로마다 총을 쏘았다. 총소리는 귀가 먹먹해질 정도로 벽을 울렸다. 네 번째 통로에서 두 발의 연속된 총격이 섬광과 함께 그들에게로 날아들었다. 도망자는 바로 거기에, 그들에게서 단 몇 발자국 떨어진 곳에 있었다.

카바작이 브라우닝을 재장전하는 동안, 카낙이 나서야 할 때였다. 그는 사냥용 총에 익숙하지 않았다. 반동이 어마어마했다. 그 느낌은…… 그에게 흥분을 가져다주었다.

카낙은 그들의 목표가 온 힘을 다해 도망치는 발소리를 들을 수 있었다. 카낙과 카바작은 합심한 듯, 동시에 같은 방향을 향해 총을 쏘기 시작했다. 총소리가 너무도 컸던 탓에, 카낙은 자신의 귀를 의심해야 했다.

'방금 그건 남자의 비명이었나?'

지하 기지에는 정적만이 감돌았다. 두 추격자는 또다시 시선을 교환했다. 그들은 숨을 죽이고 몸을 낮춘 다음 그들을 향해 날아왔던 총알을 따라갔다. 몇 번의 커브를 돈 끝에, 그들을 처음 반겼던 붉은 불빛보다 훨씬 더 강한 빛이 나타났다. 갑작스러운 빛에 눈이 적응되자, 비상등 아래로 거대한 조종실과 같은 장소가 모습을 드러냈다. 녹슨 책상 수십 개가 어지러이 놓여 있었다. 바닥에는 버려진 종이와 서류들이 나뒹굴고 있었고, 원자력발전소에서나 볼 수 있는 수십 미터에 달하는 대형 계기판이 통유리로 된 창까지 이어지고 있었다. 제복을 입고 녹슨 군함을 조종하는 네모 선장*만 있으면 완벽할 것 같았다.

콘솔까지 조심스럽게 전진한 카낙과 카바작은 기묘한 조종실 너머의 모습을 볼 수 있었다. 창 너머 깜깜한 어둠 속에 거대한 공간이 나타났다.

"기지의 방공호 중 하나예요." 카낙이 카바작에게 조용히 속삭였다.

"엄청난 크기네요."

"저런 게 스무 개가 더 있다고 생각해봐요. 게다가 이건 첫 번째 기지에 불과해요. 완성만 됐다면 이보다 규모가 서른 배는 더 컸을 거예요!"

그 순간, 갑자기 켜진 불빛으로 눈앞이 새하얗게 변했다. 마치 대낮처럼, 격납고의 모든 불이 켜졌던 것이다. 찌지직거리는 소리와 함께 수백 개의 형광등이 흰빛을 뿜어냈다.

"뭘 건드린 겁니까?"

"저 아니에요!"

카바작이 억울하다는 듯 소리쳤다. 적들의 반격이 곧바로 시작됐다. 유리창으로 총알이 수없이 날아와 박혔다. 이번에는 한 명이 아닌, 여러 명의 사격수가 저 아래 어딘가에 몸을 숨기고 있는 게 분명했다. 총격으로 인한 소리로 마치 방공호 전체가 금방이라도 무너질 것만 같았다.

커다란 조종석 뒤로 몸을 숨기기 위해, 허리를 숙이고 이동하던 카낙은 뜨겁고 끈적거리는 무언가를 발견했다. 손전등을 켜서 확인할 필요도 없었다. 그건 피였다. 도망자 세 명 중 한 사람이 흘린 피였다.

★ 쥘 베른의 소설 『해저 2만리』와 『신비의 섬』에 나오는 가상의 인물을 말한다.

55

IMG_2352 / 10월 31일
캠프 센추리 방공호 1번의 전경

　총격은 수그러들지 않았다. 유리창에 아슬아슬하게 금이 가고 있었다. 며칠 전, 국립기록보관소에서 시위자들이 던진 돌에 흔적도 없이 사라졌던 유리창처럼, 머지않아 산산조각이 날 것만 같았다. 카낙은 이전처럼 상대를 진정시킬 수 없다는 것을 알았다. 이건 협박이 아니었다. 목숨을 건 사투였다. 전시 상황을 실제처럼 구현한 경찰청 훈련에서 카낙이 느낀 건 오직 공포였다. 그는 대체 이런 걸 왜 해야 하는지 이해할 수 없었다. 그의 동료 브레너와는 다르게, 카낙은 위험을 즐길 수 없었다. 그의 인생 자체가 위험이었고, 늘 그것에 벗어나기 위해 노력했다.

　카낙은 콘솔 뒤에 몸을 숨긴 채, 옆쪽의 문을 가리키며 카바작에게 신호를 보냈다. 열린 문틈으로 나선형 계단이 보였다.

　"엄호해주세요."

　카낙이 말했고, 카바작은 고개를 끄덕였다. 문까지 기어간 카낙은 차가운 철제 계단을 살금살금 내려가기 시작했다. 삐거덕거리는 소리가 약간 났지만 총소리 때문에 들리지 않았다. 그러나 그가 아래층에 도착해 문 뒤로 몸을 숨기자, 총격이 별안간 멈추었다.

'알아챈 건가?'

아치형의 거대한 방공호 안으로 무거운 정적이 내려앉았다. 체펠린 비행선도 들어갈 정도의 크기였다. 콘크리트만큼 단단한 땅속에 이렇게 넓고 깊은 공간을 파내려면, 그 공사의 규모가 얼마나 거대했을지 감히 상상도 할 수 없었다.

바닥에서 큰 나사못을 주운 카낙은 문틈으로 가능한 한 가장 멀리 그것을 던졌다. 조금 전 카바작과 손짓 발짓만으로 정했던 신호였다. 그것을 시작으로 카바작이 유리창 쪽으로 미친 듯이 총을 쏘기 시작했다. 적진에서도 반격이 시작됐다. 그들을 적이라고 생각하니, 이상하기만 했다. 어쨌든 그들은 그의 가족이었다. 하지만 카낙은 죄책감을 얼른 잠재우고, 줄지어 있는 거대한 터빈을 따라, 발밑의 쓰레기를 피해 달리기 시작했다. 이곳은 일종의 기계실이었다. 어쩌면 캠프 전체의 보일러실인지도 모른다. 그는 범인들이 있을 것으로 짐작되는 곳을 향해 냅다 달렸다. 그때, 총알 하나가 녹슨 철 위로 날아와 박혔다. 카낙의 머리로부터 고작 일 미터 떨어진 곳이었다.

"그만해!"

그가 외쳤다. 그의 앞으로 펼쳐진 구불구불한 통로의 반대편 끝에서 한 사람이 나타났다가, 복잡한 기계 뒤로 잽싸게 사라졌다. 카낙은 자신이 만만한 상대가 아니란 걸 보여주기 위해, 조금은 아무렇게나 총을 난사했다. 바로 옆의 통로로 이동한 카낙은 움직이는 그림자가 나타날 때까지, 총을 조준하고 있었다. 움직이는 새를 맞춰야 하는 사격 연습을 하는 것 같았다.

십오 년 전 배웠던 그대로, 카낙은 숨을 멈추고 방아쇠를 당겼다.

상대는 바닥으로 고꾸라져 더 이상 움직이지 않았다. 브레너라면 그가 동정을 뗐다고 말했을 것이다. 목표를 맞춘 것은 처음이었다. 하지만 지금은 그런 걸 자축할 때가 아니었다.

그가 무슨 반응을 보이기도 전에, 커다란 교류 발전기 사이로 남자 한 명이 튀어나와, 쓰러진 몸 위로 몸을 기울였다. 바다표범 가죽으로 몸을 싸매고, 지긋지긋한 로열 그린란드 모자를 쓴 인물은 우죽이었다. 그는 쓰러진 사람 – 꽃 한 송이가 조잡하게 수놓인 짙은 초록색 점퍼 차림의 –을 마구 흔들어댔다. 그렇다면 총을 맞은 쪽은……

"나자?! 나자, 말 좀 해봐! 아무 말이라도!" 우죽이 그린란드어로 애원했다.

그는 소총을 버리고, 지척에서 연달아 쏟아지는 총격에 아랑곳하지 않은 채 닭똥 같은 눈물을 흘렸다.

"제발……."

그는 바닥에 무릎을 꿇고, 마치 아픈 아이를 보듬듯 아내를 품에 안았다. 그리고 알 수 없는 말들을 읊조렸다. 아마 작별 인사를 하는 것 같았다. 아니면 용서를 비는 것일 수도.

더 이상 우죽은 전사도, 경찰도, 노조 대표도, 코치도, 멸종해가는 작은 공동체의 이수마탁도 아니었다. 그는 그저 사랑하는 사람을 잃은 남자였다.

"우죽!" 카낙이 입을 열었다.

"무기로부터 멀리 떨어지세요, 당장!"

하지만 우죽은 그의 말이 들리지 않는 듯했다. 마치 최면에 빠진 것처럼,

슬픔에 잠겨 있었다.

그 순간, 콘크리트 바닥을 향해 날아온 총알에 카낙은 하마터면 심장이 멎을 뻔했다.

'올리!'

세 번째 사격수를 잊고 있었던 것이다. 곰으로 변장한 올리는 바로 옆 통로의 끝에 위치한 물탱크 위, 사오 미터 높이에 서 있었다. 그의 사격 실력은 형편없었다. 그 정도 거리에서, 그런 유리한 각도에서라면 맞히고 남아야 정상이었다.

하지만 만약, 그게 위협 사격에 불과했던 거라면, 빙산 위에서 그에게 느린 고통의 벌을 내렸던 것처럼, 그를 단숨에 죽이려는 생각이 아니었던 거라면 또 모른다. 하지만 올리는 이미 어깨에 총을 대고 있었다. 검은 총구가 카낙을 노려보고 있었다. 한 방으로 그는 카낙을 끝낼 준비를 마쳤다. 그 한 방으로, 카낙 아드리엔슨이 카낙 마을에 온 이유였던, 그의 수사를 종결시킬 수도 있었다.

카낙이 몸을 돌려 총을 꺼낸 순간, 총소리가 울렸다. 그 소리는 건물의 아치형 천장 속으로 퍼져나갔다. 침묵을 가르고 등장한 굉음은 우죽을 제정신으로 돌아오게 했다. 눈물로 잔뜩 젖은 우죽의 창백한 얼굴, 어깨를 물들이는 붉은 핏자국이 보였다.

그는 믿을 수 없다는 눈으로 천천히 땅으로 쓰러지는 올리의 모습을 바라보았다. 이제 그는 비명도 지르지 않았다. 그저 그의 오래된 세상이 그의 아들과 함께 사라지는 것만을 바라보고 있었다.

"가끔은 내가 없으면 당신이 여기서 살아남을 수나 있을지 걱정이라니까요……."

낮은 목소리가 방공호의 반대편, 조종석 옆에서 들려왔다.

"아푸티쿠?!" 카낙이 외쳤다.

아푸티쿠는 이 복잡한 시설물 안에서 그들을 찾아냈을 뿐만 아니라 카바작을 보초로 세우게 한 뒤, 방공호를 가득 채운 혼돈 속으로 뛰어들었던 것이다. 올리의 등 뒤에서 몇 미터 떨어진 물탱크 아래에 자리를 잡은 그는, 정확한 타이밍에 그를 쓰러뜨렸다. 조금도 망설이지 않았다.

여전히 비틀거리면서 아푸티쿠는 보스의 곁으로 다가왔다. 그는 카낙의 목숨을 두 번이나 구했다. 아무 말 없이, 그는 우죽의 총을 집어들었고, 총구를 깨트려 총알을 빼냈다.

"내가 좋은 경찰 맞다고 했죠?"

살짝 조소를 짓는 아푸티쿠는 그렇게 말하는 것 같았다. 잠시 멍해졌던 카낙이 정신을 차리고, 모로 누워 있는 그의 삼촌 옆으로 무릎을 꿇고 앉았다. 그는 부드러운 손길로 다치지 않은 어깨를 잡고 - 카낙의 취조 방식 중 두 번째 단계였다. 하지만 아직도 그걸 생각할 여유가 있는 걸까? - 그에게 말했다.

"우리 말고, 여기 더 올 사람이 있습니까?"

우죽은 고개를 들고 찡그린 표정으로 눈을 깜빡여 보였다. 슬픔이 너무도 큰 나머지, 상처를 느끼지도 못하는 것 같았다.

"아누락툭……. 그가 여기로 오기로 했죠. 아닙니까? 그게 당신들 계획의 마지막이죠?"

"네." 저항을 포기한 그가 한숨과 함께 입을 열었다.

"하지만 그저께부터 소식이 없어요. 누파키와 그가 북쪽 위쪽에서 만난 다음 시시미웃Sisimiut에서 함께 배를 타고 오기로 했지요."

"어디까지 말입니까?"

"원래는 우펑나빅까지 오기로 했어요. 그들에게 대륙빙하를 건너기 위해 필요한 모든 물품과 썰매를 제공할 친구가 거기 있거든요."

그 계획은 실패한 게 분명했다. 마지막으로 아누락툭과 그의 스노모빌이 목격된 것은 움만낙 근처로, 그가 배를 탔어야 했던 지점보다 300킬로미터나 더 북쪽이었다.

'우죽은 그 사실을 알고 있는 걸까?'

"어쩌면 그도 죽었는지 모르지요." 우죽이 말을 이었다.

"아니면 도중에 피신했을 수도 있지요. 넘쳐나는 게 빈 집이니까요."

우죽이 다시 흐느끼기 시작했고, 카낙은 누크와 우펑나빅 사이 해안가 마을은 모두 뒤져야겠다고 생각했다. 만약 그곳의 경찰들이 북극권의 동료들처럼 협조적이라면 수주에서, 수개월이 걸릴지 모른다. 어쩌면 아누락툭 네메닛소크를 영영 찾지 못할 수도 있었다. 국토의 90퍼센트가 사람이 살지 않는 땅인, 그린란드 인에겐 이런 이점도 있었다. 하루아침에 증발하고자 마음만 먹으면 얼마든지 가능했다.

카낙은 삼촌을 품에 안았다. 그들은 아무 말도 없이, 서로 보지도 않고 그렇게 가만히 있었다. 타킥과 마사크와 훔치듯이 나눈 입맞춤을 제외하면, 그가 그의 가족을 품에 안은 건 처음이었다. 그는 분명 범죄자가 맞았다. 그것도 그의 부모님을 죽인.

'이런 모순적인 일이 있을까······.'

가족을 선택할 수 있는 사람은 없다. 그리고 형사는 범죄자를 선택할 수 없었다.

우죽의 상처는 깊지 않았다. 하지만 노인은 지쳐 보였다. 그는 두 눈을 가만히 감고 있었다. 그는 죽어가고 있었다. 구조가 올 때까지 버텨줄까? 아니면, 노인들이 배우자가 세상을 떠나고 나면 곧 그 뒤를 따르듯, 그도 모든 걸 놓을까?

적절한 때가 되었다고 판단한 카낙은 조심스럽게 질문을 계속했다. 공간은 터무니없이 컸지만 그들 사이에 친밀함이 싹터 있었다. 신문이라기보단 모닥불에 둘러앉아 담소를 나누는 것 같은 목소리였다. 몇 년 전이라면, 둘이서 충분히 나눌 수 있었을 대화였다. 그런 일만 없었더라면…….

"체르노브와 크리스 칼슨을 연결해준 게 아누락툭이었죠?"

불편한 질문만을 던져야 하는 자신이 원망스러웠다. 하지만 우죽에게 시간이 얼마나 남았을지 모르는 일이었다. 경험상, 자백은 빠를수록 용의자가 나중에 말을 바꿀 가능성이 적었다. 스마트폰은 방전된 지 오래였다. 아쉽지만 이번에는 그냥 듣는 것으로 만족해야 했다.

"네. 맞아요."

한 손으로는 나자의 손을 꽉 잡고 몸을 오그린 우죽이 말했다.

"그들은 어떻게 일을 진행했죠?"

"칼슨이 당신의 수사에 관련한 정보를 빼내, 체르노브를 통해 그들에게 전달했어요. 그렇게 우린 항상 당신보다 한 발 더 빠를 수 있었지요. 아누락툭의 집으로 경찰들이 들이닥치리란 것도 칼슨이 알려줬어요."

NNK 수장이 모든 범죄의 증거를 은닉할 수 있었던 이유였다. 곰의 턱과 변장복, 공범과의 연락에 사용한 스마트폰 그리고 리케 에넬의 개인 물품에서 크리스가 훔쳐낸 안티-DNA 보호복까지.

"크리스, 크리스, 크리스……."

카낙은 계속해서 그 이름을 곱씹었다. 너무나 잘생긴 외모로 모든 위험한 순간을 넘겼을 크리스, 너무나 상냥한 크리스, 항상 두 팔을 걷어붙이고 그를 도왔던 크리스.

그러나 잘못된 단서로 그들을 이끌었다. 훈련받은 곰이라는 잘못된 단서를 제시한 크리스, 그의 상관인 리케 에넬의 평판을 깎아내리려고 애썼던 크리스, 거의 매일 저녁 폴리티가든에 홀로 남아 동료들의 서류와 서랍을 마음껏 뒤질 수 있었던 독신남 크리스.

찔끔찔끔 조사 결과를 내놓으면서 ─ 피해자의 씻겨나간 혀, 한참 뒤에 그에게 제출했던 발자국 흔적을 찍은 사진 등 ─ 카낙이 사건을 종합적인 시선으로 보지 못하도록 만들었던 크리스, 그들이 공모한 사실을 들키지 않으려 체르노브를 때려눕혔던 크리스, 체르노브의 조서를 감추고 리케에 대한 의심을 키우게 만들었던 크리스, 공범자인 체르노브의 수상한 주식 활동을 밝히면서까지 그를 아무렇지 않게 희생시키려 했던 크리스, 진짜 연인인 파비아 랄슨과의 관계를 숨기기 위해, 리케에게 늘 퇴짜 맞는 불쌍한 남성을 연기해왔을 크리스, 현재 연락이 두절된 크리스.

그는 어디 구석진 곳에 땅굴을 파고 들어가 몇 년이고 낚시나 바다표범을 사냥하며 살 생각인 걸까? 그럴 것 같진 않았다.

그는 생각을 지우고 네메닛소크 가족에게로 돌아왔다. 우죽은 소중한 모든 것을 잃었다. 형제, 아들, 연인까지……. 모든 게 덧없이 사라졌다. 날이 좋은 어느 날, 그의 마을이 지도에서 사라지거나 석유 시추 시설이 그의 마을을 오염시키는 날이 온다고 해도, 이 땅의 우죽들은 이제 더는 어쩔 도리가 없었다.

카낙은 간신히 그를 자신의 옆에 앉혔다. 그들은 꼭 밤을 새는 두 이누이트처럼 앉아 있었다. 카낙은 카바작의 썰매 안에서 찾아낸 납작한 병을 꺼냈다. 시큼하고 목구멍을 뜨겁게 만드는 뭔지 모를 술을 한 모금 삼킨 그는 삼촌에게도 병을 건넸다.

우죽은 체념한 듯, 아내와 아들의 움직이지 않는 몸을 바라보고만 있었다. 그에게는 이제 지킬 사람이 없었다. 실토하지 않을 이유가 없었다. 카낙은 그 점을 이용하기로 했다.

"그들을 위해 모든 위험을 감수한 게 당신이죠. 직접 손에 피를 묻힌 것도 당신⋯⋯."

"아누락툭⋯⋯ 아누락툭은 미친개예요. 진짜 아크룻akhlut이라고요⋯⋯."

"**악한 늑대의 영혼**이란 뜻이에요." 아푸티쿠가 옆에서 말했다.

"그것으론 그간의 살인들을 모두 설명하지 못합니다." 카낙이 말했다.

"그는 언제나 자신이 누구보다 위에 있다는 걸 증명하고 싶어 했어요. 그가 이누이트 민족을 위한 싸움을 포기하지 않았다는 걸 말이죠. 사십 년 전, 우리가 NNK와 함께 저질렀던 것보다 더 위대한 일을 해낼 수 있단 걸, 보여주고 싶어 했지요."

"석유산업을 겨냥해서 말입니까?"

"네. 그때 칼슨과 랄슨이 돕겠다고 나타난 거지요."

모두가 같은 목적을 공유하고 있었다. 그린란드의 과다한 석유 개발을 뿌리 뽑기 위해서, 그린란드가 새로운 '얼음 위 에미리트'가 되는 걸 막기 위해서, 그리고 그와 동시에 에녹슨을 필두로 자신의 커리어와 사적인 이익을 위해 그들을 이용하려는 썩은 정치인들을 제거하기 위해서.

"그들이 당신과 연락한 방법은요?"

카낙은 이미 대부분의 사실을 알고 있었지만 삼촌의 입에서 직접 듣길 원했다. 그는 이야기 전체를 알고 싶었다.

"모든 게 그 쓰레기 같은 체르노브로부터 시작됐지요. 에넬이 그의 폭력 사건을 덮어줬고 – 그 이유를 모르겠지만요 – 칼슨이 그에게 접근했어요. 정확히 무슨 말로 그를 꾀어냈는지는 모르겠어요. 체르노브에게 그린오일 플랫폼의 가동을 멈추기만 하면, 더 큰 돈을 벌 수 있다고 꼬드겼어요……. 하지만 칼슨이 관심이 있었던 건 체르노브가 아니라 그가 가진 그린오일 노동자 네트워크였지요. 그 러시아 놈이…… **여자애들과** 자주 어울렸다는 걸 알았던 거예요. 그중엔 제 딸도 있었죠. 아누락툭의 여동생이에요. 칼슨과 랄슨은 NNK와 직접 접촉하길 원하지 않았거든요."

"타킥이 외국인들과 **어울렸다는** 것도 아셨습니까?"

"아뇨." 그가 힘없는 목소리로 대답했다.

"이번 일이 있기 전까진 몰랐어요. 만약 알았다면 제가 말렸겠지요. 아누락툭이 여동생을 잘 단속할 거라 생각했어요. 그 녀석이 끼면 늘 일이 잘못되곤 하지요."

"제가 잘 이해했다면, 파비아 랄슨이 명령을 내리고 크리스 칼슨이 정보 제공과 운송책을 맡고, 체르노브가 명령을 전달하고…… 누크에 있는 당신의 두 자식이 직접 일을 실행한 거군요?"

살인을 청부한 사람, 명령을 내리는 사람, 실행하는 사람. 이렇게 세 가지 층위로 나뉜 범죄 도식에서 맨 위의 사람과 가장 아래의 사람은 서로 만날 필요가 없었다. 우펑나빅공항에서의 유일한 만남을 제외하고 말이다.

노인이 고개를 끄덕였다.

"그리고 아누락툭은 그들 사이에 석유 플랫폼 관리자가 있다는 사실에 대해 전혀 문제를 삼지 않았나 보군요?"

"계획대로라면 체르노브를 죽였을 거예요. 하지만 그 러시아 놈이 아누락툭을 휘어잡았지요."

"어떻게요?"

"돈으로요. 그저 돈이었지요."

'파비아 랄슨은 체르노브를 통해서 네메닛소크 남매에게 돈을 지불했을 테지.'

카낙은 그렇게 짐작했다. 그러니 중간책인 체르노브를 제거했다간 돈과는 영영 작별을 고해야 했다. 몇몇 부분은 여전히 이해되지 않았다. 하지만 전체적으로는 꽤나 일관성 있는 그림이었다.

"그럼 올리와 당신은 어떻게 범죄에 가담하게 된 겁니까?"

"처음엔 곰 때문이었어요. 아누락툭이 아이디어를 냈지요. 나누크가 그들을 직접 벌한 것처럼 보이게 놈들을 죽이자고요. 그가 텔레비전에서 동물 모양 기계를 만드는 사람들에 대한 르포타주를 봤거든요."

'마쏘와 낭트에 있는 그의 친구들이군.'

카낙이 생각했다. 프랑스 인 기술자가 자신의 작품이 이렇게 독창적인 기계를 만드는 데 큰 영감을 줬단 사실을 알게 되면 매우 기뻐했을 것이다…….

"그러던 참에, 그의 형을 떠올린 거지요. 올리는…… 올리는 손재주가 정말 좋았어요. 두 손으로 못 만드는 게 없었지요. 마을 사람들 모두 그가 황금의 손을 가졌다고 말하곤 했어요."

그렇게 말하는 그의 약해진 몸에 한순간 생기가 돌았다. 그는 그의 살인자 아들이 그다지도 자랑스러운 모양이었다. 알코올의 효과가 아니라면 말이다…….

"그래서요?" 카낙이 조용히 그를 추궁했다.

"아누락툭이 가면과 발톱이 달린 발바닥을 올리에게 만들어달라고 했어요."

"누크에서 첫 살인이 일어나기 전날 우평나빅공항에서 당신들이 체르노브에게 준 게 그거였군요."

"네."

상대가 짧게 시인했다.

"이해할 수 없는 건, 크리스 칼슨과 파비아 랄슨이 체르노브를 따라 거기까지 왜 갔느냐는 겁니다. NNK와 직접 접촉을 꺼렸다면서요. 그런데 NNK는, 진정한 NNK는…… 바로 당신이잖아요!"

"맞아요. 하지만 당시 칼슨과 랄슨은 그걸 몰랐지요. 전 과거 NNK로 활동했던 날들에 대해 입을 꾹 다문 지 수십 년이 넘었어요. 아들 녀석과 달리, 저는 그 문신을 광고하면서 다니지도 않았고요."

"스포츠 가방 하나 배달하자고 그 먼 거리를 갔다는 게 이상합니다. 심지어 그 일을 대신해줄 인간이 없었던 것도 아닌데요."

"모르겠어요……. 체르노브가 그들을 무슨 핑계로 꾀어낸 게 아닐까요. 아니면 그들이 직접 범죄 무기를 확인하고 싶었을 수도 있고요."

그게 아니라면, 두 공범이 체르노브를 믿지 못했던 것인지도 모른다. 그 '가면'을 받으러 누크에서 1천 6백 킬로미터나 떨어진 곳까지 간다는 사실 자체를 의심했던 것인지도 모른다. 그의 하수인과 동행했던 건, 그가 불쑥 나라를 떠나진 않는지, 끝까지 임무를 완수하는지, 확인하고 싶었던 것인지도 모른다.

"뭐 그게 중요한 건 아니죠." 카낙이 신음했다.

"이제 투필락에 대해 이야기해보세요. 그건 어디서 착안한 겁니까?"

"그걸 요구한 건 타킥이에요. 그가 외국인들을 죽이는 걸 돕고 싶어 했지요. 잘은 모르겠지만 아이가 고객으로 맞았던 그 돼지 같은 놈들에게 대가를 치르게 하고 싶었나 봅니다."

주름이 깊게 팬 우죽의 얼굴에, 딸의 얼굴에서도 보였던 역겨움이 스쳤다. 그는 독주 한 모금을 더 요구했고, 단숨에 들이켰다. 그녀의 오빠가 죽일 희생자를 고른 것은 타킥이었다. 더 큰 범죄 계획 속에서, 그녀도 자신만의 복수를 하고 싶었던 것이다. 마지막으로 이고르 예르데브까지 리스트에 포함시켰던 것은, 고의적으로 체르노브에게 벌을 내렸던 것이었다.

"이런 말도 안 되는 짓에 인생을 걸만한 사람을 찾아······."

첫 번째 전화 브리핑 때 플로라가 그에게 했던 말이었다. 살인에 대한 욕구를 가졌던 사람들 중에서 오직 타킥만이 자신을 희생할 만큼 살인에 대한 뿌리깊은 욕구를 가지고 있었다. 그녀는 돈이나 정치, 사랑과 같은 이상을 위해 움직이지 않았다. 그녀는 가장 강력한 동기에 사로잡혀 있었다. 그것은 혐오와 증오였다. 후안 리앙의 몸에 대한 증오 그리고 그녀 자신에 대한 증오였다.

타킥이 후안의 방갈로를 찾은 건, 뒤늦은 양심의 가책으로 투필락을 수거하려던 게 아니었을까? 아니면 임무를 수행한 뒤에, 조각상이 엉뚱한 사람의 손에 들어가선 안 된다고 여겼던 걸까? 카낙은 그녀가 그와 그녀를 만나게 만든, 그런 위험을 감수했던 까닭을 영영 알 수 없을지도 모른다.

"아이는 놈들이 이누이트 전통에 따라 떠나길 바랐어요."

우죽이 말했다.

"이누이트 민족은 저주받은 사람만을 살해하지요. 그리고 투필락은 누군가에게 저주를 내릴 수 있는 최고의 방법이에요."

샤먼은 죽음을 인도하는 조각상의 종교적인 속성에 대해 말했다. 카낙이 오랫동안 믿었던 것과 달리, 조각상은 그저 프리무스에서 곰의 제물이 될 사람을 지정하기 위해서 사용된 거였다. 단지 천벌을 준비하기 위해서. 바로 그 유일한 목적으로 타킥은 방갈로 앞에 조각상을 두었던 것이었다.

순간 우죽은 딸이 죽었다는 사실을 알고 있는지 궁금했지만 카낙은 묻지 않았다.

"좋습니다. 하지만 올리와 당신이 얀세와 티킬을 제거한 이유는 뭡니까?

"당신이 누크에 도착한 다음다음 날이죠."

"네?"

"랄슨의 전화를 받았어요."

파비아 랄슨이 개인적으로 전화를 할 정도라면 상황이 심각했다는 의미다.

"뭐라고 하던가요?"

"우펑나빅에서 그와 별 대화를 나누진 않았지만 그가 아주 영악한 자라는 건 알 수 있었지요. 그는 제가 가장 두려워하는 게 뭔지 알아차렸어요. 바로 마을의 폐쇄 말입니다."

"그가 제안한 거군요. 맞죠?" 카낙이 추론했다.

"맞아요. 그들은 이곳에서 살인사건이 일어나길 바랐죠. 우리가 거슬려 하는 두어 명을 처리해준다면 나중에 카낙 마을을 지켜주겠다고 했어요. 물론 국가지원금도 약속했지요.

"그걸 믿었습니까?"

"제겐 다른 선택권이 없었어요. 녀석들은 하루가 멀다 하고 절 찾아와 여길 떠나겠다고 했지요……."

'녀석들'은 얀세와 티킬과 같은 사람들을 말하는 것이었다. 칼슨-랄슨 콤비는 계획을 성공시키기 위해, 모두에게 약속을 남발한 게 분명했다. 체르노브와 패더슨에게는 전례 없는 이익을, 아누락툭과 타킥에게는 그들을 노예로 만드는 외국 세력에 대한 복수를, 우죽과 올리에게는 외딴 마을의 생존을 약속했던 것이다.

"시선을 돌리려고 한 거군요."

약간의 침묵 후에 카낙이 말했다.

"그런 것 같네요."

"그런데 왜 이제야? 더 일찍 하지 않고요?"

"아마 아누락툭이 이상한 짓을 하기 시작한 순간부터였을 거예요. 에녹슨에게 간을 보내질 않나, 계획에는 없던 러시아 인을 죽이질 않나, 그의 동료를 협박하질 않나……. 랄슨은 그를 통제할 수 없다고 판단했고, 그 멍청한 놈이 남겨놓은 흔적을 따라 결국은 자신이 드러날까 봐 두려웠던 것 같아요."

그 말은 꽤 정확했다.

코펜하겐에서 온 짜증 나는 동료 - 그녀는 계속해서 그를 경쟁자처럼 대했다 - 를 치워버리는 데 너무도 만족한 리케는 그녀도 모르는 사이에,

그녀만의 방식으로 그를 다음 전선으로 내모는 데 일조했다.

"이 일에 올리를 가담시키는 게 힘들지 않았습니까?"

"맞아요……. 그가 캠프의 기름에 손을 대기 시작한 이후로, 녀석도 지역의 석유 개발 계획에 대해 초조해하기 시작했어요. 그게 녀석의 새로운 비즈니스를 망칠까 봐 걱정한 거지요. 그리고 잘 아시겠지만, 올리는 누구든 제 앞길을 막는 사람을 치워버리는 녀석이었죠. 그래서……."

우죽의 눈빛이 갈 곳을 잃었다.

"잘 알겠습니다. 그런데 올리가 얀세와 티킬을 죽였을 텐데 어떻게 그날 같은 시각에 빙산 위에서 바다표범을 사냥할 수가 있었죠?"

"오, 그건 착한 아내들을 속이기 위한 이누이트의 오래된 속임수예요. 아무에게도 보여주지 않은 오래된 전리품 사진을 사냥을 떠난 친구의 스마트폰으로 보내는 거예요. 정확한 시간에 말이죠. 사진을 받은 친구가 페이스북에 정확한 위치와 함께 사진을 올리는 거죠. 이왕이면 집에서 썰매로 몇 시간 정도 떨어진 거리가 좋겠죠. 하지만 제가 그날 저녁에 올린 사진을 보시면, 극야에 맞지 않는 불빛을 보실 수 있을 겁니다. 요즘이라기엔 너무 밝으니까요."

"만약 사실 확인을 위해 전화를 한다면요?"

"그럴 일은 거의 없어요. 아내들이 단잠에 빠져 있을 시각이니까요."

카낙은 마사크의 스마트폰에서 문제의 사진을 아주 잠깐 보았다. 우죽이 실토한 이상한 점이 그에게 충격을 주었다. 그 역시 바람난 배우자를 둔 얼간이처럼 속은 것이었다.

마사크. 그녀의 이야기로 끝을 맺어야 했다. 그의 매혹적인 사촌은 이 일에 대해 얼마나 알고 있었던 걸까?

"그리고 마사크는요?"

그는 목이 메는 것을 느끼며 말했다.

"마사크는 이 일과 아무런 관련이 없어요. 아무것도 모르지요. 그냥 우리가 시키는 대로 청소한 게 답니다. 그게 다예요……."

"그렇게 말씀하신다면요."

"마사크는 제 보물이에요. 제 엄마를 쏙 빼닮았지요."

카낙은 그 말이 사실이길 바랐다. 그가 더 파고들 필요가 없기를 바랐다.

마사크.

그의 최후의 직감이 그에게 속삭이는 것과 마찬가지로 그녀는 이 이야기의 핵심이었다. 그에게 누렇게 변색된 가족사진의 비밀을 풀던 그녀. 왜냐하면 그들 중 그 누구도 예상하지 못했던 유일한 것은, 살인자들과 같은 피로 이어진 코펜하겐에서 파견된 형사였다. 그리고 그 중요한 연결고리가 빛을 내뿜고 있었다.

"턱, 발톱과 피부는 무엇으로 만들었나요?"

얌전히 그들의 대화를 지켜보던 아푸티쿠가 결정적인 순간에 끼어들었다. 그는 신문을 엄격한 소송이자 물증의 영역으로 이끌었다.

"올리는 이곳의 것들을 사용했어요. 저기 보이는 터빈 근처에 있을 거예요. 그곳이 그의 작업실이지요."

캠프 센추리를 떠나기 전, 두 형사는 올리가 공들여 만든 기계의 디테일을 살펴볼 시간을 가질 것이다. 사냥꾼이라면 모두가 간직하고 있을 곰의 유골로부터, 그가 어떻게 죽음의 기계를 만들어낸 건지 알 수 있을 것이다.

그것은 진정한 무기였다.

"그리고 아누락툭의 것은 어떻게 했죠? 불태웠나요?"

"아뇨. 사실 그것까진 제가 몰라요. 제가 알기로 그는 아마 그걸 숨겼을 거예요."

"숨겼다고요? 대체 어디에 말입니까? 우리가 그와 그 패거리들의 아파트를 싹 다 뒤졌는데……."

"그 주택가의 어떤 사람의 집일 거예요. 하지만 녀석의 부하들은 아니겠지요. 물건들을 맡아두도록 협박했을 거예요. 당신들이 의심하지 않을 만한 인물이겠지요. 녀석이 그렇게 말했어요."

"그린피스 운동가!"

카낙과 아푸티쿠가 동시에 외쳤다. 분명했다. 겉으로는 그럴 이유가 없어 보였던 가엾은 남자가 겪었던 폭행과 그의 집 문을 열어주지 않으려던 태도가 이제야 이해가 됐다. 범죄에 사용된 무기는 분명히 그곳에 숨겨져 있을 것이다. 전단지나 난잡한 잡동사니들 속에 말이다. 심지어 카낙은 이제 그곳에서 발견될 곰의 턱에 이빨이 하나 빠져 있을 거란 걸 예상할 수 있었다. 프리무스의 세 번째 희생자, 닐스 율리안슨의 쓸개에 박혀 있던 이빨 말이다.

카낙은 아푸티쿠에게 우죽과 잠시 단둘만 있게 해달라고 부탁했다. 아푸티쿠는 아무 말 없이 멀어졌다. 모든 것을 털어놓아 한결 편해 보였던 우죽은 생명이 다한 나자의 몸을 보고 다시 낙담했다. 다시 절망 속으로 빠지는 듯했다.

"그럼 제 부모님은요?" 공간에 그들만 남게 된 카낙이 물었다.

"그들이 당신에게 대체 무슨 짓을 했던 거죠?"

그 순간, 우죽이 카낙을 향해 놀란 눈을 내보였다. 카낙 아드리엔슨이 그에게, 그들에게 어떤 존재인지 이미 알고 있었던 걸까? 아니면 이제야 알게 된 걸까? 카낙은 결코 알 수 없을 것이다. 눈물이 그렁그렁한 그의 눈에는 놀라움도, 후회도, 당황도 보이지 않았다. 누구라도 그의 입장이었다면 셋 중 하나의 반응은 보였을 것이다. 그의 눈에서 읽을 수 있는 건 오직 완전한 피로였다. 추위와 광활한 하얀 대지 속으로 도망가고 싶은 욕망뿐이었다.

"네? 말해보세요. 당신의 형제와 가족을 직접 죽였던 이유를 대체 어떻게 설명할 겁니까? 나누크의 영혼을 깨운다는 아누락툭의 기발한 아이디어가 갑자기 튀어나온 건 아닐 텐데요. 제 말이 틀렸습니까?"

우죽은 말이 없었다.

"그건 당신의 아이디어였죠! 1975년의 당신에겐 올리의 도구 같은 건 없었을 겁니다. 하지만 당신이 산드라와……."

그의 생물학적 아버지의 긴 이름이 기억나지 않았다. 이름의 뜻만이 떠올랐다.

'눈에 보이지 않는 것을 두려워하지 않는 자.'

"투캇산짓속." 우죽이 결국 입을 열었다.

"자네의 아버지 그리고 내 남동생의 이름은 투캇산짓속이었어. 그는 나약했고, 형편없는 사냥꾼이었지. 그 대신 내가 그의 첫 바다표범을 잡아주고 배를 갈랐어. 몇 개월 동안이나 내가 잡은 노획물들을 자기 것인 척하고 다녔지. 비웃음을 당하지 않으려고 말이야. 그와 예쁜 덴마크 인을 굶기지 않으려고 나는 두 명분을, 나중엔 세 명, 네 명 그리고 다섯 명분의 사냥을 해내느라 밤을 꼬박 새워야 했어! 자네 아버지의 명예를 지키기 위해, 추위

속에서 목숨을 잃을 뻔했던 적도 여러 번이었지!"

"그렇다고 자기 동생을 죽입니까!"

카낙이 낮게 소리쳤다. 카인과 아벨 이후, 인류는 서로 죽여왔다. 그것이 진실이었다. 빈도수는 줄었지만 여전히 남아 있을 것이다. 하지만 우화만으로는 충분한 설명이 되지 않았다.

"자네가 아는 게 다가 아니야. 자네의 어머니는 카낙을 떠나자고 그를 꼬드겼어. 이누이트 전통을 버리자고. 심지어 자신의 가족들이 살고 있는 미국에 가서 정착하자고 권하기도 했지. 말이 돼? 미국이라니! 그건 정말 참을 수 없었어. 미국인들이 우리 부모들에게 했던 짓이 있는데……."

1953년에 일어난 강제 집단 이주를 말하는 거였다.

"우리가 그를 위해 그렇게 희생을 했는데 말이야."

"당신이 했던 거겠죠."

"그렇게 말하고 싶으면, 그래…… 그렇게 말해."

56

안녕하십니까. 10월 31일 화요일 KNR1 아홉 시 뉴스 시청자 여러
분 반갑습니다.

푸른색의 방송 로고가 사라지고, 예쁜 그린란드 인 앵커의 모습이 화면
을 가득 채웠다. 이누이트의 전형적인 특징을 드라이와 분칠, 글로스로 공
들여 가린 모습이었다. '다양성'을 중요하게 여기는 덴마크 채널에 딱 맞는
인재였다. 오 년 전부터, 그녀는 그린란드 뉴스계의 스타였다. 사람들은 다
음날, 낚시 모임에서 그녀의 뉴스에 대해 떠들곤 했다. 그린란드어 특유의
쉭쉭거리는 발음은 길거리에서 흔히 들을 수 있는 것보단 덜했지만 그녀
가 모음을 연달아 발음하는 방식에는 뭔지 모를 우아함이 담겨 있었다. 어
쨌든 그녀는 일을 했다. 코펜하겐에서 저널리즘을 공부한 게 헛된 일은 아
니었다.

오늘 저녁의 이슈는 단연, 그린란드 의회에서 실시된 독립투표 실

시 여부에 대한 투표였습니다. 현재 시각, 아직 결과는 나오지 않은 상황입니다. 선거는 누크에서 발생한, '그린오일 노동자 살인사건'을 비롯해, 지난 수일간 연속적으로 발생한 일련의 사건들로 인해 새로운 국면으로 접어들었는데요. 스릴러에 불과했던 지엽적인 사건이 국가의 중대사로 떠오르는 순간이었습니다. 매우 다사다난했던 지난 24시간 동안의 사건들을 영상으로 간추려봤습니다. 함께 확인해보시죠.

KNR1 편집국은 카낙이 보낸 범죄 관계도도, 리케의 녹음본도 공개하지 않았다. 당연한 결과였다. 급하게 사건을 종합하려 했다간 복잡한 사건을 이해하는 데 도움이 되지도 않을뿐더러, 혼란만 가중시킬 수 있었다. 몇 가지 충격적인 이미지와 함께, 사건의 본질만으로도 사람들을 충격에 빠트리기에 충분했다. 그렇게 그들이 내보낸 장면은 다음과 같았다.

장면 1

수갑을 찬 크리스 칼슨이 누크의 폴리티가든에서 동료들에 의해 연행되고 있었고, 그 뒤를 역시 수갑을 찬 파비아 랄슨이 따르고 있었다. 그들의 범행 동기나 수단에 대해서는 아무런 언급이 없었다. 방송은 그들을 '악랄한 연인'이자 누크와 카낙을 피로 물들인 범죄의 중추적 인물로 소개했다. 화면에 삽입된 목소리는, 덴마크 극좌파 무정부주의자 출신인 파비아 랄슨이 그린란드 정부에 의도적으로 침투해 정부의 에너지 개발 계획을 무산시키려고 했다고 설명했다. 칼슨과 랄슨의 살인 청부 계획은 오로지 그 목적 하에 이루어진 것이었다. 따로 설명이 없더라도, 그들의 계획이 성공했더라면, 향후 수년 동안 그린란드의 독립을 방해했을 거라는 점을 짐작하게 했다.

반면, 검시관인 칼슨은 그의 연인 파비아 랄슨에 의해 '변절'했고, 조종당한 그의 주요 공범으로 소개됐다. 살인 계획을 위해, 그린란드 경찰서에서의 그의 위치를 이용하도록 했다는 것이었다. 천재 범죄자는 파비아 랄슨이었다. 카메라는 그의 수척한 얼굴을 아래쪽에서 촬영해, 그의 지략가다운 모습을 부각하고자 했다.

장면 2

다음으로 이어진 영상은 사무엘 클레인슈미팁 아쿠타의 주택가 지도와 캠프 센추리 사진을 교차해서 보여주고 있었다. 칼슨과 랄슨은 1970년대 폭력적인 활동으로 사람들에게 잘 알려진, 옛 극단적 민족주의 집단인 NNK를 동원해 그들의 계획을 실행에 옮기기로 했다. 누크와 카낙에서 NNK 집단을 이끌었던 주동자들은 모두 한 가족의 구성원으로 이뤄졌으며, 이들은 1950년대 툴레에서 있었던 강제 집단 이주 이후 급진화된, 네메닛소크 가족으로 밝혀졌다.

그린오일 노동자 거주지 프리무스에서 네 건의 살인을 저지른 것은 막내아들인 아누락툭 네메닛소크였으며, 그는 여전히 도주 중이었다. 카낙에서 살인을 저지른 것으로 의심되는 인물은 그의 아버지인 우죽과 첫째아들 올리 네메닛소크였다. 첫째아들은 대륙빙하 한중간에 위치한 과거 미군 기지인 캠프 센추리에서 있었던 경찰의 진압 작전 중 사망한 것으로 밝혀졌다.

아푸티쿠 칼라켁과 카낙 아드리엔슨의 이름은 언급되지 않았다.

NNK의 창립자인 우죽 네메닛소크는 약 40년 전부터 은밀히 NNK 및 범죄 활동을 해왔으며, 지금 누크로 압송 중에 있습니다. 그는 크리스 칼슨과 파비아 랄슨과 함께 재판을 받기 위해 코펜하겐으로 이동할 예정입니다. 위의 세 명 모두 징역형에 처해질 수 있는데요, 우죽 네메닛소크에게는 최대 15년, 이번 사건의 주동자인 랄슨에게는 종신형까지 내려질 것으로 보입니다.

경쟁사인 그린오일 노동자 넷을 죽였다던 해리 패더슨에게는 허위 자백의 죄로, 최대 사 년의 징역형에 처해질 것이다. 리포터는 그가 왜 그런 허위 자백을 했는지는 설명하지 않았다. 시청자들은 거액의 횡령과 같은 사건과 관련이 있겠거니, 추측할 뿐이었다.

반면, 랄슨-칼슨 콤비의 또 다른 공범이자 칸게크 플랫폼 관리 책임자였던 세르게이 체르노브의 행방은 묘연했다. 누크에 정박했던 화물에 몸을 숨겨 블라디보스토크로 밀항했을지도 모른다는 가설은 심각한 단서로 받아들여졌다. 이동 거리와 기간을 고려했을 때, 러시아 항만당국이 그 사실을 확인하는 데까진 아직 며칠이 더 걸릴 것으로 보였다.

장면 3

암스테르담의 그린피스국제본부, 오토 헬드링스트라트 5번가에서 대변인이 성명을 발표하고 있었다. 회색 양복에 연두색 넥타이를 맨 남자가 그린란드에서 지난 이 주간 발생한 '유감스럽고 비극적인 사건'에 대한 그린피스의 연루설을 부인했다. 또한, '킴 킬센 정부에 대한 굳건한 연대'를 다시 한 번 강조하며, 킴 킬센을 '미래의 그린란드 독립 정부의 에너지 개발이 이성적이고, 제어가 가능하며, 책임감 있게 이행할 수 있는 능력을 갖춘' 인물이라고 설명했다. 범행에 사용된 무기를 거주지에 숨겨주었던 누크의 그린피스 대표의 잘못은 도덕적으로도, 형법상으로도 매우 큰 잘못이라고 지적하며, 그린피스는 그를 해임했다고 밝혔다.

장면 4

여기서부터는 해설자가 바뀌면서 더욱 날카로운 톤으로, 시청자들이 가장 관심을 가질 '중대한 사안'을 전달했다. 이번 사건이 국가 정치에 어떤 영향을 미칠지에 대해서였다. 국민 모두가 투표 결과를 기다리고 있는 할로윈 저녁, 시우무트 정당은 다가올 총선을 위해, 쿠픽 에눅슨에게 총선 후보로 나서는 걸 포기하게 했다. 에눅슨은 그린오일 노동자 살인사건과 무관하다는 것이 밝혀지는 중이었지만 해리 패더슨과의 부당한 거래와 경찰서장 리케 에넬과의 관계가 정당 내에서 그의 신임을 훼손한 탓이었다. 에눅슨은 차기 총리가 되지 못할 것이다. 지금으로서 가장 유력한 건, 킴 킬센의 연임이었다. 에너지부 차관이 그의 자리를 노리도록 내버려두고, 그에게 비밀스러운 협상을 맡김으로써 킬센은 꽤 좋은 수를 거둬들인 것이다.

이번 스캔들은 국가 경제에도 영향을 주었다. 새로운 정부가 들어서기 전까지, 칸게크 플랫폼의 석유 개발권을 잠정적으로 박탈하기로 했다. 그 사실은 폴라리스원을 헬기에서 내려다본 결과 알 수 있었다. 개발권의 처분에 대해서는 몇 주 이내에 다시 논하기로 정했다. 해리 패더슨의 횡령에 대한 그룹 연루설을 부인한 아르틱 페트롤리움의 CEO 지미 샌포드는 "아르틱 페트롤리움이 칸게크 개발권을 따낼 것이라고 매우 확신"한다고 밝혔고, "그린란드를 세계 산유국의 신대륙으로 만들 것"이라고 말했다.

장면 5

만성절인 오늘 아침, 누크로부터 1천 6백 킬로미터 떨어진 곳에서는 매우 감동적인 두 행사가 열렸습니다. 바로, 카낙에서 지난 주 살해됐던 두 명의 사냥꾼, 얀세 칼센과 티킬 아목톡의 장례식이었습니다. 한편, 누크공항 활주로에서는 자택 사우나 안에서 숨진 채로 발견된 그린란드 경찰서장, 리케 에넬의 시신을 담은 관이 코펜하겐으로 이송됐습니다. 사고의 전말은 아직 밝혀지지 않았는데요, 공석으로 남은 경찰서장의 후임자가 사건을 맡을 계획이라고 합니다.

사건 해결에 핵심 역할을 해냈던 카낙 아드리엔슨에 대해서도, 사건에 뒤따른 희생자들에 대해서도, 매체는 아무 언급도 하지 않았다.

오 일 전 스스로 목을 매 자살한 티킥 네메닛소크도, 각국에서 유해를 거두어간 네 명의 노동자 – 후안 리앙, 매튜 호포드, 닐스 율리안슨 그리고 이고르 예르데브 – 의 장례식에 대해서도. 석유 산업에서는 더 이상 일하지 않겠다며 아침 첫 비행기를 타고 중국으로 돌아간 롱 덩도. 토론토 주식시장에서 그룹의 주식이 바닥을 치자마자, 칸게크 개발권에 대한 루머가 전해지자마자, 메일 한 통으로 경질된 롱 덩의 사장인 그린오일의 CEO 헨릭 뮐러까지도.

익명은 그저 익명으로 남았다.

화면이 앵커의 얼굴을 다시 비추었을 때, 텔레비전 앞에 앉은 그린란드

인은 어안이 벙벙했다. 조금도 사실 같지 않은 이 퍼즐을 단번에 맞출 수 있는 사람은 매우 영리한 사람일 것이다.

저희 KNR1 뉴스는 이번 사건과 관련한 후속 사건의 진행 상황을 시청자 여러분께 지속적으로 알려드릴 것을 약속드립니다.

표준화된 아름다움을 가진 이누이트 앵커는 위와 같은 멘트로 뉴스를 마무리했고, 화면은 스포츠뉴스로 전환됐다. 수개월 전부터 매일 온 나라가 북극올림픽에 대한 준비로 한창이었다. 그 다음으로는, 최근 아키수아네릿축제에서 공연을 마친 나누크 밴드의 공연 영상이 흘러나왔다.

아직 의회의 투표 결과는 나오지 않았고, 그린란드의 미래는 여전히 불안했다. 그리란드 인은 그것이 걱정되었을까? 그렇다. 하지만 그들의 머릿속에는 아이들의 공부를 위해 – 그것이 아이들의 자살 욕구를 잠재우길 바라면서 – 새로운 대출을 받아야 한다거나 다음 사냥에 대해 생각하는 것만으로도 벅찼다. 들리는 소문에 따르면, 올해 서쪽 해안에서는 고리무늬바다표범이 유독 많이 잡혔다고 했다. 직접 눈으로 확인해봐야 할 것이다. 기상예보가 알려준 오늘의 예상 기온은 영하 25도였다. 올겨울은 평년보다 따뜻했다.

온 세상이 떠들고 있는 지구 온난화라는 것에는 좋은 점도 있는 모양이다.

57

IMG_2352 / 11월 1일
가죽 투펙 입구로 내밀어진 손

범죄사건을 해결한다는 건, 원하든 원하지 않든 사건을 놓아주어야 한다는 말과 같았다. 어느새 익숙해져버린 범인이 된 용의자. 지금까지 열심히 쫓아왔지만 곧 손에서 놓아주어야 할 모든 단서들. 조금씩 완성되고 있는 전체적인 그림에도 어둠 속에 남겨둬야 하는 세부적인 사실들을 놓아줘야 했다.

이런 종류의 사건을 종결한다는 것은, 추측한 사실들 가운데 하나의 버전, 혹은 다른 것들보다 더 가능성이 높은 하나의 이야기를 고를 수밖에 없다는 사실을 뜻했다. 그런 관점에서 카낙은 작가인 그의 아버지가 했던 일과 자신의 일이 크게 다르지 않다는 사실을 인정해야 했다. 그 역시, 그의 손에 닿는 여러 운명 중 하나를 선택하는 데 인생을 보내고 있었다.

자식은 부모의 모습에서 벗어나려고 애를 쓰지만 어느새 부모와 닮아 있는 자신을 발견한다고 한다. 그도 마찬가지였다.

카낙으로 그들을 구조하러 온 덴마크 군대의 헬기 – 아푸티쿠는 어렵게 헬기 한 대를 동원할 수 있었다 – 속에서 카낙은 우죽과 그의 아들들이 어떤 관계였는지 생각했다.

'우죽은 아이들의 어린 시절 내내 그의 사상을 주입했던 걸까? 고의적으로 그들을 살인 기계로 만들었던 걸까?'

어쩌면 올리와 아누락툭이 보였던 파괴적인 분노는 그들의 아버지를 향한 것인지도 모른다. 죽음은 메시지와 같았다. 더는 죽음을 원하지 않는다고 말하기 위한 죽음, 과거의 싸움은 더는 오늘날의 싸움이 아니라고 말하기 위한 죽음. 어쨌든, 이름 모를 역사학자에겐 그의 대단한 작품에 새롭게 써넣을 충분한 내용이 생긴 셈이었다.

헬기의 한쪽 구석에는 짙은 녹색 덮개로 감싼, 나자와 올리의 시신을 담은 두 개의 가방이 잔해처럼 쌓여 있었다. 얼이 빠진 우죽은 과묵한 군의관에게 어깨를 내어주고 있었다. 가벼운 상처였다. 당장은 약간의 소독과 진통주사 한 방, 봉합 테이프면 충분했다. 물론 그 외의 상처는 견장을 단 의사로서는 더 해 줄 수 있는 게 없었다. 그건 교도소 내의 심리상담사가 해야 할 일이었다.

처치가 끝나자, 카낙은 부가적인 설명을 위해 헬기 내에서 둘만이 쓸 수 있는 무전기를 받았다. 우죽은 어느 정도 그를 가족으로 받아들인 것 같았다…….

"아직도 이해가 안 되는 게 있습니다. 아누락툭은 왜 피해자들의 혀를 닦아낸 겁니까?"

"그가 설명해주지 않던?"

우죽이 아푸티쿠를 가리키며 말했다.

"아푸가 왜요?"

"충분히 그도 아는 사실이니까. 이누이트 전통이지. 사냥꾼들은 그가 잡은 동물들의 입에 얼음을 넣곤 하지."

"왜죠? 더 오래 보관하기 위해서?"

"아니. 영혼이 긴 여행을 마칠 때까지 목이 마르지 않도록 하려는 거야."

그건 짐승에 대한 존중이자 부끄러움의 표현이었다. 언젠가는 그들도 새로운 존재로 환생하기 위한 영혼의 여행에서 그들과 비슷한 몸을 경유할 수도 있었기 때문이다. 우리 모두가 사냥감이 될 수 있었다.

그 이유를 몰라 카낙이 몇 날 며칠을 얼마나 답답해했던가……. 아푸티쿠는 대체 왜 그 말을 해주지 않았던 걸까? 그 단서로 인해 성급하게 누크의 사냥꾼을 의심하게 될까 봐 두려웠던 것일까? 수도에 남은 사냥꾼들은 얼마 남지도 않았다.

"우죽? 마지막으로 물어볼 게 있습니다만 당신이 대답하길 원하지 않을 것 같군요. 혹은 기억하지 못하거나요. 아주 오래된 일이라서요."

"말해봐."

"그들의 시신은 어떻게 한 거죠?"

그들이 누군지는 말할 필요가 없었다.

"묻었지. 달리 뭘 어떻게 했겠어?"

"저야 모르죠……."

"내 가족이었어. 그 정도는 해줘야지."

"어디에 묻었습니까?"

우죽이 알려준 곳은 마을 언덕 쪽에 있는, 사람들이 많이 다니는 길과 교회로부터 멀리 떨어진 외딴곳이었다. 찾는 사람은 없지만 바다 풍경이 아름다운 곳이었다.

마사크에게 그간 일어났던 다양한 사건들을 이야기해주는 건 아푸티쿠의 몫이었다. 마사크는 조용히 눈물을 흘리며 슬픔을 표현했다. 평소의 신중한 모습과 크게 다르지 않았다. 그녀의 아버지와 오빠들에게 일어난 충격적인 일들에 별로 놀라지 않은 기색이었다. 늘 그랬듯이, 그녀는 속을 알 수 없는 태도로 일상적인 행동을 계속했다. 그들에게 간단한 식사를 준비해주고 잘 자라는 인사도 없이 자러 갔던 마사크는 다음 날에는 나타나지 않았다. 차는 아침 일곱 시면 늘 준비되어 있었다. 하지만 그날은 처음으로 카낙과 아푸티쿠가 스스로 차를 끓였다. 그녀의 부재는 고통을 표현하는 그녀만의 방식이었다.

그녀만이 고이 간직하는 수수께끼는 그게 다가 아니었다. 아푸티쿠와 함께 그녀의 아이에 대해 추측했던 날 이후로, 그들은 그녀에 대해 조금의 정보도 더 알아내지 못했다.

'마사크는 왜 재혼하지 않았을까? 카낙에서 가장 아름다운 이누이트가 왜 혼자 지내길 고집하는 걸까?'

어쩌면 그 마음을 이해할 유일한 사람은 카낙일 것이다. 가족을 잃은 경험을 가진 사람들 사이엔 무언가가 있었다. 카낙은 간혹 어떤 사람들이 고독을 숨기려다 잘못된 길을 건너는 것을 봐왔다. 고독은 감옥이 아니었다. 고독은 피난처일 수도 있었다.

코펜하겐으로 돌아가면 그녀를 잊을 수 있을까? 그녀를 놓아야 한다는 것이 참을 수 없었다. 오만함과 도발로 가득찬 저 눈, 감정을 드러내지 않는 미소, 거친 부드러움을 다시는 볼 수 없는 걸까? 이 지구상에 마사크처럼 눈부시게 아름다운 여자가 또 있을까? 철옹성 같은 매력으로 무기를 내려놓게 만드는 여자가 또 있을까? 그녀처럼 신비하지만 그의 사촌도 아니고, 그녀의 아버지를 체포하지 않아도 되는 그런 여자가 있긴 할까?

이 질문에 대한 답을 찾으려 하자, 더 풀기 어려운 질문들이 이어졌다. 그는 '그의 것'이 아닌 다른 여성, 다른 문화 혹은 다른 국가와 사랑에 빠질 수 있을까?

원시적 형태의 작은 무덤은 우죽이 묘사한 그대로였다. 마을을 내려다볼 수 있는 산맥에 등을 기댄 무덤은 수많은 돌로 구획이 나뉘어져 있었는데 십자가도, 어떤 종류의 장식도 없는 단출한 모습이었다.

"이상하군요." 카낙이 한숨을 내쉬었다.

"뭐가요?"

"무덤이 두 개밖에 없잖아요. 아버지와 어머니 그리고 제 누나⋯⋯."

그는 자신이 친누나의 아텍도 알지 못한다는 사실을 깨달았다.

"두 개가 아니라 세 개여야 하는데 하나가 없습니다."

"어머니의 무덤이 없는 거네요."

"그걸 어떻게 압니까?"

무덤엔 어떤 표시도 없었다.

"그게 전통이에요. 아이의 무덤은 동쪽을 향해요. 저거 보이시죠? 다른 무덤보다 크기가 더 작잖아요."

"그렇군요. 하지만 다른 하나가 어머니의 것인지 아버지의 것인지는 어떻게 압니까?"

"서쪽을 보고 있으니까요. 가족 중 가장 연장자를 서쪽을 향해 매장하거든요. 만약 연장자가 아닌 어른의 무덤이라면 머리가 북쪽을 향해야 해요."

"하지만…… 아푸는 모르잖습니까! 내 아버지가 어머니보다 나이가 적을 수도……."

"이마카."

언덕을 내려오며 카낙은 아푸티쿠에게 네메닛소크 가족사진이 발견된 폐가로 안내해줄 것을 부탁했다. 녹슨 비스킷 상자 속 사진들은 여전히 제자리에 있었다.

그는 억누를 수 없는 흥분으로 사진들을 살펴보았다. 대부분의 사진은 큰 흥미가 일지 않았다. 요즘 사람들이 SNS에 자랑스레 게시하는 사진들처럼, 평범한 사냥 사진들이 대부분이었다. 그러다 카낙은 그의 어머니, 산드라 스코브가드가 홀로 나온 사진을 발견했다.

교사의 단정한 블라우스를 입고 아이들 사이에 있는 모습을 기대했지만 실상은 조금 달랐다. 그녀는 순록 가죽 투펙의 입구에 양동이를 뒤집어놓고, 그 위에 앉아 있었다. 그녀는 렌즈를 보고 있지 않았고 – 사진은 누가 찍은 걸까? – 작품에 푹 빠져 있었다. 이누이트 여성의 전통 칼인 울루Ulu를 한 손에 든 그녀는 누렇게 변색된 바다코끼리 상아를 조각하는 중이었다. 단단하고 질긴 재질, 그것을 지닌 사람의 영혼을 빼앗는…….

"투필락이잖아."

둘은 동시에 중얼거렸다.

카바작은 캠프 센추리에 그의 썰매를 버리고 와야 했다. 그건 썰매 개들에게 죽음을 고한다는 말이나 다름없었다. 처절한 죽음이었다. 카낙은 그에 대한 보상으로 코펜하겐경찰청으로부터 지원을 받을 수 있도록 요청했다. 그것이 카바작의 슬픔에 큰 위로가 될 수 없다는 것을 안다. 형에 대한 복수였다고 치더라도 그는 소중한 형과 충성스런 개들을 잃었다. 그는 나름 약한 사람이라 마을 사람들에게 자신의 처지를 하소연하긴 했지만 서운한 마음을 오래 간직하는 성격은 아니었다. 카낙이 썰매를 부탁하자 마을의 다른 사람에게 부탁해 빌려줬다.

카낙은 이제 그들 중의 하나였다. 어찌 됐든 그는 카낙의 카낙이었다. 소식은 마을 전체로 빠르게 퍼져나갔고, 따뜻하게 불을 땐 가정의 열기 속에서 그의 명예를 기리기 위해 카페믹이 열렸다. 그러는 동안, 빌린 썰매 위에 앉은 카낙과 아푸티쿠는 쿤눈구악의 외딴집을 두 번째로 방문했다.

그곳의 삶은 변함없는 겨울 속, 여전히 같은 모습이었다. 첫 방문 때와 마찬가지로, 투펙 지붕의 굴뚝에서 연기가 피어오르고 있었다. 눈에 띄는 유일한 변화는 샤먼이 전보다 훨씬 덜 취해 있다는 것이었다. 그는 연신 고개를 끄덕이며 카낙의 이야기를 전부 – 무덤가를 방문한 것까지 – 들었다. 그는 한숨을 쉬며 말했다.

"그녀가 맞네."

만약 그가 가죽으로 덮은 바닥 위에 앉아 있지 않았더라면, 카낙은 바닥으로 쓰러졌을 것이다. 그는 오랫동안 그의 눈을 바라보았다.

그가 어떻게 '그걸' 놓쳤던 걸까?

"그 말은 당신의 아내가……."

쿤눈구악의 지친 눈빛이 어서 계속하라고 말하는 것 같았다.

"투필락을 만든다는 당신의 아내가……."

차마 그 단어를 내뱉을 수 없었다. 그는 고통스러운 그 단어를 상대에게로 넘겼다.

"자네의 어머니가 맞네."

"늙은 필리."

나자는 미친 노파를 그렇게 불렀다.

"하지만…… 모두 죽었다고 하지 않았습니까?"

역사학자와 우죽이 들려준 이야기를 토대로 카낙은 분명 그렇게 이해했다.

"자네의 아버지와 누나는 단숨에 죽었지. 하지만 자네의 어머니는 아니었네. 매우 심하게 다쳤지만 다시 숨을 쉬었지."

화살이 카낙의 뱃속으로 날아와 박힌 것 같았다.

"어머니를 구한 게 당신입니까?"

"아니. 그 다음 날 그곳을 지나던 사냥꾼이 발견한 거네. 그 일이 있은 다음 날이었지. 현장을 발견한 것도 그였네. 그의 부인이 유일한 생존자가 일어설 수 있을 때까지 돌봐주었지."

"그 사냥꾼이 누굽니까?"

"티킬과 카바작의 아버지였지."

아버지와 두 아들은 천륜으로 이어져 있었던 게 분명했다.

"그러고요?"

"산드라는 너무 큰 충격을 받았지. 그래서……."

"그래서요?"

"정신을 놓았어. 아무것도 기억하지 못했어. 자식이 있었다는 것도 잊어버렸지. 마을에서 그녀를 거두려는 사람은 없었어. 교사 자리에서도 물러나야 했지."

'그녀가 이누이트 사회에서 배척당하게 된 데는 우죽의 입김이 컸을 것이다.'

카낙이 생각했다.

"당국에서는 그녀를 정신병원에 넣으려고 했어." 쿤눈구악이 말했다.

"덴마크 어디라던가. 하지만 아무도 그들의 편지에 답하지 않자 끝내 포기하더라고. 학교에서는 그녀만큼이나 금발인 새로운 교사가 그녀를 대체했고, 그녀의 운명에 대해 염려하는 사람은 아무도 없었다네."

"당신만 빼고요……."

"그래, 나만 빼고. 샤먼은 그러라고 있는 거니까. 누나와 실라가 더는 원하지 않는 것을 거두는 게 내 일이라네."

다른 나쁜 의도 없이, 샤먼은 산드라의 조각가로서의 재능을 높이 샀던 게 틀림없었다. 관광객들을 위한 기념품을 만들도록 해줄 만큼.

"카낙! 카낙! 기다리게!"

카낙은 이미 밖으로 나간 뒤였다.

"뭡니까?" 카낙이 거칠게 외쳤다.

"그 투펙 안으로 들어가기 전에 자네가 알아야 할 것이 있네……. 먼저 자네가 찾았던 사진과는 많은 게 달라졌어."

"다른 사람들처럼 나이가 들었겠죠."

"아니야…… 그게 다가 아니야. 그녀는 공격을 당하면서 망가졌네. 그날 그녀는 자넬 잃었어. 그와 동시에 남자들의 시선을 끌던 여성의 모습도 모두 잃었지. 전에 그녀가 얼마나 예뻤는지 봤겠지…….”

쿤눈구악은 그 말의 가혹함을 깨닫고 말을 멈추었다.

“전 어머니 아들이에요. 그런 시선으로 어머니를 보지 않는다고요.”

“내가 말하고 싶었던 건…… 그게 아니야.”

“…….”

“그녀는 자네를 알아보지 못해. 세월 탓만은 아니지……. 자네가 자신을 미나라고 소개해도 그녀는 알아듣지도 못하고 이해하지도 못하네. 만약 자네가 10월의 어느 날 아이를 낳은 적이 있냐고 묻는다면 그녀는 자네를 미쳤다고 할걸세. 개를 쫓아내든 자네를 쫓아내겠지. 욕도 하고 침을 뱉을 수도 있고 마구 때릴 수도 있네.”

“10월의 어느 날이요?” 카낙이 담담한 목소리로 물었다.

“15일로 알고 있네.”

“몇 년이었죠?”

“흠…… 1971년.” 그가 머뭇거렸다.

“아니면 72년. 아니 71년이 맞아.”

　1971년 10월 15일.

요세핀 슈나이더 뵈른엠 보육원에 있던 그의 서류에는 단 한 줄만이 적혀 있었다. ‘출생일 미상.’ 카낙은 깊은 숨을 들이마셨다. 그는 오늘로 마흔다섯 살이 됐지만 방금 막 태어난 것 같은 기분이었다.

“그래서…… 제가 어떻게 되지도 모른단 말입니까?”

“내 말을 안 듣고 있었군. 자네의 존재도 믿지 않더란 말이네! 자네에 대해 골백번도 더 말했어. 하지만 내가 거짓말을 한다고, 내가 악마라고 소리를 지르더군."

고통이 그녀에게서 모성까지 지워버린 것이었다.

"내가 그녀를 이곳에 받아들였을 땐, 자네는 이미 코펜하겐으로 보내진 뒤였네. 이미 너무 늦었던 거지. 그녀의 이름으로 대신 서명을 해서 공식적으로 연락을 할까 생각도 했지만……."

'그의 후회는 너무도 늦은 것이었다.'

카낙이 생각했다. 샤먼은 아무리 망가졌더라도 그의 어머니를 사랑하게 된 게 분명했다.

"하지만 그들은 저런 여자에게 아이를 절대 되돌려주지 않았을 거야." 취한 노인이 말했다. 이성, 기억, 얼굴 그리고 정체성까지 잃은 여성이었다.

"아직도 그녀를 산드라라고 부릅니까?"

"아니. 그 이름엔 전혀 반응하지 않더군. 그녀를 피팔룩Pipaluk이라고 부른 지 사십이 년이 지났지."

"피팔룩."

"어떤 모자의 이름이었어. 우편으로 받은 판매 카탈로그에서 그녀가 직접 고른 거였다네."

카낙은 술꾼에다 마법사 같은 노인을 원망하고 싶지 않았다. 세상의 끝에 홀로 남겨진 이 작은 집에서 그들과 함께였다면 고통과 상처에 사로잡혔을 그의 삶은 어땠을까? 그는 결코 코펜하겐의 범죄학자이자 위대한 플로라 아드리엔슨과 유명한 O.A. 드레이어의 아들, 카낙 아드리엔슨이 되지는 못했을 것이다.

그 역시도 알코올 중독자가 되었을까, 아니면 정신 나간 사람이 되었을까? 어쩌면 둘 다일지도 모른다.

"하지만 그녀 안에 아주 작은 부분 속 어딘가에서는 자네를 기억하는 것 같다네."

쿤눈구악이 잠시 뜸을 들이다가 말했다.

"그게 무슨 말입니까?"

"그 일이 있고 나선 흰올빼미 인형만은 절대 만들려 하지 않더군. 전에는 아주 예쁘게 잘 만들었던 걸 알고 있는데 말이야. 자네에게도 하나를 만들어주었지. 자네가 발견됐을 때 손에 꽉 쥐고 있던 것 말이네. 하지만 더는 아무 말도 듣고 싶어 하질 않아. 아마 자네의 것이 그녀가 두 손으로 만든 마지막 인형일 거야."

카낙은 무덤처럼 스산한 추위 속으로 나와, 두 번째 투펙에서 몇 걸음 떨어진 곳으로 갔다. 바람에 흔들리는 가죽 벽 위로 장갑 낀 손을 가만히 올려놓은 채 그는 한참을 서 있었다. 극야가 그를 사방에서 감싸고 있었다. 처음으로 그 광경이 그에게 어떠한 두려움도 주지 않았다. 오히려 묘한 안정감이 느껴졌다. 마치 그가 빙하를 받아들인 것처럼 빙하도 그를 받아들인 것 같았다.

처음 만났을 때, 샤먼이 그에게 해주었던 이야기가 떠올랐다. '꺼지지 않은 장작불'에 대한 전설이었다. 오낭주악, 환생한 죽은 아이가 두 번째 어머니를 찾았다는 이야기. 단지 아이는 어머니를 찾은 것만이 아니라 선택을 한 것이었다. 이제야 그는 이해할 수 있었다. 오낭주악은 새로운 어머니를 스스로 골랐다. 그리고 그 선택은 우연이 아니었다. 플로라는 그에게 어머니 그 이상이었다. 영감의 원천이자 친구이자 역할모델이었다. 플로라는 산드라도, 피팔룩도 그에게 되지 못했던 존재였다.

그의 손은 여전히 가죽 덮개 위에 놓여 있었다. 시간이 얼마나 지났는지
는 알 수 없었다. 잃어버렸던 한 인생을 주워 담은 시간이었다. 이제 그는 결
정을 내려야 했다. 한 줌의 시간을 영원하게 결정화하는 것. 단 한 번의 셔터
로 표현된 것을 영원히 고정시키는 사진처럼 말이다. 카낙은 자신도 모르게
여기저기 망가진 블레이드 카메라를 꺼내, 순록 가죽 위로 구부린 그의 손
가락을 사진 속에 영원히 담았다.

그때 한 가지 생각이 들었다. 그가 이누이트이기 때문인 걸까? 이 모든 사
건, 살인, 음모에는 단 하나의 목적만 있었던 건 아닐까? 바로 그를 그린란
드로 데려오기 위해서, 바로 지금 이 투펙 앞으로 그를 데려다놓기 위해서,
시공간을 뛰어넘어 그가 어른의 선택을 할 수 있도록, 누구도 그를 대신해
선택하지 못하도록. 오낭주악처럼 그도 이제 그의 인생을 살도록 말이다.

그래서 카낙은 그곳으로부터 몇 걸음 떨어졌다. 외투 주머니를 뒤져 스
마트폰을 꺼낸 그는 지독한 추위에도 불구하고 장갑을 벗고, 그가 잘 알고
있는 번호를 눌렀다. 프레데릭스베르 어딘가에 있을 누군가의 번호였다.

"엄마?"

"아, 내 아들. 목소리 들으니까 좋네."

"저도요."

"내가 첫 번째로 축하해주고 싶었어. 닐스 브룩스 게이드의 친구들보다
한 발 늦은 거면 곤란한데."

"축하한다니요?"

"네게선 아무 소식도 없었지만 다행히 내겐 뉴스가 있었지 뭐니. 너와 내가 또 한 건 한 것 같은데 그걸 말해주고 싶었단다."

사건에 대해선 언론과 그녀가 카낙보다 더 많은 걸 알고 있는 것 같았다. 어제 이후로 카낙은 텔레비전도, 라디오도 켜지 않았다. 그는 비로소 내려받을 수 있었던, 리케가 보낸 소중한 오디오 파일과 얼른 전화를 달라는 개미의 다급한 음성메시지만을 들었다. 물론 거기엔 답장하지 않았다.

"맞다! 시몬슨 부인이 내게 무슨 말을 했는지 아니?"

"시몬슨 부인이요?"

"오, 카낙. 이웃인 시몬슨 부인 말이야. 여기 산 지 벌써 십오 년이나 됐잖니!"

"아, 미안해요……."

"얼마 전에 부인의 딸이 비행기에서 누굴 만났는지 아니?"

"모르겠는데요."

"그린란드로 가는 비행기에서 말이야!"

"아뇨. 그걸 제가 어떻게 알아요……."

"너야! 이 바보 같으니! 그 애도 일 때문에 누크로 가던 중이었대. 서로 옆자리에 앉았다던데 놀랍지 않니? 땅 위에서도 이웃인데, 하늘에서도 이웃이라니!"

'리즈 시몬슨, 여행 및 판촉용 제품. 도매 및 준도매 판매.'

이제야 기억이 났다. 아직 주머니 어딘가에 그녀의 명함이 있을 것이다.

"리즈였나?"

"그래 맞아, 리즈! 기억하는구나! 저번에 시장에 갔다가 마주쳤는데 참 매력적인 아이더구나."

리즈 시몬슨의 이미지가 떠올랐다. 금발의 수다스럽고, 누크행 비행기에서의 상냥하지만 따분했던 여자. 그는 벌써 플로라의 말에 집중하지 않고 있었다.

"일을 매우 열심히 한대. 물건도 꽤 잘 파나 보더라. 어미 새가 다 익은 고기를 부리에 넣어주기만을 바라는 공주님 스타일은 아닌가 봐. 네가 돌아오면 다 같이 자리를 만들어보려는데, 어때? 잘은 모르겠지만 저녁식사라든가. 물론 부담스런 자리는 아니고. 응? 부담 주는 거 아니다 얘. 그냥 서로 알고나 지내자는 거지. 얼마 전에 내가 젊은 남녀의 만남에 대한 르포타주를 봤는데, 왜 있잖니, 틴더 같은 회사가 아무리 많아도, 커플의 25퍼센트는 가까운 사이에서 탄생한다고 하더라. 또 다른 25퍼센트는 말이지……"

"엄마? 엄마, 이제 쌍둥이 바꿔주세요. 엘스와 옌스요."

엘스와 옌스.

미나와 카낙.

그들은 서로 뗄레야 뗄 수 없는 존재면서도, 각각 개별적인 존재였다. 그들은 자신만의 이야기를 가진, 채워지기만을 기다리는 두 개의 빈 페이지였다.

감사의 말

소설은 서로를 이해하고 싶은 욕망 안에 여러 개의 우주가 담겨 있는 섬세한 연금술이라고 생각합니다. 이 작품은 그런 의미에서 저에게 큰 의미가 있지요.

제가 감사를 전하고 싶은 이유도 그것에 있습니다. 추운 대륙빙하를 그렸지만 그것과는 달리 따뜻함을 담아서 이 책을 읽는 독자에게 감사를 전하고 싶습니다.

그리고 이 책의 발상 단계부터 제 옆을 지켜줬던 마리 르로이와 프랑수아 삼송에게 그들의 에너지와 사려 깊은 존재가 귀중한 자산이라고 전하고 싶습니다.

제가 이 책을 끝마칠 수 있도록 해준 라 마르티니에르의 팀원 전체와 특히 아니-로리 클레멍과 카린느 바스에게, 그들이 내게 내준 시간과 흠잡을 데 없는 지원에 대해 우정 어린 감사를 전합니다.

사진에 그린란드에 대한 독특한 시선을 담아준 엘리즈 푸르니에게도 감사를 보냅니다.

마지막으로 제가 카낙, 아푸티쿠 그리고 다른 이들과 함께 멀리, 빙산과 대륙빙하로 아주 멀리 떠나 있는 동안 저를 기다려준 모든 이들에게 고맙다는 말을 전합니다.

물론 제가 다시 돌아올 때까지…….

카낙

초판 1쇄 인쇄 2020년 8월 28일
초판 1쇄 발행 2020년 9월 8일

지은이 모 말로
옮긴이 이수진

발행인 최명희
발행처 (주)퍼시픽 도도

회장 이웅현
기획 · 편집 홍진희
디자인 김진희
홍보 · 마케팅 이인택
제작 퍼시픽북스

출판등록 제 2014-000040호
주소 서울 중구 충무로 29 아시아미디어타워 503호
전자우편 dodo7788@hanmail.net
내용 및 판매문의 02-739-7656~9

ISBN 979-11-85330-92-1(03860)
정가 14,800원

이 도서의 국립중앙도서관 출판예정도서목록(CIP)은 서지정보유통지원시스템 홈페이지(http://seoji.nl.go.kr)와
국가자료공동목록시스템(http://www.nl.go.kr/kolisnet)에서 이용하실 수 있습니다. (CIP제어번호 : CIP2020033935)